蔡 長 明 文 革 自 傳 小 說

阨

蔡長明・著

年

# 題記

　　人們說「文革」發生在中國，研究在國外。無論國內國外，有人研究是好事，怕的不研究，都忘掉。我曾跟一位當今文科的博士生交談，說到「農業學大寨」，居然不明白怎麼回事。什麼是博士？我孤陋寡聞，答曰：「讀書讀上頂的人」。天吶，一般人還情有可原，讀上頂的書生說不知道，著實讓人駭了一驚。

　　我跟季羨林先生有同樣感受，他的《牛棚雜憶》許多人讀後禁不住淚流滿面，然而他們的子女讀了卻說季羨林在寫小說，在胡編，在造謠。他感到了吃驚，說：「這一次十年浩劫是中國歷史上最野蠻、最殘暴、最愚蠢、最荒謬的一頁；是中華民族空前絕後（這是我的希望）的大災難。它把我們國家推到了瀕於破產的邊緣上。我們付出的『學費』不可謂不高矣。然而學到了多少東西？得到了多少教訓呢？現在看來，幾乎沒有。」（《千禧文存·龍抄本《牛棚雜憶》序》新世紀出版社2001年5月版第135頁）

　　驚恐過後我再細想，事非經過不知難，叫人家怎麼說呢？譬如那會兒的口糧結構、定量的標準、集體與社員分紅的比例等等，要我這個親身體驗過的人準確回答出來，恐怕也難得交個好卷。況且如同家裏的家私，大人叫不准傳的事就不能傳。沒有經歷，沒有渠道，責怪年輕人就失去了應有前提。

　　「堵不死資本主義的路，就邁不開社會主義的步。」「寧要社會主義的草，不要資本主義的苗。」「以糧為綱，割資本主義尾巴。」……都是「農業學大寨」的重點內容，是「文革」在農村的具體表現，是殃及中國八億農民的罪魁禍首——簡而言之，它就是農村的「文革」。

　　我參加過紅衛兵破「四舊」運動，在「農業學大寨」紅旗下種過田，承受過賣柴扣口糧的懲罰，鍋裏煮過清水，看到過餓死在田間的大漢……這一幕幕人間的大劇，既沒給老百姓好處，也沒使人變得聰明，待影響到我的一面，倒是真正弄懂了一個字的涵義：餓！「實踐證明，『文化大革命』不

是也不可能是任何意義上的革命或社會進步。它根本不是『亂了敵人』而只是亂了自己，因而始終沒有也不可能由『天下大亂』達到『天下大治』。」（〈關於建國以來黨的若干歷史問題的決議〉一九八一年六月二十九日中國共產黨十一屆中央委員會第六次全體會議公報）

　　一九八二年，中國農村盼來了土地變革——「大包乾」。這一年我擁有了四畝的土地，當我捧起潮濕的泥土，湊到口鼻跟前吸食它誘人芳香的時候，竟一時醉意醺醺，差點像范進中舉帶出痰氣而轉了狂——因為我從此吃上了飽飯，跟那個壓迫我幾十年、淫威我幾十年的春荒告了別！老輩子告誡我們：「吃上飽飯不能忘記餓肚子，忘記餓肚子，飽飯就吃不長久。」為了不使那段艱苦歲月像迷霧一樣被夜風吹散，為了飽飯吃得長久，責任同義務便一起來到我的肩上。文學的意義就在於對生活的記憶和呼喊。呼喊我沒有學識的底氣，記憶倒還能勉強為之。於是便沿著我生活的路子，一步步走了下來，記錄了我的一份粗糙生活，同時也記錄了那段不堪回首的荒唐歷史。

　　無論歷史的、文學的寶塔都應建立在牢固的基礎之上，當我們在向它添磚加瓦時要捫心自問：手中的材料接受過烈火的燎烤和鍛鍊嗎？有鋼的質地嗎？有金的純真嗎？只有如此的材料構建寶塔，狂風才吹不垮，暴雨淋不壞，立於世界之林，無愧！

二〇一一年十二月於興山古夫桂苑

# 目次

# 家變

我家住在鳳凰山根前，腳下就是興山縣城。這裏地平坡坦，山田連片，房屋聚集；是個進可入城，退可靠山的美麗鄉村。活活七百多人丁，並無雜姓，皆出自蔡家祠堂，地名故稱蔡家埡。

小時候，我把村子看得如同城市一樣龐大：那牆壁挨牆壁、屋簷搭屋簷的木柱瓦屋足有一二百間；其中自然不缺石板鋪地的對合街道，上下相通的農家巷子，能容納千人的堆禾稻場；還有五個天井屋分佈其間。

論年齡，我們住的天井屋最老，相傳還是姓蔡的進山公公在此落腳修的，算起來已有三百來年歷史。柱頭長蟲，板壁脫落；石頭同泥巴壘的外牆東倒西歪，裂尺把寬的縫，長年用棉絮、破鞋、包穀葉、牛王刺塞著。木樓以上沒裝板壁，使篾片編的籬笆。颱風下雨，木柱榫頭呻吟不止，風在四處打著呼哨；牆上簷下，虛土掉瓦，整個院子像要塌了。

這裏原有四戶人家，我們住南屋，糞爺住西屋，蔡德安住北屋，蔡世英住東屋。蔡德安的田在石膏溝，收種不甚方便，就在石膏溝另新修了屋，老屋想賣，我祖父就買過來了。那麼，這天井屋裏我們便有了南屋和北屋。

至一九五一年，只因祖父有個同胞兄弟在田家埡，姓蔡的不准招女婿，么爺的兩個姑娘前後出了嫁；經族人商議，我父母便負上剛滿周歲的哥哥，到田家埡過繼還宗。

父母去後，奔命地做，將兩間破草房換成兩間大瓦屋。但終因父親跟么爺脾氣不合，忍不下當「抱兒子」的那口怨氣，毅然闔家又捲上了山。

回到老家，除開落下的一石二斗豌豆跟十九塊臘肉外，母親背上還多了一個我。

那年的春天，上頭對糧食「統購統銷」工作仍抓得很緊。父親怕那點豌豆保守不住，便將南屋拆掉，在原址上重新蓋起三間乾打壘的瓦房。雖說修了新屋，但對四合院的格局依然沒有改變。

次年的陽曆五月二十九，我們在新屋裏剛好住到滿年，我母親卻不幸病逝。入殮之前，她躺在翻放的棺蓋上，浮腫使她的肚子隆起；穿的陰丹士林偏大襟同毛藍布褲子，似乎箍在身上，叫人難以忍受。她的臂和腿伸得挺直，發黃的手指卻奇怪地彎曲著。腳上穿雙花布鞋，怕腳尖分開，用一束白棉線繫住。我從沒看見母親收拾得這麼體面，她一定很高興，像去走親戚，臉上帶著溫和的微笑。然而卻看不到她的面容，落氣紙將頭臉整個地遮掩了。

我不停地哭喊，父親哄不住，把我襟到他的背上走來走去。他讓我看母親的花鞋，從母親袖筒裏摸出個小薄餅，教我：「給媽說，這是打狗粑粑，若是路上狗子咬，就扔給牠吃，好過路。」

屋裏亂糟糟的，有人把母親的床鋪拆掉了，鋪草摟到稻場裏用火去燒。木匠舉起斧頭，用力敲打棺材的榫縫，發出「嘭嘭」的鈍響。

接著人們把過了篩子的草木灰往棺材裏放，用木尺趕平，一隻酒杯倒握手中，衝我父親問：「李丫頭今年好大的壽歲？」

父親答道：「戊辰的，虛二十九。」

發問的人再不吭聲，嚴肅地一下一下，將酒杯按下去，灰中留下二十九個圓圈。再在上頭鋪柏樹枝子，墊白棉被，安置我母親入殮。

到夜晚打喪鼓，小舅將我抱在懷裏，靠在棺幫跟前哭。他哭的聲音非常大，使我感到有些害怕；淚水掉下來，燙我的臉。哭訴中，他說來到我們家中，罈罈罐罐裏都看過：哪個罈裏有一碗綠豆，哪個罐裏有一捧芝麻；說母親日子過得節儉、有計畫。又說母親不是死的年齡，竟把兩砣肉（我跟哥倆）丟在後頭，撒手前頭去，心太硬！

聽著聽著，我便迷迷糊糊睡去。

天亮出柩，催鑼打得緊，黑色的棺材似乎浮在人們中間；喪行惡路，稻場邊有道高坎，棺材行到那兒，也不調頭，隨著陣陣吆喝，徑直沉落下去。往前不遠是蔡家二房的墳園，靠邊有我們家老園子；一棵核桃樹下早已挖好墓坑，母親就安埋在那兒。

那時我三歲，哥哥六歲，都披了孝巾。哥哥抱著母親的靈牌，孝巾有一半拖在地上，同丟「買路錢」的老人走在棺材前頭。他不時被什麼絆倒，一直被老人扶住。有位姓羅的老師將我抱起，孝巾才沒有拖到地上去。據說那

天，送葬的個個都流了淚。

靠我們天井屋的東邊，立著三間肋架瓦屋。原是地主的產業，如今一半由農會管著，另外一半住的一戶外姓人，男人姓向，女人叫汪淑貞，一個兒子四歲，小名毛娃。是土改從秭歸那邊填過來的「坑戶」。汪淑貞身材不高不矮，算得上標緻，雖沒踏過學堂門，卻打得一手好字牌。有時遇到她單獨走路或做針線，能聽到她吭上幾句舊戲文：「手拿棋盤跟我走，一路走來一路搖，到得園裏三聲叫，帶路的小紅娘，聽我口令上戰場。」不僅唱〈小紅娘〉，如〈山伯訪友〉、〈三請樊梨花〉等，你點到哪兒，她唱到哪兒。她出門打牌，男人在家摸茶飯；後來汪淑貞有了「外事」，姓向的心胸窄，一時想不開，便上樓找根「貓兒樑」，一繩子掛死了。

這事出在我母親死後的第七天，聽大人們說，是我母親死的那天日期不好，撞到吊頸鬼，犯了重喪。假若姓向的不死，總歸有人的，不拘在誰的頭上。

隔壁鄰舍，短短七天之內死去兩個人，不光小娃子怕，大人也怕。天一撒黑，將門插牢實，縮在屋裏不敢出來。我躺在祖母的懷裏，總以為母親穿著那身體面衣裳，同毛娃的爸爸在屋外頭徘徊；他們餓了，發睏，想從牆縫裏鑽進來，找東西吃，回到床上睡覺。一次我甚至央求祖母說：「婆婆，把門打開，讓我媽進來。」

祖母有些慌，摸我的額頭看燒不燒。她將我抱得更緊了。

白天，我從祖母懷裏溜下去玩，到堂屋裏看祖父用縫紉機做衣服。他雙腳併攏在踏板上，一踩一踩，機器嘎嘎響著。我拿根短棒往轉動的鐵盤上按去，使它們在接觸中發出一種奇妙的聲響。

祖父的樣子有些惡，長年穿件藍布長衫，戴副老光眼鏡，望人的時候，只見一片白光，似乎鏡片後面沒有眼睛。真要瞅你，他會把腦殼一硬，目光從鏡子上頭穿過來，叫人毛骨悚然。

這時父親點春包穀回來，打肩上卸下犁頭，把牛拴在圈門前，抖開一束青草，噴些鹽水上去；然後站到缸跟前，舀半瓢涼水「咕嘟咕嘟」地喝。

我坐在北屋後門檻上看牛吃草。牠的一對又粗又長的招財角往前擁抱著，滿威武。身上像披的黃緞子，走起路來肉疙瘩滾來滾去。嘴裏捲進一束

青草衝我咀嚼，好像說：「看，我的牙齒多厲害，鐮刀也比不過。」

祖母燒灶裏火熱飯熱菜，往懶豆腐（黃豆磨成漿，不過濾，將菜切碎，和進去煮熟便成）碗裏加半勺子香油，拿大土碗添飯，催我父親吃。

吃著飯，父親對祖母說：「媽，汪淑貞點畝把春包穀，糞同種子預備的有，就差牛工。拖起個娃子遭孽，吃了中飯，我想把牛趕過去給她耕一下。」

祖母說：「對男子漢來說，一點力氣算個啥兒？左右鄰舍應該幫助，何況又是爭春的季節。」

那天父親耕地回家很晚，我跟哥一直等他回來才睡，父子三個做一頭躺著。夜裏，不知父親到哪兒去了，我們摸著空枕頭，毫無顧忌地大哭起來。

哭聲將二爹二媽驚醒，弄不清有什麼事情發生，趕忙掌燈過來。見我們精溜溜地坐在鋪蓋高頭，二媽心疼地叫著「乖乖」，一邊把我們按到鋪蓋裏去。我們亂蹬亂打，不聽招呼。二爹瞪起雙眼嗔道：「這麼會弄病的！」

正好父親回來了，他臉色十分難看，朝我們無奈地掃了一眼，我跟哥便立即止住哭聲。這時睡在北屋的祖父突然來到房中，他先是死死地瞅住父親，然後舉手就是一巴掌，打得父親腦殼一偏，罵道：「沒得出息的東西！」

我疑惑不解，高大的父親只消輕輕推去，祖父會像罈子一樣滾到地上。奇怪的是，父親沒有動手，竟同一頭降服的牛，老老實實脫去衣服，跟我們並頭躺下了。

大家都在北屋裏吃飯，八九個人，活活的一大桌。父親有些孤獨，也不湊熱鬧，添上飯，到桌上把各樣小菜挑些到碗裏，蹲到後門外頭去吃。大夥兒在議論一件什麼事情，似乎與父親有關：他們見父親往桌跟前一走，立即把話壓住，只顧吃飯；父親離開，議論又馬上開始。

過了好些時，才漸漸使人明白，他們議論的是父親同汪淑貞。有一天，為這竟打起架來。

也是吃飯的時候，祖父首先開了口：「以為是什麼好東西，算命先生說她是穿三條裙帶的硬命人。三條裙帶懂不懂？就是要敗三個男人。」

這話被父親聽到，立即給祖父一個反問：「算命先生某月某時同您說

的？」

祖父一下鯁起，但不服輸，樣子挺可怕。

祖母怕吵架，連忙叫大家弄砣飯把嘴塞到。

三爹端著碗說：「汪淑貞會唱戲文，走路扭呀扭的；做媳婦無人要，當婊子倒滿合適。」

祖母嗔道：「砍腦殼的，弄不清話的倒正，亂說！」

父親正把我叫到跟前餵飯，想發火，一時又不知怎麼發，喉嚨裏打了一個等。接著三爹一把拉我過去，說：「過來我餵，莫理他，他上人家的門，要改名換姓啦。」

話一出口，他們就打起來了。父親舉起椅子砸過來，三爹伸手一擋，椅子打到桌上，弄翻菜缽，到處濺著湯水。父親搶把菜刀在手，三爹見事不祥，奪門而出，父親跟腳追去。

祖父站門口喊：「莫怕，誰個敢殺人，是要抵命的。」

我祖母身材高大，裹著小腳，上身長年穿件褪了色的陰丹士林偏大襟，走起路來一步一拐。她寬大的額頭長年白光光的，頭髮梳一束，在腦後盤個螺螄轉頂，拿獸骨簪子別住。祖母的嗓子滿好，發一聲喊，大河那邊都聽得見，年輕是唱民歌的好手。這時她張開宏大的嗓音朝祖父吵道：「好生『檳』，弄出這個場面，當老子的做什麼、不做什麼應該清白。」

接著她又轉身衝我父親喊叫：「回來——兄弟之間不是講狠的去處兒。」

二爹將打倒的凳子扶起來，跟二媽倆收拾桌上桌下，又一邊自語說：「老三說話像打杵頭的，誰個受得了？都不柔和。」

第二天，父親揹著我下街去，下門前的大溝，有個人站在溝邊等人。近前一看原來是汪淑貞。她透身穿的陰丹士林，只不過上衣毀過幾水，顏色略略兒淺些，但整個看上去卻十分順色。她的頭髮從中分的邊，梳得溜光水滑，編兩隻小辮，不梳劉海；似乎抹了香油，能聞到一股淡淡的香氣。胳肘裏夾把紅紙傘，待我們走攏，她便在父親前面動了步。

汪淑貞的娘家在城裏，住著一街親戚。她大姐住民主街，二姐住河街，我們都一一走到，然後到三尖角兒——她的娘家。在那裏，我看見了毛娃，正在玩一個花皮球。我感到非常親切，跑過去跟他在一起玩。

在同汪淑貞一些親戚的會面當中，他們在說到一件什麼事情時，總會有這麼一個疑問被提出來：「她帶得人家的娃子呀？」然後便調過臉，朝我望望。

回家的路上，我聽汪淑貞說：「聽到吧？都說人家的娃子我帶不得。有話在先，娃子我不要，你自個兒考慮。」

父親沒有做聲。

早晨被一陣爭吵聲驚醒，我以為又是父親跟三爹拌嘴，爬起來看，稻場同廳屋裏站了許多人。祖父氣色不好，有些激動，在廳簷坎上走來走去，長布衫的後襟揚起落下，拍打著後腿。他說：「什麼自願原則？是強迫原則。共產黨喜歡搞糊呀哄。」

社長劉功修站在天井當中，仰起臉，攤開兩隻手板說：「哎，昨天不是說得好好兒的嗎？我今天人齊馬齊的來了，突然變卦，男子漢說話是無趨移的呀！」

「我想不通。」

「想不通？前朝後漢的書你也讀了不少，什麼事情還沒看穿？如今大勢所趨，一個虼蚤頂得起床被窩？」

這時，祖母大約在給豬子倒食草，手裏握著和食鑱子，走過來說：「劉社長，您莫跟他費口舌，胳膊拗不過大腿，怎麼說的怎麼辦。犁耙繩索在那兒，風車在那兒，曬席、笆籃在廳屋的望樓上，您個兒叫人搬。」

人們一下子活躍起來，開始搬東西。是誰不小心，將捲成筒的曬席絆倒，沒打著人，倒撲起不少的塵土來。

祖父爬上望樓，將揹籠、籮筐往下扔，嘴裏說：「都搬走，把鍋灶也交你們抬去！」

一隻團簸摔在稻場中，跳了兩下，同車輪一樣，順著斜坡往下滾，直到我母親墳前才停下來。劉功修看見了，指使著別人去撿。

農具搬個差不多，最後人們打開圈門，拉走我們家的大黃牛。這時沒有看見祖父，只有祖母和父親；他們望著大黃牛被人拉走，樣子很難過。我當時沒有覺出什麼，單想到大黃牛晚上就會回來；後來才明白，牠也入了社，不能回來了。

祖父突然倒了床，有兩天沒有下去一顆米，不知害的什麼病。

祖母說：「慪氣傷肝的病，得病的緣由聽我講：從前捨不得吃，捨不得穿，無生死地攢，候攢到一筆錢，錢變局。起先他跟老大在縫紉社，老二在剃頭鋪，街上做得好好兒的；聽到說鬧土改，硬是一個、二個地扯回來，參加分人頭田。置農具，買耕牛，搞得一炮熱鬧。這會兒一起入了社，怨哪個？叫花子揹起三斗米——自討的！」

這時汪淑貞過來了，收拾得爽爽利利，端碗薑茶，裏頭兌的紅糖，走進房裏，遞給祖父喝，且說：「您就熱的喝。有什麼慪頭？也不單是哪一家哪一戶，背時都背時。」

祖母要汪淑貞坐，她說家中沒得人瞧門，待祖父喝完，一便取了茶碗回去。

白天裏，大人們都下地生產，三爹在城裏上中學，么爹跟哥哥在村裏上小學。我沒有伴，就穿過巷子找毛娃去玩。毛娃在街上沒回來。汪淑貞獨自坐在大門口做針線。她問：「爺爺呢？」

「在屋裏。」

「爹呢？」

「耕田。」

這時，一陣雜遝的腳步由遠而近，劉功修帶來幾個人在開隔壁農會的門。其中一個頭髮亂糟糟的我認識，是大隊裏的民兵連長。他們聽劉功修分派：把房子打掃乾淨，桌凳擺好，預備安裝電話。接著又把他們叫到門外，分派在這兒、在那兒，一共指了三處，挖上窩子栽木杆，好牽電話線。

電話是個什麼玩藝？我把它幻想成許多稀奇古怪的東西，但一個也不能確定。問及哥哥跟么爹，他們也搞不清楚，後來三爹才解釋：「電話就是牽一根鐵絲，通過電流，兩頭可以拿起話筒互相講話，不管好遠都行。」

這時，大人們正在議論到另外一件更新的事情。看樣子二爹十分高興，他說：「那可是世界上少有的事情啊：吃飯不要錢，按月拿工資。」

父親不以為然道：「什麼好事情？依我看『人民公社』就是現在的高級社；田歸大家所有，生產一起搞。吃飯共口鍋，聽到有人這麼說，但消息確實不確實，還得等上頭。」

祖父問：「吃飯不要錢，還要工資做啥兒？」

三爹說：「工資肯定要拿，現在還存在工農城鄉差別，比方穿衣啦、吃鹽啦、點燈啦等等，須得拿錢去交換。當然。這個差別隨著社會發展慢慢縮小，最後到消滅。到那時，工資制就自然而然地取消了。」

「工資取消了，花紗公司的布匹由我去拿、鹽庫的鹽由我去揹嗎？」

「是呀，需要什麼就拿什麼。」

「糊猴子的話！」

二爹有些猶豫了，說：「沒得錢走不穩路，把錢取消，那種日子我簡直不敢去想。」

祖母在一旁接道：「要啥兒有啥兒，那才好呢。我要個聚寶盆，說米有米，說麵來麵，免得我天天急生活。」

哥哥說想要支鋼筆。大家問我要什麼。我因為要的東西實在太多，竟一時答不上來。但我還是想到毛娃手中的花皮球，於是我就說要個花皮球。大家不約而同地笑了。夜晚睡覺的時候，我問父親，要什麼有什麼的好世道何時到來。父親淒然一笑說：「不會等滿久的，快些睡。」

就在這一夜，父親丟下我們悄悄地走了，再也不會回來了；他上汪淑貞家入了贅。

# 上天堂

父親丟下我們，隻身去跟汪淑貞，這行為看上去有些耍賴——曉得祖父祖母不會把我們餓死。走之前，他大約求乞過祖母幫助，所以，事情出現之後，祖母並沒有生氣跟吵罵。祖父卻非常惱怒，衝我們說：「汪淑貞是你們的後媽，應當喊，找她要飯吃，要水喝，她那兒就是你們的家。聽懂了嗎？聽懂了就照我說的去做。」

無奈，我跟哥倆到汪淑貞那邊去，沒有看見父親也不敢進門。汪淑貞像變成另外一個人，看到我們就一眼瞅，臉繃得緊緊的，也不說話。哥哥見情形不對，拉我回來。

這時祖父跟祖母說：「李丫頭（我母親）死前曾跟我說：『我死了兩條根就指靠您了，蔡德成年輕靠不住。』這，才幾個月？就打她話上來了。」

正當我們兄弟倆被弄成懸腳客的時候，公共食堂才解了圍。那個吃飯不要錢、按月拿工資的好事情，一夜之間，好像從天上掉到我們面前。

電話線翻山越嶺一直牽到農會屋裏，使我第一次看到了真正的電話。農會門前掛上一塊長木牌，白底紅字，上頭寫著「響龍公社第五大隊管理委員會」。

村中一些顯眼的簷牆高頭，都被石灰漿刷上一道白，再用土紅水寫上「總路線、大躍進、人民公社三面紅旗萬萬歲」、「鼓足幹勁，力爭上游，多快好省地建設社會主義」等標語。

面對這些花裏胡哨的東西，人們開始有些興奮。當管委會號召，除床鋪外，將一切都歸總到食堂裏時，大家感到了惶惑。但又不得不去回應。眼睜睜看著屋裏的衣箱糧櫃、桌子板凳、鍋盤碗盞等家產祖業，被人抬出家門去歸公，頓然覺得心裏空蕩蕩的、亂糟糟的，一種難過的滋味說不出口。

有人搬糞爺的鍋，他抱住不放，哭喪著臉，說那口鍋是從他爺手裏傳下來的，總共補了七顆銅釘。不知是誰「噓」的信，劉功修手提一隻白鐵皮的

喇叭趕來，質問他放不放。他的媳婦是地主成分，斷得到事，照他屁股就是一腳。糞爺這才鬆手。

食堂開伙的那天，我隨祖母去進餐，走到一望，那場面把我的眼睛看花了：稻場裏擺滿了高桌子、低板凳；人多得數不清，有說的，有笑的，有叫的，有喊的；幾個小娃子爬桌上跳，被大人喝下。

司務長蔡德楷站在稻場中央一個立起的石滾上，手裏舉個鐵皮喇叭不停地喊話：「不要擠不要擠，請大家聽好，屋裏是幼稚園的食堂，四至六歲的娃子在屋裏進餐，大人在外頭進餐。一桌十個，坐滿開席。不要擠……」

屋裏是大米綠豆飯，外頭是包穀麵飯，祖母便將我送到屋裏去。屋內的板壁都被拆除，三間相通。灶屋裏有四個壯漢抬飯甑，我們只能從人縫裏看見一排毛茸茸的腿子走過，「吭唷吭唷」的號子聲由屋裏移到外頭。

桌上擺有三個大土鉢，裏頭裝著懶豆腐、洋芋片、南瓜砣，外帶一碟豆瓣醬。大家正吃得津津有味，外面傳來銳聲喊叫。我們鑽出去看熱鬧，原來是為添飯爭勺子打起架來。炳貴一勺子把一位小姑娘額上挖出血。小姑娘被她媽媽攬在懷裏，又是哭又是吵。蔡德楷用喇叭筒通知醫療室的蔡德炳，趕快把小姑娘弄去上藥。

糞爺見兒子當眾惹出大禍，氣不過，順手一巴掌，打得炳貴朝天嚎哭，綠鼻涕像一撇鬍子翹到臉上。

吃過早飯，大人下地搞生產，我們成天就在稻場裏玩。太陽出來了，陽光從山頭上慢慢降到稻場裡，照著大夥的笑臉。燕子打上空飛過，發出動人的叫聲，就在這美好溫馨的情形裏，阿姨教我們唱歌：

螃蟹子螃蟹子多又多
一隻螃蟹八隻腳
鼓鼓眼大夾夾
背上一個硬殼殼


一共有三位阿姨招呼我們，她們教大家一會兒唱歌，一會兒跳舞，一會兒做「丟手袱兒（即手帕、手中）」的遊戲；渴了阿姨倒水喝，餓了炊事員

端飯吃，過著神仙一般日子。

　　阿姨的興致好，把大家帶到村外去遊玩。記得頭一次剛到村口，迎面從田野飛來一首山歌：

> 蔡家埡好地方
> 山高落鳳凰
> 吃的山那邊
> 屙的銀子在山根旁

　　循著歌聲望去，村前的田坪裏聚集好多人在那兒幹活：有打硪的、敲鑿子（即鑿子）的、推獨輪車的、揹土的、抬石頭的，一派熱鬧。阿姨告訴我們說，那是社裏在挖魚塘。有人問哪來的魚呢？阿姨說香溪河裏有很多小魚，等堰塘修起，人們就拿網去打，打回來放進堰塘裏餵。大夥聽了，都非常高興。最好看的是打硪。一隻石滾被四根櫈子呈「井」字形夾在中間，八個人抬起打。其中拿一人叫號子，眾人跟到和：

> 一聲哩格號子喲，
> 吆吆的呵喂。
> 震的震山岡啊，
> 呀呵溜溜呵……

　　石硪便在人們的吆喝聲中一起一落。

　　有許多人在抬石頭，有個石條竟用上十幾個人，像螞蟻抬蟲子。還有揚叉一樣的木頭，上面坐個大石磙，由兩條牯牛並排拖著走，石頭從陳家嶺弄來，拆的陳家的老寨子。

　　休息的時候，人們圍著一位老頭講古。這老頭的白鬍子有幾寸長，說話聲如洪鐘，身板也十分硬朗。他說鳳凰山是興山縣八景之一，名「鳳凰展翅」；鳳凰不落無寶之地，蔡家埡又是一個獅子護寶的地形。接著他敘述到下面一個故事：

很早以前，這裏住著陳、蔡兩家。姓陳的家裏滿發富，陳龍、陳虎、陳蛟三個兒子在外頭做官。姓蔡的家裏窮，一直給陳家做長工。蔡長工的屋裏劉氏，一次在營盤嶺砍柴，石坎上有個乾木疙瘩，伸手去扳，卻發現一窩銀子。銀子是白蓮教在這兒紮營盤，同紅毛賊打仗，一時沒來得及搬走，藏在坎子洞中。消息傳到陳老爺耳朵裏，想看，蔡長工不搞，這麼把陳老爺給得罪了。陳老爺嘴上雖不說，卻一直攔在心裏，還裝副好心腸，弄香油炒上一缽子雞蛋飯，裏面放了三口繡花針。沒想到，繡花針讓蔡長工吃出來了。正在這時，有個人過路，他便拿起繡花針去投人家。事情湊巧，這過路人是位陰陽先生。他看到蔡長工是個好人，陳家做事喪良心，就去找陳老爺。說他門前的獅子地本好，但獅子是公的，不久會跑掉。陳老爺信實，問有不有治。陰陽先生說有治——要劁，還要砌條石鏈將它拴住。陰陽先生走後，陳老爺一邊派人砌石鏈，一邊請石匠劁獅子——劈獅子腦殼。劈下來的石頭沒處放，繞石包砌個大寨子。打這兒以後，陳家就開始敗，外頭做官的三個兒子，隔年用箆子抬個死的回來，幾年就敗光了……

故事生動有趣，我們要阿姨帶著到石鏈上去。石鏈又叫塹，用石頭砌成五六尺厚的夾牆，從鳳凰山根下來，一直延連到寨子包上，約兩里路的樣子。塹那邊是一坡山田，一直延伸到溝底，溝名石膏溝，石膏就是鳳凰屙的銀子。難怪山歌中稱蔡家埡是個好地方哩！

要說家鄉的景致，那實在是美麗得很：村中有兩片大竹園，村東村西各一片，看上去十分對稱；終年實蔭匝地，綠竹遮天。另外還有兩棵古樹，一棵柏樹，一棵柿子樹。樹身要三四個人圍抱，樹冠撐進半天雲裏；陽光每天由它們第一個迎來，又從它們身上最後一個送走。喜鵲同雉雞不願跟其他小鳥在竹林裏棲身，單飛高樹，將窩巢搭建在梢頂上。牠們一會兒從柏樹飛往柿樹，一會兒從柿樹飛往柏樹；半途中啼叫兩聲，整個村子都能聽到。再加許多梨樹、白果樹、核桃樹、枇杷樹、石榴樹、桃樹等，到了春天，鳥語花香。

食堂越辦越紅火。大隊幹部到縣裏開會參觀回來，學習陳家灣大隊辦食堂的先進經驗，大搞愛國衛生跟保健運動。食堂的灶門要改進，說陳家灣灶門在外頭，人們也把灶門趕到外頭。又說陳家灣的飯甑跟菜盆上罩的有紗布袱子（方形布塊），趕快又叫人下街去買紗做袱子。保健方面，

食堂不僅燒熱水大家喝，供應熱水人們洗臉洗澡，還接食堂後簷蓋個洗澡塘。為減少疾病，一邊提倡大滅「七害」（鼠、雀、鴉、蚊、蠅、臭蟲、蝨子），一邊禁止吃生冷食物；冬天實行鍋兒爐子化，夏天社員出工每人發一粒人丹防暑。蔡德炳從公社買回五十瓶十滴水，十瓶紅汞，十瓶碘酒，二百包人丹，整整齊齊擺在食堂裏一個寫有「保健」二字的大藥櫥裏頭。村中、食堂、托兒所等牆上，新添上幾張紅綠紙的標語。什麼「社會主義是天堂，公共食堂飯菜香」、「人民公社是枝花，東風一吹香天下」、「人人注意健康事，家家戶戶講衛生」、「跳舞又唱歌，孩子好歡樂」等等，看了確實讓人感到新鮮。

接著，村裏又增加一個民工食堂，把蔡家埡弄得到處是人。興（山）香（溪）公路通車以後，興（山）保（康）公路又動工，一二百民工駐進了村。我們家南屋除二媽住的房間以外，樓上樓下都騰出來讓給民工。正在這時，上頭指示要把手工業者組織起來，祖父、父親、二爹，他們都帶上各自的機器、行頭，到公社所在地大茶埡集中。白天，祖母被派到幼稚園當保育員，二媽出工，我們上學的上學，到幼稚園的到幼稚園，門上就落了鎖。

幼稚園裏，我們的膽子漸漸大了，開始學野。動不動要阿姨帶我們到野外去玩，願望達不到，就不好好唱歌、數數，做遊戲從中搗亂。記得有一次，炊事員把蒸熟的紅苕（即番薯、地瓜）用筲箕盛著，放到露天的桌上，每張桌上都有那麼一堆。大夥在瘋打中，不知是誰帶的頭，竟抓起紅苕互相投擲——開仗火。我祖母到井裏提涼水，被她看見，便抽根竹枝來追打我們。她一邊拾地上摔碎的紅苕，一邊罵道：「這些猴孫子，糟蹋糧食要不得，有罪，日後要折福的！」

有時趁阿姨休息，幾個調皮鬼悄悄鑽進竹園裏去。那可真是個好去處：許多古墳靜靜地躺在竹林當中，墓碑有一層、二層，最高的三層。上面的文字同鏤雕的獅子、麒麟大家均無力鑑賞，只知道爬到高頭去玩。有塊墓碑的橫額正中，裏頭嵌著一顆石頭珠子，摸到活搖活動，就是取不出來；夥伴們看到一回，便起心去撥一回，但回回以失敗告終。

有時，我們跑到墊上看滑線滑柯子，這是生產技術革新的產物。滑線從鳳凰山的半腰上牽下來，固定在一個「地牯牛」上。那傢伙很笨，半天不滑

一趟，等了好久，忽見滑線顫動兩下，遠遠看見一個黑乎乎的東西離了地。隨著知了般的叫聲，柯子越來越大，但在離終點還有幾丈遠的地方竟慢慢停住。上不沾天，下不沾地，拿竹竿搆不著，只得在麻繩上拴個鐵鉤子，拿起鉤子往上投。半天投不準，投準了又沒將柯子鉤住，看上去很好玩兒。

後來大家又興起捉螃蟹，幾夥計跑到門前水溝裏，一捉半天，直到阿姨找來。凡是怕螃蟹夾手的，就到山坡上拾柴，然後燒起大火，將捉來的螃蟹丟進火裏燒。螃蟹在火中掙扎兩下便漸漸變紅，這時就能撥出來吃。大人說吃生螃蟹能使人有力，我們也生吃，但沒有燒熟的味香。

那次就因我們調皮搗蛋，一下竟將幼稚園給弄撤了。有我、毛娃、蔡長貴、蔡德金、嚴永明五夥計，見阿姨都到管委會開會，打竹園裏溜下大溝捉螃蟹。捉了會兒，嚴永明提出到喬家坡去，說他爹在那兒修公路，看他們打眼放炮，說不定食堂蒸有紅米飯。

打眼放炮跟紅米飯都吸得住人，我們一行越過一個山包，順斜坡往下走。這裏是一段盤山公路，回頭線多，到處有修路的民工。拐來拐去，走到喬家坡已是晚半天了。

到後並沒有看見我們要找的人，大家頓時著慌。嚴永明說：「晚上回不去就在這兒住，我、蔡德金、蔡長貴跟我爹睡，讓明子和毛娃跟補鍋佬睡。」他說的補鍋佬我認識，經常戴一頂灰皮子的破禮帽；下唇有點豁，門牙掉去兩顆，講起話來能看見裏面活動的舌頭。我非常怕他，心裏一時亂極了，淚水幾次要掉出來都被我忍住。

大夥找到食堂，稻場裏有幾百人吃飯，誰也沒有理睬我們。嚴永明突然大哭起來，惹得好多人過來看稀奇。這時嚴永明他爹不知從什麼地方鑽到大夥跟前，連聲怨道：「這些猴孫子怎麼找來的！」他一副愁相，說今天他上晚班，不能回家，正急，忽然發現糞爺往這邊走，趕忙託他將大夥帶回家去。嚴永明還想吃紅米飯，挨了他爹一巴掌：「來，老子先讓你吃個嘴巴。再跑打斷你的腿！」

一看見糞爺，我立即跑到他身邊，一步不離地跟著。他屁股上的汗腥跟身上的體氣，熱烘烘地撲到我的臉上。在以往這氣味會使人非常難受，但今天卻感到格外親切。

大夥開始往回爬。走了里把路，進入施工區，到處在響哨子，打招呼放炮。糞爺嚇得連忙喊話，叫不忙點炮，有人過路。這時天近黃昏，幾處響了炮，大夥退也不是，進也不是，只得硬起頭皮往前走。炮聲此起彼伏，有時兩炮同時爆炸，震得耳朵嗡嗡作響。山上的石頭打雷一般滾動，數不清的小石頭打大夥頭頂上呼嘯而過，落在周圍地上，發出嚇人的響聲。

我們如同打一次戰火裏逃了出來，回到家中已是更把天氣。大約聽糞爺說到大夥的情形，阿姨將我們一個、二個地請到食堂吃飯。各自家長也都在場，他們在守住我們吃飯的同時，一邊你一言我一語地訴起找人的苦來。從談話中瞭解到，大夥在沒回家之前，大人都駭得哭，找幼稚園要人；蔡德金的母親揪住阿姨拚命。聽到這些，心想我們真是惹了大禍了。

吃過飯，像舉行一種儀式，阿姨拉著我們，一個一個地交到各自家長手中，似乎卸下千斤重擔，一邊作揖，一邊向大家鄭重宣佈辭去職務；從今以後，孩子們有個什麼三長兩短，再也沒有她們的責任了。

一時沒得合適人選，誰也不敢接手，幼稚園就這麼散了夥。從此，我們跟大人一起，乾飯同甑、稀飯同瓢，到大食堂進餐。

這時一個喜訊傳到家中：三爹在學校考取空軍。一去不知何時見面，將全家人弄到街上照相。到晚上，正巧趕上修公路的民工同本地社員聯歡。地點設在學校——原屬蔡家貢爺的產業，是蔡家垤最好的天井屋：庭院寬大，氣勢恢宏，滿屋的雕龍畫鳳。今天將堂上的活頁花門全部卸除，使前廳後室連通，後堂高些，正好做個戲台。

一對「滿堂紅」的煤油燈在台前懸著，先由劉功修同民工隊李隊長講話，接著演出開始。第一個節目打蓮湘：首先民工隊上台打，打一陣，靠後站定，讓本地社員上場打，然後併一起對打。教我們的三位阿姨也夾在中間，她們扭動腰肢，打得十分歡快，蔡德楷跟李隊長做一合手，會餐時他們倆喝了酒，紅光滿面，喜笑顏開。打著打著，下面的觀眾也和了起來：

台上：九節哩格鞭竿兒呀

台下：扭哇啦哩扭哇啦哩呀

台上：興寶哩格公路哇通了車呀

台下：扭哇子鄧當海棠花呀

......

　　人多勢大，蓮湘上的銅錢發出有節奏的擊打聲，不僅悅耳，且十分提神。台上起了灰，大約都打出汗，才把幕布關上。觀眾喊著還要看。

　　我們坐在天井當中，抬頭能看見天上的星星。三爹早已換了軍裝，棉襖棉褲棉帽子，穿在身上格外抬人。我偎在他的身邊，聞到軍衣上有股說不出的香氣，感到非常興奮同自豪。

　　第二天三爹就要進城，據說還須在兵役局訓練幾天才離開興山。我們都站在稻場裏看著他往下走，一直望到他的帽子消失在遠遠的田坎下邊。這一刻祖母哭了。

　　三爹一走，民工也走，天井屋裏一時變得冷冷清清。

　　已是年末歲尾，公社還在將村裏勞力往上調。龔家灣打水庫要人，孟家陵揹鐵礦要人；二媽被派到七大隊——塘埡去參加大兵團作戰——鬧冬播。

　　這一弄，整個村子自在了。

　　坡裏的包穀同小高粱沒收割結束，紅苕剛開鋤，看到的黃糧收不回來，幾場大雪冰霜，最後都爛在地裏。

　　那次我記得祖母坐在稻場邊的石磙上，望著陰沉的天空，不無憂愁地自語，說她活了大半輩子，沒見過放下莊稼不收，去做那些吃不得的閒事情。這是罪惡，日後會遭報應。

# 下地獄

那段日子，諸多事情如同孫猴子的魔法，變化多端。我們年紀小，單知道食堂，僅年把時間，分分合合好幾次：開始無論大人小孩合總一個食堂，不多天，幼稚園從中分離，後來又合到一起。以前分來分去，飯菜尚能盡吃盡添；如今卻發生巨變：吃飯過秤！

用於秤飯的秤桿短短的，舀撮飯到秤盤中撥上撥下，繩子上的秤砣像猴兒一樣懸空。起先沒有把它瞧起，看上去如同個玩藝，到後才識得，我每天的命運都掌握在它的手中。

汪淑貞雖然跟我們只隔一條巷子，但她屬另一個小隊；父親過去以後，就算同她併了戶，我跟哥倆的戶口自然也就落到了汪淑貞的戶頭上。食堂既按小隊劃分，這麼就把我們同祖母分開了。為此，我曾惱恨過好長一段時間。

我們的食堂很大，門前有個能容納千人的大場壩，因處在村子中間，人們稱它「中間稻場」。

記得第一次到食堂秤飯，覺得好不習慣，嫌飯太少，自己拿起勺子到甑中又添了一些。蔡德楷驚道：

「嘿！搞不得。娃娃兒，定量啦曉不曉得？就是秤好多吃好多，敞開甑子吃的好事沒得了。你每月的定量九斤，一頓只劃到一兩，明白嗎？就一兩。」

他還把一個指頭豎到我的鼻子跟前晃。

我說：「一兩我吃不飽。」

「吃不飽也就是它。」

「我自己添。」

「說得好聽，你以為沒得官兒管？我喊民兵用繩子把你捆起。」

就這麼，我們彷彿從天堂一下跌進地獄，餓肚子的日程開始了。

失去祖母跟阿姨照護，支撐命運重任一下落到我的肩上；這對一個六

歲孩子來說，實在有些為時過早。看，開頭那月，上來就創個奇蹟：一月的票，十天吃光。新聞一傳開，人們無不為我性命而擔憂：剩下二十天怎麼度？這不擔日子的，造孽呀！

弄到這個情形，完全由自己一手造成。事情是這樣：我跟哥倆的餐票由汪淑貞統領保管，吃一頓找她拿一頓。哥哥不願意，就將他的餐票從汪淑貞手裏要過來，請祖母代管。我也學著他把餐票拿到手，但我卻存點私心，擔怕吃不飽，餐票沒有直接交給祖母。防備露馬腳，我把吃飯時間同哥哥錯開：他早晨上學早些，我捱到後頭上食堂；晚上未等他放學回家，半斤飯菜早已裝入我的肚皮。食堂改革，將每日三餐改成早晚兩頓。一到開飯時間，我也認不出餐票的多少，搶先遞上一張，叫上半斤八兩。蔡德楷難免猶疑，教我從罐子口上細。我不知怎麼叫「細」，反正吃飽為原則。就這麼糊裏糊塗地成了新聞人物。

那天沒票吃飯，我找蔡德楷給發，他說：「發？和尚掉到令牌上──沒得法！叫從罐子口上細，你不聽，曉得厲害了嗎？旁人怎麼辦？看來一個主意，到公社找你爹去，他吃飯你吃飯。」

我討厭他囉嗦，恨不得拿起勺子到甑裏舀飯，但又不敢，怕他真的叫上民兵捆人。

蔡德楷用眼將我橫住，一副莫可奈何的樣子，但目光中又不缺少愛憐。他使重莽氣奪過我的碗，到甑裏舀上一碗飯，也不遞我，一把將我拉回家去，交到祖母的手中，說：「萬伯娘，這娃子吃稀飯不記碗數，一月的票，到今兒就光了。這會兒餓得站食堂裏哭，看到心裏疼，我才給他添兩顆飯。」

祖母道：「他的票是汪淑貞管的，怎麼能讓他放量吃！」

蔡德楷說：「你看，汪淑貞把票已全都交他，並且說是您管的，落起實來，還在他自個兒手裏。」

口糧上弄出缺口，就意味著不能活命。那年月人人過火焰山，誰也顧不得誰，怎麼辦呢？怎不能眼看著我餓死，祖母只好向托兒所告假，帶我去走親。唉，嘴上說的走親戚，實際上就是去逃荒。我跟隨祖母到兩個姑母家、到祖母的兩個姐姐家，翻山越嶺地轉了一圈回來，才算把命保住。

一九五九年的農曆十月滿六歲，但我七月間就上學了。既上學，吃飯時間跟哥倆便得到統一，吃多吃少再也不能自作主張，餐票根本不落我的手。每天由哥哥從祖母那兒把票拿來，去食堂把兩人的飯合總秤到一個大土碗中（由於我上食堂經常打破或丟失碗筷，祖母特為我找的個碗。碗呈陶灰色，底大且淺，裏外有許多損印；吃飯不找個地方登它，端一會兒手頸子發痠。但它的好處滿多：不會同別人的碗缽弄混，秤盤下接飯不致拋灑。它再也沒有丟失過，一直陪我吃到食堂下放），出來再分。嚴格執行定量標準，不許超支。

哥哥的定量十三斤，每天劃四兩，這麼吃下去月尾有一斤的盈餘。碰到月大，這天我們的生活就靠它支撐；月小，便秤上一斤不摻菜的包穀麵飯，兩兄弟捧到打頓牙祭。他原定量也只九斤，跟我一般多，十三斤是靠他自己爭取來的。那天幹部在管委會召開定口糧的會議，他壯起膽子進去同幹部擺道理：「按規定，十到十五歲定量十三斤。我是七月十五的生，已滿九歲，正吃十歲的飯。」

「九歲年紀想定十歲的量，那可不成。」

「反正我已進入十歲，就該吃十三斤。」

「你得有個道理把我說服。」

「剛出生的娃娃兒有不有口糧？」

「有，凡是出娘肚子的都有。」

「我沒滿十歲，只能按九歲定量，照你這個說法，剛出生的根本就沒得口糧，因為還沒滿歲。但你剛才又說出娘肚子的都有，這話怎麼講得通？」

他的道理終於講贏了。出門時聽到有人打聽道：「這是哪個的娃子？」

「蔡德成的老大。」

「嘿！看到鍋巴大一砣，說話像大人。」

他雖說一頓多我五錢，但每次把飯秤出來都是跟我平分。這麼做含兩層意思：首先是心疼我，儘管五錢飯，他也不忍心獨吞。其次是吃飯人多，怕把我擠壞。每天早飯的鑼聲特別早，有時點燈秤飯，大人吃了好出工。候我們吃早飯，甑子跟前已不見擁擠。晚上卻大不相同，沒等開飯鑼響，食堂門前早已圍下不少人，大都是些老少病殘。個個餓得皮耷嘴歪，胳肘處夾個

碗缽，眼睛貪婪地盯住鍋灶。有的從影子一偏就到那兒守起，一直守到影子被太陽拉長。望見甑上來氣，知道離飯熟不遠，做秤飯準備。一旦飯熟，都一起撲上去，將甑子圍得水洩不透，以致無法開秤。後來飲事員對症下藥，開飯之前，將屋裏閒人攛乾淨，抬張大方桌往門口一堵，真有一夫當關，萬夫莫開之勢。饑餓早已把人熬蔫，但一見桌子到位，頓時活潑起來，振作精神，你推我搡往前擠去。進大門要踏三步坎子，許多人從坎上擠掉下來，摟把褲子，重新去擠。這麼一個陣勢，我自然接近不得，只能心兒跳跳地望著哥哥去搏。

　　人們搶先秤飯一方面受饑餓刺激，但也有另外一個因素：每次蒸飯，上面總搭有幾斤光包穀麵飯，使紗布袱子隔著，甑篷一揭，拎起紗布袱子的四角兒，將光麵飯收到一邊。說是病人才吃得到，須得預訂，到底歸什麼人吃，只有老天爺曉得。收拾光麵飯的當口兒，少不得灑那麼一星半點的到葉子飯高頭，黃金金的格外起眼，誰都想到幾顆，所以拚了命擠。

　　哥哥秤了飯使雙手捧著，撅著個屁股打人堆裏退出來。我隨他來到篾牆下，擺好碗開始分飯。他使筷子將大土碗裏飯往另個碗裏撥，做得十分仔細，生怕弄灑。不過灑了也不要緊，我們會毫不客氣地撿起來送進嘴裏。待飯分畢，叫我先挑。這時我的注意力全部集中到兩碗飯上，到後，選中一碗來吃。

　　但有時候我自己作踐：剛剛選好卻後悔起來，大碗裏飯雖說沒得小碗裏堆得高，但畢竟碗大；當我把大碗換到手時，忽然又覺得小碗裏多些。我如同著了魔，反覆無常，眼見哥哥快要生氣，這下更叫人著慌，心中一急，竟「哇」地哭起來了。眾人不知情由，都過來指教哥哥沒得當大的樣子。哥哥悶悶地端起碗，往我碗裏撥了些，開始吃。這時我看見淚珠子從他眼裏滾了出來。打這兒以後，他更愛護我了，分飯時，做到多少明朗化，免得我挑選時作難。

　　生活是越來越壞了，起先有飯有菜，漸漸變成飯菜合一。許多代食品也紛紛登場：有包穀核子飯（即掰去包穀子後剩下的骨穗，粉成渣做的飯），各類菜飯，各種豆類葉子飯；紅苕、洋芋、南瓜、蘿蔔不僅成為人們的主食，連它們的葉子也拿來當飯。還有豬子吃的刺芥葉、虎耳菖、苧麻葉等，

也都堂堂正正地來到人們碗中。

　　當然，吃得最多的還是胡豆（即紅豆、豌豆、蠶豆）葉跟黃豆葉飯，秤到碗裏只見葉子不見飯。有些葉子在坡裏捋回來是什麼樣兒，到碗裏還是什麼樣兒，不過挨了一刀；那刀切的橫面，拿筷子來戳，一層一層的像作業本子。幾顆包穀飯藏在葉子中間，我常常先將葉子擄來吃淨，剩下的兩顆光飯總是捨不得吃；眼看周圍的人都吃罷，我才把它一口倒進嘴裏，慢慢地去嚼磨。這陣兒，我的神經系統幾乎都集中在嘴跟喉嚨上了。那確實是一種美好的享受，香香的、甜甜的，能使你忘掉世界上的一切。

　　儘管野菜飯不好吞，我們依舊一頓趕不到一頓。上學只是個名氣，打開書本眼睛花，一心想在吃食上。放學後，時間尚早，食堂裏飯一時二時不能到口，我們就如同一群餓猴，四處八下去尋找野物充饑。

　　村裏果樹本當很多，只因歸了公，沒人去管；加上幾個食堂燒柴，就近砍伐，許多果木遭了殃。所以想吃家果很難，即使有那麼幾棵，大人、孩子都瞅著，待果子到手，不是沒黃就是蟲蛀的了。

　　饑餓使眼睛變得特別尖，無意中，我們在小賣鋪門外的竹簍裏發現一砣草紙，上面化有紅糖。大夥一抱摟到巷子裏，一張一張細細散開，凡有糖跡的地方，先用舌頭去舔，到後塞進嘴裏嚼碎吞掉。一次我們以為運氣來了，在食堂坎下看到一小堆穀殼，不知是誰從枕頭裏空出來，聞到一股腦油氣。有人說能吃，大夥就捧回家，裝進銅罐裏架大火煮，煮半天仍然落不得牙。我回家請教祖母，祖母說：「遭孽的娃娃兒，莫做蠢事，是吃的東西還輪到你們！」

　　起先我們天井屋裏安副大磨，後來搞生產技術革新，被集中到一起。門前的稻場坎下，修起四壁牆，擱幾根檁木，檁木上鋪板子，再上頭安四副大磨。當中臉盆粗一根主軸直插樓下，觸地處嵌個滾珠鐵輪兒，牛在下面拉動主軸，上面四副磨同時轉動。晚上待掃磨的離去，我們就趴在台板上用簽子撥石磨底下的麵，然後歸到一起，要祖母和糊粥大夥吃。可惜四副磨壽命不長，雖說生產率有所提高，但年把時間，竟累死六頭犍牛。倘再工作下去，種牛也會向外隊去借。這麼情形下，四副磨解體——還原於單獨運行——天井屋裏依然支起一副大磨。招呼推磨的是位年老女人，趁她跟我祖母到一起

說話的當口，我悄悄從天井坎爬上去抓磨上的包穀。磨牛戴有蒙子，我怕手腳不靈敏會挨踩，讓過牠的身子同磨槓便伸手去抓。那傢伙以為是大人過來上糧食，自覺站住。這一站不打緊，倒惹得年老女人從隔壁一聲喝叱：「偷懶！」嚇得我過門檻栽個跟頭，髁膝包碰破皮，冒幾顆血珠珠兒。我躲進好夥伴望生屋裏，閂上門，將抓來的包穀放進銅罐裏煮，煮熟後按顆數分。

家裏村裏尋不著什麼來吃，就竄到田坡中去挖野菜。這當中我認得了野芹菜、蒿子、蕺菜、紫蘇、馬齒莧……但這些多被大人搶先挖走。能看到一蔸馬齒莧或野芹菜，挖起來生的就吃。若運氣好，碰上百合秧子，更是歡喜得不得了，不僅花蕊能吃，地下的百合挖起來從火中一炮，又麵又香。

野菜挖不到什麼，大夥爬上山去摘野果。春夏有刺莓、桑莓、羊不奶、叉巴果果。秋冬果子更多：地巴子、葫蘆果兒、棠梨、苦梨、山楂、木瓜子等。

村東山包上木瓜最多，人們將它採回來，從鍋中炒熟，揉些蒿子進去做「紅粑粑」吃。抗日時期，蔡家埡駐紮三十二軍野戰醫院，山上築的有碉堡，繞山樑鑿出幾條壕溝。那天我們幾夥計摘木瓜，順壕溝鑽進碉堡裏去，原來裏頭住的有人。主人名蔡世瑞，做學校的花屋就是他的祖業。土改槍斃他父親，民兵押他去看，槍一響，駭得大喊大叫，滿坡裏亂竄；不想活，找把菜刀照腦門一砍，至今額上留有一塊凹下去的刀跡。他是個先天殘疾，走路一步一跛，一隻右手軟軟地拐在胸前。經常見他用那隻好手握根響竹竿在稻田邊上趕雀子（還能用這隻左手「推」得一手好毛筆字）。不知什麼緣由，有時像拴老山羊，將他拴在路邊的樹幹上或者是牛圈門口。無論老少隨時隨地可教訓盤問他：

「蔡世瑞放老實些！」

「我老實。」

「你媽呢？」

「死了。」

「你爹呢？」

「格啵了。」

「腦殼上呢？」

「自砍的。」

近來大隊派他到縣城背後的大溝裏揹炭，規定每天一百六十斤。他揹個破揹籠，上頭放隻提籃，一次八十斤，分兩回到屋。從大溝裏上來，都是碰鼻子的陡坡，有時為登一步坎子要折騰半天：雙腿抖動不已，惱了，就拿杵子敲打那隻病腿，還一邊大聲責罵：「抖你媽的個屄，老子就不怕你怕！」人們在學校外面廳屋裏支個大風箱，立起土爐，成天在那兒拉動風箱燒礦子、化鍋鐵。到月底，大隊幹部跟一班響器，抬著一片薄鐵，上頭搭段紅，熱熱鬧鬧到公社去報喜。蔡世瑞揹炭，也就專供爐子上用。聽祖母講，他頭上有六個姐姐，父母望他望得苦。自他下地，藥罐子沒離火籠坑，全家人圍住他轉。六個姐姐輪流給他請醫生，抓藥，熬藥，餵藥，稍有不周，便遭受父親責打。家境也由此一步一步衰落。

今天，他所有的家當全部展現在我們眼前：門口三塊石頭支個破吊鍋，一口三耳瓦壺，上頭放個缺口陶碗。大夥兒把吊鍋提起當鑼打，三耳壺扔到石頭上碰碎了。角隅大約是棲身的場子，有幾片板油似的棉絮鋪墊在那兒，一起動手，將它從架槍的洞口扔了出去。到晚上，他坐在碉堡高頭一邊哭一邊罵人。後來我祖母喊他下山，找隻小木桶，土缽、土碗各一個，一起交到他的手裏。我們躲在一旁觀望：他眼睛紅紅的，抽搐著，轉身一跛一跛離去。

二媽經常到山上刮樹皮，營盤嶺枇杷樹多，那裏且有片墳地。她害怕，便喚上我為她做伴。每回去，總能看見毛狗在墳地裏轉悠。二媽拾起石頭朝牠打去，發一聲「逮」，牠便鑽進林子不見了。我們尋著枇杷樹，下半截的樹皮早已被人刮走，樹幹裸露出白裏泛黃的顏色。二媽非常能幹，將對大辮子往頭上一盤，幾下秋到樹上。她在上頭刮，我在樹下撿。有時碰上大樹，不消半天就能刮滿一筐。

刮回的樹皮，祖母細細一剁，曬乾，磨麵做粑粑吃。粑粑做起來容易，粉子有粘勁，烙起來且有些淘力。主要是掌握好火功：火大，粑粑會像鋸末一般燃燒起來；火小，越烙越稀。祖母坐灶門口架火，二媽上灶烙。粑粑在她靈巧的手中翻來復去，丟下這個，鏟起那個，一刻也不見消停。有時將粑粑拋擲起來，口裏噓著冷氣，然後將粑粑接住，做輪子一樣在鍋裏滾動。

粑粑圓圓的，紅紅的，看到流口水。真正吃進嘴裏，味道並不鮮美：有苦味，有澀味，且散發出一股土腥氣。咀嚼時感覺像鼻涕，稍不留心，一下

就滑進喉嚨裏了。

　　我們跟炳貴兩家老園子交界處，長著兩棵高大的棕樹，一到春季便開滿棕花。那花真叫別致，似乎用一粒一粒的粟穀粘合起來，在暗綠色的棕葉下面黃燦燦的，大砣大朵格外招眼。那形狀同顏色彷彿在向人們發出召喚。我們跟望生、炳貴合作抬架小木梯，鬥把長柄鐮刀，紛紛將「棕米」割了下來。

　　面對笆籮裏一簇一簇的棕米，祖母也犯難。她撿了兩顆放進嘴裏生嚼，說不管什麼東西，嚼著只要沒有怪味，便斷定能吃。祖母把棕米吐出來，仍拿不定主意。不過村裏齇鼻子大哥已率先破了例，經驗中談道：並不十分地鬧人，只是有點頭悶。在我們認為，棕米有這麼好的看相，「鬧人」說法跟它沾不上邊。饑餓毋容我們懷疑，大夥一個勁兒催祖母快弄。祖母答應了，將棕米下鍋煮，煮一陣，除道黃水，加清水再煮。這麼淘煮了五六道，棕米漸漸癟下去了。它的折耗非常大，先前一堆鍋，到末了兒炕乾，多派升把，打毛看像燙死的蟻子。祖母灑點鹽上去一燴，每人一勺子，不准貪吃。

　　梅雨過後，天道放晴了。趁這陣兒，我頂著小竹籃，隨祖母到山上去摘菌子。滿山遍野的櫟樹林子，鑽進裏面，望不到天空。許多鳥兒在林中靈活地穿來穿去。祖母提醒我不要摔倒。她拐著小腳，手裏揪著樹枝，或者是一蔸羊鬍子草，小心翼翼地從這棵樹跟前移到那棵樹跟前。祖母穿在上身的藍布衣服，在林中顯得十分黯淡，一會兒看不見，我便大聲呼喊。其實祖母就在我的附近，她見到我驚目驚慌的樣子，便遠遠地笑了。運氣並不滿好，總是有人快我們一步，先一時把樹蔸上的菌子摘走。望著空空的樹蔸，好不洩氣。

　　採不到菌子，我便跟小夥伴一同上碉堡高頭去拾地耳。這東西放過牛羊的地方才有，大都出現在腐爛的牛羊糞和青苔上面。它沒有種子，沒有根，晴天看不見，下連霪會冒出來。傳說是老天爺請雨水帶到地面，專門讓人度饑荒的，故又稱它「天菜」。我們拾個一籃半籃，到井裏淘洗乾淨，回家交給祖母摻辣椒爆炒，當飯吃。

　　吃野物容易中毒，許多大人小孩因此而浮腫，臉皮發黃，眼眶變青。有些人頭天晚上還同某某一起走了路，說了話，或是嚥下點什麼野物，第二天就鑽了土。

鄰居當中，我跟望生倆各自危險一回。

那次是在學校裏，不知什麼人發明燒油桐果吃。那傢伙真叫好吃，簡直比核桃還要香。到上課時。同學們感到頭悶，胃裏不好受，接二連三嘔吐起來。我也忍不住作「哇」，見吐出的髒物像屎一樣流到地上，心中難受極了。這裏頭數望生最厲害，不僅吃得多，且不吐；腦殼抬不起來，臉上煞白，像喝醉酒，歪在課桌跟前不能動。大夥抬他回家，他父親蔡世英一副哭相，母親是個瞎子，撲過來摸鼻子裏有不有風。

吃桐果應該吐出來才好，悶在肚中鬧死人。如何叫他吐？照老方法灌大糞。蔡世英趕忙從茅廁裏潷點大糞水來，手也不軟，掰著望生的嘴，使調羹往裏頭灌。這麼做雖說殘忍，倒也靈，一會兒就拿動了。他像蛇一樣扭動，大口大口地「哇」，約略肚子裏倒空，竟吐黃水。末後，像扔在地上的布袋，軟軟地躺著。這天學校沒上課，抹凳子，撮髒物，做了一整天的衛生。

事情沒過多久，災難轉移到我頭上。油桐果沒鬧著我，吃柿子倒把我害苦了，差點丟了小命。那回餓發急，幾個夥伴跑到村東摘柿子。柿子沒紅，澀得張不開嘴，我們用嘴巴濾去澀汁，吞下柿渣，不知怎麼就膈了食。肚子疼得要命，吃什麼吐什麼，不過那一關。吃蔡德炳的藥不鬆，把父親從公社叫回來，將我揹到城裏去看，仍不見效。十多天過去，人兒一絲兩氣，大人似乎已盡到了心，眼睜睜地望到我去。偏偏我的命長，那肚中作怪的東西被屙了出來：核桃大一顆柿子，淺綠色，看上去十分新鮮。

禍根一出病也除，但我體子實在太虛，立不起身。祖母見我可憐巴巴的樣子說：「藥補不如食補，拿什麼作補？這，葉子飯就吃不飽！」

感謝祖父救命，合作社有不要票的酥胡豆，他秤了十斤打公社帶回來。事先不讓哥哥跟么爹曉得，每晚撮點到一個小盅裏，擱到我枕邊，拂曉前祖母叫吃，我便咕嘣咕嘣嚼起來。後來被哥哥、么爹發現，一早把手伸進被窩，摸摸有不有吃掉的胡豆。有時為照顧關係，我故意吃丟幾顆，讓他們在我身子下搶摸。

由於我母親死得早，父親上了人家的「門」，祖母又不跟我們同隊，沒有大人在跟前，餓的肚子，吃的苦，受的罪，比起同齡人來要多得多。公有

化食堂讓我們過早走入社會，逼得我們去同各樣事情、各樣人物接觸、打交道。這當中自然免不了會有一些不愉快的事情發生。

記得一天早晨，我跟哥倆趴在籫坎上吃飯，那裏是我們吃飯的老場地。一位姓陳的婆婆硬說我們拿了她的錢。我們原以為這老婆子發了瘋，趕快離開，想不到，她以出奇的敏捷，將我們的膀子搶到手中，一手攬一個，竟唱歌一樣大哭起來。

「你們是油炸的心啊，五角錢是我賣黃薑攢的，預備買洋火，放在石頭上。早晨沒颳風，跟前沒來旁人，這錢不會到別處去。娃娃兒，弄個錢幾艱難呀，念及婆婆遭孽，把錢還給我……」

一時吃飯的人都圍過來看，有人提出簡單有效法子：搜身。為證實自己清白，我們自個兒搜，先把荷包的雜物掏出來，再攍起衣服露出肚皮大家看。又有人叫嚷「脫褲子」。我們紅著臉遲疑一下，將褲襠拉下去，飛快地攍起來。即刻惹出「捉雀㞗」的轟笑。

老婆子眨巴著紅眼睛，突然指著哥哥說：「大的沒拿，你走。要拿就是這個小的，挨我站得近。」

哥哥惡恨恨地問我：「到底拿沒拿？」我說沒，他將我一拽：「沒拿我們就走！」哪裏奔得動，她的雙手像鐵鉗一樣把我手腕夾住，接著又哭訴起來：「油炸的心啊，五角錢是我賣黃薑……」

她哭得腔是腔、板是板，從那張開的大嘴裏，看到舌頭上的白乾同老黃牙。我彷彿置身夢境，但又屬確鑿的實在，腕子抓在人家手裏，今天是撞著鬼了。她這樣傷心，也許真的丟了錢，但我確實沒拿，而偏偏又斷定是我。往後人們會罵我是小偷，拿人家的錢，我即使有嘴也說不清。走也走不脫，讓這猴精一樣的婆子纏住，不知會弄到哪一步。我的耐性達到極點，終於忍不住大哭起來。大約是哥哥回家報了信，忽然聽到祖母的呼喚，這下我哭得更傷心了。祖母招呼陳婆子過去，我這才得以脫身，提著疼痛的手腕，轉身往學校跑去。

中午我不敢回家，怕受責罵，後聽祖母一說，心中的石頭才算落地。

陳婆子來到我們家裏，祖母把了一塊錢給她，一時感激，跪到地上磕頭。她本已走出門去，突然又折身回來，向祖母賠不是：

「我對不起人，單想到娃娃兒的爹跟爺爺都在做裁縫，經濟活便些，就起了歪心。明子沒拿我的錢，我駁著他，心裏過不去，說出來好受些。人窮，做短見事，請寬諒我的行舉，只當是上門討的、要的。」

祖母本當想搶白她幾句，看到怪可憐的，便饒了她去。講到這裏，祖母囑咐我們說：「今後不管是什麼東西，千萬不能撈人家的。到哪兒都行得正，做得正，說得通也走得通。」

祖母的話我們聽在耳裏，牢牢地記在心中，時刻提醒我們注意。比方上食堂就得多長隻眼睛，看看陳婆子在不在，在的話，便遠遠地離開。

那時我們活著就是為了吃。跟大人一樣，能準確說出今天陽曆是幾呀，陰曆是幾呀，離發票的日子還有幾天呀。並經常做些幼稚幻想：司務長那口成天鎖著的紅箱子裏頭一沓一沓的餐票，我突然得到一沓，或者是發票時使法叫他腦殼糊塗給我們多給，那麼，吃飯每頓就能秤上一斤。當然，這只能是幻想而已，沒有實現的希望。

發票的日子是月底最後一天，一次哥哥領了票，沒有即時交到祖母那兒去，夜裏，不知什麼人拿走五斤。唉呀，這可是要命的玩藝兒！早晨他站在北屋後門外發呆。我走過去，他指著衣服上的小荷包說：「我藏在這兒，衣服當的枕頭。朦朦朧朧覺得好像有人在動我的枕頭，又像有頭髮刷臉，橫直醒不過來。」

「小偷真壞，趁我們剛發餐票就動了手。」我在心裏罵著，一邊亂猜人頭兒。修公路的民工開走以後，屋裏不能離人，我跟哥哥依舊回南屋睡覺。這裏除堂屋那邊睡有二媽，不會進來別人。說到頭髮刷臉，我立即想起二媽那對大辮子。

他趕忙制止說：「莫瞎猜，我也這麼說，婆婆就吵，叮囑我不准做聲兒。」說完，猛烈抽搐起來，淚珠子滾過面頰，一顆一顆掛到衣服上。

叫他莫哭，今天吃我的票，去食堂打回半碗清水煮蘿蔔，遞給他吃。

他說：「我打算一天只吃一頓，把五斤票『餓』回來。」

我默默計算，五斤票是他十多天的口糧，想餓回這個損失，要個把月時間。他又問我是餓早晨還是餓晚上，我說一頓就餓不得。他說：「為了上學，我想餓晚上，晚上不使力做事，好好躺那兒，一覺睡到第二天。」

他說到做到，傍晚太陽一落，便早早上了床。

平時兄弟倆形影不離，沒有哥哥在身邊，我感到孤獨，想到他丟了餐票沒吃晚飯，我再也不敢接他的客了，心裏十分難過。待吃下半碗清水煮蘿蔔，也不想哪兒去，便走入房中到床跟前站著。窗紙漸漸變暗，不時有人打牆根下走過，腳步聲聽得一清二楚。我多麼希望這陣兒有人推門進來，是祖父祖母，或者是父親，跟我們說說話，出出主意，讓哥哥能夠愉快起來。然而，腳步聲一個個近了，又一個個遠去，叫人非常失望。我點上燈，看見他蜷曲著，臉朝牆角，不吭一聲。我不忍心打擾他，但極想去安慰幾句，卻又不知怎麼開口。由於床上找過餐票，翻得到處是草。我順手把吊在床沿的稻草一點一點塞進棉絮下面，將地上打掃乾淨。夜壺裏尿滿，拎到茅廁去倒。在平時，這件事總是你推我我推你，從不主動。今天我似乎特別懂事，倘若要我為他做點什麼，一定會盡心盡力。

他突然翻過身來，眼裏噙滿淚水，跟我說：「媽要是活著幾好哇，她肯定能幫我把票找到。來，你摸我肚子，裏頭空疼，睡不著。」

順著他的手，摸到那軟軟的肚皮，一閃一閃。他泣搐泣搐地哭，我也禁不住流起淚來。

終於有人推門來了，調臉看時，祖母手裏端個碗，碗中有三個蕨根粉子做的湯圓。祖母罵哥哥老實，不該將餐票帶在身上，上過當要記住。叫趕快趁熱吃。

說是湯圓，裏頭包不起糖，塞的一肚子黃菜；圓子下不得水，靠火功炒熟。別看它黑得如同狗屎，苦苦的不好吞，沒有勞力莫想吃到。粉子全是二姑媽送來。他們拚死拚活從山上挖回，洗盡、曬乾、剁碎，然後放進石碓裏舂。製作方法說不上複雜，倒十分費時費力。上次我吃差一截，靠祖母帶我逃荒逃過來，這回哥哥被盜又多虧祖母救命：隔三差五炒幾個湯圓他吃，這麼一天一天地往前熬。

那陣兒我們的運氣夠壞，不是哥哥背時就是我倒楣，兄弟倆輪換著來。哥哥被盜沒過兩天，我單獨去了幾次食堂，怪事又在我身邊發生。

記得早晨吃苕藤子糊粥，我剛剛交了票，身後跟來幾個大人；待他們把糊粥打過，再把碗伸過去，炊事員陳士英說我沒有交票。我連連地解釋，

可她怎麼也不相信。蔡德楷在堂屋裏削蘿蔔，見情形過來小聲說：「沒得媽的娃子，舀一碗算了。」看來說不服她。這碗糊粥吃不上，會一直餓到開晚飯，因為我手中再也沒有票了。想著想著，淚水滾出來了。這時我猛然想到一件事情：

前不久，我們到食堂守飯吃，由於時間太早，灶裏還沒生火。灶台鍋邊大約有些暖氣，全村的蒼蠅差不多都集中在那兒。陳士英獨自在案前剁一束紅苕藤子，「嘭嘭」的刀響，更增添了食堂的自在與冷清。一時守不到飯，我們到稻場西邊的小石橋下捉螃蟹吃，正捉得起勁，大夥突然變得神祕起來。抬頭望去，劉功修躬起個身，趿拉著鞋子幾步跨進食堂門。刀響停止，接著門板動了，也不緊閉，關個半掩兒。幾位大些的夥伴像鬼子進村，悄悄包抄上去。我不知發生什麼好事，糊裏糊塗跟著。他們把腦殼從半掩的門縫裏伸進去，縮回來，又移到堂屋的窗子下探望。這時的樓門已經放下來了，將樓梯口蓋得青絲嚴縫兒。樓上是領餐票的場子，支的有鋪，我見過。大些的夥伴半握拳頭，伸進去一根指頭，一邊抽動，說樓上在搞「那個事」。食堂是間板壁屋，山牆非磚石所砌，只是在穿枋當中織了些篾片，外頭糊層泥巴。靠東面就牆蓋個偏廈，做的牛圈，正好那裏斜著兩根木頭。夥伴們像猴子，順木頭爬上去，從泥巴脫落處，貼緊臉看。那些大點的夥伴看過之後，擠眉弄眼，露一臉詭譎的微笑。我也受好奇心驅使，爬上去看。樓上有三塊亮瓦，光線並不十分的暗，只見床上一個白生生的屁股——上面似乎攀有膀子，且又像腿子———聳一聳地前後蠕動。不知何故，大夥的神態由詭祕而轉入興奮，回到牆根下蹲著，彷彿在期待一件什麼更有趣的事情發生。我越發糊塗起來，過去將那半掩的大門推開。頓時「咕呀——」一響。他們都轉過驚訝的黃臉瞪著我，那神態恨不得將我一口吞掉。我弄不清開門有什麼錯。忽然樓門被掀開，一隻腿在梯上出現了，接著是一雙。正待細瞧，大夥呼地跑開。我以為那是兩隻魔鬼的腿，才把他們嚇成那個樣子，跟著也害怕起來，沒命地跑到小石橋下藏著。劉功修出大門左右望望，急急地朝管委會那邊走去。「嘭嘭」的刀響又間作起來。

正惱恨陳士英不打糊粥，又奈何不得，這新鮮事情打腦殼裏一冒。我抹把淚眼，把碗伸過去要糊粥。她說：「交票我打。」

「到底打不打？」

「交票我打。」

這下我煩了：「你跟劉功修搞屄！」

陳士英一把將我拉到碗櫃後面，說：「小娃子學到亂說！」順手抽出刀架上的菜刀，威脅道：「再亂說我割你的嘴！」

當時我來不及考慮嘴的後果，將聲音提高八度：「你跟劉功修搞屄！」

她怕我再來個「高八度」，一下蹲到我的面前說：「我給你打糊粥，可你要答應我，二回莫亂說；那是醜話，小娃子說了髒口德，長大說不到媳婦。我喜歡你，記住嗎？」

見她在軟，我只想糊粥，也就點了頭。她給我舀上滿滿一鉢，雙手捧到簽坎上，飽餐一頓。

我雖年幼，對飯食並不缺少計算。經過仔細觀察，發現秤飯秤桿總是那麼一翹，據說那麼一翹，盤裏便有了「望頭兒」。為了得到那個「望頭兒」，跟哥哥倆說好，自己去秤，結果被人扣了秤。深不知那完全是個假象，平時可能扣得少些，不易發覺，這次因扣得太兇，哥哥找他們複稱。當時正逢秤飯高峰，哪裏擠得進去，時間稍長怕不認賬，我們急得大喊大叫。當人們聽說扣秤，竟騰出一道人縫讓哥哥鑽上前去。炊事員自知理虧，將土鉢添了一鉢。我們在簽坎上吃，好多人過來祝賀，說我們賺了。我說補飯前已被我搶先吃下幾口，大家更是高興。

說起來也真奇怪，許多大事都讓我忘記乾淨，唯有這一碗糊粥、一兩葉子飯的芝麻小事，經過幾十年的淘洗，在頭腦中倒越發顯得明白清晰。我有本事背出當時的情形，跟前是些什麼人，什麼神態，說的什麼話，一切像發生在昨天！

譬如相嘴，說起來真是叫人傷心難過。無論什麼時候，什麼場合，什麼人，只要看見誰在動嘴，腳下就邁不動了；目光會毫無顧忌地穿刺過去，倒能使對方不好意思起來。祖母說我們往那兒一站就是一個坑，也不調向，硬要把對面望穿。當然，心中十分明白，儘管模樣兒可憐巴巴，想得到施捨是件渺茫事情。而我們並不完全為得到施捨，彷彿覺得看人家動嘴，如同自己在吃東西，在咀嚼，然後吞進肚裏——雖說是泡口水，心滿意足；人家吃

完，我也離開。

別處相嘴是圖個享受，家中可不同，簡直帶種「硬氣」。記得手工業又要從公社集中到區公所去，由於路途遙遠，祖父已是六十開外的人了，故不能隨父親他們前往，告假還了鄉。不知什麼緣故，大略占著軍屬的面兒，經過特批，祖母他們能將口糧秤回家中做飯吃。這的確是件好事，舉雙手贊成，我們又多個相嘴的去處。

家中除非不燒火，一見煙囪裏冒煙，我們就不會走了。後門上是相嘴的老地方，一個門檻兩尺見寬，兄弟倆往上一騎，望著祖母弄飯；飯熟了望著他們吃，一直望到這頓飯結束。末了兒，我們會得到一點鍋巴，或者是兩個蕨根湯圓，待這點東西下肚，後門才得以暢通。相嘴的時間過長，感到寂寞，我們就做點小遊戲，坐門檻上打「偏偏鏢」：「偏偏鏢，螺螄坨，婆婆死在山根下……」到這兒，祖母把我們瞅著：「婆婆死了你們還要造孽。」挨了吵，才知道這遊戲不甚吉利，既然如此，便換個自創遊戲：互相往臉上吹風，吹著吹著，漸漸撐不住，就吐起唾沫來，到後就是打架。

哥哥到底大些，儘管相嘴已相成習慣，有時仍感到過意不去，想拉我走開。對此我非常不耐煩，肘子一拐道：「要走你走！」我的意思是：任何東西的取得，皆來自人的恆心，必須堅持到底。功夫不負有心人，當我守到一點東西下肚，以獲勝的姿態去尋找哥哥時，他正站在廳屋門前發呆，見我過去也不理睬。

有時我專看祖父吃糊粥，一箸餵進嘴裏，抽筷子「叭」的一響，乾淨俐落；嚼動起來，鬍子一翹一翹。祖父從不舔碗，雖說吃得乾淨，趕我們卻差得很遠。吃糊粥我們發明一種方法，碗邊的莫動，從中間挖著吃，吃著吃著，四周的糊粥漸漸收縮，直到吃完，碗中跟洗了一樣乾淨。我想把這種方法教給祖父，總是不敢開口。祖父吃下兩碗，要祖母再添半碗。我想時機已到，果不然，祖父吃上三口，說吃不完，喊我過去給他撿殘。現在回想起來，並非祖父吃不完，是用這種方式疼我，以掩二媽耳目。

相嘴方面我們開動腦筋，既要把東西相到嘴裏來，又不至於太尷尬，兄弟倆表現得特別勤快。我提銅罐，哥哥拿盆子，到井裏打水。力氣單了些，銅罐擦腿，防褲子打濕，將褲腳捲起。一趟一趟，比賽似的，不大工夫，缸

裏滿了，桶也滿了。以這種方法相嘴，雙方都比較滿意。祖母笑著說：「前頭我們餵個白狗子，滿精靈，看到你在吃飯，牠跑外頭躺著，聽到鑱鍋，曉得餵牠的時候到了，一跳地進來。唉，你們這就像一對狗子，不過比狗子還是強些，能夠把水從井裏盤到缸裏。」

相嘴並非「百戰百勝」，有時你會眼睜睜看到他們把飯菜吃得一乾二淨；有時趁我們未騎上門檻以前，後門早已被檳子檳了。打門縫看去，裏頭正在吃飯，這真是個絕著！遇到這種情形，我們負著那種說不清的、非常複雜而又非常沉重的心情，快快地離開後門，站到轉牆角發呆。

說實話，這樣的故事太多太多，我經常告訴晚輩，講起餓肚子，我七天七夜不說重句子，說起來並且還十分生動。但是，讓我把它寫進作品裏來，奉獻給讀者，總是感到力不從心。作家中有這類情況，當他在描寫敘述自然美好事物時，感歎人世的文字顯得蒼白，不夠使用。而本人卻恰恰相反，拙於應用現有言語把事情說得明白曉暢。我常常哀歎我的愚笨，生活中很多好的故事，情節不能結構到文章裏去而捨棄掉了；倘若硬放進去，那麼就會產生一種羅列。

鑑於上述情形，不再囉嗦，讓我把對公共食堂生活的贅述，結束到下面的故事裏去。

那天星期六，放學早些，沒得什麼野果子好採，拿起碗就往食堂裏跑去。陳士英正在淘黃豆葉，隨後掄起大薄刀橫直剁兩下，趁濕灑些包穀麵同包穀核子渣上去。然後將甑子抬鍋中放平，一個用鍬往甑子裏鑱，一個用木杵把豆葉拄實在，蓋上甑篷。說甑篷上結了汽水兒，飯就快了。

我們就一直盯住甑篷，等它上氣，結汽水。眼睛痠了，便拿筷子敲碗，十幾隻碗同時敲響，熱鬧好聽。蔡德楷嫌聒噪，手裏拿根棍子，吵道：「吃飯敲箸，討飯無路，滾遠些！」見他轉身走進後頭的磨坊，我們又敲著攏去。這時磨坊裏傳來喝叱，我們轉過牆來，看見蔡德楷正在搨望生的耳巴子，罵道：「狗雜種，偷公家的麵吃，這還了得！」

四副磨散盤以後，缺少牛推，就叫瞎子頂。望生自那回吃了桐子果，蔡世英便奪去他讀書的權利。眼下他媽推磨見天（即全天、整天）定的六十斤，有些吃不消，望生便跟來搭把力——拉磨。

看望生嘴上，果真巴的有麵。他淚流滿臉，但不敢放聲。蔡德楷跟手又一掌，望生支不住，撲個馬趴，衫子裏頭撒出麵來，這下反天了！

人們從地裏收了工，上食堂打飯，都圍過來看。隊裏有個啞巴，牛高馬大，鷹子鼻，惡眉毛，平時看見就怕。蔡德楷同他比劃著，叫他將望生吊到食堂坎下那棵大梨樹上去。啞巴擺手，做副無可奈何的樣子。蔡德楷比劃用大碗添飯他吃，這下啞巴眼睛一亮，也不擺手，也不動手去吊。蔡德楷見啞巴有些動心，喊著進屋找繩子。

我嚇得腿子亂抖，替望生捏把冷汗。這陣兒，只見他從人縫裏溜掉，比兔子跑得還快，布衫子在身後飛揚起來。「快跑！」我在心裏為他加油。

蔡德楷找來繩子，不見望生，正碰到蔡世英打飯，便拿指頭點住他的鼻子，硬說望生偷吃麵是他使的。他一時不知怎麼回說，哭相掛起，憋上半天，結結巴巴說：「我賭咒，那……那個野、野乱耙使的。」蔡德楷折身從偏廈裏將瞎子拖出來，跟蔡世英放到一處，手一鬆，瞎子跪地上求饒：「德楷德楷，我的錯我的錯，回去我們教育。」蔡世英似乎明白這下自己該做什麼了，一晃，撲通跪下：「我……回去打……打死他！」

天近傍晚，人們嚷著開飯。蔡德楷朝蔡世英一揮手：「餓你們三天，試試我的功夫！」轉身進屋找盤子秤飯。

當晚蔡世英就沒秤到飯，回到家裏，將望生弄屋當中跪定，拿捶草的榔頭砸他，嘴裏結結巴巴不知說些什麼。瞎子撲過來袒護，袒護之後便長長吆吆地哭。望生只在挨榔頭時，擠兩聲嫩嗓子。

第二天，蔡世英出工，瞎子推磨。望生沒起床，兩眼瞪屋頂，不說話。

晚上，望生還是那模樣兒。蔡世英喊幾聲不見反應，瞎子又湊過來喊：「娃娃兒，娃娃兒。」這麼喊了一夜。民兵連長站四合院外頭吼道：「瞎子，喊魂是不是？招架我拎你起來遊街！」候民兵連長走過，瞎子又疊下聲喊：「娃娃兒……」

第三天放午學，瞎子仍舊在呼喊。堂屋板壁上有個疙瘩，年久疙瘩爛掉，現出銅錢大個孔來。我們嵌隻眼睛去窺：他們的床鋪正靠著板壁，只見瞎子將望生攬在懷裏，她的淚水大約已經枯竭，臉上的皺紋乾乾的。望生瞪著雙眼，隔會兒把嘴一張。到晚上放學，聽祖母說望生已經死了，是蔡世英

自個兒馱出門去，埋在他們家老園子裏。望生穿的還是那件又髒又破的毛藍布長衫。也沒釘個匣子。

夜裏我睡不著，望生像一直站在我的床前，可憐巴巴的樣子。他細胳膊細腿，臉上白乾白淨；雖大我兩歲，讀書卻同年級。他沒有書包，幾本書裝在一個木製的梳頭盒裏頭，同學們隨意將他的「書包」拋來拋去。人人敢打他的嘴巴，敲他的拐脖兒。他不哭，不吭，最多眼睛裏濕一下。記得有一回，他問過我一個得數，竟塞給兩個燒洋芋我吃。他為什麼這麼早就死去？我們一起摘木瓜、拾地耳、割粽米……的情景，在我的腦海裏一下子活躍起來。他還能活過來嗎？明天能看見他嗎？當我深信，想同望生見面今生今世已經不可能了，這時，竟然傷心地哭起來了。祖母聞聲問我是不是害怕，我說不怕，淚水止不住，只覺得好哭。

半夜，我被吵鬧聲驚醒。民兵連長正在望生屋裏喝叱：「捆起！給我捆起！」接著是滿重的腳步落地。「咣噹」一聲，好像是罐子碎了。蔡世英在呻吟。我以為天快亮了，爬起來，看見祖父祖母在燈下說話，問望生屋裏出了什麼事情，祖母喝我睡去。躺在床上，聽到他們把蔡世英帶走，剩下瞎子在屋裏哭。

大清早，在村裏蹲點的公社武裝部李部長到了，還跟來一位特派員，都是穿的黃褂子，挎的盒子炮。他們來到我們家中，找祖父祖母座談，並一邊做著筆記。

村中，民兵連長像牽一頭老牛，讓蔡世英遊街；遊兩步，站定講一通。說蔡世英犯了國法，殺他的兒子吃。一面將蔡世英背上的口袋取下來，往地下一摔，露出一對腳片。人們哄地散開，姑娘婆婆們叫著「媽吔」，捧住臉亂竄；孩子們隔多遠張望。

原來昨天夜裏蔡世英把望生從土裏刨出，剁下雙腿，躲在屋裏燒吃。民兵連長聞到油煙子，跟蹤究竟，是他做的好事！

遊至中界（即正午），劉功修讓民兵連長將兩條腿拎著，同起李部長、特派員，往地裏驗了屍首，跟兩條腿一起掩了。特派員頭裏回去，李部長還有善後工作要做。

學校操場靠東，是隊裏的牛圈，蔡世英被拴在牛圈的挑樑上；兩手反

剪，腳尖著地。他面前是個大水田——李部長的試驗田。栽秧時聽李部長說：「廣州畝產稻穀兩萬斤，我只要它產個一萬五。」眼下秧苗正抽穗揚花，雀子喜歡整，就讓蔡世英接蔡世瑞（已餓死）的班——趕雀子。這也是李部長的安排。

下課大夥就圍住蔡世英看。他一副哭相，雙手反吊，腦殼抬不起來，隔會兒揚一下，看有沒有雀子。有，就打「噢呵」，由於喉嚨受到限止，打的「噢呵」沙啞難聽，雀子也不怕。他求我幫他把雀子趕走。我瞅他一眼，心想當著同學的面，去聽一位富農分子的話嗎？況且他剁望生的腿，是違了法的人，正憎恨他！

這時瞎子端上半碗豆葉飯，手裏拄根棍子，戳戳搗搗走來。她摸到蔡世英跟前，以望生的口氣叫道：「爹，吃飯。」她動手餵他，用筷子夾住飯，碗跟著筷子移動，一時不能正好餵進嘴裏，碰到鼻子或下巴，灑下的飯被碗接住。蔡世英張個大嘴，對準飯正要吃進，筷子又偏了；還想追吃，但脖子伸不過去。瞎子讓他將碗口含住，往嘴裏推。蔡世英嘴裏塞滿飯，舌頭打不過翻，喉嚨鯁住，淚水溢出來了。

次日天陰，蔡世英還是趕雀子。早晨去看，他兩腿顫動不安。垂著腦殼，像孩子受到委屈「嘍嘍」地哭。到中界去看，已懸了腳，瞎子抱住他雙腿正嚎得上勁。

適時起了風，把稻穗颳得扭來扭去；山那邊湧來厚重積雲，將地面罩得昏暗一片；隱隱聞到悶雷。這暴風雨的前兆，將瞎子的哭訴撕得斷斷續續：「我遭孽的人啊……自小無爹無媽……長大當兵當夫……你跟兒的罪滿……前頭去……我後頭來……陰間裏會面……」

隊裏出人手，把蔡世英跟望生埋到一起。不幾日，瞎子「趕路」，相繼死去，隊裏又來人，將全家做一坑掩了。

記得那天正逢農曆七月十五。「年小月半大，神鬼也歇三天架。」按風俗，家家焚香燒包袱，設酒食祭祖；放河燈，開盂蘭盆會，賑濟孤鬼。然而時勢不可，只聽祖父歎道：「蔡世英他們正趕上鬼節歇架去了。」

那個年代，人們為了活命，饑不擇食，代食品過雜過亂，普遍地浮腫，醫生看病，藥單上開的「包穀」、「黃豆」。這二味「良藥」偏偏又不好配

兌，只好由閻王爺三天兩頭地進村「接人」。齂鼻子大哥吃「觀音土」屙不出來送命，朱八爺吃馬桑泡兒中毒身亡，補鍋佬吃芋麻根發腫西去⋯⋯當餓死鬼的更多。

當然，這樣敘來，並不意味活著比死去幸運，相反，死者倒比活人幸運，正如人們把死去喻謂「享福」一樣。那時，饑餓像一把利刀懸在空中，隨時會向你砍來，結果性命。

五十多歲的「碓二哥」，被派往龔家灣打水庫，受不住餓，預備回家找口菜吃，適時園裏什麼菜也沒得，便摸黑到挖過的苕田裏尋苕根充饑，到頭卻死在田中。我們去看，老頭兒匍伏著，鬍子拉碴，嘴裏還有一根沒有吞盡的苕藤。他兒子將硬僵僵的屍體抱在懷裏，哭天喊地，如一頭黃牛在田野裏哀嚎。

當晚，人們攏來陪死者過夜——打喪鼓。我們趕去湊熱鬧，像耗子在人群中鑽進鑽出。大夥注意力只在灶屋裏頭——看弄不弄宵夜，願望自然落空：鍋裏倒是冒氣，且只煮清水，以備歌師飲用。至三更半天氣，正覺無聊，忽然引起一陣騷動——食堂鬧鬼。

大夥哄地往中間稻場跑去，走攏，只見蔡德楷揪住門上的釘錦，結結巴巴跟幹部回報，說屋裏有鬼：他預備開門弄飯，忽然聽見梯子撲搭撲搭地響，牆旮旯兒的桌子也被什麼撞得叮咚一下。民兵連長命令將門打開，進屋搜查。緊張忙亂中，聽蔡德楷咋呼：「有人有人！盆裏兩斤光麵飯一顆不剩，鬼不會吃飯，肯定是人。」話音未落，他腳下一溜，拿燈細看，是泡屎。這陣兒民兵連長來了勁，拿根棍子東戳一下，西搗一下。他見甕子倒立著，只一推，裏頭冒出個人。這人牛高馬大，幾個民兵撲過去，即刻將他捆住。民兵連長抓住他棕包一樣的頭髮，說：「你想吃飯，我接你吃屎。」使勁往屎裏按，硬要他吃。那漢子像個啞巴，僵起個脖子不肯吃。民兵連長猛然一撳，那髒稀稀的臉龐終於被濡到屎堆上去了⋯⋯

一九六一年春，「白麻紙上書德音，京畿盡放『食堂令』」。公共食堂這個熱鬧腐朽的東西如同四副磨，終於散了夥。

這是一個被人們刻在心坎上的春天。

# 懸腳客

食堂下放如同火坑救人，自然是人人求之不得，不過到我跟哥倆頭上就有了個疑難——歸宿問題，它跟三年前那樣被重新擺到桌面兒上來。

記得那天父親提著半袋兒包穀走進來，其中哥哥十二斤，我八斤，總共二十斤，是我們兄弟倆一月的口糧。祖母見屋裏沒得旁人，就把父親留下說了會兒話：「叫我擔著點兒，讓你好過那一關，這麼些年了，兩口子還沒商量個合二為一？我是老鼠子鑽風箱——兩頭受氣。一會兒說你媽辦的幼稚園，一會兒說他們吃得；開起荒來又說人家屋裏兵多槍多，我們屋裏吃飯的嘴多；還說盡義務——給人家養活閒人，投的啥兒？唉呀，這些話我都聽傷了。半大娃子正抽條兒，不讓幾碗飯行嗎？吃到半途裏我不得到他們手裏奪碗。不過話說回來，老少望到賀丫頭一個人也是狠，水就攪不渾。我看還是趁早弄過去吧，隨便什麼，做到前頭好些，莫等到關係搞僵，鬧忤逆。」

談話中祖母說的「他們」，我似乎明白所指，但內容聽不全懂。父親彷彿用心聽著，又一時不能做主的樣子，呆呆地一副愁容。到後他說：「事情不是您想的那麼簡單，我何愁不想弄到一起！常言說：『過婚嫁過婚，睡到半夜兩條心。』她的思想我儘量去說，說得通就好，說不通還得靠您擔著。」

組織起來的手工業，隨著食堂的下放跟著也解散了。么爹自小有個胃病，蔡德炳斷言打不過十六歲；祖父在大茶埡做衣服時，公社有位國民黨軍隊中下來的周醫官，死馬當作活馬醫，將么爹帶過去治療。為早點撈個衣飯碗兒，祖父讓他一邊瞧病，一邊跟二爹學習剃頭。如今二爹、么爹一起轉回，加上我們一湊，烤火圍個大圈，吃飯有七八個人端碗，家中照先前那樣重新熱鬧起來。

灶上依然由祖母掌鍋鏟子，考慮到白天要做事，一般情形下早晨吃菜飯，晚上吃菜糊粥。無論菜飯、菜糊粥，一弄就是大半鍋，大夥端起碗來，

你一鏟我一勺，不大工夫，被收拾得乾乾淨淨。我們彷彿剛剛從餓牢裏放出來，吃飯不過秤，敞開肚子裝飯。經過幾年的食堂鍛鍊，又因年齡有所增長，本人飯量有極大提高，不管乾稀，三大碗才能解決問題。吃速也快得驚人。肚子脹得如同罐兒一般，褲子攏不上去。二爹曾擔心道：「不是那椿椿兒掛到，會掉到胯子下去。」

一次我得到哥哥的警告：「你不能吃得太多。」

「怎麼了？」

「有人瞅我們。」

我似乎明白他的意思，反駁說：「我吃的婆婆爺爺的飯。」

「叫你少吃你就少吃，莫強。」

「反正我要吃飽。」

由於人多，吃飯、烤火都遷到南屋堂屋中去，廚房依舊在北屋。這麼一來，端菜添飯須得走上一個曲尺拐。那天早晨，哥哥攔在簷坎上奪我的碗。起先他說：「看，我已放下碗筷，你不要再添。」

我央求道：「還想添兩顆兒兩顆兒。」

「不行！只顧埋起腦殼吃，也不抬頭看看，二媽瞅了我們好半天。」

「我沒惹她。」

說完想擦身過去，不料他猛地一奪，把碗給我下掉了。

沒想到他有這麼狠心，不讓人吃飽，比打我幾個難受；一時又奈他不何，只得以哭代抗。我看見祖父祖母出來，指著哥哥說：「他不准添飯，奪我的碗。」

祖父問他為什麼，他答不上來，我代為答道：「他說二媽瞅我。」

祖父稍稍一怔道：「再見哪個奪碗，我剁他的手！這還了得。」

祖母過來伸手打我一個嘴巴，罵道：「嚼你媽的舌根子，什麼時候瞅你，我沒看見。」

二媽搶到哥哥跟前問：「哪個瞅你？搞清白。看到不成像，冤枉人倒算一個。」

祖母拉我們上北屋去，回頭說：「賀丫頭，小娃子的話莫聽。當二媽的，莫說瞅，就是摑幾下又怎樣？」

二媽便越發有了勢：「是我把他們服侍狠的，這樣來謝我。只怕沒看見，懷起個娃子，白天出坡，打晚工挖生田，稀湯寡水的吃個到心不到肚，夜裏還要推磨，累得腰都直不起來。這麼貼鹽不鹹、貼醋不酸的為啥兒？看你們護膿包，護得多多的，我真是鬧傷了。」

　　祖父欲進屋去，聽到二媽話裏有音，折身問：「哪個護膿包？我把他們搧天坑裏去。」

　　「搧天坑裏、捽大河裏，與我不相干。」

　　二爹到後發出話來：「看樣子箍不攏了。」

　　祖母站在北屋門口吵：「鬥得好聽。快些吃你們的飯，我等著收碗。」

　　這天非常沉悶，空氣似乎凝結成鉛塊，壓得人喘不過氣。就在二爹發出「箍不攏了」的預言之後，沒過多久，他們就鬧著把家分了。

　　那天一放學，肚子餓得特別厲害，心兒早已飛到祖母灶台上去了。我一直順巷子跑下來，剛出巷子口，看見祖母坐在稻場邊的石礅上，那形像永遠刻在我的心中。

　　她穿件打有補丁的藍布衣裳，寬寬鬆鬆，使身軀顯得格外瘦小。由於雙手撐住石礅，肩胛高高凸起，整個上身幾乎全靠兩隻膀子支著。腦殼吊在胸前，幾絡蒼髮被微風吹動。今天沒有裹腳，襪筒翻下來籠住腳頸，露出白生生的細腿桿。我從沒見過祖母有這麼邋遢。看樣子她已在那兒坐下許久了，當我出現在她眼前的時候，她抬起頭，用非常愛憐而憂傷的目光打量著我，像跟一個大人說話似地同我說：「明子，你二爹把我們分出來了。」

　　她木然的神態中透出幾分淒涼，我一時掂不出她話中的分量，單是想：分出來還好些，只要不把我們跟祖母分開。照當時情形，分家給她打擊不輕，我心裏非常難過。怎麼讓祖母擺脫痛苦，使那顆被傷的老心得以慰藉？當時對我這個只有八九歲的孩子而言，實在是件力不勝任的事情。連勸告祖母的半句話也說不出來，我走過去默默地挨她坐下。

　　二爹打廳屋出來，手裏拿隻撮箕，左右張望。當他看見我們，目光很快抬高過去。祖母招呼道：「那張書桌是土改分的，應該歸我；老三在家裏一直用它，當兵回來要要。」

　　二爹倒也果斷，說：「都給你，老家業我一點兒不要。」

「莫說得那麼絕，一合春台板子是你拿去支了鋪，我都沒說。」

祖母的神情令人好笑，說話像小娃子賭氣，變得斤斤計較了。

二爹不願同祖母多說，要我跟著他去撿瓦碴兒。我心裏說：「你使祖母慪氣，我不幫你。要去你得給祖母說，祖母允許我就去。」我抬頭用目光徵求祖母意見，祖母示意叫去。

二爹用泥巴跟瓦碴兒糊一口灶堂，這灶是用方木做的，挺像一張大斗桌；可趲動，比土灶要先進。我想這是一個創造。分家使我感到突然，其實錯了，他們早有預謀，請木匠將木灶做好，一聲說分，當天便能立煙戶起伙。

當我去撿第二撮箕瓦碴兒時，好像聽到長長的歌聲。心想，什麼時候，有心思唱歌！細聽起來，又有些不對，疑惑間，炳貴到水井裏打水，看見我便驚目驚慌說：「你婆婆在你媽墳面前哭，有人在勸，快些去，把她弄回來。」

我心中一沉，撮箕從手中滑落到地上。站稻場口望去，原先那兒的核桃樹跟杏樹，早已被食堂砍盡，光禿禿的，只見祖母撫住我母親的墳頭放聲大哭。慢慢走下園子裏去，淚水一直模糊著我的眼睛；祖母那宏大悲愴的哭聲，像鹽水一樣澆洗著我的心。我想勸祖母莫哭，但怎麼也找不到適當的話出口，呆呆地立在旁邊，陪祖母流淚。

有人勸道：「人死不能復生，您對得起她，兩個娃子扯到這麼大，往後會慢慢好的。看孫娃子來接你回去，莫哭，自己的身子要緊。」

經勸，祖母終於止住哭聲，隨即我的心一下也得到輕鬆。

「千不是萬不是，是我李丫頭死的不是。」大概因為哭累，嗓子沒回復原位，聲氣聽上去怪怪的。

祖母回屋就到床上躺下了；祖父板著臉一言不發地坐在天井坎上撩扣衭兒，屋裏顯得十分冷清。我跟哥哥倆悄悄分工，他提水，我掃地，然後又一同到水井洗菜。傍晚，我們生起灶裏火，不知怎麼做飯就燒開水，這時祖母起床上灶了。我們同時舒出一口氣，趕快溜到後門外頭靠牆站著，怕惹祖母心煩。

祖母弄飯我們吃著，自己也不端碗，依然回房躺到床上；隔會兒，便能聽到她從裏頭發出的歎息。這次分家，確實給祖父祖母出了道真正的難題。

二爹原本就不會農事，手工業解散回來，他就四處串鄉剃頭，按月向隊裏上交一筆副業款。他腳步較寬，不僅跑遍縣內的山山嶺嶺，還跨縣到宜昌、保康、秭歸等地做藝。同時手藝做得滿活，倘若人家無活錢交付，以布票、山果、野豬肉作抵，他都來者不拒。有時半夜裏還帶回從黑市上買到的糧食。在這麼一種情形下，你讓他吃菜飯、菜粥，肯定是虧。既吃不起虧，分家便是最佳選擇。而在另一面卻遭了殃，老的老、小的小，飯都能吃，活不會做；況且二媽先前墾的那塊生田也被她一併帶走，留下來的只是困難、饑餓跟憂愁。如此嚴峻情境面前，叫祖母如何不急、不哭！

究其原因，根子在我們兩弟兄。假若除開我跟哥倆，祖父他們三口之家，各有一份口糧，外加二姑母有時送點糧食跟蕨根粉子貼補，生活勉勉強強能過。那時我們正處在「半大娃子，飯甑子」的階段，活活的兩個，往任何人跟前一站，誰都會感到不寒而慄。世界上這多餘的一對，正如祖父所言，又不能揎下天坑裏去，做何處置，實在是個十分棘手的問題。

萬般無奈情形下，祖父祖母再次提出讓父親把我們引走。這次父親大約看到已無地迴旋，沒有耍賴，竟爽爽快快答應下來。說心裏話，寧願父親耍賴，我們不想離開祖父祖母。事已至此，也只好硬著頭皮跟父親走了。不過，我們吃飯到父親那邊吃，住宿依舊在老地方，這倒使我跟哥倆又稍稍安了些心。

到父親那邊搭夥，頭天平安度過，早晨吃過飯就往學校裏去，晚上飯熟我們去吃，吃完就走。父親大早出門，天黑回來，看不見他的影子。父親是個有經濟頭腦的人，從區公所回家，雖說不能像二爹那樣去串鄉掙錢，卻也不願捆在隊裏磨洋工，便下後坡往縣磚瓦廠揹炭，給隊裏做副業。揹炭比隊裏生產自然要辛苦得多，那麼手頭到底活些，如今他畢竟是一位有著五個孩子的父親了！

第二天起風波，村裏不知誰家病死一頭老母豬，汪淑貞前去割斤肉來，拌點包穀麵蒸蒸肉。據說老母豬肉有風氣病的人吃不得，孕婦更是不能沾（按從前風俗應該埋掉），聽了這話，看到的肉汪淑貞不敢動。我們不怕，有肉就是過年，大膽吃。這下汪淑貞倒有了事做，滿村張揚：「我的老天爺！這輩子也許你們沒見過那麼餓食的人：兩弟兄吃起飯來，跟餓老巴子（老虎）差不多，橡皮肚子，越脹越大，呼呼一碗，呼呼一碗。我割點肉，

還沒持筷子，調過臉來沒得了。唉呀，我看再大的家當，恐怕也揹不住這兩個娃子來吃。」

挺到第三天，故事接著就來了。

學堂下第一節課，我們正在操場上滾珠子，突然聽到有人說：「明子的爹在打架，打得好凶。」腦殼如同被人用棒頭敲了一下，耳朵嗡嗡作響，見大夥紛紛朝村東跑去，我也隨後跟著。走到一看，稻場跟巷子口擠滿看熱鬧的人，四歲的弟弟蔡長勳掛起兩條長鼻涕坐門前嚎。汪淑貞披頭散髮，嘴唇像兩片豬肝，從屋裏拿出個大半新的洋瓷盆，走到管委會門前，朝路口台階上一摔：「去它媽的屄！」瓷盆「叮嘣叮嘣」往下跳，一直跳到炳貴的園子旁邊。父親隨後去撿，倒以為父親可惜那盆，待修補後再用。不料，他來到汪淑貞摔盆的地方，同樣一摔，罵道：「操你祖奶奶！」這下比汪淑貞的手勁重多了，瓷盆一聲慘叫，頃刻變得瘸瘸歪歪，同受了傷的野獸，跳了兩下，躺在路邊草叢不動了。

祖母懷裏抱的小妹大玉，她一邊哄娃兒，一邊將父親往路口下推，趕他揹炭去。這時汪淑貞端出一撮箕大小不一的布鞋，走過巷子，將鞋倒在廳屋門前，氣沖沖跑進我們睡覺的南屋，從床下摸出兩雙棉鞋，往鞋堆上一扔說：「這都是老娘做的，老娘把它燒掉，讓你們抖不成！」

她真的劃起火柴來點，那火像落到我的腳背，使我周身一縮，想奔過去搶。就在這一刻，祖父急步過來，長布衫的下襬連掀直掀。他舉起手中的長煙袋，照汪淑貞的手爪子就是一下。汪淑貞就勢兒在地上打起滾兒來，不停地叫喊：「打死人啦——大家都看到，打死人啦——」

這當中，祖父往汪淑貞的屁股上又撾了三煙袋，邊打邊說：「大家都看到，老子打這不會事的東西，讓你堂上告我去！」

人們像看猴把戲，沒半個人上前排解，倒聽到有人發笑。

因上課的鈴聲將我們統統收走，且不知後來鬧成個什麼情形，心中亂亂的。只聽說到了小中界，父親依然負上揹子、打杵下後坡揹炭去了。到晚上我餓得嘴裏起了清水，吃飯又沒得準兒，汪淑貞那邊四門緊閉。看見祖母在往灶裏生火，準備後門上落座，哥哥知道我一坐就不會起來，扯起我往外走。到廳屋門前，靠南屋的窗戶下站著，翹望父親回來。

設想從我們視線的那個最遠的田埂上，先冒出揹筐，漸漸地現出父親全身，一搖一晃地往上走。我們用這種期待的目光和想像迎接許多人回村，獨獨沒有父親。哥哥又拉著我順著一條橫路到村前的小山包上眺望，四隻眼睛沿山道上下搜索。遇著路途消失在某個山凹或土坡下面，想像著父親可能正行至此，就等會兒，按情理父親應該走出這段小路，而實際上證實這只不過是個猜測時，失望的目光才由此移開。我們還能看到父親揹炭的路程跟磚瓦廠冒起的青煙，再下就是縣城；一條暗綠如帶的香溪擦城而過，蜿蜒消失在崇山峻嶺之中。香溪南岸，由巴蜀而下的四條山脈，莽莽蒼蒼如同巨龍一樣橫亙在我們的對面，恰似幾步台階，一步高過一步，疊延到遙遠的天際。它們跟村後的鳳凰山遙遙相對，縣城同香溪似乎就窩在鍋底上了。一輪血紅的落日，已被第四步台階——鋸齒形的山脊蝕去半邊，通黃的光線迎面照射過來，在視覺上給我們造成一種障礙。山下陽光去盡，一層暮靄升起，縣城便漸漸地黯淡模糊了。山道上仍然沒有出現父親的影子！

我們同時感到飢餓的折磨跟處境的傷心，喉嚨鯁鯁的，有幾次想哭。這時聞到祖母的呼喚，我們像祖母講的先前家中所餵的那隻白狗，曉得餵食的時辰已到，敏捷地朝回奔跑。

大約更把天氣，父親回來了，那時我們剛剛上床。他懷裏端個小箱子，放在床頭地上，然後脫掉衣服，跟我們在一起睡覺。

俗話說：「人親骨頭香。」儘管父親身上散發著一股說不出來的氣味，我卻感到非常的親切好聞。日常生活中雖說沒得到父親的多少照護，但我們還是照樣喜歡他；因此在每次的打架鬥嘴中，生怕他在汪淑貞面前輸掉。我希望父親不要再離開我們，在堂屋裏打個灶，像二爹他們那樣，父子三個一起生活。

次日早晨，大夥都沒起床，房門忽然被人推開。父親即刻坐起身穿衣服，我打他胳肘處鑽出來看，心中禁不住「格噎」一下：汪淑貞站在房中。她穿的陰丹士林偏大襟，一手微微抬起，一手正在扣胳肢窩兒的袢子，那袢子大略不好扣，半天才扣上；一副臉黑破了，雙眼紅腫，不無仇恨地衝父親說：「打了人還睡在這裏自在，世界上沒得這麼便宜的事。爺兒父子行兇，我不是給哪個打著玩的。起來，都起來！同起到法院說個清楚，這回不

得輕易放你們過手！」

我害怕她跟父親在房裏打架，還好，她剜了父親一眼，扭轉屁股出了門。

祖母叫祖父不去：「公公打媳婦兒打得起，五六十歲了還吃她的官司，划不來。」

祖父說：「放心，法院既是講理的地方，我捏著半邊嘴就能說贏她。」

眼見祖父同父親倆進城，我們撮著心過了一天，直到晚上把他們盼回。

經打聽，官司果真贏了：法院一位女同志將汪淑貞狠狠教育一頓，說夫妻雙方不論前妻前夫的子女，都有撫養義務，不得推諉。再說祖父打人只是教育方式不當，況且汪淑貞燒鞋在先。當我們聽到說及上述一切時，撮著的心一下舒坦了。但到後落起實來，我們的去留問題仍然沒有得到妥善處理，汪淑貞要命不鬆口。這麼剛剛落下的心陡然又懸了起來。

最終祖父讓了一步，跟父親說：「解鋸沒得切鋸快，這對懸腳客，我給你承擔一個，看你們還有什麼話說！」

父親臉一下開了，笑道：「這有什麼話說？兩個啞巴睡一頭兒──好得沒得話說。老來幫我們扯娃娃兒『灘』，感激不盡。」

經商定，哥哥大些，跟父親去過生活。他流淚不想去，往我身上推，想情理，我不會睜起眼睛跳火坑。

哥哥到了那邊，汪淑貞跟父親三天打三架，這麼看來天天會有戲唱，逼迫之下，父親帶著哥哥奔下田家壋。床頭下的那口箱子也隨之轉移（我揭開看過，裏頭有半箱兒包穀），它像父親的一口道具箱子，人到哪兒搬到哪兒。

田家壋房屋現成，鍋灶都在，還有我母親在世開墾的園田；再說父親揹炭也十分近便，住得也就安安穩穩。但這個局面似乎不是汪淑貞的期待，像父親占了什麼便宜，格外地不服氣，故隨後又將弟弟蔡長勳給父親送去。這倒情由可原，娃子一人兩個，乖乖地收起。但是，儘管這樣好像仍然沒有服到她的心，隔三差五地下田家壋騷擾。忽而說弟弟無人照管，忽而說沒讓他吃飽飯，忽而又說長了蝨子，反正有話說。如同一件寶貝被人借去，且不大放心，要經常去親手摸摸、看看，生怕弄壞。

然而有一天，她發覺寶貝受了損：原來夜間端弟弟的尿，端著不屙，往鋪蓋裏一放，屎尿並出，惹惱父親，照屁股打了一掌。汪淑貞這下可抓住把

柄，又哭又鬧：「我猜著吧，這個油炸的心，把我娃娃兒屁股上打出五根指頭子印。真是個孤老心，那雙鐵爪子哪個揹得起？娃子到他份中算活遭孽，他不心疼我心疼。蔡德成！趕天黑把娃子給我送上去，不送我舂你的鍋。你們搞得成器？莫說我說。」

祖母說他們如同無性的狗，三天有不得，三天無不得。汪淑貞大鬧田家埫後，父親送弟弟帶哥哥一起又捲上了坡。

當然，汪淑貞不是妖魔鬼怪，沒吃鬧事的藥，有她平靜溫和的一面；假若要把她這一面的情緒穩住，需要父親跟哥哥付出一定代價。譬如哥哥，他應該像從前的童養媳孝敬公婆那樣，黎明即起，灑掃庭除；洗菜洗碗，挑水做飯，總的說即「長眼睛」──見事就伸手。倘若她坐在那裏穿針引線，你在做事當中遇到不會，口中親熱地叫著「媽媽」，上前請教，她只消動嘴點撥點撥，這為最好。按上述要求，哥哥自然不能「達標」，但為了安身，仍盡力去做。那麼一時難於「達標」的部分家務如何處理？父親想把家箍住，便一力承擔起來。

那時父親簡直像個鐵人，雞叫二遍起床，摸黑上鳳凰山砍柴。要想好柴禾，須爬到山頂上去，一往路跟城裏上蔡家埡差不多遠，山勢陡峭，迂迴難走。有時爬到還沒開天，便燒起大火吃煙，將汗濕的背心車過來烤乾，待天破曉，鑽進老林砍柴。父親砍的柴又粗又大，恨不得連山揹起，村中老少婦女都羨慕汪淑貞燒些好柴。

往往一捆柴回來，汪淑貞還在床上做夢。父親放下揹子打杵，先揭開鍋蓋看，鍋裏瓢示天碗示地，再看罐兒，罐兒現底。他並不發火，趕忙舀點包穀上磨推。家中小磨不殺貨，喜歡將包穀端到祖母這邊來推，好由祖母餵磨。

祖母見父親累死累活得不到人體諒，非常心疼，有什麼剩飯剩菜先讓父親壓個饑後再推。推著磨祖母說：「這兩天聽到有老巴子過路，小心些。」

父親說不怕，燒起大火，聽見老巴子吭，他也吭。他講到有次看見老巴子屎冒氣，順手將打杵鏨子往石頭上猛磕，磕得火星四濺，幾聲呟喝，才壯起膽來。

磨了麵，再回家燒火弄飯吃，汪淑貞依然不起。為使床上人兒起來吃熱

的，父親將飯菜溫在鍋裏，重新撿起揹子打杵往後坡揹炭。

先前對於她的前夫——那位姓向的同志，把飯弄熟，茶水燒好，再到牌桌上叫人的情形，我們還不夠理解；如今卻有了直觀，實際上父親也在扮演這麼一位角色了。

哥哥小小年紀，耳染目濡看不過，想為父親鳴個不平。不知在一件什麼事情上與汪淑貞發生爭吵，竟指著她正告道：「你把姓向的整得吊頸，想把我爹弄到那一步，永遠辦不到！」據他自己講，自這麼「撞」了以後，汪淑貞再也不敢小視他了，不過到後還是分了手。

那陣兒雖說每人只發三尺布票，但祖父的生意扯得住。臘月間縫襖子的，掛狗皮揹褂的，做期衣裳的，遠近送上門；趕不出來，便勻些父親去做。逢上落雨、落雪日子，父親不能出門，便搬出機器來製衣。

汪淑貞畏寒，成天架起大火烤身；她燒柴從不顧惜，眼見柴火不多，父親便指使哥哥下後坡揹炭。廠裏做有炭磚，每塊十多斤重，哥哥如同先前蔡世瑞，見天一趟，一次兩塊。不知父親出於何種考慮，是磨練人的意志呢還是做給汪淑貞看——我兒子不是吃閒飯的人？反正天天叫他揹。哥哥暗中盤算，為使自己在供熱這份工作上盡職盡責，便將時間稍稍放長一點考慮，預備一次多揹半塊，多少儲點兒，以防大雪封山時仍有火烤。於是背上的重量添增了。然而事情並不是按他設想的那麼美好，你下的力大，她燒的火大，揹好多，燒好多，丁點不存。那天他一次揹上三塊炭磚回家，到屋時看見那火燒得又大又旺；汪淑貞蹺起二郎腿，肩上搭的五色線，正在往一隻白布胸兜上挑花，嘴裏吭著「樹上的鳥兒成雙對」。父親是位樂觀派，只消生活稍稍遂心，一切煩惱憂愁都被拋到九霄雲外，哪怕只是一點暫時的歡愉，也會情不自禁唱起歌來。時下背對大火，腳踩踏板，機器的「嘎嘎」聲混和著女人的歌聲，便順口也吭起花鼓戲的高腔，整個房子充滿溫暖同歡樂。

哥哥看到自己的處境跟屋裏氣氛懸殊太大，一時想不過來，將揹子狠狠往地上一摔，哭著走開了。他向祖母發誓：寧願餓死，也不肯同汪淑貞一起生活！

祖母歎道：「晚娘必有晚老子，這話沒有說錯。」

哥哥歸來我當然高興，但祖父有個原則：只承擔一個。哥哥餓死不去，

那麼誰去還用問嗎？兄弟倆如同駐外使節，一個離職，一個赴任，倒楣差事由此便派定到我的頭上。

那天早晨沒半個人叫我，候我起床，飯已吃罷。看情形大夥在使我的促狹，祖母收拾著碗筷，見我一副癡癡呆呆的模樣兒，告訴我說：「昨晚會你爹當面做了交代，你小些，性子柔和，興許跟他們合得攏。快些去，說不準他們正在吃。」

事情確實過於突然，心中頓覺一涼，這熟悉而又親切的灶屋、火籠頃刻之間已不是我吃飯的地方了；眼睛發潮，視線跟著模糊起來。我高腳低腳走出廳屋，南窗下站住，揉眼睛、擤鼻涕、抻衣服，做番整容之後往那邊走去。

他們的大門前有個小廊子，我路過巷子、管委會，一抬頭，猛然發現汪淑貞就在眼前。她人在門裏，雙腳蹺到門檻高頭，兩腿直直地交成一個剪刀差；那架式「剪刀」不拿，什麼人也莫想進得屋去。依我原來的設想，往屋裏一走，他們正在吃飯，父親首先站起來，添飯遞到我手中，接過就吃。而眼下卻吃了閉門羹，想像在現實中碰碎，心裏一下亂了。我想尋父親求救，但旁無二人，屋內死一般寂靜，似乎只有汪淑貞。她木著臉，目不斜視，專心致至往胸兜上一抽一扎地做著針線，根本就不望我。我想往回走，但明知祖母已收了碗，只好硬著頭皮移動過去。門檻外頭有塊青石踏腳，長年被鞋底磨得湛藍放光。我小心翼翼坐了上去。心想：這下你該看見了吧？我的臉幾乎碰到她的腳尖，可憐巴巴地仰視著她那張毫無表情的木臉，多麼希望她能看我一眼——即使瞟一下也好；為證明自己的存在，特意又將屁股在青石上扭動兩下，然而這一切都是徒勞。她從容地穿針引線，不聞不問，連鼻孔也不輕吭一下。為什麼要這樣對待我呢？不知道我過來要吃飯嗎？如果剛剛到這兒就喊一聲「媽」，也許會把飯我吃。說實話，一見到她心中就感到彆扭，不知怎麼遲疑一下，口中卻沒有吐出。我本想到彌補，但無論如何也張不開嘴了。突然間她動起腿來，我以為有了希望，準備起身進屋；不料她交換一下腳的位置，又原樣橫到門檻上來。我們在無聲中度過足足兩個小時，就一切情形來看，別說吃飯，就連踏過門檻也毫無希望。我柔弱的忍耐心被饑餓同沉默擊潰，站起身，蔫蔫地打了轉步。

祖父在廳簷坎上絎襪子，看見我哭喪著臉，問發生什麼事情。我一時

不知怎麼做出回答，竟「哇」地一聲大哭起來。他一把拉著我，走過去問：
「汪丫頭，怎麼不把飯這個娃子吃？」

　　見祖父跟汪淑貞交涉，我卻一旁抽搐得厲害。

　　汪淑貞臉也沒調，平平靜靜應道：「蔡德成早晨走沒說。」

　　祖父生了氣：「還有什麼說？這還用說嗎？餓到小中界，把個大人也抵
不住。不知你們是不是肉長的心！」

　　我依然被祖父拉了回來，祖母才熱飯我吃。

# 扯灘

祖父祖母把事情看簡單些，原想將我們這砣包袱推開了事，未曾料到，拋出的包袱仍舊彈了回來。這實在是沒有辦法的辦法，我跟哥倆照先前那樣，依舊同祖母他們一起過生活了。

河裏扯船是樁苦活，扯船上灘就更加沉重、艱辛。祖父祖母拖著么爹、哥哥和我，扯娃娃「灘」。

那陣兒正值「見縫插針」，政府號召人們到房前屋後，田邊地角去開墾荒地，自種自收，以解燃眉之急。蔡家堖人稠地密，房前屋後皆無立錐之地，只能向荒山進軍。人們從生產隊收工以後，乾的稀的撈點下肚，提著馬燈，舉起火把，或者傍近燒堆野火，在昏暗的光線下吭哧吭哧地向地球開戰。

這時的祖父也坐不住了，穿針引線雖說別得幾個零錢，但拿著錢買不到糧食；便脫下長衫，換上短褂子，加入到墾荒的行列。饑餓的人群狼一般四處尋找地盤占領，凡有土腳的地方皆被捷足者搶先下了鋤。往遠處祖父爬不去，只得就近在碉堡下面的半山腰中，找了處亂石崗子開墾。

他挖得很慢，時不時停下鋤頭，拉開褲襠，噴上唾沫到手指上，伸進屁股後頭托痔瘡。開出的生田十分難看，在石包中間繞來繞去，遠遠看去像描繪的一隻壁虎。到中午，祖母叫我拿銅罐打罐涼水，帶兩個紅柿子給祖父送中飯。我們拿不起鋤頭，跟在後面拔青草，撿石子，抖樹根。到時祖母撒上幾撮箕拌過大糞的草木灰，將田起成二三尺長的壟，找來幾束紅苕秧子扦插進去。我跟哥倆拿銅罐，從井裏一趟一趟把水提上山去，給苕秧子扎根。

入冬前後，我們全家人爬上山腰，割的割秧子，挖的挖紅苕，共計獲苕三揹籠。記得田中有棵小柿樹，高頭結上許多油柿子，鵪鶉蛋那麼大，深紅透亮，也被我們一併收回家中。

除去上述情形，為著開荒，祖父還跟後頭屋裏蠻大爺吵了一架。那是因為蠻大爺跑到我們門前挖竹園，讓祖父奪了他的鋤頭。祖父說大寬世界，跑

這兒挖墳園，缺德；要挖，到你們么房墳園裏去挖。蠻大爺氣死血在心，說祖父仗著兒子多，拿大屁股坐人。沒解恨處，竟爬上我們生田裏，將那棵油柿子樹給砍掉了。別看這麼一場小小糾紛，它給祖父晚年以及整個大家庭的命運，卻悄悄伏下了「禍」根。

自祖父祖母跟二爹分家以後，因受到我們的拖累，不只是吃得緊張，生活各方面都發生困難。諸多原來由二媽承擔的家務雜事，一下子全部轉移到祖母頭上。譬如推磨，那時還沒有機械磨麵，全靠石磨來磨。家中小磨十分沉重，祖母推不動，一隻公雞四兩力，我們湊過去打雙磨。由於缺力氣，個頭兒矮小，常常在磨手子上打秋（即打滑），跟著陣腳就亂了。到這時祖母便揪住磨繫子，把頭也靠上去，喘口氣再推。一次磨不了多少，推一天吃一天，所以推磨就成了我們每天必不可少的一課。倘若父親過來小坐，正巧逢上推磨，那麼升把包穀的任務，他也就跑不脫了。

又如砍柴，那可是個大事。俗話說：「有米無柴，弄不出飯來。」我們一時都不能進老林，么爹雖說有了十五六歲，但仍然是個病殼殼兒。倒是苦了祖母，到碉堡下頭，或者道路邊，割些青柯子回家燒飯。她拐著小腳，上山極不方便，遇到稍陡的土坡，須雙手撐在地上過爬，下坡便蹲下來往前溜。割倒的柯子用茅草捆好，豎在路邊，放學後，我們就同雀子做窩，一束一束地扛回家去。

我曾不止一次聽到祖母說：「心想叫老大砍捆柴，又看到他苦得遭孽。」但一天晚上她終於開了口：「抽時間給這邊砍捆柴吧。看你媽燒的什麼東西，一些濕柯子，弄起飯來大煙冒冒，又不趕火，經常吃夾生飯。」父親倒爽快，叫我跟哥倆到他門前柴堆上去拿。既然這麼說，我們就不講客氣，理直氣壯過去拿柴。汪淑貞板著臉，我們並不看她，拿柴走路。

一次過去拿柴，正逢父親動嘴；原以為吃的「蘇聯紅」的洋芋果，細瞧，我的老天爺，竟是糯高粱湯圓！彷彿被孫猴子使下定身魔法，腿腳即刻就趕不動了。我敢打賭，任何人看見碗裏盛的皆不缺少口水。這東西逢年過節才吃得到，吃時且按人定數，並不多做，稱得上個稀奇物件兒。這個機會不能錯過，在父親跟前相嘴，不僅抱有希望，且充滿信心！本當只隔道門檻，脖子一更（即一轉），幾乎就要碰到父親的下巴；我吞口水的聲音滿大，父親應當聽得見，眼睜睜看到碗裏又去了一個。我終於按捺不住：「你

不能吃啦，三個歸我！」這話未及出口，湯圓已經來到我的口中。

這下可闖了禍了，剛剛拿柴到屋，那邊就打起架來。據講，在我離開以後，汪淑貞開始罵人，並將灶台上半碗湯圓潑進豬食桶。說什麼「給狗子吃（她喜歡把吃說成七）還擺個尾巴，給豬吃還長點肉。」那麼也就是說，我吃了湯圓既不長肉，也不擺尾，實在可惜，當然要鬧。

他們這一次架打得最兇，到晚上父親過來了，懷裏依然端的是那口木箱子──這已成為他們打架的象徵；不過，這回多搬一部縫紉機。看樣子是要安心住下了，我感到非常高興，不單能同他一頭睡覺，還會砍很多的大柴，祖母再也不消為燒柴發愁了。甚至在心中埋怨父親上次沒有採納我的建議，倘若真的三個人共同生活，就不至於有今天一幕。但仍然有些擔心，害怕汪淑貞過來尋父親扯皮。果不其然，趁人之虛，汪淑貞鑽進南屋，將縫紉機的機頭給下掉提走了。

防止父親去搬，汪淑貞把機頭藏進房裏，一根木槓把門，躺在床上聽動靜。父親打不開門，又沒什麼辦法好想，一時像痰迷心竅，竟在房門外頭──灶屋當中唱起花鼓戲來。他手裏捏著那頂揩炭用的破草帽當扇子，臉上巴幾塊小紅紙，仿著戲文裏腔板：「扇把兒的媽──開門囉──」一邊扭動，一邊演唱〈薛丁山〉。他高音發直，吼出怪腔，忽而似哭，忽而似笑，如同表演一場獨角戲。

我看得誠惶誠恐，也不敢攏去，望著那扇緊閉的、好似監牢一般的房門亂想：此時汪淑貞在房裏是個什麼情形？難道睡著了嗎？為什麼要藏機器？父親為何唱戲，不撿石頭砸門？我恨不得飛起一腳，將門踢個粉碎，取出機器，替父親出口氣！

這陣兒祖母趕來，吵道：「屋裏唱個什麼戲？一切都是你個兒自討的！」幾個大人上前將父親架了出來，當架回到南屋時，父親像黃牛一般哭訴起來。說實話，從前我以為哭只是女人的事情，男人要哭，除非死去親人──像小舅哭我母親。這個看法十分錯誤。眼看高大的父親被個小小的汪淑貞弄得哭成這個樣子，心口堵得發慌。我不單同情父親，更為甚者且有一種深深的負罪感──不該吃掉那三個湯圓。心中熱燙燙的，忽而一湧，淤積在眼眶的淚水終於滾了出來。

# 王婆婆過生

　　經過幾年的食堂熬煎，人們如同害過一場大病，傷了元氣，臥床不起；弄點米湯稍稍一潤，勉強能下地走路了。人一有了精氣神，從前那些傳統的東西在頭腦中又開始復甦。不管洋芋、紅苕，剛剛把肚子填飽，人們首先想到的是財神跟死去的先人，祈求祂它們保佑不再遭受苦難。

　　不知什麼人到泥場包，在搗毀的土地廟裏用陳火磚就地碼個四方台子，將淹沒廢墟中的土地菩薩刨出來重新供到台上，讓人們早晚抽空去敬祂。有的做幾個小小的麥子粑粑，有的弄升把五穀雜糧，皆使木盤托著，裏頭插三炷香，站菩薩跟前磕頭禮拜。那份虔誠同莊嚴，看上去叫人十分好笑。竹園裏有人修整祖塋，有人立碑添土，化紙燒香。講禮信的將道士接至家中，打呀唱的給先人做道場。我們家灶台上供個司命菩薩。起頭不知是什麼玩藝兒，小木牌上畫個影身，只覺好玩。祖母說祂是灶神，動不得，要恭敬祂。接著村裏興起「大做生」。一幫有家有室的壯年男人，他們事先商量妥當，將各自父母大人生辰日期按先後排定，壽期一到，相約一處，前去拜壽湊熱鬧。

　　農曆八月十三是王婆婆的生日，那天晚上鼓樂一響，我就往中間稻場跑去。村裏有什麼事，首先在那兒集中，剛走攏，祝壽的隊伍便動了身，前頭端的紅漆木盤，裏頭有糕餅糖食，四瓶壽酒；兩根燃著的紅蠟燭，走動起來燭火亂晃。我父親抱塊壽匾，上頭搭段紅；他後面是響器，祝壽的人群隨後緊跟。有幾位手裏拿著千字頭大鞭，商量著先後，說等一串快完時，另一個再點，這麼經放些。看見父親在隊伍當中，我也就腳跟腳地跟了上去。

　　接近王婆婆家門，鞭就開始炸，鼓樂一直沒停，兩支嗩吶「嗚哩啦」對吹。進大門要上幾步台階，老遠望到蔡德楷立在門口，滿臉堆笑。他今天著意打扮一番，一件藍布對襟子，蜻蜓頭的袢子一共九對，扣得一顆不剩。左邊站的九爺，穿長衫。他對台階前的隊伍做個揖，說幾句什麼，盤子、匾才

依序入門。後頭便亂套，人直往裏湧，我被擠定在一個熱巴巴的屁股上，不知誰在後面一揉，被夾了進去。

四合院的格式跟我們住的差不多，似乎還要老。照面枋上掛著一盞「滿堂紅」的油燈。隊伍進入堂屋，盤、匾一字兒擺上桌面兒。桌兩邊各置一把太師椅，上頭鋪有「太平洋」臥單。九爺站到桌前，雙手往下按，示意響器停。鼓樂一停，聽見人們被鞭炮煙子嗆得直咳，接著請壽星入堂。

王婆婆由蔡德楷夫婦攙著從房裏出來，緩緩到椅上坐正。九爺宣佈掛匾，拖著腔似唱似誦：「壽匾生在何處，長在何方；誰人砍樹誰人裝修？」

齊聲：「張郎砍樹，魯班裝修。」

「煩請二位恩師，恩掛四方；上掛天官賜福，下掛加官晉祿。」

齊聲：「祝壽星福體安康，賀東家財發人興。」

一時鼓樂齊鳴，父親趁勢將壽匾掛至堂中。

蔡德楷夫婦到空椅前跪下，此為死去的父親而設，磕過三個頭，起身再到王婆婆跟前跪下不動，聽候九爺誦唱〈拜雙親〉。這當中鑼、鈸柔柔地點綴節拍，曲終，接道：「孝敬老人乃宗族家規，應有品德；忤逆子受人棘杖，婦孺指教。兒子對你孝不孝？」

王婆婆椅上欠欠身：「兒子兒媳都滿孝心，都好。」

九爺向眾人道：「好，再聽小的表個孝道。」

蔡德楷先表：「有米讓媽吃，有布先縫給媽穿；不惡聲大嗓，言語拿順。」

隨後他媳婦來表：「我一鍋不弄兩樣飯；若弄，光飯添媽吃，摻菜的我們吃。」

「孝心表得實在，夫婦請起——」

鼓樂大作，燃放鞭炮。王婆婆怕煙子，被蔡德楷夫婦扶回房中。執事們各負其責，裝煙的裝煙，篩茶的篩茶，熱情且周到。客人這陣兒可找個地方落座，隨便交談；一些青年男女在各種方便中，相互使腳動手親熱。廳屋當間放張三屜桌，上頭擺的筆墨紙硯同一盞罩子燈。有人上情，九爺接過錢或物，「刮涮啦」，一邊代為主人作謝，一邊展開紅紙簿子，使毛筆工工整整寫上來人姓名。

我藉著燈光，在人們腿腳縫裏撿了一些啞鞭，忽然有事記上心來；像一隻小狗，憑著靈敏嗅覺，躥到廚房打探。一看，切菜的、炒菜的、弄飯的、架火的，忙得不可開交。父親正從大氣冒冒的蒸籠裏端碗，燙得雙手在褲子上亂蹭。看情形開席還沒，便溜出大門，回到中間稻場跟夥伴們一同玩耍。適時，大夥正做「捉狗兒」遊戲，我趕忙加入進去，單腿上門：

　　客：顛顛簸簸跳上門。

　　主：外頭來的什麼人？

　　客：張大哥，李大成。

　　主：你來做啥兒的？

　　客：我來捉狗兒。

　　主：我的狗兒沒滿月，捉不得。

　　客：捉不得也要捉。

　　主：你要捉，我的狗兒你奈不何。

　　說時遲那時快，主人放出母狗同客人搏鬥。倘若客贏，被引進屋去，「選精的，選肥的，選到哪個好吃臘肉的。」一邊唸，一邊照人頭點；想選哪隻，你就把「的」字落到誰的頭上。客輸，主人就罰你守門——望月。

　　大母狗是蔡德西，他的力氣有小牛一樣兇猛，一下就將我躥倒在地。不消說，朝天仰視，乖乖為主人守門。說真的，我還從來沒有這麼專注過天空：薄薄的雲彩在月光下緩緩東去，而月亮卻匆匆向西，稍一花眼，整個天空似乎在動。望著月亮我想起祖母講過的故事：王母娘娘派雷公到月亮上砍娑羅樹，放到銀河上做橋，讓牛郎織女好會面。那樹一定很粗，好多年沒有砍倒，他肯定著急。雲彩漸漸去盡，天空變得明淨敞亮，「扁擔星」跟「七姐妹」都顯露出來。傳說七姐下凡配了董永，應該還剩六姐妹，到底幾顆，我想藉「守門」之機過細數一數。數著數著，「七姐妹」變成王婆婆桌上七大碗肉，在我眼前晃來晃去。脖子也痠疼起來，我喊叫「饒命」，主人喝叱「不行」；終於支持不住，脖子一吊，許多狗頓時撲來，把我咬滾在地。

　　中間稻場是我們的樂土，除落雨，幾乎天天晚上在那兒聚會遊戲。不光「捉狗兒」，還有「殺羊兒」、「躲伴兒」（捉迷藏）、「騎竹馬」、「打雷」、「頂大炮」等。大夥發明一種「揹起打架」（即「騎馬打仗」），嚴

格說算不上遊戲，簡直是胡鬧，但大家玩得十分開心；它不僅比力氣、比鬥智，寒冬臘月會使你發熱流汗。仿照古人，一個做馬，一個做將，揹在背上殺仗；一對一也行，「三英戰呂布」也行，不使武器，皆以手臂抓揉，落馬為輸。有時四五班人馬扭成一團，合總滾到地上；倘有立著的，使個促狹，身子一歪，故意倒到肉堆上去，真是快活得很。這裏頭，我跟蔡德金倆老搭檔，稱得上常勝將軍。

當然，最有意思的還是「躲伴兒」。將人分成兩班，每班三四人不等，首先劃手勢搶頭，頭家先躲。這之前初略劃個範圍，以防有人竄到田野裏去，那麼眼睛再尖，恐怕也目不所及。藏身的幾個老場子至今記得清清楚楚：蔡德超的後花園，九爺吊樓子底下，聾子爺牛圈架子高頭；我們老堂屋雞圈旮兒裏也不錯，躲身中你能聽到九爺同我祖父在隔壁講程咬金搬兵。

一次我跟蔡德金躲到牛圈架子上，架子滿高，先踩著茅廁板，他用力把我頂上柵欄上的橫木，站橫木高頭抓住檁子秋上去。架子上鋪的包穀稈子，我們像對老鼠縮在稈子堆中。剛藏好，聾子爺進來蹲茅廁，黑暗中聽見他一吭一吭，似乎特別用勁。對家知道架子上有個點，冒冒失失闖了進來，聾子爺發個吭聲，嚇得轉身跑去。我們暗裏好笑，將蜷麻的腿腳伸一伸，雖有響動，聾子聽不見，倒也安全。不大工夫，對家又踅了回來，照例被嚇走。聾子爺自語：「脹多的，以後少給你們吃些，看瘋不瘋得起勁。」過了許久，茅廁板上那人依然穩穩地蹲著，我們急躁起來。對家大略也找失信心，村道上一路吆喝：「出來出來，一定是躲進園田，不守規矩，我們懶得找啦。」看情形要聾子爺摟褲子恐怕還不是一會兒的事情。德金悄聲說下去，叫莫怕，他聽不見。我們小心翼翼吊到橫木上站穩，閉著眼睛一跳，我正好落在聾子爺身上，將他蹬翻在地。我爬起來就跑，後面連聲責罵「狗雜種，毛猴子」。

遊戲有趣味，玩忘形，很晚不及歸家，水井坎上便有人發喊了。那裏是大人喚孩子的老場地，卡子上站定，手裏忘不了握根樹條子候你。若跑得慢，少不得挨兩下；但大夥積有經驗，過身時，慢慢靠近，暗裏攢足腿勁，猛一躥，條子就會落空。

記得有次汪淑貞「請」毛娃回家睡覺，呼喚數聲不見人應，便握著條子

攏來，盯準人頭兒就抽。正逢遊戲趣味處，毛娃一時遭到突然打擊，捧住腦殼罵道：「哪個野乩耙打我！」大夥抬起一笑，他才明白，抱頭鼠竄。

這當中最自由是我，祖母總以為我在南屋睡覺；往往遊戲散夥以後，北屋裏依然燈光明亮。我悄悄從後門縫兒裏探視，祖父跟九爺各自握根長煙袋，神情專注而陶醉，那一定又是被古人所迷。我不敢推門，繞廳屋進去，鑽進被窩就睡。

夥伴們冷一個熱一個被接回家去，大家的心情也就一次一次往下涼，遊戲中不缺甲就缺丁，簡直掃興極了。

最後終於散盡，月光下的稻場一下變得清靜空曠。我單身回到王婆婆那兒去，一進大門頂頭碰到父親。他問我：「怎麼還在這兒？明兒不上學嗎？快些回去。」一時恨起他來，心想：「在王婆婆這裏，並不相你的嘴，何必這樣趕我！」情緒上有所牴觸，出大門很快，忽聞屋裏嘈著開席，我靠石牆站住，不走了。

九爺坐至燈前，手拿紅簿子，照上頭的名字唸，唸到誰，誰就上席入座。一發兩桌，一桌八個，共唸過十六個名字。沒有唸到父親，我想等這一發開過，看下一批。

月亮將村落打扮得神祕而溫柔，兩棵大樹——柏樹跟柿樹，像兩個衛兵靜靜地矗立村中。許多螢火蟲拎著小綠燈，不知疲倦地在夜空裏遊來遊去。起過一陣夜風，莊稼地裏的包穀葉子相互斯拉摩擦；包穀的暗香飄溢過來，跟王婆婆家中酒飯的香味攪和在一起，聞到醉人！嘴裏生起清水，酒席間的杯盤聲幾次吸引我想走進屋去，但又怕碰見父親趕我。從門口進出的客人中，我仔細打量，幾乎看不見一個我這樣的孩子。於是薄薄的廉恥心竟使我想到了怕醜。

一隻大白狗看見我站在門外，搖著尾巴過來想同我友好。我知道牠的名字叫「白花」，會趕仗，這陣兒沒心思理牠。牠抬頭看我，似乎看穿我心中的祕密，一副同情而又幫不上忙的樣子，屁股一蹶，跳進屋裏去了。

廳屋裏罩子燈被微風弄得暗了一下，九爺走過來，將兩扇大門慢慢地關合上了。這麼將我隔在門外，彷彿關掉了我的希望之門，頓時沮喪得要命。我想到回家，但兩隻腳不同意我走。估量回去也是白搭，肯定睡不著。喉嚨

硬硬的，不知不覺，淚水浸了上來。

　　月亮漸漸沉落下去，西邊的天空留下一抹蛋青色的亮光，星星一眨一眨跟我擠眉弄眼。碉堡上頭的「白鼻子」（果子狸）像人一樣打著「噢呵」，這叫聲跟村裏雞啼交織，告訴人們夜已很深了。

　　我不怕夜深，因為有過熬夜的經歷。我祖父是遠近聞名的「歌師傅」，打喪鼓唱什麼〈綱鑑〉、〈千百纂〉皆包得本。村裏死了人，離不了上門請他。起先我聽到噩耗並不悲傷，倒是激動一陣，然後便跟著祖父到孝家去熬個通宵。當然我不會唱歌，其目的就是為了吃宵夜。但我也不會白吃，總希望得到一份力所能及的工作。比如為挖墓坑的人提提馬燈，送送茶水；往廚房裏抱抱劈柴；冬天給火籠裏加加火；出喪時拽拽繩子。有時坐大鼓跟前敲敲節奏，到後不僅學會打大鼓，還能模仿祖父腔板唱兩句。白事吃飯很隨便，不像過生還要按名字點，對此我抱有一百個不滿。

　　這時我突然聽到了父親的名字，膽子一下壯大起來，不顧一切推門進去。這是最後一桌，九爺、王婆婆，所有幫忙的都洗手入席。父親端盤豆芽過來圓席，發現我嗔道：「這個娃子，沒有第二個有你撇脫。要多謝王婆婆。」九爺說：「來得好，聽說娃娃兒讀書還有點把天分，孺子可教。」說著夾片紅肉過來，肉一來到我的碗中，「唏溜」下肚。九爺著實一驚：「肉要嚼碎，怕攔食。」

　　飲酒用的「牛眼睛」杯子，九爺舉起酒杯，說了兩句，同王婆婆共飲一杯長壽酒。桌上菜蔬不少，只扣了兩碗蒸肉；梳子背的肉麵兒，底下墊的南風鹽菜跟鮓辣椒。每碗十六片，上席說「客請」，八個人才一致去挑；隨便不得，否則會討人家說餓食或不懂規矩。我三碗飯下肚不曾抬頭，多吃好幾片肉，空了別人的筷子。

　　席散，仍然不少人留下，有的將九爺圍在廳屋裏講「安安送米」，有的在廂房裏打字牌，打的人除說「上大人」跟「孔乙己」等牌上的話外，沒得別的話說，悶得很。我站在堂屋當中，打著飽嗝，腦殼裏一片空白，看到得鞭懶得去撿，倒是尿脹。廚房裏跟我們北屋一樣，有道後門通外，我路過那兒，看見房裏許多婦女陪著王婆婆說話。後門有條巷子，靠上是牛圈，老牛躺在裏頭「咕嘭咕嘭」回嚼。牛喜歡吃尿，我便憋氣將尿穿過柵欄噴到牛嘴

上去，即刻聽到牛舌頭舔得直響。這時後門跟出個人，出氣帶著酒香，嘴裏叼的紙煙忽明忽暗，踏出門檻就屙。透過後門撲出來的燈光，這傢伙穿件花布衫，胸前聳起一對大奶。女人如何站著屙尿？我暗裏不敢做聲，只是納悶。

院裏突然響起鼓樂，心中為之一爽，趕忙鑽進屋去。堂屋裏早已圍個人圈，各廂房裏紛紛鑽出頭來，看打花鼓。父親下席接手又挑兩擔水，此時放下扁擔，從蔡德楷手裏接過紅扇子，耍腳練手；「扇把兒的媽——開門囉。」喊一聲開場白，飛步跳進歌場中，和著鼓樂的節拍，身子扭成麻花兒。旦角兒是五叔裝的，胸前配對兜羊嘴的籠子，花布衫一穿，戴上假頭髮，活脫脫個標緻姑娘。我一時醒悟，站著尿者，正是此角兒。

旦角兒前頭扭，丑角兒屁股後頭搗，獻上些殷勤，見不睬，將扇子往旦角兒面前一劃。旦角兒回頭轉身，含羞帶笑，故意把屁股往丑角兒懷裏一扭，腳步打橫，輕盈碎步，勾了丑角兒魂去。表演「蛤蟆曬肚」一折，丑角兒將身子往後拗。我看見父親的衣扣散了，露出的肋骨數得清；手中的紅扇被他舞得起旋風，招呼旦角兒攏去。旦角兒舞起手袂兒，大膽扭起「十字步」，挨近丑角兒又退回，這麼重複兩個回合，然後將腿往丑角髁膝包兒上一跪，接著來個「鷂子翻身」跑了。鼓樂一陣混響，達到高潮。

中間稻場傳來鑼聲，是催社員出工的號令。不知誰個拉開大門，一看天已亮了！

# 撿糧食

「立夏三日連枷響，立夏十日遍地黃。」每年「立夏」節前，人們就早早忙碌著夏收的一切準備工作了。閒置新舊兩年、立在稻場邊的石滾被扳倒，套上滾架，後頭拴隻青柯子紮成的尾巴，由大黃犍子拉著，「咯呀咯呀」碾稻場。保管員把空了多時的木櫃板倉搬到日頭下，掃去上面塵土，清除木縫裏頭蠹蟲跟蛛網；老鼠破洞的，還得抓砣生牛屎（牛屎乾後特別堅硬）來糊補。隊長成了全隊最忙的人，一面派人檢修倉庫屋頂、整理犁頭、風車，一面叫飼養員催耕牛的膘。一些壯年男人燒把渣子，將近幾天從老林砍來的土楠木條子一燒，趁熱育個回頭編連枷，預備打場好用。他們還從望樓上翻出揹子、揹架子，當換揹系的換揹系，爛了的要添新。婦女們打晚工在油燈下縫補挎糞用的撮箕揹帶；種子簍兒破了口的，找塊鞋幫子沿口；鐮刀找出來磨。陽雀似乎也懂得人間喜事，那動聽的「拐拐陽」調子，藉著黎明的寂靜，一聲一聲送到人們耳邊。使你在似夢非夢的情形裏，受著牠的引導，想起那首古老而又熟悉的兒歌：

　　拐拐陽，麥子黃；
　　你打場，我打場；
　　做粑粑，擀麵湯；
　　……

大人忙搶種搶收，小孩子忙著下地撿糧食，這幾乎成了一個季節性職業。年年遇到這個時候，學校上課是弄不攏的，老師乾脆放農忙假。祖母叫我們莫貪玩，多撿些，過端陽發麥子粑粑吃。就奔這個目標，書包一空，歡歡喜喜下地去。

到我們一隊撿糧食，最怕嚴大金。那可真是個厲害人物，魁梧的身材蔡

家埡沒有一個能比得上，嗓門特別大，這兩宗恰好都搭配在他的身上。雙眼十分明亮，高鼻大嘴，跟他的叔伯老弟——啞巴有點相像，不過鬍子惡些，如同一根根鬃針。兩個巴掌又寬又大，攥攏的拳頭跟小升子差不多。倘若我們任何一個被他逮住，會像抓兔子一樣把你拎起來；糧食沒收歸隊，籃子踏扁。

他不准我們接近收割的人群，將大夥遠遠地趕到收割後的板田裏去。那裏實在是沒有什麼可撿了，灑的幾顆糧食早已被我們雞子尋食一樣啄拾乾淨。我們的隊伍並不算小，合計起來三十多人，都盯住嚴大金；只待他揹著莊稼捆子一走，便一起圍過去。有的在地上撿，有的以極敏捷動作到堆子上拿，有的乾脆到父母手中去奪。這陣兒，某些沒有孩子來撿糧食的大人，心中自然不舒服起來，冷不防使個促狹：「嚴大金來了！」大夥便燕子似地飛走逃身。

其實，大人跟我們的心情一樣，趁著隊長不在，弄幾顆生糧食到嘴裏嚼，還順便剝些放進荷包。休息時，假裝解手，使手袱兒將糧食包好藏進草柯，待放工時辰，便神不知鬼不覺地取了回家。

撿糧食的最佳時節在中午過後，不過這陣兒也正是暑熱同疲倦熬人的時候。太陽將大地烘得如同一架蒸籠，順著地皮望去，一切景物似乎在火焰中跳動。大夥躲在樹蔭下不敢出來，時不時往水溝裏跑去，摘匹桐樹葉子舀水喝；肚子脹鼓鼓的，卻仍然渴得要命。莊稼耐不住烤，到處能聽到豆角兒爆裂；那聲音特別誘人，似乎在考驗我們：「撿糧食的莫躲，不怕熱的就來。」我們一旦想起祖母的許諾，勇氣就添上來了，一頭往烈日下走去。

捆子跟前灑的糧食最多，儘管莊稼被太陽曬枯撈不得，但為了將捆子捆牢實，拉鉤繩時還須站到捆子高頭去踩。這麼一弄，美麗的豆米從豆角兒裏跳了出來，一顆一顆彷彿跳到大夥心坎上。我們將捆子團團圍住，只等揹走，便拚命撲上去，你抓我搶只恨爹媽少生兩隻手，攪得塵土飛揚。

一個矮子男人，長得蠻頭蠻腦，脖子見短，不知怎麼突然起了陰心：捆子揎到他的背上，已站立起來，拿腳便走；然而他卻直挺挺地倒了回來。我們正像一窩老鼠撲在地上搶胡豆，那二百來斤的龐然大物冷不防砸到背上。大些的夥伴紛紛掙扎著拔身出來，我且倒了大楣：臉被壓巴在地，焦土烙得

喘不過氣；況且我的腿還像叉一那麼別著，左右不能動，眼看命快盡了。人們揎翻捆子，好半天我還坐不起來，鼻孔被豆椿子捅出血。哥哥趕快掐來一把艾蒿揉軟，塞進鼻孔止血；哪裏止得住，塞住鼻孔打嘴裏來。哥哥叫我歇會兒，到溝裏洗臉。我看到胡豆多，捨不得走，蹲到地上撿。有時一顆胡豆剛好要被撿起，一滴鼻血掉了上去。

餓了，大夥想出辦法，討個火來，不管是豌豆、胡豆或者麥子，連秕子拿到火上一燎，吃起來滿香。祖母說除麥子外，豌豆、胡豆生吃是補，不過喜歡作氣。所以一天到晚，我們嘴裏總是「叮嘣叮嘣」在嚼，屁眼兒裏嘟連嘟地放屁。收豌、麥正逢吃刺莓時節。掐兩匹桐葉用木籤子一別，做個漏斗式盒子，將摘來的刺莓裝進去，雙手擠壓，紫紅的汁水兒便順著漏斗往下流，趕快把嘴接上去喝。若一時不能正好喝進嘴裏，流到臉上，染得如同小鬼。

有時突發奇想，捕捉鵪鶉燒吃，但這個願望總歸落空。別看牠火柴籤子似的細腿，在田間走得極快；加上那身土灰色羽毛掩護，眼睛稍微一花，就會不知牠的去向。當再次發現，真要追上牠時，「撲」地擦地一飛，叫你兩眼乾瞪。但並不飛遠，似乎怕追捕人喪失信心，近近地落下來，誘你前去。當真就此認輸才好，否則上當。不過牠下在田間的蛋是跑不脫的，打破一口吞，以此出氣。

父親停下揹炭，回隊搶黃糧。在一個高坎下面，我看見他把兜裏胡豆全部掏入到毛娃書包裏去，心中很不舒服。他在田間打條大黑蛇，有扁擔長，預備晚上煮蛇肉吃。我跟著歡喜。當父親提著一捲蛇回家，早被汪淑貞遠遠地攔住，督促丟掉，說她怕。沒辦法，父親只好將蛇架到路邊一棵桐樹上，讓老鷹好叼。

姓蔡的本當都是一家人，自轉社劃隊以後，就如同兩兄弟分家，各種各的田，各吃各的飯了。比如撿糧食，一隊人不能到二隊撿，二隊人不能到一隊撿。但我跟哥倆似乎是個特殊階層，兩個隊都能去，但也有人明知故問：

「這是哪個隊的娃子跑這兒撿糧食？」

我們趕忙做出回答：

「給婆婆爺爺撿的。」

起先以為二隊撿糧食環境可能好些，其實不然，二隊的万隊長比嚴大

金幾個厲害。他身材雖說沒有嚴大金高大，卻也是一臉的橫肉；兩隻耳朵向外張著，眼睛珠子特別大（有人比作一對豬兒卵子）；對任何人彷彿都看不慣，充滿仇恨似的，抬頭就是雙眼圓瞪，那情形整個地看上去，只差吃人。他一副嗓子倒也粗壯，但不輕易開口，如同豹子捕食，悄悄向目標靠近，然後猛地一躥。就因他這個德行，我差點做了他的犧牲品。

收割來到村子附近，么爹也拖個病身子下田了；我們合起來三人，見天四五籃麥穗回到家中。部分人的眼睛開始「發紅」；偏巧，在一隊使促狹的那些討厭傢伙二隊裏並不缺少。他們突然發起屁眼兒瘋來，向我們下「逐客令」：「別隊的娃子滾開，下田被抓住，沒得好果子吃。」我有些惶恐，么爹卻不住地鼓氣，叫不要害怕，只管撿，來了人有他頂住。這個當口兒，隊長已經向我們逼過來了，急得二媽大喊大叫。我四處張望，只見那傢伙貓著腰，張開雙臂，像老鷹抓雞撲過來。我們一時像受驚的黃麂，拎起籃子就跑。開始都朝著一個方向，見事不祥，哥哥瞅空子來個急轉彎，往相反方向逃去。老傢伙見我小些，便直奔而來（實際上我比哥哥速度要快）。我們似乎在一個長墩裏奔跑比賽。俗話說：「攆人不過百步。」看情形他是賭了這口氣，緊追不捨。我心裏發慌，耐力漸漸不支，前面一道高坎，顧不得凶吉，飛身一跳；由於掌握不住身子平衡，一個腦栽，連打幾個滾兒，並不敢鬆懈，就勢兒起身又跑。老傢伙缺了膽，立在坎上，雙手叉腰直喘，好不氣惱。

我疲乏至極，溜到一棵烏柏樹下歪著，好半天爬不起來。這情境陡然使我聯想到幾年前的一段往事：記得那是吹大話吹得最凶的時候，蔡家埡畝產包穀八千斤。為迎接上頭來實地檢查，大小隊幹部也算聰明伶俐，組織群眾打夜工「放衛星」，將其他地裏的包穀連蔸挖起來，移栽到一塊地裏去，使來的大幹部看了好相信。土地廟坎上是從前族裏的公項田，地平土肥，高產田就定在那兒。那天二媽把我帶去給她打火把；勞動當中，趁人不注意，她以極快的手腳，扳下包穀往我內衣裏揣。我不知怎麼回事，脖子突然遭到二媽一捏。一時間，前後心貼滿包穀，像別的一排手榴彈，涼絲絲的，擠得我渾身非常難受，兩隻細腿明顯感覺到上身的重量。接著她悄聲叫我抄近路回去。聽語氣明白自己已擔上風險，是個有責任的人了。我順著田溝剛剛拐上

一個水坑，突然一聲斷喝：「什麼人？」原來地頭設的有崗，頓時讓我渾身一軟；聽出是民兵連長聲氣，應道：「我。」

「你是哪個？」

「明子。」

「搞啥兒？」

「找水喝。」

「別動！」

心想這下糟了，我一邊回話一邊急走。正處緊要關頭，包穀地裏「唏哩嘩啦」一陣亂響，有人喊民兵連長過去。這下算救了我的命。我好比一匹負重小馬，在逃避獅子猛追，不要命奔跑。當跑回家中，撞開後門，一下跌倒在水缸跟前，然後什麼也不知道了。事後像害過一場大病，蔫了個把月，打不起陽氣。那次揣了十二個包穀，供大家吃上幾頓不摻菜的包穀麵糊粥。但祖母也不忘將二媽說了幾句：「不擔輕重，七八歲的娃子，累死只為幾個包穀。」

這就是我跟糧食打的頭次交道，後來一旦接觸到糧食，腦殼裏就冒出這一幕，自覺不自覺引起警惕，時刻準備到逃身。所以，那些老傢伙想抓住我們，並不是一件容易事情。

我雙腿被麥稈兒劃出無數道新老紅槓，有的像老師在作業本上打的大「×」，血珠兒便從那「×」中往出冒。籃裏麥穗失去多半，一定在跳坎時潑了，我沿路找回去，多少拾些起來。這時有人小聲呼喊，望來望去，哥哥避在祠堂後面向我招手。

他頭上戴頂青柯子帽子，馬上使人聯想到《上甘嶺》裏頭的志願軍戰士。並贈我一頂，蒙到頭上，既遮陽，也可將「外隊娃子」偽裝一下，免得扎他們的眼睛。

我們坐在大柿樹下歇息，心情依舊沉浸在剛才被逐的情形當中，都不想開口。後來我問：「為什麼隊長都是外姓人呢？」

哥哥想了想說：「當隊長要不怕得罪人。」

「姓蔡的就怕得罪人嗎？」

這個簡單的問題一直困擾著我。哥哥一時也答不上來。他心不在焉地指著祠堂高大的風火牆說：「你看，畫得多好啊！」牆上繪著兩條火龍，張牙

舞爪，鬍子幾尺長；看著看著，像有了生命，生怕躍下屋來咬人。

從前陰陽先生說這裏是塊寶地，住一戶發一戶，建祠堂發一族。聽祖父講，每年的清明，蔡家的後孫都要前來祭祖，住在余仕坡的大房也須按時趕到。兩班鼓樂，輪番吹打，熱鬧異常。到時候，磕頭禮拜，由族長主祭，誦讀祖訓同族規族約；倘有人違犯族規，一旦舉報，當場責罰。然後由大二三（么）房報上死亡名單；族長親筆將名字添到「清明纘子」上去。接著人們抬起整個豬羊犧牲，由鷺傘執事領頭，鼓樂隨後，到墳園去祭祖。祭畢，再將祖宗們「用」過的祭品原樣抬回祠堂。廚師們早已把飯蒸熟，操刀在手，燒起沸水，專等祭品下鍋。

這天蔡家的男女老幼，婆子媳婦都趕到祠堂過「清明」；酒盡喝，肉盡吃，飯盡添。祖母告訴我們，有年清明節她喝了一碗酒沒得事，蔡世英只喝半碗，竟臉紅脖子粗，走路像牛兒「拜四方」，一路跟頭滾起回家，笑了一族的人。

依我想像，那景致比食堂過年還要熱鬧生動：神聖莊重祭祖大典，美妙悅耳的鼓樂，大吃大喝歡樂場面……這夢幻般世界，跟眼前這破落淒涼景象（祠堂只剩半個耳房跟後頭正廳，裏頭住著兩戶土改根子），怎麼也聯想不到一處。其實，這只不過是發生在十幾年前的真實情形，在我們心中，彷彿是非常非常久遠的奇聞軼事了。

祠堂屋後是一坡不成片的山田，我們暫時不敢露面，但也不可貪涼，起身往那些小塊地裏尋找麥穗。不意間，聽到有人叫喊，循聲望去，五叔獨自在坡上捆麥子。只因坡度太陡，一個人捆不攏，便喚我們上去幫忙。五叔是位大好人，揣包穀那次似乎就是他救了我的命。幫他把麥捆弄到背上，他給我們丟下兩個麥把子。

我們如同撿到寶貝，歡喜得心中亂跳。防人看見，將麥把子扛到一架野葡萄後面，消消停停來理；麥穗被理成一束一束的，使棕葉紮緊，像一朵一朵大蘑菇，結結實實裝了兩籃子。傍晚我們高高興興走回家去，一進門，看見么爹蔫蔫地坐在天井坎上，臉上掛著淚痕。問起根由，原來隊長沒有逮住我們，回頭便將他撿的麥子沒收去了。

半個月的農忙假結束，祖母將書包搓上一把，曬乾後裝上書本，我們又

揹著它上學了。短短一段時間，經過日曬雨淋、田間捧打，渾身幾乎退去一層整皮。與此同時，我們的身心跟意志也得到了考驗跟錘鍊，似乎一下長大許多。記得到上課時，我的背依然有些隱隱作痛，那還是第一天下地撿豌豆被人使拳頭打的——二媽捉隻小兔子，放在一個名叫「騷鬍子」的籃子裏，後來讓我們去拿。他哪裏捨得，由此便打起架來。騷鬍子身高力壯，但雙手難敵四拳，第一回合吃了虧；兔子被哥哥一拋，落到草坡中去了。不料待我掉了單，他將我逼在田埂跟前，揪住頭髮往下按，拳頭像石頭一樣擂到我的背上，豌豆也灑了一地……當然，這一切都成了過去，下課後我們照樣在一起打珠子的打珠子，跳房子的跳房子，玩三角板的玩三角板，都不記仇。

轉眼端陽節到了，祖母說話算數，發的麥子粑粑，另做三個斑鳩。期待的東西到手，我跟哥哥、么爹各取斑鳩一個，站在後門口，也不要菜，一點一點掰著吃。

# 走讀生

「老天爺保佑，取消食堂，准許開荒，才救了大夥兒的命。」

這兩句話我祖母掛在嘴上說。的確如此，食堂下放以來，年景便一年強似一年。開始人們有紅苕、洋芋將肚子填飽，漸而有包穀麵飯同麥子粑粑嘗新，大節氣能吃到豬肉跟板油。經濟也因此慢慢活了起來，家中的桐油燈盞、火鐮，逐步由煤油燈跟火柴（以前一直說的「洋油」和「洋火」）替代。布票每人每年三尺長到五尺，祖父便有了生意。父親丟下揹子、揹筐不揹炭了，帶著機器赴神農架做衣服（那裏有幾千人開發原始森林）。么爹將二爹的大面鏡掛到廳屋牆上，見天撿得個把剃頭錢。二爹串鄉剃頭攢筆錢，買台軋麵機往老堂屋裏一支，四鄉近鄰來抻掛麵。經此一弄，祖父全家在蔡家埡顯見地紅火起來。

記得那次二爹從他房裏端出一竹篩的錢，一紮一紮碼在桌上，合共一百八十塊，商量祖父去買軋麵機。那生動壯觀場面，真叫人驚奇不已。

我想那裏面並不少下我們一份勞動。他每次串鄉回家，不在自個兒屋裏把錢理好，跑到北屋裏「現燒」：那情形像位魔術師，從衣服的各個大小荷包裏摳出錢來，放進竹篩裏頭，要我們幫忙整理。全是些角角分分，數十張理齊，然後抽一張將餘下九張攔腰一夾；分分以角做單位，角角以元做單位，不混淆。每每到做這工作時，我便起了歹意：這麼多的錢，摸個一角、兩角豈不是黃牛身上拔根毛，但又不敢貿然下手。什麼事還是走明路好些，乾脆開口要。起頭他不搞，問小娃子要錢做什麼。曉得他心滿軟，緊逼幾句，便終於到了手。捏著二角錢激動半天，五分錢的本子買幾本，可管半個學期。有時祖母也趁機能要到斤把糖錢。

哥哥已考進興山一中，他原來就讀的塘埡小學經教育改革撤銷，跟李家灣小學合併；校址遷到沙坪坎，離大茶埡——響龍公社半里路。我跟毛娃、蔡長貴、蔡德西四位同學到「沙坪坎小學」上五年級。

每天來回要跑十五、六里山路，正像我在〈上學第一天〉的作文中寫道：

「吃過早飯，我們翻過廟埡，從羅家堰上公路，可惜這公路只能走一截，又要沿著小路往東走。經李家店到張家院子，再過兩條大溝，順著山樑一直走到我們學校。公社的田野種滿莊稼，山上有許多松樹，溪溝裏水流得嘩嘩地響，幾隻水鳥站在光石板上歌唱……」

這就是我們上學路線的大致情形。陡然來到個陌生地方讀書，真像出了遠門；新學校、新同學，加上沿途景致，在大夥眼中無不感到新鮮有趣。

早去晚歸走讀雖然有些累，但給翹課卻帶來機會。先前捉螃蟹，捕麻雀玩忘形，老師幾步就來到家中，弄明情形，少不得二面受罰。如今可好，料想教師不會吃多事藥——跑那麼遠到蔡家埡對證，放心大膽翹課。前面作文中已經提到，上學要走一截公路，大約有一里；攔中有座涵洞，過涵洞便是一架陡坡。汽車開到那兒，少不了換個檔位才爬得上去；我們便瞅準這個機會，奔過去扒車。

汽車後頭一邊有個鐵鉤，是搭油布環繩子的地方。我跟毛娃抓住鉤子，長貴身高，跳起來抓住後擋板，都像秤砣一樣吊著。高大的汽車輪子就在眼跟前不停滾動，揚起的塵土同機器排出來的尾氣，暖烘烘撲到臉上，覺得十分好聞。儘管兩手吊得痠疼，卻感到萬分地榮耀和開心。可惜這樣的時間太短，汽車爬完坡，喘口氣，就要加速行駛。這陣兒趕快鬆手，否則會摔得皮破臉腫，都吃過虧。

對此我們倒刻得苦，天麻麻亮起床，吃過早飯就坐到那兒等，豎起耳朵捕捉汽車馬達聲音；還不時用點幻想給自己寬心：莫急，不拘某輛汽車已經從城裏出發，過田家埫，上喬家坡……機會好，真的等到一輛，便如願以償。遇到早晨慌張，吃飯吃個到心不到肚，扒車的願望又一時落空；抬頭看太陽，估摸第一節課早已下堂，即使渾身長翅膀也是遲到。心想橫直是罰，便一頭斜進林子裏去。大夥最喜歡捉「樂迷蟲兒」，樣子跟推屎屹螂差不多，只不過顏色不同，有土紅的、淡綠的、帶小斑點的。從那花櫟樹菀上捉到之後，用衣線拴住牠的腿，牠會繞著你飛舞，發出嗡嗡的翅音，好聽極了。到春上，映山紅（即杜鵑花）滿山遍野盛開，紅翠相間，情景如幅大畫。我們把書包藏進山洞，像歡樂羊羔，在畫中鑽上鑽下。那花朵不僅美麗

嬌豔，而且能吃，吃厭了，掐幾束帶上，回家分發給弟妹跟夥伴們同享。

有時為躲避耳目，我們一頭扎進涵洞裏去。涵洞挺深，高大的拱形門洞如座古城，兩旁築有厚厚的「八」字堤，門前幾十步台階下去，十分雄偉壯觀。洞中鋪滿被山水沖積下來的小石子，逢中一股溪水流淌，大夥就坐在水邊上「噴天花」。毛娃「天花」最多，至今我仍記得他講的鬼故事，他說：「睡到半夜有鬼敲門。我們用槓子把門抵緊，它突然從地腳枋下頭鑽進來。我媽點上燈，它緊靠板壁站著。」

我問它到底長的像什麼東西，他接著講：「像個癩蛤蟆，三尺多高，黑黑的，沒有下巴。趕它不走，我媽就舉起薅鋤打。那傢伙『咯』一聲，大概打疼了，慢慢打地腳枋下往出鑽。我媽跟手一鋤，挖下塊肉來，那肉沒有皮，像長的一層鱗。」

望著那張雷公小嘴連動直動，許多稀奇古怪的東西打那兒往出冒。這倒使我想起老師說他「表達能力強」的話來。

「挖掉的那塊肉呢？」

「用火鉗夾出去了。」

「我們去找。」

「狗子早就下肚。」

「騙人。」

「騙人是野乜耙。」

我心中漸漸矛盾起來，長這麼大，鬼故事聽到不少，但從來沒有像他講的這麼有鼻子有眼兒，而且是親眼所見。暗裏揣摩，都是好夥計，不至於這麼當面扯謊吧？那咒也賭得十分地堅定，我幾乎就信了鬼。

穿過涵洞，後頭是陡峭的山溝，經常能看到幾隻松鼠豎起漂亮尾巴，在岩包上跳來跳去。望見牠們鑽入石縫，大夥忙脫下衣服去堵，不頂事，連書包也塞上去。松鼠在裏頭急得嘰嘰直叫，拿棍子去搗，牠竟順著棍子躥出來，打我肩膀上逃走了。

李家店辦個瓦廠，上學放學，我們總要在那兒站一站。看師傅拿個短弓削泥巴，用抿子拍瓦桶子；桶子經太陽曬乾，如何將它拍成瓦坯上碼；又是如何裝窯、點火、搶青，整個工序我能用文字詳盡記錄下來。狡猾一點的師

傅往往能沾點勞力上的便宜，叫我們下泥塘去，牽著水牛踩泥，條件是給大夥燒製幾顆陶珠。

寒冷季節，我們便溜到甘家溝炭廠裏烤火，看人們在那四尺見高，用木頭裝有「八」字廂的馬門裏爬進爬出。下班時節，他們從火堆中撥出幾個菜缽子大的、燒得紅鬧鬧的沙石，往盛著清水的木缸裏丟去。缸中即刻一陣咕嘟亂響，白氣升騰，煮起滿缸水花。師傅跟拖手便赤條條站缸跟前洗澡。好奇心上來，便隨拖手鑽進馬門去玩。大夥走幾步調頭望一望，倘若望不到洞口亮光，便害怕起來，趕快往出跑。這時不知誰說了句「生怕塌死洞裏」，即刻招來師傅的訓斥。原來到炭廠是要忌嘴的，嚴禁說「垮、塌、倒、壓、蓋」等不吉利字眼兒。比方倒炭只能說「空炭」；把死人說成「伸腿」；鍋蓋為消山，拿鍋蓋把飯蓋住，這話只能譯成「拿消山把飯可住」來說。

我們的身心全被這些稀奇有趣事情給迷住，長期這麼下去後果會怎樣從不考慮，單知道好玩。不料有一天終於倒了楣。

那天早晨我跟蔡德西走在前頭，剛剛上公路，蔡長貴翻過廟埡就喊。我們便立住腳等，待他們攏身，說昨天西壪裏打了靶，想去刨子彈頭。講到這些的時候，毛娃從身上摸出一顆黃亮亮的彈頭來，只差把人羨慕死去。誰都知道那傢伙的妙用，使錐子在尾巴上攮個小窩兒，將火柴頭上的火藥填進去，插上鐵釘，可以打炮兒。

大夥飛奔西壪，找到驗靶的場子，手持木棍，輪流去剜。半天工夫，竟挖出二尺來深一個土洞，但什麼也沒看見。還是毛娃眼尖，在土坡上面拾到一塊彈皮，有一顆包穀大，爭著傳看。土洞越深越不好挖，看來獲得彈頭的希望已十分渺茫。由於體力消耗，熬到中界，肚皮發軟，都想到回去。為防備大人盤問，統一口徑，就說今天搞勞動，故放學比往天早。

竊以為太平無事，到晚上，老師竟「不遠萬里」來到蔡家埡！

班主任姓易名先進，公安人，穿著非常樸實，對襟褂兒、蜻蜓頭的袢子扣得整整齊齊。頭髮烏黑，長年辮對短辮，顯得利索而精神。記得她當時已懷了孩子，肚子挺大，走我們那道老門檻十分不便。她到各個家中找大人談話，說我們的學習情況以及翹課、扒車、打架、整水種種。心想這下糟了，老師如何知道這些情況，且如此清楚？疑心有人告了密。

第二天全校在一起上課間操，易老師把我們幾夥計喊到土台上站好，面對黑壓壓師生，將我們翹課、扯謊情形一一道來。這種亮相式懲罰倒也習慣，最怕當眾揭穿謊言，比挨打還難受，使你設想到有個地洞，一頭鑽進去才好。這且是個開端，到晚上請不要急走，紙筆拿出來，老老實實寫認識。這陣兒肚裏正當「造反」，腦殼裏認識一時又不能深刻，逼得簡直就要發瘋。教室空空蕩蕩，暮色悄悄鑽了進來。我透過窗戶遙望廟埡那模模糊糊山影，聯想祖母是否已將晚飯弄熟，正念及到我，一時間淚水溢滿眼眶，寫的認識也看不清了。終於捱到老師放人，待我們翻過廟埡，天完全黑下來了。

　　次日照例被請到土台上去，將認識唸給大家聽，未得通過，晚上又得留下來再認識。這麼弄上一個星期，整得大夥只差趴地上給老師磕頭。她就是這麼個人，對學生非常嚴厲，犯了錯誤，首先鄙臉，鄙夠。然後再叫你寫認識、訂保證、談話。談話的方式很多，她大都採用類比法。倘若我的學習下降，把你單獨叫到她的房裏，說毛娃懂事些，學習有進步，要趕上來。遇上我們學習同時下滑，她會將我跟他倆叫去，說蔡長貴如何如何懂事，學習十分用功，都是一個村的，不可自甘落後。

　　她善於做情感上的交流，抓住最能打動人的地方談心。我們站在她面前，像面對一位慈母。有時她以非常同情愛憐心情，點到我們死去的父母；說我們都是命運悲苦的孩子，大人培養我們讀書花很大心血，沒有理由不發憤學習。經過整風教育，心靈彷彿被開啟一個窗子，讓陽光照射進來，分開混沌，認清前進道路。不過喜歡犯冷熱病，忽好忽壞，調皮貪玩現象仍時有發生，那麼翹課的事情再也不敢去做了。

　　祖母起床永遠是那麼早，第一件事便是生火弄飯，將我打發到學校裏去。接著進菜園摘菜，給豬子辦食，再回頭弄飯祖父他們吃，這樣雙重早飯已有多年歷史了。

　　她說：

　　「為三爹讀書烙粑粑把鍋烙破幾口，接著么爹、哥哥跟手來，如今輪到你。我這麼做為的什麼？好讓你翹課嗎？這幾個除蔡德西命好，你們調皮都不夠格兒。長貴挨打我去取保，他媽一說眼睛水兒一滾，都擔怕你們長大成野百姓。二回逃不得學啦，再犯，餓死不會管你。」

後來我學著煮湯飯：先把剩飯剩菜倒進鍋裏，餵點水，將鍋蓋蓋好；待煮個兩開，拿鍋鏟子和幾下就吃。祖母怕我生不好火，頭天晚上纏束引火柴放進灶裏，只消劃火柴去點，十分方便省力。

當個走讀生誠然有些辛苦，那陣兒最苦的我看仍然是饑餓當頭。糧食不寬裕，見天兩頓飯。中午時分，肚子餓成一張皮，瘋也瘋不起勁，打也打不起勁，難受時刻到了。特別是看見同學們從食堂蒸籠裏取出飯來（學校將學生帶的中飯統一加熱），臉上洋溢著少有的生動，有說有笑地到操場邊上林子裏，打開飯缽，各自往嘴上送去的時候，內心總是充滿一種欲望跟嫉妒。本想樹下去坐，眼前情形使我怯步，同學之間相嘴確實有些怕醜。便雙手縮進衣兜，目光做個超越姿式，望望遠山跟藍天，發陣呆，然後回教室悶坐。

學校裏，我從三年級開始當學習委員，一直當到小學畢業；因此課桌長期被同學們交來的作業占去一角。這時面對大摞本子，我猛然發覺它與自己那點小小職務上存在著某種微妙關係。便連忙動起手來，翻出余洪亮的算術本，一看，應用題的式子列錯了，幾道百分比的填空，換算中也出了毛病，我心情一下輕鬆許多。

這位同學住在高山驢子埡，學習成績較差，但他每天帶的中飯倒十分愛人：一隻草綠色大塘瓷缸子，裏頭盛滿黃金金包穀麵飯同懶豆腐，老遠就聞到有股香氣。這樣的伙食在我們那兒給人幫工才吃得上。

放學之前，我翻本子假裝檢查，一邊催交各科作業。同學們都喊「交了」，余洪亮也夾在中間叫。我說：「余洪亮你來。」他過來問我搞什麼。我把算術本往他面前一丟說：「重做！」

他一下呆住，那樣子有幾個月沒剃過頭，耳朵邊上兩綹頭髮像鉤子一樣翹起；一件青布褂兒齊腿彎子，使他那瘦弱的身體更顯得單薄可憐。正等他如何來求我，不料他圓瞪雙眼，氣憤憤道：

「明娃子，你心哪恁麼扎實，捱到這個時候要我重做，處心讓我半夜裏回去嗎？整人！」

我頓時有些慌，但馬上鎮定下來，仍然做出盡職盡責的樣子：「叫你重做就重做。你語文練習呢？我還要檢查。」說著欲動手去翻。大概他語文作業也未曾做好，趕忙趴到我桌上，軟下口氣道：「請你把得數改一改好嗎？」

「屁話！」

他將我拉到教室門外，小聲正告我：「我們還是老表哩，我媽姓蔡，莫六親不認。」

「這下認得老表，吃飯想不起來。」我悶在心裡反駁。

「要啥兒你說。」他似乎看穿我用心，「明天帶個蕎麥粑粑行不行？」

談話進入實質性階段，預期目的眼看達到，心中歡喜，又不好直接回答，便繞個彎子說：「二回遇到難題找我。」

「怕你吊氣。」

「只要你對我好。」

說過這個話，我想不光是臉上發燒，脖子可能也泛起紅塊。

第二天余洪亮十分守信，果真帶個蕎麥粑粑。捱到中午，我像小偷一樣溜到教室後頭的包穀地裏，摸出粑粑大吃起來。正吃得香，忽然看見蔡德西從牆角那邊往過走，身後像帶的兩個警衛，原來是蔡長貴跟毛娃正在向他討苕吃。我們四夥計當中，我、蔡長貴、毛娃經常綁在一起，對玩都特別傾心。比如中間稻場「捉狗兒」或者是揹起打架，假若個把晚上不去，手腳就發癢，心中難受。別人有無這個感覺不敢亂說，至少我是這樣。做任何遊戲，我總是全身心投入進去，像玩珠子，經常獨自練習它的拿法，以及怎麼彈出去才準確有力。待到賭輸贏時，荷包裏便不會缺少各色各樣的玻璃跟石頭珠子。蔡德西不大合群。他父親是從前的私塾先生，待他極嚴，稍有不軌，就將他綁在梯子上抽打。這便導致他對玩的免疫力的堅強。汽車擦身而過，他當是過的一條水牛，根本不理。我們常常為他白白放棄扒車機會而深感惋惜。我們翹課他不翹課，我們打架他不參加（當然有時工作做到位也偶爾出手），與我們形成鮮明對比，不知不覺中便對他產生嫉妒。實際上他是個忠實傢伙，非常值得信賴，我們在路上幹些壞事，叫他不講他就不講。至於挖子彈頭那天，都懷疑他出賣大家，這純粹讓他揹了誤傷。一次打群架被老師留下來，為滿足我們的報復欲，反倒誣告是他背後當的參謀。那陣兒他出了名，連老師有時也叫他「參謀」，真使他哭笑不得。——我知道蔡德西一直帶有中飯，但不會很多，料想他們不容易討得到。為顯示自己的人緣關係同手段，趕忙招手叫他們過來，一人一塊嚐新。

那時大夥的心思多半放在「吃」高頭。記得放學後，走完那截公路，要翻廟埡那架坡時，腿腳像從醋缸裏泡了出來，又痠又沉，挨挨擦擦走不動。各自便展開想像，用自己那點極其有限而又可憐的「吃歷」，從中挑出最可口的食品，說出來供大家精神會餐。

我說我最喜歡吃肉，等到過年時，要記住把肉吃傷；如果已經吃傷，必須提醒自己再吃一片，再吃一片……大夥笑我成了循環小數。蔡長貴設想出個聚寶盆，放碗米飯跟肉進去；端出一碗，裏頭又有一碗……說著說著也近於小數循環了。接著我來講個從祖父那兒學來的笑話：從前有個好吃佬，看見桌上有青菜跟豆腐，就盡吃豆腐，說豆腐是他的命。第二天主人照例弄有青菜豆腐，還炒碗肉片上來。好吃佬又專挑肉吃。主人說：「豆腐不是你的命嗎？」好吃佬說：「豆腐雖說是我的命，但一見到肉，我連命都不要了。」有時會把我們童年時期在幼稚園度過的那段最榮耀、最美好的幸福生活搬出來回憶、咀嚼：阿姨如何教大家唱歌，如何教大家跳舞；大夥如何調皮，如何取紅苔打仗，說到紅苔，口水都升上來了。大家對那神仙一般日子倏忽而去，緊接饑餓迅猛到來，這跟取苔打仗愚蠢行為似乎存在一種聯繫，一種連帶責任，於是便在反思中沉默起來。這陣兒突然有人擊掌悔悟道：「再有那樣的好事，我不會拿它打人了，我要吃，吃飽了再捧些回家！」我們就這麼以「望梅止渴」的方式，推動雙腿前進，不知不覺便上了山埡。

如今祖母不必再為燒柴的事情發愁了，到星期天，哥哥也放假，我們便隨同夥伴們一起到附近山坡上砍柴。不僅能供住灶門，後門外還儲存一碼。那天我們撿捆乾柴回家，正受到祖母誇獎，屋裏突然走進一位軍人，開始都以為是「工作組」，直到這人到祖母跟前叫聲「媽」，才認出是三爹！

一下祖母激動得什麼似的，往灶門口一坐，竟放聲哭訴起來。三爹一隻腿跪到祖母面前，掏出個白手袱兒一邊給祖母揩淚，一邊叫祖母莫哭。這當中他自己也哭了。

我跟哥倆靠板壁站著，望著祖母那大哭的樣子，心中十分清楚：是我們拖累了祖母，她的諸多憂愁心酸皆因我們而起，故深感內疚不安，一時間自

己的身子不知將做何處置。還是哥哥反應快，提起空桶出了門，知道是要我隨他往井裏抬水，忙取過扁擔跟去。舀滿一桶水，我們立在井邊，癡癡地、遠遠地聽祖母哭，直到祖母住了聲，才抬著水回家。

家中因三爹回來而變得熱鬧，他一身戎裝同鮮紅帽徽領章，一時間給天井老屋添上許多光彩。村裏一些長輩、平輩紛紛來找他小坐，問到些拙樸實在話題：譬如火車騰不騰人，坐飛機暈不暈，跳傘會不會摔斷腿；早晨吃的什麼，見天幾頓，過不過秤等等。三爹微笑著一一做出回答。他雖是我們叔父，可不敢隨便插嘴提問，只是靜靜地站一邊旁聽。不過大家的疑問也是我們的疑問，從他們親熱愉快交談中，自然獲到許多新見識。更值大夥榮耀的是，三爹曾參加一九五九年國慶十周年的大閱兵，接受毛主席檢閱。我想那陣兒家中正在餓肚子哩。他拿出照片大家看，指著一排汽車說：「這上面坐的我們傘兵。我五八年到部隊，空軍就是那年成立的。」

因激動一時竟忘掉自己身份，問：「這麼大喜事，信上沒聽到您說。」

三爹十分嚴肅望著我說：「這是隨便講的嗎？二回說話要注意。三個月前首長指示，戰士不准往家裏寫信，保密。部隊不比老百姓咧，嚴得很！」

我臉上一陣陣發燒，後悔不該插嘴。

幾日後逢上好晴天，三爹把我、哥哥、么爹帶到街上照相。還給我跟哥倆各買一雙凹口膠鞋；說我的毛筆字好，又給我買支毛筆跟一頂「金不換」的墨。

回到家裏，我取出膠鞋聞香，試著穿上，想考驗一下到底過不過水，又苦於天晴。忽然發現蔡德西門前養有一汪綠水，上面結著青苔。我趕快到水中去踩，還不時回頭欣賞一下印在泥巴上的花紋，不料腳下一滑，四腳朝天滾在水中。


八月十五中秋節，是我祖父生日，那年他六十五歲，祖母正好一個花甲子到手，預備來個大做生。父親、二爹都提前趕回，三爹也因此推遲回歸部隊。

村中許多做生場面，遠遠不及祖父生日熱鬧。「滿堂紅」油燈共計三盞，廳屋大門上貼副壽聯；將九爺請來知人待客，還請來一位老先生管櫃過禮。是日天氣清朗，晚禾飄香，不冷不熱。早飯開過，便有遠近客人陸續登

門。過禮中實物居多，有大米黃豆、核桃瓜果、茶葉絲煙之類。行大禮的便用竹篩滿滿榨上一篩乾豆腐，使揹籠揹來。我們只盼大姑母、二姑母早些到來；她們會從包單袱子裏掏出核桃、栗子、棗子、山楂等物往我們荷包裏裝。

十五、十六，你落我出。到晚上，月亮如一面銅鑼早早懸在天空。月光溫柔明朗，使遠近粉牆皆能入目；它像一位畫家，用巨筆給樹木畫形狀，給房子勾圖案，給屋簷繪波浪線；這些影像不光地上有，牆上掛的也有。

客人們屋裏坐席的坐席，月光下聽圍鼓嗩吶的聽圍鼓嗩吶。待這班一停，倒又有新玩藝兒出來熱鬧：三爹吹口琴，二爹拉胡琴，哥哥吹笛子，合奏〈漁鼓道情〉。祖父喝了些酒，一時興起，接過胡琴扯折河南墜子〈陳士美不認前妻〉。三爹用口琴吹出許多新歌〈毛主席派人來〉、〈毛主席的戰士最聽黨的話〉、〈毛主席來到咱農莊〉，個個聽得張起個嘴。有人點個〈十二月〉要三爹吹，曲中有「減三音」的民歌調子，試著吹了一下沒有成功，惹得大家直笑。

父親嫌「洋樂」不過癮，鬧著打花鼓。眾人一起叫好。於是鼓樂重起，角色出場，比看縣文工團的人打戲還要熱鬧。

鬧至下半夜，跟前的客人打著酒嗝陸續離去，遠客趕了一天半天路程，疲乏早已上來。由祖母、二媽張羅他們洗腳抹汗，然後一夥兒、一夥兒送到各處安歇。

那幫「長衫」精神倒好，稻場裏安下小桌兒，簡單上幾個酥食，取來酒壺同杯子，月光裏細談慢飲。說到真龍天子還沒臨凡，如今是天庭派下來混世的小星子；接著抨擊時政，罵某黨某派發國難之財等等。一直說到月跨西山，我們起床上學，他們才進屋睡覺。

# 過童關

　　沙坪坎是一所真正的新學校,記得在蔡家埡讀四年級時,老師曾號召大家往那兒送「扯纖」(長木條,放乾打壘牆中做牆筋),看見師傅們打牆不用大夯且用杵頭,當時還覺得新鮮好玩。想不到這麼大新校舍剛剛一年,我們又將同它揮手告別:調整教育結構,撤銷沙坪坎完小,恢復塘埡跟李家灣兩所學校。

　　塘埡小學是個什麼樣子呢?那裏原本就沒得學校,跟哥哥讀書時的情形一樣,依然借用當地老百姓的房屋;教室分散其間。六年級的教室設在一位女同學家老堂屋內,我們經常跟她開玩笑:「你不用上學,躺在床上;吃著紅苔都能聽到老師講課。」她便撕塊紅苔皮打到我們臉上或脖子裏。

　　如今上學比以往要多做件事,首先是打掃雞屎。教室後面板壁跟前放著一具棺材,主人沒做雞罩,夜晚雞子就一隻挨一隻蹲在棺材蓋上。我坐在最後一排,腰一直,立即就有棺材蓋抵到背上。自屋裏擺放課桌後,雞子似乎有些故意,跳到桌上亂拉;乾屎倒也好說,遇上稀屎,你必須將桌子頂到外面,打來清水潑洗,然後抹乾上課。

　　易老師現在不教我們了,她將住在家中產小孩。不知怎的,如今卻非常想念她。記起那次離別時,腦殼亂哄哄的,因為在散學典禮之前,大夥已得到「撤校」這個消息,都在議論分校的種種情形。大會結束後,別個班同學走光了,易老師卻把我們全班趕進教室;一個一個地挑毛病,挑完後囑咐大家在新的學期裏聽老師的話,好好學習。我的老天爺,也不看看什麼時候,還囉嗦這些,有廢話下學期講不得許多!末了兒,她送我一雙舊鞋;長貴沒有書包,跟望生上學那樣,抱隻梳頭盒子,所以送他一個書包。她站在屋簷下,目送我們走過山樑。當時她始終沒有說到自己要生孩子,回過頭來細想,原來是在跟同學們告別。

她的確是位好老師，記得《雷鋒》電影剛到興山，她掏錢組織全班同學到縣大禮堂觀看。看完電影已是更把天氣，回家不可能，她像照護一串羊羔，將大夥引到興山一中，跟中學生擠了一夜（我曾做個丟臉的紀念，將一泡尿撒在人家鋪上）。打那兒我才知道她丈夫——謝老師就是哥哥的班主任。

　　易老師生了嗎？生了孩子有產假，待產假期滿，也許我們早已畢了業；那麼想再做她的學生，恐怕只是今世一個美好願望罷了。

　　俗話說：「窮長蝨子，富長瘡。」那些年的冬天，這兩宗我皆占全。每到寒冬臘月，似乎已成習慣，兩隻腳後根會準確無誤長出一對大凍瘡。起先是兩塊烏皮，到做操排隊或者是跟同學追打情形中，不意間被雜亂的腳板一踩，糟糕，烏皮即刻退去，露出紅柿一樣嫩肉，凍瘡便由此演變而來。易老師見了，連連咂嘴，做副極心疼的樣子，從房裏找一雙大半新的膠底子布鞋送我。鞋子過大，不捨得穿，放家中晚上換腳。她不准，硬要我穿到腳上。由於我們經常要做餓馬奔槽式的奔跑，不到一月，鞋子被我穿爛。

　　上跑學對我們來說，耗費最大要算鞋子。那陣兒，一雙鞋比件衣服價值要大得多。年輕人說媳婦，首先想到的好處，就是有人做鞋穿，似乎比生男育女還重要。

　　繼母好幾年就拒絕給我們做鞋了，兄弟倆穿鞋指靠祖母。這份細緻勞神工作，祖母實在是無能為力，主要是人老眼花拿不起針；但她每年照例給我們「摸」一雙。趁太陽好，打盆漿糊，在一塊案板上褙棕衣，然後戴起老光鏡子比著我們腳放樣，再慢慢一層一層鋪布片；底子整好後，便託人去扎。扎雙鞋底，祖父與人縫套衣服或一件棉襖不收工錢，這麼等價交換。

　　至於鞋幫，祖母看不見做，平時將人家穿丟的舊鞋幫割下來，洗淨，放進吊鍋，撒點漆籽粉進去一煮，經太陽曬乾，鞋幫變得十分鬆軟平整。幫子大都破的鞋尖，祖母裁塊新布補上去，再請祖父拿到機器上多扎兩道線，便顯得扎實好看了。鞋底跟幫子弄好，要將它們連成一體仍得請人。這任務一般落在二媽身上。這時祖母便教導我們說：「二媽，請您給我綯雙鞋，長大來報您的恩。」她便丟下工夫，打兩個大晚工，我跟哥輪番舉燈照亮，於是一雙補幫子新鞋終於做成。

二年級曾讀過一篇課文:「媽媽給我縫棉衣,一針一線縫得密,我穿棉衣要愛惜。」對棉衣倒沒怎麼覺得,對鞋子我們卻特別地顧惜;遇上落雨,趕快將鞋子脫掉,底對底揣入懷中,生怕被雨水淋濕。

一年中我大約要打八九個月的赤腳,練就一副鐵腳板,能在鋪滿石砟的公路上跑走如飛,扒起車來也毫不遜色。但我最怕打李家店過,他們大都把豬欄、牛圈砌在路邊,糞堆經雞子勞動,刨得到處都是,再加雞豬羊狗亂排,幾乎成了一截「糞路」。逢著老連霪,糞水四流,行人望而生畏。每次經過那裏,先忍口氣,瘋跑而過。說實話,現在回想起來,腳心仍不免發癢。一次急跑中,不慎趾甲踢翻。蔡德西從路邊掐來七種植物嫩葉,放嘴中嚼爛,往傷口上一糊,不僅止血且止疼。

蝨子長得駭人,從頭到腳普遍皆生,渾身搔出密密麻麻紅點子。那東西十分惱火,趁著寫字作業時出來咬人,你必須停下筆來認真對付:反手一按,擱到桌上使指甲判牠死刑。有時牠可能煩躁,竟爬到衣領上兜風,坐在旁邊的同學會熱心幫忙捉拿給你。到晚上,蹲火籠跟前,褪掉貼身汗褂兒,拿油燈照著二媽幫我掐蝨子。二媽一邊掐一邊「嗨嗨」驚歎,布縫中蝨子、蟣子像撒的芝麻,掐不贏,乾脆以牙還牙去咬。祖母看不見捉,卻使個非常簡便有效方法,燒半吊鍋沸水,將汗褂兒放進去煮。這麼處理,蝨子、蟣子統統報銷,我會有半個月的好日程過。

這當中,記得易老師曾給我箆過兩次蝨子,洗過一次頭髮。她並向我建議:頭上的蝨子讓么爹給我剃個光頭;身上的蝨子要我找父親縫件汗褂兒換洗。無奈中我照著去做,當見到父親時,不知怎麼將老師建議變成了撒嬌。

我說:「腳後根凍得疼。」

父親回答十分乾脆:「弄水燙。」

「蝨子咬得我沒得法。」

「弄水燙。」

連得兩個「弄水燙」,我一時沮喪極了。

有回砍柴到潭中洗澡,耳朵進水弄不出來,反倒將裏頭摳破,導致發炎化膿;疼得半邊臉像掉了,飯也吃不下。由洗澡引起,我不敢做聲,但又非常希望得到一份愛護同關心。偏生我的記性差,不禁又想到父親。那天見

他在廳屋乘涼，我把耳朵偏給他看，訴說疼痛折磨。他拎起耳朵朝裏望了望說：「灌膿啦，疼成聾子長大就考不取兵了。」接著同旁人說笑到另外一件事情上去了。眼見自己的痛苦並沒引起父親注意，便站在門外悄悄地哭。心想還不如易老師，她給我擝過幾回膿哩。不知什麼緣由，平時不被人理解或者自尊心受到傷害，我便想起易老師。彷彿她就站在離我丈把遠的地方，微笑著看我，似乎叫我堅強些，莫哭，忍受來自各方面痛苦同悲傷，對你長大有好處！於是，我受到打擊的那顆小心，就在這冥冥溫柔體貼中慢慢地撫平癒合。

這些都是我在一次寒潮後的高燒中，糊裏糊塗想到的。我確實不捨得那位慈母一樣的老師，雖然相處僅僅一年，然而給我的教育同關心，讓人一輩子都不能忘記！

新來的班主任是一位姓鄧的老教師，說起來三爹還是她的學生。鄧老師五十掛零，一頭花白頭髮梳得很短；穿戴也十分樸素潔淨，長年一件陰丹士林偏大襟，未見穿過制服。她更像一位母親形象，對學生非常友好，面容慈善溫和；喜歡抽煙，牙齒卻很白。

高燒過後，支氣管炎發作，呼吸困難，喉嚨裏發出鋸木頭一樣的聲音；課堂上迷迷糊糊，鄧老師喊起來回答問題，我說：「易老師，我沒栽瞌睡。」惹得同學們哄堂大笑。

上六年級我正好十二歲，祖母說是過「童關」，病特別多。不光腳後根生凍瘡，右手頸上也長出銅錢大一個來。加上哮喘，走不動路，但哥哥鼓勵我不可耽擱，堅持到校。記起一天早晨，剛剛爬上廟埡，一股寒風裏著雨雪颳來，窒息得要命，頭上斗篷隨風而去。這情景不禁使我想起哥哥所經歷過的往事：正是這個廟埡，寒風將他手中小傘吹跑，追出好遠才追上。他說：「我病得滿狠，一頭縮在小傘底下猶豫，上學吧，稀泥爛滑那麼遠；回家吧，面臨小學畢業。反覆考慮，只能往前，不能後退。」眼下自己正在上演哥哥那幕舊戲。「興山一中，樓上樓下，電燈電話。」這是老師經常鼓勵我們的奮鬥目標。榜樣的力量是無窮的，不管風雪再大，我支持著，一步一步往學校走去。

我跟哥倆支氣管炎是如何上的身，至今說法不一。聽祖母講：起先住田家埫，夏天貪涼，母親攤席子稻場裏過夜，使我們吃了地氣；一種說法我們

洗澡被涼水扎的；又一說法是暖尿暖的。我看後者有點合乎情理。

我們自小就喜歡尿床，一覺醒來，屁股下總是濕濕的一片。我跟哥倆都有些惜情愛面，做了醜事怕人知曉，總是盡力想法掩蓋。哥哥聰明些，前半夜悄悄把墊單同棉絮扒開，將屁股放進稻草裏頭，即使撒尿也只會打濕稻草跟鋪板；後半夜便放心大膽移屁股到床單上來。這法子行倒是行，就是容易得病。哥哥支氣管炎比我嚴重得多，不能不說與此法有關。

而本人卻過於老實，尿了床，便拿身體過硬去暖。有時尿塊過大，一屁股壓不住，連背心也搭上去，生怕被哥哥用腳探出真相。遇著窗紙發白，知道天已放亮，屁股下的尿塊一時未及暖乾，好不焦愁！怨老天爺同我過不去，開玩笑。還有更愚蠢事情發生：睡覺前，預先找根布條兒，上床時便悄悄繫到「雀尕」嘴上，心想這下可安心睡覺了。不料布條上去，渾身感到不適，繼而疼痛，想解，哪裏解得開。我又開胯子，一手拿燈照著，請哥哥幫忙，因繫的死結，幾番周折才解開。事沒辦好人吃虧，招哥哥又吵，一時悔恨交加。

為了給我們兩弟兄治病，祖父操碎了心，幾乎逢人就討方子，覺得可行，便一一拿來試驗。各類偏方、祕方、驗方使用不下幾十種：麝撚子蘸桐油燒脊椎珠子，從第三顆燒到第七顆；瓷針扎背心使火罐子拔；狗皮膏藥貼後心。吃的就更多，什麼狗肝上麵糊溏雞屎焙熟過酒引、豬尿脬煮雞蛋喝、燒癩蛤蟆吃等等，一筆難述。但總也不見好療效。按父親說法，過「童關」自然會好，眼看我們都已過關，卻依然病魔纏身，這個邏輯便說不通了。

看來祖父是下了狠心，把蔡德炳請到家中，給我們兄弟倆評脈，開處方，預備做丸藥。記得一個下午，蔡德炳拎了兩個草紙包，放在桌上如同兩副牛藥，他跟我們是本家，做事十分貼心。將草藥曬乾，拿到藥碾子上碾，再用絹羅打，有幾種藥沾不得鐵，須弄到石碓裏去舂。點點項項，由他親手去做，差不多忙了個把月。到後，祖父託人灌來十斤蜂糖，跟藥麵子和到一起，揉勻之後，蔡德炳搯記子往團簸裏丟。我們將手洗淨，都來幫忙搓。搓的丸子跟玻璃珠子相差不多，蜜在給我小時候裝酥胡豆的那口瓷罐裏。一到吃飯，祖父就催我們先喝藥，每頓一顆；丸子過大一口吞不下，像吃粑粑一樣先嚼兩下再弄水打，雖說兌了那麼些蜂糖進去，仍苦得難嚥。

# 過年

轉眼到了臘月，天井屋裏天天有人進進出出，熱鬧如同門市。

大清早便有人抱捲棉花或兩段新布叫門，催祖父起床做衣服。衣服要做得合身，首先必須量尺碼，往往是婆娘、娃子都到場。若因某情形一時不能來過量，便估譜兒說出好高好粗，祖父會憑著經驗下尺。量過尺碼，大都要看著祖父剪裁，等待一些邊角下料，帶回家去好做鞋。一年到頭，身上腳下都得換季。

剃頭生意更是出奇地好，二爹似乎曉得年終註定有筆好生意，暫且停止串鄉，守在家中迎顧客。雖說平時么爹有手藝，但人們大都相信的仍舊是老師傅，本該冬月間就要剃的頭，硬是捱到年跟前一便，故赤髮鬼劉唐者居多。這些天，么爹只能打下手，燒水、洗頭、刮臉，忙得腳停手不住。那時剃一個頭一角，剪一個二角，記得最高紀錄，一天掙過二十二塊多錢。

若天道好，抻掛麵的也上了門；不拘多少，五斤、十斤預備一點，新年大節好待客。以免人家上門喊「拜年拜年，果子上前；沒得果子，一碗湯圓」的時候乾著急。拿不出湯圓，捧上一碗掛麵也不錯。

鼓樂在管委會裏敲響，劉功修端著禮盤，嗩吶吹起〈財神到〉曲調，「烏哩啦，烏哩啦」橫過巷子，到天井屋裏給祖父辭年。往「軍屬光榮」牌子上搭段紅，將盤裏中堂同年畫一併掛到正牆上去，這一切皆在熱鬧喜慶器樂聲中完成。物資方面另有分工：田家堖、喬家坡各送兩揹炭，上面三個隊各送兩揹柴。這天祖父停下刀尺，穿起長袍馬褂上上下下應酬，除裝煙篩茶，還供來人的飯。

大人都在忙年，感歎「這年過得真快」，而我們卻認為時間緩慢得難熬——怨恨過年那一天急忙不來！不過隨著日子一天天臨近，我們早已將自己的身心隨意安置到某個吃跟玩的情節上去，從中獲取預支來的快樂同歡欣。晚上圍火籠烤火，聽到大人推算過年的日期，當他們算定，便立即被我否去

一天：「過的那天不算。」於是把大夥都弄笑了。

臘月二十四過小年，這天不做別的，專門打掃堂廊灰。大夥起得很早，二爹怕影響大白天做生意，帶著我們首先掃洗天井中污水，再舉起那把臨時捆紮的長筍帚去揮打天上的蛛網吊塵及泥牆板壁上的灰土，到後還要涮煙囪。舊年的灰塵不能帶到新年裏去，這是其一，其二說老鼠子這天嫁姑娘；假若清掃不認真，牠就會行報復，啃木櫃，嚼衣裳。因了這，收拾樓梯口時我特別留心：將挨牆那根桷木上堆放的雜物統統撿開，靠板壁有洞穿老堂屋，經常看見老鼠打那兒跑來跑去，是牠們的一條大路。收拾完畢我想：「這該行了吧？不僅揹嫁奩的能過，抬轎子的也能過，二回可別嚼我的荷包啦。」

涮煙囪的同時，祖母照例從灶台上取下司命菩薩清洗。傳說灶神這天要升天，去向張玉皇稟告人間對祂的好壞。所以到晚上敬奉甚是小心。灶前設個香案，削兩個空心蘿蔔插蠟燭，擺三碟菜三杯酒（點酒成杯），菜中少不得一盤紅苕熬的稀糖——讓灶神吃後好粘住嘴巴，在稟告時免得講壞話；若講壞話，老天爺將立即把災難降到人間。

祖母雙手合十，誠心誠意朝菩薩作揖，然後祈求道：「菩薩在上，我們心起得到，供奉不周，請包涵些。上天去多美言幾句，讓老天爺保佑來年多收兩顆糧食，殺起整豬整羊來敬奉您。」

說完端起酒杯敬菩薩同天地。最後那一盤稀糖便到了我們嘴中。吃著糖我問祖母：「這糖粘住菩薩嘴巴，不能講壞話，那麼好話不也說不出來了嗎？」祖母說祂可以點頭搖頭。

正當我們議論灶神這陣兒是否上了「南天門」時，蔡德全拎著個疙瘩壺打後門走進來了。這人細胳膊細腿，身子矮小，跟么爹年歲差不多，卻在城中給集體撿糞多年，是進城給祖父捎酒、打煤油的老相識。他進門就說：

「秋伯伯對不起，託我的事沒辦好。說起來急死人，我天天去打聽。大笪籬粗、半人高的罈子登那兒，聞得到酒香，可死個舅子不開提。那天看見王經理我問：『王經理，罈子裏酒不賣啦？護到你們街上人喝，光街上幾個人？當水也喝不完。』他說那是空罈子。我說：『您嗃狗兒去，我那天在王銅匠豬圈裏扒豬屎，親眼看見從後頭院罈子裏抬進去的，架的大槓，都是搬

運站大力士，一共八個我認得。』王經理不同我說，只是笑。」

祖父叫他莫急，反正過年才喝它。今天、明天不開提，二十八、九的總要開提。

他立即一臉正經說：「我專門來退信的，明天我不下街了，趁天道好砍兩揹柴。三十的火，十五的燈，酒跟肉吃不到哪樣子，疙瘩火總該有烤的吧？我預備刨個柏樹蔸子三十的好燒，說柏木燃燒後滿屋裏飄香。秋伯伯，是的吧？您這倒好，炭有人揹，柴有人送，享天福。」

他從荷包裏掏出錢，遞給祖父叫清點，然後告給兩個去處：東城門那間梭板屋裏；老縫紉社巷子口，保準不跑空路。

我們的年貨指定到大茶堖合作社去辦。以戶為單位，有二斤煤油、二斤燒酒、一斤紅糖、一包火柴（十小盒）、半頭肥皂、五斤海鹽。其實這些年貨我們早已辦回，別的沒怎麼大動，單是兩斤燒酒老早就被祖父喝光。蔡家堖離城近便，機會好，年跟前總能打到幾斤散酒。就因這個緣由，祖父才寅支卯糧。眼下既退了信，過年沒得酒喝還是不行，這差事便落到我跟哥倆頭上。

我們樂於出這個差，進城不僅能看到熱鬧，還能獲取二角跑路錢。

縣城地方不大，再受古城牆約束，顯得十分逼仄緊湊：巷子連巷子，屋脊搭屋脊，板壁挨板壁；一條獨街且不直溜，僅能容輛把汽車過身。遇到什麼節日喜慶，熙來攘往，滿街是人。辦年貨的鄉下人大都負有揹籠在身，給本當就窄的街道，又平添一分擁擠。

我們按照蔡德全指的兩個去處哨了哨，不見賣酒，便想到去消磨祖父給我們的賞錢：首先買張紙炮，共二十四顆；家有木頭手槍一支，用橡皮襻上「撞子」，預備過年好開「仗火」。餘下一角五往書店買本《地道戰》的連環畫；倘若還有分把兩分餘額，便去食品公司將那亮瓷罐裏一分錢四顆的豌豆糖買上四至八顆。自己的「年貨」認為辦妥，便高高興興在街上遊蕩。

許多蔡家堖人進城，他們在百貨商店門前的青石台階上，將揹籠卸到身邊，高高低低地坐著，吃煙的吃煙，說笑的說笑，等待相約夥伴到齊，好一路上陡城往回爬。

這麼連續跑了兩天空路，直到臘月二十九。那天從家中起身天相已經變了，走著走著，空中飄起雪花；待我們進城，街面已被那點細雪潤濕。

探視中，我們發現東城梭板屋門前在排隊，問及將開罈賣酒，哥哥趕快站到隊後。隊伍很快延長，一直排到河街「三尖角兒」。兩腿站痠，終於有人捧著酒壺離開鋪台了，但有所限制，一人只准打一斤。我們只得採取車輪戰術，打一斤，抱起酒壺重新排隊。這麼鬧到中界過，總共灌上八斤。

　　哥哥揹籠裏揹的陶瓷疙瘩壺，我拎的癟錫壺，沿街行走。到花紗公司門前，忽然有人賣鮮魚。哥哥急忙卸下揹籠鑽過去，不到十分鐘，兩籮筐鮮魚賣得乾乾淨淨。好多人因沒「搶」到魚而失悔得要命。有位中年婦女似乎也是鄉下人，想從哥哥手中平一條去，便立即遭到拒絕。哥哥將魚放到揹籠底下，然後再可上酒壺。收拾停當正準備回家，打縫紉社門口過，那兒果真也在賣酒，幾乎沒有什麼人排隊。回想往天守酒的艱辛，心中仍不覺滿足，抱著錫壺攏去又灌了半斤，直到讓酒升齊頸口這才作罷。

　　天已向晚，雪花越飛越大，行人顯見稀疏下來。辦妥諸事，我們便不願在街上久待下去，想到回家交差了。

　　一路上，我們頭髮跟肩膀雖說讓雪花打濕，卻一點也感覺不到冷。走一程，歇下來看一看落雪景致，聯想到稻場中又將堆起雪人情形，那份快樂同歡心簡直就沒有辦法形容！我們把臉仰向天上，混沌的空中，有如萬千蝗蟲飛舞；倘若盯住一隻不放，隨著下落、下落，待它落到山地作襯的背景裏時，「蝗蟲」即刻就變成了一朵雪花。忽有北風颮來，天地迷茫一團；北風過去，那如蝗如棉的雪花，又均勻地、無聲地漫天飛揚了。真是一場好雪，不僅預兆來年五穀豐收，且安定了許多人心：下地幹活不可能，砍柴被大雪封了山。似乎告訴人們：「安安心心過個年吧，一年苦上頭，好好歇幾天身子，烤火，吃肉，喝酒，不要急這急那！」

　　「七不炒，八不鬧，二十九的炸『虼蚤』。」祖母用黃沙在鍋裏炒包穀花。二媽端上包穀來搭夥。她們將木盤裏包穀花淋上稀苔糖，拌勻，然後捵成一個一個的糖疙瘩；大的有小碗大，小的跟雞蛋差不多，這麼到有人拜年時，大人小孩便各有打發。

　　我們圍火而坐，嚼著剛起鍋的包穀花，看哥哥跟祖父交賬；錢物相對，分文不差。祖父對我們的賬目同靈活性感到滿意。說前年他上街辦年貨，市上沒什麼好辦，買把大錘回家；去年照例沒有好物資，辦回一口吊鍋。今年

不同，不光是燒酒打得多，竟秤到鮮魚（往年一般是乾帶魚），這是個意外之喜。於是我跟哥倆再次獲得二角錢的犒勞。

團起年來更熱鬧，父親雖然上了人家的門，但團年都在一起。這麼除三爹當兵未歸，老少合總十六口，一桌擠不下，將兩張木桌併攏，打起合桌子坐。

父親每年打頭一炮，三十晚上把大夥接到他家團年，初一早晨歸二媽弄，晚上才輪到祖母。普通家庭只團一個年，我們卻連團三個，經常為這種情形感到幸福榮耀。

酒肉拿上桌子，暫且不能入席，先添幾碗米飯擺到桌上，再滴酒成杯，筷子架至碗口。這些事情別人不可動手，由祖父慢慢擺，到後站大門上燒幾張紙，磕頭作揖，「請老輩子回家團年」。我真擔心「老輩子」回家將酒肉吃些去，弄得我們後來不夠；還好，米飯歸入甑中，酒肉似乎還是原樣。請酒叫飯完畢，放一掛鞭，這才叫大家上桌子團年。

盼望已久的時刻終於到來，年飯展現眼前，敞開肚子吃喝。記得有年我做個醜事，說起來丟人現眼：看見祖母將切好的肉片放在筲箕裏，趁人不注意，順手偷吃一片。誰知這肉預備炒糖肉用的，沒有放鹽！到團年正好吃時卻吃不下了，肚中似乎裝滿肉片。但明知這樣機會的確不多，仍硬著頭皮，按照「無限循環小數」公式狠心嚥下幾片。

團頭個年，胃口都出奇地大，時間也特別長，不只是把肉片吃光，酒也倒了壺，這是父親打頭炮的好處。到團第二個年，大家吃興可沒有先前那麼兇了；加上二媽有些小慳，刀頭肉捨不得弄，盡在豬腦殼上做文章：什麼耳朵、拱嘴兒、舌頭、臉巴子肉、「核桃肉」各炒一碗供到桌上。說起來大團年，落其實一個豬頭整不完。當然，這些只是大人議論，我們且不管好歹，只要是肉就吃。

吃完年飯，稍稍喘口氣，由祖父提上馬燈引導我們往竹園裏去。這天要跑兩趟，白天給老輩子燒紙送錢，夜晚上亮。雪花依舊在飄落，我們打著二爹的電筒，這裏照照，那裏照照，總是望不出好遠，霧濛濛的一片。從嘴裏呼出的白氣一團一團的，像平時祖父吃煙放的煙子。積雪將一切皆掩蓋起來，打園子邊過，但仍能估摸出蔬菜的分佈；厚些的一定是白菜，淺些的不

是蔥、蒜便是菠菜跟芫荽。竹園走路要小心，一怕竹椿子戳腳，再則倘若撞到一杆竹上，頂梢的凌花掉進脖子，冰得腦殼一縮。我們並不是去得最早，許多墳前早已有了燈火，有的在墳前石框中插一二根蠟燭；有的「亮」特別精製，用皮紙糊個亮筐，裏頭安放燭火，柔弱的亮光，把竹園打扮得光怪陸離。

回家後，哥哥將他紮的一個五角形花燈也點亮了，掛到老堂屋大門正中。柔光灑滿四周，陽面寫的「歡度春節」，陰面寫的「五穀豐登」字樣，這時皆朗然在目，看上去很有些祥和氣氛。

祖母趁這陣兒，抓些包穀往磨眼裏填，碗裏盛上飯，說這麼做，明年才會不缺吃。又把火籠邊睡了半個月的小花豬捉到圈裏關好，老人傳說不能空欄，接槽豬務必今天到位，否則，明年年豬就成個問題。

忽聞嗩吶在村中吹出個長音，我們腳下發了毛，撇下明旺旺炭火不烤，踩著積雪，一路「咕嘆咕嘆」往中間稻場跑去。

稻場中存雪已被清掃出來，地面乾乾的，幾百人圍個大圈。懸在人叢上的花燈格外顯眼，什麼「鯉魚跳龍門」、「白鶴鬧年」共計十來盞；有具走馬燈上畫著「關公千里走單騎」，由於燈筐轉動，那馬似乎在飛。一杆牌燈最高，稱「三軍司令」，它朝哪方走，後頭花燈便往哪方行。

我們去時，父親打花鼓剛剛罷場，正趕上划採蓮船。划船人身披蓑衣，戴個船形草帽，手握橈片，先將彩船拉起繞上一周。船中人兒用梭步急走，使船兒輕盈平穩，如同水上漂流。划船人到後橈片兩划，穩住船身，唱起〈採蓮〉調來：

　　划船人：採蓮船啦。
　　眾應和：喲喲。
　　划船人：採蓮燈啦。
　　眾應和：呀嘆嗨。
　　划船人：特來慶賀。
　　眾應和：喲喲。
　　划船人：迎新春那。

眾應和：划著。
……

　　一曲終，橈片舞動，船兒蕩開。這陣兒不拘什麼人都可以出來領唱幾句，一賀新春，二顯口才。

　　採了蓮，船兒靠往一邊，接著有位姑娘挑起花籃上街〈賣花〉來了。花籃如一對燈籠，不過下頭多個喇叭腳，畫在紙上的綠葉紅花，經裏頭燭光一透，彷彿一籃真花草。扁擔原是一幅紅絲綢，兩頭繫在花籃上，姑娘張開秀手前後抓住，下腳換肩，隨著器樂節奏，扭動細腰，一步三顫，引得眾人噴嘴，連叫「好看」。

　　五叔的嗓子最尖，站人叢裏唱道：

　　姑娘啊
　　賣的什麼花
　　請把花名字報上來

姑娘應唱：

　　正月裏家家福滿堂
　　迎春花開透園香
　　蜜蜂看見花閃翅
　　花把蜜蜂包中央
　　好比情姐包情郎


　　這麼從正月迎春花一直唱到臘月的梅花，一月一折，你唱我和，十分抒情熱鬧。許多姑娘、小夥兒同年輕媳婦，禁不住自己雙腿，跟在花擔後頭走十字步。我也鑽進隊伍，絞著雙腳夾中間亂扭。

　　不知誰個點燃一掛鞭炮，場上躥出一隻麻色「大獅」來，隨後又滾出一隻「小獅子」。這時器樂也轉了板，僅剩大鈸、鑔子同一面手鑼兒。舞獅人

要有「耳音」，獅子一舉一動受器樂支配，手鑼兒一敲，腦殼一縮，一副非常靈敏有趣樣子。正好看，人叢忽然亂了。牌燈開始移動，花鼓、採蓮船、獅子預備去各家各戶拜年。有人高聲喊話：「先到軍屬家裏拜年。」聽到這聲，我趕忙跑回家中把知會。

廳屋支張大木桌，放上果盤，裏頭裝些炒薯片同包穀花；酌兩杯春酒，再擺四包紙煙。要得發，不離八。祖父使紅紙封了八塊錢封贈，從望樓擱到「照面枋」上，考考獅子本領，看它如何去取。

花鼓、採蓮船均在稻場裏拜年送恭賀，最後由獅子進屋「掃瘟神」。傳說瘟神怕獅子，掃盡瘟神，全家老少新年份裏無病無災。獅子十分過細，屋中四角都「掃」到，然後桌子跟前喝春酒、吃果茶。盤中果酒一時如何吃得完？這倒不要緊：舞大獅頭尾需要兩個人，他們預先便備有錫壺同口袋，舞頭的人從桌上「吃」進，再遞給擺尾人裝壺入袋，一切皆在「獅皮」下進行。待全村拜年完畢，參加燈會的人再坐到一起消消停停分「臢」。

獅子「吃」光桌上供品，望見照面枋上有財喜，一時歡蹦亂跳。祖母撤下果盤，人們又抬來一張大木桌，放翻，疊到原先那張桌子上去。獅子舞上翻桌，站到四腳朝天桌腿高頭，這且不說，還得走步。器樂這陣兒敲得十分謹慎，生怕桌上有個閃失。獅子起身試試，搆「財喜」不著，樣子為難。這時小獅異常聰明靈巧，跳上桌子，讓大獅將它一口銜住；這麼再直身，封贈終於到手。獅子回到地上，一副溫順模樣，匐伏堂中，等待領獅人前去「喝彩」。

領獅人一般都有口才，走過去撫住獅頭，按照東家身份及生活情形，編個恭喜發財順口溜，既啟竅又中聽，說得主人家心裏舒舒服服：

> 獅子獅子喜盈盈，
> 東家財發人又興；
> 自從今日掃過後，
> 來年滿屋堆黃金。

獅子對「喝彩」似乎也感到滿意，搖動著大腦殼，拴在耳朵上兩個銅鈴隨器樂一陣混響。領獅人趁此一把拃住獅子鬍鬚，將它引出門去，

舞獅人褪下「獅皮」，抹著汗涔涔額頭，一邊喝著到手的熱茶，一邊愉快地說到摘取封贈時的曲折艱險。這時村中傳來頭遍雞啼，二爹掏出懷錶，半夜子時已到，點掛千字頭大鞭向空中拋去，大家一起歡度除夕。

　　獅、船轉了二家，祖父便擺出象棋，坐桌前叫戰。他興致極好，下棋賽若過年，一入棋陣，什麼事情都一概拋到腦後；彷彿年輕幾十歲，一些行舉跟他的輩分很不相合。平時也是如此，飯菜涼在桌上，催數遍不吃；惱了祖母，拿鍋鏟照棋子兩「炒」，這才作罷。他棋藝並不高見，走得消緩，且又愛悔子，一盤棋須得半天工夫，倘輪不到他下，便躬著腰，雙手撐住膝蓋，全神貫注觀陣；一激動，免不了動嘴動手，熱心快腸幫人家趕子。

　　祖母架起吊鍋在火籠裏燒水，把我們叫過去洗臉抹身，到後從房中找出新衣新襪來穿。這是我們盼望多時的美事，明知衣服早已縫好，新鞋掛在柱頭上，就是不准穿。衣褲都十分合體，單是鞋子太緊，一時難以穿上。祖母說三天穿上是好鞋，當時穿上是草鞋。況且我腳後根生有凍瘡，看彩船被人踩了一腳，刮塊皮去，本當抵不住，再叫新鞋一逼，更是疼痛鑽心。那可怪不得，別處都能裝新，只能委屈雙腳——趿著舊鞋過年了。

　　過年守歲，祖母並不催我們睡覺，將炭火燒得旺旺的，烤得個個臉上泛紅。她拿起盤子抓些炒薯片、包穀花同糖疙瘩讓大家混嘴兒。今天是個特殊日子，盡可隨便說笑，不許攔言；嘴巴嚼動同時，誰也忘不了插空講兩句笑話或件把趣事。么爹講道說，有個人使筷子夾湯圓吃，糖流到手上，趕忙去舔，這時湯圓裏頭的糖又流到臉上，把臉燙起了泡。哥哥說他有一次吃湯圓，一咬糖一冒，把嘴皮子燙起三個泡。大夥就這樣你講一則，我講一則，因生活經驗同感受皆不盡相同，表述起來口齒有俐、笨之分，氣氛便格外活潑生動。祖母也成為普通聽眾，當她聽我們講述由於純樸幼稚，幹了愚蠢事情上當吃虧情形時，先是同大夥一起笑，接著便嗔怪責罵兩句；雖然說是責罵，那語氣卻充滿疼愛與開導，聽了跟我們平時得到她誇獎時的心情一樣好受。但往往她會觸景生情，趁著機會來「憶苦思甜」。

　　她說從前家中欠債太多，到臘月尾上賬主子討賬，坐屋中不走，祖父因此不敢露面。又及某年團年之後便斷了炊：那時城裏玩龍燈，青龍跟白龍倆年年打架。逢上這類情形，青龍上山請蔡家堖鼓樂班子進城給他們助威。那

陣兒父親才十三四歲，跟著隊伍上街去學打花鼓，不光是把嘴顧住，每天還有一升包穀的報酬。祖父是出了名的鼓手，這麼父子出征，待元宵節收燈。便有一二斗包穀回家度命了。還講到抗戰時期，父親躲兵，不敢回家團年；候祖母把年團罷，他似乎從地下冒了出來，好的歹的撈點進肚，連夜又出了門。

祖母憶的大都是舊社會的年，聽起來總覺是非常遙遠遙遠的事了。至於說到食堂裏過年，我們有切身體驗，自然十分清楚。特別是食堂過年，給我印象最深。

那是一次蒼天作瓦、稻場當桌的幾百人的大團年。記得菜有三宗：白菜梗炒肉片，洋芋摻牛肉（不是「四副磨」牛肉興許吃不成），一缽湯——白菜葉裏漂幾點肉臊子。數量不多，剛揀兩筷子，大略我們太餓食，汪淑貞立即將肉片向各人碗裏做了再分配。金包銀的飯（大米拌包穀麵）盡吃盡添，兩大甑子終於沒有吃完。到後嚴大金通知各戶前去分飯，這當兒一邊告誡大家食堂要停三天的伙。天漸漸暗了，人們收起殘湯剩飯陸續撤去，稻場陡然顯得冷清空蕩，北風掃過，捲起幾縷塵土，水缸跟前的泥土凍硬了。我不知什麼緣由沒有及時離去，現在也記不清了。朦朧中突然發現西北角有堆東西蠕動，走近細看，原來是吉婆子。她手裏端缽飯，嘴中老牛反芻似地在嚼。對她我非常熟悉，幾乎天天見她到食堂門前磕頭，討東西充饑：「你們做好事，把點兒菜葉子我吃，死了保佑你們……」倘若丟個蘿蔔尾巴或白菜梗子，她立即搶到手，連皮帶肉吃個精光；然後再磕幾個頭作謝，轉過癱子一樣的身子溜回家去。但並不每次獲得成功，不論頭磕得如何多、求得如何可憐，地上一坐半天，什麼也撿不到吃。她大約看到了希望的破滅，收回乞求溫柔目光，嗚嗚哭訴起來，艱難地往回爬去……初二早晨隨著村中鑼聲吆喝：吉婆子被年飯脹死。那可憐生命就這樣以一種特殊方式給消失了。

這個年在我頭腦中永遠是那麼清晰，尤其是吉婆子那種死更添增了這清晰程度，同時使我明白飯也不是好東西，多吃照樣鬧人。

回到眼前情形，祖母感歎不已；說熱鬧也熱鬧，說吃喝有吃喝，沒有兵、夫跟賬主子上門，是她有生以來過的最安逸最好的年。

「兒童強不睡，相守夜歡嘩。」雞叫二遍了，祖母趕我們上床，留點精神白天好玩。我們鑽進被窩，頭枕新衣服，聞著新布散發出來的香氣，走進甜蜜的夢鄉。

老天爺的事有趣兒，有時估得準，有時估不準；昨天夜裏還是大雪紛飛，大年初一開春就晴了。雪後的天空淺藍清朗，地上白茫茫一片，太陽出來，到處明晃晃耀眼；幾隻喜鵲在大柏樹上「喳喳」地叫；家家戶戶煙囪裏冒起青煙。

祖母彷彿沒有瞌睡，一早就來到我們房中統計湯圓數字。我跟哥倆各報四個，么爹同祖父合共報了十六。她一邊「四季發財、六六大順」地圓合，一邊匆匆喚二媽幫忙和麵去做。

吃湯圓的十幾個，弟妹不懂規矩，哇哇直叫，要搶頭先吃。祖母添上一碗，由二媽雙手給祖父捧到桌上。我們兄弟姐妹六七個，包括毛娃在內凡走得穩的，一串到桌前給祖父拜年磕頭。祖父今天特別開心，穿著長襖子，坐在一張大木椅上，笑盈盈看著眼前的小隊伍。我們依次上前給祖父磕頭，祖父不分大小，每人打發一塊壓歲錢。我雖說喜歡花錢，但這麼大票子卻不敢瞎整，便背著祖父交到祖母手裏，預備上學時湊書本雜費。

在二媽家團完第二個年，丟下碗，我們便飛也似往中間稻場跑去。那裏不僅有嗩吶、鑼鼓吹打，還有那令人傾心的冬種遊戲在愉快進行：打撬二棒的、拍線球的、踢毽子的、打陀螺、跳繩等，應有盡有。許多遊戲激發出老人的童心，一時忘掉輩分同年齡，伸出手來，「白板黑板」地跟孩子們搶頭爭輸贏。別看我祖母一雙小腳，踢毽子竟能一氣踢上三十多個。父親跟大夥一道拍線球「打五彩」，一時引來好多大人參加。最有趣的是五叔，打撬二棒輸了尺，「供台子」（一種懲罰形式），一棒撬到臉上，將嘴皮子打破，腫得朝外翻著。有人問及，他謊說是吃湯圓燙的。

遊戲中有大人參加或在旁邊觀看，會玩得格外起勁和開心。什麼單手接棒、瞄準、打「狗腦殼」，都想拿出平時練就的絕活兒，向眾人展示一番。忽然一個稀奇物件上了場：蔡德陸騎著他的一輛舊自行車在人縫裏兜圈。我們立即像一群小狗圍了上去。

蔡德陸是蠻大爺的老二，不高不矮，身材勻稱，臉上長年長著幾顆粉刺。一九五四年應徵志願兵，五七年轉業家鄉。村裏人認為他見過世面，能說會道，有黨員牌子，便合情合理當上二隊小隊長。他不知從什麼地方搞輛破自行車，按說車子是不能來的，家鄉沒有公路，但他還是把它扛回來了；立在屋角生鏽，碰到這樣好天氣，便拿出來溜一溜。人多圍得車子轉不過彎來，他吩咐我們排隊，按順序坐前面車槓上；由他帶著繞稻場跑三圈，讓大夥都來過會兒坐車的癮。

　　好玩的遊戲一個接一個。有人用半斤舊棉花紮個線球，差不多小升子大，襻的棋盤花，拿出來一拋，頓時招來無數人爭奪。人們分成兩大陣營，誰得到線球便奮力朝對面拋去。大夥仰起脖子，眼睜睜望著線球從空中飛來，那情形有點像皇帝招駙馬拋彩球，個個都想得到它，故拚了渾身氣力上前哄搶。

　　村中除開這熱鬧場面，也不乏另外一幅斯文情景：我祖父、九爺、福爺等一幫長衫，一路所過給各家各戶拜年。倘若對某戶的門神老爺（年畫）或春聯發生興趣，便停下來做現場賞析，評說某筆某劃寫得有力，某字某句對得合式。

　　按習俗，大年初一不走遠親，故這天村裏人多熱鬧。大家玩得十分盡興，不累不餓，不知不覺中太陽已經西去。許多人陸續被「吃飯」的呼叫喚走，我們也將回家吃第三個年飯。但我實在不想離開，恨不得設法把太陽拴住，讓它定會兒再走。

# 給舅舅拜年

「初一守財門，初二拜丈人。」這是家鄉老規矩。人們穿上新衣服——不拘一雙納幫子新布鞋或一頂新棉帽，總歸都沾了新；為趕凌路（上凌的泥巴路乾爽好走），男人們寫個「出門大吉」的紅紙條子粘到大門板上，一早同著媳婦出了村；腳下有一男半女，男人背上襷一個，女人手裏拉一個，三三兩兩到丈人家中去拜年。

這天我們也不能例外，荷包裏兜封小鞭，胳肘夾沓錢紙，隨祖父前往李家坎給舅舅拜年。李家坎相去不遠，六七里路，跟上塘堖小學差不多。大舅的兒子李國森高我一屆，在沙坪坎讀書時就經常帶我到他家吃紅柿。柿樹幾丈高，叉竿一直架在樹上，想吃柿子就爬上去拿叉竿叉。李國森不許我上樹，怕摔，要吃由他上樹給我叉。小舅也有棵柿樹，那可真大，比蔡家堖那棵柿樹矮些，樹身卻龐大得多，遮下畝把水田；誰也爬不上去，每年下柿子小舅都要搭木梯。

柿樹在外祖父墳前，我跟哥倆跪下去燒紙，磕頭，放鞭——點火前各自不忘揪幾顆裝入荷包，等會兒好炸雪團跟牛屎。

上墳似乎給活人把知會，鞭聲一響，舅舅他們便出來稻場裏望了。小舅住在路口上，首先給他拜年，然後到大舅家。舅舅家很窮，特別是小舅，用「家徒四壁」形容不為過：進門只見一個大火籠，由於四周沒有遮攔，柴灰同草梗自由擴散，弄得半屋渣子；李家坎煤多，炭廠只隔幾杆路，卻燒不起。火堆上架的樹菀，一根同樓板樣黢黑的吊鍋鉤子從桷木上直吊下來，成天掛著吊鍋燒水。房屋低矮，樓板壓住青煙出不去，熰得眼睛流水。屋角砌個歪歪灶，生起火來從石縫裏跑煙。灶跟前靠隻破水桶，周圍沁了水，被腳板踩成亂泥。離木桶大約兩尺高的牆縫中，釘根小木椿，挑著一塊說不出顏色的粗布，那便是小舅一家六口的洗臉袱子。倘若適時來點憂傷音樂，你一定以為進了「楊白勞」的家。

待我們一一叫過，小舅媽才從房裏出來。她頭腳收裹得異常整齊：臉上無一絡亂髮，一條月白袱子對角摺成幾摺繫在頭上，衣服褲子剛剛漿洗過，穿在那瘦小身材上倒顯得十分合身利索。可憐她一年四季三天沒有兩頭好，總是一副病懨懨的樣子。她帶著細微呻吟，慢騰騰從房裏找出半升核桃，二位表弟剛伸手去抓，不防挨了一下：「你們倒闊！」隨後二一添作五地裝進我們荷包。接著一頓一頓講到昨夜做夢：

　　「夢中還是以前那個情形，你媽弄襻巾揹的明子前頭走，青子由爹架脖兒在後頭，上前頭瑒坎就喊，幾親熱喇。你舅舅站那兒望，我把他一推說：『捨不得接他們兩步，腳下長了釘子。』你舅舅過去把明子接過來，我一看，長得像個石滾子；伸手要我抱。我把明子抱在懷裏親，他揪住我頭髮不放，狗兒子的手滿緊，這才把我掙醒過來。你媽滿活潑人，來住兩天，不是幫你園子裏忙，就是找針線活做，見一樣做一樣。不管玩多少天，橫直捨不得你們走，要走，站一稻場人送。唉，你媽在著那該多好哇。」

　　這當兒，表姐國貞已將灶裏生起火來，小舅媽繫上圍裙，預備親手上灶弄飯。

　　大年初二，滿山積雪，可小舅還上陳家崖砍了揹濕松柴回來。他來到火籠邊坐下，將我攬進他寬大的懷裏，伸出大手掌到火上燎，然後拿住我頸子上的凍瘡悟，一邊問這問那：

　　「媽墳前的竹子長深了嗎？我掛念你們，總想前去看看，但我怕看見你媽那堆黃土。舅舅的日程滿苦，今年要說去年，幾個錢都繳到那裏頭去了。」我們順著他指的方向望去，柱頭上吊了一摞水藥單子。「——舅媽的病過了若干老醫家，都說整不脫體，藥罐子煨破幾個，病人、好人都拖得沒個辦法。」

　　小舅身材結實高大，雖說眉毛同絆腮鬍子都惡，心卻十分慈軟。他那對大而明亮的黃褐色眼珠子這時漸漸地發了紅。他喜歡吃絲煙，一根竹筒煙袋，填鍋煙絲只消一口，便將煙子全部吸進肚裏，接著「嗙」地一響，一顆煙屎被吹出好幾尺遠；到後那肚煙子從嘴裏、兩個鼻孔裏成三股直直地朝出噴。

　　舅舅們住的三間同脊土磚屋，是我外公跟大外公兩兄弟親手修建起來的；說是清光緒末年立的柱，算起來有半個世紀，雖未見十分地老相，卻四

壁蕭然。兩舅各住一間半，堂屋空空蕩蕩，被大外公支鋪占了一角。口說是鋪，看上去像個草亭子：兩頭夾的高粱稈子籬笆，屁股下墊的跟頂篷上搭的都是秫稈兒，不過下面多層稻草。大外公躺在草中，蓋的鋪蓋說不準顏色，沒有面兒，長衫也覆在上頭，平平的，打毛看像沒有睡人。床邊掛的稻草如一抹流蘇，冷風一掃，左右擺動。儘管如此，大外公仍堅持「睡著熱乎些」。

他戴頂寶塔式舊線帽，上身一件長衫，下身穿的棉套褲──兩隻褲筒用帶子吊在腿上，掀起布衫能看見屁股。我知道那是前些年祖父縫好送給他的。他讀完一部「四書」，懂《周易》，我們跟老表的名字皆由他排出「八字」取定。他不只記性好，聲氣也宏亮，薅草打鑼鼓是出了名的歌手，所不幸是四十六歲把一雙眼睛疼瞎了。據他自己講，大外婆是個非常能幹的女人，不裹腳，男人做的事情她能做。一次上屋檢瓦，不慎將簷灰弄到神龕上的菩薩眼中；女人是不能上屋的，況且又撒了灰，觸犯神靈，得到同態的報應。

聽說我們到來，再冷大外公也起了床。這陣兒太陽正好，積雪開始融化，簷上隔三減四滴起水來。這種落雨才能出現的情景卻在晴空下照樣進行，實在是一種自然奇觀。陽光透過水簾照到大門口的小廊子上，那裏既背風，且又享受到日頭的溫暖，大外公跟祖父便坐在那兒講古。大外公似乎是好久好久沒有人欣賞到他的學識與口才了，忽而「大戰二十餘合」，忽而「一槍挑下馬來」，講得繪聲繪色。到開心處，發出雉雞一樣「嘎嘎嘎」的笑聲，那雙凹陷的眼皮也微微地跳動起來。

柿樹下有人上墳，原來是小姨來了。我一共有三個姨，大姨、二姨都扯娃娃「灘」，極少見到，只有小姨爽腳爽手，每年還能在舅舅家會上一面。

她過來拉住我的手，說老遠就在叫我們，問聽見沒有，問認出她沒有。我說認出來了，她感到萬分地驚喜，便大笑起來。她喜歡打響哈哈，笑得渾身都抖動，似乎半天才喘過氣，接著說：

「明子臉巴兒像他媽，看見明子就如同看見我的大姐。」她眼睛陡然濕了，發現我手腳上的凍瘡，一時又來了氣，「你後媽那個母老虎不給你們做鞋是吧？她的娃子恨不得扯砣棉花包到，別人的娃子是狗屎，討不著好死！兩弟兄讀書要發憤，長大幹工作，穿火箭頭的皮鞋他們看。」

山牆下放著幾捆稻草，吃過中飯，小姨硬拉我坐到上頭曬太陽；將我腦殼扳在她懷裏，一邊用手到我頭髮裏扒蝨子，一邊說：「你爹要給姓汪的丈人拜年去，姓汪的住城裏；這高頭難得爬是吧？還是你媽在世他來過。記得正月間一來，小舅就纏住他打花鼓，你爹只會做醜。他們還比賽打線球，惹得李家坎的人都來看熱鬧。那時小舅媽還沒病，煮盆高粱推槳。我把你爹喊來跟小舅打雙磨，由我餵磨；他們的力氣要多大有多大，把一副磨盤拐得飛了起來，欺我餵不進磨眼兒裏去。忽然『啪了』一聲，哇！磨拐子被他們揉斷了，你爹腦殼碰到牆上，哈……」

小姨講著講著，禁不住前仰後合一陣大笑，我趁機從她懷裏溜了出來。

舅舅住的小地名叫松樹灣，據說那松樹高大得很，被雷火劈空半邊，裏頭支下一張小桌兒，可惜我沒有見到。現存核桃樹、柿樹、油桐樹倒不少。鳥雀似乎比我們家鄉要多，喜鵲、白頸老鴰、雉雞，還有許多叫不上名的小雀子，都在柿樹上啄柿子。小舅指著樹上情景說：「樹太高，上去腦殼發暈，眼睛花；年年四股柿子有一股叉不著，叉不著就不叉，枯枝暮月打不到食，乾脆留給它們過冬。」

水田裏結著厚厚的冰，是我們滑冰的好場所。從屋裏扛條板凳，翻倒過來，坐上去；拿人撐住板凳腿，在冰上推來推去。跟幾位老表輪流坐，但我們畢竟是客，推的少，坐的多。

打「凌鉤子」（屋上積雪融化後，結在瓦簷上的冰棍）吃是我們一大樂事。家中最長的有幾寸，舅舅那兒的「凌鉤子」說出來嚇死人「水井邊有山牆大面石壁，水田中溢出的水打高頭流下來，被凍成一排白花花的冰柱；有的腳盆粗，有的碗粗，有的幾根連在一起，人能打冰柱後面鑽過，像水晶宮。我們一心想用斧頭把它砍倒，累得額上冒汗。但終歸是徒勞，即使砍斷也倒不下來，待第二天去看，它竟奇蹟般地還了原。

記得為爭斧頭，跟李國森打起架來。他小時候臉被燒傷，留下大塊疤痕，我罵他「疤臉官」（同學都這麼叫），他氣得直哭。並且還惹他挨了大舅一頓飽打。

小舅家餵有一隻大公雞，伸直脖子高矮跟我差不多，喜歡啄生人。一次未及提防，剛出門檻，牠給我一嘴，正好啄到鼻樑上，頓時冒出血來。這下

非同小可，小舅趕忙板壁上揭下個蜘蛛巴，將傷口貼住，叫我莫哭，看他去怎麼收拾牠。他握根短棍，趁大公雞不注意，一棍去，正中雞腿，疼得牠亂蹦亂叫。小舅一個飛步逮住牠，當場便治了個砍頭罪。到晚上，香噴噴的雞肉便來到我們嘴裏；牠脖子上的花羽毛讓國貞姐做了三個毽子沒用完，剩下一束被她藏進夾鞋樣的大樣包當中。

據說舅舅的房屋建在「雞公地」上，住人喜歡鬥架，餵雞喜歡啄人。兩位舅舅確實不團結，動不動就打起架來。他們之間不和氣，弄得我們也不好做客：小舅家玩，叫在這邊吃這邊住，莫過那邊去；大舅家玩，叫在那邊吃那邊住，莫到這邊來。大舅氣量似乎寬些，特別小舅，一到夜晚就不讓出門，一年上頭念我們，務必跟他睡幾夜。心情固然理解，但我們最怕他的鋪：一床破席，不單冰人，篾籤子戳屁股。弄得不好，會將我跟哥倆的支氣管炎惹發。小舅倒也過細（即仔細、細心），上床前把他的褲子脫掉鋪到席洞高頭（即上面、上頭），然後將我安置上去。撿蛋堃下來的北風掃過屋頂，颳得核桃樹枝子嗚嗚呻吟。瓦縫被積雪蓋住，樓下的煙子上來散不出去，嗆得換不過氣。我打著寒顫，像隻小貓，一頭縮到小舅滿是汗毛的大腿上；突然使人聯想到席子某些妙處，倘若撒出尿來，定是沾不上身，會打席縫漏入稻草，一時又有些樂意。

三人並排擠在一頭，我縮在被窩當中，聽小舅說他看見有人打隻老虎，將剝下的虎皮晾在石滾高頭，一條水牛打那兒過，看見虎皮就奔過去牴；趕也趕不開，拿火把燒也燒不開。後來石滾牴破，虎皮破爛不堪，水牛自己也累死了。一下失去石滾、水牛、虎皮三宗東西，主人十分傷心。

我問水牛為什麼如此憤恨老虎，小舅說起先是老虎耕田，但牠吃不起苦，打歪主意說找水喝，請水牛打會兒替。水牛是個老實東西，過來拉犁。誰料老虎早已逃之夭夭。從此，耕田的事情便落到水牛頭上。打這兒以後，牠們就結下生死冤仇。到後小舅總結道：「所以屬虎的人有計謀，一輩子衣食不愁，頓頓吃肉，誰見過老虎吃草？」

哥哥聽了很是高興，連連說他屬虎。

我問小舅屬蛇的人好不好，小舅歎道：「蛇怕人唄，何況又沒得四柱，立不起來。」

「什麼是四柱？」

「就是四條腿。」

我不願再聽他們說到屬相，便悶悶地睡去。後來問及大外公，他說屬蛇的人靈巧，對任何事情善始善終；毛主席就屬蛇。這一聽我心裏開了花，連忙將大外公的話向哥哥跟小舅做了傳達。

大舅同大舅媽也心疼我們，臘肉、米飯弄出來吃，核桃、柿餅往荷包裏裝，只是不興掛嘴上說。大舅比小舅的身材還要高大，但沒有絆腮鬍子；他學點小醫術，能給人接骨鬥榫看皰疽，還會補鍋。所幸一家三口不病，同小舅相比，家境略略兒強些。

我們同小姨一起在大舅家過早吃湯圓，接著又吃飯。飯後聽小姨說及要走，並且還要帶我們跟國貞姐到她家去。沒有祖父允許不敢亂跑，她家住在高山雪窩兒裏，一往路要走大半天，況且轉眼就到上學日子。接不動哥哥便一把將我拉住；我原本不想去，拆了伴兒，猛地一掙跑開了。這時我看見小姨在哭。

眼前情形使我回想到一段往事：小姨婚後一直沒有生育，母親死後不幾年，想哥哥跟她做兒子，供他讀書，許諾長大說個媳婦。總共去二十多天，最後哥哥還是跑了回來。接著又想把我過繼給她。祖父知道小姨不成「脾氣」，說他孫娃子再多，不把給別人做兒子。她眼看祖父回了乾信，也是這麼哭著走的，但比這次傷心多了。

小姨走了不大工夫，小舅媽搶頭喊我們過中；吃著飯，不知因什麼，小舅跟大外公吵起架來。大外公拄著拐棍去投幹部，我們趕快將他雙腿抱住。大外公乞求鬆手，小舅也指使我們鬆手，在這雙方逼迫下我們放了行。直到很晚，大外公才被一位村幹部牽回來；到屋悶悶的，一句話沒說，鑽進草窩裏睡了。

見大外公這般情形，我們心中非常難過。大外公膝下無子，但肥水不流外人田，按族中規矩，我外公將小舅過繼給他，合情合理繼承到那一間半屋的家產。但是小舅沒有盡到孝心，態度也不好；大外公吃飯看不見夾菜，無半個人幫他一箸，幾乎吃多半的光飯。

天氣陡然陰晦，冷風呼呼颳著，遠山近嶺的積雪漸漸黯淡下來。舅舅家

夜晚十分枯燥，東住一戶，西住一戶；四鄰的狗吠同大人尋孩子的呼喚，穿過薄暮來到身邊，使人感到身在異鄉的孤獨，突然想家了。我想念祖母，想念中間稻場的遊戲夥伴，簡直要哭。

祖父一般不在舅舅家過夜，喜歡到李以成外公家裏打住。他們是老表關係，而且吃一個奶長大（祖父的母親李氏，是李以成的親姑母；李以成半歲死母，便由他姑母——李氏餵養）。另外，李以成外公會自製響銃，到陳家崖上打有毛狗、獾子跟野豬，想吃野味自然不成問題。

小時我弄不清，祖父為何年年把我們帶上李家坎，家家到戶戶落地去拜年。後來才漸漸明白，祖父原是李家坎的「老」外甥；他母親李氏是我母親的親姑婆婆，與李家算得上老親老戚。當然，這樣做祖父還另存一番心思：讓後家人看到，娃兒的媽下世雖早，她的兩條「根」卻好好地受著照護，當祖父的沒有卸責。

晃晃數日，真的有些想家了，沒有心思溜冰堆雪，只等祖父喚我們回去。

祖父的老表多不過，這家接至那家。我跟哥倆等急了，就跑到李家坎挨門擦戶去找，最後還是在李以成外公家裏找到了。他們正在烤旺旺的炭火，面前放本新年的曆書，說及今年的春早夏遲，預測什麼雨水跟蟲災。

我們的到來，使祖父意識到出門已經多時，多謝外公吃到一餐臘狗肉後決定起身。我們像一對失去家園的小狗重新見到主人那樣，歡蹦亂跳，一會兒跑祖父前頭，一會兒落祖父後頭。忽聞有人發喊，拜年得到的核桃、柿餅，以及忘記在「水晶宮」裏的帽子，苦得小舅又遠遠地給我們送來。

# 小學畢業

正月裏還沒玩夠，接著又急匆匆地上學了。那是六年級最後一個學期，面臨著小學畢業。

如今我看見許多孩子跟父母、老師唱「對台戲」：比如不准喝酒，不單要喝，還專喝那烈性燒酒；叫不學抽煙，卻悄悄將自己關進廁所裏過癮；好好兒的一頭黑髮，偏偏要染成棕紅。這逆叛行徑的確讓人不可思議，但我們每個人只要認真回憶一下自己在這份年齡上的所作所為，找到問題的答案似乎就不是很難。

那時候我就如同這般情形，按俗話說的就是：「人拉起不走，鬼拉起飛跑。」

大人、老師教大夥不要打架、洗澡、扒車，而我們恰恰喜歡這麼三宗。打架六年級沒有敵手，五年級倒有一幫竟敢跟我們相抗。他們大都來自撿蛋埡腳下的孫家坎、徐家坎、李家坎；個個體壯如小牛，清一色赤腳，自稱「赤腳隊」。沙坪坎上學他們似乎有些懼怕，自學校遷到塘埡以後，覺得離家近了，膽子格外大，下課鈴一響，便上門找我們著對摔打。雖說我們自小喜歡摔跤，從中學點「別腿子」技巧，但由於本力太小，耐不得長；即使將對手摔倒在地——騎在身上，經過一番肉搏，最終吃虧；不是身上磕去皮肉，就是頭髮被人拔去一綹。

輸家自然不服氣，上課眼睛望著黑板，心裏卻在盤算下課如何去報復人家。我們請蔡德西出面助一臂之力，單他遠遠不夠；又採取聯吳抗曹政策，將李家店、張家院子的同學團結起來，悄悄埋伏在放學的路邊。一番耐心等待，「赤腳隊」終於到來，大夥一哄而上，將他們按倒，拳腳交加；不知是誰還將那個名叫孫宜海的頭領糊上一嘴泥巴。

我自小喜歡整水，哪怕自己有支氣管炎，可見了水比見到媽還要親。羅家堰跟蔡家埡只隔個廟埡，脫褲子之前我們先要問蔡德西告不告密，候他賭

咒才敢下水。這方面他的確做得很好，不但守口如瓶，還自願給我們打望。

記得一個星期六的下午，我們喚上不少同學，跑到張家院子那口堰塘裏洗澡。堰塘比羅家堰要大，圓圓的，邊上長滿雜草同水蓮，幾條老水牛靜靜地臥在水中，將腦殼冒出水面。

我們囑咐別的同學千萬不要漏風，照例請了蔡德西站公路上打望；然而這次卻出了問題。

蔡長貴首先下了水，慢慢往堰中心試探，最深處只齊他脖子。大夥鬆了口氣，接著我跟毛娃往水裏跳。李家店、張家院子的同學立在堰坎上看稀奇。大約有三四個禁不住誘惑，光著身子，小心翼翼揪住水草，淺水裏亂彈亂打，濺起的水花遮住了他們的屁股。

為了顯示自己的水性，由蔡長貴架我的脖兒，深水裏扭動腰身，做些舞蹈性表演，逗得岸上同學直笑。

這時誰也沒有料到，教我們算術的王老師，借套老百姓衣服箍在身上，悄悄地，像貓子捉老鼠順著包穀地向我們靠近。正當大夥沉浸在無比快樂當中，他發一聲喊，猛撲過來，如同拾取獵物一般，將脫在岸上的衣服一抱摟走了。

不知發生什麼故事，只感覺蔡長貴將我往水中一摜，耳朵咕咚亂響，嗆了幾口水；待掙扎著站穩，岸上竟沒了半個人影兒。

後來聽蔡德西講：

「老天爺，看熱鬧的同學望見老師撲來，一時像驚飛的雀子，四處亂跑。遇住坎子往下跳，我想前面即是火坑他們也不會後退。有人跳下去立不住馬，一個倒栽蔥，像機器人一樣縮成個輪子，順著田坡往下滾，滾著滾著，就勢兒立起身，接著又往下跳。說實話，見到那狼狽情形，誰都會把肚皮笑破。我當時不敢笑出聲，憋著氣，沿公路邊水溝溜走了。」

大夥爬上岸，找不到褲子寸步難行。王老師蹲在包穀地邊上，招呼大夥過去。我們如同一隻隻脫了毛的青猴，你望望我，我望望你，扭扭捏捏往過走。當我們接近王老師身邊，他卻起身往前挪，像哄小狗一樣把大夥哄上公路。公路裏邊有個炭廠，我們被招進窩棚，紛紛找紙筆——寫保證書。棚裏光線黯淡，又沒什麼伏著好寫，只得一個個溜出窩棚，擠在一個長方形的石

磧上寫字。這陣兒，那輛全縣唯一的能坐十八個人的客車從上頭轟隆轟隆開下來，司機以為自己發現奇異動物，趕忙將車煞住；乘客紛紛探出頭來。當他們發現我們手中有筆，而且能寫字，不是什麼怪物以後，便拿大夥身上某個部位取笑開來。一切暴露無遺，羞得個個把臉埋石頭上不敢抬，幻想造個大屁將他們連人帶車吹上九霄。

保證書交了卷，王老師遞衣服大夥穿，都以為「心寒」出頭，不料卻說「跟我走」。不知他葫蘆裏悶的什麼藥，一串兒往回走，一直走到學校。原來五年級一位姓訾的同學去年洗澡送了命，埋在學校不遠的「青華觀」腳下。老師便帶著大夥前去「參觀」。我們隨老師繞墳一周，然後佇立跟前默默思過。我面對小墳，心想這位可憐的我們的同類，靜靜地安息在泥土裏，屍體不知在做著何種的變化，為他這麼失去生命感到惋惜。洗澡先得拜師，開始淺水裏練，漂了，再入深水。雖然這個告誡已晚，但我仍然要這麼去想。

到後王老師要我們對照今天行為，結合墳前一課寫篇認識，星期一的上交。「作業」佈置完畢，這才將大家放行。

那天我們回校參觀小墳，鄧老師已帶著她兩個孩子進城去了。星期一聽說我們做出好事，差點把臉黑破；因上年紀，生起氣來頭臉有些控制不住——中風一樣微微擺動，兩個鼻孔也張大起來。

「你們打算就這麼胡鬧下去嗎？硬要逼我在檔案中注上一筆嗎？請想一想，無論是扒車摔死、洗澡淹死，即使抵命我也只有一條！」

接著她突然點了我的名，說我現在是全班最調皮的一個，扒車、洗澡、打架都有我的份兒；並把我比作盲人，懸崖跟道路辨不清了；還要給部隊的三爹寫封信去讓他對我嚴加教管。聽了這些話我極不服氣，不止我一個，為何單點我的名？不公平！

自此以後，老師一雙眼睛似乎擱在我身上。每天到校，看見鄧老師披個點名冊子，手裏夾根紙煙，早早等候在院子門口。見我就沒有別的話，「進教室讀書！」我怎麼要聽你的話呢？桌前一坐，打開書本遮住臉，心裏說：「要我讀書，想得美！」

對王老師我們毫不客氣，上課採取和稀泥態度。他在黑板上出題演算，提起問來都懶得回答。比如出道異分母的加法題，用粉筆在試題下面打道

槓，一邊向大家提問：「對異分母的加減法首先應當——怎麼……？」「要通分」這麼簡單的一句我們就是不張嘴，故意使他難堪。做練習有意抄錯題目，得數張冠李戴，耗費他的精神，以此報「拿褲」之仇。他跟帶體育的余老師住在一家老百姓的木樓上，經常喊我們上去訓話：開始總是氣得半天說不出話，一雙黃眼珠子死死將大夥瞅住，大約眼睛發痠，抬腿往樓上一跺，震得樓下連聲叫「輕點兒」。

這幾天自習課老師領著大家讀報紙，鄧拓、吳晗、廖沫沙，他們搞「三家村夜話」，反對毛主席，誣衊社會主義是一個雞蛋的家當。我們有些不懂，老師便耐心講解，指出這些言論實質，要求寫稿子批判。我曾在作文本上編了四句順口溜：「鄧拓吳晗廖沫沙，三個大傻瓜，盡說反動話，大家都來打倒他！」

沒過多久，一個震動人心而一時又難以接受的消息傳來：學生要向老師提意見，且能用大字報形式張貼上牆。老天爺，這還成什麼體統！老師有什麼錯也輪不到學生來說。大家驚疑不定，老師竟動員起來：有意見儘管提，絕不打擊報復。並鼓勵六年級同學帶頭。這麼一弄，將我們的腦殼全絞亂了。為搞清真假，趁星期六哥哥回家我向他請教，得到的回答實在令人吃驚：不光放大字報，對付牛鬼蛇神那一套，都可以用來對待老師！

那天早晨一走進教室，同學們就圍了上來，嚷著寫大字報。他們似乎已等了好久，毛筆發了，墨磨了，一張灰不溜秋的麻紙鋪展桌上，只等我去動手。大夥見我有些猶疑，七嘴八舌恭維起來，說班上毛筆字就我最好，莫推辭。有的同學一邊催我提筆，自告奮勇去門外打望。一派鼓動之下，腦殼一熱，提筆就寫。大家你一條我一款，七拼八湊，一氣列下十幾條。說鄧老師搞智育第一；上課拖堂；包庇女生……王老師體罰學生，不給褲子我們穿，出青少年的醜等等。

大字報貼出之後，高年級學生都擠在那兒看，議論紛紛。我躲在牆角後面，見鄧老師走過去觀看，心中十分得意，心裏邊說：「你點我的名，我就敢點你的名。」

依我想像，大字報帶頭牆上一貼，後頭會接二連三地跟著上來。沒有料到，那可恨的第二張大字報要命也沒有出現。望著自己留下的那張「寶墨」

孤單而又可憐地粘在牆上，心中著了慌。我想：倘若全校師生積極回應，個個口誅筆伐，情形該多熱鬧！那麼一來，我火點了，仇報了，混跡其中，即使老師行報復也不止我一個。然而眼下這出奇平靜彷彿給我重重一記耳光，似乎那不是一張大字報，是掛了自身嘴臉在那兒亮相。我想把它撕下來，只因周圍眼睛多，幾次未能得逞。我徹底後悔了：全班那麼些同學不寫，為什麼要出這個頭？大家是利用我的無知去充當大炮筒子。見到老師我臉紅一陣白一陣，不敢抬頭。老師嘴上雖說不報復，你知道暗地裏是如何去做？檔案上隨便注上一筆，叫你這輩子完蛋！糟糕，我惹禍了，考不取學了，心中充滿恐懼跟焦慮。

畢業日子漸漸臨近，我們的學習驟然緊張起來。按以往做法，在原有課程基礎上再加一二節自習；由於條件所限，晚上不能集中，只得佈置一點作業回家去做。鄧老師顯得更加忙碌，似乎沒有時間顧及到大字報上對她的攻擊，畢業班的大堆工作，在這位年近六旬老人操持下，正緊張有序進行。帶大家城裏檢查身體，照相館照相，接著又是畢業考試。繁忙奔波，使她頭上又添一層白髮。

那時讀書條件差，生活清苦，但對感情卻極為重視；畢業班分手之前照例還得會個餐。會餐的食物全靠大夥帶，雖說沒有酒肉，但我一生中再也沒有吃過那樣豐盛大餐了——塘瓷缸子、土缽、大盤小碗，湊起來二三十種菜肴，在拼起的課桌上擺出長長一溜——哪裏吃得過來，好多我嘗都沒嘗。

飯前，鄧老師將升學考試事宜向大家叮囑又叮囑，到後接著說：「在漫長人生旅途當中，大家接受小學教育這個短小歷程，今天就算告一段落了。往後會各自奔赴到不同崗位，有的將繼續上學深造，有的將回到農業生產第一線，但這只是社會分工不同。特別在五、六年級這新舊幾年時間裏，大家能夠聚集一起學習受教育，這是我們同學之間、師生之間的緣分。這個友誼須長久保持，再過若干年，當大家回首往事時，願這段生活成為我們一個美好的記憶。最後我要告訴大家，在以往教學過程中，對各位同學過於嚴厲，或者是態度粗暴一些，還望你們多給原諒；但我的心情是好的——儘管一時接受不了，待長大以後，我想自然會得到理解。好吧，祝大家今後出息、進步。現在進餐。」

此時鄧老師眼睛濕了，緊跟著幾個女生在哭。

唉呀，這是什麼事呢？等大夥吃飽了再哭不遲嘛！我最討厭班上幾個女生，嬌裏嬌氣，學習擺尾，來這套她們算一個。前幾天照個合影像在哭，畢業考試後又哭，我敢打賭，升學考試後還會有場好哭！

一口飯正走到喉嚨管兒，余洪亮突然號啕起來。我望著這位可憐而又友好的同窗，內心充滿理解與同情。這餐飯中，他帶的包穀麵跟菜數最多；然而，全班二十八位同學唯獨他沒有取得畢業證書。他哭得十分傷心，淚水、鼻涕、唾液全部匯集在他那瘦小的臉上。

鄧老師過去勸他：

「余洪亮，發畢業證容易，但我認為你複讀一年更好，把知識學扎實。」

我這才明白，他沒有資格參加升學考試，今天是真正地同大家分手了，跟著喉嚨一鯁。

次日，照老師囑咐，換身乾淨衣服，書包裏放進語文、算術同算盤，祖母用桐葉包了四個高粱漿粑粑也一併裝在裏頭。吃過早飯，蔡家埡四夥計邀齊，一路往城裏走去。

走到街上，老遠就看見鄧老師站在城關小學門口向我們招手，那裏已聚集許多同學，只是一個晚上沒見，彼此都十分親熱。全班除余洪亮外均陸續到齊。鄧老師開始發「准考證」，然後將大家帶往興山一中去熟悉考場。學校川流不息的老師、學生，皆同我們一個目的而來。第六考場設在初三（一）班教室裏，正是哥哥的班級。窗外就是花園，高大的柳樹上傳來畫眉的啼叫；冬青開滿白色花朵，小紅果還沒有離樹，坐在教室裏似乎伸手摘得到。

我在自己號碼桌前坐好，心情非常激動，整個教室對我實在是過於新鮮：房子是「洋房子」，牆壁高大白淨；窗戶上有門，門上安玻璃；黑板嵌在牆中。這立即使我聯想到母校那塊掛在柱頭椿上的黑板，在上面寫字一寫一翹，發出「咣噹咣噹」有節奏的聲響；常常為老師捏把汗，生怕鐵絲一斷下來砸腳。還有母校的桌凳——我們總是逢中劃上一道線，往往你我為越過「界線」而大動干戈。還有我背後那棺木上的雞屎等等情形，在這裏都不存在，桌、凳是獨立的，也不見雞屎。我摸著光滑發亮課桌一時浮想聯翩；假使考取興山一中該多好哇，在這麼美好環境中，再不能像先前一樣調皮搗

蛋，認真總結一下學習經驗，把初中作為一個新起點，刻苦學習；讀完初中上高中，然後考大學，畢業後到社會上謀取一份工作，拿月級工資，好好報答祖父祖母養育之恩。如果考不取呢？當這個實際而又必須考慮的問題在頭腦裏閃現出來，總是被我有意避開——不忍去想！但迴避的東西偏偏不去，固執地占領著我思維空間；回想畢業前夕的所作所為，逼得又自下斷言——肯定考不取。

有同學分佈其他考場，鄧老師領著大家去一一對號，回過頭來叫我：

「呆著幹什麼？我們走。臉上怎麼這麼樣紅？來，摸看燒不燒？」

我說熱。

大夥一串兒被鄧老師引回家中，休息、喝水、看畢業合影。現在回憶起來，鄧老師好像住在西門外從前的「關廟」裏頭，一個四合大院，裏面住著十來戶居民。廊簷坎上碼滿煤球、劈柴跟各式爐子，什麼鍋兒、鑊子、勺子、刷子、甑格子……均以戶為單位掛上板壁，打毛一看（即乍看），活像「灶上用品」展覽大廳。鄧老師有兩間小屋，光線黯淡；外面一間放隻竹床同飯桌兒。同學們擠在竹床上坐，多數蹲在簷坎上。春化跟玉竹（鄧老師的兒子、女兒）在屋裏早已熬起一鍋洋芋湯來，鄧老師向裏頭投些佐料，叫大夥甑裏添飯，鍋裏舀湯，就便吃。尺把高個小木甑，裏頭蒸的金包銀飯，心想去添，看見許多同學就了湯，吃自己帶的伙食，我也只好隨大流吃書包中的粑粑。洋芋湯煮得很鮮，大夥吃得汗流浹背，有些居民像看稀奇一樣朝這邊觀望。

飯後鄧老師告訴大家，說人多，晚上住宿有困難，有親戚的投親戚，沒有親戚的留下來。還強調明天上午八點，仍然在城關小學門前集合，千萬耽誤不得。

晚上我們被安排在「城小」一間教室裏過夜，女生統統回鄧老師家中。夜幕降臨了，不知為什麼教室裏沒有燈泡，只有燈頭。鄧老師一再囑咐大家莫挨它，怕裏頭有電，它就像一隻小魔鬼懸在我們頭頂。

老師一走，我們腳踏生地，眼看生人，像斷線的風箏，身心一時間失去依託，好不惆悵。今天同學們比以往任何時候都捨得，紛紛將自己的粑粑同鹹菜擺上課桌，向各位發出邀請，想吃什麼隨便拿。

我突然間沒了食欲，蔡長貴問是不是病了；我說考不取學怎麼辦，他叫我莫想太多。蔡德西插嘴道：「照你這麼著急媳婦應當有了。」我說：「蔡家埡你表現最好，有把握的人當然不急。」接著又提起大字報的情形，長貴說你的擔憂多餘，那麼些男生在大字報上簽了名，老師報復誰去？幾句話寬了我的心，對考學又充滿信心。幾夥計拿著書，走到路燈下去看。

大略到十點鐘，電燈連閃三下，陡然熄了，一看通街都沒了燈。大夥回到教室，頭枕書包，合身滾在課桌上。許是都知道六月夜短，明天還要考試，誰也不想說話。黑暗中偶爾聽到一二聲打蚊子的果斷清脆巴掌，從中還夾有意志薄弱者發出的肉體向課桌投降的呻吟。後來便漸漸自在下來。我思維老是不能集中，腦殼裏填滿雜七雜八的東西，實在累了，才慢慢朦著。

第二天一早鄧老師就過來了，見大家沒醒，帶女生下河提半桶水來，才催我們起床。同學們用缸子舀起涼水往臉上澆洗，然後拿袖子揩乾，掏出粑粑便啃。另隻提桶裏裝有洋芋湯，鄧老師往大家碗裏添，笑道：

「催工不催食，時間還早，慢慢吃，吃得飽飽的進考場，一定能考出個好成績。」

她嗓子有些沙啞，眼袋明顯增大，時不時掏出手絹兒往眼角上按。但她仍樂哈哈地為同學們服務：忽而加湯，忽而涮碗，忽而提醒大家隨時都將注意的什麼什麼答題要點。

我吃掉一個半粑粑，再灌下大半缸子湯水，將肚子收拾得實實在在。

「城小」六年級學生吹哨子集合，整隊出發，我們便接住他們的隊伍尾巴走。

到一中校門，兩個全副武裝的解放軍戰士直直地立在二面，頓時叫人心中一緊。他們像一把無形鋒刀，將所有談話給斬斷了，留給校園的只有沙沙沙的腳步聲。

題目並不很難，算術後面附有幾道珠算題，不到一小時便做完。我相信自己大腦十分清晰，不會有錯，懶得檢查，甚至想到會得個滿分。東張西望一會兒，大家都在埋頭寫字，便舉手跑出考場。一位監考的女老師追過來用普通話告誡我：「出考場腳步要輕，以免影響其他同學答題。」

下午考語文、政治。中午有蔡長貴、蔡德西，我們躲在一棟教室後頭陽

溝裏，一邊啃粑粑，一邊複習。我似乎得到神靈的啟示，當時互相猜測作文題目；怕臨場亂套，我預先想個開頭：「祖國建設蒸蒸日上，毛澤東思想閃閃發光。」打開卷子，作文題目恰好是「毛澤東思想哺育我成長」。我將上述兩句作為開頭，接下寫得很順，試卷上答不下，稿子紙上還附了半篇。

走出考場，看見哥哥站在寢室門前，他們放兩天假，大約剛剛到校。他一見我就問考得怎樣，我說馬馬虎虎。接著他又問了問作文題目，說：

「我看你考不取，今年初一招三個班，如果招四個班就好，那麼也許有點兒希望。」

當時對他的斷言我不敢說句硬話，只是呆著。他怕沿著話題說下去會引起我不快，趕忙轉過話頭，留我在學校玩，等會兒就去食堂打飯。我搖搖頭，一路來的還是一路回家，候蔡長貴、蔡德西考完出來，我們順著學校菜園往上爬。走上卡門子，蔡德西突然說他的書還塞在陽溝坎子洞裏。這一提醒，才想起來我們的書都忘掉在那裏了，但誰也不願打轉步。蔡德西說丟掉算了。我想也是，揉得如同一捲鹽菜，不可惜。

我們回家好幾天，毛娃才從街上「吊」起回來，看見我們就說：

「鄧老師找你們找得好苦，熬的洋芋湯沒得人喝；又怕你們下河洗澡，街上找到河壩，河壩找到街上。這些天她一直沒睡好瞌睡，半夜裏起來弄飯熬湯。聽女生講，那天陪大家到河壩裏轉會兒，晚上腳背腫多厚。考試一結束她就病倒了。」

聽著聽著，腦殼裏便浮現出這麼幅圖景：一位白髮蒼蒼的老人，拖著病弱身子，臉上充滿焦急和憂愁；浮腫的雙腳也許連鞋子也穿不上，炎熱同高燒使她幾次差點昏倒，但仍堅持著滿街找人……

其實，鄧老師早已承受著精神跟疾病的雙重折磨。說她抗日時期，在重慶國民學校教過書，參加過什麼「三青團」，蒙受著不白的批判。但她卻顯得異常平靜，教學工作一如既往進行，有如一位舵手，不管風浪再大，挺立船頭，將一船學生平平穩穩送達彼岸，盡到自己職責。

我們在一起呆呆地站立好久，誰也沒有說話。當聯想到各自以往的頑皮、愚昧、無知與自私時，內疚同悔悟交替吞噬著我們的心。

# 進出一中

升學考試過後，那可是一段真正自由愉快的日子，一不背書，二不寫字，渾身輕輕鬆鬆。老師跟同學的影像開始還在腦殼裏晃了兩天，到後身心漸漸倒被另外一些事物吸引過去了。

那年頭幾乎家家養有山羊，我們也同樣餵的有。食堂下放不久，祖父從田家埡么爺家中牽隻母羊回來「串秧」，不想頭一胎竟產下三隻羊羔。第二年，除歸還么爺的母羊，同時分給他一隻小羊，我們落一公一母。經過幾年發展，隊伍逐步壯大，總共有了四隻。本來是五隻，去年臘月一隻羯羊被宰。我真捨不得，牠額上的「看頭兒」同下巴上的鬍子非常好看；牴起架來異常勇猛，而且能馱著我走上坡。宰殺時我遠遠地離著不忍看牠挨刀。殺豬佬偏偏來個惡作劇——殺跑跑羊——從前夾一刀直捅進去，鬆開手。這時正好我回過臉來，看見牠向前跟蹌幾步，可憐的醉漢一樣倒在地上。我十分難過，祖母半吵半勸說：「這有什麼值得傷心？是過刀的東西，眼睛水多！」

我們十幾個夥伴成天夥在一起，早飯過後，褲帶上別把小彎刀，趕著羊群翻過石鏈，沿鳳凰山往西斜上，一直走到窯灣溝。到目的地把羊頭上的「兜嘴」一取，任牠去山坡吃草。大家如同群猴，嘰喳著順櫺槽（往山下推趕木料或柴捆的山溝）往上爬，然後鑽進老林中撿柴。

窯灣溝山大坡陡，不知是哪輩子開墾的山田早已荒蕪，石片壘砌的坎子上佈滿斑駁的青苔。土墩裏長著櫨木、馬桑、土楠木等各種柴柯跟野草，半山腰是成片的橡樹和暗青色的松林。

世界上的鳥似乎都聚集在那兒，牠們發出各種不同鳴叫，最難聽的是野雞公嗓子，「嘎嘎嘎」又直又傻，倒是特別宏大，震動山谷。翠鳥跟土畫眉喜歡做短距離飛行；點水雀愛做遊戲，先是一衝一衝往空中直飛，忽而翅膀一收猛地往下扎去。岩鷹在白雲下盤旋，顯得十分傲慢從容，勇敢的鵠子箭一般撲去，用翅膀擊打這個龐然大物，半空中傳來尖利的悲鳴。

九爺、福爺，他們都是社裏飼養員，經常把牛趕到山上來放，這裏放山好，還能順便捎束柴草回家。每到晚上，那情景非常有趣動人，許多牛羊似乎比人還要聰明，知道回家時間已到，成夥成對從林柯裏走出來，匯集到溝中喝水。趁這個當口兒，我們趕忙拎著「兜嘴」，到卡子上攔住，來一個兜一個；籠上「兜嘴」，就不必擔心牠們路上害人、啃莊稼。夕陽把山裏光線陸續收走，溫柔餘輝灑遍山坡土道，熱氣漸漸退盡。山羊腿快跑在前頭，牛群搖著銅鈴木幫「叮邦叮邦」走當中；牠們的肚子脹得往兩邊凸著，像一個個孕婦，邁著謹慎消停的步子，走一走，望一望。我們在最後，背上直直地豎一捆乾柴，打後面看去，柴捆似乎長出兩隻短腿，一歪一歪，又蠢又笨地路上移動，容易使人聯想到電影中的木偶。

　　說實話，窯灣溝最能吸引我們的並不是那兒的放山好，而是嵌在溝中如鏡面一樣美麗的水潭。山泉像一掛掛白綢子，跳躍著從峭壁上直瀉而下，一旦落入潭中，頃刻被化為一泓碧藍。水潭隔那麼幾丈遠出現一個，有的一個連著一個，由於它們的大小深淺不盡相同，山泉墜落時的聲響便各顯其妙。溝底石皮潔白光滑，一棱一棱的紋路，彷彿是一種流體在動態中凝固而成；地理課上老師講的地殼運動，在這裏給了我們一個直觀認識。沿溝兩岸長滿檀香跟青岡，野油麻、山葡萄、八月瓜的藤蔓發瘋般牽了過來，茂密而厚實的葉片像搭起的一頂頂帳篷，把整個山溝給掩藏起來，形成個天然植物甬道。鑽進裏面十分涼爽好玩，一掛一掛野葡萄可隨手揪來品嘗；八月瓜也有，那麼須搶到鳥雀前頭，否則到手的只是一個空殼。幾縷陽光直灑下來，經水面一折，不拘落到石壁某處，或者是爬上一根古藤，明晃晃在那兒跳動。

　　我們把柴從櫩槽趕下山來，正值當午，陽光火一樣灼人；捆柴的藤子鬆了，有的甚至被棱子石頭割斷，來不及收拾，便跳進潭中洗澡去了。這個時候如果落了後——還在櫩槽裏趕柴，那麼從溝裏傳來戲水的打鬧歡聲，對你簡直如同心中澆油！

　　大夥這個潭裏洗洗，又跳入那個潭裏洗洗。也不懂章法，爬到臨潭的石包上站好，勇敢地往下一撲，一陣亂彈亂打，頓使滿潭沸騰。有的尋對手相互往臉上澆水；有的請個裁判，將腦殼埋到水下，看誰氣長；愛自在的，

單獨找個淺潭仰面泡身。記得同伴中蔡長富有條沒上補巴的褲子，拿到水中一泡，將褲腳紮緊，然後提起褲腰猛地往水中一兜，褲管立即捕捉到滿滿空氣，伸手到水下紮牢褲腰，這便成了極合用的「褲馬」。初次下水者，被扶到「褲馬」上撲好，送至深水教學「狗刨」；對這份幫帶工作，我們倒顯出十二分的熱情和耐心。

有時把牛羊趕上山坡，太陽才剛剛升起，溝中鳥雀多數還沒起床。夥伴中有人「心血病」突發——趕早下潭，顯個本事大家看。對這一點，似乎誰也不買誰的賬，於是比賽似地脫掉衣褲，包括我這「氣管炎」也一無例外下了水。那山水真是扎骨頭哩，儘管個個凍得渾身起雞皮疙瘩，說話打牙磕，但都怕揹「沒得用」的名，像瘋子一樣，口氣卻異常堅定——「不怕冷」。蔡長富的褲子因一早做了「褲馬」，濕布穿在身上極不舒服，脫下來搭在石包上，光著下身去砍柴。老林中，刺蓬扎得他「哎喲哎喲」地叫；休息時，他趴在一塊溜石皮上，大夥圍過去，掰著他的黑屁股挑刺。

這裏洗澡可放一百二十個心，不必擔怕有老師來攬褲子，家長也不會跑上窯灣溝打人。每天牛羊將肚子脹得鼓鼓地歸欄，人兒背上還負捆乾柴，大人歡喜就歡喜不過來；我想那情形，即使知道大夥洗了澡，也不會施以好大責罰。不過還是有消息傳到他們耳朵裏去，祖母警告說：「大溝裏水扎死人，自己有病要顧惜。」我且用「不會洗」的謊言極容易掩蓋過去。

夜間落了雨，山中路滑，上窯灣溝不可能，大夥便將山羊趕到碉堡高頭去放。那兒的放山小，眨個眼睛羊子會下田害人，各用一根長長的繩子拴定坡上，我們鑽進碉堡裏打仗。碉堡窩在地下，要到頂上去玩，須躍過一道壕溝。壕溝現在看來約兩尺見寬，當時不啻天塹；石包上站好，攢股暗勁，一個飛步過去。那天因腳下泥巴打滑，一仰翻叉掉進丈把深的壕溝裏去。下面許多亂石，當時只覺腦殼被什麼東西狠狠撞了一下，壕溝、碉堡、天空一起在眼前旋轉。我滿臉是血地爬出壕溝，後腦殼碰出包穀子大個窟窿。夥伴們趕快捋把馬胡梢子嚼爛成泥，一坨糊到傷口上去，總算將血止住。

這時鄉郵員老李爬上廟埡，看見我們招呼道：「調皮鬼站住，有你們的信。」老李身高腿長，走起路來下腳快；高高鼻樑上架副白色近視眼鏡。最招人羨慕的是手腕上那塊金色手錶，人們一見就會發問：「老李幾點啦？」

他立即將手腕送到眼前，然後向你報出準確時間。他從那個大郵包掏出一紮信來，一邊放在眼前認真看，一邊說：「從信封上看肯定是通知書，打開看看。據鄧老師說塘堰小學只考取你們蔡家埫的幾個。進興山一中不簡單咧，按以前的說法，你們都成了秀才。」

聽到說我們考取學，汪淑貞歡喜得不得了，為籌學費，果斷將父親存放在堂屋中的二十件木料賣掉了；作價兩塊錢一件，大略便宜，劉功修派人一會兒就扛個精光。

我想那是父親的一點底貨，他子女眾多，往後不拘做什麼皆離不開木頭；未經商量就張嘴一賣，恐怕他知道後會發脾氣。還好，父親從神農架回來，弄明一切情形，不但沒有責怪她，反倒十分高興。他說：

「田家堖的蔡世彥趕成兒子上大學，賣了一頭黃犍子。我三個兒子中秀才，幾件木料算個啥兒？就是把房子賣掉也值得！」

快到上學日子，祖母忙著給我準備行李，趁天晴把棉絮摟到稻場坎上曝曬；棉絮被我的尿液爛成幾個大窟窿，實在帶不出門。她在稻場裏攤開曬席，將棉絮放上去鋪平；借來祖父眼鏡，盤腿坐到上面，用麻繩子一針挨一針綴。遇到窟窿，視其大小，到另外一床破棉絮上割；要多大一塊割多大一塊，填到窟窿上，使繩子縫攏。

這棉絮把祖母忙了一天多。記得那是一個彩霞滿天的傍晚，她補完最後一個補巴，斷線收了針，因雙腿盤的時間太長（有時還跪著），竟無力站起身來，喊我過去拉她。

我拉起祖母到石墩上坐，她說：「這兩天像坐大牢，不單把我的腿子蜷吃虧，還聞鑽腦殼的尿氣。這麼大撒尿到鋪上醜不醜？如今補好了，縫的新臥單，你好生把尿撒高頭！」我紅著臉不敢做聲，心中充滿對祖父祖母的感激之情。先前的床單也拿不出手了，尿漬斑斑，破得像「馬籠頭」。買床單受布票限制，祖父進城買回五雙裹腿，拿到縫紉機上一連，為我做成新床單。

上學那天，我們扛著行李，剛下稻場坎，汪淑貞站到門前喊話：「長貴，長貴——你跟我的毛娃子做一鋪，莫跟別個睡，聽到吧？我給你媽也說的。」蔡長貴也不做聲，她以為長貴沒有聽見，重三遍四地喊。由於我喜歡尿床，只愁沒人跟我搭鋪，她這麼強行搭配，使我格外心煩。祖母也在稻場

坎上望，見我呆著便吵道：「好生癡那兒，你媽埋在沁水坡裏，眼睛水多不過。你儘管去，看今兒能不能過夜；找不到伴兒睡，叫老師打糨子把你粘牆上。沒得用的東西！」

走下大溝，捆棉絮的布片繃斷了。我從溝中扯來青藤，將棉絮來個五花大綁，像揹包那樣負在背上，一時添增許多精神，人也好像大了。

就寄讀生而言，也許我們距學校最近，然而待我們入學，各班早已上課。班主任姓杜，戴副眼鏡，肉紅色的鏡框架在那張白皙臉上顯得十分文明，操一口普通話。他領著我們去找睡覺的場子，哪裏找得到：安排一年級住的寢室二年級占著，二年級寢室三年級占著；老初三、老高三沒有離校，弄得到處是人。杜老師想「見縫插針」，針也插不下，末了兒，只得請我們到教室後面牆根下安身。

教室在二樓，地面鋪的木板，待下晚自習同學散盡以後，我們便攤開鋪蓋捲就寢。這下我帶的棉絮起到作用，往樓板上一墊，上面放鋪蓋，幾個人在高頭打滾兒。

我躺在鋪上，想到早晨祖母吵我「看今兒過不過夜」的情形，暗自好笑。看來任何事情不可支著急，走到黑處，必有歇處。敬愛的婆婆爺爺，您們睡覺了嗎？興許還在稻場裏乘涼，跟以往那樣，炳貴拿銅罐到井裏提水大家喝。村中的夥伴肯定還在中間稻場裏做遊戲，明天他們又將趕著羊群上窯灣溝去，爬梘槽撿柴；碰上野雞、斑鳩下的蛋，會同捉來的螃蟹一道點火燒吃。

么爹的身體日漸壯大，就連蔡德炳也感到驚訝，說他是「人該話，病該死」。如今成個硬勞力，被生產隊派往塘埡道班去養護公路。家中沒有「使嘴兒」的人了，我家羊子怎麼辦呢？只有難為堂弟蔡長林，或者是祖父自己將牠們拴到山坡那邊去啃青柯子了。

學校好像不是兩月前我們來這裏考試的樣兒了，教室、宿舍牆上及食堂門口，到處貼著大字報。花園外面用木頭同圍子造起一面面紙牆，上頭自然全由白紙黑字所占領；標題上的人名用紅筆槓了叉叉，在陽光下顯得格外刺目：

「周世安，即周家世世代代都安全，真的安全嗎？……」

「黑幫分子程明自殺未遂，革命師生切莫心慈手軟……」

「千刀萬剮劉國鈞！」

許多掉了糨子（即漿糊）的紙角，被過路風吹得亂響。我們彷彿從萬里荒野陡然降落到人類革命中心，讓迎面撲來的動盪、焦躁、紛亂、殘忍交合氣息，弄得惶恐不安。

學校幾乎看不見什麼老師，只有總務處的熊主任倒是來去匆匆地出沒在食堂與校舍之間。一年級除我們三班的杜老師，其他兩個班的班主任均是高三的學生。開始我有些不解，直到那天晚上安排我值班才弄明白：大約我們給鄧老師放大字報的前後，興山一中的大部分老師被打成「黑幫」。如今他們失去人身由自，整天在家中「閉門思過」；防備反動，其言行受到嚴格控制，上廁所也不忘拿人監視。

特別是那些老高三、老初三的學生，把不能升學的怨氣，一股腦兒發洩到「黑幫」身上。他們占踞著學校政務處跟電話室，成天在那兒寫稿，再謄到大白紙上張貼出去，對「黑幫」進行批判、侮辱和人身攻擊。

沒幾天，那位用普通話，聲情並茂為我們朗讀「老三篇」的杜老師，因漏網而被他們揪了出來。從此我就再也沒有見到過他了（據說後來瘋了）。接替杜老師的是位老高三學生，他們不是來上課，成天把大家集中到大禮堂，教唱毛主席的語錄歌：「領導我們事業的核心力量是中國共產黨，指導我們思想的理論基礎是馬克思列寧主義。」雖說這麼兩句，卻極不好學，一旦唱會，一輩子也忘記不了。

有時全校出動，跑上大街去搞宣傳，這倒是我們十分樂意的事情。頂前打一面「興山一中」的淺黃色豎旗，接著是領袖像跟語錄牌，皆由二人合手抬著；後面跟的洋鼓、洋號同長長的彩旗隊伍。大家一邊遊行一邊唱歌呼口號。我抬著毛主席的大畫像，走在隊伍前頭，覺得非常榮耀；目光在街道兩旁搜索，多麼希望出現一個蔡家埡的夥伴，那麼我將會大喊一聲，或者衝他們發出自豪微笑。

隊伍到縣文教科門前停下來，那裏有個小廣場，對面是花紗公司跟郵政所，往南一條丁字街出城門下河。人們站穩陣腳，擂通鼓，觀眾漸漸圍攏。文教科門口一對門柱，雖不高卻十分粗壯，上面刷的紅漆，塑著「雄文四卷傳天下，革命風火遍全球」的金字對聯。高年級的學生就在柱子下頭表演〈老兩口學毛選〉：

月亮掛在柳樹梢

星星眨眼人睡了

毛主席的書捧在手

越學心中越開竅……

這不缺快樂的日子真叫好混。一天突然傳來消息，這消息幾乎轟動整個縣城，從革命小將中選出代表，到北京去接受毛主席檢閱！各班分二三個名額，「代表」不僅學習好，思想紅，特別是出身要「正」。起程之前給每位代表發頂黃帽子同隻黃掛包，掛包裏塞兩筒芝麻餅子和一條新毛巾。出發那天，全校在大禮堂集合開會，聽代表向毛主席表忠心，然後用洋鼓洋號送他們上車。公路在校門檻下，汽車一滑，滿車的黃腦殼在晃。代表們向大家揮手，眼裏閃著激動的淚花。當時情形只差把人們的魂兒帶去！

代表們一走，人人感到了一種熱鬧後的空虛，但這種空虛很快過去。未待上北京的代表們歸來。一股更大的革命浪潮在全國掀起來了──串聯。這下學校才真正亂套。

什麼是「串聯」我們不懂，領導解釋說，就是走出去看一看，聽一聽，人家是如何鬧的革命，從中取得經驗，回校將革命進行到底。學校鼓勵大家出去，每月提供六塊錢的生活補助，另外比著腳的大小能領到一雙球鞋跟一把油紙傘。有了這樣機會同方便，那些高年級學生撇下「黑幫」，三五成群紛紛向外跑去。

我們倒變成十足的鄉巴佬，當時如果我們要去串聯，不僅拿到六塊錢的補助，還能去事務室領取四塊錢的乙等助學金，兩筆相加，總共便有了十塊，但始終沒敢動步。小時候聽大人把離家遙遠的地方通常叫做「大地方」，我們將它設想成一望無際的平原，上面有寬闊的街道跟林立大廈，模式相差不多；來往行人多得很，還有火車、汽車穿行其間。假若置身當中，稍不注意，就會迷失方向，找不到路出來。大地方不光吃飯、睡覺花錢，連站、坐、屙屎屙尿都要錢。那麼儘管自己身上附有十塊，相對也就少得十分可憐了。到時候想吃沒得吃，想喝沒得喝，想回家迷了路，興許遭眾人踩死。當然我們並不死心，將一線希望寄託在哥哥身上，沒料他比我們還要膽

小：自知年滿十六周歲，參加集體生產夠到年齡，回到家鄉務農去了。沒有人帶，祖父又不准，串聯的念頭便這樣被徹底打消。

其實後來聽串聯同學回來講：吃喝、住宿、乘車、坐船根本就不花錢，到處設有「紅衛兵接待站」。我們一時後悔得要命，只恨自己沒有勇氣去闖蕩世界；錯過了這個千載難逢的好機會，說起來一輩子都感到遺憾！

大家成了無王的蜂兒，做什麼都沒得人管，首先想到的是下河洗澡。靠操場上游，河岸峭壁上長滿青藤跟柯子，沒有短褲的同學都鑽進裏頭，脫得赤條條下水。河面不寬，三十多米樣子，水藍得花眼。虧我們死水潭裏練身功夫，遇到活水簡直如同蛟龍下海。吃過早飯，太陽還沒照到河面上來，便一起游過河去。對岸是大片沙壩，大夥如一群猿猴，在沙土中翻跟頭，摔跤或到淺水塘裏鬧魚——岸上生著無盡的芭茅跟水艾，各樣捋些來，用石頭搗碎，弄到水中攪和，一會兒，便有指頭長的小魚翻了白。

中飯懶得回去吃，請同學將飯從食堂打來，雙手托著兩個碗，「踩水」過河；看誰的本事好，當然也有戲劇性情節發生，一時不慎飯菜全都泡了湯。有人動手點起野火，把小魚穿到木籤子上，拿火中烤熟，勻到碗裏分享。

毛娃水性差，不敢泅過河，急得要命。便躺淺水中苦練，渾身泡得長滿風濕疙瘩，嘴唇像兩片紫茄子，蹲石頭上發抖。有志者事竟成，他學會「打插手」。那天同大夥一道過河，泅至河中聽到嗚嗚啊啊，以為波浪駭得他哭，過細一聽，原來在唱〈紅軍不怕遠征難〉。

有時我們闖到街上去打架。由於過分整水，把人淘得頭昏腿軟，陽光下睜不起眼睛。三人常常攀著肩膀，流子一樣街上晃蕩，城中孩子便衝我們喊「母狗子」。一次在百貨公司台階上，十幾個傢伙將「母狗子」用齊聲方式發喊。蔡長貴頓時火起，抓住為首的就打，對方衝上台階，雙方混戰。我們如同劉、關、張大戰青州城，拿出看家本領，拚命撕打。人越打越多，看看寡不敵眾，三人奪路而逃。我們跑錯巷子，無路可走，從一丈多高城牆上往下跳，落入菜園，被他們攔住又一陣廝打。有些好心大人怕出人命，紛紛前來解交，說鄉里娃子兇，這麼一打二嚇，才將我們給解救出來。

不上街便在校園裏亂竄，玩得無聊，對「黑幫」發生興趣。平時極難

看到他們，趁食堂開飯，我們便躲在暗處盯梢。「黑幫」大都戴的眼鏡，總認為鏡片後面包藏著一顆禍心。食堂在公路坎下，他們出來時一手端碗，一手裏提個開水瓶，從坎下冒出腦殼，漸漸現身，倒也自然；上公路就變了樣子，迅速將頭一低，三步兩步穿過公路，蹶起屁股順台階急走，似乎偷了食堂東西怕人追來，屋裏一鑽不見了。

一次大夥藏在花園一叢冬青樹背後使促狹：瞄到「黑幫」走上來，這人身材同眼鏡都大，一年上頭像喝了酒，臉膛紅紅的；兩片嘴唇又厚又醜，幾乎沒有見他張過嘴，像個啞巴。據說是位化學老師。他用舌頭涮著牙花子，望望四下無人，到紙牆跟前止住步，抬頭往大字報上看。一個土塊冷不防投過去，這下著實駭他一跳，如同驚弓之鳥，慌忙調臉就走。記不清是誰蠻腔蠻氣地吼了聲「小心點兒」，「大身材」腳下一踢差點摔倒，樂得大夥直笑。

累了便躺在寢室裏睡覺（因串聯寢室空出不少床位，我們趁機搬了進去），睡醒了又開始胡鬧：鋪上追打，把枕頭當籃球亂投，頂起被窩學唱戲文；要麼將門開個半樣兒，門上放個紙盒，裏頭裝些地灰，有人開門，那盒子會準確無誤地扣到頭上，使來者即刻變成一隻「灰鼠」。文明些的，到一邊偏著腦殼觀看黃螞蟻到床縫裏面抬臭蟲。

另有一種奇觀，說出來叫人可怕。記得我們剛剛入學，聽說一位男性「黑幫」吃學生的精子。

「怎麼個吃法？」

「用手淫方法弄來兌糖喝。」

「什麼是手淫？」

「就是把『雀尕』捏住亂整。」

「老天爺，那吃得飽嗎？」

「十碗飯一滴血，十滴血一滴『精』，吃它大補。」

大夥都感到無比神祕新奇，開始怕醜，蒙背窩裏「整」，後來慢慢就公開了。大白天都直直地躺床上集體手淫：有的睜著眼睛，目光癡呆，像在做一種無邊的幻想；有的雙眼緊閉，齜牙咧嘴，一副忍受痛苦的樣子；有的似睡非睡，彷彿某種東西在體內湧動燃燒，腳趾夯得開開的，神態各不相同。

但大都沒得結果，弄不出那種所描述的白色黐物——精子。寢室有位姓姜的同學，身材不高，「雀尕」倒比別人粗大，黑黑的長有短毛。大夥不甘心，過去將他按倒床上，四肢呈「大」字固定，然後拿人手淫。那同學動彈不得，盡大夥去整，嘴裏含含糊糊哼著：「啊──唁──」忽而一聲尖叫，「騷了騷了！」那黐物一衝一衝，射得到處都是。大夥「哄」地一笑，散開了。

晚上大夥便溜上街去看電影。白天派同學到文教科門前水牌上打聽電影名字，新片自不待說：如《南征北戰》、《英雄兒女》、《地道戰》這種戰鬥片子，雖看過數遍，倒也不覺厭倦。

那時還沒有專門影劇院，跟縣人委禮堂弄在一起，四面由高高的院牆圍著。電影票甲座一角五，乙座一角，但我們仍然出不起，指憑翻院牆進去。院牆七八尺高，半腰中早有同類使鐵釘剜出許多蹬腳的窩子，好在牆頭沒栽玻璃，踩住同學肩膀攀爬上去。牆裏頭一壁陡坡下底，哆嗦著扳住牆頭往下吊，然後鬆手；落地時雙手死死摳住石皮或草莖，稍不注意，就會一個仰翻叉滾下陰溝。吃些皮肉之苦倒事小，弄出聲響會讓守門人逮住；幾個傢伙一起上來，將你膀子扭到後身，稍稍上提，疼得汗流，乖乖讓人家攆出大門，電影就看不成了。

無論看電影、人打戲，我可以當飯，真是這麼回事。小時候看見文工團跟電影進村，一時歡喜得要命。我會什麼都忘記乾淨，把演員當外星人一樣盯著，看他們怎麼吃飯，怎麼說話，怎麼化妝。若放電影，我就守住發電機、銀幕跟幾口木頭箱子細瞧，看箱子上的鐵包角，聞汽油香味兒。放映員來了，主動幫忙牽線，找竹竿掛電燈，撿瓦片兒墊桌腿。倘在這時祖母喊回家吃飯，我一定十分果斷回答──不吃！電影開始，搶先坐到前面地上，離銀幕丈把多遠的樣子，頸脖仰得高高地看。蔡德楷門前是掛銀幕的老地方，脖子痠了，低下來歇；目光從銀幕下頭穿過去，看到他們一家在油燈的微光下圍住桌子吃飯，門外情形一無所知似的。我倒嘲笑他們愚蠢，是天底下最大的傻瓜！記得有次看《蝴蝶夢》，枯燥乏味，歇脖子時竟呼呼睡去。電影散場不曉得，直到放映員過來收取地上電纜時，才一腳將我踢醒。

那時影院門口還沒有發明像雙槓一樣的卡子裝置，大門打開，守門員一邊一個，檢票入場。有時我們地上拾些廢票準備在身上，看當晚戲票是什麼

顏色，掏張廢票上前去蒙混，這樣的成功率很小。遇上翻院牆、充假皆不湊效，又將放一部未曾看過的戰鬥片子，大夥就夾在入場人叢中擁擠；守門員一時抵擋不住，就會「哄」進不少人去。

串聯的同學陸續返校，學校因此又熱鬧起來。他們把從外地取得的革命經驗拿過來效仿使用：將從前「紅衛兵」袖章，變成「新一中」跟「紅一中」兩種，形成陣營對壘。為爭取實力，兩邊都拉我們參加，一天中，「紅一中」袖章收到一個，「新一中」袖章收到一個，叫人非常作難。「新一中」頭頭趙永烈，「紅一中」頭頭李元軍，都屬高中部學生。「新一中」要把皇帝拉下馬，「紅一中」要保住皇帝不落馬，按毛主席指示，把「走資派」揪出來批鬥合情合理；但毛主席又說「走資派」只一小撮，保護黨的領導幹部也不為錯。從兩邊的性質上我們考察不出所以然，就拿頭頭做比較：趙永烈出身好，是上北京的代表；而李元軍中農出身，人們給「紅一中」冠個「保皇派」的名稱，聽上去令人生厭。經過反覆思考比較之後，「紅一中」袖章一把揉到床下，「新一中」袖章堂堂正正戴上胳膊肘子。

開始兩邊「爭觀點」，公說公有理，婆說婆有理。我們對「觀點」一詞模糊不清，插不上嘴，鑽入人叢中聽。爭來爭去，都是保衛毛主席。但話有千說，理有百論，有的嘴巴會嚼些，說十句對方還不上一句，這麼爭得三個不耐煩，動手動腳打起架來。

一次在校園發生巷戰，雞蛋大個卵石從紙牆後面橫飛過來，打中毛娃肩膀，差點要了他的命。他哭得眼睛腫腫的，我們找來紅汞給他擦傷，弄到寢室去躺。不料寢室四位二年級學生都是「紅一中」成員，見到我們，不容分說往外趕，並指著我們鼻子罵道：「狗崽子，吃晚飯操場上見！」我們雖說打架出身，官公不吃眼前虧，看情形「夾生」不得，擔怕晚上挨揍，連夜逃回蔡家埡。

哥哥自從離校以後，被父親帶到神農架的木魚坪去，幫忙釘鈕扣、鎖扣眼兒。防備繼母說話，嘴裏說的「幫忙」，暗裏想把裁縫手藝傳授給他。但是事過三月，因哥哥滿了勞動年齡，生產隊催得緊：若不及時歸隊，將同父親樣，每月向集體上交四十五元的副業款子。父親前後打量，兩個人的副業款子眼下還承受不起，這麼便將哥哥送了回來。

聽說學校亂成一團，父親原本就不大放心，見我們躲在家中，倒正合他意。於是哥哥那份職務便落到我的頭上。

木魚坪雖說是個公社所在地，本地百姓不多，服務對象主要是工人。我像高爾基進皮鞋店──一下過起學徒生活：天亮起床，將屋子打掃乾淨；接著擦縫紉機，用尖嘴油壺兒往各處關節上油；然後拿起缽子到工程隊裏去打飯──來回有一里路樣子。飯菜到屋，父親還沒起床，為趁熱吃，必須到床前大聲把他喊醒。早飯過後，我便抽針引線，去鎖裁板上那一堆衣服的眼子，再比住眼子釘鈕扣。

父親白天招呼顧客，接布，量尺碼，拿起剪刀裁衣服。成衣單靠打夜工。晚上我把燈罩擦好，燈裏上滿煤油（正好裝二兩五），再給父親泡一壺釅茶，才能上床睡覺。父親很苦，夜工一直打到凌晨兩三點，反正將一壺油熬乾。夜深人靜，機器的「嘎嘎」聲格外清亮。出於寂寞，他開始唱歌──唱歌似乎還說不上──單靠喉嚨發音；彷彿花鼓戲中一段「平陽腔」，我看可能是他一生最喜歡的調子，一折哼完，從頭又起，無限反覆。我就在父親用手腳跟喉嚨合奏出的「小夜曲」中，睡覺做夢。夢到跟許多夥伴上窯灣溝砍柴，跳入潭中洗澡；水十分扎人，爬上坡上曬太陽，總覺還是冷，醒過來才發現自己的半邊身子在鋪蓋外邊。一時又夢到學校，在食堂裏打蒸肉，本想帶回家讓祖父祖母也嘗點兒，就是爭不到手；不知怎麼打起架來，我如同齊天大聖，隨便到空中飛行，眼看將落地挨打，雙腳一蹬，又飛上高空。有時突然醒來，聽見父親在同工程隊的司務長或者是炊事員低聲說話。我猜著在幹什麼勾當：平時他們來做衣服褲子，父親從不收取工錢；套上關係後，父親給他們現錢，他們就給父親餐票。那時市面上沒有糧食流通，求生存，只得私下裏做買賣。

有時晚上無事，又不願上床，就跑到工程隊去看批鬥大會。人們先呼口號，接著挨批的那個「走資派」由兩位壯漢押上了場。「走資派」的雙臂被扭到身後，渾身縮成一團，後腦殼上壓住兩隻大手，一副小鳥展翅的舞蹈姿式。人們把這姿勢叫做「坐土飛機」。「土飛機」在台上轉三個圈子，然後才開始批鬥。批著批著，台下似乎有人要保，雙方爭論起來，於是便動起打勢。工人打架十分駭人，動不動就流血。每到這陣兒，我就趕快溜走。

從本年十月，到次年三月，共計鎖了六個月的眼子。記得那天「穀雨」節，地暖天晴，繼母突然出現在我們面前。她進來把信，說接上頭通知，學生都要復課鬧革命。聽到這個消息我十分歡喜，丟下手裏針線，收起自己幾件衣服；祖父請蔡德炳給我們做的丸藥，大約剩下一小盒子沒有吃完，當時來不及拿，也不管汪淑貞，匆匆告別父親獨自起程了。

離開學校半年，回眼來看，比先前更加糟糕：校園裏似乎有幾百年沒有清理打掃了，到處是渣子、字紙跟卵石；教室裏拉起蛛網，打折了腿的桌凳可憐地歪在一邊；門窗玻璃全都被彈弓子彈打碎落地，露出一個個黑乎乎的方洞。

同學見面，特別是哥哥他們那些「老三屆」，都顯得非常興奮，個個親熱無比。忽而談論時局變幻，忽而預測形勢發展，心情積極樂觀，對升學皆抱以希望；有的還帶著幾本舊書，準備考場上去搏一搏。

我們仍然沒有見到老師，如同失去父母的孩子，整天在人群中穿梭遊蕩，惶惶不可終日。正在這陣兒，突然得到一個極壞消息：高一同初一的新生，統統得返回到各自母校去，然後通過推薦方式，把又紅又專的學生選拔上來。當時不知「推薦」是什麼意思，連讀音也未搞準，誤把它唸成「推存」。候我把返校的消息跟推薦的涵義證實弄清之後，心裏便不由自主地打起鼓來。

自從走進興山一中，我曾暗暗發誓，再不調皮搗蛋，發憤讀書，長大做個有用的人。但事物發展並不像我所預料的那麼順遂，新舊兩年的禍亂，將本人願望漸漸變得模糊縹渺。我像一個蒙混過關的傢伙，最怕走回頭路；要返回到那滿是雞屎的學校裏去，簡直如同要了我的命。但這並不是我「心中打鼓」的全部，我彷彿有所預感，擔心自己會從此失學！一種從未忍受過的恐慌壓得我出不勻氣，連著幾天，獨自伏在走廊欄杆上做胡思亂想。

走的那天，不知是誰把祖母給我補的那床棉絮摟走了，丟下床「一抓筋」的爛棉絮在地上；哥哥轉給我的一把銅勺子放碗裏也不翼而飛。收拾這些東西的時候，我心中亂得不能再亂，不知怎麼喉嚨一硬，淚水止不住掛了下來。

# 失學

返校怕雞屎，這個擔心實際上有些多餘：「塘埡小學」早已成為歷史，公社出錢，各大隊攤勞力，在離原來學校不遠一個大土坪上，建起一幢乾打壘的新教室。因那兒起先有個「青華觀」，故名「青華小學」。

說的是返校，六六屆同學卻多半沒有到場，總共十多個人，安插到六七屆一起上課。班主任仍然是鄧老師。她已成了個老太婆，頭髮完全發白；老年症表現得尤其突出：看書把目光拉得遠遠的，講話下巴微微擺動。娘兒仨照舊生活在一起，星期六下午回城，次日下午又上山。鄧老師用揹籠馱點米、麵，春化使籃子提點醬油、掛麵什麼的，玉竹拎幾件衣物，三人沿著山道爬十多里到學校。

師生攏面彼此十分親切，親切過後似乎顯得勉強同空虛，大略都沒得什麼好心緒。鄧老師是公社重點批判對象，她以為我們不知道，像父母受到侮辱擔心被自己孩子看見，對大家的目光能躲的就躲。而我們想到從前的淘氣，總是感覺對不起老師；最擔心的恐怕還是怕老師問到我們這年把的「學習」情形，所以對老師的問話能迴避的就儘量迴避。

由於我們蔡家埡的幾夥計返校最晚，一到學校，「推薦」工作很快進行。首先是自我總結，再拿到班上互評互議，然後交給貧下中農審查，最終由大隊黨支部決定。

我挖盡「腦殼」對自己進行總結，譬如接受能力強啦，寫作能力有啦，跟同學團結友愛啦等等（大都來自老師給我操行評定上的句子）。芝麻大優點，我都把它總結出來。待班上互評時，所到同學不多，當好人主義，你說我好，我說你好，很快敷衍過去。接著讓貧下中農審查，這陣兒我才發覺自己思路狹窄，還有好多東西沒有「總結」上去。

按戶口我應當參加一隊的群眾大會，到會一看，除村裏有幾位說得上名來，還有嚴家埡、嚴家灣、石膏溝的群眾大都十分陌生。第一次見這種場合，

竟有些害怕，我像小偷一樣縮在門旯兒裏聽。學校方面來的萬宗家，老校長靠了邊，如今由他主事。這人五大三粗，說話氣沖斗牛，批起人來拳腳交加，人們暗地裏叫他「殺豬佬」。說內心話，不知怎麼的，見到他我就雙腿發軟。

會議開始了。汪淑貞是婦女隊長，平時填履歷表我倒喜歡她這個職務，此刻就不大喜歡了。首先她發言：她說她的毛娃是自成人，揹得起揹子就上山砍柴，扛得起鋤頭便下地薅草；幹起活兒來無嘴無舌，踏踏實實。一會兒又說她待毛娃如何地嚴厲，教育他愛學習，愛勞動，不准說反動話以及看從前的古書，有時間就讀「八萬八」（《毛主席語錄》本，共計八萬八千字）等等，好像把剛才「自成人」的說法給忘記掉了。到後她說國家選拔又紅又專接班人，她的毛娃最合乎標準，同意他升學。

發言不算太長，卻帶有幾百個「我的毛娃」，一些內容屬實不屬實，只有天曉得。對於我的「審查」她隻字不提，但有幾句話似乎影射到我：比方說寫反動標語、看古書什麼的。就在前不久，毛娃上學沒約我一路，開玩笑在廟埡路邊一個大石頭上寫下「大家來打毛狗子」。村中有文墨人見話中沾了「毛」字，就將它說成反動標語。哥哥也曾犯過這類錯誤：碉堡上放羊子，用粉筆在碉堡裏頭寫個「抗擊法西斯碉堡」，也被判定為反動標語。弄得我們兩兄弟黃泥巴掉進褲襠裏——不是屎來也是屎。

汪淑貞發言使用了揚此抑彼手法，聽後叫我非常難過。幸虧嚴大金才出來為我解個圍，他說：「明子造孽，媽死得早，指靠婆婆爺爺餵大。如今歲數還小，社裏勞動奈不何，學校裏待兩年也好，我同意他們都升學。」

前面幾道關口一帆風順，命運如何，就看最後那個關卡了。我暗裏乞求老天爺保佑我過卡！惶惑中，一天鄧老師把我叫到辦公室去，談話之前先讓我看樣東西。我眼睛一掃就認出蔡德陸的幾個「吊頸鬼」字：

「該生封建思想嚴重，看『《三國風》、《（封）神》』，脫離勞動人民本色，不予推薦升學。」

老天爺，幸好還沒說我寫反動標語。我腦殼一下膨大起來，耳朵嗡嗡作響，渾身發軟，差點坐到地上。這並非鄧老師不講究原則，推薦表須跟本人見面。她也是一臉愁容說：「跟大隊幹部怎麼鬧得這麼僵？這些書你讀過嗎？還讀過哪些書？」

有關《三國演義》同《封神演義》（當時這兩本書都被列為『黃色』書籍）不知祖父從哪兒借來，倒也間接讀過。那陣兒學校不上課，囫圇吞棗讀過幾本書，如《林海雪原》、《鐵道游擊隊》、《紅岩》、《鋼鐵是怎樣煉成的》等等。說話時節，書包裏還藏著一本《青春之歌》。當我唸出這一串書名之後，接著說：「集體勞動我參加了，不過在二隊，幫我么爹掙過七十多個工分。我沒有脫離勞動本色。」我甚至還想到幫父親鎖扣眼兒，給祖父他們放羊子、砍柴，考慮這皆屬私事，話到嘴邊沒說。

　　鄧老師打斷我的話問：「大隊書記是誰？」

　　「劉功修。」

　　「大隊長呢？」

　　「蔡德陸。大小事情他說了算。」

　　「這樣對你有利些，你跟蔡德陸是本家，有事好說。回家叫你爸爸或者是爺爺上門找他，興許還有希望。」

　　回家路上，沒有把我的不幸說給同學們聽，期望事情有個突變。我默默考慮如何去辦。請父親吧，他還在木魚坪忙生意，「推薦」的事情他壓根兒就不知道。請祖父吧，這簡直不可能，他從來不會到幹部面前低三下四說好話；況且已是六七十歲的人了，我也不忍心讓他勞神費力。到後心一橫，乾脆自己找他說去。

　　一進門，看見蔡德陸打的赤膊，下身穿條短褲；一隻拖鞋撂地上，那隻白生生的毛腿跟屁股折在一起，半蹲半坐地靠在椅子上頭掛電話。他的父親蠻大爺跟蔡長貴祖父聾子爺是一母同胞。待他放下電話，我便依著蔡長貴的口氣叫了聲「么爹」。他吭下鼻孔：「啊，有什麼事？」

　　「我想讀書。」

　　「啊，想讀書是好事嘛，不過，名額有限。都去讀書，農村不要人啦？農村同樣需要人嘛。扎根農村好好幹，同樣有前途。」

　　「我想讀書。今後保證不看《三國》、《封神》，積極參加集體勞動。您答應我……」

　　「啊，這個想法不錯，你回去，好好幹，道路靠自己闖。你說的事我們商量，啊，你回去。」

對於我的請求蔡德陸實際上回答得已十分明確，明眼人一看就會找「梯子」下台。而我卻極不識趣兒，還想求，但嘴巴一時又笨得像豬，許多求情的話起先都想的有，臨時就是吐不出來。他已經放下腿子踥鞋站起來了，揚揚手背，說了幾個「商量再說」，便轉身找火柴點煙去了。

我還想弄個「江河到底」，沒聽見他說「不行」之前，仍抱線希望往學校裏跑。

不過，第一榜很快出來。那是一個下午，萬宗家像送喜報一樣，捏著紅紙兩個角兒，將光榮榜親手張貼到學校牆上。一時好多人圍過去看。我不敢朝那邊望，擔心害怕承不住打擊在老師同學面前失態丟醜。突然聽到有人唸我的名字，我渾身一鬆，大步朝公佈榜走去。心想自己的名字有生以來還沒登過什麼大榜，人在走運！抬頭細看，我的名字的確擺在第一，再望高頭橫著一溜大字：「光榮回到農業生產第一線學生名單（第一榜）」，我兩眼頓時模糊起來。不忍再看，悄悄退出人叢，幾步又下土坡，上公路徑直往前走。淚水滾出來了。

有關我學生生涯本該就此打住，不料又生出一段插曲來。跨出學校大門的時候，生產隊正在搶回麥茬；為適時安種，從嚴家山借來兩頭耕牛打包工，急需人手割草餵牛，我便當起這臨時飼養員來。那天我正在土槽嶺上割草，忽然有人發喊，說萬校長來了，找我有事。我想學校找我有什麼事呢？該不是將我「選拔」上了吧？我扛起兩個青草沒命往回奔跑，山風在耳邊呼呼颳過；牛王刺拉破褲腳，把腿子扎出了血，不屑一顧，只急趕路。

我興沖沖趕到學校，突然發現蔡長貴跟毛娃，心中難免犯起嘀咕：他們是推薦定的人，如何到來？只怕有所變動？還沒讓我們三夥計攏身，他們便迅速做了分工：妃台區教育組的高幹事跟我，公社一位姓朱的團支部書記跟毛娃，萬宗家跟蔡長貴。派對完畢，呈三個方向，將我們帶到附近包穀地裏的桐樹下談話。我懷疑高幹事有肺病，臉皮無顏寡色，似乎有些浮腫；棕熊一樣小眼睛眨巴出可怕的兇光。他滿臉嚴肅跟我說：「今天給集體割草？」

我點了點頭，看見他的小眼睛落在我流血的腿上，對自己今天的破褲子跟傷口感到十分滿意，心裏邊說：「我可沒有脫離勞動人民本色呀，這麼小年齡就參加集體生產，不怕苦，不怕累，說得上又紅又專，推薦我升學不會

有錯。」

「你對回農村有什麼想法？」

「一顆紅心兩個準備。」回答問話我裝出一副十分老實樣子。

接著他又問我讀了些什麼書，最近在學校用鋼筆、圓珠筆、粉筆寫了些什麼沒有；比如教室牆上、門上、窗上、課桌上等等，挖到挖到問。到後見我實在說不出個所以然，便正告道：「給你機會，不好好坦白，一經查實，後果自負。」

聽他這麼一說，感覺不對頭，渾身頓時冷了半頭。他帶我走回學校，到教室裏一張課桌跟前停下來。桌上用糨糊覆著一張白紙（那時發現反動標語都用這種方式保護現場），經他揭去，下面並沒發現什麼；他叫我過細，我又過細，這才模模糊糊看出幾行小字來：

人生在世，
草木一秋；
傾家蕩產，
也得樂它一場。

「是你寫的吧？」

我立即否認。

「你知道誰寫的？」

我一眼就認出是蔡長貴的筆跡，但我不能出賣他。後來叫我唸一遍他聽，當我唸到「草木一秋」時，他立即指著「秋」字問：「到底是草木一秋，還是草木一般？」

這四句來自《青春之歌》，是書中人物余永澤的一段內心獨白，我都點得出頁碼來，難道這還有錯！直到這時我才恍然大悟：原來他們把「人生在世，草木一般」構成一副反動標語，預備加到我頭上，當作反對「推薦選拔」這個新生事物典型，推及到全公社、全區乃至全縣進行批判，藉此撈點政治資本。面對這些卑鄙傢伙，我一時怒火燒身，似乎是皇帝老子也無所畏懼，將桌子一拍，指著他們罵道：「你們這些傢伙，不光奪去我讀書權利，

又生出方法害人，下流坏子，豬狗不如！」

　　我大步往外走去，心想，假若「殺豬佬」上前阻攔，我就拿嘴去咬他的肉，同他拚。

　　獨自走在路上，想起今天在山上割草，好好兒的，被他們賺到這裏，如同對待「四類分子」做重點審訊，一時好不傷心，於是又想到了哭。我哭一哭，走一走，走一走，哭一哭；淚水洗去我的委屈跟心酸，同時將我的讀書美夢也一點一點澆滅淨盡。

# 革命

正當我為失學感到痛苦，家中接連發生重大變故。

那天開全大隊的群眾會，人們身揹紅書包，臂戴紅袖章，鼓樂喧天走進會場。各戰鬥隊番號整齊，隊旗獵獵，顯得格外威風。會議開到半當中，蔡德陸突然宣佈，要砸掉祖父的機器。我張惶著回去報信。祖母也慌神，急急往回趕，「三寸小腳」讓石子一頂，歪倒在地。她向我呼喊，把機器藏起來。跑回家，祖父正在機器上做，我說：「爺，趕快把機器藏起來。」祖父不知怎麼回事，將頭一硬，目光從眼鏡上面穿出來瞅我。我說他們要來砸機器。「他們憑什麼砸我的機器？」祖父不及明白過來，隊伍已經開到廳屋大門口。

一時口號震天：「革命小將造反有理！」「打到蔡世德！」「資本主義不打倒，革命搞不好！」「下定決心，不怕犧牲！」口號聲中，他們上前將人團團圍住。說祖父走資本主義道路，開地下工廠，搞個人發家等等。祖父說：「你們拿刀來，砍掉腦殼碗大個疤。」他們又呼「革命小將不怕槍打刀殺」的口號。混亂中，開始抬縫紉機、軋麵機，誰竟一棍將大面鏡打碎。祖父上前護機器，被幾個民兵一把生擒，掙扎不得，臉色鐵青，半句話說不出。

接著父親得到通知，迅速從木魚坪趕回，自動將機器扛到大隊部去。么爹在養路隊早晚剃幾個頭；蔡德陸派人前去點火，說蔡德坤把資本主義帶到國家單位，先在養路隊接受批判，然後遣送回隊；剃頭工具隨二爹的一同上交。與此同時，哥哥也被「推薦」還了鄉。更叫我感到意外的是，三爹不久前曾來信說，他即將從部隊轉業到東北林業部門去工作，不知何故，竟突然退伍回家！

這接二連三、暴風驟雨式的災難同打擊，使人頓覺像天塌一樣，生活失去平衡，個個暈頭轉向。我幾乎分不清日夜，連顏色也辨認不出，腦殼裏亂哄哄。生活如同一條佈滿陷阱的小路，整天憂心忡忡，得不到一刻的安寧。

祖父全家是徹底倒了楣了，這當中我發覺個奇怪現象：對於我們家中所遭受的不幸，在旁人來說，不僅沒有引起同情，反倒都十分歡喜。抬機器那天，村子上空飄蕩著節日的喜氣，人人快樂而情緒高漲。當時我看見一位半老不少的婦女，慌張著喊鄰居大嫂趕快同她一道去看砸天井屋裏機器，那情形似乎是趕看一台好戲。依我平時觀察，多數人跟我們相處不錯，不知怎麼一呼而起，彷彿都翻了臉；喊口號、抬機器便異乎尋常地熱烈勇猛起來。我敢打保票，「四類分子」也暗裏高興：有人把大家注意力從身上引開了；批鬥台上，原先由自己低頭認罪的位置，如今有個叫蔡世德的老頭替補上去了。

　　在村中，什麼「入社在頂後，散夥跑前頭，《三國》、《封神》不離手，資本主義總頭頭」的標語貼得到處都是。批鬥會緊鑼密鼓進行。人們像昔日打土豪分田地那麼歡騰踴躍，積極分子紛紛上台衝祖父指手劃腳，老賬、新賬一起算，說他當過偽保長。祖父也不隱瞞，笑一聲答道：

　　「當了十九天，是抗日時期，村裏駐有野戰醫院，病號要吃，下喬家坡辦過徐太元的一頭豬。這些土改都交代了，『一等報』回過，『二等報』回過，現在又拿出來說，我不怕。」

　　有人說他唱喪鼓，將「人民公社開紅花」唱成「農民餓得眼睛花」。

　　祖父說：「屬實。」

　　一位積極分子說祖父脫離勞動人民本色，穿的長袍馬褂都是落的人家的布。祖父一時火起，罵道：

　　「放你媽的屁！」

　　台上的人立即帶頭呼口號：

　　「不准蔡世德亂說亂動！」

　　「捨得一身剮，敢把皇帝拉下馬！」

　　鼓了一陣氣焰，一位民兵排長走上前，說過年他們肉就沒吃好，祖父不但有肉有魚，還喝燒酒。正說得帶勁，排長爹過去搧他個嘴巴，指教道：

　　「去年縫襖子，不單工錢沒收，還倒貼四兩的棉花。這都是看的老子的面兒，忘恩負義的東西！」

　　祖父的「三機」，不只村裏出名，在公社、縣裏也是數一數二。那麼這個「典型」由村裏先批，然後調到公社去批。不論何處，祖父態度十分生

硬，他們就押他到公社遊街。祖父走不動，痔瘡脫出來把褲子染紅，乾成硬硬的一塊，折磨得痛苦不堪。

事情「橫」在祖父心中，傍晚喝些酒，跑到蔡德陸門前罵街：「那年你爹開荒會選場子，竟選到我祖宗墳園裏了，是我奪了他的鋤頭，你上告去。他的膀子是怎麼折的？弄不清楚我給你說：鴉片館裏燒煙，把不起錢，人家使棍子打的！至今還欠人家八吊錢，信不信由你。你爹小名兒叫黑子，老子操黑子的媽！」

祖父不知哪來的膽量跟力氣，好陣痛罵。蔡德陸跟他爹像掐死的蚊子，不出來對。我卻害怕得要命，生怕他們喊民兵將祖父捆起，拚命往回拉。不知何故，自從個人同家中連遭幾次打擊之後，使我變得非常膽小。批鬥祖父不敢去看，揣著顆忐忑不安的心，跟祖母站簷坎上遠遠地聽。我想自己不光有個看《三國》、《封神》的罪名頂在頭上，同時還蒙著推薦落選的恥辱，弄得白天害怕見人，連中間稻場的「大辯論」也不想去看。

正在我心亂如麻、無所適從的當口兒，突然有一天，蔡德茂同蔡長貴倆上門來約我參加他們的組織──鋼鐵戰鬥隊。我一時受寵若驚，暗忖自己還不是什麼社會「渣滓」，也沒有被掃入歷史垃圾堆去，滿口答應下來。大夥找到蔡德陸，問這個名字取得行不行。蔡德陸拿起我們的申請書看了看說：「鋼鐵戰鬥隊滿好，世界上能有什麼比鋼鐵還要硬呢？看你們這，講嘴巴子有嘴巴子，講搖筆有搖筆的，戰鬥力強得很。」說完拿出筆在申請書上簽了字，叫我們到出納那兒取錢，預備扯紅布做旗子跟袖章。

袖章同旗子上的字要模仿毛主席手體，亂來不得，這事唯有縣文化館李館長才能勝任。寫字桌是個乒乓台子，擺在縣文教科門前那對紅柱子下頭。李館長捉住筆從早寫到晚，忙得不能直腰，時不時掏出個小手帕兒揾額上的汗。寫的字個大如斗，要攤乾墨蹟，占滿大場子，排得地上不敢下腳。等字、取字的人多，我們擠不進去，半天才見蔡德茂將幾個黑字端了出來。一行又往花紗公司買紅布、黃布，然後到縫紉社比著字體做紅旗和袖章。

「鋼鐵戰鬥隊」正式成立，蔡德茂任隊長，蔡長貴、蔡德金任副隊長。大家各有分工，有扛八磅錘的，有拿鑿子斧頭的，有拄鐵釺子的，有端筆墨跟朱紅油漆的，反正人人手裏有個傢伙。隊員中數我最小，指定打紅旗。鑼

鼓熱熱鬧鬧敲打起來，我走在前面，這支軍隊不像軍隊，娶親不像娶親的四不像隊伍，到村裏挨家挨戶去破「四舊」（舊思想、舊文化、舊風俗、舊習慣）。一個新的戰鬥團體誕生，首先就拿「四舊」開炮，似乎這麼鬧一下威風才出來，情形有點像僧人開戒。

我們都裝出十二分的聰明，土匪一樣鑽進人家屋裏翻框倒櫃找「四舊」來破。罈罈罐罐印有「福祿壽禧」字樣，木器上有雕刻的龍鳳圖案，牆壁貼的什麼長袍戲裝人像等等，皆在掃蕩之列。當然也有另外一種情況，比如說二尺見方一塊鏡匾，那「禧」字占地僅銅錢大小，那麼就要求你手下留情了，須拿朱筆蘸點油漆將字跡塗染了事。如果頭回這麼過關，二回來的認為破得不夠，要砸的照樣要砸。這樣的「四舊」似乎不多，數量最大恐怕要當大門框上的「萬卷書」。這東西是木頭的，搭梯子才砍得到，很有些費力，持斧頭鑿子的這時便想起跟拿其他傢伙的交換工種了。

蔡家埡小學——花屋跟「文革」當中的北京大學一樣屬重災區，各戰鬥隊均在那兒試過身手。大門框乃青石鬥成，上角兒鏤的青獅、白象經過「千錘百鍊」，早已面目全非。但我們的隊長還是叫人搭起高凳，掄動八磅錘砸了幾錘。院內一周的活頁門大略幾十扇，門腰上雕的老爺兒，什麼「岳母刺字」、「孫康映雪」等等，皆讓先行者弄得疤痕累累。大夥也不辱使命，拿起鑿子，上去照例鏟打一番。正廳前簷一塊「照面枋」，長約一丈五，寬二尺足，一尺幾寸厚，完整的黃楊木質料，上面雕的「八仙」故事。據老輩人講，僅那一項工作，費時三年零六個月，花上千個匠工做成。由於枋木太高，一時未及破掉，大家如同發現寶貝，紛紛找梯子，搭架子，三天將它卸到地面。那天公社書記遊興漢正好過來檢查工作，看了枋先叫莫劈，說它是地主剝削窮人的鐵證，讓生產隊派人抬到公社去，人們這才忍了手。當時我擔怕「八仙」神通大，會設法逃過此劫。未曾料到，公社拿它做了幾回「憶苦思甜」的教材後，竟被塘埡一位姓余的土改根子烤火當樹蔸給燒掉了。

嚴家山原屬九大隊，分散在鳳凰山上，與蔡家埡相距七八里路。行政區劃變動，田家塝、喬家坡從五大隊劃出改為九大隊，將嚴家山併入五大隊。既是一個大隊，革命革的如何，理應相互關心，於是，隊長又領著我們爬上山。

據嚴氏族譜記載，山上嚴姓百來人丁，跟明朝嘉靖年間宰相嚴嵩原屬一個家族。嚴嵩專主朝政，他的兒子嚴世蕃結黨營私，後來事發處滿門抄斬。朝中有位黃公師爺，冒著掉腦殼危險，從馬蹄袖中「籠」出一個嬰兒，算得保住嚴家的一條根。黃公師爺是農曆九月三十的生日，吃木耳不能忘記樹樁，每逢這天，將黃公師爺的影身供入祠堂，專門請戲班上門唱「還願戲」，以報救命之恩。

嚴家山的人不老實，他們害怕「恩人」在「四舊」中逃不出來，悄悄將其隱入岩洞。還是我們隊長工作經驗豐富，抓住個姓嚴的地主一逼，乖乖道出來。這傢伙原以為能夠立功贖罪，到頭來落個「隱瞞不報」罪名，被民兵捆著全大隊遊街。黃公師爺命運似乎更慘，一尊二尺來高的黃楊木雕像，當頂一斧直下，先分其身，再入火燒，化道青煙跟火王一同升了天。

當然，革命並非一帆風順，記得那天到陳家嶺劉洪雲家裏破「四舊」便受了挫。他家有對青花瓷罈，上面盤滿龍鳳圖案，如果蘸油漆將圖案遮住，那麼青罈會變成紅罈。他砸也不讓，塗也不讓，像護「合氏璧」一樣雙雙抱在懷裏。並質問眾人什麼是「四舊」，倘若非砸罈子不可，他還有根乱耙也是舊社會帶過來的，要破就首先割去。一時弄得大家十分尷尬。這情形假若換個旁人，肯定要惹下連天大禍。他敢出此言，我想一定占住家窮：幾代人做長工，劃成響噹噹的貧雇農。就眼前家境來看，值錢的彷彿也就是那對罈子，或許是老輩人傳下的個遺物，故捨命相保。事情至此，真正會使你束手無策，這是我第一次看見鋼鐵戰鬥隊碰釘子。

戰鬥隊還燒掉幾口箱子的法衣、法器和許多經書。村裏有個從前度過牒的道士，一個圓罈罈兒臉，慈眉善目，面上的肉又白又細，永遠掛著微笑；假設去掉嘴上的白鬍子，定會被人看成是位老太太。他長年穿件陰丹士林長衫，那天跪在大火跟前，裂著個方嘴，都以為在笑；待火勢小了些細瞧，滿臉是淚，這才明白，他一直在哭。自此過後，他不吃不喝，不哭不笑，起先還到門前站一站，站不住便倒了床。都說是附在「法器」上的亡靈找到他，接他的駕，不幾天真的就被「接走」了。

蔡德陸腦殼發熱，或許想起他爹開荒情形，一破「四舊」，二報「奪鋤之仇」，調動勞力，將我們家門前那片墳園給全部平了。祖父也不怕事，坐

稻場裏罵了一天的人，說他們缺德，挖祖宗的墳日後要遭雷打的。二房子孫見祖宗「金屋」被毀，記恨在心，假託破「四舊」不能落後，慫惠嚴大金派人工，照例平了么房墳園。數天內，蔡家塢兩片古墓，就這樣比賽似地從人們視線中消失。

總的說，破舊立新革命，使全村真正經受一場洗劫，連自己也沒逃過，我們家主要是幾本書，有關什麼《三國》、《封神》大略從李以成外公那兒借來，祖父早已完璧歸趙。餘下幾部三爹帶回來的小說，均不屬才子佳人之類。我自已燒掉幾本連環畫，記得有《細柳》、《三件寶貝》、《千里尋弟》等；現在回憶起來，書中所敘故事依然十分優秀。還燒毀一部日記，裏頭記述了我失學的悲痛跟「抬三機」經過，怕揹「變天賬」的名，心一忍，扔進火裏燒掉。

五大隊「革命」革得有聲有色，鋼鐵戰鬥隊功不可滅，得到公社游書記的肯定和讚賞。由此蔡德陸升為支書，蔡德茂當上造反派司令，並直接參與大隊革委會行使職權。他們倆是叔伯兄弟，正如蔡德陸在一次酒桌上說的那樣：「從前一直是二房的當道，土改被鬥垮，貓兒絆潑甌，替狗子鬧一場——讓姓劉的人占去，如今且輪到我么房來了。」

這時，蔡長貴和毛娃突然接到入學通知，告別家鄉，歡歡喜喜上學去。這麼做官的做官，升學的升學，鋼鐵戰鬥隊自然而然解散。我頓時覺得自己像一隻被遺棄在岸上的可憐小狗，眼睜睜望著同伴們乘上快船遠去，心中塞滿難以言說痛苦。特別是蔡長貴他們升學，對我打擊尤重。幾個月沒有聽到資訊，我懷著僥倖心理，以為「推薦選拔」是個錯誤做法，要麼會推倒重來，要麼都將失去受教育機會，一起淪為小農民。不料「推薦」還是成功了，淪落的依舊我一個。

那時節我彷彿成了兩個人，白天現實生活中吃飯喝水一個人；夜晚躺在床上是另個人，走進那夢幻世界裏，跟蔡長貴他們一起上學聽課，或者扛著紅旗到街上遊行，有時把跟蔡德陸、萬宗家交涉過的往事原樣搬到夢中重演。醒過來總是泣腸噦肚，淚水濡濡枕在腦殼下的衣裳。我一直在徬徨苦悶中度日，自卑感逐漸加深，傍晚上中間稻場去玩，聽到有蔡德陸的聲氣，便悄悄退了回來。

有天我突然發現件怪事，可能因我的孤苦過於表露，父親竟發出一聲歎息：「我明子這麼一點兒，不光封建思想嚴重，還扣個脫離勞動人民本色的帽子，虧他們做得出來！」這是第一次感受到父親對我的關心，儘管只是嘴上，卻仍然令我感動了好久。

生活沉悶，卻又令人動盪不安，害怕有一天，不拘又有什麼災難降臨到頭上。惶恐中幻想出個巨人為我們撐一竿子就好。開始大家把希望寄託在三爹身上，部隊受教育七八年，出過遠門，文化知識思想水平都有，然而這個期望值過高。他成天心神不定，東一榔頭、西一棒槌，四處請媒婆打聽媳婦，似乎這是壓倒一切的大事。這倒合乎祖母意願，二十八歲不成家，候七十歲成家？故跟著操心。不過還是讓我們歡喜過一陣子，他叫大家莫怕，說祖父年近七十，早已過了勞動年齡，公民有休息權利。縫幾件衣服弄點兒零用錢不違法，打保票把機器搬回家。當時他說話所表現出的那種鎮定與穩重，使人沒有理由去懷疑他諾言的實現，故讓我十分佩服。待到三爹真正同人家講起理來，蔡德陸只說個革命不分老少，一百歲也要搞社會主義，便塞得他半句話答不上了。三爹說沒收機器不是解決人民內部矛盾方法，應該講求「團結－批評－團結」方式，並把從毛主席「八萬八」中找到的理論根據翻給蔡德陸看。蔡德陸說祖父搞資本主義，就是對抗社會主義，屬敵我矛盾。幾句話又封了他的口。看到三爹那啞然無言樣子，豎在我心中的「三爹形象」便漸漸地失去顏色，變得可悲起來，使人非常失望。

# 廣闊天地

哥哥天天參加集體生產，在隊裏算上個大名鼎鼎的知識分子，領著群眾在田間讀報，學習毛主席著作。還在村西王婆婆四合院的正牆上，辦個大批判專欄，四周紅紙框邊，還弄些紅、綠顏料點綴在白紙黑字之間，處在鄉村土牆，看上去十分悅目。

相對來說，我倒有些自由，未到十六歲，生產隊並不管我；在家中，似乎只要供住灶門，將幾隻羊子餵飽，什麼都由了我去。但也不能說沒有限止，比如說像高爾基出門當學徒、沈從文到土著部隊當兵、盧梭去四處漫遊，這在當時社會，竟然都變成天上的美事。我說的自由只能是在一個小圈子裏混日程罷了。

我最喜歡跟夥伴們下後坡放羊子，那裏除中學有塊橘林，其他都是亂墳崗子，長滿半腰深的青草。牛羊只要有好草就跑不動了，我們便同猴子一樣，蹲到陡城上觀看街上搞武鬥。

興山有兩大派，頭領分別叫羅山林、呂啟新，故稱「羅派」跟「呂派」。二位人物都未曾見過，一次街上正走，忽然聽說呂啟新過路，五六十小夥子邁著跑步，前護後擁，呼啦一下就閃過去了，連呂的人毛也沒見到。但我還是做了他的「信徒」，這主要源於起先參加過「新一中」的緣故。

「新一中」如今已演變成「殺聯」（殺向社會聯絡部）了，跟虎膽獨立師結成統一戰線，盤踞縣委招待所，豎起擁「呂」旗號。招待所共計三層，屬城中最氣派高層建築，四面架著大喇叭，成天哇啦哇啦宣揚自己的立場、觀點，恐嚇辱罵對方。「羅派」大都是神農架的工人，頭戴柳條帽，腰纏炸藥包（修公路此物尤多），手持鋼片跟鎚把子，早晨汽車送，晚上汽車接，像爭奪城堡一樣向招待所發起進攻。先地上打，後爬上屋打。人們在栗褐色瓦楞上履險如夷，有炸藥包的擲炸藥包炸，沒炸藥包的揭瓦片砸，作戰雙方都十分英勇。由於我們所處位置特殊，可做鳥瞰式觀戰，簡直比看戰鬥故事

片還要過癮。至於兩派勝負眼下已不是我所特別關心的事了，腦殼裏早已讓蔡德陸的影子占滿，單圖看個熱鬧。

那段時間城裏幾乎天天有「戲」，「羅派」攻下招待所，哄搶鋪蓋床單，捉住對方兄弟捆綁吊打；甘黑子為切斷敵人歸路，一炮將躉船炸沉；楊麻子夜搶軍械庫，不幸飲彈身亡，人們用紅旗裹屍，拿門板抬起示威……諸如此類，我們都跑上街看。「呂派」在對河「昭君台」上打個勝仗，放火燒掉敵人據點，待人撤盡，大夥便爬上去撿東西。陡城內有片杜仲林子，邊上建所小學，玩得無聊，身上別著刀子去招惹學生打架。有時尋不著對手行兇，就將幾條公牛趕到一起，看牠們牴架。倘若有公羊跟母羊、公牛跟母牛「趕騷」，自然不放過機會，圍攏去看個明白。一旦餓了，吩咐九爺撿柴，大夥便四下裏去刨人家的洋芋和紅苕，或者扳些嫩包穀回來燒吃。

後坡草地並不很大，牛羊啃過幾遍開始亂跑，我們像個遊牧民族，又將牠們轉移到窯灣溝的山坡上去。

山上跟山下的情形迥然不同，看不到人類鬧劇，只有自然的寧靜與清新。大夥彷彿回到適合自己生存空間，規規矩矩幹起一舉兩得的活兒來——放羊子、砍柴。

提起砍柴，這可是我們的拿手好戲。自從下學以後，我的多半時間在老林裏度過。大夥把牛羊趕上山坡，已經不能滿足窯灣溝的「小柴」了，過溝再翻一道長嶺，到山楂溝去砍「大柴」。

唉呀我的老天爺，那該是個什麼樣景致啊，簡直叫我沒有能力用文字描寫下來。它不像窯灣溝那麼開闊流暢，長滿山藤，而是溝谷深邃，潭大瀑多，兩岸皆青岡同八角茴老林，四季如夏，綠瑩逼人。未及下溝，遠遠便聞得那如雨的水聲在耳旁迴響，對面說話須放大聲氣，否則聽不清楚。

夥伴們皆具備著一套砍柴工具（揹子、繩子、砍刀、打杵）跟本領，從砍柴、捆個兒到上揹子，整套工序不消旁人插手，均能獨自完成。砍柴都愛砍櫨木，它的樹皮栗色粗糙，這麼柴捆就弄得大些；加上木質嬌黃，砍出的橫斷面格外顯眼，故逗人喜歡。大夥砍柴不僅很刁，且十分過細，捆柴時先砍根比子，每根柴都按比子靠，長一寸也要剁掉。人人都會選擇單直木條來「扭藤子」，一頭使腳踩住，拿著梢子上勁擰，一會兒，木條在手中變得又

馴又軟了。用這樣的木藤捆柴才捆得緊，間隔捆兩道，木藤回頭處扭成麻花形狀，同箍桶匠打的花箍一樣均勻好看。

　　大夥學會了如何整理工具，怎麼磨刀，怎麼纏揹子系，怎麼設法將杵子下頭配上鐵件防滑。還模仿大人的姿式使用杵子，打杵時也照例「嗨」地發一聲喊。隨著年齡增長，力氣也成正比例壯大起來。背上的柴個兒由一個逐漸增至兩個，有時為了趕肩，小些捆三個，成「品」字形負在背上，迎面看去十分雄偉。兒時心理回想起來令人好笑，倘若某天的柴捆又好又大，從村中走時，總想多打幾杵，那「嗨」聲叫得特別尖銳。如果能獲得大人們「好娃娃兒這捆柴，換得到個媳婦」的誇獎，目的就算達到，心中甜滋滋的，彷彿自己真正變成個力大無比的男子漢。

　　前面我所講到的那個「長嶺」，即傳說中的鳳凰身子，頭上頂著嚴家山，屁股吊下石膏溝；兩溝相夾，二面生著兩隻龐大的「翅膀」，彷彿朝著藍天飛去，故名「鳳凰展翅」。這方圓幾十里的鳳凰山，櫺槽二三十條，小地名不下百個，凡有柴地方，無一處沒有我們的腳板踩到。有個「卡卡櫺槽」三尺來寬，四五丈高的峭壁有好幾處，狗子都爬不上去，我們打著赤腳往上攀。站在下頭往上看，大夥像串猴兒，個個腰裏別把彎刀，腳手一派忙亂——各自尋找合適位置攀登。下櫺槽似乎也是顯本事，比上去要難。攀爬時臉朝裏頭，看不見險，下來且不能這樣了。先將彎刀、草鞋扔下去，面部朝外，望著深淵，心兒咚咚地跳，憑著四肢撐勁兒，將身子貼住石壁往下趨。一次蔡德金的「賽豹」上山打刺蓬裏繞，回轉想走近路，趴櫺槽裏溜，一時把不住，被下面的倒插柴將嘴皮戳破一塊，疼得「汪汪」亂叫。趕下山的柴捆並沒到地，稍稍把木藤緊一緊，再過三個大水潭，然後才能上揹子揹。

　　揹柴的路也不成，除上窯灣溝至長嶺是去嚴家山的大路，其餘皆為毛溝小路。這當中，你必須學會在柴捆重壓下，如何去使用杵子尋找支撐點，如何繞刺柯，爬石壁，退著下吊坎，橫著腳步過窄。由於山路太險，稍不留神，背上柴捆不是被刺柯掛倒，就會讓某處一個凸石連人帶柴碰翻；遇上坡陡，柴捆似乎執意要同你告別，滾得格外起勁，徑直滾下深溝。那麼繩子同柴便一起送了「人情」，且討不到一個「難為」。許多路至今還藏在我的記憶裏，什麼「懷抱石」、「大吊坎」、「挺卵子石」、「夾壁崖」、「溜石

皮」、「一腳跳」等等，不但說得出名兒，仍清楚如何的走法。我時常做夢，照例回到兒時砍柴情形中去，在仿照薅草鑼鼓腔板、自己填詞的山歌聲裏遨遊：

一天一回柴
不黑不回來
不是肚兒餓
還在窯灣溝坐

　　無論是在南坡、山楂溝砍柴，回到窯灣溝，都將柴捆沿著路邊石磴靠穩。天晚，便收了牛羊趕路；倘早，夏日裏務必下潭洗個澡，然後順著山溝上下去尋找野果子充饑，或是用石塊去攻打某棵馬桑樹上的蜂包「罐子」。砸蜂窩首先要隱蔽好，否則挨蜂子兩「箭」不為稀奇，不過到了第二天，這人兒那張可愛小臉會腫得「判官」一般醜陋難看。

　　我砍的柴不僅供住灶門，且有些過剩。倘生產隊放假，哥哥、么爹都上山，一天就是三捆，使得屋前屋後到處礙的是柴。祖母被我們砍的大柴燒惱，每次出門，總要囑咐我砍些枝子小柴，回家好讓她引火。但也常常聽到祖母對我們勞動的誇獎：「養場孫娃子，別的好處討不著，燒柴的事情算是得到濟了。」

　　砍柴在我的童年中占去一個相當位置，在那險惡情境裏，使我識得各種樹木名稱、性能和氣味，還會招幾種植物葉子，混在嘴裏嚼爛成泥去治療紅傷。這可不是閒話，進老林每天會有各種創傷發生，如刀砍、石砸、柴戳、刺扎等，須採取果斷措施處理，免得誤了工作。有種毛毛蟲，渾身長滿毒刺，大夥叫牠「洋拉子」，刺到身上火燎一樣疼痛。老輩人教我們道：「洋拉子，黑心腸；砸你的漿，摸我的瘡，一摸摸個零大光。」邊做邊說，疼痛即刻消失。我還會使用衣針，但又不讓人感到多大疼痛，把扎進手上腳上的刺丁挑撥出來。總的說來，砍柴使我獲得許多生活小常識，同時也磨礪了我的意志；教會我怎樣刻苦耐勞，怎樣承受艱辛，也給我今後人生預先把了個知會。

那時除放羊子、砍柴，也尋找各種機會掙錢。祖父失去刀尺，家中出現經濟危機。緊挨縣城有個後溝國營煤礦，需要廂條（煤洞裏用於檔土的木條），一塊錢一百。我們爬上鷹屋崖去砍廂條，順著陡峭的幾里遠的榴槽往下趕。廂條要求兩米長，捆個子榴槽窄了不行，只能一根一根地趕。大夥將廂條一直趕下石膏溝，跟運石膏的路出棧道，下卡門子。一刻也不敢消緩，每次攏廠，太陽總是掛住山邊。收廂條的是位女同志，本當下班時間已到，看見我們的隊伍遠遠從陡城上下來，便坐在磅秤跟前等。她對工作十分盡職，過秤時要大夥把繩子打開，將一些不直溜，梢頭直徑不足一寸，長度不夠的都擇了出來，擇一根我心裏疼一下。我力氣本來就小，揹不起一百斤，面對刷下來的十斤、二十斤廂條，一時好不傷心。不過，早有許多拾煤渣的老婆子靜候在那兒，料你不會揹上蔡家埡去，狠力壓價，有時壓到二三分錢成交。

　　公路段需要道砟石，四塊錢一立方。我們人小領不到錘子，看見碉堡上有許多從前築碉堡沒用完的石碴，便弄個筐子往公路上揹。但石子過大不合乎規格，我又扛了家中八磅錘去，一個一個地解小。遇上生產隊放假，我跟哥倆將存在門前的乾柴，揹到街上叫賣。我們還到平掉的老墳園裏挖雷丸、去田野裏挖半夏，曬乾後賣給藥材公司。所得的錢一律上交，待祖母將錢接過手時，彷彿自己做了件了不起的大事。心裏說：「您莫急，祖父掙不到錢不要緊，我們已經長大。」

　　我知道祖父祖母把我們拉扯到這個樣子很不容易，我也深深地愛著他們。當親眼目睹他們遭到攻擊侮辱時，心裏就同刀剜一樣難受。總想站出來做個保護，使他們免受苦難，但這只不過是想像而已，一旦面對實際，自己真正是無能為力。我常常因此而苦惱。不管是放羊子、砍柴、賣廂條，只要一回家，山野裏那充滿自由與歡樂情形，頓時跑得無影無蹤，心情陡然變得沉重起來。我最怕一進門就聽到祖母這樣說：今天公社弄你爺爺反省去了，或是挨了一場批鬥，或進屋抄了剪子尺走，或趕他下地勞動，摔跟頭把腦殼碰出了血……聽到這些好不難過！一呆就是半天。倘若回家看見祖父好好兒地，正用手工補衣服，或坐在「耙子」跟前給我們打草鞋，一顆懸心這才停當。那麼當我們用自己的汗水換到幾角錢，如數上交，似乎彌補了心靈上某

一缺憾，心裏便好受些了。這就是我每次交錢祖母感到激動的真正原因。

　　一天砍柴回來，看樣子家中有什麼好事情發生，問及時，說公社游書記想把三爹調到公社武裝部工作，這消息簡直喜了我一跳。但是，事情很快被蔡德陸出面阻住了。為此，蔡德茂跟他吵了起來。我從中聽出一點因由，回家毛起膽子問三爹是怎麼個來龍去脈。他說：「我也弄不明白，當時我們老兵分三個去向：一批復員，一批轉業，一批留伍。那天衣服都換了，我們去東北的是皮衣皮褲，轉業費一百伍。復員的可不同，衣服不發，只有一百塊錢復員費。正當要登飛機起程，指導員突然喊我談話。說基層要人，為支援山區工作，通知我復員。世上的事情就有這麼碰巧，如果再遲幾分鐘，也許我已經飛到東北去了。我曉得有人寫了信，但哪級寫的搞不清楚。」

　　我說信是蔡德陸寫的，不光有大隊的公章，連公社的章子也賴著游書記蓋了一個。蔡德茂還說蔡德陸把人要回來，民兵連長不讓你當，游書記要人他又不放，這麼氣不平，才發生爭吵。

　　說到這兒，使我想起三爹復員前的那半年時間裏，蔡德陸幾乎每晚都來跟祖父談天，若有三爹來信，他熱心快腸讀信祖父祖母聽，祖父請他寫個回信也爽快執筆。這當中大概摸到情況，便暗裏使了「黑心」。我勸三爹找游書記把問題說開，不料他直了我一眼道：「你怕三爹掙不著飯吃是吧？武裝部去不成，生產隊要人搞。」

　　我看他近來心情不太好，先立業後立家的古訓對他來說，似乎已顛了一個位置，便再也不敢多嘴多舌。

　　轉眼秋去冬來，一年將盡，時事略略兒起了變化：北京發號令，牆上原先那些「鼓幹勁」的大話弄石灰漿抹掉，什麼「誓死保衛黨中央」、「堅決貫徹執行一三一指示、二五指示、二五通知」的標語照例覆蓋上去。似乎天下太平，形勢大好，擺副要幹正經事的樣子。首先颳起一股改名換姓的風來，嫌原來的名字土氣，「響龍公社」改成「東風公社」，具體到我們村時，「五大隊」改成「五星大隊」。蔡德陸還在大會上講：手工業不是不准搞，要組織起來搞。於是「大躍進」的歷史劇重新被搬上舞台。二小隊修棟五間屋的大倉庫，沒得糧食裝，就將全大隊的縫紉、剃頭、軋麵、木匠、篾匠、鐵匠等手藝人，集中辦成綜合廠，派專職會計出納管理。別人都不敢違

抗，唯祖父要命不參加；既是不參加，機器也就莫想往回拿。

　　三爹年前結了婚，自辦了這宗喜事，天井屋裏就再也沒有自在過了。兩口子今天吵嘴，明天打架，像「羅派」跟「呂派」開進了家。我記得那個年過得最糟，大年三十早晨，我跟哥倆早早起了床，開門一看，外面下著大雪，地上存幾寸厚。我們先將火籠裏炭火燒起來，然後共同去清掃門前積雪，預備過年。不料正在這時，那位剛剛被我們叫做三媽的新媳婦，哭哭啼啼把婦聯主任拽至家中解決問題。我們的興頭被這突如其來的「鬧劇」一下給掃個精光。

　　見事不祥，我獨自來到外面南窗底下，這裏是我們兄弟倆觀看下雨落雪的老場子。有年也是下雪，不知受什麼指使，二人竟萌發詩興。哥哥讓我先吟，眼見團年馬上就有肉吃，我便順口謅道：「精肉已掉萬中坑。」一出口，逗得哥哥捧腹大笑。後來村中傳開，逢吃肉喝酒打賭時，就拿了此句來調笑作樂。今天詩興是沒得了，我仰望蒼天，雪花漫天飄飛。這情景突然讓人記起一個民間故事：說的是一個叫花子，衣服褲子又破又薄，遇上大雪天氣，凍得直打牙磕。忽然發現一堆牛屎，還在冒氣，便一屁股坐到高頭，將要飯的木瓢頂在頭上，唱道：「大雪紛飛如棉飄，身坐牛屎頭頂瓢；我今找到遮身處，不知窮人在怎麼搞。」真是個菩薩心腸，自身窮到那一步，還在惦記窮人。由此而聯想到自己的人生道路，翻年後就將步入勞動年齡，再這麼鬼混是不可能了。按我們本地風俗，小牛兒三歲就要穿鼻桊兒，學著負犁。我也將如同小牛那樣，被穿上鼻桊兒，套上軛頭，去迎接我未知的人生了。想到這裏，禁不住茫然悲涼起來。

# 上鼻桊兒

　　至今我對自己是一隊社員仍感到不大滿意，這裏頭有兩個原因：一是我們這個大家庭原本都在二隊，只因母親的病故才跟大家分開；我想當初父親即使要上人家的門，他走不留，不該將我跟哥倆的戶口一併帶去。其二是二隊的土地好些，不僅平坦，土腳也厚，多屬圍屋田地，做起活路來也能討個近便。

　　一隊的土地是個什麼情形呢？以村西的嶺上為界，全部劃在嶺那邊。一坡山田掛下石膏溝，下沿的田腳順卡門子一直延伸到縣城背後的黃土包上。土地或厚或薄，或坡或坦，三百來畝，這就是生產隊的全部家當。山裏人世代窩居山中，不光目光短淺，連地名也取得小氣。拿這掛山田來說，地名兒就不下幾十個：什麼嶺上、嚴家灣、石膏溝、嚴家埡、卡門子……遇到過溝上嶺，一不小心，你會一腳踏出兩個地名兒來。隊裏二百多人口，全勞力、半勞力加起來八九十個。這些勞力成天像一路路螞蟻，在生產隊長的安排指揮下，隨著四季更替和一茬一茬的莊稼，日復一日困守在這片方圓不足兩平方公里、卻擁有幾十個地名的土地上耕種勞作。

　　初春時節，天清氣朗，大地微微轉暖。過冬的麥苗才剛剛青田，豌豆和胡豆下種早些，長起來也快，淡藍的秧苗早已將那裸露在外的土地遮實掩透，像一塊塊青綢綠布鋪掛在凸凹不平的半山腰上；仔細看去，那些傍莖的嬌嫩紫色小花蕾也開始散苞待放了。遠處的山巒，仍舊沉靜在冷峻莊嚴的鋼藍鐵色裏，暫時還看不出來什麼春意。

　　這是一年中少有的閒月，然而，在生產隊裏，月可以閒，人可閒不得。一大早，你會準時捕捉到從嶺上傳過來的、由一個粗大的嗓門裏發出的吆喝：「上——工——啦！」這便是隊長催工的號令。人們得到號令，不甚情願地、陸陸續續走出各自的家門，扛上鋤頭，下地生產。

我作為正式農民第一次參加勞動是在石膏溝改田，那還是去冬沒有弄完的工程，開年後接著去幹。

　　全隊勞力集中一處勞動，場面的確熱鬧壯觀：幾十人擺開陣腳挖田，起起落落的鋤板在人們頭頂上泛著慘白的青光。同時，你會看見數不清的手爪子在搬石頭、扔石頭。鋤頭碰石頭的咔嚓聲、石頭碰石頭的「砰嗵」聲、跟人們呱呱朗朗說話聲，打破了山中的寧靜。有三位小夥子在打眼放炮，一個掌釺，兩個掄鐵錘。他們的姿勢非常優美，有力的鐵錘伴和著哎呀呵的勞動號子擊打在鋼釺上，叮噹作響。

　　人們在田腳邊挖道像戰壕一樣的土槽，寬、深一米有半的樣子，謂「坎子基腳」。然後將土裏刨起來的石頭，統統歸攏到土槽裏去，砌成石頭坎子，這麼依山就勢把些不成片的山田改造成一墩一墩的梯田。

　　改梯田近年才興，上頭號召「農業學大寨」，幹部們首先跑到大寨去參觀、學習。回來過後，熱情陡漲，眼界開闊了，講話跟從前大不相同，癩蛤蟆打哈欠——口氣大得很：說大寨那邊零下二十多度還在戰天鬥地，劈開虎頭山，在七溝八樑一面坡上，大搞人造小平原。說及改田，我們跟大寨相比，是和尚唸經——小打小敲。蔡德陸在大會上講：「我們做五至十年的規劃，預備將南坡那架大山鏟掉，填平石膏溝，仿照大寨，也造它一個小平原。」我當時真是聽得熱血直湧，想像著南坡跟石膏溝消失以後，出現的一展平田的美麗景象：我們上工再也不須爬坡上嶺了，扛著鋤頭或推著板車，唱起〈大寨紅花遍地開〉的歌曲，行走在筆直的井字形的大道上……我甚至還想到進城的路線，在平原的邊緣，修起寬闊的百步台階，那麼上街就更加方便，走夜路不消打得火把，也不必害怕。

　　赴大寨參觀，僅我們隊就去了兩個人：嚴大金和蔡德茂。當許多跟我一樣、並不缺乏想像力的年輕人，揣摩鏟掉南坡那座大山該需要若干炸藥的時候，蔡德茂卻說：

　　「要什麼炸藥？深些鑿個洞，放顆原子彈進去，轟隆——一下子就解決了。」

　　「歇會兒！」嚴大金開腔了，聲音雖說不大，卻覆蓋到整個勞動人群。他又開兩腿，魁梧的身軀穩穩地立在田坎邊，彷彿比座鐵塔還要牢固。那對

威嚴的目光掃視著工地上的一切。一根短煙袋在他寬大的手掌裏玩具似地拿著，正將煙鍋伸進一隻麂皮荷包裹舀煙末，接著道：「往攏坐，學習。」

大夥聚攏在一面朝陽的坡上。那會兒隊裏唯一的知識分子——哥哥已跟隨蔡德楷到神農架搞副業——揹腳（當揹伕）去了，讀報的事情就落到我這個剛下地生產的「小娃子」頭上。

一張四開的《宜昌報》，長文章、短文章，一會兒讀完一版。

嚴大金說：「讀得太快，慢點兒，一邊讀還要一邊講。」

「我不會講。」

「不會要學。」他用粗糙的指頭按了一下煙灰，轉臉正告我，「比方說：『鋤頭不能往邊跑』，鋤頭也沒長腿，為什麼要跑？這句話包含的什麼意思？」

「就是說，一邊是集體的田，一邊是自留地，鋤頭挖到集體田裏去了。」

「對呀，把集體的土地往私人那邊刨，這就是公與私的鬥爭，所以要鬥私批修嘛。」

「鋤頭並沒長腿，而它是人使的。」

「說得好，關鍵就在這兒。聰明的娃娃一點就明白。」他顯得和藹起來。

受到隊長的表揚，大家都笑了。我倒怪不好意思，臉上燒烘烘的。

開工時間到，嚴大金並不吆喝，首先站起來做，大家也就紛紛跟著幹起來。

「深些挖，石頭撿乾淨。我看有些人淡話多！」

話音剛落，鋤頭起落的頻率明顯加快，說話的不敢開腔了。

沒過幾天，嚴大金給我們上了一堂硬課：上山割草。地點在山田對面那架大山——南坡反背，山那邊是五童公社響灘村的柴山。一九六〇年挖生田曾失過一回山火，從香溪河邊一直燒上半山腰。山火過後，林子消失，倒長出一坡的鬼針草。這傢伙割回來給牲口墊圈再好不過，不光軟和，做起糞來易爛，折耗也小。

大約四更天氣就起床，清水不落牙，摸黑下石膏溝，順腰路斜上，翻過山樑，走到天剛麻麻亮。正好縣廣播站第一次播音開始，雄壯的〈東方紅〉

樂曲穿過縣城上空的薄霧，明明朗朗傳到我們的耳邊。興山一中就在山腳下，學生上操的口令聽得清清楚楚。我的同伴蔡長貴和毛娃一定夾在隊列中彎腰伸腿。他倆的命運倒好，坐教室裏安安靜靜學習，我卻當農民攀爬在山坡上割草，並且還揹著「嚴重脫離勞動人民本色」的罪名，一時心裏好煩。不過這種情緒只是忽閃一下，旋即就被眼前緊張而又艱辛的勞動給衝得無影無蹤。

割鬼針草鐮刀派不上用場，它長在薄薄鬆土中，如同沙田裏蘿蔔，稍稍一帶就能連根拔起。這時誰也不肯講話，只有拔草跟甩土的細碎聲從近旁傳來。不大工夫，便有人用神祕語氣傳呼著要走。我心裏說，這簡直是在做強盜──的確幹的是偷草的勾當；須趕在山下的人家沒有起床、或者未被發現之前，儘快將草捆背到南坡這邊來。否則，他們的隊長便帶著一位啞巴上山奪走我們的揹架和打杆。這啞巴我見過，黑得像個泥鰍，身材不高，但挺結實；長年上街撿糞，倘若你把胯下摸摸，再指指他，他就會橫著眼睛，舉起短把子蔫鋤奔過來打人。我害怕落到他的手上，一時便慌得要命。

割草的挑戰性非常強，誰個力氣大，手活兒快，他的危險便相對減少，掙的工分就多，反之亦然。聯想上山砍柴，倘若笨些落了後，夥伴們會幫上一把，做到一路來一路回。割草不講究這套，從拔、捆、到上背，須獨立完成。具備這個能力，似乎是對一個農民的最起碼要求。好在起先我曾受過砍柴的鍛鍊，手腳倒是笨不了多少，但在技術上卻出了問題：草莖十分光滑，本是捆緊的草個兒，只一動，草要子便自動向梢頭滑去──鬆了。即使勉強把它弄上揹架，走著走著，草捆竟在背上分了家。父親在大隊綜合廠搞縫紉，沒有生意，下放回隊參加勞動。他過來幫我，說：「任何事情都有個巧，得巧不得拙，吃屎還得領教。」

我說：「怎麼樣呢？」他便順手在腳下扯起兩兜草，做給我看。後來我按照父親所教方法，拔起來的草，預先就倒一束正一束地放好，這麼無論是撐要子捆個兒，或者使鈎繩捆大捆，它都不會鬆動。

隊裏社員除蔡家堖住的插花戶外，嶺這邊的山田裏還坐落著嚴家灣、嚴家堖、石膏溝三處人家。為使收割莊稼和送糞下田方便，三下裏皆修的有倉庫、牛圈跟養豬廠。我們便揹著草捆，沿著那天然的「Ｖ」字形山坡，從這

頭走到那頭，分別送到各個養豬廠去。一百五十斤草記十個工分，我見天割不上一百斤，至多掙得六個工分，幾天下來就累趴架。我想休息，父親卻說：

「如今十六歲，成了勞動力，上鼻桊兒啦（穿在牛鼻子上的繩索或藤環），可由不得自己。跟我說起什麼作用？去向隊長請假，就說腿疼，免得挨懲。」

提起上鼻桊兒，禁不住周身打個寒顫，前不久，我見過一次真正的上鼻桊兒。

一頭剛滿三歲的麻公牛，取名「二號子」，長得渾身油涮涮的。啞巴誘牠出圈門，趁牠剛剛探出頭來，猛力將門一關，頓時將一尊活鮮鮮的牛頭給抔在門框外面。嚴大金撲上去，迅速摳住牛的鼻樑子，一手裏攥個鐵棒針。棒針眼裏穿著一節扭成麻花狀的八月瓜的山藤（這種山藤經腐爛），盯得準準的，照鼻腔狠命一扎，錐個二面過。那傢伙護疼，齁著鼻兒吼了兩聲。嚴大金三把兩下將鼻桊兒扎牢實，丟開手，閃得遠遠的，才示意啞巴鬆手。圈門一開，那傢伙轟地衝了出來，稻場裏亂蹦亂跳。看樣子非常的不習慣，脖子扭來扭去，似乎想取掉鼻子上的東西，拿蹄子來蹭。牠把頭偏向一邊，像是要牴自己的屁股似的，撇著腿子轉圈兒。忽而嘴頭拄地，鼻孔的粗氣彷彿從一個閥門裏噴射出來，唬唬有聲，吹得塵土捲起一團煙霧。鼻子口裏的鮮血染紅了地上的石子。牠靜了會兒，睒著發紅的眼珠瞅人，像在打量是誰弄穿了牠的鼻子，準備衝過去使利角實行報復。突然間，牠昂起頭，朝天空一陣哞叫，屁股一蹶，闖進麥地，往坡下狂奔。散開的四蹄，在鬆軟的泥土裏溜下一串誇張的腳印，踏壞了不少莊稼。嚴大金沒經意這些，倒是裂開大嘴啞啞地笑道：「跑，鼓勁跑，帶上『緊箍咒』，我就不怕你跑。」

「二號子」鼻樑上強行安上個藤環的裝飾，就是說，自由已離牠而去，從今往後，將讓人牽著鼻子走路，肩膀上架著軛頭負犁耕田了，我十分同情牠。當父親說及我也上了鼻桊兒，眼前即刻浮現出「二號子」那血糊糊的鼻子，想到牠的命運，想到自己的命運，心中非常沉悶。我甚至感覺到，彷彿有團迷霧將我裹著，辨不明方向，不知曉前面有什麼樣的情形在等待我去跨越、承受。是陡峭的冰山、湍急的河流、還是佈滿荊棘的坎坷？看來，無

論是禍是福，是艱辛是苦難，已無可迴避，同「二號子」一樣，給穿上鼻桊兒，須拿出勇氣真實面對了。

我們一路上鼻桊兒的有蔡長斌、嚴永明、大梅子等十來個人。蔡長斌是我結識較晚，但同時也是我一生中交結的最好的朋友，情意如同手足。我們住的老北屋就是從他祖父手裏買過來的。直到一九五一年土改分了田，他們闔家才從蔡家堖搬下了石膏溝。

長斌有一個好看的頭型，上面覆蓋著一頭令人羨慕的黑髮。眉梢微翹，一對眼睛明亮而精神，裏頭充滿聰明與智慧的靈氣。論及個頭，算不上高大，卻顯得異常結實，彷彿任何重擔來到肩上都壓不垮他。他面容溫和，性格內向，可又不乏活潑同幽默；辦事認真、幹練、果斷，渾身透露出一種堅定、頑強、敢於挑戰一切的奮鬥精神。年齡上我大他一歲，而他參加集體生產的工齡卻高出我好幾個年頭。他不僅能扶犁耕田，還學會了砌田坎的手藝；許多木匠、篾匠、泥瓦匠活兒，沒跟師，卻都會做。

起先我和長斌趕過一段時間的雀子。隊裏將土腳磽薄的坡地撒上粟穀，一到秋天，穗長穀黃，麻雀以為是給牠們種的口糧，便成千上萬地飛來啄。我們鋸上一節三四尺長的老竹竿，把一頭劃開七八道口子，做成「響竹竿」。雀子來了，一邊揚起響竹竿往石頭上磕，嘴裏一邊奮力地打著「噢——呵——」，把雀子趕跑。一次，他趕走山腳下那片地裏的雀子，沿坡爬上來找我，手中握著一個菜瓜（應指大黃瓜），說：「今天我運氣好，摘到一個。」家糞中常常夾的有瓜子，撒到地裏，隔年便長出秧子，結些野瓜。我說：「你摘的就歸你。」

「我專門送上來的，你吃。」

適時我又餓又渴，接過菜瓜就是幾大口，待吃得剩下一個瓜屁股，他一本正經告訴我：「瓜屁股莫吃，苦得很。」

管它苦呀甜，捨不得丟，照樣扔進嘴裏吃掉。他便望著我笑。此時，從他的神態裏，我突然發現許多我所期待和渴望的東西，把我的心頓時給滋潤一下。那時候，凡是吃的東西，一到手就往嘴裏餵。蔡長斌卻不然，拿著個嫩油油的菜瓜，從坡下專門給我送來。這事把我肯定做不到，先滿足自己再說，所以特別感激。於是間，他的溫和而誠實的笑臉，像特寫一樣永遠定格

在我記憶的螢幕上了。

大梅子是嚴大金的長女，基於遺傳因素，她的身材跟手腳都生得大樣、勻稱。細皮白肉的瓜子臉龐，睫毛長長的，一雙眼睛烏黑晶亮；鼻子周正小巧，嘴唇紅潤，微笑時露出一口潔白的細牙，非常姣美。她脾氣出奇的溫和，永遠不會衝人發火，惹發急，至多來句「你招架」；然而說出這話的當口兒，她卻又笑臉向人，將那雙會說話的、裏頭飽含溫情蜜意的明眸子朝你斜斜地一瞥，既好看又好受。

我們相處得很好。休息時間讀報紙，她就坐在離我不遠的地方，手裏拿隻——興許是為她父親納的大鞋底，邊納邊聽。鞋底須納出菱角花的圖案，下針特別仔細，低著頭，長睫毛一眨一眨的，扎好幾下才扎得準；抽針時，雙臂連續地伸展，頭也抬起來了——有幾次，我們的目光碰到一起，她趕忙一閃，白嫩的臉上即刻便有了紅暈。

生產中隊長不在場，夥伴們擠在一起，東扯西拉地說笑。倘若湊巧，左邊挨的大梅子，右邊挨的小梅子，那麼這一天會快樂得要命。我擺出一副男子漢的架式，將全身力氣運用到鋤頭上去，儘量讓她們少挖兩鋤，雖說累，但心裏舒服。


「崖畔上開花香滿溝，出門歡喜進門愁。」坡裏勞動，出力出汗，思想單純、散淡。待到放工爬上嶺，望見四合院的老屋，心中似乎被塞進一團亂麻，叫人壓抑、難過。

新近祖母同三爹分了家，生怕祖母又會到我母親墳頭上哭。還好，她沒有那樣做。祖母並沒悲傷，性情倒顯得比平時輕鬆舒暢。我們漸漸長大，活活的七八口人捆在一起，人多隨靠，眼皮子上的事情都不伸手，只是苦了祖母這個掌鍋鏟子的。實際雙方都有分家的意願，於是由祖母張口，和和氣氣把家分了。分了家，各自扒。三爹三媽另立煙戶，上灶台、種園子、砍柴禾、砌豬圈……兩口子扯皮纏筋的少了，成天忙得像隻陀螺。

我們的「龍床」要動。起先是三爹結婚要新房，床鋪由地上趕到樓上；眼下既然分了家，樓上也住不成了。我們只好又將床鋪移到祖母住的北屋樓上，同么爹擠在一處。就這樣，我跟哥倆被掃地出門，向住了十多年的南屋

正式告別了。

為此，父親跟他們打了一架。

我們打南屋搬出，父親眼見他的兒子失去扎根的地方，成了真正的「懸腳客」，一時氣得不行，說：「屋是我起的，娃子的媽是在這屋裏斷的氣，你們攆不起。這麼趕雀奪窩，沒得道理！」

按說，住屋的人跟父親是隔皮搔不著癢，住南屋住北屋，是聽了人的安排。那麼，這時只有祖父站出來說話了。祖父認為，他有四個兒子，房屋六間，用六除以四，各得一間半。具體分配如下：三間南屋，二爹跟三爹倆平分。么爹得一間半的老北屋。父親的房屋在哪兒呢？說起來複雜。有人猜測汪淑貞正好有一間半的房屋，可祖父不把指頭伸到人家嘴裏咬，儘管父親是出了門的人，但家中照樣按四兄弟算賬，只不過將父親下田家塆給么爺做「抱兒子」起的房屋也計算在內。除開這間，四合院還有一個前廳，與居住在西屋的龔爺兩家所共有；廳屋又老又小，充作半間屋似乎太虧，便把北屋後門上的一個豬圈搭到一起，這麼東拼西湊地給父親湊足了一間半的房屋。

父親不服，抱怨祖父不該把田家塆的房屋扯到一起算。眼看就要吵架，祖母忙過來解交，跟父親說：「我曉得你心裏難過。山上的房屋、山下的房屋都是你跟李丫頭倆起的，怨只怨李丫頭沒有福氣……你是老大，苦是你吃的，虧也是你吃的，我們都心中有數兒。兄弟們睜著一雙眼睛看著，也不會忘記你這個當大哥的恩情。」

這是頭天晚上的事情，次日中午，不知為什麼，猜想大約是父親憋得難受：「操心勞碌，山上山下起那麼多屋，連妻子的命都搭進去了，到頭來自己的兒子照樣沒得屋住……」他往井裏挑水，路過廳屋門前，突然放下空桶，拿起扁擔上前撬南屋的房門。三爹出面阻攔，父親一口將三爹的膀子咬住，他們像一對啄架的公雞沉默地僵持著。三爹也不急於從父親口裏奪回膀子，問道：「大哥這是為啥兒？」

父親並沒有鬆口的意思，眼看著一場惡架即將發生，我駭得不敢上前半步。

么爹覺得父親兇狠，喝道：「哎，大哥鬆口，你咬的不是木頭，是三哥

的膀子。」隨手奪過父親手中的扁擔，朝石礅上猛地一劈，頓時斷為兩截。

「與你什麼相干？你賠我的扁擔！」

父親護扁擔不成，倒被三爹扭住，他還一邊慫恿么爹：「活該，橫不講理，把桶也給他砸掉。」

他們扭成一團，三爹猛一用力，把我父親摔個仰面朝天。他用膝蓋頂住我父親的胸膛，伸手掐脖子，狠狠往地上按，說：「咬，我讓你咬。」三爹當兵八年，學的本事這陣兒給施展出來。他那寬大厚實的掌心和短粗有力的指頭，像鉗子一樣拑在我父親的脖子上。眼看父親就要支持不住了，額上的青筋像蚯蚓一樣盤著，瘦骨突出的後腦勺枕著碎石子。我奔過去大聲叫喊：「三爹放開，想把我爹拑死嗎！」扳脖子上的大手，哪裏扳得動。他這麼下得爪子，么爹容忍不下了，又反過來幫我父親的忙，狠力一掌，把三爹掀翻在地。一時攏來許多人，費好大功夫，才將他們勸開。

父親頭上、身上沾滿塵土，灰老鼠似的。他沒有及時地爬起身來，坐在地上，手拿手地環住屈著的雙腿，彷彿做了一場噩夢剛剛醒來，木頭人似的呆著。

此時我的心情矛盾到了極點：圍著房子的爭端，我們沒有發言的權利，再說，我們究竟站到誰的一邊呢？情感上，我們願意衛護祖父，既衛護祖父，打南屋裏搬出便是合情合理。從利益方面考慮，應該衛護父親，因為父親完全是為我們今後的生存而著想。假設贊成父親，反對祖父，那麼良心一定會承受不住；反之，贊成祖父，反對父親，情感上似乎也會大大的受損。我的心一直處在這樣的矛盾漩渦中，被攪得疼痛難忍！

祖母拐著小腳，慢慢走近我父親，用心疼的、溫和的語氣跟他說：「你不聽我的招呼，弟兄打架打得好看。當媽的苦處誰個曉得？抱怨我吧，都是我的過，怪我養得多……青子、明子我給你扯這麼大，眼下沒住崖屋，就是放到今後也不會住崖屋，我敢打這個保票。放會想些，聽我的話，回去。」

祖母讓我父親從地上站起來，拍打著他身上的灰土。他也不瞧祖母一眼，頹喪地、一言不發地回家去了。

么爹分得的北屋歲藏太久，樓上的板子裂出很寬的縫，幾處掉得下腳。躺在床上，大人在樓下講話、說事，我們聽得清清楚楚。支鋪的地方，正

好對著樓下的火籠。一到冬天，火籠裏燒起樹苑，或者炭火（總是一種煙煤），大煙冒冒，我們就在青煙瀰漫中睡覺打呼嚕。

樓房矮小，簷牆跟前抬不起頭，稍有疏忽，橡子、檁子就會撞著頭頂：輕則悶痛一陣，重則腫起個肉包。樓上靠北邊山牆開個二尺見方的小木窗，透過那裏看得見南坡跟鷹屋崖，近處看得見嶺上的石鏈。遇著隊長派工，就尖起耳朵站窗子跟前聆聽。屋後離陽溝不遠，用巨石砌了一道近兩丈高的石坎，幾乎平了北屋的屋脊。坎上坐落著學校——花屋，大隊部設在花屋的北樓，那裏便成了蔡德陸經常出沒的地方。他隨時會向我們傳遞出一個信號：他的咳嗽很特別，先是使勁地從鼻孔裏長長的吸一口氣進去，伴隨著吸氣，裏頭發出一種難聽的、鼾聲般的怪音，接著喉嚨裏便公雞打鳴似的往外呵氣，然後你會聽到「呸」的一聲，一口痰液又準又狠地被吐了出來。這是我們躺在樓板上最不願聽到的、最厭惡的一種聲音！它裏面似乎包含著某種淫威，使人害怕。

從隊裏分回糧食，我們十分慚愧地把口袋放到祖母面前，請老人家看。祖母像個驗收員，伸手到口袋裏撈一撈，抓兩顆放進嘴裏咀嚼，辨別乾濕，勉強能夠磨麵的，就拿到小磨上推。這樣的事情越快越好，因為分糧的日子，大都是等米下鍋的日子。

么爹、哥哥和我，三個人輪流推，一人一升，祖母餵磨。往往一月的口糧，一個晚工就推下來了。這陣兒，祖母說道：「從前賀丫頭（二媽）橫直在我面前嘮叨，說什麼當磨驢子當勞傷了，鬧著分家。張丫頭（三媽）又是這個情況，同樣喊叫當磨驢子當勞傷了。現在好啦，我餵了三頭磨驢兒，可惜又沒得糧食推。」

口糧跟飯量形成的反差，無論祖母蒸蒿子飯、和菜糊粥、熬洋芋湯……怎麼地省儉，到了月尾，仍有斷頓的幾天。為了不致落到這個地步，我們堅持一天只吃兩頓。早上出工，祖母要我們帶飯，喊著喊著，可就是不聽，充硬氣漢。捱到晚上，餓得沒有四兩的力氣，聽見收工的號令，急匆匆往回趕。適時祖母早已把飯弄熟，聞著飯香，伸手到碗櫃裏翻大碗；缽裏夾菜，筷子像揚叉挑草一樣，一叉一大箸。說實話，我惱恨自己飯量太大，可又難以克制，你真是拿它沒法。吃到最後，彷彿有人在暗中記著我的碗數，且警

告道：「你現在吃的是第四碗，別這麼不自持，再添大家就要提意見了。」一時臉上無端地發紅，渾身拘束。

看著我們的吃相，祖母笑道：「中間不燒火，兩頭一般粗（意思是：吃兩頓與吃三頓，飯量相差不多）。餓好吧？看你們二回帶不帶飯。」

一天打地裏回來，屋裏端坐一位老婦，旁的打聽，方知么爹在說親事。家中的三機（縫紉機、軋麵機、剃頭的工具）自從被大隊沒收以後，家境日漸困頓；加上大會小會對祖父跟父親的批判，全家幾乎成了眾矢之的。儘管么爹身高一米八幾，體格魁偉，力氣大得驚人，可一個媳婦就是不好說。許多姑娘愛慕么爹呱呱叫的小夥子，但一打聽「蔡世德一家人的資本主義」，嚇得一個二個都退了信。

老婦人在跟祖父祖母的交談中，看見我跟哥倆竄進竄出，彷彿提到一個很敏感的話題，聽祖母趕忙回道：「這事請放心，我這兩個孫娃子不會長久跟著我們，他們有他們的出路。」

我猜想老婦人的擔憂：倘若把姑娘嫁過來，這一間半的老屋如何容得下這許多的人。

老婦人一走，大約是有了口氣，祖父祖母甚是高興。

一九六九年四月，中共「九大」召開，說毛主席選個好接班人，閉幕那天，連蔡家垺也沸騰起來了。人們吃過晚飯，正準備將疲勞一天的身子安置到床上休息，忽然從中間稻場傳來鐵皮喇叭的叫喊：「大家請注意！大家請注意！今晚有重要廣播，不能睡覺，要注意收聽。另外，請各戶準備好火把，到時候還要搞火把遊行。」

叫喊息了約十來分鐘，忽而又起，總共重複三遍。

喜好熱鬧的人們往大隊部擁去，將平時開大會用的那台收音機圍得水泄不通，彷彿裏頭裝著大家的命根子，按住呼吸在那兒傾聽。

特大喜訊終於從北京傳了過來，幾位幹部像發了瘋，嘴上籠著鐵皮喇叭朝天呼喊：「毛主席萬歲！」

「林副主席身體健康！」

「滿懷激情慶『九大』！」

「……」

進城到縣革委會等著取喜報的民兵連長，滿頭大汗地趕回來，懷裏揣著一沓「九大」公報，向大夥分發。

遊行開始了，隊伍從村裏出動，遊到嶺上，又從嶺上遊到村東的碉堡上。星星點點的火把像一條巨龍，在鄉間小路上蜿蜒而行，十分壯觀。隊伍裏有人摔跟頭，腿子碰破皮，抱怨打火把的沒有照好，還一邊「死不絕」地咒罵腳下的石子。縣城也在舉行遊行活動，鞭炮聲、洋鼓洋號聲，劃破夜幕傳遍四野。

歷史彷彿把人們一下拉回到梁山泊宋公明的「忠義堂」上，大小「忠」字觸目皆是。什麼三忠於（忠於毛主席、忠於毛澤東思想、忠於毛主席革命路線）、四偉大（偉大領袖、偉大導師、偉大統帥、偉大舵手）的標語刷滿村中的土牆。

按照統一格式，要求社員家中正牆上掛張毛主席像，下面使紅墨水寫個「忠」字，字的下方再支起一塊小木板，取名「紅書台」，上頭擺放毛主席的「四卷雄文」。蔡德陸家的紅書台上搭了一塊紅布，看上去格外莊重。許多要做紅書台的群眾，預先都跑到他那兒參觀。

公共場所規定有三帶（像章、紅寶書——《毛主席語錄》、忠字牌）。開大會小會，不分男女老幼，胸前皆配有一枚毛主席像章，肩上掛隻盛紅寶書的紅書包，手裏捧著忠字牌，恭恭敬敬走進會場。三宗不全者，不准入會。紅寶書都發的有，紅書包要自己縫，多數家庭因經濟枯竭，一時還輪不到縫書包這件事情上來，遇著開會就借，要麼縫一個書包全家共用。丈夫進了會場，託人把紅書包帶出來，交給媳婦再進；老子進了會場，託人把紅書包帶出來，交給兒子再進。許多老農不習慣這些花樣，走入會場時，不是煙荷包跟紅書包絞成一團，就是端在懷裏的忠字牌忘了倒正，加上滿臉的麻木，叫人見了哭也不好，笑也不好。

按說這該熱鬧夠了，但還不行！人們似乎仍心存遺憾——對毛主席的一顆忠心沒真正表達出來，上頭又傳來指示：搞早請示，晚回報。

這東西說起來簡單，做起來卻十分累贅。出工前，到毛主席像前站好，手舉紅寶書，口中唸道：「敬祝毛主席萬壽無疆、萬壽無疆。林副主席（林彪）身體健康、永遠健康。」接著把當天要做的活兒告訴毛主席，然後找農

具出門。晚上歸來情形相同：立正、舉手、唸詞，再將這天的勞動情況做個回報。

　　請示、回報過程中，你會感覺到，老屋裏長年被煙薰火燎的黑黢黢的板壁，以及擺放在板壁跟前的粗重大石缸、灶台和濕漉漉的水桶，同眼前的毛主席畫像和紅書台顯得極不相稱。這種把領袖拉進自己渺小的生活的一切角落裏，表面看我們的生活非常充實和有意義，實際上沒有作用，肚皮照樣填不飽，只能使人產生厭倦和反感。儘管如此，不做還是不行，被人檢舉出來，揹個「不忠」的罪名，那就糟糕。由於帶著這樣一種心態，當我把這一套繁雜瑣碎的請示、回報工作付諸行動時，我擔心有人窺視，常常會不自覺地向角落裏張望。當然，弄這些最好莫讓祖父撞著，一旦發現，首先橫你一眼，接著罵道：「脹些飯找不到事做，偏生又不怕醜！」叫人尷尬得要命。

　　由於這種風氣得到強化，逐步從家庭蔓延到村中。一夜之間，村裏彷彿從地下陡然冒出四根高高的杉杆，四面紅旗在杆子上空迎風飄揚。我們門前起先沒有列入計畫，原因是國旗不夠。三爹抓住正當理由，強烈要求大隊革委會火速解決。無奈，蔡德陸將一面學大寨的旗子抖出來，說「農業學大寨」是毛主席的指示，可以當國旗升。每天清晨六點半，縣廣播站第一次播音一響，人們一邊往紅旗下奔走，一邊摟褲子、扣衣裳。眼屎來不及洗，照例舉起紅寶書，張開倉卒的、還沒復甦的嗓門，齊聲唱著：「東方紅，太陽升，中國出了個毛澤東……」歌畢，紅旗上頂。傍晚，大夥圍攏，齊唱：「大海航行靠舵手，萬物生長靠太陽，雨露滋潤禾苗壯，幹革命靠的是毛澤東思想……」歌畢，紅旗降落。

　　到後，這玩藝兒竟普及到了田邊地角。蓣草的地頭上插著紅旗，揹糞的揹簍上豎著紅旗，耕田的犁頭上飄著紅旗——處處展現出一條龍的團隊合作精神。這種政治與自然的結合，把地面打扮得更加妖嬈和好看了，真正實現了「全國山河一片紅」。

　　說到這裏，我還得囉唆一個小故事。

　　那天幾位老頭兒在石膏溝耕板田，外帶三四個老婆子挖峁頭（犁不著的地方使鋤頭挖）。收工時節，他們聚集在領袖像跟前回報——那是一面白鐵皮的、鍍了金邊的畫框：毛主席身穿草綠色軍裝，帽徽領章鮮豔醒目，在天

安門城樓上喜笑顏開地往遠處招手，背景上吊的兩隻火紅的大宮燈。當他們將全天幹的活兒向領袖回報完畢，回頭來放聲歌唱時，一下啞住，都不會起音！這些老年人記性不是很好，平時又不多加練習，唱歌時夾在人叢中「濫竽充數」，這陣兒湊到一起麻煩就來了。歌曲沒唱都不敢拿腳，人心隔肚皮，虎心隔毛衣，害怕背後有人打小報告，擔不起責任，於是舉著紅寶書的那隻大手便在空中僵住。他們愁苦著臉，不清楚造了什麼孽，使自己落到這步田地；他們想請罪，不知罪在何處，想認錯，卻不知錯在哪裏。他們單知道太陽落了，肚子餓了，該回家了。面前的領袖是那麼的慈祥，露出微笑，彷彿有話要說，大家敬畏得都不敢動。歸巢的鳥兒在叫，耕牛們勞累一天，想回家吃草，但不知人們聚在一堆搞什麼名堂，動也不動，吭也不吭，於是便揚起頭來，憤怒地朝天吼了兩聲。落日沉下去了，時間在羞辱中凝固，羞辱在時間中延長。興許是受到黃昏的啟示，有人開竅，即刻聯想到那句像聖言一樣的歌詞，於是便「咿咿呀呀」地唱道：……毛澤東思想……是……不落……的……太陽——人們找到救命的梯子，呼出一口氣，挪動腳步，拔旗回家……

　　隊長派泥瓦匠和桶石灰漿，到各戶的大門頭或面牆上，抿塊二三尺見方的白板，上面寫「最高指示」。上牆的語錄要講針對性。譬如黨員幹部門前須寫「我們共產黨人好比種子，人民好比土地……」、「既當官又當老百姓」等等；地富反壞右分子門前就得寫上「階級敵人你不打，他就不倒」和「階級鬥爭，一抓就靈」等內容；倉庫門前就更加具體：「糧棉油要抓緊」、「……忙時吃乾，閒時吃稀，不忙不閒，半乾半稀……」

　　手頭工作還沒完結，新的任務又等著我們去做。

　　說有位什麼、什麼的司令員，坐飛機看到某地某處寫的有字，天上看得一清二白，興山卻沒得這個奇觀。一時間，全縣又掀起一個山坡上寫字的熱潮。

　　適時有二個「知青」到隊裏落戶，隊長便把幾位知識分子喊到一起，分派到鳳凰山上去寫字。

　　首先在山下把地盤大致看個輪廓，再爬到實地踏勘。場子選定，開始割草柯，收拾利索，到後便拿起鋤頭一撇一捺地來「寫」。這恐怕是我有生以來寫的最大的字，僅一點就有半間房子那麼大。大夥使鋤頭把字「寫」出

來，滿山坡裏找來石片，順著筆劃擺，擺畢，通知隊長派勞力挑幾擔石灰漿上山；紮把茅草刷子，蘸上石灰漿，將每塊石片都刷到。完成這道工序，「全民皆兵」四個白色大字便從青山綠草中顯現出來了。

一天，大家正在包穀地裏薅草，忽然接到通知，傳話人說得非常生動，說外國領導敬仰毛主席，送上芒果讓他老人家補身體。毛主席捨不得吃，日夜惦記著貧下中農，於是芒果就打北京送過來了。

人們丟下手中的薅鋤，扛著紅旗，敲鑼打鼓去迎接這椿聖事。

隊伍行至地界，停下來，舉行儀式。由雙方頭面人物大隊書記出面，演唱〈東方紅〉，歌聲中莊嚴地將一隻有升子那麼大的木匣子交接過來。然後鼓樂齊鳴，各自調頭，上路。

有人議論，許多好吃的果子不送，單送什麼芒果；芒果是個什麼玩藝兒？幾個億的貧下中農，看你有好多的芒果！我原以為能夠將匣子打開，管它什麼果果啃一口的，嘗嘗滋味——癡心妄想，甭說吃，就連看一眼也難辦到。上頭有指示，迎送芒果的行動消停不得，要像傳遞聖火，一站一站傳下去。對此我萌生二心，懷疑是個假象，愚弄大家。有人說裏面什麼也沒得，有人說興許裏頭裝個苦皮核桃，有人說……反正誰也不敢打開驗證。後來聽說時間長了，爛了，臭了，然後扔了，這事也就完了。

除開上述這些，地方上照例自編自演幾個「小節目」出來捧場，湊熱鬧。

記得正是春末夏初，人們餓得眼睛起蘿蔔花，蔡德陸卻一心效忠上頭——賣「忠字糧」。

將全大隊勞力集中起來，每人揹一二十斤包穀，力氣再大也不准多揹。揹子打杵全副武裝，口袋上插面三角旗，浩浩蕩蕩向縣城進發。蔡德陸前頭領隊，放著近路不走，順田家埫上街，從城東頭一直走到城西頭，然後才到糧管所交貨。背上負的雖說不重，用不上杵子，但照例打杵、吆喝，像模特隊沿街表演。許多居民和機關工作人員，還從未見到過這麼大的、奇怪的運糧隊伍，都睜大眼睛立街邊上觀看。隊伍經過縣委大院門口，領頭的幾個人故意將打杵鑿子在地上磕得直響，打杵的吆喝又尖又脆。樓上的幹部大概受到驚動，下來三四個，個個同蔡德陸握手，問好。蔡德陸等不及縣裏幹部表態，竟搶先表白說：「毛主席吃芒果不忘記貧下中農，我們應該向黨中央表

示一下忠心，祝毛主席萬壽無疆，祝林副主席身體健康。」

這且不夠，待到「忠字糧」過秤，過磅員同蔡德陸學著《龍江頌》裏頭的角色，又來了一番佯裝假做：

過磅員：「種子留足了嗎？」

蔡德陸：「留足了！」

過磅員：「口糧留足了吧？」

蔡德陸：「留足了！」

……

# 修鐵路

翻年後，我進入十七歲，這年我上了鐵路。

我們住在宜昌市專署醫院的大禮堂裏，據說，這裏原是法國傳教士建造的一座天主教堂。高大的穹頂依照宮格同十字架的圖案用方木結構而成，拱形門窗上面皆裝有重簷式的線條，呈現出一派哥特式的建築風格。

焦枝（焦作至枝城）鐵路建成以後，民工皆轉戰過來。他們獲得輝煌的榮譽，什麼「死打硬拚的民兵團」、「興山鐵骨頭團」等等，光這些名字聽起來就讓人敬佩三分。同我們剛上路的兩下會合，隊伍更加龐大。五大隊的住宿安排在禮堂台上，台下收拾得空空蕩蕩，支上清一色的地鋪。

上面對大家實行軍事化管理，連名稱也充滿一股兵氣。軍號一響，六點鐘起床。大禮堂坎下有一個籃球場，大家便匆匆往那裏集合，在黑暗裏排隊、報數、背《毛主席語錄》：

「最高指示毛主席說：『三線建設要抓緊。』內地建設搞不好，我一天都睡不好覺。旱路不通走水路，水路不通騎毛驢也要去。」

「……節約一釘一木也是好的，錢不夠用可以把我的稿費拿去。」

背完語錄，接著是連長訓話。

這位連長就是誣害我們寫「草木一秋」——反動標語的那位姓朱的先生。那次由於情況特殊，只是打毛看了一下，現在我才有機會細睹他的尊容：扁平額腦，一雙鼠目，眉毛斜吊，長著一張龍頭魚似的嘴巴。穿一件天藍色咔嘰布（即卡其布）的體面制服，胸前掛兩管自來水鋼筆。站著還不大見形，一到走路，怪樣子就來了：腰板挺得筆直，右邊的肩頭微微聳起，使得本來周周正正的雙肩不得不歪向一邊；面孔嚴肅，邁動的腳步不緊不慢，呈現給你的是一副沉著穩定、志向高遠、氣質頗佳的年輕指揮員的高貴形象。

值日排長整好隊伍，一個跑步過去：「報告連長，報數完畢，全連應到×××人，實到×××人，無一人缺席！請指示。」他便歪著肩膀出現在大

家面前。

　　不難看出，他來的一套全都是假模假式，生怕人家說他肚子裏沒得墨水，講起話來，總在腦殼裏挖詞彙。譬如肩負著什麼什麼的使命啦，堅強的信念跟祖國建設大業緊密聯繫起來啦，為偉大領袖毛主席爭光啦等等，一些陳詞濫調。

　　妃台團的任務是修建萬壽大橋。吃過早飯，大家扛著鋤頭、鐵鍬、扁擔、籮筐等各式工具去上工，紅旗在前頭領路。一上街，有許多沾「龍」字的連隊，如「響龍連」、「寶龍連」、「秀龍連」、「青龍連」⋯⋯惹得一些中、小學生連連地叫著：「龍呦！龍呦！」

　　萬壽河是一條季節性小河，泥岸兩邊築有許多魚塘。如今魚塘已毀，推土機將塘底的泥巴推乾，剩下的工程——共計六個橋墩基坑，便由我們人工來挖。

　　從焦枝鐵路過來的那批老民工，的確名不虛傳。他們幹起活來，個個像老虎下山，勇猛異常。一筐一筐的泥土扛在肩上，端在懷裏，有的丟掉扁擔，左一籃右一籃地提著，捭開輕快的腿腳，比賽似地來回奔跑；口裏哎呀呵地喊著勞動號子，說些開心的笑話，那種狂熱勁頭兒，彷彿勞動對他們來說，是一件無比快樂的事情。

　　我夾在隊伍中間，累得氣喘吁吁，暗裏思忖，大米飯可不是那麼好吃的呀。但我仍然咬緊牙關，暗暗發誓：堅持、堅持，千萬不能被人小看，低估了我的能量。沸騰的人群鼓舞著我，拿出渾身的力氣，努力地追趕著。

　　下班洗過澡，晚飯下肚，太陽還沒下山。我們站在球場的坎上，使用新奇的目光，打量著籠罩在落日餘暉中的市區，這是一天中最輕鬆愉快的時候。身後忽然聽到有人通知黨員到連部裏召開緊急會議。

　　人們交頭接耳，像在議論一件十分重大的事情，氣氛與往不同。對於這樣的小集團會議，我既討厭又害怕：許多整人的方案、步驟一般都在這樣的會議上形成。它像一團迷霧，裹著難料的陰謀，使局外人惶恐不安。我趕忙用心檢點自己，在近段時間裏有不有出格離譜的言行，擔心「迷霧」裏飛出一塊石頭朝身上打來。

　　果然不出所料，傳來一個壞消息，通知我三爹下路。

大夥坐在地鋪上，像警惕什麼似的，一個一個將身子往牆角裏縮了縮。

「好漢做事好漢當，坐牢我去！」蔡德金劈頭蓋臉就是這麼一句。

三爹倒是一臉的沉著，說話老腔老調：「地上跑的、水裏游的、天上飛的都坐過，這輩子死了閉眼睛。」

事情發生在修焦枝鐵路期間：上路之前，就聽說國家補助吃六十斤，然而吃了一個月，突然變成四十五斤。大家不明緣由，一時又找不到說話的去處，便由三爹口授，哥哥起草、謄正，給武漢軍區司令員曾思玉寫了一封信，蔡德金自告奮勇跑郵局投遞。這封信投得很準，到第三個月，口糧一時又回復到原先的六十斤。這樣的事情民工自然歡喜，只是三爹嘴直，衝人家表功：「不是我們寫信，你們歡喜個屁。」這下糟了，有人回報上去，三爹便受到批判。在師、團長那些官老爺的眼裏，民工吃米飯如同過年，四十五斤足夠。毛主席說：「節約一釘一木也是好的。」民工省下一點大米，向黨中央獻紅心應該。眼看大部人馬上路在即，擔心三爹又會寫信惹麻煩，於是就將他處理回家。

第二天，三爹揹著鋪蓋捲兒，網兜裏拎了隻瓷盆和一些雜物。他的一頂舊軍帽戴得很周正，邁著軍人特有的步伐，向江邊碼頭走去。三爹的臉色是鐵青的，但又是坦然的。他沒有供出別人，千斤重擔一人承住。我想跟他說點什麼，可不知怎麼張口，望著他高大的身影漸漸遠去，心裏說：「您回家又要餓肚子了。」

十一月底，大隊人馬上路，公社革命會主任黃治美親自帶隊。這人四十多歲，中等身材，頭上過早生出一層白髮；面目慈善，性情溫和，像父輩一般和藹可親。按原先的要求，修鐵路拒絕女性，大約生產隊抽人太多，吃不住，這次竟派來許多年輕漂亮的「鐵姑娘」。大梅子也夾在中間。

連隊合總有二百多人，朱先生繼續任連長，黃主任理所當然地任指導員。然而朱先生像不大滿意，認為自己從焦枝鐵路轉戰過來，居功自傲，擔怕指導員不懂得「治軍」，鬧著要分連。黃主任尊重他的意見，將原來的一個連分成兩個連。我們被編成響龍連一排，哥哥在連部當宣傳員，我在排裏當宣傳員。

連部裏宣傳員主要為團部廣播室提供稿件，有時還須編些小型文藝節

目，如快板、對口詞、三句半之類，在工地上表演，鼓舞士氣。另外，一月出兩次壁報。我是基層宣傳員，寫點好人好事的表揚稿，工地上現寫現讀。連裏有隻鐵皮喇叭，供連長跟值日排長們專用，我們只能用馬糞紙卷的土喇叭。稿子寫成，拿起土喇叭，朝著沸騰的人群，哇啦哇啦地朗讀起來。開始不好意思，大家都「颱風當電扇，下雨當流汗」地挖基坑，我卻站那裏空喊。可前後左右瞧瞧，兄弟排都是這麼做的，自己的工作不能落後，勇氣一來，土喇叭裏也就有了聲音。

　　工作中我積極創新，申請排裏做個木頭架子，找張蘆席釘上去，製成一個兩米見方的流動小專欄。把稿子寫好，謄正，往專欄裏貼服貼，讓排裏差人抬到工地上。

　　白裏勞動，晚上別人休息，我便找來大白紙，用毛筆謄稿子。並時不時提醒自己：眼下是一個良好的開端，良機不可錯過。用老師教給我的一點小學文化，勤勤懇懇地，一筆一劃地描繪著心中的藍圖，實現人生價值。

　　寒冬來臨，妃台團一千七百多人在萬壽河召開誓師大會：趁著枯水季節，趕在元旦之前，三號橋墩（正處河中）要按時上天。工作一時驟然緊張起來。工地上日夜三班，風雨無阻。白天，人們苦幹加巧幹，挑土的、抬土的往來如梭。「萬壽河畔紅爛漫，敢於赤膊鬥嚴寒，千難萬險何所懼，甘灑熱血修『鴉官』」（鴉鵲嶺至官場坪）的豪言壯語響徹雲霄。入夜，在探照燈的照耀下，亮如白晝，只見人頭攢動，扁擔交織。廣播室的洋喇叭跟工地上的土喇叭，混合著勞動號子，一派喧囂。

　　工地上有位姓陳的女技術員，三十來歲，對人非常友好。一見到她，累乏了的人們總是會問：「陳技術員，到底還有多深？」

　　她笑道：「快了快了，越往下挖，面積縮小，進度自然加快。」

　　基坑呈一個巨大的斗形，斗面的周長大約有幾百米，到了斗底僅五米見方！大家說：「口面那麼大，底下那麼小，浪費我們勞力。」

　　陳技術員仍笑著說：「機械化程度低，只能採用傳統的設計，這是沒有辦法的事。」

　　灌注開始了，陳技術員非常苛刻，淘洗的石子還須再淘一遍。百年大計，質量第一，誰也不敢違抗。不知是什麼人想了個簡便而又愚蠢的辦法：

用跳板在池中架一道小橋；橋面很低，幾乎貼著水面。大夥挑著石子，走至池中，彎下腰，將籮筐沉到水裏一陣晃蕩，直起身——籮筐離開水面那會兒，重量幾乎要增長一倍。來一下則可，連續三下，當最後一次直身，我的腰像拉滿的弓弩，快要斷了。

分了連，我們從大禮堂裏搬出來，住在大家親手夯築的乾打壘的混漉漉的房子裏。由於沒有石頭下牆腳，逢上一個連霖天，一抹面牆讓簷水濺濕，泥足巨人一般坍塌在地面上。寢室頓時變得如同涼亭，床鋪暴露無餘，任冷風進去打轉。適時三號橋墩正要「上天」，騰不出時間修整。顧臨時，大夥從工地上拾回一些草包，一個挨一個地遮擋起來。有的懸在空中，給風一吹，倒像酒家掛的幌子，前後直蕩。

個把月的苦戰，三號橋墩順利完工。為慶祝這一勝利，全團召開評功表模大會，元旦放假兩天。那天早晨，我從司務長那兒領到元月份工資六元，到九碼頭一家油貨鋪裏，將一兩票，八分錢一個的油炸坨買了十個，拎回來，跟哥倆坐鋪上大吃一頓。這是宜昌市出了名的油餜子，香甜可口，既肥嘴又肥肚。那會兒雖說頓頓半斤米飯，油水依舊跟不上，飯量照例很大。一到發工資，頭件事就是上街買油炸坨吃，好潤心。

那天我們正在修整棚子，預備過冬。「強排長」走過來說：「不消整得，要轉戰。」

大家抬頭看他，帶著疑問的目光問道：「轉戰？做什麼？」

「淹洲壩，備沙石料。」

「淹洲壩在哪兒？」

「不要多問，去了就曉得。」

我心裏說：去了當然就曉得了，這只怕是什麼機密？還保密不成！」


淹洲壩離宜昌市不遠，當中只隔一條江。

大夥的寢室——工棚，打前站的已事先搭好，走攏就住。棚子不高，且有幾十米長，皆用楠竹跟油氈搭建。走進棚裏，只見那頭的門洞現出一點光明，同地道一般。鋪兩邊支，但不能高，離開地面即可，當中抽一條巷子走路。棚脊倒有些高，卻沒有棚簷；為了防風，棚簷一直延伸到地下，所以顯

得十分低矮。我睡的那頭正朝著棚根，離鼻子只幾寸高，早晨起來，呼出的二氧化碳，竟在油毛氈上結出幾顆露珠。

蔡德金受不了，說：「這麼黑的屋子叫人怎麼住？逼氣。」他一時火起，拿水果刀子照棚就是三刀，劃出一個「凵」形，往上一掀，光線頓時撲進來了，給人一個十分爽朗的感覺。晴天打開，颱風下雨就放下來。大家看見方便實用，紛紛效仿，一時開了好多個天窗。

淹洲壩方圓幾十里的沙灘，平平展展，寒風颱來，無半點遮攔。起先在江邊卸不盡的沙石料，不知從何而來，這下明白，全出自這裏。離我們寢室不遠，有好幾處當地老百姓在那兒篩沙。大夥仿照他們的樣子，任意選一處下鍬，慢慢篩，慢慢挖，往深層掘進，要不多長時間，漸漸鑿出一個大坑。人們在坑裏勞動，視野受到束縛，可免遭寒風吹打。

排裏有位知識青年名柳其忠，不高不矮，身材十分結實；腦門飽滿，生有一對虎牙，眼大且充滿靈氣；看人時，喜歡將眼皮虛著，有些傲氣。我們經常聚到一起，從淺處談論著人生價值、個人理想及社會現象種種。我說：「我失去了上學的機會。」

「我們都一樣。」

「這輩子完了。」

「你這個表述不準確，才多大年紀？往後的日子還長。」

柳是城裏人，自己是鄉下人，從社會分層上我矮了他一個檔次，談起話來，總產生出一種隱隱的自卑。可他沒有那種優越的感覺，誠心、平等地待我，使我長了一些知識，我亦因有了這樣的朋友而興奮、自豪。

臘月二十四的早晨，我們還在偍懶覺，大梅子站在棚子外頭催大夥起床。趁著天晴，督促大家把鋪蓋拆下來，連同髒衣服，拿到江邊去洗。大梅子到我床頭亂翻，還將手探到床底下，檢查有不有臭襪子。搜過一遍，一團摟到懷裏往外走。我追著給她肥皂，她說「我有」，頭也不回地去了。

太陽越過江上一層水汽，高高地升起來了，使大地漸漸暖和。幾隻江鷗拍打著翅膀，在晨光裏自由飛翔。

幾十位姑娘沿江邊排了一溜，捲起袖子，露出潔白的雙臂洗衣服。有把衣服放水裏搓的，有把衣服墊卵石上舉木棍捶的，有把笨重的工作服放在細

沙裏揉的（此法甚好，不須肥皂，洗的衣服滿乾淨）。一艘大船駛過江面，浪花過來，把姑娘們趕開；跑慢了的，江水濺濕褲腳，發出尖叫和哄笑。這當中有幾張快嘴，捕風捉影地你說我、我說你的相互取笑：

「秀姑娘，心上人的衣服可要過細洗噯，洗不乾淨要找你麻煩的。」

「你這樣做過，才這麼說。」

「我不過細，別人的衣服不要我洗。」

「是的，前天盆子裏一件二尺五寸長的襯衫不知是什麼人的，我可沒見你穿過。」

「嚼舌根子的……」

說不過的就抓起沙子撒人。

幾位姑娘褪下桃紅小襖，站到跳板上，不停地將鋪蓋提起來，漂下去；揚起的水花在日光的照耀下，像拋撒的一簇簇玉珠。那個年月的被面多為紅色，印著大朵大朵的牡丹，當姑娘們把它提出水面的時候，那當真就成了一幅立體的圖畫，又鮮又豔；一旦漂入水中，彷彿又變成一團團睡蓮。

洗好的衣物，攤在沙灘上曬，五顏六色的，十分搶眼。

晚上下班回來，鋪蓋早已套好，四棱四正地疊著；還有衣服、襪子一沓放至床頭。我知道是大梅子幹的，不知什麼緣由，心裏湧起一陣莫名其妙的激動。我捨不得動它，想保持原貌，多看些時，無奈晚上要蓋，還是把它打開了。躺在暖乎乎的被窩裏，聞到肥皂的香氣，暗暗歎道：

「不管走到什麼地方，只要有了女人，一切會變得多麼美好啊！」

一九七一年春節的鐘聲響了，時間老人總是那麼不偏不倚、準確無誤地按時到達。這一向老天爺倒是湊趣兒，雖說孤島一個，陽光卻給得充足。早晨起來，一地白霜，待到傍晚，竟春天般暖和起來。

廚房裏有好多人幫廚。姑娘們似乎有永遠也洗不完的衣服。有的在趁著太陽洗頭髮、晾曬被單。小夥子們穿著乾淨的衣服，三五成群在沙灘上溜躂，有的忙著給家裏寫信。

強排長吩咐我到連部領雜糖，每人一包分發到大家手裏。

捱到下午兩點，團年的哨子才響。

對於黃主任我是非常尊敬的，可這次對團年的佈置我感到很不滿意。正

當我們拿著碗筷，直奔食堂，預備大吃大喝一頓，黃主任卻喊道「莫慌」，讓大家排隊，唱〈想起往日苦〉：

> 想起往日苦
>
> 兩眼淚汪汪
>
> 家破人亡好淒涼
>
> 只好去逃荒……

唱歌需要情感，沒有情感的唱歌簡直叫人受罪。唱這種歌曲，不能笑，只能哭；可哭又哭不出來，只好黯下臉，跟著旋律走。歌詞共計六段，好長好長，半天才把它唱完。

接著挨個走近賣飯的窗口，原以為什麼好東西，手一伸，一鐵勺蒿子糊粥給舀到碗裏——先吃憶苦餐，然後再團年。

過年的氣氛被掃得乾乾淨淨，我一時情緒低落，食欲頓減。說實話，早晨一頓我就沒吃，專門騰出肚子好裝肉片，這下可好，一勺子糊粥下去，把肉的位置占了。恨不得將它潑掉，理智告訴我——搞不得！大家規規矩矩在吃，你喉嚨管子不會比別人的細，快些吃吧。

團年沒有地方，沒有桌子，就在露天裏將兩把鋼絲篩子併攏，支起來當桌。沒有凳子，挑沙的籮筐翻過來，往地上一放，坐上面能聽到細微的呻吟。

天空淺藍，沒有雲彩，日頭斜照下來，灑到碗裏，灑到盤裏。把我們的年飯打扮得光輝燦爛，情趣盎然，彷彿每一碗肉都望著我們在笑。難怪蔡德金經常愛說「花眼睛」的，白米飯在太陽光的反射中，的確花眼睛。

食堂裏按每人兩斤肉下鍋，夥計們平時吹牛說吃好多好多，當真吃起來，都是眼大肚皮窄。我本是不喝酒的，蔡德金要同我碰杯，說：「一年上頭貪不到酒氣，既然有酒，莫當賤人，來，喝。」

喝酒圖個喜氣，造個氣氛，於是就喝。不大工夫，催得面如雞冠，出氣轉粗，眼睛也不甚「斟酌」了。

我常常獨自亂想：過年這天真好，不單吃肉喝酒，且以假相慶。祖先們如何就規定了這一天呢？假若沒有這麼一天，人便無盼頭，沒有盼頭的日子

有何意義！打記事兒起，就一直盼望過年，過年把肉吃好、吃傷。而今晃晃一十八歲，可這個想法依然沒有改變。盼啊，盼啊，盼過年，盼吃肉，好不容易盼到；可這日子挺不掙氣，倒同泥鰍一般從手中滑過，轉瞬卻又去了。老天爺，你如何不可將時間放慢、延長？即使延長半天也是好的，可惜不行啊。這頓過後，我們又會眼巴巴地望啊、盼啊，把期望寄託在漫長的、下一頓年飯上了……

年前，篩沙時大夥留個心眼兒，將沙坑擴大、墊平，周邊還壘起一圈沙墩，供大家好坐。坑當中放了一堆拾來的「浪柴」。

夜幕剛剛降臨，有人就著了火，浪柴劈劈啪啪地燃燒起來，火苗躥得有一人多高。裏頭夾著毛竹，「砰」的一炸，濺起火星，在夜空中繽紛耀眼。

這是一個神聖而又美麗的夜晚，人們圍著篝火，倘能手挽手地跳起狂歡的舞蹈，那該多好哇，然而我們誰也不會。我倒羨慕許多少數民族，他們各自皆有獨具特色的民族舞蹈。也許環境使然，幾千年來，人們依山而居，刀耕火種，「苦汁泡庶民」，生活中沒有歡樂，也就遠離了舞蹈。當然，我看見父親打花鼓子曾經有幾個舞步，但不成系統，無群體性。另外還有一種宗教舞蹈，做齋時才跳，我們根本就未見過。

跳舞不會，唱歌怎麼樣呢？倘若此時此刻要大家唱語錄歌，於情於理似乎不大合適。蔡德金會唱山歌：

正月裏來是新春
手拉情姐看花燈
……

剛剛起了個頭，強排長不准唱，大家只好捧著雜糖袋子，「叮嘣叮嘣」嚼個不停。

蔡德金耐不住寂寞，見大家動嘴，觸景生情，講好吃佬的故事。

「從前有個好吃佬，人家過喜事他去做客。知客先生喊『開席』，他上桌就吃，一發開完，開第二發，他又上席吃，這麼連住吃三頓。回到家裏他跟媳婦子說：『嗨，今天碰到個老闆兒好捨得，我一連吃他三桌酒席，知客

先生還在喊客們請坐。我肚子實在裝不下了，才悄悄打後門溜了。』」

故事講完，開始沒人笑，漸漸悟出人物的滑稽處，大家都笑起來了。

好吃佬的故事我挺感興趣，單是想從故事中瞭解人家吃的什麼，怎麼個好吃，到何種程度。接著我也講了一個：「兩兄弟坡裏種田，到了中界，家裏送了五個高粱漿粑粑來。當哥哥的精靈些，想吃三個，一次拿起兩個粑粑，說：『我來吃個夾粑粑。』兄弟是個忠實人，拿一個吃。可沒想到，一個吃得快些。兄弟也照著哥哥的樣子，一次把兩個粑粑拿到手裏，慢聲慢氣地說：『我也吃個夾粑粑。』」

我繪聲繪色，故意把兄弟的話說得蠢蠢的，惹得大家直笑。

強排長拾根火柴頭點煙，黑著臉說：「講點有意義的，光在吃吃吃。」

剛才唱歌不准唱，蔡德金本來就有氣，這會兒講故事又遭到阻撓，他便硬硬地抵了一句：「什麼子叫有意義？今天領個教。」

強排長一下愣起。

強排長個頭不高，一張油皮臉，眼珠子烏黑放光，一嘴牙齒裏出外進，不愛洗漱，張口一個黑洞。他口舌笨，讀過小學二年級，識字是談不上的。從小一手農活學得扎實，吃苦耐勞精神排裏無一個能比得上他。蔡德陸是他叔伯么爹，生產隊任個民兵排長，且培養他入了黨。

記得初次篩沙那會兒，篩子放到地上，將沙石鏟進去，然後兩人抬起，你蕩過來、我蕩過去地篩。這種篩法工效不高，一天下來，膀子脫節似地生疼。我們將篩子支個「人」字形，把沙石往上「鍬」，不單出活，且省力氣，可他就是不接受。直到全連普遍技術革新以後，傳統的篩法才最後一個由他捨棄。「強排長」的名字就是這麼得來的。

看見他一言不發，蔡德金又找補一句：「只有『小心點兒』倒有意義。」

「小心點兒」是強排長的口頭禪，到批評某個人時，即使憤怒得眼睛裏冒火，來到嘴邊也就那麼一句「小心點兒」。

這時，蔡長祿貓著腰，從我的對面像耗子一樣朝這邊走來。他學著強排長的口氣笑道：「光講吃、吃。來點兒有意義的——給我寫封信，好吧？」

「其實你最會吃，母豬般的食量。」

我同他開著玩笑，禁不住想起前不久賭飯的情形。他當著眾人誇下海口，說兩斤票的大米飯一頓下肚，不跟任何人說好話。蔡德金不信邪，即刻從食堂裏將四兩票一鉢的米飯買了五鉢，鉢子一個擺一個，從懷裏一直擺到下巴，衝著蔡長祿跟前一放，說：「吃完了，我背時；吃不完，票給我。」

大夥知道蔡長祿的小哥蔡長喜在食堂裏當炊事員，兄弟飯票不夠吃，自有哥哥來補貼，都慫恿他吃。他吃啊吃啊，吃一吃還捧著肚子揉一揉，最後半鉢子吃不完了，乖乖地給票。

讓他挨我坐下，我問：「肚子還疼不疼？」

他照例捧著腹部一夥亂揉，說：「疼、疼，一點兒就不疼，再拿兩斤來，我照樣吃得完，嘿嘿。」

火勢漸弱，一堆火石子煥發出穩定的紅光。有人添上柴，放兩隻破籮筐上去，火苗又升起來了。

蔡長祿跑進棚子，摸來煤油燈點著，照亮我為他寫信。

排裏寫信，幾乎由我全包，隨叫隨到，從不拒絕。說的是為他們寫信，事實上我在替他們編信。比方說，沒有過江以前，我會寫道：「敬愛的……您們好！我們吃的光米飯，一月四十五斤，一個月打一次牙祭。還有六塊錢的工資。住在宜昌市專署醫院的大禮堂裏，真正的洋房子，點的電燈……修建萬壽大橋，日夜三班……一切都好，不要掛念。祝您們身體安康。此致，敬禮！」

寫畢，朝著對方唸一遍.對方一邊點頭，一邊說滿好，接過去便寄。

來到淹洲壩，信中內容除把「洋房子」改成「油毛氈棚子」、「電燈」改成「煤油燈」以外，其他一律不動。倘若覺得文字太少，就把沙灘上的風景描寫兩句。

一個晚上能夠寫出七八封的信件。看來今天會更多，姑娘們紛紛把我圍住。

大梅子捱到最後一個。我問她怎麼寫，她閃動著那雙黑漆漆的滿含溫情的眼睛瞅我，聲音控制得恰好能夠讓我聽清：「給別人一筆滔滔地會寫，給我寫就問，不曉得無文化？」

「我是問你有什麼事情要跟家裏人說。」

「沒得事，我就要你寫。」

好吧，我預備給她編幾句大實話，可她像經過一番思考後，接著說：「叫我爹跟媽保重身體；叫二梅子、三梅子在家裏聽話。我一切都好，叫他們莫掛牽。」

手裏舉著油燈，說話的時候，她眼睛望在火堆那邊。我離她很近，只見她的睫毛一眨一眨的，那張美麗的臉龐在燈光的映襯下顯得更加嫵媚動人。大梅子身上有一股誘人的香氣——不是雪花膏，是身體裏散發出來的暗香。聞到這股香氣，我渾身洋溢著一種欲望的歡喜。晦暝中，我變得像一隻小鳥一樣輕微，依偎在充滿香氣的懷裏，讓它撫摸我的心靈，給我溫馨，給我幸福……光顧亂想，信紙上出現好幾處錯誤。她像看穿我的心思，偏著臉，俏皮而又固執地追問我：「看你心兒跑到哪裏去了，麥子坡裏去了，我猜得對不對？」

我紅著臉，她卻嗤嗤發笑。

寫好信跟信封，我交給她，她遲疑一下才接到手裏。大家起身回棚子，一出沙坑，微弱的油燈一下就被寒風吹熄。我們走在最後，大梅子從懷裏掏出個日記本子，連同手裏的半袋雜糖一同給我。

我說：「日記本是大隊給的紀念，你自己留著。」

她說：「我留著有什麼用？也不會寫。快些拿起。」

推讓中，觸摸到她溫柔的雙手，我說：「糖不要，我要摸手。」

「吃糖還飽會兒，手有什麼摸頭？」

「我要摸。」

大梅子沒有做聲。酒跟夜色蓋了臉，我拿過她的手，大膽地握著。她的手是那麼光滑、溫暖、軟乎，似乎有某種特異功能，弄得我渾身熱血奔湧，心跳加快。儘管立在寒夜裏，江風颼颼，卻感覺不到一絲寒意。那會兒大梅子略高我一點兒，我得寸進尺，想把臉貼到她姣美的胸脯上，吸附她身上的香氣，便央求她抱我。

「你招架！」大梅子聲音很低，但很溫柔，接著說：「往後莫喝酒，不是好玩兒的。快些回寢室，怕人家亂說。」

遠處夜空底下，市區的燈火像天上的寒星一樣不停地閃爍，只有長江上

的航標燈卻是那麼忠誠地煥發出穩固的藍光；平靜的江水在無聲中流動，雖說看不見，它卻讓人感受到了流動的力量。

黑茫茫的寒夜，我朝著家鄉站著，內心湧動著無限的眷念。這是我離開祖父祖母第一次在外頭過年，很想念他們：不知年過得怎樣，肉有吃的嗎？做年飯的大米有不有？團年大家庭是否攏了場？祖父愛喝酒，可想是沒有錢打了，只看供應的兩斤拿不拿得回來。

第二天吃過早飯，連裏吹哨子，沙灘上集合看戲。

看戲看不出什麼，多半是看熱鬧。幾個節目彷彿是從師、團兩個演出隊裏搬過來的。表演唱〈我當個鐵道民兵多榮耀〉，詞是新詞，曲可不是，套的〈咱們工人階級有力量〉的曲。〈老兩口參觀萬壽橋〉詞曲倒是自己創作，看起來倒還有點意思，只不過表演起來，還是模仿了〈喜看拉薩新面貌〉的老路數。我看見柳其忠夾在中間，扭動那結實而又粗笨的熊腰，表情挺認真。一些女演員像初次登台，臉上泛著羞赧的紅暈，不敢朝觀眾看，臉揚天上。她們的對白使用的方言，很不錯。可是幾位下鄉知識青年，說話嗲聲嗲氣，十分倒胃。輪到柳其忠換節目，跑到我們身邊問怎樣，我說滿好。他似乎有了信心，笑眯眯地向台後鑽去。

望著他小丑般的背影，使我想起前些時發生的一件事情。

每天下班回來，都拿著盆子衝到食堂裏打熱水。條件所限，只燒下兩鍋熱水，由蔡長喜挨個分配，一人一瓢。那次打水，蔡長喜不在，我們超標準舀了兩瓢。柳其忠落後一步，讓蔡長喜奪過盆子，摔到地上。柳其忠被這突如其來的打擊弄得呆著，半天說不出話，然後猛地一撲，抓住蔡長喜的領子就要打架。大夥紛紛過去，迅速將他倆拆開，才避免一場肉搏。他氣得眼珠子快鼓出來了，說蔡長喜侮辱下鄉知識青年，欺人太甚；好長時間不說話，情緒低落，生悶氣。眼下能登台唱戲，說明他已想開，我們也打心眼兒裏高興。

黃主任對全連的春節文化生活安排得十分巧妙：師部宣傳隊年前來沙灘搞了慰問演出，正月初二團部宣傳隊又接著來了。他們乘坐一隻木船，帆篷高掛，紅旗飄飄，奏鼓樂之聲。一眼望去，倒像劉玄德南下，吳國太招親情形，妙趣橫生。

團部的演出比連部的演出，地上爬席子上——高得一籤片兒。他們的到來不光演出，還辦了一個《老劉逃五縣》的圖片展覽。老劉是響龍連一排的排長。四十多歲模樣兒，個子矮矮的，一嘴絆腮鬍子又黑又密，一根短煙袋長年拗在嘴裏。他苦大仇深，連裏將其家史報告上去，跟團部合作，共同舉辦了這次「憶苦思甜」巡展活動。依我看來，展版內容遠沒有我祖母敘說的家史深刻，故事也沒有我父親當兵逃難的曲折生動。不知為什麼，最後一塊展板上面竟掛了一副象棋。納悶間，細讀一段文字，才使我如夢初醒。

原來是四排有位小青年，嫌沙灘上枯燥，買副象棋來下。有人說拿了月工資的一半買棋下，划不來，是受了趙永烈的慫恿。有人還檢舉趙永烈曾經說排長對大家的管理過於嚴厲，像奴隸主對待奴隸。這麼撮粗捏細地湊了幾條，在會上展開對趙永烈的批判。

昔日這位「新一中」的革命闖將，如今被捲進歷史的漩渦，身不由己了。那張充滿活力與自信的臉上，彷彿蒙上一層晦氣，非常憂鬱。回想學校造反那會兒，個個顯得英姿颯爽。同他與之對壘的「新一中」的闖將李元軍，一上路，就受到當權派的親睞（昔日曾保過他們）——把他從連隊調到師部機械隊裏工作。這些時代的驕子——紅衛兵，當時被稱做毛主席的乾兒子，使起他們造反、奪權、拉皇帝下馬；一旦目的達到，便將他們趕到廣闊天地——農村——到那裏大有作為去了。眼下工人照例是工人，農民照例是農民，當權派依還是當權派，知識青年有升的，有降的，細細想來，人生中包含著無窮的變數，讓你捉摸不透……

大約正月初五，連隊剛剛開工，突然聽說父親來了。我拔腿就跑，回到棚子，昏暗中只見父親坐在我的床頭，身旁立著一隻大口揹籠。我喊了一聲「爹」，他將我拉到他的兩腿之間，攥住我的雙手，微笑著盯住我的臉看，說：「過年隊裏一人分兩斤肉，你們兩弟兄合計四斤，叫你婆婆他們煮吃，他們不捨得。我橫直欠（想念）你們，向隊長請兩天假，乾脆走一趟，把肉給你們送來。」

一聽說婆婆爺爺，眼前彷彿浮現出老北屋，浮現出板壁跟前的火籠，祖父祖母佝僂著腰，在火籠邊烤火。一時間，我內心裏那個最柔軟的部位湧動起來，怨道：「我最欠婆婆跟爺爺，做夢時時見到他們。食堂裏打牙祭，想

把肉往回送，只恨隔得遠。過年分點兒肉，正好盡我們的孝心，偏偏你又把它帶來！」我心裏特別難受，怨著怨著就哭起來了。

父親像惹了禍，承認錯誤似地說：「我是叫他們煮吃，他們不依，硬要我給你們帶起。」

「不說好吧，你不該帶！」我的確傷心透了，泣咽中又頂了一句。

父親沉默會兒，讓我哭個氣醒，到後找補道：「你跟哥倆的工分糧總共一百六十多斤，給你婆婆他們八十斤，我們秤了八十斤。」

「應該給婆婆他們多秤點兒。」

父親無奈地嘿嘿一笑，說：「婆婆的日程比我們還強些。」

到後父親打揹籠摸出兩雙黑燈芯絨的布鞋，說：「你媽給你們兩弟兄一人做一雙。」

我接過鞋子心想，好多年繼母就拒絕給我們做鞋了，如今因什麼促使她忽發善心？真是一個奇蹟。

家裏還給蔡德金帶來一件藍咔嘰的、打了翻的短大衣，給大梅子帶了一包小菜，都由父親轉交給他們。蔡德金、大梅子拿著家裏捎來的東西，各自朝一個方向坐著，呆呆地一言不發。大家都是初次出遠門，遠離父母，第一次在外頭過年。猜想一定是在回首往事，思念家鄉，用心靈跟父母對話。彷彿都流了淚。這是一個十分寧靜、純潔、幸福的時刻，我不想打擾他們，他們的心情跟我一樣。

第二天我們上工，父親撿了點柴，取出從家裏帶來的兩個小紙包：一個裏頭包的辣椒，一個裏頭包的鹽，到我們燃放篝火的那口大坑裏，挖個小地灶，弄隻瓦缽子煮肉。天空很藍，沒有風，溫柔的陽光灑在沙灘上，使天氣變得異常暖和。父親想得十分周到，帶著針線和邊角布料，趁天道，用他粗大而靈巧的雙手，像一位心細的母親，一邊招呼缽裏，一邊補我跟哥倆的衣服。

收工後，我們從食堂打了飯來，三父子避在沙坑裏吃肉。我很想把平時幾個好夥計叫攏一起吃，可他們一個個都不知跑到哪裏去了，連影子也看不到。

吃著飯，趁這陣兒沒得旁人，哥哥問起我心中最為擔憂的事來：「爺現

在還好吧？蔡德陸對他——」

父親說：「你們曉得，大會小會離我們這一家人是不講話的。大隊在嚴家山劉氏坪辦個林場，把我和你爺、你二爹、蔡德楷總共十多個人，弄上去辦學習班，橫直要我說。我說我扯娃娃『灘』，要吃飯。除非你們把我一雙手剁掉，甚麼子做不成，也說不成。公社又把我們集中到大茶埡辦學習班，爺奈不何，抗著不去，拿民兵押。我說你們不要攀纏他，坐牢、砍腦殼有我頂罪。」

父親歎了口氣，接道：「不說這些，說得心裏骯髒。總的說，家裏都還可以。你么爹當年結婚，當年就得了兒子，婆婆爺爺歡喜得沒得法，成天拿在手上照護。」

這的確是件喜事，我們也由衷地高興。曾記得么爹結婚那天，為找個幹部來主婚，可讓他作了大難。近年村裏結婚場面我一一見過，無論客多客少，蔡德陸的影子是少不得的。他是一方之主，誰家有事都得請他前去主持。老風俗打滅了，新風俗由他創立。宣讀結婚證書沒有別人的份兒，指揮新郎新娘向毛主席鞠躬他一切包乾。遇到開席，他就站在大門口高聲發喊：

貴客都從遠方來，

可惜沒得好招待；

豌豆疙瘩子盡你們塞，

打起屁來（豌豆作氣）你莫怪。


到么爹結婚可接不動他們，待新人進了門，看見么爹空著兩手回來，滿臉的怨氣，說：「接蔡德陸，蔡德陸不來，接劉功修，劉功修不來。我前後已跑了三趟。」

祖父拿眼瞪著么爹，板著臉道：「幹部來香些，歡喜跑！」

說著，他便站起來，到天井坎上請上親和新人以及各位親友到老堂屋裏就坐。祖父穿的舊式長衫，立在大門正中，顯得很有禮數，跟大家說：「吉日佳慶，難為各位親友發步，爬坡上嶺幫忙娶了新人過來。如今一切從簡，只因家裏寒薄，我們行不起個大禮，給大家做個揖，望各位多多包涵。」

那時候人抬人高，人壓人低，幹部都是革命同志，怎麼會隨便來到一個滿是資本主義的家庭裏主持婚禮呢？

父親說：「興山也在修大橋，需要石匠，么爹有這門手藝，強性調上去，開始隊裏不放他。」

么爹上大橋的事我們在信中早已得知。他在生產隊受壓，出門就受抬舉：先當排長，後升任連長。領導上培養他，讓他寫申請加入組織。我異常歡喜，遵他的囑咐，替他寫好申請書，從信中寄了回去。說到這兒，父親攔住話頭道：「莫說起，真是命不逢神，縣裏拿人上蔡家埡調查，被幾個大隊幹部說個稀巴爛：什麼全家的資本主義，思想不好，砍柴賣……若是蔡德坤能夠入黨，蔡家埡的四類分子都能入黨。他們說福不靈說禍靈，生怕有一點縫縫兒，你么爹鑽起跑了。」

「資本主義」——多麼可怕的政治術語啊！它像魔鬼一樣，從興山跑到宜昌，如影隨形地纏住我們，甩也甩不掉它。後來我從《社會學》裏面瞭解到，「資本」原是一個褒義詞，比方說：當教師要有知識（學歷）資本，行政長官須具備政治資本，商人要經濟資本。做什麼不要資本呢？一個沒有資本的社會，就同沒有鏈條的齒輪一樣，根本就無法運行。然而，就在那個黑白混淆的年代裏，它就同一座泰山似的，壓得你永遠不得翻身！

父親將四斤豬肉安排到我們肚子裏後，他的歷史使命似乎已經完成，初六哥哥陪他到宜昌逛了一天，初七就要急著回去了。載沙的木船帶著我們過江，一上岸，直奔候船室，首先把船票買到手。然後我就跟他沿著江邊往上走，路過大公橋，他指著拱橋給我看，說民國三十三年，祖父曾來此購過縫紉機的配件。父親一心要往北門去，說從前有位姓蔡的么姑住在那裏；倒不是會人，只是想看看北門到底是個什麼樣子。我們邊走邊看，碰上火磚灌斗的老式房子，倘有折了翹簷飛閣的，他就說「日本鬼子炸的」，接著口述歷史：「民國二十九年失宜昌。我們三十二軍在三斗坪跟日本鬼子打了一仗，不是二十九軍從老河口過來支援，興許我們早就骨頭打得鼓了。那時候宜昌滿亂，許多難民都逃往興山………」

我插嘴道：「在淹洲壩篩沙，刨出好幾個鏽鐵筒子，大夥用鐵鍬砍破它，裏頭嗤嗤嗤地冒青煙，燃起火苗。丟到水裏水裏燃，埋進沙裏沙裏燃，

莫想弄熄它。」

父親睜著吃驚的眼睛，盯住我問：「是嗎？有多大？」

「就像一個酒瓶子，可比酒瓶子要大。」

「你們的膽子大，也不怕傷人。那就是燃燒彈，日本鬼子從飛機上丟下來的。」

轉到下午，父親還想看我們起先住過的「教堂」，我便引了他去。折過一道側門，幾步台階進入花園，發現朱先生在一間小屋子裏。不知他在搞什麼名堂，這個時候，還解襟大懷的，微微欠著腰，拉著一根紅綢子似的帶子往褲腰上打結。他問我搞什麼，我說送父親回家。

「向誰請的假？」

「排長。」

「送過江就行了，眼下是什麼時候？大戰紅二月，力爭三月份主體工程竣工，向黨中央報喜……」

父親從口氣裏聽得出來，對面站著的不是一般人物，生怕我說出頂撞的話，連忙跟我說：「聽領導的話，回去，回去搞生產。晚上我自己上船，不用送。」

幾個月沒有見到這位先生，以為下了路，甚是歡喜。原來黃主任把他安排在這邊看守連裏沒有搬過江的東西，為連隊採購一些物品什麼的。我胃裏像吞下一隻蒼蠅，好難受好難受，心裏說：「冤家路窄，真是撞著鬼了。」

同父親分手，我心情非常難過。

坐在江邊，望著渾黃的江水敞露出深沉博大的英姿，朝著茫茫的遠方奔流而去。一艘有著五層甲板的「東方紅38」號客輪，從武漢開往重慶；雄偉的乳白色的船頭把江水劃分開來，像長著的一對漂亮而又透明的水翅，在吃水線那兒不疲地飛翔。「人民」號的輪船似乎只有一層甲板，坐落在船尾的駕駛台倒顯得特別高大。不知做什麼用的，似乎是「油船」，像江上的大俠，獨來獨往。「長江」號的拖輪，煙囪裏冒著黑煙，駛過江面，波浪從江心推向岸邊，濺起幾尺高的浪花。它船體雖小，力氣可大得驚人，能推動七八隻巨大的煤駁往上游進發。

對它們我都比較熟悉，開往沙市的客輪，總會在我們到江邊洗臉的時

候，順水而去；待到日近西山，它沐浴著金色的晚霞，凱旋歸來。沒有航船的時候，陽光從雲縫裏照射下來，江面變得如一泓湖水，波光粼粼，看上去是那麼平靜、溫和。江鷗展開牠銀灰色的翅膀，掠過水面，像蜻蜓點水，來回飛翔。我想牠們一定是在捉魚吃。

我羨慕江鷗敏捷、靈巧的身姿，同時又嚮往牠們那種舒展、自由的生活。幻想變成一隻鷗鳥，升上高空，向大海飛去。有時候，遙望著輪船上移動的人影兒，同樣會這麼地胡思亂想：倘若自己屬於船上的一員——即使燒鍋爐、洗甲板都行。我一定發憤學習，踏實工作。船員的工資一定很高，得了錢，不亂花，首先孝敬祖父祖母……

我常常帶著苦惱來沙灘上靜坐，面對長江，傾吐心曲。它就像一位慈祥而又偉大的老人，對待一個不諳世事的孩子，教我走路，給我力量，使我心胸開闊。小時候聽老師講地理課，長江是祖國第一大水系、世界第五條大河。打那會兒起，就一直從內心崇拜長江，嚮往長江，它是我心中的一條聖河。一個山裏的孩子，能夠與長江朝夕相處，在它的懷抱裏生活、勞動，我感到無比自豪和光榮；它將成為我人生中一個輝煌的亮點，一段最為寶貴的歲月……

聞上頭命令，我們又將捲起鋪蓋，離開淹洲壩了。

拔寨起營那天，大夥忙著裝船，我卻立在沙灘上四顧張望。事情往往就是這樣，在某某地方待過一段時間，平時雖說感到寂寞、厭倦，當突然有一天真的要離開它時，倒又有些留戀起來。於是便摸出本子記了幾句，現抄錄如下：

> 三月十日轉戰宜昌，在這離開的一刻，我悵然若失。回顧三個多月的戰鬥歷程，跟這片沙洲結下了深厚感情，總想留下點紀念。留什麼呢？我把我的思念割下一份，也許這就是永別，但你早已刻在我的心中。茫茫的淹洲壩再見了——強勁的南風鼓起白帆，離了岸……
>
> 告別淹洲壩，我們沒有回到專署醫院禮堂去住，就在萬壽河的泥岸邊，搭起幾頂油毛氈棚子，安營紮寨。
>
> 人馬未動，糧草先行。我非常敬佩打前站的同志，每次轉站，一

到目的地，總是棚子搭得好好的，走進去就找地方支鋪。炊事班更不消說，餓了往伙房一走，蔡長喜照例圍裙、袖套穿戴整整齊齊的，臉上露出可人的微笑，站在放有菜盆、飯缽的案板跟前，等候你的到來。這裏頭有李道義、劉有德、陳友根、信志和、李德清等許多「鐵道民兵」的身影像山體一樣聳立在我的心中。轉戰南北，打灶安鍋，立柱架棚；或者為澆築橋墩，搭建高空腳手架；還是沙石船兒擱了淺，跳下冰冷的江水中推船……接受任務時，從來沒見他們有半點的猶豫，就像衝鋒的戰士，號角一響，躍出壕溝，向目標奔去。這些人彷彿是鋼鐵構成的一部機器，只要油箱裏有油，就能高效地、不停地夜以繼日地進行工作。他們把修鐵路看成是修往自己家門口——直接受益似的，完成任務總是那麼認真負責，注重質量，搶抓時間。這些優秀品質同可貴精神，深深感動著我，鼓舞著我。

一九七三年三月十日

回轉萬壽河畔，工地上可是大改觀了：去淹洲壩那會兒，只是三號橋墩上了天，如今六個橋墩都像巨人一樣屹立在半空，僅剩個「宜台」（靠宜昌方向）在望了。團部召開大會，響龍連對灌注彷彿有癮似的，主動請戰：說一冬三個月跟沙子打交道，灌注「宜台」這個最後的勝利務必讓響龍連奪得。

「宜台」緊貼一座山包，灌注時，十米以下，水泥漿由地面一桶一桶從腳手架傳遞上去；十米以上，採用接力的辦法，把沙石料一筐一筐運到山包頂上，從高頭往下灌注。

挑著沉重的沙石擔子爬坡，那可不是鬧著玩兒的，腿子只要稍一鬆勁，雙腳就會倒著往回走。四五台攪拌機和好幾處接力泵水的抽水機，日夜不停地叫囂著，彷彿在向大家催工。這種勞動如同打衝鋒，短時間行，時間一長就撐不住。幾次我差點敗下陣來。

十天半月過去，工程量才完成三分之二，許多人紛紛累倒床了。黃主任滿著急，動員大會上講：「有那麼些人，口說病了，你摸他也不燒（發燒）；問廚房，頓頓不離八兩。同志們，振作起來吧，這是一個攻堅戰，勝利就在眼前！」

一天我下夜班回來，蔡德金躺在床上，將鋪蓋捲得緊緊的，像一筒席子。黃主任站在床前，正輕言細語跟他說：「最後兩天，堅持住，上工地去，起來吧。」

蔡德金蒙在鋪蓋裏說：「拿槓子來拗。」

黃主任笑了，說：「思想問題不解決，槓子也拗不起來你。」

「的確奈不何，渾身趴。」

「大家都累了，我曉得，只是任務太緊。」

「……」

照我看他肯定是病了。淹洲壩上沙，木船擱淺，跟大夥跳進齊腰深的江水裏，凍得渾身發紫，仍堅持著把船體推到深水裏去——他都堅持過來了，別說眼前挑沙這點小事。待黃主任一走，我忙湊過去問：「怎麼了？我幫你弄藥去。」

「渾身像散架的。」

「我去打飯，吃了上工地，免得說你不聽招呼。」

「我也不裝歪（病），硬是奈不何。」

「最近聽到風聲，『宜台』一完工，就有一批人下路。」

「叫我今兒走，我不說明兒走。」

事情正如預料的那樣，「宜台」剛剛灌注完畢，下路的消息同時也得到證實。人們利用最後的假期，紛紛走上街頭，好好逛逛宜昌，細細看看宜昌，然後好跟它告別。許多連隊、班排，簇擁到「紅光」照相館照相，為日後留個紀念。我們申請強排長，全排照一個，他卻把腦殼搖起旋兒風來，說：「沒得意思，不照。」眼見他態度那麼堅決，好不洩氣。

一百多人下路，幾乎占了全連的一半。名單公佈下來，我有幸被留，懸了幾天的心兒一下落到實處。按道理，蔡德金不應成為下路的對象，他們身大力不虧，門門比我強。而我仍然是個可憐的矮子，力氣也未見長進，面對下路的所有同志，我內心十分慚愧。

下路的當天，在師部當炊事員的嚴永明趕了過來。見到他時，著實給了我一個驚訝，一年多不見，竟長成一位既漂亮又篤敦的小夥子了。一頂今人羨慕的黃布帽子，裏頭大約襯了報紙，將帽頂撐得輪輪正正。站著的時候，

後腦勺同腳後跟成一條直線，走起路來挺胸亮格。那張稚氣的、像女人一樣細嫩的臉龐一直呈現著單純的微笑，說起話來表情非常豐富。我們從食堂裏打來飯菜請他吃。他使筷子敲著缽沿，臉往旁邊一撇，鄙夷道：「這是什麼伙食？不是吹泡，我們師部餵的豬吃的比這還好。」

聽了這話我想：難怪你長得細皮白肉的呢。

這傢伙雖然長得英俊瀟灑，卻有一個不雅的諢兒，叫「草包」。說起來還帶出一段故事：師部抽他去食堂做飯，叫寫個簡歷。他出身貧農，父親曾當過農業社的治保主任。但在填寫履歷時，將治保主任寫成了「制包」主任。笑話一經傳開，人們就叫他「草包」。

下午，「草包」跟我們一起為下路的同志送行。他的力氣特別大，肩上扛了三個大被包，卻仍然走在大夥前頭。

當大夥匯集到九碼頭時，場面很亂，我們說話的聲音被吞沒掉了。

記得跟蔡德金分手以後，我順著江邊的台階往上走，抬頭突然看見大梅子。她看到我往上走，我看著她往下走，隔著一步台階，我們同時把腳步停下來了。本來她就比我高點兒，又站在上方，我像受到一點壓迫，只好仰起脖子看她。四月的天氣，溫暖宜人，她穿了一件翠花格子短春裝，面容純靜，好看的脖頸全部裸露在外，渾身散發著健康與姣美的光彩。由於我矮她一步，眼睛的位置和她那對直挺挺的、顯得有些張揚的乳房正好相處在一個水平線上。我陡然像小了十歲似的，恨不得把臉龐貼到她胸脯上去，在那裏撒嬌、吶喊、哭泣！

她似乎看出我情緒的不安，倒異常平靜地跟我說：「我前頭回去，你在這兒安心。」

她第一次這樣對我說話，臉上沒有笑容，像姐姐對待弟弟。

我說：「你不能回去。」

她嫣然一笑道：「你能讓我留下就留下嗎？」

頓時感覺自己在說癡話，眉眼一低，目光滑落到她拎著揹包的那雙溫柔細嫩的手上。我將揹包接過來，抱在胸前，然後扛上肩頭。當時真想把她留下，扛著揹包往轉走——回到連隊。然而，這倒不是我能左右的事情，第一次嘗到無能帶來的窘迫滋味。那天公佈下路的名單，聽到有大梅子，心裏好

一陣煩亂。按我的這份年齡，此類情緒羞於出口，我便盜用了另外一個男人的名字，試探著跟哥哥說：「給黃主任說說，把他留下來。」哥哥說不行，提前說差不多，既然已經公佈，更改困難，我徹底失望了。假若有人知道我的祕密，問她是我的什麼人，為什麼不想她走，儘管內心裏預備的有千萬條理由，倘要表達出來，興許回答不上半句。

「你走我也走。」我忽然脫口而出。

大梅子臉上一紅，嘲笑道：「真的？跟起我走，說話算數，不走我拎你的耳朵。」

喜歡大梅子，情感真實，要說同走，我承認，這話便有幾分假意。因為一回家，就要捱餓，頭上像被涼水浸了一下，意識馬上清醒過來。

大梅子彷彿看出我心中的矛盾和尷尬，趕緊說：「農業上要人，鐵路上要人，叫留就留，叫走就走，想開些。注意身體，聽領導的話，求前途。你以為我想回家？我也捨不得走。」末尾的話說得很輕，彷彿從心底掏出來，專門送給我的。

來到檢票口，她從我手裏接過揹包，相互深情地望了一眼，轉身便消失在人流裏了……


下路的人走了，棚子空了，看著心裏像掉了什麼，空蕩蕩的。連裏開始組織大家學習，武裝思想，什麼「毛主席著作一天不學問題多，二天不學走下坡，三天不學無法活」，天天讀毛主席的書。這倒好，吃著大米飯，不勞動，成了脫產幹部。當然，這樣的美事不會太久，約個把星期，任務來了：白洋沖搞填方。

大夥推著板車，像螞蟻搬蛋，在小道上來回奔跑。板車拐上路基，本是寬展平坦，由於路面被推土機履帶扎下一波一波的土埌，推起來格外費力。幾百斤的一車泥土，必須趁著慣性奮力前進，一旦停止下來，重新起步難上加難。手中的板車由快到慢，漸漸地成了艱難行進。我把渾身的力氣都使出來了，拚命往前推，心裏邊給自己鼓勁：用力、用力，千萬不能停止。將身子壓得低低的，使力量全部運用到車把上去；身子太低了不行，須硬起脖子來，瞄準前進的方向，以免跟人家相撞。我的肌肉跟筋骨緊張到了極限，眼

珠子彷彿要彈出來似的；呼吸變得困難，喉嚨裏傳出絲竹一樣的雜音，可仍然堅持著，直到把泥土運到。

每一個人都在經受一場嚴峻考驗。天氣炎熱，棚子讓太陽給烤得如同一架蒸籠，油毛氈散發出刺鼻的臭味。勞累一天，即便是火坑，也得鑽進去睡。起初是睡不著，悶得流汗，蚊蟲叮咬，漸漸地，疲勞將所有的干擾趕走，帶你入夢。後半夜溫度下降，大都沉浸在甜蜜優美的夢境當中，起床的哨子卻急促而尖利地響起來了。

誰也不願「聞雞起舞」，都想貪會兒懶覺。強排長第一個起床，用他那疲勞的破鑼一樣的嗓子，逐個地叫喊起來：「柳其忠——，起床。蔡長祿——，起床。……」

我骨頭骨節裏痠痛難忍，意志稍稍薄弱一點點，就莫想爬得起來。但是，在那種像《豐收》裏頭雲普叔喚大夥起來車水似的催促情形下，思想經過一番鬥爭，咬緊牙關起床。

牆角裏發出一個微弱的聲音，正在向排長求情：「排長，請一天假。」

「怎麼了？」

「腿上被蚊子咬一口，癢，一摳就腫，昨夜『跳膿』，疼得一夜沒睡。」

「不行，連長說過，大病當小病，小病當無病，節骨眼兒上，誰也不准請假。」

沉靜一會兒黑暗裏似乎傳來泣咽。

暗想，倘若批了蔡長祿的假，我也跟門進——請假歇一天，當聽完他們的對話，只好把念頭斷了。

接著，又聽到柳其忠在一旁嘟嘟嚷嚷埋怨道：「板車的內胎破了，無人補，裝半車土，死個人推不動。」

「我們倆換一部，好嗎？」強排長說。

「你那部還推不動些，斷了半邊車把，又榔槺。」

「湊合著用，就這麼個家當，堅持，堅持就是勝利。」

一天傍午，我咯了兩口血。當時我簡直不敢相信自己的眼睛，蹲到地上，拾籤子撥。血塊黏性滿大，撥開到一定程度，一鬆，又彈了回去。驚疑中，接著又咯了一口，於是我暗暗驚呼：「糟糕，一定是得了肺病，我活不

長久了，這輩子完了！」

腦殼裏嗡嗡亂響，差點昏倒過去，但我馬上給自己發佈命令：「堅決挺住，不能讓人家看出我任何的異樣！」

躲進一片櫟林，藍天、白雲、綠葉，在我眼裏一概失去顏色，變得黯然無光。我像掉進黑咕隆咚的天坑，四周漆黑一團，密不透風，越陷越深，死神彷彿就在我的身邊，神志模糊，四肢無力。我奮力向蒼天發出呼喚：「為何過早地把災難降臨到我的身上？太無情，不公平！」所有的親人，祖父祖母……還有同齡的夥伴，他們都一個個鮮明起來，朝我投以可憐的目光。我萬念俱灰，心中唸道：「您們對我的養育之恩，永遠記得；只怪我命運多舛，無力回報。我現在成了廢人，悲哀，悲哀！」

想著想著，鼻子一酸，淚水湧了出來。

一時變得老鼠一樣膽小，彷彿誰也看得出我口裏還含有鮮血，連衛生室拿藥也不敢去。他們都認識我，扯謊吧，不能治病；照實說吧，會立即趕我回家。這倒使我想到團部裏小林醫生。他是個好人，講實話不要緊。我們第一次會面是在廣播室裏，他戴一副近視眼鏡，出門時不小心，腦門撞到工棚的檁木上。只見他齜著牙，連連拍打著額頭，邊走邊說：「小林昏了，小林昏了。」引得大家一陣哄笑。

走到團部衛生室，沒敢直接進屋，背在一堆模型板後面，朝那邊探望。我一邊打量著，假若醫生要問，我就編個假名，掛到別的連隊裏頭。正胡思亂想，小林挎著藥箱從屋裏出來，我趕緊追過去說：「林醫生，弄點藥。」

「哪兒不好？」

「我咳了兩口血。」

他定神看了看我，問：「以前有過結核病史嗎？」

「沒有，我有支氣管炎。」

他放下藥箱，並沒有嫌棄我的意思，二話沒說，取了個鋼筆粗細的玻璃管兒，裏頭有十顆栗子色的藥片，叫我一次喝五片，兩次喝完。

晚上，我找到哥哥，悄悄跟他說：「哥哥，我咳血。」

我像倒了大楣似的，話一出口，喉嚨發硬，淚水在眼眶裏打轉。哥哥一楞，盯住我看，問：「肺部疼不疼？」

「不疼。」

「我跟黃主任說說，請假休息兩天。」

我頓時冒出一股冷汗，隨即一顆眼淚被駭得掉了下來。記得有次跟一位夥伴合作推一部板車，他被左邊的車把打中，斷了三根肋骨。右邊的車把打我耳門擦過去，差點把我的耳朵刮飛了。大夥的注意力單放在夥伴身上，我卻捧著腦殼，忍受著巨痛，蹲到探照燈照不見的角落裏，悄悄哭了會兒，趕快又投入到勞動中去。我人小力單，且疾病纏身，許多事情要有自知之明。上回只是刮耳朵，這回可是咳血，情形更為嚴重。若是找到黃主任請假，這不是把我的病情往明處挑嗎？我求他不要聲張，說：「黃主任曉得了，會趕我下路。」

「身體是大事。」

「不要緊，喝了林醫生弄的藥，沒咳了。你莫替我擔心，我注意就是。」

他瞪圓一對眼珠，朝地上看著，半晌沒有說話。

老天爺救駕，連續幾天陰雨，我得到休息，心情卻無比孤獨。綿綿雨絲牽帶出我對蔡德金等夥伴的的思念，於是便拿出大梅子送給我的筆記本子，寫日記。

　　……德金叔子，我想念你們，近來都好嗎？自從分別後，我幾回做夢都夢見你們。看到某一處商店某一棵樹，就會聯想到你們的身影和往日的歡樂。越是這麼想，心中越難受，有時直想哭！

　　回家生活習慣嗎？天道這麼長，應該吃三頓吧？現在我們的生活比先前好點兒，菜湯裏看得見幾顆油珠珠兒；飯是粳稻米的飯，滿好吃。最近我還吃了兩斤票的油條，食堂自己炸的，比館子裏弄的好吃些。

　　希望你們多給我來信，我一個人掉單，滿苦悶。有時間請你們到我婆婆爺爺那兒坐，到石膏溝長斌那兒坐，把我的情況跟他們說說。

　　……

　　　　　　　　　　　　　　　　　　　一九七一年五月二十八日

然後我把日記抄下來，擴展成一封信，送到郵局。我特別想念大梅子，但大梅子不識字，寫了書信要人開，不方便，只好把思念當作記憶儲存起來。

　　五月底，全縣路基工程完工。路基一通，似乎一通百通。首先到達的是廣東鋪軌隊，接著鋼軌枕木來了，架橋機來了，平板火車鳴著震耳的汽笛，載著龐大的混凝土橋樑開過來了。

　　對我個人來說，眼前所發生的一切，既新奇又有趣。我打開所有的感官，像饑餓的路人遇上合味的食物，貪婪地「吃著」。這對我有用，想像著到了一定的時候，我會把架橋機怎麼架橋，鐵錘怎麼搗道釘，一噸多重的鋼軌在幾十人的吆喝聲中如何舉重若輕等等，這些「新鮮事物」講給夥伴們聽。

　　記得起初抬枕木，強排長當著大家講狠氣：嫌鐵絲環抬枕木笨重，趕不上扛的快。過來人說瀝青沾到脖子上要不得，莫橫強。可他就是不聽，堅持拿肩膀扛。沒過三天，皮膚受感染，脖子裏長滿紅顆顆，臉龐腫得變了形，眼睛眯成一條細縫。連隊裏並不缺少幽默傢伙，喊道：「強排長！」

　　「喂。」他以為有什麼正經話說，答應得十分爽快。

　　幽默家說：「這兩天吃的什麼好嘗活兒，催得紅胖紅胖的？莫怕好事人，說出來我們也領教領教。」

　　惹得他張著一嘴黑牙齒，啞啞地發笑。

　　轉眼到了七月一日，這天是鴉官鐵路全線通車的日子。慶典在宜昌火車站舉行，不知為什麼，這樣的場面沒有邀請築路的主體──鐵道民兵參加。

　　那天天氣晴朗，沿路三三兩兩站了許多當地百姓，他們跟我同一個目的，早早等候在那兒看熱鬧。師部宣傳隊的演員們化了妝，手裏拿著紅綢子，在隊長的指揮下，擺動羊皮大鼓，正在操習歡迎彩車的口號和舞蹈。

　　十點左右，彩車鳴著汽笛開過來了。確實好看：機頭上攀的紅綢子，臉盆大一朵綢花在陽光下熠熠耀眼；正中供的毛主席像，底下橫著一幅白底紅字的標語──熱烈祝賀「七一」火車通宜昌。郵綠色的車廂共計九節，節節擦得吸目放光。每一節車廂門口站著一位身著白色制服的列車員；她們的形象很好，臉上綻放出生動的微笑。車內似乎很空，只是有一節裏，看見二三人喝啤酒，有一個正仰起臉，把瓶子倒立在嘴上做水牛之飲。

演員們群情激昂地高呼：「熱烈慶祝鴉宜鐵路勝利通車！」

「熱烈歡迎火車進宜昌！」

隨即跳起歡快活潑的〈紅綢舞〉：「山也樂來，水也樂來，鐵道民兵喜心窩……」舞蹈只是跳個開頭，彩車便「咯噔咯噔」極無情面地駛過去了。

演員們十分知趣，適時停下跳舞，嘻嘻哈哈收拾著行頭，然後胡亂敲著鼓樂，朝坡下走去。

按理說，修路的把路修通，迎來機車，這日子應該是特別喜慶。別人的心情也許可以這樣形容，但對我來說，反倒成了痛苦。從早晨起床，頭昏腦脹，心情一直不好。彩車出現，大約三分鐘，僅僅三分鐘，心胸還真的開豁一下，但隨著彩車的遠去、消逝，我的心情便漸漸地黯淡下來。

事實是明擺著的：路通了，車來了，同時也意味著我們即將離去了。

「同志們，我們沒有辜負黨和人民的希望，較好的完成了上級領導交給我們的各項任務。為毛主席爭了光，為興山人民爭了光。隨著革命的需要，我們將回到農業生產第一線……」

當團首長講到這裏的時候，我的雙腿駭得陡然一顫，升起在我腦海裏的第一個念頭便是：大米飯吃不成了！

是啊，我不騙人，這是我說的實話。我一直覺得，有隻餓魔彷彿就在我的背後，變幻著猙獰的面孔，隨時隨地預備伸出魔爪向我發起進攻。我用生命的極限向理想挑戰，以弱小的身軀抵禦沉重的負荷，即使吐血，也從未想到後退一步……我像一隻小鳥，翅膀受了重傷，沒命地在饑餓編織的囚籠裏折騰、撲打、掙扎，可到頭得到的仍然是失望、徒勞！

我害怕走回頭路，讀書「返校」走過一次，下路將是我第二次。人生旅途本來不長，回頭路一多，前程會更加短近。鋼鐵無反正之力，何況生命！

鋼藍色的軌道壓住黑乎乎的枕木，跨過大橋，筆直地向遠方伸展。巨大的橋墩，像頂天立地的英雄，默默矗立在萬壽河畔；河水在腳下靜靜流淌，列車從頭上飛越天塹。我敬仰它的英姿，敬仰它的性格，產生出難以割捨的情感，突然想到了跟它對話。

——去年的秋季，這裏原是一片沼澤，人們用雙手挖走爛泥，使你的腳根接觸到堅實的大地。在茫茫荒涼的淹洲壩上，大夥頂著凜冽的寒風，冰凌

中取石淘沙。為保證質量，姑娘們伸出嫩紅的雙手，在刺骨的池水裏為你洗去身上的污跡。她們純樸、勤勞，你的一沙一石，從沙灘到工地，離不開她們柔弱雙肩的承載。她們用晶瑩的汗珠迎來黎明前的第一抹曙光；她們用江風吹散的秀髮拂去西天最後一片雲霞。當看到你一天天成長壯大，她們抑制不住內心的喜悅，大而明亮的瞳子裏忽閃著動人的淚花……

那些搬得動石滾的壯小夥兒，他們成天圍繞在你的身邊，攀爬腳手架，用鋼鐵般的臂膀，將一桶一桶的沙漿從地面傳到高空，一直把你澆築到雲間天上。風吹雨打，日曬夜露，身上退了幾層皮，誰也記不清楚；虎口（拇指丫）裂開了，掌上的繭子有銅錢厚；有的一腳踏空，從空中摔落下來，獻出年輕的生命……

在人們的精心照料呵護下，你終於長大成人，肩負著人類所賦予你的重大使命。然而，和你朝夕相處的兄弟姐妹們，即將同你分手告別了。

此時的心情我實在是描繪不出，我只好鑿壁借光，把沈從文的〈沅陵的人〉中的一段描寫放在這裏較為合適：

「這是一群沒沒無聞沉默不語真正的戰士！每一寸路面都是他們流汗築成的。他們有的從百里以外小鄉村趕來，沉沉默默的在派定地方擔土，打石頭，三五十人躬著腰肩共同拉著個大石滾子碾壓路面，淋雨，挨餓，忍受各式各樣虐待，完成了分派到頭上的工作。把路修好了，眼看許多的各色各樣稀奇古怪的物件吼著叫著走過了，這些可愛的鄉下人，知道事情業已辦完。笑笑的，各自又回轉到那個想像不到的小鄉村裏過日子去了。中國幾年來一點點建設基礎，就是這些無名英雄做成的。他們什麼都不知道，可是所完成的工作卻十分偉大……」

迎來了彩車，我們還做了些煞尾性的工作：鑿邊溝、砌擋土牆、栽草皮……當大夥在路基護坡上，用草皮栽完「毛主席萬歲」五個大字以後，便統統下路。

末了兒幾天，食堂裏特別捨得，罐子裏油倒出來，口袋裏米空出來，飯

菜敵起肚子吃，真像是吃完搬家似的。

下午會餐，正在場壩裏擺起吃，突然下起暴雨，把大家攆散盤。我想這是天意，人世間沒有不散的筵席，分離的時刻到了！

不知是誰過河拆橋搞得那麼迅急，提前把棚子拆除，煮的半鍋小魚正由老天爺往裏頭添湯。我們幾夥計蹲在灶台邊撈魚唵，這麼好的嘗活兒，挨淋值得。

食堂蒸的麥麵粑粑，可能因時間倉卒，沒發起來，黑得像狗屎。儘管如此，我仍用餐票換了半袋子。第二天，我挑著鋪蓋捲兒、粑粑，和賺得的一口炸藥箱子（裏頭裝的衣物），跳出狼藉的營房，邁著沉重的步子往九碼頭走去……

# 重嘗苦味

　　修鐵路如同做個不長不短的夢，人一回來，夢也就醒了。「醒眼」看去，希望村裏有個巨變，但似乎沒有什麼變化。不過在廟垻下頭的一垞平田中，修起一幢乾打壘的校舍。蔡家埡要擴大辦學規模，不光小學，還要辦初中，教室打「花屋」裏搬出，自此，村裏才有一所名正言順的學校。

　　祖母的北屋依然如故，馬桑木的柱頭跟前照例一方火籠，夏天不烤火，支張木桌在那兒吃飯。一口雙鍋的大灶盤踞屋中，還有水缸、小磨、碗櫃皆按照原先的格式擺著，就連板壁上的「紅書台」彷彿就是昨天釘上去的。

　　眼前的一切儘管老樣子，但見祖父安好，倒使我感到莫大的欣慰。更有甚者，在我們小時候相嘴的老場子——後門的門檻上，多出一個活物，便是么爹的兒子——蔡辛。我抱起他，倒不認生，呆呆地把我望著；抒住胳膊輕輕一抖，他便憨笑。

　　我說：「灰老鼠，滿乖咧。」

　　祖母說：「一個肉坨，我拿不動，盡他爬一爬，貪貪地氣肯長些。」

　　忽而，三爹的次子——蔡長安從天井坎上爬到北屋裏找夥伴。他們在地上像馬兒一樣爬來爬去，為著一隻狗鈴鐺，互相爭奪，輸了就大哭大叫，給老屋添上許多生氣。

　　我們回家幾天，東晃西晃，沒有找到落腳的場子。當時從祖母身邊離開倒是容易，倘要回到原來的位置可就難了，就跟從前食堂下放那會兒一樣——兄弟倆再次成了「懸腳客」。

　　我說：「婆婆，我想還是跟您們在一起過。」

　　祖母說：「行倒是行，最好還是等么爹回來，跟他商量，我們老了，不能做這個主。」

　　祖父祖母皆古稀之年，不可貿然將我們收留；即使能夠做主，一間半的老屋，么爹成家，況且又添了丁，若再容納二人，肯定是難。依我看這倒其

次，為主還是個「吃飯」的問題！我理解祖母的難處，但面對眼前的難題自己又拿不出主意，一時就有些惶然茫然了。

許多跟我一道下路的夥伴，他們被各自的父母迎進屋去，親熱地敘述著這一年來離別的情形。他們是真正地到家了，那種令人羨慕的安全感和團圓後的喜悅，使他們像一隻隻快樂的燕子，在村裏飛來飛去。

我沒有心思串門，望著躺在牆角裏還沒打開的鋪蓋捲兒，像人一樣可憐地歪在那裏，內心湧動著一種難言的痛苦。家鄉的瓦屋、古柏、水井，還有周圍山巒的每一條輪廓線，對我來說，它們都跟親人的面孔一樣熟悉，一見就親熱到心中去了。然而，就在這麼一個偌大的空間裏，竟然找不到一個地方讓我安鋪！

我們正進退兩難，突然間冒出一個機會，哥哥被學校聘去當了民辦教師。他把鋪蓋往學校裏一扛，不單是找到地方支鋪，校內辦得有食堂，連吃飯的場子也一併得到解決。

這事對我們全家來說，算得上一個相當的政治待遇了。我暗暗向他祝賀，儘管自己像一片樹葉還飄蕩在空中，卻仍然抑制不住發自內心的歡欣和舒暢。

父親知道我的難處，一直沉默著，大略兒觀察到事物的發展，已經到了他力所能及的範圍，一天他跟我說：「我們的半邊堂屋空著，把鋪支過去；生活嘛，怎麼搞呢，暫時在一起混。」

我說我想同么爹商量以後再定。

父親先是將我盯著瞧，然後憐惜一笑，說：「怎麼，看樣子還不大遂意？你也不曉得我嚼了多少牙巴骨，才使她（繼母）『矮』下口來。往婆婆身邊歪，他們都老了，奈不何了。」

我被父親說得眼紅耳炸的，揣著一副灰灰的、無可奈何的心情，從祖母身邊離開。當我扛著鋪蓋，踏進父親門檻的那一瞬間，不知何故，雙腳像炮烙似的，心中陡然往下一沉。

我來到這個既熟悉又陌生的環境裏，非常謹慎、小心地開始了新的生活，時時按照祖母對我「手放勤快些，嘴放乖滑些」的囑咐去做。早晨起床，把堂屋、灶屋和門前的小廊子打掃乾淨，緊接著去井裏挑水……三把兩下弄畢，然後便一步又過巷子，到祖母這邊來坐。

父親那邊似乎不是我待的地方，做著事情倒不大經意，一旦閒住，心兒就像被什麼提著，一刻也待不下去。可只要一回到祖母身邊，懸著的心兒便很快地平靜下來。坐在粗笨的條凳上，望著祖父將長煙袋含在嘴裏，不緊不慢地吧嗒出一口一口的藍煙；祖母拐著小腳在灶前灶後忙碌，鍋裏嗞喇嗞喇地響個不停……這時候我會覺得，整個身心正處在一個最為理想的位置當中，並對以往父親跟二爹他們都歡喜上北屋閒坐，孩子、大人輪流呼喊也請不回去的情形，產生出一種理解和認同感來。我想，假若這陣兒有人叫我，不是那麼在急的事情，同樣會捱著不走。

但是，對這種「身在曹營心在漢」的搞法，繼母是不滿意的，嘴上不說，行為上已看得出來——有一次吃飯就沒有讓弟妹喊我。

人多無好食，豬多無好糠。父親的茶飯比祖母做的要粗糙些：芝麻枯餅從碓窩裏舂碎，拿篩子一過，摻到包穀麵裏和飯吃。枯餅的比例雖然只占了三分之一，但它卻十分要強，和出的飯黑黢黢的像驢屎疙瘩，吃起來又苦又硌牙。

修鐵路年把的大米飯，把我的喉嚨管子吃細了，枯餅飯一時還不大習慣。全家共計七張嘴吃飯，弟妹們一個都不刁嘴，都把我甩在後面。沒過幾天，我適應能力較強，喉嚨逐漸變粗，飯量很快上升到前二三名。

人們對毛主席「萬壽無疆」的祝福照例是那麼虔誠而熱鬧，可肚子依然沒得好日程過，斷頓的事情家家皆時有發生。填不飽肚子就沒有力氣出坡，嚴大金眼見出勤率大幅下降，便向工作組建議：「從前『見縫插針』挖的那些荒地，曬席大的塊塊兒，東掛一點兒，西掛一點兒，集體種不成器，早晚荒在那裏，退給群眾算了。栽窩洋芋，插窩紅苕，好的歹的撈點兒，多少管得兩頓。」

工作組長老胡，是個外地人，說話像半啞子，哇啦哇啦不好懂；瘦精巴骨的模樣兒，彷彿虧了血氣，面色煞白。這傢伙在單位上可能算不得一位角色，可一旦進村駐隊，脫產幹部的威風便充分發揮出來。他一不會耕田耙地，二不會使蕎鋤挖鋤，只會講方針路線。所以，嚴大金的建議不但行不通，還遭到他的嚴厲批評：「土地問題可不是鬧著玩的，寧荒勿亂。假使將土地還到大家手中，好糞往田裏送，力氣往田裏使，一門心思搞私有，人們就會分心，集體就會散盤。這是挖社會主義牆腳，走資本主義道路。」

經他幾個分析，把個只會種田的嚴大金駁下膽來，不敢再說半個「退」字，只好明的、暗的多批幾天假期，放大家各找吃的。

父親領著我和蔡長勳上山挖黃薑。一路碰到好幾撥人：挖蕨根的、挖葛根的、挖蕺兒根的、扯老鴉蒜的、打山楂的……大夥為了一個共同的革命目標而走到一起來了。

黃薑本屬藥物，一缺糧食就成了我們的食物。它的葉片跟紅苕葉子差不多，似乎細嫩些，上頭有暗紋。秋天落葉，剩下一串一串深褐色的像榆錢一樣的花瓣兒，牽掛在灌木叢中，微風一吹，搖蕩有聲。尋找到花串兒且不要性急，須小心翼翼地接近，褐色的藤蔓比紡織出的毛線還要纖細，左纏右繞的，稍一魯莽就被絆斷。藤子一斷，你就很難找到它生長的位置了，只能捨去。

我們像貓子瞅老鼠那樣，瞅到藤子入土的地方，便拿起傢伙動手來刨。山坡上的泥土非常結板，頑石又多，加上柴柯茂密，挖鋤是使不開的。只須備一把鷹子嘴的彎刀，如同雞子啄米，一下一下地將土「啄」開，把黃薑一截一截地挖出來。有時候你費上很大功夫，順藤摸瓜找到位置，立即便傻了眼，那兒像土撥鼠打過洞穴一樣——黃薑早已讓人家刨走。

我們順窯彎溝，上和尚洞，沿山駕嶺地跑。過山楂溝，溪水歡快地流淌，一個一個深淺不一的水潭，像剛剛擦拭過的鏡面那麼清澈。我們伏到潭邊喝了一歇水，往潔白光滑的石板上一攤，就不想動。

父親掏出短煙袋吃了一袋煙，將一隻錫壺灌滿水，催我們起身：「走，趁肚子沒咕咕叫，攢勁刨兩下。我們從揚叉溝分頭上山，在鷹屋崖會合。」

父親是整整五十歲的人了，幹起活來仍十分矯健。他刨一陣，朝我跟兄弟喊兩聲，有時剛聽見他在我們腳下叫喚，不大工夫，忽而又繞到我們頭上去了。

太陽當頂，三人在鷹屋崖會面。父親端著我們的揹籠檢查成績，只是啞啞地笑，也不做評價。長勳只帶了個兜子，刨得最少，裏頭的黃薑像幾粒貓屎。父親刨了大半揹籠，把粗壯的黃薑剔出來，用細藤捆成個兒，像個小枕頭。

晚秋時節，當午照樣燥熱。兄弟頭上冒著汗氣，臉蛋紅嘟嘟的。我們坐在一棵鐵匠樹下，父親拿出幾個生蘿蔔，就著壺裏的水，連皮帶肉吃著。

我說：「黃薑難得挖。」

父親說：「老輩子說只有窮人，沒得窮山，看來山也被人挖窮了。」

兄弟提議明天打山楂去。父親立即給予否定：「幾棵山楂，沒打一百遍，也打過九十九遍了，有山楂等著你去！」

縣城就在大山的腳下，大片的灰褐色的瓦屋像貼在地上。香溪大橋正在建設中，工地上的喇叭放著〈下定決心，不怕犧牲〉的語錄樂曲，忽明忽暗地傳到山上。我想起么爹，他是大橋民兵連的連長，這會兒興許正在跟大家用肩膀抬橋拱。

突然聽兄弟開了口：「我明天下街去，二姨爹的包子店我找得到，在老茶館旁邊。」

兄弟的意圖十分明顯，帶動我的思緒，一籠籠冒著大氣的包子，彷彿在眼前轉動。我想那一定比挖黃薑好得多，支持他去：「吃不完的包子，莫忘記帶幾個回來。」

學校的鐘聲傳得很遠，父親回頭朝村裏望著，臉上漾起笑意，跟我說：「黃薑煮熟了，喊你哥哥吃。黃薑這東西滿好，一飽肚子，二鬧蟶蟲（蛔蟲）。」

我知道父親此時的心情，他把哥哥當民辦老師這事看得很重。認為老師就是從前的先生，是有文墨的人；他作為一位先生的父親，自然就有了臉面。望著他那略有幾份沉醉的模樣兒，我一時便想到了自己的事情：最近捕風捉影得到一個消息，但又不知是否可靠，於是便說：「公社要興修水利，在塘埡打個大水庫，要在各小隊抽人；抽調上去的勞力，見天能補助半斤糧食。捆在一起捱餓，不如投奔一個門路。」

父親一聽，說：「行，你寫個申請，把實際情況跟嚴大金反映，我也來幫忙說說。年輕人要在外面闖，窩屋裏遲早會弄出意見。你媽那個態度，我看得出來。」

周圍是一片山毛櫸和老樟樹林子，枝葉細碎，稠密無間，蔭涼裏篩下星星點點的陽光。我們坐在大蔸大蔸的羊鬍子草上，清涼而柔軟。那些生長在崖畔上的香櫞子，開滿黃色的小花，在日頭的照曬下，濃郁的香氣撲面而來。堆積在地上的落葉，由於終年見不到陽光而腐爛變質，散發出一種潮濕的、森林裏特有的清涼氣味。

鷹屋崖的鷹是出了名的，不只數量多，個頭也大。牠們的翼展有三尺多寬，常常跑到我們村裏叼雞，惹得人人討厭。幾隻鷹子在山谷裏盤旋，我們居高臨下站立山頂，能看見牠們的翅面。不知什麼時候，一隻鷹子飛到我們頭上，收縮雙翅，「唰」的一聲，像一個箭頭，俯衝下去，眨個眼睛便失去蹤影，驚得我們半天吱不出聲兒。

我們分頭在崖墩裏尋找黃薑。父親說：「崖墩裏流有細土，生長的黃薑肯發頭，根根粗壯，刨時招呼腳下，要站穩。」

對面山上有人唱山歌：

> 叫我唱歌就唱歌
> 心有三件不快活
> 早晨沒得柴燒火
> 中午沒得米下鍋
> 夜裏沒得人焐腳

父親是個樂觀派，一聽唱歌喉嚨癢，哪怕瘺著肚皮，嗓子嘶啞，趕緊回了一首過去：

> 郎在山上挖黃薑
> 姐在河下洗衣裳
> 挖會兒黃薑望會兒姐
> 洗會兒衣裳望會兒郎
> 下下捶在石板上

太陽偏下去了，香溪河水在白色的河床上，像一條淡綠的彩帶，流過昭君村，流過珍珠潭，迤邐而去。遙遠的萬朝山頂，堆滿了奇形怪狀的白雲，夕陽擦過那裏，把雲彩烘托得異常瑰麗。

趁著天氣，父親楔緊兩把結實的挖鋤，帶著我到鳳凰山上去挖蕨根。這裏海拔一千多米，是縣城背後最高的山峰；形似兩戟，曰「雙戟摩空」，列

興山「八景」之首。山頂上呈現出大坪大墹的土地，由於荒蕪多年，裏頭的蕨草有人把深，馬桑樹一叢一叢的，成了老林。

父親說：「這裏有我們一個牛工（約合二畝）的祖田。小時候，我跟著你太爺蔡明輝到街上撿糞，從豬欄、馬圈裏把糞一撮箕一撮箕地撿來，攤到老城牆上曬乾，然後弄簧子裝好，從河壩裏揹到山尖上。到來年，一簧子糞換一簧子包穀下山。」

跟挖黃薑一樣，有土腳的地方像野豬拱的，早已被人挖過。我們只好跟在後頭「拾荒」，這裏挖一陣，那裏挖一陣。蕨草發的有秋梢，同蒜苔一般鮮嫩，把它掐下來，生的能吃。

父親喜歡說家史，接著剛才的話題繼續說：「那片松林的後面就是我們的祖田。那會兒你婆婆爺爺扯娃娃『灘』，糧食不夠吃，指憑你婆婆趕工，掙升把兩升糧食糊嘴。你太爺怕我們占他的光，將祖田課給人家，一年上頭就守住那石課吃。家裏就剩桐樹包那點兒二荒爬（坡），生活越發難得過……」

我問：「從前餓肚子，也上山挖蕨根嗎?」

父親慘然一笑，說：「挖什麼蕨根，像我們那麼困難的戶，蔡家埡不多，大夥都有點把土地，不論多和少。遇到荒年，缺吃的人家就跟左鄰右舍的去借，待秋後有了收成，借牛還馬。我們還不起糧食，你爺在外頭縫衣服攢幾個錢，回家後就還人家的錢。如今不同，要窮都窮，借貸無門。國家一統天下，糧食不能隨便買賣，狠就狠在這裏！」

渴了，我隨父親到後坑裏找水喝。轉過一個小土包，眼前更加開闊，成片的熟田當中，立了一幢乾打壘的瓦屋。父親指著田坪跟我說：

「這裏起先住過一戶姓劉的人家，叫劉氏坪。本屬蔡家的產業，到農業社劃耕作區，把劉氏坪劃歸嚴家山。嚴家山的人口不多，長十雙手也種不過來，只好荒掉。蔡德陸點子多，想在這兒辦個蘋果場，瓦屋是去年修的，我跟你爺『辦學習班』就是在這兒。」

房屋的門敞開著，不見一個人影，靜得能聽見蚊子的翅音。簷下支了一副槽磨，山牆上吊著一串一串的甜蘿蔔乾菜，倒像安家落業的樣子。遠處的地裏有人影活動，彷彿在刨樹窩子，預備開春栽上蘋果樹苗。

水坑邊，不期碰見糞爺。我想，七十來歲，爬上高山挖蕨根，真是越老越矯健。父親請他吃黃薑，他推辭道：「有偏你們我已占先。炳貴派在林場裏做事，秤了半斤包穀飯我吃，喝幾口水，滿飽。」

我轉過臉，用驚奇的目光打量他：只見那張老臉上綻露出滿足的微笑，白蓬蓬的鬍子上還掛有幾顆黃金金的飯星子，禁不住從內心產生出對他的一種少有的羨慕。

他談話的興致比以往任何時候都好，指著土塏上用石片壘起來的像碉堡一樣的東西，結合到我父親的回憶，辨認著它們從前屬於哪家的莊屋。順便還捎帶出一些趕野豬的故事。他說：「我不敢放銃，半夜裏只好抱著個牛角吹。有回一頭野豬膽子大，拱我石屋的木門，我輕手輕腳地摸過去，站矮牆後面，月伴兒裏瞄得準準的，一棍子下去。那傢伙大概是個頭兒，『嗡』的一聲吼，調頭就跑。一會兒，田裏幾十頭野豬像過軍隊的，跟著牠往老林裏鑽。」

從前的劉氏坪十分熱鬧，土地雖屬各家各戶，進城揹糞，上山薅草，都互相幫工。薅草興打鑼鼓：三位鑼鼓匠，中間的脖根上掛一隻皮鼓，兩邊各扶一木叉，木叉上頭吊面大銅鑼，立翼頭前敲打，高喊山歌；是催工效、節勞逸的一種田頭娛樂活動。老輩子把好嘗活兒一律扣著，專等揹糞、打鑼鼓時，大碗大碗地弄出來吃。

聽祖母講，她年輕時拐著小腳，上劉氏坪扳包穀，晚上同男人們一道，揹著一百多斤的包穀簍子下山。她說：「到掌燈的時候，酒席擺出來了，合桌子打起，我也多謝老闆兒上桌子坐，跟他們一道吃肉、喝酒。」

老輩子了不起，他們像創世的神人一樣，登上遙遠的山頂，征服這片神奇的土地。我踏著崎嶇的山路，回想祖母那雙小腳，背負著沉重的包穀，如何艱難、勇敢攀爬的情形，引得無數個祖輩的身影，像頂天立地的英雄，打我心靈的深處走了出來。沒有肥料，上街拾糞；力量單薄，皆援之以手；勞動困乏，且敲鑼打鼓，昂然高歌；生活上發生問題，貧富相依，共度難關……他們跟自然合作，開闢創世的基業，演繹出一部蔡家的歷史。

閒著的時候，除了往祖母那跑，還喜歡上二爹家坐。二爹給我的印象滿好，不單是小時候找他能討到買本子的錢，更為感激的是，大夥在一起生活

的那些年月，便錯就沒有搞過我們一指頭，也沒罵過我們一句難聽的髒話。叔侄關係相當隨和：二爹喜歡講故事，拉胡琴，下象棋。我們纏著他下象棋，自然不是對手，慢慢棋藝有了點長進，費盡心機，偶贏一盤，這時我會歡喜得手舞足蹈，嘴裏跟打板一樣「叮哩格當」的樂上一陣。接下來再擺，他稍一用心，我便是輸；輸了是樂不起勁的，二爹倒是問我：「這會兒怎麼不叮哩格當？你不叮哩格當，我來叮哩格當。」說完便真的仿著我的樣子快活起來。

這樣的情形好幾年不曾有過了。自從家裏的機器被抄走以後，二爹像丟掉魂魄，常常犯呆。不要說拉胡琴、下象棋、講故事，連話也很少說，性子變得乖戾，動不動就發火、憋氣。近些年來，他是我們親人當中變化最大的一個。

三間南屋他和三爹住著。堂屋本當不大，從中砌個丁字拐的隔牆，劃為一分之三，裏頭的兩個小隔間剛好夠各戶安個鍋灶。外頭的空間，二爹這邊牆角裏嵌個火籠，三爹那邊牆角裏堆一堆煤炭，當牆還安置一張老木桌。兩扇大門想全部打開是不可能的——火籠跟煤堆當仁不讓。屋裏除了往幾個門道裏可以下腳，餘下皆被各類雜物占得滿滿當當。二爹腳下三男二女，三爹腳下三男一女，大人孩子十多口，成天就生活在這鳥籠一般的屋子裏。

二爹的固定坐位在牆角火籠邊，每次進屋，他總是捏著一根黃銅的短煙袋縮在那兒吃煙。看見我去，會挺和氣地叫「坐」，順便問及一些近況：「隊裏發糧食沒有？」

「沒有。」

「今天做啥兒？」

「挖蕨根。」

往下便不嗯聲了，硬著頸脖，把臉扭向牆角，一動不動，彷彿要從那裏瞅出一樣西洋景來。他眉頭緊鎖，寬大的臉龐黃皮刮瘦，一對眼睛大而無神，初看像兩個窟窿；高高的顴骨把面皮撐得緊緊的，嘴唇抿不攏去，說起話來只見兩排牙齒在動。

忽然間，他轉過臉來，同火山爆發似地吼道：「到底是什麼世道！」滿以為他會連珠炮響地發一通脾氣，然而令人失望，卻一聲不響，依然回復到

原來的沉默中去。頓時，空氣像凝固成一塊穿刺不透的鐵板，擠壓著人的靈魂。這樣的場面叫人非常難受，隨著沉默的加深，心口都提到嗓子眼兒了，一心直想溜走。

「為什麼沒收我的家業，抬走我的機器？都是我寒天冷地、上坡下嶺、一手一腳辛辛苦苦掙的。看到你鬧得有碗飯吃，他們心裏就像驢子跛跛捅的，望人窮！不知是一幫什麼東西……整人！」

他十分孤獨，冤屈得不到正常發洩，日積月累，忍肚裏釀成一包苦水。一旦遇到人，並不管這人能否成為個傾訴的對象，便一股腦兒地往出直倒。他越說越氣，越氣越急，到後就弄得語無倫次了。由於過分激動，竟把病魔牽引出來。二爹的病痛非常厲害，一旦惹發，跟前有人無人，隔著褲襠一把將下身抓住，齜牙咧嘴，鼻子跟眼睛聚成一堆，不停地呻吟，模樣十分可怕。

二爹到底害的什麼病，至今搞不清楚，不過他的病上身早，這是我所知道的。大人有時拿出來議論，遇到旁人三姓，他們就把話題岔開，弄得十分神祕。往後我漸漸聽出個眉目：說那種病是男女做愛時忍了精子在輸精管裏頭，不通活，名謂「戳症」。得了這種病當然不光彩，弄得二爹抬不起頭（後來我多次請教醫生，其實就是尿道炎，愚昧使二爹蒙羞多年）。一次我看見祖母跟二媽說：「兩個人做的，也不是醜事，你得弄嘴給他拔。」二媽悶在那裏，臉上只是泛紅。幾年下來，病情日趨嚴重，開始尿血。家中沒有看病的錢，只好將命拖，越拖越狠。饑餓跟病魔合夥對他進行攻打，身子日漸虛弱，眼下已奈不何出坡幹活了。

那會兒進村的工作組多不過，一幫走了，又來一幫。他們把群眾口糧不夠吃，歸結到發糧食發的要不得，把一月一發的口糧改為半個月一發。半個月照樣夠不著吃，改成十天，十天還是不行，只好改成五天。許多群眾氣不過，不無鄙夷地向工作組建議：乾脆學從前的叫花子，討一頓把一頓，這麼弄才不會斷頓。

這個方面，二爹做得比工作組似乎還要殘酷，差點作為先進經驗被推廣。

農家無閒人，二爹不能下地，就拖著病在家裏弄飯。他裁塊白鐵皮子，

用錘子不停地敲打，經過幾天的細工，製作出一隻比藥鋪裏的戥子大不了多少的小撮箕。撮箕沿子上，呈三角形鑽三個小窟眼，穿上細繩一起拴到秤鉤上。然後找出紙筆，把分得的口糧按頓按兩的用小數除法相除，商是多少，用撮箕稱多少，如同一位十分盡職的司務長，一兩也不能放過。

飯熟了，灶上擺七隻碗，不再過秤，由他親手勻：孩子年齡的大小，各人口糧的定量，兩種情況須加以綜合考慮，哪隻碗裏該多給兩顆，那隻碗裏該少給兩顆，情形就同藥鋪裏抓藥。孩子們這時早已把灶台圍緊，眼巴巴地望著把飯分畢，這當中會發出各種不同的吞口水的聲音。二爹口令在先：「不准搶！」然後一碗一碗送到孩子們的手裏。

一九六四年二爹添置一台軋麵機，那天機器到屋，正好一個兒子落地。二爹為紀念這個好年份，就給孩子取了個名字叫「六四」。六四一晃七八歲了，雖說出生在饑餓的年代，倒也長得虎頭虎腦。他吃飯速度最快，大夥端著飯到桌前還沒坐穩，他碗裏早已乾乾淨淨。他知道鍋裏已經分光，添飯是沒有指望的，可也不願及早退出吃飯的行列，照例擠在桌前坐著。大家開始動嘴吃飯，他手裏端個空碗，筷子攢得緊緊的，呆呆地把二爹望著。別人擠他一下，這在平時是不行的，一定會引起反抗。這陣兒他不，只是朝人家瞥一眼，目光依然又回到二爹身上。從那張可愛的小臉蛋上看得出來，內心有一種東西在牽制著他，使他變得同小貓一樣溫順。他的睫毛一眨一眨的，黑亮亮的瞳子裏充滿期待與渴求，並不是火辣辣的那種，倒是那麼自然、平靜，可裏頭卻蘊藏著一種催人淚下的力量。二爹最怕他這副模樣兒，一到這類情形，他總是無奈地瞪他兩眼，惡狠狠咒道：「說過一百回，慢點吃——嚼碎了吞！往肚子倒的吧？日後會得哽食病死的。怪不得我，這是父子革命！」

接著埋頭吃飯，再也不看六四一眼。六四挨過吵，像受到極大委屈，小眼睛可憐地一眨，眼淚就同斷了線的珠子往下直滾。

二媽最後一個端碗，把飯往六四碗裏勻了一點兒，又向其他孩子碗裏撥點兒，碗裏也就空了。她放下碗，反手關好房門，獨自躲在裏頭悄悄地哭泣；有時忍不住，放出一二聲，隔門也能聽見。

上塘埡水庫的事，我自己求，父親幫忙說，嚴大金終於批准。

塘埡至涼風埡一個狹谷地帶，全長七八里，水庫就建在峽谷的半當中。

溝壑二面，山高且陡，抬頭見到一線天空。半山以上覆蓋著墨綠的松林，跟黃了葉的櫟樹和橡樹混雜其間，使森林顯得更加斑駁和蒼老。山腳下全是一片白花花的岩石，沿溝稀稀落落住有一二十戶人家。人們長年就在那窄窄的，光光的，形同腦溝一樣的石縫裏墾些細土，點幾窩莊稼，廣種薄收。

環境艱苦自不待說，氣候也相當惡劣：日照嚴重不足，上午十點鐘太陽才曬到溝心，下午二三點時，陽光早已背過山垇。這裏是一個南北走向的風道，成天的冷風不知從何而來，無休止地劈臉颳著。「半陰半陽一條溝，半饑半飽熬日頭」是本地人們生活的真實寫照。

初入工地，叫人直打寒戰，心裏說：「不是為了半斤糧食，誰願受這個活罪！」

我們作為長年專班，主要任務是：炸石頭，找泥土，修板車道，為前來突擊的大隊人馬做準備。響龍公社計九個大隊，各大隊會輪流著準時到來。

他們一到，整個峽谷就熱鬧起來。工地上插著一溜槍靶一樣的牌子，上頭用紅漆寫著「農業學大寨」、「水利是農業的命脈」的巨幅標語。廣播室門前的核桃樹上拴兩隻高音喇叭，革命歌曲一天到晚唱得地動山搖。揹土和運石頭的隊伍，穴蟻般從二面的山腳下往堤壩上匯合。那裏有幾部用木槓綁成的「井」字架的石硪，在人們的抬舉下，「唉呀呵」地此起彼落。

這裏頭有位我們曾一起修過鐵路的老夥計，叫李德生。長著一頭少女般的淺棕色頭髮，突出的眉骨下面，掩藏著一對亮晶晶的、充滿專注神情的黃眼睛。年齡不分上下，他卻比我們穩沉：說話一腔一板，做事不緊不慢，「慢慢來」、「莫慌張」、「小心些」這是他的基本詞彙。大夥經常聚一起談論天氣、農活、揹炭掙錢什麼的。他說：「我能揹二百斤的焦煤爬上坡，一天掙二塊八的力價。」

說到力氣，我不敢講狠，可蔡德金是不服氣的，說：「我力氣不大，二百五十斤攔背上不敵掛個尿泡，爬上坡不消要得杵子。」

李德生家住李家灣，那裏水田多，口糧多半是米；這點優勢恐怕是我們同他親近的重要原因之一。

初一、十五是往食堂裏上交口糧的日子。到了這天，用偷樑換柱的手法，拿我們的包穀麵將李德生的口糧代交上去，把他的大米給截留下來。然

後大家約定，鑽到一個僻靜的老百姓家裏，燜「晾水乾」的大米飯吃。

「好香的大米飯啊，不要下菜就吃得飽。」我情不自禁地感歎，惹得蔡德金模仿大人的口氣指教我：「像八輩子沒吃過的！」

「是啊，我做夢就想大米飯吃！」

「我講個故事你聽。」

蔡德金接著開始講：「從前有個當媽的到姑娘家裏去玩。姑娘上灶弄飯，媽就坐灶門口架火。煮飯空米湯，當媽的想喝米湯，姑娘就舀了一碗遞給她喝。當媽的喝完米湯，說：『姑娘，你們的米湯比我們吃的糊粥還乾些。』姑娘怕這話傳到嫂子耳朵裏不好，趕忙把媽的肩膀一拍。當媽的卻誤解了姑娘的意思，說：『我不冷，裏頭披的蓑衣。』」

他講完故事，回頭又衝我說：「你就跟那個當媽的差不多，蔡家塅不出米，生怕人家不曉得。」待背了別人，他又悄聲跟我說：「沒有米吃的地方不好說媳婦，你懂不懂？」

「你想說媳婦嗎？」

「你不想？扇子打鑼──響（想）起風（瘋）來。」

來自李家灣的另一位小夥子叫李大奐，長得洋人似的：幾根淡淡的細眉毛，眼珠子黃中帶藍，鼻子又高又直；透過細白皮膚，能看見分佈在臉上的毛細血管──就同醉酒一樣，成天紅通通的。他性情爽朗，精氣神好，白天如同一個皮球，忽而彈到這裏，忽而彈到那裏，似乎不知道疲勞是個什麼樣子，非常逗人喜愛。

雖說我們是新交，關係倒是不錯。跟他不只是換米飯吃，他還時不時把集體的寶冠柿摘上幾兜子，浸泡在水田的污泥巴裏，過一個星期，澀柿子就變成了甜柿子。

最有趣兒的是大夥躺在床上，聽他講述跟姑娘廝混的情形。他說：「見到姑娘，就像碰見狐狸精，『精』得你惶裏惶昏的，同在雲裏霧裏一樣，魂魄也勾起走了。她們身上熱乎乎的，軟溜溜的，那對媽兒（乳房）摸到手裏好舒服，渾身火燎火辣……啊……」

講到關鍵處，故意把話按住，使得大夥一個、二個地在黑暗裏鼓著眼睛發呆。

蔡德金說：「我打保票，鋪蓋一揭，人人都『栽』上了電線杆子。」

於是四下裏有了咕咕的怪笑。

李大奐的命運跟我一樣悲苦，父親什麼情形也不好過問，反正母親改了嫁。他過著單身漢的生活。

一天放假，他差我到他母親那兒去，預備弄點米來。母親住在黃糧坪，那兒的水田多。我們抱著極大的希望，直奔黃糧坪。找了半天，才在田中將他母親找到。母親是地主成分，老得屬害，一絡一絡的頭髮披散在臉上，像一直沒有梳過。時值初冬，幹部派她在水田裏起溝，褲管捲起來了，雙腿如同兩根白骨插在水中。我的胸口彷彿讓碎玻璃給劃了一下，渾身直打冷噤。

老人住在一壁崖坎跟前的小土屋裏，看來也是孤身隻影。她急匆匆地趕著兩隻細腿，四處找民兵連長，說兒子來了，須弄頓飯吃，報告上去，經批准後才能接待。

我們吃了一頓米拌包穀麵的乾飯，沒有討到「打發」，揣著一副失望而又沉重的心情打轉步。


沒過多久，嚴家山又增派一位勞力，叫嚴小蓮。姑娘一張瓜子臉兒，桃紅面兒，臉上生幾顆雀斑；那雀斑像芝麻粒似的灑在白裏透紅的細肉裏面，不僅沒有給相貌帶來任何的麻煩，反倒更加好看。黑油油的頭髮，使紅頭繩兒紮了兩根短辮，回頭轉身，頭繩兒就像兩隻蝴蝶在肩頭上翻飛。潔白的額頭上梳起疏疏朗朗的看頭兒，齊眉入鬢，平添幾分文靜。她的眼睛如一潭秋水，又黑又亮，構成雙眼皮兒的兩條美麗的弧線，均勻而又靈活地眨動著。

姑娘出奇的本分。無論什麼場合，她總是把自己安排在一個旁觀的、不被人注意的位置，無嘴無舌地聽人家說話。年輕的男子跟她說話或開玩笑，起先粉臉一紅，然後抬起那雙多情的眸子，友好而又平靜地注視著你。這時候她的感情特別豐富，似羞似怪，似親似愛，一位少女的靦腆、純潔、溫柔、善良、秀美……統統給體現出來。打比方說：

「嚴小蓮，我要吃你帶的鹽菜。」

「只要你吃。」

「我想穿你做的布鞋。」

「我做的水爬蟲。」

「水爬蟲我也歡喜。」

「……」

她一時回不上來，忍俊含羞，撇過臉去，把個背影給你。

水庫上，不管是老夥計還是新朋友，我們相處都十分融洽。生活方面，天晴下雨，半斤補助雷打不動，加上平時有柿子、山楂到嘴裏打雜，日程好混。可就在我派往水庫二個多月的時間裏，家中卻接連發生三宗事情。

那天我回到父親那兒去，進門就被一幅奇異的景象給怔住了：屋裏不見一個大人，弟妹四個，大的哭，小的汪，鬧得亂哄哄的。四歲的小妹大約哭累，小臉蛋上糊滿髒稀稀的淚痕，像可愛的小天使枕在門檻上睡著了，手裏還緊緊抓著半個紅蘿蔔。蔡長勛癱軟在當門的地上，我問家中出了什麼事情，他一陣唏噓，說：「隊裏，隊裏扣、扣了我們的口糧，有兩天——沒吃飯了。我餓得沒得法，我要吃飯……」

說完不再理我，腦殼往後一磕，把門板打得「叮咚」一下，只顧號啕。

一時不知如何是好，聽說幹部在花屋裏開會，便走過去看，去時只見繼母正在跟蔡德陸講理：「……扣口糧，只能扣蔡德成的。一人犯法，帶連全家，這是從前舊社會的搞法。」

蔡德陸鼻子「孔」動有聲，一副高高在上的樣子，回道：「舊社會的搞法也好，新社會的搞法也好，如果全大隊都像蔡德成那樣，一門心思鑽錢窟眼兒裏，顧小家，集體不就垮啦？」

「集體，張口一個集體，閉口一個集體，你這是拿大屁股坐人。各人犯法各人頂罪，我的娃子沒搞私有，他們要吃飯。你們這麼做，憑的哪級政策？哪條依據？找給我看。」

「什麼依據？這就是我蔡德陸制定的土政策，我有這個權力。」

「打開窗子說亮話，不給我秤口糧，我就把娃子引到你屋裏，你吃飯，我們也吃飯。」

「歡迎你去。我蔡德陸是長大的，不是駭大的。」

我佩服繼母的膽量，村裏除了祖父敢同他對吵，誰也不敢在他面前大聲說話。維護生命是人的本能，她沒有退路，我想助一臂之力，卻插不上嘴。

按毛主席教導，人民內部矛盾應該以說服教育為主。民以食為天，斷人口糧，就是斷人性命，共產黨的政策不應該粗暴到如此地步。可是，蔡德陸維護的是集體利益，打的是革命的招牌，背靠的是一個強大的社會主義陣營。你一開腔反駁，自然就落到對立面——資本主義的位置上。那麼，縱然你有一千張嘴，一萬條理由，也只能是螞蟻對大山，無能為力。

繼母還在做最後的爭辯：「我四歲的娃子犯了什麼法？餓了兩整天，雷也不打吃飯的人。他們要活命……我心裏疼……」說著說著就哭起來了。

蔡德陸的態度仍異常堅決：「哭，哭能解決問題？共產黨不相信眼淚。」

……

我漸漸明白了事情的起因：繼母的二姐夫是縣服務公司的白案師傅，公司裏有二千斤麵炭要脫成炭磚，悄悄帶信讓父親去做。父親白天不能耽誤生產，只好打夜工做。這事情不知被什麼人知曉，往大隊裏一告，全家半個月七十斤的口糧就這樣給扣留下來。

事情出了，父親搶火一樣往城裏跑了幾天，總算把八塊的工錢接到手。回家後，一個不少地交給集體，待蔡德陸點了頭，隊裏才開秤發糧。

這邊父親剛剛把口糧秤回，那邊二爹又開始粉墨登場。

夜裏落過一陣小雨，他想像著：地裏的包穀浸上雨水，扳起來不會弄出很大的響動，於是便背著女人和孩子，披個布口袋，悄悄地出了門。

他做得十分巧妙，一共扳了二十八個包穀，並沒有被守護的逮住，順利回到家裏。天亮了，待女人跟孩子們出了門，他槓緊房門，從床底下拖出包穀，撕殼葉，掰米子，忙得一股帶勁。可誰也不會料到，就在他享受著成功的喜悅的時候，災難已一步步向他逼近。

那年月，人們過的是整齊劃一的生活：比方說，隊裏近五天發的口糧是豌豆，來到大家碗裏肯定是豌豆；口糧是洋芋，大家碗裏就是洋芋，就連茅廁裏大糞也普遍一色。假如近些天發的紅苕，突然發覺某一家碗裏有了包穀，或家門前落幾匹包穀殼葉，那麼這些東西極容易成為一條破案的線索，一個懷疑的目標。

地裏包穀被盜，很快讓守護人發覺，他們趕緊向隊長報告。隊長一聽，

沒半點猶豫，就一個字：搜！

防止打草驚蛇，隊長迅速將隊委會成員集中，神不知鬼不覺地從東往西，挨戶搜家。

當搜查隊來到二爹家裏時，他以為二媽出坡回來，起身開門。房門一開，眼前的情景使雙方一起都怔在那裏。

既是看到物證，隊長不須說明來意，也不消動手動腳的搜查，便直截盤問起來：「包穀從哪裏來的？」

二爹似乎還沒回過神來，遲疑片刻，陡然爆出一聲「偷的！」冷不防把對方嚇了一跳。

「既是偷的，怎麼不低頭認罪？」

「分的糧食沒得了，我餓，不偷沒得法。」

「做強盜還滿有道理，是吧？」隊長伸手往口袋裏一指，命令搜查隊，「點個數字，人贓俱全，一同帶走。」

二爹仍舊硬著頸項道：「反正只有半條命了，隨你們怎麼整。」

村裏像鴉雀子窩裏戳了一棍，沸反盈天。

「蔡德堂強盜，偷包穀。」

有的叫打鑼，有的叫遊街，有的叫著開批鬥會。遇到這類事情，民兵連長總是一馬當先，揪住二爹頭髮預備亂剪，口裏並說：「你剃一輩子頭，只會剃人家的，自己的剃不得；今天我來開個張，給你剃個雞毛毽子頭。」

這陣兒二媽聞訊趕了過來，一手護住二爹，一面向民兵連長說好話：「您放過他吧，不管什麼懲罰，我來頂。他、他不行……我替他……」

祖母也急匆匆起來，到幹部面前求情：「我的老二幾十歲了，沒做過這種事，諒他初次，饒一回。我向您們保證，從今以後不再撈集體的東西……」

好多心腸軟的長輩一旁幫腔：「坦白從寬，他自己承認扳了包穀，認個錯算了。不餓到那個程度，誰也不願揹這個名譽。」

人多嘴雜，不可開交。病魔也乘虛而入，疼得二爹一把照褲襠捏住，蜷成一坨，滾到地上……

我去看二爹的時候，他照例孤獨地坐在橫著火籠坎子的牆角裏，頸項硬著，一言不發。過了好久，他忽然總結經驗似的跟我說：「不該把包穀扛回

家，掩園子芝麻田裏，要麼草叢底下，盡風聲過後，假裝拾豬草，順便捎回來。一次不行，可以做兩次，我橫直等不得……唉，老實，太老實！」

隔會兒接道：「羊肉沒吃得，倒惹了一身膻臭氣。人走蹩腳運，沒得法。」

我說：「沒什麼大不了的，爺爺常講，有兒窮不久，無兒富不久。扯娃娃『灘』，有那麼幾年苦的，只要蔡長林他們大了，日程就會慢慢轉好。」

「幾時盼得到呢？我得不到他們的濟，候一個二個長大，我興許死了。」

說話間，他眼睛一輪，睫毛一眨，眼眶裏閃現著弱弱的淚光。

我後悔不該提及這些。適時聽見北屋裏有人在喊，等待第二次聽真，祖母已端著一碗大米稀飯走進來。祖母心疼的是二爹，平時有個好吃的，不能直接喊，要等大夥都出了門，這才送給他吃。不過二爹也十分敬孝，串鄉剃頭那會兒，只要落屋，糕餅糖食，總得有個紙包遞到祖母手上。

一碗稀飯很快吃完，望著他狼吞虎嚥的樣子，我想：二爹會掙錢，吃飯、穿衣，可以說是全村最講究的一個。祖母經常說他：「衣服上沾不得灰的，有點兒，趕緊用指頭彈掉。吃起飯來，數他嘴細，糊一點兒的鍋巴，揀到豬食桶裏。」

眼下的二爹是徹底變了：褲子上糊的泥巴，指頭不去彈了；端起碗來，嘴也不那麼細了；衣服上的大荷包、小荷包裏也掏不出錢了……才幾年呢？一切都發生得這麼突然，這麼迅猛；如同演戲，大起大落的情節轉換，將人捲入到一個紛亂無緒的雲團裏面，硬是叫人接受不了！

現在敘述的是第三件事情，第三件事情竟輪到祖父的頭上。

說起因，還是中秋節那天，祖父過生，么爹的岳母下山來了。交談中，說他們那裏有一位幹部的姑娘想學裁縫，受人之託，前來打探祖父的口氣。倘若能行，把祖父接過去，供吃管繳，謝師費一天五角。撿蛋坳地處高山，颳起風來像打耳巴子的，猴子就拴不住，祖母不放心。祖父倒有些心動：只是冷些，總比困住要好，答應前去。

時間不出二月，被大隊幹部發覺，立即派出民兵，將祖父押回，開大會進行批鬥。

批鬥祖父最兇的那位叫馮建民。這傢伙身材瘦小，一副猴相，尖尖的臉

龐像黃鼠狼喝了血——無顏寡色的；額上橫著三條抬頭紋，下面的那副薄眼皮總愛虛著，隱藏在裏頭的一對猴子樣的黃眼珠不停地錯來錯去。他渾身透露出一股痞氣，逢人說不上三句正經話，便一個哈哈兩頭笑的，又是拱手，又是躬腰。走路好比野雞躥：雙手絞在背後，埋頭一衝一衝，彷彿一直在撥弄著一把裝在腦殼裏的小算盤。

別看他平時嬉皮笑臉、揚眉虛眼兒的，領導面前卻是一躬到地。兩里以外，只要瞅到蔡德陸的影子，他立即雙腿站直，中指貼緊褲縫，立定在路邊恭候。他原來平頭百姓一個，全憑讀報紙起家。村裏無論大會小會，首先要讀報紙。眼看立功效勞的時機已到，主動捧著一張報紙，坐到麥克風前，一字不漏地朗讀起來。讀完一份《宜昌報》，未見領導喊停，接著又展開一份《湖北日報》來讀，經常讀得額頭冒汗。情形倒是動人，可惜水平有限，讀出的錯別字恐怕一時還難以統計，這裏稍舉兩例：滿「腔」熱情，讀成滿「空」熱情；「蛻」化變質，讀成「脫」化變質；依法「逮」捕，讀成依法「隸」捕……有次帶領群眾呼口號：「打倒孔老二，擁護少正『卯』。」他竟然呼成了：「擁護少正『卵』。」自此以後，人們結合他溜鬚拍馬的德行，乾脆給他取個四個字的洋名兒，叫「捧卵合毬」。「捧卵合毬」由讀報紙、呼口號——首先入黨，繼而當上支部委員，接手大隊出納——慢慢地爬了上來，成為蔡德陸的左膀右臂。

那次大會我本可躲開，但我還是去了。會議開始，蔡德陸威威赫赫，一副盛氣凌人模樣兒，像在夜郎國做王，以命令的口氣高聲叫道：「蔡世德，給我站起來！」

此刻我渾身像電擊一樣，四肢無力，一份深深的愧疚壓迫著我：不該來！明明知道今天是批鬥祖父的大會，為什麼還要跟來湊熱鬧？我不敢抬頭，彷彿有千萬隻眼睛朝我盯著，千萬根指頭在搗著我指教：「爺爺費盡心血把他養大，看到爺爺遭屈辱，不幫忙擋架，卻縮在一邊，屁用！」是啊，我的良心到哪裏去了？我為什麼不挺身而出為祖父申辯？我是多麼地軟弱和渺小啊，我恥辱，我悲哀，我的心在滴血！

馮建民的稿子像懶婆娘的裹腳，又臭又長。首先是「炒現飯」，從祖父當偽保長，入社不積極，搞資本主義……一道來。接著列舉新罪狀：把祖

父上撿蛋埡教學徒，說成是培養徒子徒孫，把資本主義流毒往外頭傳播。罪狀之二：老師在教學生讀生字的過程中，把「毛」字教成「毛主席的毛」，祖父說應當教作姓毛的毛，還有皮毛的毛。

馮建民批判說：「姓毛的人怎麼能跟毛主席比呢？這是對毛主席的極端不恭。再說皮毛二字純粹是侮辱毛主席。」

這位白字大王，竟然在眾目睽睽之下，跟祖父講起字眼兒來了，偏生臉也不紅。

接下來的罪狀更是叫人啼笑皆非。說的是縣城街上——文教科門前豎尊毛主席的石膏塑像，高高大大，右手向前揮著。祖父走近跟前，上下打量會兒，說：「好高，我們那個大門恐怕還走不進去。」

馮建民在此大做文章，說祖父的大門是資本主義的大門，毛主席帶領人民走社會主義光明大道，怎麼會睜起眼睛往資本主義大門裏鑽呢？當然是走不進去。

聽到這裏，我先是一驚，進而又十分納悶：祖父這話是我隨他進城，預備到石灰窯買點石灰，路過廣場時說的，我記得清清楚楚，可從來沒跟任何人講過。馮建民是如何知道的呢？況且已經是好幾年前的事了。悶了半天，又終於讓我回憶起來：那陣兒縣裏正召開四級擴幹會議，代表們廣場上休息。由此可見，馮建民不光有害人之心，而且手段也十分卑鄙、歹毒！

站立時間一長，祖父的痔瘡垂出來了。他拉開褲襠，伸手進去托痔瘡。這時有人喊：「秋伯伯，你坐到，七十多歲的人，站會兒就行了。」

祖父感謝人家的好意說：「不要緊。」

我悄悄朝祖父望去，他已摟好褲子，從麂皮煙荷包裏掏出煙末子，一點一點往煙鍋裏填。煙袋桿子兩尺多長，點火時膀子伸直，脖子稍稍偏往一邊，不緊不慢地巴嗒著。藍煙子從嘴裏出來，悠忽悠忽地打眼前升騰上去，煙子過後，祖父的面容便明朗起來。那是一張慈祥而又略帶微笑的臉，眯縫的眼睛朝發言席上的馮建民瞧著，如同一位觀眾在欣賞馬戲團的猴兒表演，神情十分平靜、自然。這些年的風風雨雨，祖父近於習慣，如同經歷過驚濤駭浪之後，雖有小小顛簸，仍能穩立船頭。

那年的天氣有些反常，十冬臘月還在下連陰雨，庫裏竟攔起半塘子水來。大夥站在岸邊，望著一汪庫水，如同孩提時在小溪裏築個水潭，眼見著阻住的流水慢慢升高起來，心中有說不出的高興。可是，沒過兩天，一塘庫水突然間消失得無影無蹤。

大夥聽說庫裏水乾了，紛紛跑到庫裏去探密，結果發現庫底穿了三個天坑。

這可算得個大事，庫裏領導趕快到公社彙報，公社趕快向縣裏彙報。縣委書記梅書記是個急性子，聽說水庫出事，第三天便坐著輛吉普「轟隆轟隆」地奔塘埡來了。

梅書記身材高大，長年穿一件鐵灰色國防服褂子，一隻揩汗的毛巾把衣服荷包脹得鼓起一個大包。頭上戴一頂藏青色的普通呢帽（夏天戴一頂印有「農業學大寨」字樣的草帽）。幹部們引著他庫底去查看天坑，看了半天，然後回到壩上，向大家做了個簡單的動員報告。他的眼皮連眨直眨，講起話來喜歡從理論出發，大談水利對農業的意義。

梅書記說：「山區的生產力十分低下，抵制自然災害的能力薄弱，導致貧困。要想糧食上綱要（畝產過800斤），就必須抓住農田和水利建設不放鬆。農田改造好了，水災可以排撈，旱災可利用庫水澆灌，旱澇保收，靠天吃飯這個多年遺留的歷史現象，就會讓我們徹底改變。矛盾嘛，什麼地方都有，水庫出現天坑，是發展中的矛盾，有漏就有補嘛。我們將撥出專款，購買沙子和水泥，把天坑給填平起來。望大家下定決心，不怕犧牲，排出萬難，爭取塘埡水庫的最後勝利！」

這是一位對「水利是農業的命脈」的偉大指示信入骨髓的縣領導。在全縣大興水利，凡是哪裏有一股出水，他都得前去實地考察。望著白白流走的溪水經常會發出深深的感歎：「多好的資源啊，可惜沒有利用起來，這是我們的罪過。」於是間，一個新的水庫項目便即將落實上馬了。

聽了梅書記滔滔不絕的報告，我想，有關「水利戲」很早以前就在上演，幾乎跟人民公社同一個時期興起，甚至更早。憑我的記憶，一九五八年蔡家埡打堰，一九五九年打羅家堰，一九六〇年修龔家灣水庫……數以萬計的勞力，連年出征，許多民工因口糧短缺，積勞成疾而空腹歸天……得到的

實際效果又是怎樣的呢？上百畝的肥沃的土地被挖掉了，造成糧食減產，土地滑坡，生態環境遭到人為破壞……然而，人們期待的「座座水庫映藍天」的壯麗景致卻始終沒有出現。星羅棋佈的大堰小塘，都裝不住水。這個就連小孩築水潭都曉得防滲漏的常識性問題，往往被當地政府給忽略掉了。一些政府要員只往前走，不朝回看，由主觀因素而造成的一個又一個的災難，從來不加以總結、檢討，依舊我行我素。憶及這些，我恨不得當面給梅書記打破：水庫既然穿了天坑，就不止兩處三處，舊的天坑填起，說不定又有新的天坑出現，塘埡水庫不如就此下馬算了，不要再將人力物力往天坑裏「填了」。然而，在那如日中天的革命時節裏，這樣的建議往往被認定為「唱反調」，弄得不好，草裏行蛇打，惹禍上身！

一個天坑最大，洞口的直徑有五六米的樣子，直通通下去十幾米深。我們貼著坑壁，摳出些旋梯般的小磴兒，挨個站好，把下頭的泥巴漿子一撮箕一撮箕清理到地面上來。泥巴又稠又粘，嶄新的撮箕磕不到幾下就壞了，大夥只好將泥巴拍打成一個一個的泥圓子，捧著往上傳遞。一時捧不牢的，掉到衣服上、臉上，個個糊得形同妖怪。

寒風打著尖利的呼嘯從堤壩上颳過，天坑裏挨不著吹，可泥巴凍得跟冰渣一樣，指頭插進去，立即會感到一陣麻木的疼痛。坑外派人撿柴，專司一蘿旺火，供大家輪流烘手。

清理半個多月的泥巴，都以為完事，只等水泥沙漿來灌注，不料天坑突然轉了一個彎。我們順著彎道往裏探，似有涼風拂面，抬頭一看，一個黑乎乎的洞口刺斜裏往地底伸去。大夥面對眼前這個「怪洞」，你望望我，我望望你，搖頭咂舌，不知如何是好。

可能是因氣候和成天跟泥巴打交道的緣故，我突然病了。起先是右眼疼，像掉進去沙子，產生陣陣劇痛。

村裏辦起合作醫療室，蔡德炳已經讓位，弄了兩個連〈藥性賦〉、〈湯頭歌訣〉都不知為何物的年輕人在那兒坐班。他們弄點青黴素的麵子，不知兌的什麼東西，溶解成一種乳白色的液體，滴入眼中，然後打個巴子。藥物滴進眼裏感覺舒服，可只管得一會兒，接著疼痛如舊。

在父親看來，眼疾屬小事一樁，開導我莫著急，病去如抽絲，挨得幾

天，自然會好。然而，病魔並沒有聽父親的話，倒是越疼越狠，往眼珠上布起一層雲翳；看什麼都不真切，夜間的油燈在眼前只是一團模糊的紅光。村中有位眼睛上雲的中年人，不光看不見，人也破了相，稱的「一枝花兒」。我把自己設想成「一枝花兒」，想像著今後的生活中因缺少視力而帶來的種種不便，心中又急又亂！

這年我活該倒楣，眼疾未癒，緊接支氣管炎又跟著犯了，真是雪上加霜！支氣管炎是一種厲害而又可怕的疾病，病魔一來，就同蜘蛛逮蛾，三把兩下就會纏得你寸步難行。說別的疾病，呼吸暢通，能為生命提供第一需要──氧氣。支氣管炎可就不同，專門關閉呼吸系統，弄得進氣也難，出氣也難，如巨石壓胸，水沒口鼻；把生命限制在一個只爭呼吸的狹小範圍裏，苟延殘喘，與死神鬥爭。

我躺在床上──不能仰睡，只能胸部朝下地像蟲子一樣躬著，這麼才喘得過氣。堂屋裏同樣砌有「丁」字拐的隔牆，上頭也沒得遮攔，我和蔡德炳僅一牆之隔。都害氣管炎病，他在那邊，我在這邊，比賽似地咳嗽。

蔡德陸為了把大隊部、小賣鋪、合作醫療集中到一起辦事，便將蔡德炳從花屋裏遣到老管委會來住。蔡德炳是興山大醫家舒世榜的高徒，聽祖父說，他幼時學藝，讓自己倒睡在石堆子上背誦〈湯頭歌訣〉。他身材魁偉，為人正派，講究醫德。比如說，風雨交加，又處在黑夜，病人求醫，他二話不說，無論高山低山，揹起藥箱便走。

然而，這麼一位遠近聞名的好醫生，如今也走「背時」運。由於抗戰時期他參加了「青年從軍」，遭到造反派的捆綁吊打，且將他的醫療器械、醫書、藥物等統統收歸大隊，革除其行醫資格。他腦殼「憨竅」，每天獨自到村前的山包上，面對山腳下的縣城，手握一石，不停地敲打地面，口裏跟和尚誦經一樣，反覆唸著「天不撐腰不行」的句子。颳風下雨，歸然不動，這麼風寒入內，咳嗽從此上身。

眼下，我跟他倒成為名副其實的「同病相憐」了。不過，比起他來，我還多出兩層折磨，那就是眼疾和繼母對我的態度。

自我跨進父親的門檻，由於謹慎，況家中待的時間不長，總算保持平靜。想不到我這麼一病，落在屋裏不走，繼母的「真相」便漸漸地顯露出

來。開始運用「我們不服侍別個」的暗語，指冬瓜說葫蘆地醋我，到後就乾脆挑明，說我跟蔡德炳一樣，沒安好心，白天裏玩，夜晚故意咳嗽，好讓她睡不好覺。

臉皮一旦「撕破」，嫌棄我的鬧劇便越演越烈。

那會兒大隊綜合廠由於藝人們不大捧場，名存實亡。嚴大金想集體撈收入，申請大隊，將父親的縫紉機從綜合廠裏提了出來，趁臘月間抓點生意，好向生產隊交納四十五元的副業款子。父親前後掂量，估摸裏頭有點把油水，就答應下來。情形就同前些年在木魚坪那樣，父親做衣服，我便忍受著雙重疾病帶來的痛苦，用一隻眼睛來幫忙鎖扣眼、釘扣子。

眼見我受寒過重，吃不下飯，父親使銅罐煮大米稀飯我吃。我口中無味，不思飲食，哪裏吃得下去？忍著喝了一點米湯。接著父親便做了一個「扯鬼蛋」的事情：將乾稠稠的稀飯堆到一隻大碗裏，自己不曾吃上一口，強迫我給繼母送去。

我說：「我不送。」

「送去。」

「要送你送。」

「你送的跟我送的不同。」

我看見父親的口氣軟了，漸漸地理解了他——想從中緩解我們間的矛盾，喚起繼母對我的同情與好感。使她覺得「明子不錯，吃稀飯沒有忘記我，大老遠端一碗來」。結果是怎樣的呢？支氣管炎坐著就喘，走起路來更是難上加難。我一步三停地把稀飯送到田間，待我一轉身，她豬八戒爬城牆——倒打一耙，舉起稀飯在田間唱戲：「大家看囉——他們在屋裏玩著，還煮大米稀飯吃（七），我們出坡都沒得半個人理。大家看囉——這是他們爺兒倆做的好事……」

回到家裏，她仍三日不了，四日不休地吵道：「玩著的人弄米飯吃（七），我們都吃（七），三把兩下吃（七）完了算了！」

她說到做到，剩下的升把米，做兩頓下鍋，吃個一乾二淨。

有關吃（七）的暫且告一段落，她又專門挑起穿的跟父親倆吵：「玩的人（指我）燒起大火烤，我們天天出坡，凍得清鼻涕流，有哪個曉得？跟著

你吃沒吃個好的，穿沒穿個好的，划不來！想一件燈芯絨的夾滾衫兒，說好多年，像耳邊風。搞不好了，我也蹺起胯子玩，玩得起，怕你們不弄飯我吃（七）……」

她像一隻狐狸精，儘管只三言兩語，卻跟「香屁」一樣熏得父親坐臥不安。表面上父親不問不聞，倒暗裏取了布票，往城裏請「水手」，「開後門」扯了一段黑色的燈芯絨來，另有醉紅布的裏子相配。別人的襖子、褂子統統讓路，成天打糨子粘「抬肩」，燒烙鐵滾邊，繚蜻蜓頭的扣絆子──忙得不亦樂乎。日夜奮戰，一件偏大襟的黑滾衫終於完工。

試的那天，父親像奴才似的，牽起衣服，讓繼母伸直胯子往袖筒裏鑽；穿到身上還不上算，繼續前後幫忙抻著。自始自終，父親雖說沒有笑出聲來，可一直把嘴唇咧得大大的，老牙根都露在外面。他這麼無微不至、盡心盡力，大約換取了繼母三秒鐘的微笑──還是在她穿好衣服，大約覺得合身，才那麼十分吝惜地笑了一下，並說：「想它想得有好幾年了，這次總算發了一回善心。」

據我觀察，繼母最擔心父親背地裏給我把錢。我恨不得當面向她表明，這個擔心非常的多餘：父親對金錢看得比較重，哪怕我眼下疾病纏身，從來不曾拿一分錢出來給我看病，還經常發佈他對疾病的言論：「小娃子有什麼大不了的病？齁一齁、咳一咳算不得什麼稀奇。我們祖輩子沒得齁包（支氣管炎）的遺傳，搞搞勞動，出幾身汗，把寒表出來就好了。」

一天有位前來縫衣服的顧客，見我病得縮成一堆，獻一祕方：老煙梗子燉淡肉湯喝，使其吐痰，連老「齁包」就吐得斷根。這叫我想起望生灌大糞吐桐子的情形，一邊暗裏驚異，世上有這麼簡便靈驗的妙方嗎？真能如此，莫說喝煙梗湯，就是喝大糞我也不怕。

那會兒祖父煙田裏恰好有幾支老煙梗子立著，肥肉當然不好弄，板壁上掛有拃把長一截肉皮，跟父親商量，父親說行。便將兩樣東西剁碎了熬湯，藥湯熬好，我同看見救命草一樣，迫不及待地喝了一碗下去。確實很難喝，就同喝了一碗煙屎下去，喉嚨裏、胃裏一起難受得很。我悄悄跑到山牆下蹲著，預備大口吐痰。吐屁的痰，這是一個不大對症的「祕方」，我徹底失望了。

晚上，繼母發現我用了那截肉皮，照例來了一番大鬧天宮，嘴裏不乾不淨地衝我說：「什麼病？嗲病，倒修造得好。依我看，靈丹妙藥也醫治不好。可惜我的一塊肉皮……」

父親為了不使她過分心疼那塊肉皮，勸道：「糟蹋不了，你看我把它吃掉，又當肉來又當煙，過雙癮。」當真夾起一塊肉皮來嘗，眉頭皺成一把，嘴裏仍舊叫著「好吃」。

處境是越發艱難了，只要我一天不走，繼母就沒有一天的好樣子。我想跟父親談談我的今後，可有了機會，竟一時又張不開口。跟父親談什麼呢？有什麼「今後」可言呢？我並不想加重父親的負擔，他的確也很為難啊。父親像看穿我的心思，寬我的心說：「困難是暫時的，她的話莫聽，只要病好，上水庫去，少攏面，就鬧不起勁。」

我怎麼不想上水庫去？每天有一百個這樣的念頭，可你要病好哇！心裏一急，淚水也滾出來了。

村東那棵大柿樹離父親的房屋很近，高大的樹身屹立在寒天冷地之間；樹葉早已讓寒風摘盡，只有幾個燈籠一樣的紅柿掛在枝頭，這倒成了鳥雀們的美食，早晚來啄。望著牠們飛來離去的情形，引起我對一份新的生活的渴望和焦慮。幻想著幾時能夠像鳥兒一樣展翅飛翔——飛到藍天上，飛到雲彩邊，向著能帶給我溫暖與自由的陽光地帶去——那該多好哇！然而，飛翔的翅膀卻讓病魔給束縛住了，它不讓我飛，壓迫著我，不給我自由。眼下我已成了一隻沒有窩的小鳥，心想，即使給了我飛的權利，我又能飛向何方？人生，這可怕的人生對我怎麼是如此的殘忍多艱啊！

學生時我讀過〈秦瓊賣馬〉的故事，那故事十分悲愴動人，一直保留在我的記憶裏：一位叱吒風雲的蓋世英雄陷入困境，貧病交加，元氣大損，賣馬求生，到後連昔日揮舞沙場的雙鐧也扛不動了……另有一民間傳說：無敵將軍李元霸，天不怕，地不怕。藥王聽了，很不服氣，便往他掌心寫了一字，問怕不怕。李元霸一看是個「病」字，連道三聲怕怕怕！

病魔，這個來無蹤、去無影的傢伙，世界上的生物都被它威嚇著，它是一切生靈的天敵。我害怕它，我詛咒它，它把我對人生的理想、希望、信念、目標……統統給黯淡了。有時竟讓人產生輕生的念頭，我知道輕生不是

一位真正男子漢的選擇，只有懦夫才會沿著這條捷徑向天堂走去。病魔雖然折磨得我死去活來，但恰恰又是它砥礪出了我堅強的意志，我沒有理由選擇死，我要活！

勉強過了一個年，開春以後，我倒想回到水庫上去，只因體子太虛，咳喘又未痊癒，再說塘埫山上積雪皚皚，暫時還不敢動步。

有一天，繼母無頭無影地又吵鬧起來，突然要同父親分家。我知道這是在攆我，再也忍受不了這人妖之間的摧殘，便說：「你們不要吵，我走！」

聽我開腔，繼母像有準備似的，飛快地順著我的話接道：「你走我們不留！」

我走進房裏，捲起鋪蓋捲兒往胳肘裏一夾，大步向門外跨去。

走出大門，我想，這是開初進門時預料當中的一步。我們彼此會產生一種快感：從她眼中趕走一個異類，我也從此逃離了這個火坑！

……

敘述這段生活的時候，如同跌進糞坑裏一樣，極不情願地對從前經受過的那些痛心往事，由於追述而重嘗一遍苦味。一提筆，那堆庸俗、瑣碎、充滿恥辱與痛苦的生活，潮水一般向我湧來，使我有招架不住的感覺。我掙扎著，喘息著，想一步跳到岸上……因此我不能從容、平靜而又準確地把它們全部給表述出來；本想繞道過去，可是不行，只好採擷一二朵浪花點綴一下罷了。儘管如此，我的靈魂照例被往事刺傷——而重嘗了一遍苦味！

# 豬圈裏升起炊煙

　　我一步跳出火坑，沒別的去處，依然回到祖母身邊。祖母看見我摟著一捲鋪蓋，臉上的顏色又不大好看，不知發生什麼事情，但很快就明白過來。她一手撐住灶台，躬著腰，伸長脖子，什麼話也沒有說，只是心疼地把我瞧著。時間容不得我跟祖母多說，一心只想儘早會到么爹，便徑直往城裏跑去。

　　香溪大橋竣工在即，六墩八跨的橋拱像彩虹一樣橫貫香溪兩岸。工地上，老遠就看見么爹那強壯高大的身影，正在指指劃劃協調著各排的工作，一邊同大家抬著混凝土的製件，順腳手架的斜坡往橋拱上去。

　　我喊了一聲「么爹」，想說的話一時間吐不出來，只好低著頭，忍了半天，然後才說：「跟他們搞不成器⋯⋯商量您把豬圈騰出來，我想單獨開伙⋯⋯」忍著忍著，到後淚水還是滾出來了。

　　么爹說：「這有什麼問題呢？痾病鬆活些嗎？」

　　「鬆活些。」

　　「眼睛怎樣？」

　　「疼是不疼了，就是看不清白。」

　　「來，我這兒五塊錢，到醫院看去。人沒得一雙眼睛怎麼掙飯吃？看病轉來，跟我到食堂裏吃中飯，晚上我們一路。」

　　「不，多謝您，看了病我個兒慢慢往回爬，您走路我跟不上。」

　　鍋漏從急處補，支氣管炎是老毛病，首先看眼睛。門診上看過病，到藥房裏取藥。藥一到手我就湊到眼跟前細瞧，看有不有棕黃色的、亮晶晶的顆粒，一看果然有。老早就聽人說過，這藥名叫魚肝油，治眼病離不開它，我為醫生對症下藥而暗暗感到高興。另外還開了一盒「明目地黃丸」，共計花去三塊多錢。要我看簡直就是幾顆靈丹妙藥，吃著吃著，眼睛裏的雲翳一點一點退去，視力便一天一天恢復過來。

豬圈離我們小時候相嘴的老場子——北屋後門約六七尺遠，兩門對開，中間空出曬席大一塊小場地。圈內面積，照我現在樂觀的估計，大概有六個平米。半人多高的石牆，上半截砌的土磚，簷水朝後偏去，站在簷牆跟前勉強伸得起頭，好在天上撒的幾片瓦。靠上緊挨糞爺的豬圈，豬圈又緊挨著他的廁所——共計三間，上下一字兒擺著。不過，糞爺的豬圈廁所蓋的不是瓦片，青一色的茅草。

我打開豬圈出糞。這回出糞跟以往不同，特別過細：塞在牆腳縫裏的糞草，用手慢慢掏，掏不著的拿棍子撥，一點一點清除乾淨。圈裏氣味大，想要消除，須墊一層新土。肥土跟前倒有，只是不乾爽，縮性又大。我便揹著揹籠，到門前的山包上找白墡土挖，然後像燕子含泥一樣，一簍一簍往回揹。

備足新土，挑水來潑，將新土和成一塘泥漿。對於那些裏出外進的石牆，統統給糊上一層泥巴；剩下的泥巴抿平、拍緊，形成新的地面。

做著這些泥活，我想：魯濱遜比我要強，他雖說隻身漂入荒島，可船上的物品夠多，即使躺那兒不動，也夠他吃上些年。而我有什麼呢？一窮二白！

起伙的頭天晚上，我跑到祖母園子裏摘菜，看到母親的墳，想來有些淒慘，一時忍不住，依在墳邊哭了一場。時值黃昏，暮色朦朧，祖父來到菜園裏拉我回去。他說：

「不要哭，我們也沒攆你，早早的開個什麼伙？」

我的確很急，跟祖父祖母吃了好些時的白飯，日後拿什麼還呢？他們也不夠吃啊。祖父越是這麼說，我越是不過意，越是要急著開伙。

萬事開頭難，面對著那些意想不到的、源源不斷的朝我壓來的重重困難，我開始堅強地、理智地來對付它們。

我把鋪支在簷牆跟前，牆上凸出兩個石頭，睡起覺來不小心，就會把背心或腿子碰得生疼。鋪板是父親從木魚坪弄回來的半合裁板，計二尺寬，既當床又當凳，滿實用。屋子小得出奇，添飯不消走得路，坐床上膀子一伸，就能搆到鍋裏。

環顧屋內，回想前些年父親幾弟兄分房產，說到半邊廳屋和豬圈，爭得

脖子有桶粗，認為不值得。可如今意識到了，爭論是值得的，否則，我這會兒會喊天無路！

當我在豬圈裏升起第一縷炊煙的時候，糞爺豬圈上的茅草多年沒有更換過，生活在裏頭的千腳蟲大約受到柴煙子的熏擾，順著屋檁浩浩蕩蕩往過爬。我敢說，任何人都未見過這麼多的蟲子，一時還不知用什麼數字來估計牠的多少。寸把長的條條，長著銀環蛇般的花紋，邁動頭髮絲樣的細腿，來來往往擠滿三根檁木，使房檁變成了三根彩色的「蟲檁」，看得心驚肉跳。白天黑夜，牠們掉到地上、鋪上，會被我碾個粉碎。蟲子並不咬人，卻散發出一股噁心的臭味。後來我找些報紙，打盆糨糊，照房頂一褙，十分頂用，聽到蟲子落到紙上，可掉不下來。

睡到夜裏，能聽到糞爺的羊子反芻和小豬均勻的鼾聲。這種奇妙的聲音像雨露滋潤乾土，像歌聲愉悅心田，使我感到親切而踏實。我常常因此而走進夢鄉，彷彿格列佛遊歷到馬國，心情非常愉快：那裏沒有政客、官僚、鬥爭、陷害、欺詐、淫蕩……看不到我的同類；到處草木茂盛，食物充盈，相互謙和，友愛遍佈──陶醉在無比自由和幸福之中……山羊的一個噴嚏把我從夢裏喚醒，朦朧中我埋怨山羊的魯莽，打破了我的好夢。但我的內心照例喜歡牠們，牠們就是我夢裏的「慧騍」，是我的鄰居也是我的朋友；為了生活，我們友好而和諧地聚到了一起，驅趕著孤獨。

最讓我難以忍受的，說出來十分不雅，但叫我也沒有辦法。──正當我端碗吃飯的時候，碰巧糞爺摟著褲子往茅廁裏去。他的糞便入池的聲音會毫不留情地灌進我的耳朵。起先看見他們往茅廁裏走，我就端著碗飛步往祖母屋裏奔跑。久而久之，習慣成自然，到後他們屙屎打響屁都聽得清清楚楚，我也不張惶亂跑，照樣吃得下去。

我當農民固然很早，可正二八經當農民，是從住進豬圈、正式立了門戶那會兒開始。以前我不守本分，認定前途光明，像知識青年下鄉那樣，生產隊只不過是個跳板，過段時間就會遠走高飛。然而現實卻是那樣的殘酷無情，它摧折了我理想的翅膀，竟一下把我打到社會底層──豬圈裏來了。我面對實際，開始添置了打杵、薅鋤、挖鋤（以前借么爹的用），開始急柴米油鹽醬醋茶，開始籌畫吃乾吃稀，開始吃了這頓愁下頓。二爹的那一套小數

除法，雖然未及推廣，倒讓我原封不動地給借鑑過來了。

　　記得第一次參加隊裏分糧食，秤的是五斤濕豌豆，往屋裏一擱，老鼠竟跑過來跟我倆放搶。我放進鍋裏，拿鍋蓋蓋住，牠們就啃鍋蓋；我趕忙把幾件衣服從那口炸藥箱子裏抖落出來，將豌豆塞進去，牠們轉而啃箱子。一時有些發慌，乾脆拿豌豆當作枕頭，叫腦殼給壓著。牠們仍然不肯放過，不等我睡著，到鋪上跑來跑去，有的不小心，一腳踩到我的嘴裏。這可是我的命根子呀，你們吃一顆，我名下就少了一顆，絕對不能讓你們得逞！祖母見我張惶失措的模樣兒，從屋裏找個小罐兒出來，遞給我說：「只有這最好。」我把豌豆裝進小罐兒裏，拿石片往口上一蓋，老鼠果真抓瞎。

　　對老鼠我恨之入骨，難怪人們把牠排在「四害」之首。我想從源頭上給牠們一個整治：將幾個鼠洞堵死，使牠們不可進屋，豈不省事？小屋牆腳邊大窟窿小眼的，全憑泥巴糊平，容易讓老鼠掏穿。我一時很不服氣，作為一個萬物之靈的人類，對付不了幾隻老鼠，可笑。於是開動腦筋，從坡裏砍回幾枝牛王刺，剁成節子，塞進鼠洞，隨後再糊上泥巴。「不怕扎的就來吧，敢動一下就使你的爪子出血、發炎、腫痛、爛掉。」我一邊堵一邊這樣說。說來難以讓人相信，牠真的是不怕扎：白天堵好，夜間被重新打開，一堆碎土的旁邊，牛王刺節子好好地放在那裏。況且你堵了地下，牠從天而降，把糊在檁子上的報紙踩得咕啦咕啦亂響，使得我日夜不能安神。心想，算了吧，我認輸，只要不吃我的口糧，隨你們鬧。

　　一天，哥哥從學校來到我的小屋，告訴我他已從一個民辦教師轉為公辦教師，工資猛然漲了五六倍，一月能拿到二十八塊多錢！這可比滿懷激情迎「九大」還要激動人心哩，兄弟倆在喜訊的刺激下，內心皆沉浸在眼前的興奮和往後的憧憬之中。

　　他說：「黃主任真好。其實，我的轉正定級經他早已辦妥，可前天來我們學校檢查工作並不做聲，只告訴我過兩天工資可能要動一下。你看，這麼大的事情，他卻輕描淡寫，處理得相當合適。」

　　我說：「那道『鐵門檻』是不好過的，這回憑的什麼力量，輕而易舉就越了過去？」

　　「怎麼會輕而易舉呢？照樣不容易，不容易啊！蔡德陸這傢伙眼看我即

將要飛，要命不肯開籠放雀。他說爺爺從前當過保長，轉正的事通不過。黃主任說我的三爹當過空軍，政審沒有問題，何況我們已是第三代人了。蔡德陸又說我們全家是資本主義。黃主任說機器統統被大隊沒收，怎麼去搞資本主義？一個說，一個駁，針鋒相對。」

「還好，沒說你看《三國》、《封神》，沒說你脫離勞動人民本色。」

「還有不說的！黃主任叫他不要亂扣帽子，拿真憑實據出來。」

「女媧那會兒造人為什麼要造這些卑鄙齷齪的人呢？偏偏又死不絕種！」

「有人問我跟黃主任是什麼關係，什麼關係？這話倒提醒了我，使我想起下鐵路那陣兒黃主任曾對我說過：『回去好好幹，以後有什麼事只要我曉得。』這話我聽起來無意，黃主任卻謀事在心，一旦時機成熟，他便盡力關照。」

緊接著哥哥舒了一口氣，問：「還要買些什麼？趕在急的說。」口氣比以往粗了很多。

「買把菜刀，光拿婆婆的，有時用不過來。另外，還買個罐子裝糧食，喔，還差把火鉗。」

哥哥應道：「行，我記住，公社裏學習，順便往回帶。」


鐵路上回來，我修水庫、害病，跟大梅子見過幾回面。如今我住進豬圈，似乎有了自己的一片小天地，便非常地想念她了。

記得下路見第一次面是在生產隊裏薅包穀。我扛著薅鋤，情形就同一首五句子唱的：

　　一下田來眼直梭
　　不好挨得哪一個
　　捱到張哥怕人講
　　捱到李哥怕人說
　　乾脆捱到我情哥


望見大梅子站在翼頭靠邊的第三個，我便大膽地朝她走去。

女大十八變，大梅子不只長高了，身姿比從前也更加豐滿好看。總的說來，在她身上，一切都是那麼迷人。那股好久沒有聞過的來自她身體的暗香，倏忽間沁入我的心田，使人感覺到無比的親切和溫馨。我們彼此挨得很近，我故意少說話，則更多的使用眼睛來滿足我對美貌的欲望。她大方開朗，從不迴避我的目光，就同大姐姐會到小弟弟，親近、自然。

　　歇涼的時候，我們坐在一棵油桐樹下，她像有著永遠也做不完的針線——掏出鞋底來扎。

　　我說：「你給我本子已經寫完了。當時你曾說過，寫完以後要唸給你聽。聽不聽？聽我就唸。」

　　鞋底厚實，扎進去的棒針抽不動。她張開秀口去咬針頭，用嘴拔過針頭笑道：「當然要聽。」

　　我就掏出日記本，選出一段來唸：

　　「那天下路，我送大夥上船，轉身在碼頭上碰見了她，當時，我恨不得撲到她懷裏哭。她跟我說⋯⋯」

　　「光她、她，哪個她呀？」

　　「你說哪個她嘛，帶女旁的那個她。」

　　她拉動鞋底上的繩子，微笑著盯住我看了會兒，讓我繼續往下唸。

　　「⋯⋯那件花格子襯衫穿在她的身上太好看了，不長不短，挺合適的，把胸脯襯托得滿好看⋯⋯」

　　她的臉龐陡然發紅，左右看看，嘴裏說著「招架」，手裏舉起鞋底打我——只不過做了個樣子，很快又縮回去了：「說的些什麼呀？說個別的吧，以後再唸給我聽。」

　　「真的，大夥走了，我好不習慣，像掉了魂兒。實在想苦了，我就給夥伴們寫信。我很想寫信給你，可是⋯⋯」

　　「可是什麼？」

　　我喉嚨裏打了個等，她似乎猜透我的意思，說：「曉得我不識字，寫了書信要請人開，是吧？這有什麼要緊？你應當給我寫。」

　　「請人開的書信我可不情願寫。」

　　「只怪我沒有文化。」

「我可沒這麼說。」

正談得艱難，大梅子趕緊將話題一轉，問：

「後來你們都幹了些什麼？」

「還不是挖土石方，活路比淹洲壩更苦，累得我咳……」我趕忙把「血」字吞了回去。

吹來一陣柔和的山風，不停地撥弄著她額前的頭髮，同時也吹活了我的思想。我打開話匣子，講鋪鐵軌，講架橋……當我講到迎彩車的情形，她停下扎鞋底，伸著白淨淨的脖子，黑漆漆的眼珠子望到我，專注地傾聽。

後來上了水庫，我們見面的機會更少。一次回家秤補助糧食，我順著通往倉庫的小路，經過大梅子家門口。之前我想，大梅子在家就好，沒有旁人更好，一起待會兒，親熱話兒拿出來說說。湊巧那天大梅子在家，跟她母親倆坐在簷坎跟前剝著一串乾豇豆。

她問我：「水庫上習慣嗎？」

「習慣，哪裏有飯吃我都習慣。」

「我曉得你會這樣說。」

與此同時，她那雙會說話的眼睛朝我投來溫情的一瞥。這陣兒，她母親起身去拿豆串，我放低了聲音：「上水庫去吧，年輕人在一起，比生產隊快活。」

「水庫也不是隨便去的。」

「你爹多有權力，只消他張個嘴。」

「權力不濫用。」

「回想我們一起勞動的情景，我總是很感動，恨不得我們天天在一起。可為了生活，我們又不得不分開，對這樣的處境我滿惱火，滿痛苦。你有不有這樣的感覺？」

「你說呢？」

「我要你說。」

「我說不到。」

「說不到就是沒得。」

她沒有馬上回答，臉兒卻無端地發紅，朝屋頂瞧了瞧，彷彿在認真回憶

著一件忘記了的往事，好久才說：「有首五句子是怎麼唱的？我只記得前頭兩句：挨姐坐來對姐提，問姐想你不想你。後面是怎麼唱的我倒忘記了。」

怎麼會忘記呢？我想，一定是不好意思唱出來罷了。我裝著承認她記不起來的樣子，自告奮勇給補了上來：「情哥想姐在嘴裏，情姐想哥在心裏，情姐情哥有情意。」

待我補完，她抿嘴兒直笑，將姣好的身段一扭，斜對著我。我拿掉她手上的豆莢，往簸箕裏一扔，命令似地說：「來，把手給我握會兒。」

她沒有服從命令，倒是眉目傳情地將我瞅著。見她目光這麼專注，我問：「不認識我嗎？」

「不認識。」

「我說的聽見了嗎？」

「沒聽見。」

「快些，把手給我。」我心中一陣狂跳。她遲疑著，忽而調臉一笑，我正欲伸手，她母親提著豆串回來。老人看見女兒嬌笑的姿態，微笑著嗔道：「還小，有話好生說，只顧憨笑。」

……

我暗思默想，回憶到這一幕幕甜美動人的往事，忽然傳來一個不好的消息——有人上門跟大梅子提親！經四下打探，不光提親，且得到老的和小的允口同意。我頓時像遭到雷擊，頭昏眼花，手腳發軟，心煩意亂。

提親的就是那位強排長。我想起那傢伙五大三粗的身材和那張又寬又大的「國」字臉，還有那一嘴裏進外出的牙齒，心裏有一種說不出的滋味。他對人滿兇，有次我看見一位五十多歲的地主婆子向他彙報（固定一月兩次），首先不問青紅皂白，照人家臉上「啪啪」就是兩個耳巴子，打得那老婆子規規矩矩地低頭立著。記得大秋時節，包穀熟了，年輕人排班，夜間義務守護，我同他守過幾夜。走累了，我們想辦法在地頭上東一處、西一處燒幾堆大火，然後找個陽坡攏些秫稭兒，將身子攤在上面，望著天上的星星呱淡話。他曾講過他失貞的故事，不停地誇耀著他性交的本領和「十八摸」的技巧。心想這傢伙修鐵路情歌就不准唱，一本正經，然而肚子裏卻懷了這麼多的鬼胎，真是人不可貌相！我非常嫉妒他，憎恨他，猜想他什麼醜事都幹

得出來。安放在我心房特殊位置的一束玫瑰，它是那麼的純潔、豔麗，負載著我對美好生活的無限希望。我害怕山風吹落它的花瓣，害怕它蒙受著污泥的浸染，它像生命一樣開放在我聖潔的香草山上。然而，這麼一束珍貴、耀目的高花，卻被一雙粗暴的大手給無情地攀折去了。我苦惱、煩躁、失望、悲傷。我彷彿看見了一隻羊羔掉進了餓狼的懷抱，不由心裏冒火，氣得真要發瘋。是的，只要一想起這事，我就頭昏腦脹：看頭上的天空沒有以往的晴朗，風也不是那麼颼的，水也不是那麼淌的，一切都是亂的。

那幾天倒是節約，不想吃飯，差不多見天只吃一頓。覺也睡不好，混沌中一直同大梅子交涉，交涉的內容十分零亂，說也說不出口。我恨起大梅子來，恨她的虛情假意，恨她對自己的終身大事不慎重。坡裏生產，我一直躲著她，害怕見了面裝不出個正經，會使自己丟人。可是，假若一天真的見不到她的身影，滋味更加難受。我焦躁不安，腦殼裏一陣陣發熱，恨不得跑上門，好好將她辱罵一番，洩洩胸中怨氣。

那天我們在倉庫門前的麥地裏見了面。人的性情是複雜而又古怪的，儲在頭腦裏、重複過無數次的怨恨她的話，一時間不知跑到哪裏去了。心裏發慌，話也說不成句，囁嚅著：「我有話要說，可是……」

大梅子像什麼事情也沒發生過，故意逗我似地笑道：「有話儘管說，沒有人割你的舌頭。不過，不說我也曉得。」

「不一定，我想說什麼？你說。」

大梅子眼睫毛連眨直眨，把頭稍稍一偏，輕聲道：「也不請人上門提，叫我……人家請的媒人，我爹又催……」

「恭喜你找個好婆家。」話一出口，我有點不相信自己的耳朵，這是從我嘴裏說出的話嗎？我怎麼能這樣地恭維她呢？這不是我要想說的話！

大梅子沒有往下說，我也找不出其他言語，兩人沉默著，一直到離開。回到小屋，我關上門，一頭栽倒床上，舌頭差點讓牙齒咬出血來。

# 祖父最後的日子

這年的九月，從北京來個消息，那位「語錄不離手，萬歲不離口」的副統帥，在蒙古溫都爾汗墜機身亡。

一些黨員幹部因身份職務不同，皆分階段提前得到消息。就因這個，他們像到西天佛爺那裏喝了聖水回來，擺著一副先知先覺的模樣兒，個個臉相嚴肅，守口如瓶，彷彿連地球的命運也攥在他們的手心裏。高音喇叭歌聲鬧，會場上下紅旗飄。望著他們呼前喊後的身影，使人聯想到這些熱中於搞花樣的傢伙，平日拿著老百姓的工資、工分，閒得無聊，巴不得上頭天天有「最新指示」和「絕密文件」往下傳。有了這些，他們空虛的靈魂才不致寂寞，幹部的價值才得以體現，所以個個忙得屁滾尿流。

傳達中央文件的緊急大會戒備森嚴，地點跟以往不同，將人們趕進一幢只有一個獨門的大倉庫裏，且只准進，不准出。門口站崗的民兵荷槍實彈，刺刀鬥到槍桿子上，一時間恐怖萬分。大家緊張得伸直脖子，大氣不敢出，以為天塌了。

文件是《571工程紀要》，多厚一本，讓馮建民的朗讀嗜好過了一次足癮：掙得細脖子上的青筋一大把，讀一句，嘴頭往前湊一下，跟豬子吃食差不多。

祖父也被蔡德陸指派民兵給「請」進會場裏來。

祖父正在害病，病的起因，還是去年上撿蛋坬授徒時中了寒氣。起先是乾咳，認為小毛病，盡它咳，喉嚨裏漸漸起了痰。眼看捱不出個結果，祖父便拄上棍子，奔到醫院看病。前後兩趟，抓了四副水藥煎服。到頭像大河裏撒把鹽，病勢未減，反趨嚴重。

倉庫裏空洞潮濕，時值秋末，屋內冷絲絲的。祖父裹著長布衫，在穿著短褂的眾人裏面格外顯眼。長時間的咳嗽使他的頸椎似乎斷了，頭一直低著，低得後腦勺跟肩胛形成一條平線。會場的凳子皆由橫在地上的一根根松

木組成，祖父坐在上面，躬著背，沉重的腦殼一直讓攀在雙膝上的兩隻肘子抬著，長布衫的大襟前後參開，倘若不是咳嗽牽得他周身抖動，彷彿是攤在地上的一堆舊布。他的一聲趕一聲的牽腸抖肺的咳嗽，至少能使周圍的五十個人聽不清台上唸的什麼。儘管這個情形，蔡德陸並不鬆口放他回去。

文件特別長，學了三天，在這漫長的三天時間裏，祖父遭受到涼氣的侵襲而明顯地添了病。堅持到最後的那個晚上，已經散了會，走到離家還有丈把遠的地方，一個踉蹌便趴在我的小屋旁邊。

祖母感到情勢嚴重，便將幾個兒子喊到跟前商量：眼睜睜看著他病似乎不是個事，得想個辦法才行。什麼辦法呢？兒子們也不是醫生，打量著只好往醫院裏送。

么爹往村裏找篼子，半天沒個著落，父親說：「找什麼篼子，乾脆換到背。小時候爹揹我們，老了我們應該來揹他，盡孝心。」

祖母聽了，含淚道：「不枉父子一場，隨你們的便，揹也行。」說著從懷裏摸出二十塊錢遞給么爹，「我只有這，不夠的你們幾弟兄湊。」

四個兒子除開二爹，另外三個你一肩我一肩將祖父往城裏揹。傍晚，他們依舊揹著祖父回來了，有關祖父的病，聞不到一句讓人寬懷的消息。

祖父半坐半靠地躺在墊有棉布片子的竹椅上面，臉色發黑，神情木然，跟祖母倆說：

「他們揹我吃虧，我被他們的揹心挺吃虧，胸前這一塊像石頭擦的，挨不得。」

同樣揹回兩包水藥，只好煎了喝，看上去並不見效。我翻開祖父的病歷，上頭寫著：肺寒痰滯，咳嗽；氣膜無痰，心慌煩躁，四肢無力。接下來開出十二味藥方（略）。這倒使我想起魯迅先生的兩句話來：「便漸漸悟得中醫不過是一種有意的或無意的騙子，同時又很起了些對於被騙的病人和他的家庭的同情。」所以，祖父吃掉總共六包水藥之後，便自行終止，往後無論請什麼良醫，皆被他一口回絕：「莫淘力。俗語說真病無真藥，我這是真病。」並催促大家「快些給我整枋子」。

抓革命，促生產。白天出坡勞動，晚上開會學習——起先批判劉少奇的資本主義，眼下又批判林彪，還搭上一個孔老二來——經常很晚回家，把人

弄得昏頭大腦。即使回來再晚，照例到北屋裏，在幽暗的油燈下默默地陪祖父坐會兒。

祖父怕冷，早早騰出火籠燒起一壟炭火。哪怕病了，他依然坐到深夜才上床睡覺，雙手捧著低下的額頭，不說一句話；兩隻小腿的下半截被炭火烤出茄子色的花紋，慢慢地生出一些麻雀蛋大小的燎泡，像失去知覺似地不叫一聲疼痛。

我暗裏思量，祖父應該住進醫院，看西醫。通過儀器把病看準，然後對症吃藥、打針，身體才會一天一天得到康復。這個想法不錯，只是要拿出一筆錢來。香溪大橋竣工通車，么爹回隊受困；眼看么媽又將臨盆，家裏連吃鹽點燈也出現「恐慌」，哪裏有錢為祖父治病？於是我就胡思亂想：把自己設想成一個非常有錢的人，提醒著我可不要亂花，首先滿足祖父治病。倘是無錢，只要能耐大，掌握一定權力，把祖父送進醫院，先看病，再說錢；許多醫務人員在我的指使下，緊張而又忙碌地工作起來……「浪漫」過後，往往又展開自我批評：一二十歲了，一點也不實際，還這麼耽於幻想，無出息！

有天晚上祖母跟我說：「爺爺吃不下飯，胃口沒開。魚是開胃的東西，可拿不出錢秤，想不想得到一點兒辦法？」

「有辦法。」我滿口答應下來。上工的時候，我找放炮員弄點炸藥和雷管，塞進一個墨水瓶裏。不讓祖母知道，差上堂弟蔡長林，趁著月夜，跑到香溪河裏炸魚。折騰大半夜，總算沒有空手，指頭長的小魚弄了斤把。

這倒使祖父一時開了心，催祖母快弄：先下油鍋裏煎，然後放水煮，打湯。並吩咐道：「打半斤苕乾酒，把老二也喊來，都嘗點。」

搞得熱鬧，祖父喝了些魚湯，酒沒抿兩口，竟是滿臉的潮紅，氣往上湊，發喘。記得祖父是有些酒量的，只因體子太虛，已勝不過酒力了。

大家心思重重，百般無奈，這時祖父突然產生個古怪念頭：想到大隊部看一眼他的那台被沒收多年的縫紉機。么爹沒有答應，跟他說：「有什麼看頭？看了也拿不回來，興許被鏽得轉不動了。」

祖父說：「叫你大哥把他的機器搬來，支到天井坎上，我想看會兒。」

沒有辦法，父親也不明白搞什麼名堂，為滿足祖父心願，按著要求將機

器扛來，支好，然後向祖父報告：「爹，機器支穩了，您來看。」

聽到叫聲，祖父也不要人扶，邁著又碎又急的步子走到機器跟前，坐好。跟從前上機工作時的情形一樣，不緊不慢戴上眼鏡，從懷裏掏出一塊舊布到機器上縫。那是一段白線布，裁的三角形，不知何用。他佝僂著腰，脖子彷彿斷了似的，額頭抬不起來，幾次碰到機身上。面容像石頭刻的，看不出表情，眼珠子又昏又暗。他渾身打著哆嗦，手抖得握不住布，腳下的踏板呱了呱了一陣亂響，機器忽而正轉，忽而反轉。雖說腳是他的腳，手也是他的手，然而它們已背叛了他，不與他好好地配合做事。眼看坐不穩，忽然一歪，幸虧父親手快，將他扶住。大夥目睹祖父的行為只覺好笑，勸祖父莫淘力，離開機器回屋裡做。祖父卻僵持著，一言不發，像孩子賭氣似的，甩開我父親扶在他身上的手臂，繼續工作。他似乎凝聚了渾身的力量，控制手腳，操作機器，結果還是不行。他很累，像服了輸，伏在機器上一動不動。父親上前扶他，他不像剛才那樣反抗了，乖乖地站立起來，臉皮上老淚縱橫，鼻孔裏吊著鼻涕，默默地離開機器，轉身回裏屋去了。

祖母望著祖父那愴然的樣子，歎道：「還在想著早年的英雄，早年的英雄已經一去永不來嘍。」

順著祖母的哀歎，我不停地翻檢著記憶的珍藏：有關祖父的身世，祖母講述不下百遍，在我頭腦裏已深深地扎下了根。

祖母說：「——你爺爺十一歲就出面當家理事——那一年，你太婆婆李氏三十六歲過世。我六歲做小媳婦（童養媳）剛來蔡家半年。常言道：『爹死了就埋，媽死了要等舅舅來。』李氏後家來了幾架篼子說話，你爺爺一個頭磕到地上不起來，請他們儘量多說點兒（即往死者身上多破費些）。於是來的舅舅發話：『靈柩停放半個月，做個晝宵齋，打十天的喪鼓。一吊錢一塊的火紙燒六十塊，化一幅古聯（三十二刀一捆的佛表紙）；枋子、老衣都重新置。』」

我說爺爺是他的親外甥，為什麼要這麼破費呢？不可理解。

祖母說：「從前是這樣的風俗，人死如分家，就是說把家產分一半讓死的人帶去。可不管你有和無，錢要這麼花。你太爺蔡明輝是個好人，屋裏（妻子）死了，叫他到房裏拿面鑼喊道『怕鬼』。爺爺沒個商量處，心裏想

按舅舅的分派，讓死的人早點入土為安，便請中人代筆，一紙契約將田家垉一個多牛工的祖田（約合三畝）賣了二百四十吊錢，才勉強把個喪事辦攏。

「田是命根子，沒了田，太爺只好一年上頭到街上撿糞。撿的糞跟那些沒有勞動力的人家交換，一篼子乾糞換一升包穀。你爺爺不願意撿糞，託人薦到響灘王裁縫家裏學手藝。你爺爺從小刻苦，學手藝鑽心，到十三歲，能站在矮凳上更著裁板大剪小裁的當師傅。

「爺爺二十歲，你太爺把他從響灘找回來我們拜了天地。我十七歲生你爹，十九歲生你啞巴姑姑，橫直隔年生一個。扯娃娃『灘』，光靠你爺爺拿錢買糧食，供不住嘴。裁縫鋪對面是嚴五老闆開的鹽行，你爺爺膽子大，賒來一百斤川鹽，回家跟本族的四爺商量：四爺出山，我們出工（半斤鹽一個），開生荒；由我們耕種，收成各半。種了幾季，一塊朝北田，年景又壞。沒有辦法，你爺爺只好捲起剪子尺，跑上巴東謀生。」

說起上巴東，祖母還給我們講了個「一夜成袍」的故事。

祖父剛去的時候，穿的寒酸，別人瞧不起，一時還謀不到事。心想買件衣服，無奈兜中無銀。後來終於找到一家雇主。就在當天晚上，等老闆睡了覺，祖父從整匹的綢布裏挖出一段來，連夜繚成袍子。第二天老闆上店，看見祖父穿的袍子，暗暗地起了疑心：該不是我店的綢吧？可仔細一想，無論多麼快的手活兒，一夜之間縫起一件長袍，簡直不可能！

這個故事成了祖父手藝場上的一段佳話。

祖母接著講道：「日本鬼子投降了，住在我們家的三十二軍野戰醫院撤走了，隊伍也一撥一撥地開走了，一下好自在。你爺爺從巴東回來，縣裏成立手工業聯社，邀他進縫紉社當師傅。俗話說天干餓不死手藝人，你爺爺把你爹弄身邊學藝，同時又把你二爹送進剃頭鋪裏當學徒。

「日程漸漸好些，你爺爺在聯社裏請了兩個「邀會」（民間集資），再將家中十擔川鹽、十二匹窄布兌成現洋，加上一千五百文的銅鑼子，預備買下卡門子上青樹包那一坡山田。誰會想到，忽然間天空打起一個炸雷：山裏來了解放軍，手中的銀錢一夜間就變了局。哭也不是，慪也不是，氣死血在心！

「跟著是鬥地主，鬧土改。那會兒你爺爺在縫紉社算得一把剪子，聯社的總管捨不得他走，說縫紉社眼下雖然是公私合營，過些時會轉成國營。到

時候大家按月拿工資。你爺爺聽不進去，無農不穩，一心戀著土地，把你爹和你二爹一起扯回老家分田。結果怎樣？土地還沒種熱，一陣風，統統歸了人民公社……

「至今你二爹還在撿你爺爺的嘴呢，說那會兒不脫離剃頭鋪，如今按月拿工資，吃商品糧，幾好！誰個長後眼睛呢？一切是命……」

在祖父的催促下，枋子已經整好，冷冷地停在老堂屋當中。開始我很不習慣，它對視覺的衝擊非常強烈：地裏回來，抬頭一望，堂中橫著一副黑漆漆的棺材，心裏就會不由自主地往下一沉。我像孩子似的，想到它即將裹走祖父，就詛咒它是個魔鬼，恨不得一火把它燒掉。

祖母笑我幼稚，三歲的娃娃置棺材，這是人生中的正事。並告訴我說，沒有旁人的時候，祖父拄著拐棍過去，繞著枋子過細地看，還拿手摸。這是他最後的去處，他應當看上一回。就怕他看了悲傷，病情加重。

老天爺做了幾天的雨雪，散也不散，下也不下。天空像個巨大的鉛灰色的鍋蓋，烏黑陡暗地壓迫下來；平時聳入天際的山頭看不見了，彷彿被雲霧吞噬，壓平。凌厲的北風一陣緊似一陣地颳過來，掃過屋脊，穿過廳堂，發出一聲聲口哨似的尖嘯。

黃昏時分，風聲裏夾雜著另外一種怪音。怪音淒涼憂傷，似斷似續，猶如擦著堂中的棺材而來，聽到眉毛直豎。

開始大夥一驚，疑心祖父出事，看時，祖父好好地坐在火邊。怪音來自何處？我站到天井坎上監聽，原來由南屋二爹那扇小窗裏製造出來。一切似乎也就明白——不消說，鍋裏又在煮清水了。

人們被這種怪音所打動，儘管手上在做著事情，口裏在喝著菜湯，心境卻寂靜下來。默默地聽著，輕輕地歎著，小聲地議著；遠的近的、別人的、自己的、發生在生活中的各種各樣的事情，一起在心裏翻滾著。同病相憐，心腸軟的人，怪音浸漬到靈魂深處，淚水也就自然地升上來了。

接著，我且又聞到二爹的惡聲大嗓：「哭得出糧食來？人家以為我們家死了……」

怪音頓時被降下去了。

祖母撿起圍裙的一角到眼角上按，說：「遭孽，這樣的日程到底過到幾

時為止呦？」

這時候，一個聲音又從那扇小窗裏朝我們衝過來了。這是一個憑著本能，直見性命的幼兒的哭喊，哭喊的頑強來自於生命的第一需要。

祖母坐不住了，從火煎灰裏燒了兩個紅苕，掏出來，兜在圍裙裏，摸到南屋裏叫門：「賀丫頭，開門我說個話。」這裏須用個技巧，不能照實說，倘若「這裏有兩個紅苕」說出口，被大的小的聽見那就糟了，興許鬧得一夜都不能睡覺。

夜深了，風息了，幼兒的哭聲止住了，一切皆浸沒到寂寥而深重的夜色裏了。

那夜我做了一個夢，夢到堂中的棺材不見了。狐疑間，頭上忽然傳來轟隆轟隆的巨響，循聲望去，黑魆魆的棺材且生出一對大翅膀，像鷹子一樣在空中盤旋。前面的橫頭不見了，變成一個血盆大嘴，四處找人吃。人們抱頭鼠竄，找地方藏身，一片混亂。棺材飛往鷹屋崖，大家驚魂未定，旋即又調過頭來。我倒並沒感到害怕，盯著它飛，兜了個圈子，往對面的第四匹山上飛去。隨著棺材的遠去，聲音也逐漸變小。有人議論，飛過第四匹山，災難就不會降臨了。可是，那個可怕的傢伙倒又由小到大地朝回飛來，像一張黑色的幕布，遮天蔽日。它撲到我的身邊，我的眼睛睜不開，掙扎著，待我睜開雙眼能看到物象，那傢伙已帶著祖父飛向了高空……我哭著，喊著，追趕著……

我做過這個噩夢後的不久——農曆臘月初十，祖父溘然而去。

恰巧這天是父親跟么爹的生日，他倆戴了重孝。

祖父的斷氣鑼在村裏敲響，一時感動上蒼，下起雪來。彷彿知道祖父是個裁縫，喜歡棉花、布匹似的，大朵大朵地落著，像拋撒下的棉花，一會兒地上就鋪白了；把整個村子包裹在一派濃重的、肅靜無聲的氛圍里。

祖父是酉時落的氣，擦身、剃頭、穿衣，大略亥時才安置入殮，一切都在倉卒混亂的情形裏進行。打喪鼓是不消提的，已經禁止有好些年了，人們只好圍著死者的靈柩來一夜枯坐。

還好，蔡德陸突發善心：「秋伯伯是個熱鬧人，給人守夜打一輩子喪鼓，今天也熱鬧熱鬧，打喪鼓。」

得到許可，大家忙活著把鼓鑼湊攏，然而歌師卻很難找到。他們多已亡故，有的「歌兒不唱鏽了口」，加上不許唱古人，只准歌頌眼前的好形勢，這便有些涼場。哥哥找來紙筆，同蔡長貴合作，把祖父的恩情寫到紙上，陪著歌師們慢慢唱。

我因跟蔡長林倆到戶溪給二姑母把信，往返六七十里，待回轉家中，祖父已經下葬了。

祖母一見就問：「姑姑怎麼沒來？」

我說：「她摔了跟頭。」

「摔得滿狠？」

「脖子、膀子都斷了，躺在床上動不得。」

「你爺爺想她送點米來，天天望，天天說，這下好了！」

我趕忙接著說：「她預備來的，昨天剛剛打了米，過大溝，一腳踩個空，從三丈多高的崖坎上滾到溝裏。我們到那兒更把多天氣，給她鬥膀子的醫生剛走。姑爹見到我們一驚，問怎麼曉得的。我說爺爺死了，我們是來給信的。一時間姑姑哭，姑爹歎，鬧得一塌糊塗。候姑爹熱了一點飯我們吃，又開始往回走。高山存多厚的雪，看不見路，長林的腳也崴了……」

照祖母推測，姑姑摔跟頭與祖父斷氣，幾乎在同一個時間裏發生，便說姑姑出事是祖父推的，於是就「遭孽的兒呀，遭孽的肝兒呀」，長長吆吆地痛哭。

停在老堂屋裏的那副黑色的棺材不見了，整個屋裏空得叫人心慌。出喪的情形我沒有看到，恍惚覺得祖父沒有死，仍然坐在火籠邊烤火。待明白祖父確實離我們而去；且又因了祖母的哭聲，胸膛裏突然一湧，禁不住嚎哭起來。

田野銀裝素裹，像穿起一身孝服，唯有祖父那墳上的新土，在雪地裏顯得烏黑一團。傍晚，夜幕裏著寒氣朝大地徐徐降落，大地敞開它寬闊的胸膛，擁抱夜幕的來臨。與此同時，也擁抱了一位背過時、發過財，而又失去過機器的老裁縫！

# 年過春難過

年年有個年
年年有個春
年過春難過
辛酸故事多

春天，如同一位美麗的天使，既不提前，也不推後，邁著身輕如燕的步伐，越過大海，越過平原，越過蒼莽的叢山，一步就跨過來了。

土地在明媚的陽光裏，袒胸露懷，蒸發著淡淡的水氣。凝結在莊稼跟草尖上的露珠，忽悠忽悠折射出太陽的光茫，漸漸地，突然像害羞似的，嗤溜一下，順著葉片滲入到泥土裏。麥苗、油菜、豌豆、胡豆，開始吐露芬芳；皆按照各自的顏色，十分和諧、服貼地鋪掛在斜坡山田上。小溪在枯枝敗葉的掩護下，點點滴滴甦醒過來，隨著春雨的滋潤，慢慢匯集成汩汩細流，叮咚叮咚地合著節奏往山下流淌。村前村後的櫻桃花開了，杏花、桃花也開了。稚氣的童謠在村中高叫：

樹葉青，放風箏
椿起苔，捉螃蟹
菜花黃，捉屎蛇螂

溫暖清新的天氣，使孩子們脫下笨重的棉襖，著一件單衫，手裏舉起風箏的軸線在滿地裏奔跑。許多頑童打起赤腳，捲起袖子，鑽進溪溝裏面捉螃蟹……

春天來了，真正地來了。她是四季中的嬌嬌，大地萬物因她而變得年輕而有朝氣，到處充滿著生機與活力。她播種希望，孕育收穫，的確是一個美

好的季節啊！上蒼毫不吝嗇，按年按時的把她賜福給人間。

可是，在我還不大醒事的年齡裏，我總是聽到祖母會這樣的說：「春上的日程難得過。」

「明年春上要過火焰山。」

「打不過明年春上。」

到底什麼是「春上」呢？竟說得這麼的嚇人。我問祖母，她告訴我說：「就是翻年以後，家裏罈罈罐罐空了，坡裏莊稼不見轉黃；陳糧食吃完，新糧食一時又不能到口，兩不『結扣』的當口兒——餓肚子，這就叫『春上』。」

哦，原來是這麼回事！祖母的解釋如同兜頭一瓢涼水，著實讓我吃驚。風和日麗，鳥語花香的美好時光，忽然冒出一個「兩不結扣」。就同一幅「麋鹿曬春」的圖畫，當中畫匹黑狼，頓時危機四伏，透出一股煞氣，整個畫面被破壞。由此，我迷惑不解，漸漸地，對於我心中歷來嚮往的季節——春天，開始動搖起來，並產生出一陣一陣的恐懼。

按我當時的飯量，每月應該有六十斤才夠得到事，實際上呢，一月的口糧只二十來斤。二十來斤並非細糧，如包穀、小麥、豌豆、胡豆、糯高粱、黍穀等，一經曬乾整淨，一斤算一斤，沒有一兩的折扣。再加上高產作物：洋芋、紅苕也走出來充當主糧，那麼一年到口的細糧不足百斤。像我這樣單鍋獨灶的一個人，這點子口糧即使搓成丸子當藥吃，一年三百六十個日期，也不能保證肚子裏每一天都有食進。

這麼個情形中，哥哥看見我過得艱難，動了惻隱之心，將他的二十八斤商品糧和四兩油從學校裏秤出來，到豬圈裏跟我一起開伙。

由於自小隨祖母長大，帶的嬌慣，不要我們上灶，論及茶飯，自然是個「白癡」。住進豬圈以後，兄弟倆皆受到較好鍛鍊。哥哥切不好菜，跟我當初一樣，切洋芋片一切一光——跑到地上去了；切出的洋芋片厚的厚、薄的薄，像砍的挖鋤楔子。

我說：「你坐這兒燒火，我來切。」

他說：「練習切，我們都應該把弄飯學會，鍛鍊獨立生活的能力。」

我說：「你先把洋芋切個平面，將平面貼著砧板，再切它就不會跑了。

我開始還削過好幾次指頭呢。」

他搖搖頭，笑道：「生活是門大學問，我們都很膚淺，要做好這門學問還需要下功夫。但我想，它總不至於同做文章那麼艱難，畢竟是家務活兒，好學。」

我說：「不，這裏頭也有算術。」

他說：「當然，烹調本身就是一門學問，營養學呀、植物學呀、食品衛生……按你說的應該還有計量學和會計學，多得很。」

我說：「對……」

一時間，二人都覺得好笑起來。

早晨，四隻手捧著弄飯吃，到了晚上，我收工晚些，哥哥早已將飯弄熟、吃過，到學校辦公去了。我揭開鍋蓋，飯菜皆熱在鍋裏，撿碗就吃。

這樣的細節，只有餓過肚子、受過孤獨的人才曉得它的價值同珍貴。所以每次揭開鍋蓋的那一刻，我總是感動萬分，一邊吃著熱飯熱菜，一邊享受著兄弟間的溫情。

哥哥來這兒搭夥，當然歸我討好，吃上大米飯不說，還能沾到油水；在此之前，我一直燒乾鍋（無油吃）。

為使四兩油一月接到一月，祖母走過來教我們節約的方法：預先將鍋燒辣（紅），放兩滴油進去，就勢兒使刷子沾點清水一潸，跟手下菜。這麼爆炒的菜，看到酌油不多，吃起來卻非常順口。

祖母一邊教我們炒菜，還順便講了個「頓吃錢油」的故事。

「蔡天爵老太是個能人。看見自己的後人不成器，就把攢的錢拿來建祠堂、修興山到保康的馬路。老得快要爬不動的時候，到老屋場——青樹包那兒，使小高粱稈子叉個窩棚，為父母守孝。

「住在窩棚裏，穿著破衣服，披麻戴孝，吃素食。把小時候過的苦日程，拿回來重新再過——教育後代要曉得甘難辛苦。早晚到父母墳前上亮上香，這麼一共守了三年。

「牠吃油的方式滿古怪：使衣線拴個窟眼兒錢，平時就吊在壺裏。煮菜時，把窟眼兒錢提出來，懸到鍋口上，候錢高頭巴的油滴一滴下來，趕快將窟眼兒錢放回壺裏——這麼一頓吃『一錢』油。到了臘月三十，壺裏還有不

少，這會兒牠倒捨得，把剩下的油全部空進鍋裏，和點麥麵糊子，炸頓齋菜吃，算過年。牠還逢人便說：『一斤油管一年上頭，外帶過個年呢。』」

兩個大肚漢吃飯，手頭一鬆，幾天就把一點兒硬糧食吃光。糧食跟不上來，我們天天煮洋芋、南瓜坨坨當飯。隊裏劉老五編句順口溜：

> 洋芋五折一
> 一斤二兩皮
> 吃是吃得飽
> 就是沒得力

為此，工作組把他弄到大會小會上批判，說他對高產作物不滿，反對農業學大寨。打這兒，誰也不敢再衝著洋芋說三道四。不過，他說的全是實話，洋芋這東西好吃，也吃得飽，只是幾泡尿一屙，肚子裏空了。我還勉強能夠對付，一頓三大碗，心想比五九年吃半碗蘿蔔片強似百倍。可哥哥受不了，他自小就趕不上我的「槽口」好。一個星期天，他突然跟我說：「到小姨那兒去。」

「什麼好事？」

「平時掛在嘴上『欠』我們，如今鬧饑荒，正是找她的時候。再說，幾年不見，我們應該前去看她。」

小姨家住田家槽，往返六七十里。欄中我曾去過一趟，姨父在郵電所工作，日程好過，前去討個打法，照想沒得問題。

我們冒著春雨，穿雲破霧，在泥濘的小路上跋涉。心想：小時候小姨接我們不願意去，嫌老高山，路途遙遠，不好玩。眼下可不消接得，為著肚子，會自動找上門去。

小姨成個大忙人，那響亮的「哈哈」隔著幾道牆壁飛過來了。一批武漢知識青年下鄉在那兒，同一窩鳥雀，操著難聽的漢腔，「李媽李媽」的叫個不停，使小姨顯得特別開心。她像母親引著一群兒女，招呼他們挑沙往水庫工地上送。

不知是我們大了，或許是掛著一副餓相什麼的，小姨對我們沒有童年時

候那麼親熱了。我們的到來並沒使她產生出意外的驚喜，談話也難以進入到生活及親情的深層次裏去。

吃飯的時候她只顧說：

「隊長派我做他們的領隊，成天不是這兒就是那兒，像招呼羊兒的。娃娃們都單純，走不來這兒的山路，直在打跟頭。飯也弄不好，菜也不曉得怎麼切，燒不燃灶裏火，看到心裏怪疼的，我就幫他們。晚上他們在倉庫裏排演節目，蹦呀跳的；我也不是什麼人物台子，橫直硬要把我盤起，哈……」

她一時笑得仰起脖子，眼睛水似乎也流出來了，捧在手中的飯碗差點落到地上。

看情形的確是忙，哥哥抓住時機，便直奔主題地跟小姨說：「糧食不夠吃，每月總要差那麼幾天，沒有辦法，我們就奔您來了。」

小姨說：「哦，嗯，是啊，到處都一樣，分兩顆兒吃兩顆兒，橫直跟到個吃的操心。我穀子倒有，騰不出功夫去打（米）。」

我一時急不可奈地張口就說：「小姨，您忙，明天我去打米。」

小姨默了默，回道：「明兒天不行，打米廠初一、十五才得開門。」

哥哥朝我瞅了一眼，意思是不要插嘴，回頭想把話題再彎轉一下，問到姨父的近況。沒待小姨回答，我又接著找補一句：「沒得大米包穀也行。」哥哥再次給我一瞥，正欲說話，那群知識青年哄地進屋。小姨被他們纏住，當真上倉庫看排演節目去了。

我們似乎受到冷落，心裏不是滋味，有些失望。哥哥批評道：「你太直白，真是驢子牴架——潑起臉來。」

「自己的小姨，顧忌什麼呢？就要照直說。」

「看來我們會撲空。」

「撲空我就上舅舅家去。」

「……」

第二天雨下得不住，小姨照例是忙。我們都起得很早，聽見哥哥在屋裏跟小姨倆交涉，忽然聽小姨問：「帶家業沒的？」

我連忙從身上摸出個白布口袋遞了上去。

吃過早飯，我們挎著小姨給的兩升包穀（約合七斤），踩著黃泥巴小

路，吧嘰吧嘰地往回趕。

路上哥哥說：「爺爺在世就曾經說過，小姨疼人是嘴上疼的。」

我說：「可以，兩升包穀，差不多是我十來天的口糧。」

「至少五升才行，大半櫃的包穀，這是我親眼看見的，穀子不算。」

接下他什麼話也不說，只管悶悶地走路。我知道他此時的心情，總歸是不大舒服：搞到這步田地，皆因我的拖累。星期天裏，別的教師都在享受著休息的權利，或讀書、鑽研學問。而他卻隨著兄弟，為求得生存，在雨天曠野裏奔波。動身投奔小姨之前，預期的目的可能高了點兒，待到和實際的情形一碰，產生出距離，心中便失去平衡。另外，他或許想到祖父，想到母親，想到親情的炎涼，還想到其他許多許多，於是間心情壓抑，繼而又轉為悲酸……為此，一份深深的慚愧侵襲著我的全身。

我的確慚愧。吃食堂的年月，口糧吃差一截，祖母帶著我「走親」，一路才度了過來。而今舊劇重演，祖母可老了，奈不何引我逃生了。且攀纏到哥哥。這並非五十年代，歷史早已躍進到七十年代；我也由一個不諳世事的孩子，長成了一個二十歲的小夥兒。按照達爾文的進化理論，也早該有了自食其力的能力。能力在哪裏呢？僅就一張嘴兒就糊不圓合，扯得東奔西走的。我不知怎麼就軟弱、無用到如此程度！是社會止住了腳步，還是自然界的生存法則出現了問題？當真是弄不清了。

這次討糧過後，沒過多久，哥哥便離開蔡家埡——公社學「朝陽農學院」的精神，在孟家嶺山巔上辦了一所高級中學——被調到那裏工作去了。走的時候，我當然捨不得，兄弟倆一口鍋裏添飯吃的歷史從此便告一段落。

哥哥一走，我心中發慌，小姨那兒不再做指望，接著又獨自往舅舅家跑了一趟。上路的時候，認真清理一下心境，恍惚記得，我小學畢業以後，就沒有跨過舅舅家的門檻了。從前有祖父領著，給舅舅拜年、外公外婆上墳，一年一趟。後來祖父遭難，同時也上了年紀；加之我們懶步，李家坎這條路幾乎給斷了。

親戚就是這樣，勤走疏也親，不走親也疏。一晃七八個年頭過去，我這麼空進白出地突然出現在舅舅面前，如何開口呢？倘是弄出個什麼成果，幹出一番事業，還算有個交代。眼下可好，鬧得不叫一戶人家，況且還得伸

出一隻手來──求舅舅把點兒……唉，真是屁眼裏夾爆竹──響（想）不得呀！我一時忐忑不安，彷彿有人在指著我的背脊骨說：「這孩子，平時把舅舅忘在一邊，餓起肚子來，便想到舅舅。」舅舅家門前的稻場坎，本來只人把高，小時來拜年，幾步就飛了上去；這陣兒可不行，它變得如同一道萬丈高的城牆，又陡又峭，降得我腿趴無力，幾乎失去攀登的勇氣。

正值中界，小舅穿著蓑衣，戴著斗篷，剛從地裏整秧田回來。他褲管捲到膝蓋處，紫紅色的胸膛露在外面，身上濺滿泥點子。看上去，小舅的身子骨似乎依舊那麼魁梧、硬朗，又惡又黑的絆腮鬍子把臉盤襯得更大，只有那對黃褐色的眼瞳裏，照例閃動著溫厚、仁慈的光澤。

我喊了一聲「舅舅」，他朝我咧嘴微笑，鬍子中現出一排白牙齒，黝黑色的臉膛一時非常生動。親熱得什麼似的，進門第一句話就是催李國兵「趕快弄飯吃」，一邊提把椅子往我對面一坐，像對待一位貴客，親切地交談起來。

他問：「跟哥哥倆還好吧？」

我答：「還好。」

「婆婆爺爺還矯健吧？」

「爺爺去年臘月間死了。」

「生活是不是依還跟著婆婆？」

「不，我自己在豬圈裏立了煙戶。」

他問得非常過細，也非常深入，然後把目光停到我的臉上：「怎麼這麼肌瘦？」

「我吃不飽飯。」

話說出口鼻子一酸，眼睛裏發澀。舅舅的眼睛跟著紅了起來，沉默片刻，接著說：「兩腳忙忙走，只為身和口，照我看身也沒顧住，口也沒顧住。說一千搭一萬，只怪你媽死早了，能死當官的老子，莫死叫化子娘。把媽一去，多虧婆婆爺爺，要麼你們兩弟兄活不到今兒來。出生在這個世道，怎麼搞嘛，隨大勢，慢慢熬。哥哥不大離了，熬到一碗輕省飯吃。你個兒也好生搞，莫急。齁病好些嗎？」

「好些，橫直受不得涼。」

問到我的疼處，淚水又升上來了。今天不知為什麼，淚水特別不值錢，會到舅舅，一股趕一股的流。

舅舅見我這個模樣兒，叫我莫哭，微笑著把談話引入到別的事情上去，說：「他們弄個隊長我掛起，什麼隊長，長工頭兒。曉得我會做，宰到給我做工作，套不脫。我也來個門子，要他們批給我幾件木料，看，這房子都是我一手一腳蓋起來的。原先共的堂屋，作價賣給你大舅，我添點錢，挨山牆接起這間屋來。你看那些水腳石，兩三尺長，三四百斤。我先把揹子放到坎上，將石條立起，一頭搭到我這隻腿上，再搬起另一頭，憋著勁兒，慢慢擱到揹子上，沒要半個人幫忙，靠早晚工背回來。土磚也是我一個兒在月伴裏脫的。」

說到這些，舅舅臉上洋溢著自豪的神采，講忘形，裝進煙袋裏的一窩煙絲未及著火，便一口吹了出去。他還指著坎下的幾個梯田告訴我：

「破『四舊』，把門前的墳園都平了，改成梯田。到你外公的墳那兒，我不准他們動。我說你們就是拉老子遊街，平墳我是不得准的。如今好好的，是我保住了它。」

我起身去望，墳包倒是在，目光順勢一掃，似乎差件什麼東西。過細一瞧，不覺心中大驚：那棵聳入雲端、遮天蔽日的柿子樹不見了，它那龐大的樹身被分解成木料筒子，橫七豎八地躺了一地。我不無惋惜地甚至有些責怪的口氣問道：

「舅舅，您怎麼下得心把柿子樹砍了！」

舅舅歎了一口長氣，臉上的光彩一下變得黯淡起來，說：

「我本不想砍它，可有什麼法呢？你舅媽病得一死之命，跟我一場，我得給她預備一副枋子。想不到別的門子，只好打它的主意。」

「為一副枋子砍掉它，不值得。」

「你大外公死，我借人家一副，另外我自己還要一副。唉，還有個原因：上頭又在颳風，說自留地要收歸集體，這麼一弄，柿子樹就保不住了。我不下手，有人下手，他們想它做百頭養豬廠的門窗。」

吃過中飯，沒等我開明要，舅舅便吩咐李國兵給我勻了兩升包穀，還揀了一揹籠洋芋。收拾的當口兒，躺在床上的小舅媽，掙扎著在房裏朝外面叫

喊：「多舀點兒包穀，聽到沒的？還舀一升去。」

我連說夠了，走進房裏，小舅媽枯瘦的手在黑暗中（光線極暗）一把將我攏住，像唱歌一樣嗚嗚咽咽地哭訴說：「外甥——大概我們只見得一面囉——你、你個兒慢慢走……。」舅舅吵了她兩聲，才鬆手讓我出來。

然後舅舅指著揹籠道：「說清楚，東西收好了，可不准走。你們兩老表在小磨上推兩升包穀，弄晚飯吃了再走，我也不說留你歇（宿）的話，唉？」

舅舅說完，穿上蓑衣，戴上斗篷，接著上午的活兒——整秧田去了。

大舅舅門上掛了鎖，不知去了什麼地方。堂屋倒是敞著，大外公那草亭子一樣的床鋪永遠也看不見了。望著簷水「叮啵叮啵」地一溜滴著，似乎濺起我塵封已久的情懷：大公雞啄我的情形；國貞姐姐做毽子的情形——種種情形從我記憶的幕後接二連三地湧現出來，把我的心兒弄得悲悲的，亂亂的，軟軟的。大外公死了，國貞姐姐出嫁，小舅媽臥床不起……如煙的往事，跟眼前倒在地上的、像棺材一樣的柿樹相映襯，構成一幅殘破而又淒涼的圖景，令人感到無限的荒愁和悲哀！

按照舅舅的吩咐，跟李國兵倆推了兩升包穀，接著弄晚飯。儘管肚子沒怎麼大消，照例又吃了兩碗。癡等一會兒，未見舅舅收工，適時天已漸晚，不想再等，跟舅媽叫聲「多謝」，冒雨往回走。

翻過門前那道長長的塄坎，望見舅舅正在那兒耙水田。他站在耙上，使著水牛，彎了一圈過來。將耙停在我的跟前，用他那特有的男子漢的低沉而又極其溫柔的語氣囑咐我說：「還早莫急，走路看到腳下，慢點兒。沒得法了又來！」

他的眼睛又開始發紅，我走出好遠，仍聽到他用親切渾厚的聲腔衝著我的背影呼喊：「沒得法了又來——」

漫山遍野的樹木、草柯，吃透了春雨，在一天比一天暖和的日照中，交枝疊葉地繁茂起來；山風徐徐拂過，綠蔭湧動，彷彿一位身著綠色新裝的姑娘，婀娜多姿，風采迷人。中午，白雲遠去，晴朗的天空，陽光更加明媚。田野暖烘烘的，到處流動著一股催生的力量，哺育萬物生長。地裏的莊稼毫

無例外，吮吸著大自然的乳汁，開花、結角兒、飽米灌漿——漸趨成熟。雖說它們按時按日地在變，可在人們的期待中，仍覺得速度太慢。一些癩蛤蟆、菜花蛇，剛從冬眠裏餓醒過來，草叢裏扭動著懶洋洋的身子，似乎也在為吃的招急。只有林中的陽雀最通人性，天不亮就舌乾口燥地開始起叫：「拐拐陽，麥子黃」地幫著人們催春。

本地一首〈春上歌〉這樣唱道：

豌麥豌麥快些黃
大夥等著救命糧
今天望你豆莢莢
明天望你嫩漿漿
叫人好悽惶


長不過四月，短不過十月，白天一長，不只是將生產時間拉長，把大夥捱餓的時間同樣給一起拉長。熬不過，人們迫不及待地向地裏伸出了雙手：摘下沒有成熟的豌豆角兒、胡豆角兒，放到嘴裏大嚼，「唏溜唏溜」地吮吸著裏頭的嫩汁。路邊道旁，到處能看見從人們嘴裏吐出來的、被太陽曬枯的豆莢綠渣。

「火轉肥」是最近發明的一種肥料：將割來的青草鍘碎，灑上大糞和清水，攏堆，墢一層細土到上面，讓它發酵。往後還得進行兩次轉堆，轉堆過程中照例需要大糞和清水，只消個把月時間，細碎的青草便逐步變成黑乎乎的新糞。

縣城背後的二荒坡上長滿雜草，趁涼快，割露水草壓秤些，天濛濛亮我們就摸著下山。下刀前須留心，預先撿起石子朝草叢裏拋一拋，防備撈蛇到手上。我跟蔡長斌像兩口子，離不開似的，出坡勞動時不時綁在一起。記得剛從鴉官鐵路回來不久，焦枝鐵路急需維護，又開始找隊裏徵集勞力，長斌不知用什麼關係竟得到這個機會。去了年把，大概任務已經完成，如今也打道回府了。這期間他倒有些變化，小夥子被大米飯催得更加篤敦，身個兒雖不曾有較大增高，渾身卻發育得異常良好。胳膊和腿子上的肌肉光滑健壯。

不過，這一二年我像掙脫了撐著螺絲般的骨骼的束縛，陡然間長成一個高個兒。矮子的名聲倒是揹不著了，可只是個架子，力氣趕不上長斌的一半。

打早工割草，清水沒落牙，一直忙到中界回家，餓得走路打浪蹌。後來我發覺坡下種有一片洋芋，趁早晨眼睛少，讓長斌一邊割草，一邊打望，我便跑到地裏刨洋芋。適時洋芋正長，豆芽一樣的根瘤在泥土裏向四面伸展，最大的只棗子大。也不嫌小，一個一個地摳出來，到後依還將泥土培攏。洋芋無血，只要燒熱，弄把枯草一燂，夾生不熟的就下了肚。有時不願淘力，乾脆生吃，脆脆的，甜甜的。

一天我在興山一中橘園邊割草，拾到一個老南瓜。這傢伙躺在一堆枯草下面，篩子般大小，深黃色的身子在綠草叢中顯得特別可愛，一牙一牙的瓜棱均勻地分佈著。我丟下鐮刀撲上去，將它扳到懷裏。瓜的底部被缺德的老鼠啃了一個洞，裏頭的瓜子掏光吃盡。我像對付磨盤一樣，將它綁在揹架子的角丫上，一路揹著回家。祖母見了，說：「過一個冬還沒爛掉，是你的財氣。無娘的娃娃天照應，吃得幾頓好的。」

割來的青草堆成一座小山，隊裏六七把鍘刀集中在這兒突擊鍘草。眼看「火轉肥」的草料夠事，下一步就是動手來做了。嚴大金開始派工：有叉草的、攏堆的、灑水的、挑糞的、準備細土的……男勞力預備糞桶，夜裏上街挑大糞。

那會兒縣城跟前有兩個蔬菜隊：對河陳家灣一個，城東小河子裏一個，專門種植蔬菜，供應機關和居民的菜籃子。他們十分霸道，將街上幾處公共廁所的糞池統統裝門上鎖，防備附近的農業隊下山偷糞。

蔡德楷被派到街上撿糞，受隊長的委託，幾乎天天在幾個廁所裏鑽進鑽出。後來他鎖定城西文工團那兒的一處廁所，瞄到糞池裏大糞已滿，回家跟隊長一報，挑大糞的隊伍便連夜進城。

大夥挑著空桶來到街上，已是夜深人靜，月亮像當午的太陽停在半空，沒有雲彩，清輝滿地。白日裏熱熱鬧鬧的鋪面此時全都關門閉戶，剩下一條空闊灰白的街道，一眼望得出頭。香溪河水靠著南岸的山根流淌，浪花撞擊著岩石，營造出一片勻和的濤聲，使人感覺到似乎是小城的脈搏在生命裏跳動。它像一位勞累了一天的巨人，喝了點兒酒，在融融的月光下鼾睡。

雖說是偷糞，可我們並沒有做強盜的緊張和害怕，倒覺得新鮮好奇。

走在隊伍前頭的蔡德楷，邁著首領似的堅定步伐，引著大夥來到糞池邊。看不清他手裏操的什麼傢伙，「吭哧吭哧」地一陣蠕動。接著聽到鐵釘從木頭裏脫離出來的「吱吱」呻吟，釘錦掉了，池門洞開。他跟嚴大金各持一把五六尺長的木把子糞瓢，鑽入糞池，立在兩邊。我們把糞桶支在門口，模模糊糊只見兩把糞瓢輪流地打黑暗裏冒出來，往裏頭裝糞。濺起的糞便已切切實實地感覺出它飛到我的身上和臉上。飛的盡它飛，這樣的情形最好不要聲張，否則大夥就會罵你是秀才的乩耙——吃不起虧的。舀滿一個走一個，事情進展得十分順利。一二十人的隊伍，沒有雜音，只有「嚓嚓嚓」的腳步和扁擔的「吱呀」聲，從街上一直響到坡上。

第一擔無事，第二擔無事，大家的心情鬆活些。說今天的日期滿好，受菩薩保佑，有月亮照路，做強盜不會犯。

正在這麼議論，麻煩來了。似乎是一個掃街的傢伙，拖著一把竹掃帚，察事官似的走過來盤問：「你們是哪兒的？」

「蔬菜隊。」

「狗屁！」

糞池裏飛出蔡德楷的聲音：「陳家灣的。」

「整糞池看不見你們的影子，挑起糞來倒快。不准挑，趕快走！」

嚴大金倒也幽默起來，仿著阿Q靜修庵偷蘿蔔的情形道：「我們挑大糞關你屁事，你能叫得它答應，這糞便是你的。」

「半夜三更偷糞，得了！我們上縣政府說去。」

蔡德楷鄙夷道：「縣政府？省政府我們就不得怕。你去問那些當幹部的，光吃菜不吃飯行不行？既要吃飯，挑糞就不算違法。」

「嗨，做強盜還有理？茅廁裏石頭——又臭又硬，說不准挑就不准挑。」

那傢伙說聲不了，過來動手奪扁擔。他奪的正好是啞巴的扁擔。啞巴哪裏肯鬆一根指頭，「啊啊」叫著，一揚手，放了對方個仰翻叉。那傢伙爬起來，拖過掃帚朝啞巴頭上打來。啞巴舉手相迎，交了一二回合，那傢伙打量對手並非軟人，難得占到便宜，拖著掃帚倒走，一邊叫道：「有本事莫跑，待我把人叫來，一個個收拾你們。」

看著對方敗去，氣氛一時活躍起來。蔡德楷手裏舀糞。口裏叨叨不絕地敘述著跟我父親倆揹糞的故事。

他說：「還是一九五八年『放衛星』那陣兒，我跟蔡德成倆使揹屎桶往回背大糞。人委會有個吊樓子廁所，我們正在裏頭舀大糞，高頭突然跑個婦女進來。她望也不望，褲子一褪就搞起事來。一泡尿正好撒到蔡德成的腦殼上，哈……」

他笑得說不成句兒，待喘過一口氣來，接著又講：「他以為什麼人倒下的湯水，不冷不熱的，朝上一望，嘿，紅鬧鬧的一塊。倒沉住氣，舀上半瓢大糞，『去你媽的個屎』，朝起一潑。哎呀，那女人像鬼抃的，摟起褲子就跑，一邊跑一邊喊叫『抓流氓啊抓流氓啊』。一會兒，來個穿制服的幹部，把我們叫到辦公室裏問情況。要蔡德成先說，他就說：『什麼情況？她屙尿在前，我灑糞在後；她給我洗腦殼，我就給她洗屁股。今後若是我的頭髮掉了，還得找她說個么二三呢。』那幹部聞到我們身上臭烘烘的，鼻子幾皺，趁那女人回家換褲子，叫我們快走。」

嚴大金笑道：「只有蔡德成搞得出來，頭髮沒掉吧？」

「掉了肯定要找她扯皮。」

笑聲中我們又挑了一擔，眼見一池大糞快要挑乾，可仍不見蔬菜隊裏來人。

……

月亮沉到山後去了，黎明從東方發端開來，微弱的晨曦照到一張張蒼白的臉上。林中的陽雀打開了牠催春的歌喉，嘹亮的啼唱不緊不慢，帶著節奏似的在晨風裏飄蕩，聽上去是那麼親切、美妙，令人陶醉。

　　拐拐陽，麥子黃
　　家家戶戶忙打場
　　你打場，我打場
　　打的麥子我先嘗
　　……

# 夜晚守麥

　　太陽的熱力把莊稼一天一天地烤黃，成廂成片農田從山林草地的綠色裏日漸明朗地顯露出來，將田野打扮得五彩斑斕。種植在香溪兩岸的油菜首先動鐮了，稻場裏連枷成對拍打的「啪啵啪啵」聲開始奏響夏收的序曲。接著豌豆熟了，胡豆也熟了；豌豆、胡豆剛剛起場，麥黃一閃，搶種、搶收的季節一下便來到人們的眼前。

　　嚴大金顯得特別仁慈，豌豆打下來就分。人們將盛著豌豆的口袋扛在肩上，像久旱的山田逢上雨露，臉上堆滿笑褶子，一路邁著大步回家。

　　有人碰見了，問：「分了？」

　　「分了。」

　　「這個春上打過了。」

　　「菩薩保佑，今年餓不死了。」

　　誰也等不及曬乾磨麵，將豌豆淘兩遍就下鍋──煮「滾龍珠」吃，家家戶戶蕩漾著新糧的香氣。

　　村裏因此而活潑起來，到處能聽到吃飽肚子後的有氣力的聲腔在講話。昨天還是空曠無人的中間稻場，一時又聚著眾多頑童在那裏追逐嬉戲。大人們事情很多，異常忙碌，在村中東呼西叫地竄來竄去。

　　「大哥，揹架子斷去一隻角，揹不成了，有多的借我。」

　　「隊長派我耕田，閒在那兒，你拿去用。」

　　「夥計，草鞋穿爛了，想跟我打脫離，赤腳片兒下地總是不行。」

　　「曉得你的板眼兒，我打的有，取一雙去，不過這回要還我。」

　　「我借牛還馬，打一雙油麻草鞋給你，穿起腳不長蟲。」

　　「……」

　　這當中偶爾冒那麼一兩聲女人們的尖聲氣，呼喚著男人的名字，命令似地叫道：

「鐮刀找在那兒，快些回來給我磨！沒得事『踏』冷板凳。」

「芒種」忙種忙忙種，每年的這個時候，平時派往水庫、林場、炭廠和街上撿糞的勞力，皆早早得到通知，統統地趕回來。那些十四五歲的孩子和上了年紀的老人也紛紛走出家門，幫忙搶黃糧。全隊百把個勞力、半勞力傾巢出動，加上耕牛的參與，田野裏一派熱鬧。

長長的收割隊伍，忽而橫著，忽而斜著，彷彿掛在莊稼地裏的一串活動的念珠。「念珠」的前面，麥浪翻滾，身後躺著的便是成行成線的麥把子。男人們攤開兩丈長的鉤繩，將麥把子捆成大捆，使撑架子揹到倉庫門口的大稻場裏去。

人們被龐大的麥捆壓在下面，看不見身子，行走起來像麥捆自己在懸空游動。遇到十捆、二十捆一路爬坡，那情形實在是悅目壯觀。金黃色的麥捆在充滿綠意的「之」字拐的山間小路上，動起來一起動，歇起來一起歇；人們為吐出因負重而積壓在胸中的那口淤氣，打杵時離不得猛地「嗨」上一聲。人多勢大，一聲跟一聲的粗獷的吶喊，震得對面南坡裏不住地蕩起迴響。

天道長，活路苦，一天兩頓飯熬不出頭。人們憋住一鼓勁兒，指望著捱到中午，集體供一頓中飯。不料這事卻遭到工作組長老胡的阻攔，說這叫超吃亂補，不准搞。

農忙辦食堂，幾乎成了我們的老例，是破「四舊」也沒破掉的一個保留「節目」。聽老胡這麼一說，誰也接受不了，激起公憤：「好吧，那麼今年的麥收就交給老胡來搞！」

「褲襠裏拉胡琴：扯卵蛋。什麼超吃亂補，帽兒倒來得快。」

這一軍將得老胡不好下台，嚴大金趕快出面解交：「說的是農忙食堂，其實就中界一頓。目的是搶時間，免得大夥回家做飯耽誤時間。春爭一日，夏爭一時，假若天道搞鬼，下起連霪雨來，到手的糧食爛到坡裏，那可就不只農忙食堂吃的那點子事了。」

老胡眼看牆倒眾人推，自己的原則通不過，只好依了大家。

一頓中飯讓大夥望穿秋水，待飯一熟，人們像螞蟻一樣從四處八下往倉庫裏擁來。這些人做活路麻利手快，找起碗筷來手腳也快，調個臉，個個手中都有了傢伙。

飯是豌豆瓣子摻包穀麵的飯，從養豬廠的大灶上蒸了兩甑子。菜在大梅子屋裏弄。隊裏講「款式」，泡上黃豆腳子，打的懶豆腐，裏面還丟了不少的洋芋果——這種嘗活兒在平時也是當飯吃的。

　　對於吃的事情我眼活兒極好，大梅子當炊事員，我幫她把懶豆腐盛到幾口瓦盆裏，端稻場裏放好，轉身又去找槓子協助抬飯甑。飯菜安排妥當，待我回頭找碗筷，哪裏找得到！嚴家灣幾戶人家讓我找遍，連水瓢也沒撈到一把。眼看大家都在動嘴兒，我一時急得要命。

　　大梅子直笑，並不做聲，讓我找夠了，才從屋裏拿出一副碗筷給我：「拿！」

　　我有些生氣：「怎麼不早些給我！」

　　「我專為讓你急會兒。」

　　「你呢？」

　　「我們在後頭吃。」

　　我轉身往稻場裏跑去，抬頭一看，甑子跟前你來我往，人們站的站著，蹲的蹲著，都在動手剟飯；上百張嘴集中精力大開大嚼，緊張的面部肌肉展開大幅度的蠕動，導致五官移位，相貌走形。有的為儘量多吞一些，恨不得將嘴巴咧到後頸窩裏去，圓眼睛鼓得挺大，看到又兇又殘。

　　糞爺長著一蓬白鬍子，生來就沒剃過，遮得望不見嘴。他喜歡吃洋芋果，速度快得驚人，一個一個的洋芋果彷彿陷進活動著的毛叢裏，眨個眼睛不見了。那截老皮包著的脖子上面，瘦瘦的喉節不停地上下滑動，發出「咕唦咕唦」的響聲。還有幾位老頭，緊貼在甑子跟前蹲著，不肯離開一步。他們一直處在高度警覺的狀態，生怕甑子被掏空似的，有人添飯，斜著刁鑽的眼睛把甑裏瞅住；待人家一走，哪怕碗裏還沒吃盡，也撿過勺子，往碗裏添加。

　　我懷疑有很大一部分人沒吃早飯，為了節約，空著肚子就出了坡。包括我本人在內，這種計算不是沒有，倘若不是擔心麥捆把我壓垮，也會空起肚子出坡，捱到中午吃食堂加補。

　　老胡走過來，做副斯文樣子，飯是飯、菜是菜的做兩個碗兒添著。大家都不望他，我恨不得上前抵他兩句說：這是超吃亂補，莫吃。

一頓中飯吃得轟轟烈烈，倒也速戰速決，很快散夥。人人吃成一個橡皮肚子，像足了月的孕婦，走路都小心翼翼。這陣子聽到田野裏喊山歌，便是極其正常的事情了。

> 吃了中飯碗落台
> 外面狗咬是郎來
> 早來三刻同飲酒
> 晚來一時又無菜
> 怠慢情哥你莫怪

白天搶種跟搶收分的兩個攤子，到晚上便集中成一個攤子——到打麥場上打麥。

下面三個小隊只兩台柴油機，不夠用，隊裏將嚴家山的一台八匹馬力的柴油機借了下來。夜幕降臨，灌滿了柴油的十多根竹筒火把一起點燃，火光熊熊。柴油機突突地響著，傳送帶拉動脫粒機，人們圍繞這兩個鐵傢伙，緊張而忙碌地打麥。

生產中，我害怕跟機械打交道，鐵路上吃過苦頭。機械這東西除非不動，一旦發動，它就會按照機械的原理不知疲倦地運轉。機械化程度高，人們退出勞力市場，從而獲得解放。倘若人力跟機械在一個工種裏合作生產，那可糟了，人就變成了機械的奴隸。

大夥把麥捆集中到機器跟前，為使不堵塞機器，須將麥把子統統砍開。餵機器的是三四個粗壯男人，一字兒排著，個個像醫護人員，嘴上勒著一塊對角兒袱子當口罩防灰。他們的雙手不停地舞動，拚命地把麥穗塞到那張永遠也填不滿的鐵嘴裏去。那傢伙吃得多，屙得多，屙出來的麥節十多把揚叉一叉一叉地送到遠遠的空地上堆著。

專門有一把薅鋤伸到機器腹部下面刨麥粒。刨出來的麥粒，就同湖北大鼓〈豐收場上〉唱的那樣：風的風來簸的簸，篩的篩來揚的揚。整個稻場，糠灰瀰漫，草屑飛揚；暗暗的火光中，人們猶如一群鬼影在地府裏奔忙。這時候，我想起黛絲姑娘在石礱村打麥的場面，要跟上機器的節奏，我們忍耐

著勞動對肌肉的橫蠻無理的要求，沒命地將麥把子一抱一抱地摟到機器旁邊，稍一懈怠，就有人喊：「搬麥把的在搞什麼名堂？招架扣你的工分！加油啊。」

我像有些支持不住，心裏說：「加屁的油，油都給榨乾了。」

蔡長斌是餵機器的能手，看見他下來找水喝，我跑過去悄悄說：「餵兩個整把子，梗它一傢伙，讓大夥喘口氣。」長斌點頭，我跑去抱麥把，混亂中，將麥把甩了過去。不大會兒，忽然「格噔」一聲，傳送帶掉了。

機器停止喧囂，一時好靜，只聽到人們擤鼻子、咳嗽、奮力地往外吐髒物等各種各樣的聲音。一個、二個都像從糠堆裏爬出來的，只剩下兩隻眼睛在眨。婦女們取下罩在頭上的沙攝袱子，往身上各處抽打。鞋中掉進去許多麥粒，一走一忍地坐到稻場邊，脫下鞋子底朝天抖著。

愛開玩笑的男人們且有了故事，他們走過來，趁她們沒有穿上鞋之前，將其中一個扳倒，一雙有力的大手靈巧地伸到她們的胸脯上亂摸。女人縮成一坨，像個罎兒在地上滾來滾去，嘻笑中叫道：

「發瘟的——我沒得好的摑（罵）得，吃多了順大路跑，莫撈到我整。」

眼看有些夾生，男子揮揮手，過來幾個壯漢。這些傢伙渾身似乎有著使不完的力氣，一見女人，越發添勁，高聲喊道：「打榨，打榨！」

拿一個把屁股蹶著，另外的幾個攥住女人的四肢，抬起來一蕩一蕩的，在號子的協調下，猛力一摜，讓女人的腦殼往蹶著的那個傢伙的屁股上撞，晃蕩中，女人的衣服掀起來，白淨淨的身段和兩個大奶裸露在外。

女人一邊罵一邊向同類求救：「這些砍腦殼的整人，你們就望到，死眼子貨，幫忙啊——」

女人們組織起來了，當頭的一個發號召：「婦女半邊天，不能把給兒娃子欺服，過來，過來上他們的堆。」

衝上來的女人，用手掌推著男人們熊一樣的腰背，抓住他們的褲子往下拽。「騷鬍子」穿的大襠褲，沒有環皮帶的袗子，寡母子的褲子——禁不住扯，只一拽，黑屁股就露出來了。其中手快的捧著麥糠往褲襠裏塞，這一下搞亂套，男女一對一地混戰起來。被分散的女人失去優勢，在如狼似虎的男人面前，只有招架之力，沒得還手之功，讓他們一個一個地抱到麥草上打滾

兒。鬆軟的麥草，一會兒將他們掩蓋起來，不見了。

常言說：「看戲不怕台高。」我們這些閨兒子和閨女子們，不敢如此放肆地鬧，看到精彩處，喝幾聲彩倒是不礙事的。

玩累了的男女，前前後後地從草堆裏鑽了出來。過了半天，發覺騷鬍子不在，大夥舉起竹筒，紛紛到草堆裏刨，一會兒就把他們刨出來了。

「嗨，正抱得緊緊地親嘴喲。」

「再晚一會兒，會攔裏頭去呢。」

「不得了了。」

「他做得出來。」

騷鬍子出身好，是生產隊裏的紅管家——倉庫保管員。他身板結實粗壯，渾身散發出一股強烈的馬汗味。一副公牛頸項，頂著一顆金瓜似的小腦袋，肉下巴上生一撮山羊鬍子，人又騷氣，故大夥把他叫成個「騷鬍子」。胸脯上的兩塊肌肉黝黑放光，裏頭的肺葉彷彿特別大，出起氣來如同耕牛拉犁似的呼哧有聲。他的屁股比女人的還要肥，篩子大一盤，暑夏寒冬總是只穿一條薄褲，走路時能看到他屁股上的腓肉一抖一抖的顫動。這傢伙吃得做得，人也勤快，就是見不得女人。一見女人，即使在哭媽，頃刻間也會變得嘻皮笑臉。他的一雙爪子不光魯莽，落身上又重，往跟前一走，女人渾身就軟了。

最討他喜歡的是收穫季節：糧食從坡裏收回來，整乾揚淨，翻曬上倉，要人手打雜。

那時候計畫生育在人們頭腦中還沒有形成概念，奶娃子的婦女多如牛毛，這些半勞力都想出勤掙點工分。只要她們一到，倉庫裏就格外熱鬧：孩兒們在地上爬的爬，糧堆上滾的滾；當母親的一邊忙著手頭上的工作，一邊看守孩兒。孩兒們一餓就哭，女人家便敞胸露懷的，托著那一對對水瓢似的大奶往孩兒的嘴裏送去。孩兒吃奶也滿有情趣，一個乳頭在嘴裏吃著，另一個乳頭生怕有人搶吃似的，以自然而又優雅的姿勢護在手中。孩兒的防備不是沒有來由，的確有人搶吃。騷鬍子望到白淨淨的大奶，乳頭讓孩兒吮得像兩顆鮮櫻桃，一時雙腿像抽了筋兒一般，圪蹴在女人身邊，甕聲甕氣地跟孩兒倆說：

「娃娃兒，有福不可重享，你吃那個，我吃這個。」

說話間，扒掉孩兒的小手，換上他的大手，把乳頭托得高高的，將嘴巴湊了過去。

孩兒瞪著這個毛甃甃的怪嘴，嚇得愣住，到後便忍不住嚎哭。

倉庫裏用臨工，見天多少個，要誰不要誰，權力掌握在保管員的手裏。倘若看中某一個，想打她的「主意」，他就跟大家說：「明天的活路不多，要得個把，其餘的莫來。」

他說的那位「個把」暗中早已得到知會，第二天照例背揹著孩兒到來。他們把曬席一捲一捲地鋪開在稻場上，男人從屋裏端糧食往上倒，女人便撿起木耙子，赤著腳片在曬席上耙。耙開的糧食一道道，像田疇上的犁溝，在陽光下金波銀浪似地耀人眼目。木耙子在曬席上耙過兩遍，同時也將時間「耙」至傍午時分，屋簷的蔭涼靜靜地斜在滴水溝的近旁。人們出坡生產；離倉庫不遠的苧麻地裏，花翎公雞引著三四隻母雞正忙著捉蟲；一隻男貓躺在麥草堆上睡覺。遠處有人在吆喝牲口，鷹屋崖的鷹子在高高的天空盤旋，近前靜謐無聲，只有屋後桐子樹上的新蟬發出單凋而又急促的嘶鳴。這種天氣跟氛圍對一個生命來說，容易產生對異性的渴望。騷鬍子早已按捺不住，一時獸欲橫流，一抱將那「個把」摟在懷裏。女人這陣兒也特別乖巧，一副決意委身相就的神態，盡他搬弄。孩子在糧堆這邊玩驢打滾兒的遊戲，兩個大人在糧堆那邊玩「蛤蟆曬肚」的遊戲。

狡猾的麻雀瞅準時機，從屋簷上直撲下來。彷彿知道主人們在忙事情，暫時還抽不出手腳來驅趕牠們，理直氣壯地啄著曬場上的糧食。那些雞子並非老實東西，見狀也紛紛跑來，好的歹的撈一嗉子，然後消消停停地離去。

「遊戲」過後，女人總想從這件事情上討回一點補償。便用屎片、尿布包一點綠豆或是麥子，塞到孩兒的屁股下頭，使襻襟揹著回家。騷鬍子本是原則性極強的傢伙，這會兒嘴也軟了，睜一隻眼兒閉一隻眼兒的，不聞不問。

打麥機重新叫囂起來，脫掉的麥粒在脫粒機的罩殼上，像密集的雨點一樣作響。白天收割的麥子，晚上務必將它打完，怕行風走雨；其次要為第二天堆麥捆騰場子。打完麥子已是小半夜了，我看見大梅子扯掉蒙在嘴上的

對角兒袂子，到機器跟前的一口腰缸裏澆著降溫水洗手抹臉。騷鬍子也腳跟腳地跟去，伸手到缸裏亂攪，身子往大梅子靠攏。大梅子炮烙似地閃開，看樣子非要把水濺到大梅子身上才肯甘休，他揮動手臂使勁攪水。嚴大金走過來，他即刻擺出一副老實的蠢相，站在缸邊一動不動。這傢伙只服嚴大金，無論怎麼嗓他，不敢剁嘴。

人們「嘰嘰喳喳」地舉著火把回家，正欲朝著火光奔去，嚴大金卻派我跟騷鬍子倆值班守麥子。

大梅子將一把揚叉豎在轉牆角那兒的一架風斗旁邊，指著它跟我說：「我把揚叉擱在這兒，好好看著，不見了我拿你試問。」

當時我認為她有些自作多情，心裏反駁道：「我是給你守揚叉的嗎？」可為了不拂逆她對我的託咐，嘴上還是答應下來，心裏卻有些不耐煩，什麼情由，竟一時忘記。過細一默，想起來了：機器跟前，那些餵麥子的壯漢隊伍裏，她混在其間。那是多苦多累的活路啊，一位年紀輕輕的女性，在勞動中表現得這麼潑辣，我非常反感。她的體質是不容懷疑的，吃苦耐勞算得上一個，可隊裏的壯漢多得很呢，不需要她充能！我恨不得問她，是不是想當婦聯的主任，待我想到這句挖苦的話來，她早已消失在夜幕裏了。

我舉著僅有的一根火把，想尋個位置安插它，尋了半天，認為稻場中的麥堆上最為合適，就插了上去，讓它成為我們當中的一員。

騷鬍子卻說：「你那不行，招架失火，滅掉算了，莫浪費油，月伴兒裏看得見。」

想來也是，熄掉火把，繞稻場轉了一圈。回頭看見他弄個爛袂子，站水缸跟前抹身上，洗臉的時候鼻子搐得轟連轟的。這傢伙挺講乾淨咧，橫直是鑽草窩，洗什麼灰。

然後，他往麥草堆上一倒，又說：「我守前半夜，你只管睡，後半夜你換我，分個工，好嗎？」

我說行。怕聞馬汗氣，不願同他一處躺著，仿照小鳥築巢的式樣，草堆上做個窩；鑽進裏面，防露氣侵襲，往身上厚厚的蓋了一層麥草，只留個鼻子眼睛在外頭。

雖說躺在爛草堆裏，渾身卻有一種說不出的舒坦和新奇。一彎殘月斜

在天邊，大大小小的星星在深邃幽暗的夜空裏不停地閃爍，「七姐妹」已從天角的一頭升起來了。四周的群山，像一個個固執而又倔強的巨人矗立在那兒，挺拔魁偉的身影，將天空勾勒出一副多邊形的圖案。聞著麥草散發出來的淡淡的幽香，自己彷彿又回到了小時候鑽麥草的情形裏去了；記得王婆婆過生，我跑那兒相嘴，望到天上的「七姐妹」，不知不覺變成了王婆婆桌子上的七大碗肉……事情過去多年，回想起來，仍然口水直漫。

隊長安排我守麥，也是對我一種政治上的信任。我知道我近來做了些表面上的工作得到他的好感，譬如開會前讀讀報紙呀，批林批孔發發言呀等等。當然，我認為同他倆合作得最好的還是他記工的時候。他既是隊長又是記工員，工日簿子一直帶在身上，晚半天歇涼的時候，打開簿子開始記工。這陣兒總忘不了把我叫到他的跟前：「攏來攏來，又要搬師傅。」問熰火糞的「熰」該用哪個字，「打圪墶」怎麼寫，砍柯子的「柯」要不要木旁；還問到挖峁頭的「峁」字是哪一個，且要求把意思講個清楚。

嚴大金是個好人，種田是個好把式。他常常在地頭上擺閒題兒，說：

「我家原有兩畝多田，滿把子兒，幹，幹不完，淋，淋不完。餵的一頭黃犍子又高又大，年年回茬，只消大半天我就把田種完。農閒沒事做，就揹子打杵子一拿，出門揹腳，要麼上街撿糞。家裏養有十幾桶蜂子，蜂糖吃不完，真是要幾快活有幾快活。種高山劉氏坪的田，薅草打鑼鼓，上嚴家山借鼓，下蔡家埡拿鑼，回回跑腿都是我的事。我的腿子長，跑起路來像『山彪』，上坡攆得上野豬，下坡跟得上石頭，不說一點兒泡話，真像一匹騾子。」

還講到他們出門揹長腳，一路上如何「框通寶」，如何好吃和如何撩女人的故事。

他講述這些有血有肉的、充滿人情味的往事，我聽得非常認真，人跟人的距離彷彿拉得很近，畏懼中又有些喜歡他。有時會講得忘形，暗暗地延長了休息的時間，大夥悶在心裏高興，誰也不願提醒；候他醒悟過來，日頭已跨著山邊去了。

他說句話我非常相信，至今還記得清清楚楚，他說：「什麼這呀那的，我們天晴下雨在坡裏爬，為的啥兒？就是想多收兩顆兒糧食，把肚子整

飽。」那陣兒全大隊要培養幾家「一對紅」，蔡德陸的媳婦入了黨，劉功修的媳婦入了黨，後來有人動員嚴大金也入了黨。自此以後，他擺閒題兒的情形少了，起到「先鋒」作用，曉得什麼是原則，怎樣地保密；上頭打個屁都是香的，撿個棒頭當個針，階級鬥爭這根弦越繃越緊。當時風行的大題目是批林批孔，到了下面，忽而批《三字經》、《女兒經》，忽而批《增廣賢文》，還要批宋江。嚴大金一本《弟子規》沒唸完，什麼也搞不清白，但還得按照上頭的意圖，狗扯羊腿地亂講一氣。不知不覺中，他用「階級鬥爭」這塊磚，砌起一道無形的高牆，把自己跟大夥隔離開來，關係漸漸僵化。

對他的女兒大梅子我同樣存在隔閡，她跟強排長的戀愛，險些把我推到生活的盡頭。不過，他們央媒議親的這件事情，沒經歷多久便果斷分手了。儘管他們沒有談攏，倒是給了我一個重要信號：那就是在大梅子的芳心中暫時還沒有我的位置。以往我跟她的友誼是年輕人之間的正常交往，情感基礎薄弱，產生不了互愛，我對她的一往情深只不過是一種暗戀。

嚴格說來，自己根本就不具備談情說愛的資格，長眼睛的姑娘會鑽進一個豬圈做成的新房裏去嗎？我也不是薛仁貴。薛仁貴住的還是寬大的窯洞，人家武藝高強，且有九牛二虎之力。我有什麼呢？文不能提筆，武不能扛槍，想娶「樊梨花」，真是螞蟻小，心倒大。有了自知之明，開始收拾起戀愛的野心，像烏龜一樣，縮進甲冑，再也不敢蠢蠢欲動了。但是，她的能幹和迷人的身段仍然俘攜著我的心，經常使我在對異性的渴望裏接受著痛苦的熬煎。我像《懺悔錄》中的盧梭一樣，在那段無聊透頂的〈進出一中〉的荒唐生活裏，過早地染上了手淫的惡習，將自己陷入到一個迷亂和幻想的泥沼不能自拔。

躺在柔軟的草窩裏，周身的懶散容易讓疲勞征服，想了一些亂七八糟的事情，瞌睡上來，將我帶入到一個夢幻世界。

……打麥機轟隆隆響著，大梅子跑過來問：「我的揚叉呢？」

「倉庫門角角兒裏。」

「以為在你眼睛角角兒裏呢。」

「眼睛角角兒裏是強排長。」

「招架我撕你的嘴！」

「你……跟強排長到底……我曉得他喜歡支腳動手，我心裏一直很難受。」

「蓮藕做的心，窟眼兒多。」

「好好的，為什麼分手，你今兒說個實話。」

「怎麼說呢？我……我說不出口。」

「我總覺得你跟強排長已經……就像一樹石榴花，讓他掐了一朵去。」

「不聽你囉嗦，我要揚叉……」

大梅子轉身要去，想拉住她的手，跟我道個清白。可是我的膀子像墜個秤砣，抬不動，掙扎著，冒汗……

朦朧中，望到一個黑影，肩膀上彷彿還扛著一袋東西。我把視線一直放在通往小院那邊的路口上，睜眼就看得見。迷糊一會兒，突然意識到自己的職責，我猛地爬出草窩，輕輕的叫著「騷鬍子」；聽不到回應，伸手一扒，草窩是空的。頓時心裏一緊，繼而害怕起來：這傢伙去了什麼地方？想喊，可又怕打草驚蛇。我努力使自己冷靜，心想：有什麼好怕的呢？小時候讀過魯迅踢鬼的故事。父親經常告訴我們，世界上不存在鬼，鬼都是人做的。我手中緊緊攥著一根木棍，輕手輕腳地繞稻場細看，不見動靜。來到麥堆跟前，總覺有些異樣，因我插火把時大致有個印象，可一時又拿不太準。

小院兒那邊住著一位宋婆婆，別看她快六十的人了，菜園裏、水井邊，屋前屋後，從早到晚一副小腳拐得不停。人們說宋婆婆厲害，神仙打那兒過也得掉兩根鬍。我覺察不出，單知道她和氣，跟人說話一說一臉笑，親熱得什麼似的，一看到我準說：「嗨，娃娃兒一晃長這麼高了。媽不死曉得幾多好呦，你媽是個能幹人。娃娃兒的臉盤兒就像你媽。」有時我會帶點中飯放在她那兒，到中界取出來吃。本是平平的一碗，經她鍋裏一熱，這樣的菜那樣的菜，一樣的加點兒，再配上佐料，變成滿滿的一碗，吃了還想吃。

宋婆婆有個兒子在神農架當伐木工人，雖說不是親生卻勝似親生；說了個媳婦放在屋裏，媳婦名叫白桂枝。白桂枝身為「白」姓，人也生得白淨，確像一筆劃的：一對深褐色的大而明亮的眼睛裏，時不時閃耀著一種捉摸不定的光芒；面如銀盤，眉梢高挑。身段也出奇地標緻，柔肩，挺胸，細腰，屁股大，走起路來像三半頭兒，膀子甩得只怕要脫節。村裏人給她編段順口

溜：「白桂枝生得美，鴛鴦屁股琵琶腿，一對媽子蹦蹦跳，六月西瓜一包水。」

人們都說白桂枝跟騷鬍子倆「有事」，是宋婆婆放的一手兒。騷鬍子從來不麻子打哈欠——隱瞞觀點，經常當著年輕人的面，教大夥如何去嫖女人。

「嫖女人不能招急，就同一首五句子唱的：上坡不急慢慢悠，嫖姐莫急慢慢逗，有朝一日逗到手，生不丟來死不丟，除非閻王把簿勾。」

接著，他放低聲音，口授祕訣似地跟大家細說：「告訴你們一個小竅門兒，用攢圓字（歇後語）的方式嫖女人滿得當。話不明說，意思在裏頭，有人聽見也無妨礙，說話的兩個自然懂得。」

男：三月是清明，走進姐的門，豌豆滾到蕎麥墩——無棱（能）碰到有棱（能）的人。

女：春分下小雨，情哥兒走得稀，莫拉著鬍子過河——牽（謙）鬚（虛）。

男：六月熱火火，有話要跟姐兒說，老虎咬石滾——橫直不好開得口。

女：女子說話不怕人愛，男子說話不怕人怪，巷子裏趕豬——直去直來嘛。

男：半天雲裏放爆竹：響（想）得高。狗尾巴支灶裏——攪（交）一火（合）。

女：臘月三十借飯甑——沒得空。

男：莫瞎子坐上席——目中無人。秤鉤子死了變釘環——生死鉤（勾）引。

女：燈草打鼓——不響（想）。

男：扇子打鑼——響（想）起風（瘋）來。

女：情姐喊情人，香火上牽藤子——不消勞得神。

男：張飛賣秤砣——人硬貨也硬。

女：行船遇順風——不用槳（講）。

男：聽姐的口氣，銅鈴打鑼——另外有音。

女：打鑼的碰到放鞭的——響（想）到一起來了。

男：筷子上牽絲——碗（晚）上來。

女：三十兩銀子──一錠（定）。

……

「說給你們聽，我就是這麼跟白桂枝掛上鉤的。」

騷鬍子有個壞德性，跟某某女人睡了還生怕別人不曉得，掛在嘴上講，撒歡的細節也不例外。他說：「開始兩個人你摸我的，我摸你的，一個硬得像個牛角，一個皺得像個包子，『牛角』往『包子』上一擱，嗤溜一下就進去了，不消一會會兒，就打起炮來……」

這傢伙該不會偷公家的麥子換「包子」去吧？我悄悄地摸過小院兒那邊去看。

白桂枝的房屋前面有個小木窗，平時隔著窗櫺看到裏頭放的有幾個酒瓶子，這陣兒像拿什麼搪了。我尖起耳朵細聽，裏頭彷彿是床板挪動時發出的「咯啞咯啞」的響聲。半夜聽見床枋子響──在整人。正聽得入迷，一隻貓子從轉牆角那邊跳了出來，把我嚇個十六兩──一斤（驚）。緊接著那邊有人在咳，我聽出了這咳嗽的多義，踮起腳，幾步離開窗子，朝咳嗽靠近。

「娃娃兒，隊長派你守麥子呀？」

聽得出宋婆婆的聲音，我用平靜的、使對方勉強聽得清的語氣告訴她，我說是的。

轉牆角那邊有個後門，通灶屋。宋婆婆接下說：「屋裏來坐，我曉得娃娃守麥子守得有點餓，婆婆下碗掛麵你吃。」

「多謝您，不餓，我們還有一個夥計在那邊，我得過去轉轉。」

回到倉庫這邊，我找個合適的角度，盯著那扇小木門。忽而小門洞開，閃出一隻黑影。黑影並沒有直接往回走，拐進一個巷子，不知搞了點什麼名堂，這才往過走來。

我靠在麥草上，明知故問：「剛才哪裏去了？」

「解手，肚子橫直轟隆轟隆的響。」

「解手解到人家屋裏去了，恐怕是在打炮吧。」

我恨不得這麼頂他幾句，一想到今晚守麥，只好把話忍住。

他一頭扎進草窩，一會兒竟打起鼾來：吸氣如同水牛喝水，呼嚕呼嚕；呼氣彷彿吹火，連噗直噗。

面對這個無憂無慮的牛一樣的傢伙，我像受到一種欺負，心中酸溜溜的。常言說捉人拿雙，捉強盜拿贓，我什麼也沒拿住。倘是張揚出去，我無憑無據，揹個失職的名譽不說，有人還會行因由前來找我的麻煩。況且宋婆婆待我也不錯。算了吧，今晚的事情權當沒有發生，莫披起蓑衣進灶門——惹火燒身。

# 灶上長青苔

　　我住的屋兒雖小，可並不寂寞，雨天和傍晚，夥伴們經常來此聚會。大夥攏了面，無拘無束，什麼都談。

　　蔡德金進門就說：「今天我又跟隊長吵了一架。」

　　「為什麼呢？」

　　「你們評評，大會上講過，允許私人餵豬。有人下田找豬草，隊長喊叫剁筐子，這到底叫人家怎麼搞？屁股大塊自留地，種菜就不夠，莫說種飼料。隊長覺得我說得不對，替歪風邪氣撐腰，扣我的工分。好吧，我說你敢扣我的工分，我就敢拿起碗到你屋裏添飯吃，不相信我們就試！」

　　「現在的事說不清白。」蔡長斌接道，「三鳳懷起個娃子，肚子挺那麼大，上步坎子撐髁膝包兒。到晚上，那個強排長硬要她跟大夥一樣，從卡門子底下揹百把斤麥子，爬三里路的上坡到倉庫去。三鳳是富農『子女』，不敢強，只好照揹，結果小生（流產）了。什麼子女不子女，我看都是人！」

　　蔡長貴接道：「聽說自留地又要沒收？」

　　「那吃菜怎麼辦呢？」

　　「各小隊成立一個蔬菜小組，專門種菜；吃菜過秤秤。」

　　「工作組的同志說，不是沒收自留地，是多的往下拿。」

　　拿了自留地，就不種菜了，倒也省心。那麼隊裏稱菜要不要錢呢？要錢又從哪裏出水？我正犯氾濫想，蔡德金卻說：「嚴永明打了扁擔長一條黑蛇，剝的皮準備繃一把京胡。我去他們正在煮蛇肉，就勢兒吃兩坨，蛇肉滿香。」

　　「說到吃蛇肉，我來講個吃豬肉的故事你們聽。」蔡長斌清了一下嗓子，接著開始講：

　　「一個大學生畢業回家，走餓了，到一家館子裏吃飯。廚師炒了一盤肉片上來，他覺得滿好吃，就問是什麼肉，廚師說是豬肉。他又問，豬肉是怎

麼來的呢？廚師就耐心給他講：首先捉來小豬，慢慢餵，慢慢長，長成一頭大豬。請殺豬佬來殺，燒水刮毛，開膛破肚，剁成塊塊。然後就切成片片，下鍋爆炒，放辣椒放鹽，然後、然後就一盤端上了桌上。大學生聽得呆起，想不到眼前這盤肉還有這麼多的道道兒。生怕記不住，便找出筆跟本子，按廚師說的一字不漏地記錄下來。走出店子，看到市場上有人賣肉，就砍了一塊提起，預備回到家裏，照廚師說的弄了吃。走半路上，他想解手，便順手將肉掛在路邊的樹柯子上。候他解手轉來，看見一條狗子把肉給叼起跑囉。大學生也不趕快把肉撐回來，卻望著狗子說：你叼起去有什麼用？等會兒還得找我，吃肉的方法記在我的本本兒上咧。」

大家一陣哄笑，笑聲中，蔡長貴說：「這是挖苦那些書呆子的。聽說了嗎？四九年以來，興山考取的第一個大學生叫李文甲。生產隊裏浸種，按書上說的應該使用木缸，有些人偏用瓦缸。李文甲說不行，人們就說他讀書讀牛屁眼兒裏了，木缸跟瓦缸有什麼不同呢？照我看還是有區別的，書本上說的並非沒有道理。」

「說有大學生把麥子認成韭菜，我有些不大相信。」

蔡德金接過我的話說：

「怎麼不相信，峽口修大橋，我跟李文甲在一起搞過。食堂裏買菜，買茄子的錢放這個荷包裏，買辣椒的錢放那個荷包裏，不能統一起。」

「興許是編排的，人們喜歡把道聽塗說的呆事都轉嫁到一個人的頭上，這人就呆出了名。」

德金道：「不是編排的，硬是我親眼所見。」

我和其他夥伴差不多都上了一趟鐵路，只是蔡長貴沒有參加。他一直在校讀書，如今高中畢業，又不能直接考大學，哪裏來的哪裏去。大夥都同小鳥一般，在空中旋了兩個圈子，讓生產隊這張大網給一個不漏地又「網」了回來。

蔡長貴雖然剛剛下學，卻早已長成個身材結實的漂亮小夥兒。在我們這些身子骨被生活的重軛壓得有些變形走樣的夥伴中間，他鶴立雞群，顯得格外帥氣。這當中他的歲數最大，有種正人君子的風度，一雙睿智的目光裏透露出執著而又理性的神采。說話時，總會把雙眉稍稍蹙一蹙，彷彿是對即將

出口的話還不放心似的，重新進行一番思考，然後才層次清楚地表達出來。還不光是他的文化水平高，力氣也特別大，門門農活撿得起，是個能文能武的角色，所以大夥都非常佩服他。

那會兒找不到書，蔡長貴的幾本高中語文，我們像寶貝一樣捧在手裏讀著。搞不懂的地方，就把他請到我的小床上坐著，給大夥細講。他講〈恩格斯在馬克思墓前的演說〉，講〈曹劌論戰〉，講魯迅的〈論「費厄潑賴」應該緩行〉等等；講得很認真，很耐煩。時間長了點，家中要人做事或者吃飯，找不到人。大人們知道去處，不走彎路，站高坎上一喚，小屋裏準會鑽出一個人來。

一次，嚴大媽喊走了蔡長貴，並沒即刻離去，隔著一道高坎，跟我祖母倆說：「惱火，每次喊吃飯，他急匆匆地往灶屋裏走。揭開鍋蓋，一看是菜糊粥，猜他怎麼說的，您一定是猜不出來。他說：『媽，回回喊吃飯，好你這個飯。』」

講到這裏，嚴大媽輕輕地跺了一下腳，一副無可奈何的樣子，繼續說：「萬伯娘，看到娃子的那個神勁兒，又好氣又好哭。他哪裏想到，雖說一碗菜糊粥，不知大人招的什麼急！一月要接到一月，糧食秤回來，開始從罐子口上『細』，可斤可兩的，手鬆不得一下；假使一鬆，吃差幾天，到底怎麼搞？他爺爺耳朵又聾，一頓就餓不得，到時候一家人張著嘴把我望到，我找誰去？人家要說我不會當家，招眾人恥笑。菜糊粥吃得怕，我還不是想吃點兒乾的，可你要有法呀！心想吵他幾句，倒又下不得心：夜裏連遍起來撒尿，睡不著。他說：『媽，您弄麵飯我吃，一天只吃一頓我也情願。』唉，說得我心裏硬是像鹽水澆的……」

祖母看她攘著鼻涕在哭，勸了兩句，跟著便講了個笑話：「從前有個當媽的滿老實，飯弄熟了喊兒子回來吃：『娃娃兒──回家吃菜糊粥。』兒子大了，回家就同媽說：『二回喊我，莫說吃菜糊粥，喊吃飯就是。』媽也就記住，二回喊時，就說：『娃娃兒──回家吃飯。』這本是滿好，兒子偏偏又愛玩個面子，問他媽弄的什麼菜，當媽的就說個實話：『菜還不是摻在糊粥裏頭。』」

祖母看見坎上的那個笑了，稱讚道：「你不是那個老實媽，是個精靈

媽：穿的在身上，人人看在眼裏；肚子裏饑呀飽，只有自己清白。撐個門戶不容易，俗話說：『當家三年狗也嫌』。上有老，下有小，頓頓湯湯水水的也是蠻狠。我教你一個法子：紅苔出來了，洗乾淨下鍋蒸，然後撒點兒麥麵或者別的什麼麵，揉到一起，烙粑粑；不費油，吃下去經餓，這麼改個口味兒。我的明子火石子落腳背──嘗到屬害了，一到月尾，過火焰山。平時小屋裏話話朗朗，這幾天文靜得很，門上掛著『猴兒』（鎖），跑這兒一頓，跑那兒一頓，吃百家飯度命。難為你們疼他。吃了別人的，回來就跟我說。我叫他人戀恩情狗戀食，今後要記得人家，不能忘恩負義。」

祖母說的情形一點不錯，遇到月尾，總有那麼三五天不等的日程叫我難過。我是注意到節約的，嚴格按照老輩子的祖訓辦事：早晨不管是苔粉子粑粑，還是黃菜麵飯，務必吃頓乾的；晚上可以馬虎些，和點兒稀湯寡水的糊粥喝。儘管我這麼精心地安排，可不知怎麼一弄，到頭還是不夠吃。夥伴們滿體諒我，知道無米下鍋，自然就說不起勁了，所以這幾天也就不往小屋裏來。

頭天晚上涮罎子裏的麵，我就開始著慌，勉勉強強糊了一頓。入夜睡得一覺好的，除非不醒，醒來就再也莫想睡著。

心裏裝的有事，早晨比以往早些，一爬起來就急匆匆跑到菜園裏。

廳屋門前的坎下，原是祖父的一塊煙地，大小有半分。祖父過輩，我的園子沒得著落，祖母便將它給了我。防備禽畜的侵害，砍來好幾捆金竹茅子，編成籬笆。入口處我依照別人的樣子，編了一扇漂亮的小竹門。

開始種園子完全是個外行：栽白菜，溝起得深，泥土將菜秧攔腰一掩，活是活了，可死個舅子不長。後來祖母教我，泥溝淺些耙，放好菜秧，抓一撮細土扎根，愛掩不掩；菜秧一活，周正起來，洇點糞水，一天一個樣子。到了種南瓜的季節，祖母叫我莫急，預先打好窩子，放一瓢大糞『暖』著，待堰塘裏的蛤蟆「呱呱」地叫了，再把瓜種掩到窩子裏去。這麼種的南瓜來得快，又肯結，老瓜、嫩瓜都好吃。我還從祖母那裏學會了種蔥蒜，種扁豆、豇豆，種辣椒跟茄子。祖母還囑咐我說：「肥豬趕不得瘦園子，好生經管，抵得上你半邊的口糧。」

瓜秧長得旺盛，蔥綠色的瓜葉有蒲扇那般大，讓露水給洇得濕淥淥的，

藤子一個勁地往籬笆上攀延。大黃蜂倒快，一早就鑽進黃豔豔的瓜花裏採粉了。園子裏哪裏有一朵瓜花兒，哪裏結了個「瘤瘤兒」，這在我的心中都記得有數。這些天我可老想念它們，做夢就在盼著它們長大，天天跑過來瞧。有幾處，想像中它們應該跟瓦缽子差不多了，當湊近細瞧時，仍然像個拳頭似的，彷彿沒長。

不大經意，一篷扁豆在籬笆上鋪展開來，醬紫色的花兒一簇一簇地開得特別鮮豔；結的扁豆也是一簇一簇的。豆莢又寬又扁，像上弦的新月，所以人們又給它取了個充滿詩意的名字叫「娥眉豆」。我摘下幾隻娥眉豆，掐了幾匹葉梢。一個拳頭大的南瓜，頂上的瓜花還沒謝去，饑餓不容它再長，讓我摘了；當我伸手輕輕地一扭，「啪」的一聲，瓜蒂分離的那一瞬間，我的心跟著一疼。

有一回我把園中的一個「枕頭瓜」摘了。這瓜的把子跟孩兒的膀子一樣粗壯，是個長大瓜的架式。祖母叫我留著做種，然而我卻要吃它。祖母見我抱了那個大瓜回去，連連說：「可惜可惜。人們說的『好吃婆娘不留種』就是你這個情形，二回莫做這樣的蠢事。不過摘了也好，心裏停當些，我給它算了命，大路邊上，早晚有人會幫你摘的。」

這兩天出工也是過糊，人打不起陽氣，身上彷彿寫著「斷頓」二字，抬頭就被人認個正著。早晨瓜葉吃得鹹，渴了找水喝，喝得多，屙得多，時不時往背陰彎迅走。回轉時，我也學著大夥，跟東郭先生那樣，生怕踩死螞蟻似的，挨挨擦擦，消磨時光。若聽見隊長喊叫歇涼，也不擇個場子，似夢似醒地就地一歪，到混沌世界裏漫遊。本來，這些天裏可以請假睡覺，但這並非良策：餓肚子睡不著倒是事小，掙不著工分則事大。工分一少，口糧跟到少，進入惡性循環，日子就越過越狠。

嚴大金看得到事，知道大家的肚子都在「革命」，想提前發糧，工作組長老胡卻堅決不准。

有時我望著西山的太陽，想起傳說中有個學生背誦日課，背誦不出，說：「我恨不得拿繩子把太陽拴住。」先生一聽，覺得這個學生不錯，曉得打主意如何延長學習時間。然而那學生卻說：「我是想把太陽拴住以後，一下把它甩下山去。」我佩服那位學生奇特的想像能力，倘若真是能夠那麼地

來處置太陽，大夥也就很容易從困境中解脫出來了。

我過的日程皆逃不過祖母的眼睛。她如同一位普渡眾生的活菩薩，捧著半碗包穀麵飯，走天井裏，給二爹送去。然後同樣地端上一撮包穀麵，出後門，給我拿來。說：「館子裏買的新菜刀，一時磨不上口，交給你么爹，一斤包穀麵一把。么爹拿著刀，在小河子裏找塊粗砂石，磨兩個半天，總共磨四把。像是高山的火炕子麵，有點兒煙炕氣，把它撒點兒到瓜葉裏，渾個湯，吃到軟和些。」

么爹被派到縣食品公司——養豬場裏給隊裏作糞，辛辛苦苦掙的麵，我不好意思要。祖母看見我窮講狠，笑道：

「豬腦殼煮熟了牙巴骨還是硬的。接到，做算借的行吧？莫老實。」

後來看見祖母弄飯，我就鎖上門，溜掉。就同人們講的故事裏的好吃佬，打開我的全部感覺器官，在村中搜尋著廚房裏飄散出來的香氣。估摸人家正在端碗吃飯，我像個突然降臨的天外來客，直闖進去。

「吃飯沒的？」

「沒唄。」

「吃點兒？」

「吃唦。」

便這麼十分撇脫地跟人家共同進餐。

一到蔡長貴家，嚴大媽就說：「來客不揪嘴，多加一瓢水。來吧，跟我們一起吃。」

蔡長貴他們人口輕，姐姐出了嫁，就祖孫三口。我去正好四人，一人一方，圍著小桌兒喝粥。聾子爺喝得一本正經，也不說話，只是站起來添時，發一二聲歎息。想著小時候捉迷藏，他蹲在茅缸上解手，我們黑暗裏跳到他的身上，仍忍不住暗裏好笑。我的到來，嚴大媽加水恐怕有點過量：糊粥太稀，稍微一蕩，人影直晃；張口去喝，碗底上也升起一張嘴兒，湊攏來同我對喝。

德金與長貴兩家共堂屋，一牆之隔，情形卻有些不同。推門進去，一口土灶，灶門口堆滿柴草，一樘板壁被柴煙子燻得黑漆放光。他們一共五個兄妹，受到饑餓的管束，這裏坐一個，那裏歪一個，沒得丁點兒活氣。最小

的那位兄弟坐在火籠坎子上，蒼蠅落在臉上亂爬，半天揮一下手，未待小手拿下來，起飛的蒼蠅重新落回到臉上。他們懶散的坐姿跟那些缺角斷腿的板凳及沒有靠背的椅子結合在一起，看上去是那麼的協調和般配。一聲「吃飯」，個個活靈活現地站立起來，搶碗奪筷子，睜大眼睛將灶台圍住。

　　蔡德金的父親是位入過朝的復員軍人，高高的個子，滿瘦，精神挺好。長年鑽「馬門」給大隊挖炭，興許是近墨者黑的緣故，生就一身板栗色的皮膚。這人豪爽，講義氣，性格開朗，同時又是一個愛唱勞動號子、熬夜打喪鼓的熱鬧人。他的喜物是酒。德金的母親我們叫的「韓婆婆」，中等個兒，頭髮梳得光光的，腦後綰個簪，一條疊成帶狀的印花毛巾長年繫在頭上。她精明賢慧，一手好針線、茶飯。心腸軟得要命：一見大人打孩子，就是再忙，也得趕過去奪傢伙解交；假使閒聊中說到某一孩子挨餓，哭著到處找媽，聽著聽著，她的淚水就湧上來了。她生了那麼多，冷的、熱的要做，生的、熱的要吃、要喝，不覺得個咳病，四十多歲，臉色蠟黃，十分的憔悴。上灶做飯，彷彿是憑了毅力在堅持，炒辣椒的煙子嗆得她不停地咳嗽，腰也彎下來，雙手將灶台撐住。孩子、大人從頭到腳要穿，這就使她有了永遠也做不完的針線；十回有九回看見她坐在針線簸箕跟前修鞋樣、補衣服。一次她補著一件新舊好幾個補釘的小褂子，跟我說：「你跟叔兒倆相好，我滿歡喜。你們是一命的，都是五三年出生。你媽死得早，有婆婆爺爺疼。叔兒的媽口說活著，跟死的一樣，沒得能力疼他。假若我幾時死了，莫跟叔兒生意見，關係放好些，這麼我就放心。」

　　蔡德金一邊聽得不耐煩，突然地插了一句：「幾時死吖？」

　　「明兒死。」

　　「死了把你抬坡裏埋到。」

　　「你要折福。」

　　「還好些。」

　　「嚼你媽的牙巴骨。」

　　韓婆婆起了氣，順手摸過掃帚要打，蔡德金一步飛到門外。

　　「看我打掉你的牙齒，叫你剡不得嘴。」她打不到人，一時反臉為笑，淚珠子從面頰上緩緩地滾著。

「天天在說死，說得心裏亂糟糟的。」蔡德金一邊說一邊往回走，淚水也滾出來了。

一次蔡德金把我從他屋裏叫出來，使報紙包了一坨包穀麵，塞到我手裏，說：「這裏吃不好，看到急人，你個兒回家打一頓糊粥吃。」

我把手往後一背，說：「這樣搞不好。」

「是不是嫌少？」

「不是。」

「不是就拿起。」

「跟大人說清楚。」

「是我媽的意思。」

我充硬氣漢，不接，想想那些坐在屋裏的皮耷嘴歪的餓相，我的行為與謀財害命有什麼區別呢？一時覺得，自己成了華老栓，紙包子裏不是包穀麵，彷彿包著的是那個「東西」。老天爺，我如何做出這等的事來？年紀輕輕的，落到這步田地，恨不得當著朋友的面，一下潛入地縫！

村裏遊了兩天，眼看熬到秤口糧，似乎還不是一時半刻的事，便撇下小屋，下石膏溝，往長斌家裏跑去。

長斌他們共計七兄妹，姐姐出嫁，屋裏還有六個。有關他父親蔡德安的經歷，在我的印象中是個傳奇式人物。祠堂裏上過二年學堂，卻特別的能寫會算。抗戰期間，工兵營在廟包上築碉堡，差個地方上的採辦，花屋裏四爺便薦了他去。碉堡修起，職務上盡責，一下派進鄉政府，繼而升為鄉隊副。一次回家途中，遠遠地望見他父親在坡上耕田。不由分說，脫下黃褂子，將盒子炮掛在樹上，接過父親手中的犁頭便耕起田來。一手毛筆字寫得周正，中華人民共和國第一部婚姻法，至今村中的老牆上仍清晰可見，那便是他留下的手跡。不幸的是，食堂下放不久，給集體揹柯子，失腳摔到崖下，活活奪走了生命。從此，千斤重擔一下便落到吳媽的肩上。

吳媽身材不高，和藹的臉龐掛著微笑，對人總是那麼溫和，說話的語氣充滿仁慈。不知她高聲說話是個什麼樣子，更談不上惡聲大噪。對待兒女，她是既疼愛又說教，善惡觀念非常明確。比如孩子們在學校打架，她馬上會做出評判：「要不得！人家打你給老師說，不能還手。」說到隊裏有人忤逆

父母，慈祥的笑臉倏然地嚴肅起來：「這樣的不能學。對老人要孝敬，自己的身子是哪裏來的呢？」假使村中有人病得很重，無錢抓藥，或者是孤兒寡母的遭了天火，她立即睜大眼睛，彷彿是發生在自己家中的事情，同情中夾幾分驚恐：「嘿，怎麼辦呢？這樣的事當幹部的要管。差人手，你們（指兒女）哪個去幫他（她）跑一步。」她不光有善良、美好的品行，勤勞也是數一數二的。為撐起一個門戶，除了孩子們的漿洗補連、種菜做飯、推磨餵豬等家務活外，還為集體養了三四頭耕牛。

吳媽喜歡我，疼我，像親生兒子一樣。無論什麼時候去，彷彿知道我荒飯，丟下手中活兒，趕緊燒灶火，乾的稀的首先弄飯我吃。

記得去頭一回，吳媽單獨弄的油炒飯，吃著吃著，發現碗底上還墊了幾片臘肉。愕然中抬頭，看見蔡長娥和蔡長鳳站在隔門那兒望到我笑。吳媽用嗔怪的目光瞅了她們一眼，兩姐妹立即將身子隱到門框的後面。

吃飯當中，碗裏本當還有，吳媽生怕我裝秀氣，使喚長娥或長鳳到我手裏奪碗，調過臉來，滿滿的一碗遞到手上。

長娥比長鳳大歲把，都長得秀氣，姣好，討人喜歡。別看她們小小年紀，皆聰明能幹得出奇，落屋什麼活兒都做。有時吳媽出坡放牛未歸，我們在堂屋裏談天，兩姐妹關著隔門。一會兒工夫，沒聽到鍋瓢碗響，隔門打開，熱騰騰的飯菜便端上來了。好要吃飯，她們又不端碗，害羞似地立在隔門那邊；待我們吃完，她們攏來將碗筷收拾過去，然後關上隔門，在一邊吃剩飯剩菜。這種搞法我極不習慣，建議取消。長斌搖搖頭道：「沒得辦法，我媽一輩子就是這麼做的。」

我一去，長斌出大門問：「何不早來？」

「如何有臉早來？」

「兄弟夥的，不興這麼說。」

「捨下別的夥伴，光吃你的，我不忍心。」

「你是薛仁貴，吃七斗八石。」

「薛仁貴敵不上，大肚漢算得一個。」

「既開館子就不怕大肚漢。」

每次見面，我們喜歡以半真半玩笑的形式開頭，稱做叫花子賣屁股——

窮快活。

「長斌，」我說，「縣廣播站又播了我兩篇稿子。」

「修路的那一篇嗎？已從廣播上聽到，修一條機耕路進村，是件好事，值得一寫。」

「除了你說的這篇，還寫了〈學習大寨搞試驗田〉、〈高產作物喜獲豐收〉。」

「好哇，努力吧，寫出了名，不拘某時廣播站興許來個特邀咧。」

「但願如此。可是，不知怎麼的，寫著寫著，彷彿不大對勁兒。」

「什麼原因？」

「洋芋、紅苕種多了，本來大夥就不大贊成，我倒還把它吹捧一番。這、這算怎麼一回事呢？再說這純粹是在往工作組跟蔡德陸的臉上貼金。你說這樣的事我還能做嗎？況且我還說了許多違心的話。」

「站在群眾一邊，為大夥代言，你就實事求是地寫。」

「寫了，寫的〈形式主義害死人〉他們不播。」

「說實在的，我們都十分單純，歷朝歷代，誰個把老百姓的利益放在心上？都在扒功，忙爭權奪利。」長斌把聲音降了下來，繼續說：「如今口頭上在人民人民，其實是盜用了『人民』這兩個字眼兒。」

「總是覺得，依照性格，新聞報導不是我們這類人做的事情。寫作上不光受到真人真事的局限，同時還束縛了表現手法和思想的發揮。」

「寫什麼去呢？」

我猶豫了片刻，幾乎沒有勇氣回答，但還是支支吾吾地把我想搞創作的想法吐了出來。

蔡長斌一時僵在那兒，注意力迅速轉移到我的臉上，目光裏填滿了懷疑和吃驚。隔了會兒說：「想當作家？那可不是隨便說的！」

我赧然一笑：「不是當作家，是想、想嘗試一下，往這個方面努力。」

說到這兒，他仍然拿眼睛把我盯住。

前不久，我跟哥哥曾發生過一次衝突。他從孟家嶺給我買了兩把椅子回來，說到我的打算，當時的表情跟長斌幾乎是一個模子。

他說：「寫點報導，練練筆，是個路子。毛主席說：『堅持數年，必有

好處。』東一榔頭西一棒槌，犯的什麼冷熱病？」

「沒有必要為他們歌功頌德。」

哥哥一下火了：「如今寫什麼東西不歌功頌德？搞創作就不歌功頌德？幼稚！好高騖遠，不顧實際，毀你一生。一個小學文化程度，想得那麼天真，勸你早點兒打消這個念頭。」

「寫〈豔陽天〉、〈金光大道〉的浩然，同樣只讀個小學畢業。」

「好吧，你去寫，你是天才，你是魯郭曹、巴老茅（即魯迅、郭沫若、曹禺、巴金、老舍、茅盾）。真是不自量力！」

知道哥哥是好意，怕我成了迷途的羔羊。可心裏依舊別勁兒，認為他過於武斷，不尊重我的選擇。

……

長斌看到我仍舊窘在那裏，一時活潑起來，痛痛快快地說：「哎呀，想當作家也沒有錯。管它什麼報導呀創作呀，依我看，反正要寫，努力地寫，拚命地寫。目標一定，學愚公挖山不止，唯此才能改變我們的命運！」

說著轉身上樓，不知要搞什麼名堂，忽而取了一捲白紙下來。展開看時，是幅沒有畫完的竹子，說：「請求指教。」

我頓時驚喜交加，仿著他剛才對我的語氣道：「想當畫家？那可不是隨便說的！」

緊接著，他反過來又撿起我的話說：「不是想當畫家，嘗試唄。」

一時弄得我們都忍俊不禁。

「真的不錯，」我說，「什麼時候學的這麼一手？」

「純屬好玩兒，上街看見百貨商店裏貼著一幅竹子圖，滿好看，就想到來描它。」

吃過晚飯，將桌子抹了幾道，然後把紙攤上去。渾黃的油燈照耀下，長斌拿起鉛筆一處一處地修改。我也不懂，按照吩咐，幫忙調顏料，他再一點一點地上色。長娥、長鳳和另外兩個小兄弟遠遠地站著看。吳媽收拾屋子，也插空站會兒，笑眯眯地瞅著我們在桌前折騰。

描到半夜，肚子有點兒餓，出外解手，聞到梨香，一時見財起意。

稻場西角有棵一人合抱不交的大梨樹。還是長斌的太爺親手栽的，嫁接

時半邊接的大麻梨，半邊接的香水梨。樹高五六丈，枝椏遒勁，疊葉遮天。眼下正是梨熟果甜，像豬八戒在萬壽山碰見人參果，饞涎欲滴。

長斌小聲警告我：「五塊錢一個，嚴大金定的碼子。」

「比屁淡，他清的有個數？」

樹大不易攀爬，我站到長斌的肩上，悄聲問：「大麻梨跟香水梨，哪樣的好吃？」

「都好吃。」

我摸摸索索地揪了兩兜子下來，心想：別人房前屋後的果木皆歸私人所有，獨獨這棵梨樹被集體占去，實在是想無道理。說起根由來，還是颳「共產風」那會兒搞的把戲。吃著梨子我說：「今年讓集體討個便宜算了，明年我們得想個法子收回來。按照政策你莫怕，到時候我差幾個夥計下來幫忙，不須你們動手。」

「我何愁不想，只是少了人給我打氣。你這一說，使我如撥雲霧而目睹青天，事情就這麼定。」

見他轉文，我笑他自己也笑。

到了後半夜，只剩下我跟他倆，仍伏在桌子上描。描完以後，將圖畫的上下使白紙一裱，我還題了兩句歪詩到高頭：

一溪碧水漂木筏
兩岸綠竹掩小村

然後將畫貼到牆上，一人舉燈，一人做遠近姿勢端詳。輪番地來一遍，這才熄燈就寢。

我翻來覆去的睡不著，興許是石膏溝的夜過於寂靜。說它靜也不盡然：被黃蜂螫過的大梨，支援不住，從高高的樹上跌落下來，稻場裏摔得「噗」的一響。不知是口渴，或許是「喊春」，南坡裏麂子冷一聲、熱一聲地叫著。滴水崖的飛瀑，白天裏難得聽到水響；此時它卻藉著夜深的寧靜，四下裏傳播開來──聲音是那麼平和、自然、美妙，同一滴晶瑩的露珠，滲進黑夜這口大清池裏，永遠也分不開。

「反正要寫，努力地寫，拚命地寫！」

朋友的激勵金石一樣鑴刻在我的心裏。已是二十多歲的人了，稀裏糊塗的日程應該結束終止了。我猶豫過，徬徨過，思考過，苦惱過。對於人生的結構、設計，就同一隻無頭的蒼蠅，到處瞎碰亂撞。今天，我理想的釘子在朋友的幫助下，終於找到一個地方楔進去了。我的思想和性情一下活躍跟開朗起來：迷霧在眼前徐徐地閃開，一條遙遠的小路，繞過山巒，越過河流，一直延伸到那飄著白雲的天空。那兒被太陽照得像個金洞，金洞裏彷彿有隻光芒四射的巨手在向我發出召喚。同時，我也清晰地看見了道路的崎嶇、艱難和險阻，但它們都無法動搖我前行的念頭；為著人生的目標攀爬、奮鬥，即使半路中把我打垮，也無怨無悔！

就在那個以毀壞文明為尊，製造書荒為榮的混亂年代裏，我讀到了三爹從部隊裏帶回來的《青春之歌》、《苦菜花》、《鐵流》等一批文藝書籍；更有幸的是，新華書店的架子上，一片紅的「寶書」中還夾有幾本「魯迅」；批判投降主義，拿著介紹信購得《水滸》這部「反面教材」……這些名著名家，使用如椽的巨筆，塑造刻畫了一大批血肉豐滿、個性鮮明的人物形象；描繪、渲染出的宏大而又壯麗的社會生活畫面、自然風光，細雨潤物一般，滋養著我幼小的審美心靈。當我讀到《社戲》，立刻聯想到「中間稻場」上的花鼓；讀《祥林嫂》且想起我能幹的二媽；讀《孔乙己》便想到了跟我祖父倆共度過無數個夜晚的、講〈三英戰呂布〉和〈狸貓換太子〉的九爺。

為讀通一部《水滸》，把從隊裏借的買蓑衣的三塊錢，狠心買了一本《現代漢語小詞典》。弄飯的時候，我坐在灶門口架火，一邊伴和著小鍋裏「咕咚咕咚」煮南瓜的聲音讀書。出坡忘不了帶上書本，一到歇涼，找個僻靜地方，一字一句像鈍刀割蘿蔔地慢慢「啃」著。後來我還買了《漢字正字小字彙》和一本《成語詞典》，一有空閒，就讀就背，增加詞彙儲備。

收工回來，卸下釘耙挖鋤、揹子打杵，一天的繁重的體力勞動才宣告結束。吃過飯，洗了腳，歪到鋪上，拿出學生贈給哥哥、哥哥又送給我的兩個大日記本子，裏面記滿了密密麻麻的生字和生詞。白天記錄下來，夜晚來查音釋義。每當我打開詞典，湊到油燈跟前，目光一旦接觸到那單個的、傳承

了幾千年的方形文字的時候，我的生命的意象豁然間光明亮麗起來：全部的身心像沐浴在燦爛的陽光裏，和煦的春風駕著我穿過飄著片片白雲的天空，進入到一座深奧博大、富麗無比的文化宮殿。它們如同一串串稀世的美玉，一顆顆耀眼的珠寶；更像一張張親人、朋友和妙齡女朗的笑臉，看上去是那麼的和藹親切！它們充滿生命活力，更富智慧與靈氣。我就像一隻小鳥，在宮殿裏饑餐渴飲，自由地飛翔。

以上種種，構成我產生信念的基礎，成了推動我設定目標的原始動力。

「學習愚公，挖山不止，唯此才能改變我們的命運。」這落地有聲的警句錘子般敲打著我的靈魂。摒棄一切不合實際的空想吧，〈國際歌〉中「不靠神仙皇帝，全靠我們自己」的雄渾旋律是那麼鏗鏘有力，傳遍世界。古人云：「欲成事，先立志；有志者，事竟成。」這金玉良言，把事物的辯證關係闡述得那麼的精闢透澈。你想實現理想嗎？就得「挖山不止」。在我記憶的螢幕上，好多的身影皆一一閃現出來：有祖母的慈祥、朋友的關心、大梅子的溫柔、鐵路上的硬漢、蔡德陸的淫威、劉功修的陰毒……統統混雜在一起，像來自正反兩個方向的風力，鼓起我理想的風帆，在風浪中艱難起程、行進。

像馬丁·伊登在羅絲愛情的感召下，初次萌發出寫作衝動時的情形一樣，心情激動。我想，依據本身的學歷，當科學家不可能，音樂家、發明家更是無望，只有從中外的作家隊伍中，還能找到幾位自學成材的例子。但我又懷疑是否害了狂熱病，同時給自己一連提了幾個設問：目標確定嗎？方案可行嗎？結構合理嗎？慎重些，人生短暫，折騰不得幾個回合！

月底的晚上我才蕩起回來，打開鎖，小木門「咯啞」向我敞開。小屋彷彿一百年沒有住過人了：木箱子跟灶上落了一層灰。灶角上頭從不同的斜面織下好幾張美麗的蛛網，蜘蛛皆穩穩地坐在正中。有兩張小網只手心大，同樣織得圓圓的，真不忍心給它們毀掉。老鼠們的工作倒是更加出色：辛勤開鑿出幾處新的洞穴，土麵子拿到屋當中；這且不說，還把屎尿送到灶台和砧板上，插筷子的一個罐頭瓶興許是它們有意弄滾到地上，摔碎了。菜刀、鍋鏟和小鐵鍋全都生滿了紅鏽。

從井裏打來清水，搞了一陣大掃除，然後來燒水洗澡。當我拿起吹火筒吹火的時候，吹著吹著，突然覺得有種什麼東西塞到我的嘴裏，奮力一吐，

一個大蜘蛛滾到地上，頓時弄得我渾身一麻。

　　　雙手把門開
　　　灶上長青苔
　　　摳柴來燒火
　　　溜出小蛇來

　　提起這首〈單身漢〉歌謠，望著還在地上掙扎的蜘蛛，心裏難受死了。
　　待我上床睡覺，真正的麻煩降臨：餓了幾天的臭蟲，有準備似的，向我發動猛烈進攻。躺下袋把煙工夫，渾身發癢，一摳起疙瘩。知道是臭蟲們做的好事，點燈來看，什麼也沒發現。再睡，照例不行，狀如前記。撲了幾次空，只好挑燈夜戰，感覺一癢，猛地坐起，嘿，大約有十來隻臭蟲，瓢蟲般大小，往各個不同的方向逃竄。仇人相見，分外眼紅，我的拇指跟食指配合得非常敏捷，如同雞子啄米，一捏一個。靠牆一方糊的報紙，幾個石頭挺胸納肚，報紙損得快，裏頭有臭蟲屙的屎，肯定是臭蟲的老巢。將一張報紙裁成四塊，蘸上水，往破損處一貼，這下可安心睡了。不然，牠們神出鬼沒，不知從什麼地方突來，消滅一批，又來一批，大有前仆後繼之勢。手上血肉模糊，兩根指頭漸漸發痠，臭蟲的屍體臭得鑽腦殼。心想，吃了幾天的百家飯，儲了一點血，今夜全被這幫傢伙吸走。好比方鴻漸一行在「歐亞大旅社」的遭遇，打了一夜的臭蟲大戰。
　　新的一月已經開始，夥伴照例上門來了，小屋裏恢復了以往的熱鬧。
　　這天我特別高興，傍晚收工的時候，蔡長春悄悄告訴我：「看到你餓得造孽，今天秤的六十斤洋芋沒給你上賬。」
　　蔡長春是小隊會計，我們叫的大哥。是蔡家埡第一個考進興山一中的學生，六二年禁不住餓，初中沒畢業就輟了學。他中等身材，黃頭髮，黃眼睛，白皮膚，跟個洋人似的。黃毛丫頭九個怪，黃毛兒子多勤快。大哥的確是個勤快人，加上他心腸好，又提得起筆，幾乎人人都跟他合得來。
　　「老天爺，是我半個月的口糧啊！」聽他說了，不知怎麼稱謝，只得老老實實地說：「大哥，這麼照護我，待日後有了法，慢慢報恩。」

「千萬莫做聲兒！」

「除非吃屎長大的。」

眼見夥伴們攏場，適才又得到大哥傳給我的喜訊，聲稱今晚接客。

我炕了一鍋洋芋果，灑上鹽，坡裏挖的韭菜放些進去，奇香無比。心想既然接客，筷子不轉彎總覺有點不像（話），接著又打了半鍋的南瓜粥。糊粥煮熟，太稀，盛進瓦缽，沉入冷水中涼著，這麼一弄，好挑得上筷子。

鋪上坐一排，灶門口坐一個，有人蹲著，大夥圍住小桌，正準備架式，蔡德金跑回家，將他父親的半壺燒酒拎了過來。沒有碗酌，就那麼你一口我一口地抱著壺喝。蔡長斌像個酒席場上人物，使筷子點著洋芋果和瓜糊粥：「各位，請、請。」

蔡德金一邊大嚼一邊說：「你不請，洋芋果照樣到我嘴裏來了。」

大家都笑。吃著吃著，一時興起，仿著喜事場中的陪「十弟兄」，捧著錫壺來傳酒令。德金自告奮勇打頭炮：

　　酒壺交給我
　　開口把話說
　　大夥輪流轉
　　不說的罰酒喝

酒壺迅速一傳，長斌有點措手不及，稍稍打個等，憋了四句出來：

　　酒壺接到手
　　抿了一大口
　　吃個洋芋果
　　跟著往下走

接著是長貴：

金樽美酒捧在手
下的南瓜玉米粥
若得天天群英會
撤下小屋上高樓

輪到我了，也只好硬憋：

月屋小屋冷清清
今日秤糧喜相慶
洋芋糊粥儘管吃
只論碗來不論斤

　　剛剛說完，大夥就笑起來了。我本不喝酒的，但也逃不脫，不過醉了也醉在鋪上，便硬頂硬喝，到後都醉了。半夜裏我醒了一下，身上搭著好幾條腿。

# 三下田家垧

　　大約上小學四年級，十來歲那會兒，么爺曾爬上蔡家垧接過我一次。記得剛放羊回來，一進門祖母就說：「么爺今天專門接你來啦。」

　　祖父看到我一下把腦殼吊在那裏，便使用了少見的溫和的語氣疏導我說：「你是么爺的孫娃子，田家垧生的，早該回去。」

　　「田家垧生的不錯，可我不是么爺的孫娃子，回哪兒去呢？」我心中這麼反駁的時候，祖父又說：「這拐坎上、拐坎下的，欠（想）我們，腿一蹺就上來了；我有時間或者下街就來看你。」

　　祖母從晾衣竿上找到我換洗的衣服，一邊幫我穿，一邊囑咐：「去後聽話，婆婆爺使嘴兒要動，玲瓏些。這麼大了，瞌睡要驚醒，莫撒尿到鋪上，么婆婆難得洗。」接下她放低聲音，附到我的耳朵邊說：「莫老實，他們人少，生活可比我們開得要好。再說離街近，趕個街，買個什麼東西一『咻』就回來了。」

　　後頭的兩句，真的把我的心買活一下，可是很快又被離別的沉重壓迫下去了。但我的內心仍然在不停地埋怨祖父祖母：「好好的，為什麼要分開呢？叫我掃地、提水、放羊子，樣樣都聽，可要把我支開，一千個一萬個不願意！」

　　么爺站起來了，取過靠在板壁前的拐棍，跟祖父祖母告別：「好，哥哥嫂嫂，難為你們餵這麼大，我個兒帶起走啦。」

　　當著祖父祖母的面，雖然不敢吼連吼地大哭，淚水卻一直不斷地往下流淌。我高一腳、低一腳地在前面走著，不停地回頭張望。下門前的大溝，直到望不見祖父祖母的身影，還在朝回望，還在不住地哭。

　　下去大略住了三夜，一個傍晌，么爺突然叫住我說：「你個兒回去。回去你跟婆婆爺這樣說：就說么婆婆、么爺說的，他們眼前還爬得動，以後的事以後再說。」

待么爺說完，也沒弄清「以後、以後」的意思，只是聽真了讓我回去。一種輕鬆的快感頓時流遍我的全身，像迷失方向的小狗忽然尋覓到歸家的小路，一溜煙爬上蔡家垭──回到了祖父祖母的身邊。這便是我「一下」田家堖的經過。

第「二下」是在我還沒「上鼻桒兒」之前，祖父從城裏回來，把我叫到他的跟前交代：

「我跟么婆婆、么爺都說好了，你去，進門就說：婆婆爺，孫娃子跟你們來了。順便把你砍的大柴給他們揹一捆去。」

臨行，祖母追著我的背影子叮囑道：「下去聽指教，放勤快些，勤快人走哪兒都討人歡喜，掙得到飯吃。」

心想，眼下已經大了，知道怎麼去做，怎麼去適應生活，不消這麼細碎地教得。可祖母偏偏放心不下。幾次進繼母家她這樣說，下田家堖同樣是這麼幾句老話。我懂得祖母是為我好，當遇到這個情境，心情總是非常難受。

帶著祖父的囑託，我第二次來到田家堖。不過這次的時間稍微長點兒──前後個把月，跟他們一起生活，隨么婆婆到生產隊裏勞動。到後，似乎還是使用了跟頭次差不多的理由，重新又將我打發上山。

關於這椿傳宗接代的事情，祖父彷彿是受了祖宗們的重託，成了他一生中最大的心願。雖兩次督辦未果，可他仍舊念念不忘手足之情，臨終前還在跟我父親交代──日後務必把事情推攏。

第三次便輪到父親來找到我說了。

父親極少跨我小屋的門檻，這回卻徑直地走了進來，往床上一坐，說：「爺爺一晃死了年把，說的話我倒一直擱在心裏，總認為時候沒到。不光我說過，爺爺也說過，再多的兒子不能把給人家做抱兒子（即過繼）。不過么爺不是外人。照我看，豬圈裏受憋，倒不如早些下田家堖，那裏房子空著，人要飯撐，屋要人撐。」

我猶猶豫豫應道：「擔怕又搞不成器。」

「好歹這一回，搞得成器搞，搞不成器算了。」

「么爺的意見？」

「什麼意見？住下去再說。既然想下田家堖，人又不搬下去住，光嘴上

『呱』，不起作用。」

「跟他們在一起生活嘛？」

「見橋（算盤）打子嘛，么爺說在一起，好不得，不讓在一起就單獨過，自己也不是奈不何開伙。一晃二十幾的人了，假若找得到個媳婦，也有個場子紮頭。待蔡家埡不行，沒得你的出馬路，早晚會被他們抌死！」

父親的語氣有些激動，聲腔上讓人感覺到他內心有種無法宣洩的的埋怨同憤慨，話中的「他們」是有所指代的，這其中的緣由我當然十分清楚。

前不久，宜昌市直屬企業——香溪河礦務局到我們這兒招工，全大隊共計四個指標，我們隊分得一名，這可是個千載難逢的大好時機啊！我找到嚴大金求情，大略是我艱難的處境和一副可憐的樣子打動了他，終於答應讓我去。

起先害怕我的支氣管炎通不過，體驗同考兵一般嚴格，地點設縣醫院，重要科室皆由礦務局自己的醫生把關。輪到我時，盡量把呼吸做到平和自然，還好，一關一關都順利通過。

大隊裏開始審查蓋章，那是我命運中最難的一關，如同運動員跨欄，鯉魚跳龍門。只要蔡德陸手下稍一留情，我就如同一隻籠中鳥兒，跨過「鐵門檻」，衝出「卡門子」，飛到藍天中去了。然而，這頭我正想入非非，那頭蔡德陸大筆一揮，已經將我的名字從招工表上劃掉。與此同時，他還把嚴大金狠狠批評一頓：「你們的頭腦就是不清白，蔡德成的面子那麼大？吃國家飯的出在他們一家？我就不相信，再推薦一個上來！」

我的單純的、美好的、脆弱的幻想，在嚴酷的現實面前被擊得粉碎。絕望中我慢慢尋思：就在我修鐵路那會兒，毛娃初中一畢業，趁蔡德陸赴大寨參觀之機，跳「農門」到神農架當了伐木工人，哥哥接著又跳，這「兩跳」全都發生在他的預料之外和無可奈何的情形當中。現在他已牢牢地將我盯住，就跟父親比喻的那樣，像一隻雞脖子抌在他的手裏，天大的本事也飛不動了。

事竟如此，怎麼辦呢？如同下象棋，僵了局，走步閒棋試試，興許盤活起來。惹不起躲得起，於是便決定走。

田家埡一共兩間屋，么爺他們住一間，父親鎖一間。我下去打開門，動手釘了兩條「三腳貓」的板凳，將樓上稀稀拉拉的樓板起了幾塊下來，安頓

床鋪。牆角裏一口土灶，沒有鍋，剩下一個黑乎乎的灶堂；眼下嵌不嵌鍋上去，待我探了么爺的口氣才能決定。

么爺的態度非常明朗，讓我自個兒開伙。雖說思想上早有準備，心中難免還是暗暗地吃了一驚，我說：「么爺，我來跟您，給您添負擔。大小隊幹部攏場商量個什麼的，您儘管使嘴兒，跑腿的事有我。」

么爺坐在老櫟木的大門檻上，躬著背，聳起肩胛，雙手捧住長管煙袋吃煙，冷不防身子一縮，笑道：「要你跑個什麼腿？娃子不哭，奶子不脹，到時候自管有我來辦。」

「早一天辦攏，早一天停當。當落戶的落戶，當出坡的出坡，免得我跑上跑下。」

「你這個娃子，說起粑粑就要麵做，事情得一步一步地來。有了金馬兒還愁配不到銀鞍子？給我到老水井裏挑擔水來。」

那個年月，只要有了一個正式勞動力的身份，人身自由當會受到諸多限制。譬如有事要批假，害病得有證明，出門更是不可能——防你在外頭搞資本主義。人雖到了田家堖，戶口沒動，我必須回原地參加勞動。倘若一天見不到人影兒，就得懲去一天的工分，還要交代思想。

一時遷不動戶口，每天照例爬四里多山路回蔡家堖上工。麻麻亮起床，乾的稀的填點兒到肚子裏，便開始出發。手裏拿個枕頭袱子，走到累得黑汗八流，趕快用袱子隔背心，稍不注意，冷風一掃，咳嗽不止。熬到晚上放工，撐著一副空肚皮，躧魂倒廟地朝山下奔跑。

正跑得人困馬乏，忽然聽說生產隊要增加兩個人到街上撿糞，我同蔡長斌致力爭取。

莊稼是人的口糧，糞是莊稼的口糧。當農民除了跟土疙瘩，更多的是跟糞打交道。那會兒不管距離遠近，數量多少，質量好壞，只要是糞，生產隊總得想方法把它弄來。城關糧管所餵的有四五頭豬，蔡德楷同蔡德全長年蹲那兒服侍，目的就是想賺兩泡豬屎。最近打聽到郵電局餵有三四頭豬，喊叫忙不過來，這麼便添了兩個幫手。

進城主要任務是割草。縣城背後的荒坡上原本長滿雜草，可被生產隊像剃頭一樣刮得乾乾淨淨。想不到法子，我們只好跨過香溪大橋，經過官山上

的杜仲林子，上昭君台，沿著長嶺到妃台山上割草。說的割草，其實跟我們在南坡那邊割草一樣，又是過偷。

半山腰兩戶人家，在大夥眼裏猶如敵人的兩個暗堡，去來的行蹤生怕被裏頭的「哨兵」發現。山道的兩邊長滿了黃荊柯子跟芒刺草，貓著腰走，藏得住身。可有截小路須穿過一片紅苕地，看來即使匍匐前進，也會暴露目標。大夥到了那兒，扎一堆喘息，蔡德全建議：「蹲著把氣喘好，勁攢足，一個一個地過。有回讓他們逮住，拿走我的揹架子跟鐮刀，嚴大金舅舅跑一整天，隊長跟隊長交涉，才取得回來。」

我說：「都是貧下中農，何必這麼絕情？若是把我逮住，就背《毛主席語錄》他們聽：『天下窮人是一家。』」

蔡德全身材單薄瘦小，走起路來像鴉雀那麼一跳一跳，人們送他個諢名「鴉雀腿兒」。聽我說到語錄，蔡德全立即把臉拉長，眼睛一睜，挺認真地跟我說：「管你一家兩家，反正你是大河那邊的。幾時撞到你一回才好嘞。」

說笑間，蔡德楷已經衝過去了，接著是蔡德全。望著他們背上負著揹架子，手裏橫根打杵，像蜥蜴立起來奔跑時的姿式，差點兒把我的肚皮笑破。

山上生長著綠意蔥蔥的松樹，林子間散落著一塊一塊的空地，裏頭的節節草、茅草半人深。我跟長斌倆手活兒稱得上快，往草地裏一蹲，喀嚓喀嚓的鐮刀斷草的聲音持續不斷。草叢裏落著一層黃松針，鐮刀兜地一刮，捲席一般，一會兒工夫割了一大捆。蔡德楷見我們揹著草捆上路，叫道：「不要急，一路！」

「打撲克打撲克，四個人正好做對家。」蔡德全招手向我們發出呼喚。

我跟長斌還沒從原來的生活方式中解脫出來，對這種不合時宜的娛樂不大習慣，況且在這麼遙遠的山上。蔡德楷看到我跟長斌倆猶豫不決的樣子，先拿眼朝我們一嗔，接道：「勞逸結合懂不懂？什麼年輕人！這裏可不是嚴大金的天下，我當頭兒，我叫怎麼搞就怎麼搞，一切行動聽指揮，快些來！」

打撲克對他們似乎有癮。蔡德楷使手扒開松針，露出塊石板，日光從松枝間漏下點點花蔭，照著八隻手玩牌。

牌技的生疏，盡敗在他們手下：打升級，對家打到十，可我們還在打三。大小王像餵熟的，直往他們那兒跑。蔡德楷全身心沉醉在牌興之中，拿牌的那隻手微微地抖個不停，臉龐上那張大嘴被笑容咧到耳朵根下，牙根上巴的牙花子也不甚雅觀地露了出來。蔡德全還沉不住氣些，眼睛專注地盯著地上的散牌，頭臉絲紋不動，一旦壓了我的牌，口裏喊叫「不准動」，長滿綠筋的瘦手迅疾地往石板上一拍，樂得腳彈手抓。

望著眼前兩位快樂的夥計，我悄悄瞥眼他們的草捆，心想，他們落在我們的後面，草捆一定很大，結果卻令人失望。過後悄悄跟蔡長斌說：「草捆大了不合式，莫老實，我們也少割點兒。」

長斌同意我的觀點，說：「他們是老手，叫聽指揮就聽指揮，這麼才搞得合手。充能的事不搞。」

不上山的日子，我們就把糞草從圈裏耙出來，給豬子墊上新草。然後用一輛廂板有三尺來高的特製板車，將糞草統統拉到西頭城牆根下上堆。

我拉著板車在街上放不開步，生怕車把戳了行人，不好意思喊讓。蔡德全發一聲歎：「唉，不是吃菜的蟲，只個嘴巴式，把我急死了還沒得人償命。」說著上前從我手裏接過車把，身子往前一撲：「闖闖闖——油衣裳——」車輪在兩隻細腿的牽引下，一路暢通，我空手還跟不上趟。令人佩服的是，他把紅白喜事中端盤執壺的口活兒用到拉糞的工作當中，不僅沒得生搬硬套的感覺，而且還十分起效、湊趣兒。

要使糞草爛得快，離不開大糞幫忙。兩位老行當預備的有一套工具：兩擔糞桶，兩隻糞撮箕附帶兩把小薅鋤。蔡德楷從豬圈架子上把它們搬下來，展覽似的往我們面前一擺，說：「刮大糞的就挑糞桶，撿零糞的就挎撮箕，任你們選。」

兩隻糞撮子講款式，不光織得大，防止漏糞，使一塊汽車內胎把撮箕裏頭墊得服服貼貼。看來看去，都是一色的笨重骯髒傢伙，任何一門都不會輕鬆。

長斌說：「管它挑糞桶、挎撮子，總是跑不脫的，隨便。」

我說：「既然是來撿糞，那就先挎兩天撮箕再說。」

蔡德楷說：「對啦，年輕人就要有股子勇氣，酸甜苦辣門門都嘗嘗，才

操得成個人兒。」

四夥計分工完畢，各奔東西，大街小巷裏亂竄。找到一個豬圈，看到裏頭有兩泡豬屎，便喊：「老闆兒，老闆兒，圈裏的糞您要不要？」回答是：「我自己要的。」這些居民大都在河壩裏刨的有菜園，不消多問，去趕二家。倘若老闆兒的回答是「你個兒撿」，那麼從內心升起一股對老闆兒的感激之情，然後飛身跳進散圈裏，將豬屎一顆不剩地耙進撮箕。撮箕上使鐵絲做成一對大提環，薅鋤的短把兒往裏頭一穿，扛到背上；回頭把這戶人家，這個豬圈認真地細瞧一遍，用心記住，二次再來。

有回耙糞不小心，一壁矮牆我稍稍一絆，咕嚕咕嚕滾核桃似地坍塌了。那豬子格外嬌氣，嚇得連吭直叫。我一時慌得厲害，丟下薅鋤趕快砌牆，想使老闆兒在沒有發覺這件事情之前，迅速地將矮牆恢復起來。手忙腳亂的當口兒，老闆兒早已立在我的身後。那樣子像是弄倒了他家的房門，鼓起一對三角眼，死死地、對付強盜似地把我瞅著。我連忙地陪著小心，答應砌好，叫他莫起氣。他似乎已經等得有幾千年了，八百個不耐煩地朝我吼道：「趕快砌！」他總共只說三個字，而這三個字卻像炸雷一樣劈到我的身上，使我產生出從來未曾有過的驚悸和顫抖。老天爺，卵石如何砌牆？我拿出看家本領，三次返工，出一身臭汗，好歹才將矮牆立了起來。經過這次實踐，「危如壘卵」這個詞彙記得牢了。臨走我又向老闆道歉，他用了同樣的口氣和速度：「滾！」我彷彿從火坑裏逃了出來，避在一個巷子口站了好久，淚水浸泡著雙眼，卻始終沒有讓它溢出眼眶。

糞不好撿，後來我向蔡德楷申請轉業——刮大糞。

蔡德楷好商量，笑道：「好的，你刮大糞，反正條條蛇咬人。」

刮大糞要找公廁，男廁所可直接往裏頭闖，女廁所須站門外發兩聲高叫：「裏頭有人嗎？」不見回音，才能往裏頭走。糞桶裏豎著一把舀子——四五尺長的竹竿兒，一頭綁把鐵勺或半邊銹瓢什麼的，確像個打酒的提子。吊樓子廁所不多，大都改為便槽，舀子伸下去，將掛在便槽上的糞便一下一下刮上來。糞便溜得太遠，想刮回來，得屈著腿，把頭低下去，幾乎貼著槽口才行。有人上廁所，跟雞子下蛋似的一本正經地蹲在那兒，聽到大便從屁眼裏掉下來的聲音，恨不得邀請他直接屙到我的桶裏。這樣的方便會為難別

人，辦不到，只好站一邊兒，等人家摟好褲子走了，趕緊跑過去收拾。

一天只要刮到一擔大糞，功勞大大的有。刮來的大糞乾稠稠的，須兌上兩擔清水，和勻後灑到糞草上。

南門樓那兒有個公廁，有回我正在那兒刮糞，看見曲尺拐的矮牆後面靠著一隻糞桶，轉過去瞧，響灘的啞巴吭哧吭哧地使用小鐵棍撬動著一塊水泥板。很快明白他的用意，當他撬起一道小縫，我趕快用扁擔墊了一把。他立即停止行動，拍著胸膛「啊嘎啊嘎」地叫。以為他是說：「這是我的，你不要攏來。」正欲離開，他又「嘎」了一聲，黝黑的臉上露出友好的微笑，並抬起猴子樣的臂膀向我招了兩下。我們合作撬開一道縫，將水泥板挪開，拿舀子到黑洞洞的池子裏舀糞。池中多為糞水，各人舀滿一擔，啞巴要把水泥板還原，我擺手說不必要，腦殼往掌上一歪，意思是過一夜還要來。啞巴不同意，抿著嘴搖頭，表情十分慎重，固執地撬起水泥板來。我折身找顆核桃大的小卵石，塞進水泥板的下麵，使啞巴省力。闔好水泥板，啞巴朝我豎起大拇指，憨憨地笑。

文工團那兒的廁所，自上次偷過糞後，蔬菜隊下得本錢，請電焊工焊個鐵門，鎖糧倉樣地安了一把雙保險的大鐵鎖。它離我們堆糞的場子只五六丈遠，看到的糞掏不出來，很憋氣。糞池上鎖，廁所是不可鎖的。我想搞些石灰漿，溜到便槽裏，好把大便掛住。蔡長斌說，糞便停不住，石灰漿如何停得住？我說石灰漿有粘勁。傍晚，到建築工地上討了半擔石灰漿，便槽裏逐個淋到。有人問我搞什麼名堂，我說搞愛國衛生運動，殺蛆。第二天來看。石灰漿大都滑入糞池裏去了，糞便倒也掛住不少，力氣沒有白費。

刮糞會經常跟田家塏、喬家坡、響灘、耿家河的同行們在廁所裏碰面。先來後到，只要有糞，你刮一個便槽，我刮一個便槽，不爭不搶，相處得一團和氣。

累了，同行們把擔子往巷子口邊一靠，坐百貨公司的台階上，各自掏出短煙袋打火吃煙，歇息。有人若是誇他的煙末口勁好，大夥湊過去，隨便到煙袱子裏抓一撮，填到煙袋裏品嘗。真好，服氣；假好，挖苦兩句，然後打開自己的煙袱子，邀請各位攏去做新一輪鑑賞。

吃罷煙，方便中互通「拜訪」過的廁所，在各自生產任務的催促下，

於是大夥又忙活起來。倘若須同起走過一截街道，糞擔在肩上顫顫悠悠，豎在桶裏的長瓢把兒，像一溜浮在水中的漂子，忽冒忽沉地上下衝動；桶繫跟扁擔摩擦出的「咿咿呀呀」的聲響，彷彿閒漢的韻唱，順著街道流淌。行進中，我想起了一首兒時的歌謠：

　　一膈窮，二膈富，
　　三膈四膈住瓦屋
　　五膈六膈打草鞋
　　七膈八膈挑屎賣
　　……


　　記得第一次看膈的時候，認為什麼膈都好，千萬莫長出八個膈來，七膈八膈挑屎賣，好醜；誰個掏錢買屎呢？只會餓死。自己幸虧只六個膈，祖母說五膈六膈打草鞋，我的心一下發冷，怪不得沒人做鞋我穿呢，原來是個穿草鞋的命。

　　我喊著長斌問：「你幾個膈？」

　　長斌快快活活地應道：「八個膈。」

　　於是有人接上來說：「這一路的不消看得，都是八個膈，個個穿的草鞋，個個在挑屎賣。」

　　大夥說笑逗樂，忽見中學那邊開過來一支黑壓壓的遊行隊伍，洋鼓洋號蓬嚓蓬嚓地震耳朵。我們的人跟糞擔趕緊貼邊站著，伸直脖子望隊伍打面前走過。從呼喊的口號中得知，說北京又在開大會，林彪死後，毛主席這次選個更加年輕可靠的接班人，名字叫王洪文。

　　街上撿糞有這宗好處，能提前知道好多的新聞。有回我們從東門刮了一擔大糞過來，走到縣政府那兒，前面不知發生什麼新鮮事情，一道厚厚的人牆把個街道給隔斷了。擠進去看，一個胖女人和一個小女人當街吵架：你說我賣屎，我說你賣屎，到底誰賣，一時也分不清白。人們揣摩，可能都賣。

　　胖女人一副寬臉，性情火爆，罵上三句，臉上白煞煞的，呼吸帶動著厚厚的胸脯做誇張式起伏。小女人白粉粉的，嘴像刀子，說話比打蓮花落還

要快；為使出口的髒話發揮最佳效果，一併配上腳踏手划的姿式，直逼對方。胖女人早已按捺不住，迅速移動起龐大的身軀，揪住小女人便打。她們如同一對母狼在地上絞成一團，高個子好過河，矮個子會打砣（拳），小女人眼疾手快，胖女人的寬臉上早已嘗到了她指甲的厲害。胖女人沉著應戰，撈住小女人的上衣就撕。小女人撓不著上身，就撕對方的褲襠。一陣陣線崩布裂，小女人的上身終於向觀眾開懷，一對白淨淨的奶子在胸前活靈活現地亂晃。人們正看得花心，忽聞「噗嗤」一聲，胖女人的花短褲被對手拿下一塊。真是好戲連台人人醉，轉瞬又出西洋景，潮水般的哄笑聲中聽到有人喝彩：「茅草壩裏紅門洞噢。」沸騰的人群中一時又冒出淫穢詞語若干。她們打到東街，東街的人往後退，西街的人往前擁；打到西街，西街的人往後攘，東街的人往前進。人們在一種默契的合作中織成個韌性極好的肉圈，無論怎麼地挪來挪去，卻始終衝不開一個缺口。接下一個回合，一擔大糞神奇般地出現在「肉圈」當中，胖女人騰出手，抓住舀子的竹把兒，一瓢大糞落到小女人的身上。小女人人忙無智，找不到傢伙，雙手捧起大糞朝著對方一灑。老天爺，廁所裏丟炸彈──激起公糞（憤），街上頓時下起一場屎雨，滿道裏皆是。人人唯恐「沾光」，紛紛倒退，肉圈一下子散了。

蔡德楷將扁擔一頭拄在地上，一頭撐住下巴，正看得過癮，陡然發覺在糟蹋他的大糞，慌忙奔過去，舉起扁擔要打，罵道：「毛主席叫大家抓革命，促生產，你們倒好，抓大糞，破壞生產。照我看，你們賣屄的兩個錢還賠不上我這擔大糞。」

看陣勢，肉圈還有合攏的可能，瞄那對人兒，如入地洞，無影無蹤。

蔡德全拉長一副笑臉，衝我詭祕地眨眨眼皮，問：

「今天的人打戲怎樣？大禮堂裏看戲還要買票，這裏可是免費觀看咧。」

我本當要說「好看」，但是我為那個吃了點虧的小女人暗暗難過，便說：「小女人實際上滿標緻，胸面前不該讓人家撓出了血，她在哭。」

「唉呀，只有你會評價，什麼標緻不標緻，醜都是標緻人出的。」他陡然停止說話，睜大眼睛瞅住我說：「呃，你同情那個小女人，是不是想沾一指頭？唉？她們賣哩，只要你有錢。」

「你有錢嗎？有錢就拿給我，馬上給你買來。」

見我伸過手去要掏他的荷包，往前一躥，幾跳幾跳地溜了。

興山的老城牆呈個環形，分東西南北四門，北門建在陡峭的山坡上，人們通常把它叫做「陡城」。蔡家埡、嚴家山的人上街都打北門進。老輩子上街撿糞，攤到陡城上曬，曬乾了攏成堆，往回揹順路。陡城腳下有個崖屋，那裏自然就成了大夥歇腳和安放工具的地方。倘若進城辦事，買件犁鏵或者打斤把桐油，嫌東西占手，預先可放到崖屋裏來，待逛完街，回頭取東西上坡，滿方便。

眼下崖屋已有戶地主在裏頭安了家。儘管如此，可到那兒歇腳和寄存東西的習慣卻依舊沒有改變。

地主婆子按輩分我們叫的李老太，七十多歲，成天坐在一把黑光光的老木椅上。倘要起身，預先須伸出手去，摸到崖壁或是椅子的靠背，然後才敢開步。身邊放個煤火爐子，這似乎成了她唯一看得見的家當。她的兒子蔡世益四十多歲的樣子，瘦得牙齒就包不住。一些幹部跟瘋子差不多，批資本主義，就把他喚上蔡家埡勞動；想起用錢，又把他派到城裏做副業，整得這位階級敵人九死一生。蔡世益的神態冷靜得出奇，如同一頭使順的瘦牛，一切皆在默默中承受。他是位出了名的瓦工師傅，砌牆打灶、安窗立煙囪門門在行。我們到崖屋裏歇腳，看著他回家吃飯，吃完飯，一袋煙一杯茶，然後無聲息地離去。茶飯倒是不錯，茅草屋裏酒肉香。不見老太太活動，只要兒子回家往爐子跟前一坐，一碗氣水乾的白米飯和一碗粉蒸肉，便從一隻鋼精鍋裏熱騰騰地端出來了。第一次目睹到這樣的場景，驚得我險些叫出聲來：兩宗嘗活兒都是過年才有的。「地主吃的米和肉，窮人吃的菜糊粥」的歷史寫照，如今卻活生生的展現在我的眼前，真叫人不可思議！於是間，原來對他所產生的一點點同情心，被我固有的一種階級偏見給抹得乾乾淨淨。似乎同情的不應該是他們，而是我們自己。

撿糞的四夥計中誰也沒帶過中飯，地主吃飯，貧下中農相嘴可不是個事，都站起來走。茫然地來到街上，路過「大眾飯館」，不敢朝裏頭張望，想藉「過屠門而大嚼」的方式來慰藉我饑餓的心靈，恰好這陣兒有一男孩捧著個燒餅從裏頭出來。男孩子像故意饞我似的，一邊挨著我走，一邊啃著燒餅。餅子上巴著幾粒芝麻，一股一股誘人的香味兒直往鼻孔裏鑽。民間有個

笑話：「說一孩兒拿個燒餅正吃，好吃佬跑過去說：『娃娃兒，我給你咬個馬兒好嗎？』說完就是幾大口。孩兒眼見燒餅漸漸地小了下去，便哭。好吃佬忙說：娃娃兒，你怕？怕我就把它吃掉。」

前面是糧管所的食堂，抬頭望見蔡長富站在餐廳門口往嘴裏剜飯，我一時怯步。童年時趕早下潭洗澡，褲子做了「褲馬」，光著屁股砍柴的那位老弟，如今招工到糧管所當了炊事員。打他寢室出來就是餐廳，沾他的光，我們歇息時就在桌子上打撲克，乏了，兩條板凳一合，躺上面睡覺。他已接我吃過幾缽子的大米飯，撿糞天天會面，不可潑起臉吃。我腳步一撇，沿著一條打杵子街往南，朝縣城唯一的一家「新華書店」走去。

書店不大，架子上多半是毛主席的書，幾本《紅旗飄飄》的封面呈棗紅色，故把店面裝扮成紅鬧鬧的一片。書架頂頭皆懸掛「馬恩列斯毛」的畫像。圖書的分佈我非常熟悉，可照例仰起脖子四面地流覽，然後走到魯迅著作的前面停住。取一本下來先讀，讀著讀著，那凝煉而有張力的文字深深地打動著我，彷彿導師就在眼前，無言中心靈得到啟示，於是想得到它。強烈的願望促使我將一本《故事新編》迅速地塞進內衣，讓胳肘給暗暗地夾住。接著繼續讀書，不時瞥一眼店員是否在注意著我。這樣的行為已經不是新姑娘上轎——頭一回了，並不慌張。可腦殼裏鬥爭仍相當激烈：一個雞蛋吃不飽，一個名譽背到老，做強盜不是玩的。偷書不為盜，孔乙己說過。怕什麼呢？我是貧下中農，吃我無肉，剮我無皮；想讀書，買不起，逼良為娼。魯迅先生還把自己翻譯的作品送給進步青年呢。主意打定，趁著有人買書，魚一樣溜出店門。

開始惶惶的，調頭朝巷子裏一鑽，渾身便有了一卸千斤的快感。爬上我們堆糞的城牆高頭，寶貝似的將書捧在手裏，生怕弄髒，手掌在衣服上擦了又擦，然後再翻動它。

金燦燦的陽光照著書面，再從書面折射到我的臉上，想像得出，我的臉龐一定比任何時候都要好看和生動。不消說，這本書永遠歸我所有，寫上姓名，蓋上章子，它是我的一個大家產！

盡情地享受著得書的喜悅，說來也巧，文工團排練廳裏正在合樂，嗩嗦咣咣的鬧台同京胡的優美旋律，湊趣兒似地來到耳邊。本來不懂音樂，但

我喜歡聽。好幾回，我坐在城牆上，望著落日的餘暉過了河，移到陡城上，慢慢地爬上蔡家墺，最後升至鳳凰山的尖頂。橘黃色的殘照彷彿給山頂鍍了一層金粉，有如金字塔般地聳立在萬里雲天。目睹這美麗動人的晚景，聽著演員們的金嗓子，心兒像栽上了翅膀飛得很遠很遠，貧乏的想像力突然間得到加強，枯燥、消沉的思想神奇般地活躍起來。當音樂在舒緩悠揚的音程上行進時，有如收穫時節的清風，吹散籠罩在心頭上的憂愁，使心兒漸漸地溫和、平靜，平靜得似一池清水，就連饑餓也會暫時地離我而去。我彷彿站在開滿各色花朵的水池旁邊，站在夏天的烏桕樹下，跟大梅子、嚴小蓮，還有我的許多朋友在一起走路，說話。個個都顯得那麼嫵媚、活潑和超脫，充滿對生活的嚮往⋯⋯

上午的活兒緊忙，下午比較輕鬆，中午要休息三個小時。開始我建議，早半天抓緊把各自份內的事情搞完，下午乾脆放工。蔡德楷脖子一硬，拿眼睛睺著我說：「說的比唱的還好聽些，告訴你，捱也得捱到太陽落上坡。隊長曉得你只做半天，記半個工，願不願意？願意你個兒回去。」

「中午歇那麼長的時間，我餓。」

「餓？生產隊裏不餓？男子漢上街撈不到一碗飯吃，說出來不怕人家笑掉牙齒。」

「我聽不明白，到底在哪兒搞碗飯吃？你明說。」

「人家把飯添好，遞到手裏，你好生等著。」

蔡德全眨著眼睛在一旁好笑，說：「遞到手裏不上算，餵進嘴裏才行。」

背後我跟長斌倆探討：街上搞飯吃有什麼訣竅？除掏錢到館子裏買，剩下的就是偷。他們在脫我們，瞄它一傢伙。

那天大夥把揹架跟打杵寄到崖屋裏出來，一上街，眨個眼睛他倆像被鬼拉起跑了——一下沒了蹤影。躊躇會兒，我們懶洋洋往西街那邊走，剛到小學的巷子口那兒，望見蔡德全挑著一擔大糞跳巴跳巴地往河下走。

蔡長斌說：「嘿，今天發財，屁大會兒工夫搞到擔大糞。」

蔡德全立定細腿，應道：「腦殼想得歪，挑河壩裏洇菜去的。」

「好多錢一擔？」

「胸前！你要不要？還沒做眼屎大點兒事情就開口講錢，羞極人。平時把關係掛那兒，再有好事才輪得到名下來。」

我問什麼好事，「好事」在喉嚨裏哽了半天他也吐不出。這陣兒一個中年婦女手裏拎起個破沙罐打後面跟過來。我將他們倆各瞥一眼，說：「哦──我明白什麼是好事情了──你挑水來我澆園，你倆是你挑糞來我洇菜，千萬莫鬧出《天仙配》裏的好戲文嘍。」

蔡德全要笑不敢笑，朝女人瞟了一眼。女人轉動黑眼珠兒抿嘴笑，他臉上泛點淡紅，跟著也笑，接下便指名道姓地望著我說：「明娃子，天天看書看牛屁眼兒裏去的，一肚子的烏煙瘴，招架我招你的嘴。」

經過一番打聽，原來他們是分開行動。蔡德全跟居民關係搞得熟，給人家搬搬煤呀、挖挖菜園呀、挑擔把大糞什麼的，隨叫隨到。幹了活兒，主人一般不會虧他：紙煙、舊膠鞋、席子、布片給個宗把兩宗；捨得的，現飯現菜吃一頓，或者送點兒包穀麵。當然，有麵就是飯，幾次發現他藏藏掖掖地將包穀麵調上水，捏成個薄餅，放進蔡長富那個灶堂裏烘烤。每回要等薄餅完全下肚、嘴巴擦乾淨，才打炭棚裏現出原身。

蔡德楷的行蹤不定，很不好找。那天我們蕩到橋頭旅社，穿過一樓的過道，下幾步台階，有個小院壩，往裏走，眼前出現個擺有幾十張桌子的大餐廳。大約開會，許多人正在進餐，香氣撲鼻，碟碰碗響的一派繁忙景象。這些場子不是我們待的，轉身欲走，卻有人喊，回頭辨了半天，一看是蔡德楷。簡直不敢相認，他的一身打扮將我跟蔡長斌同時給弄楞在那兒：胸前掛的白布圍裙，上頭印有「為人民服務」和「橋頭旅社」的扇形紅字；兩隻肘子籠著袖套，肩上搭個抹布，活脫脫一個「店小二」。

我問好多錢一月，他習慣地把脖子一硬，說：「看吧，又在說錢。」

「放心，你掙一千搭一萬我也不會向蔡德陸討好。」

「我要掙錢怕他？說得醜相人。」

長斌道：「為人民服務，學習雷鋒。」

「對啦。」他用手照胸前的紅字比劃著，「怎麼樣？為人民服務。」自豪地笑起來了。接著他車身向一位穿著四個荷包的鐵灰色制服的人物追趕過去，幾步搶到前頭，說：「李會計，水泵壞了，抽不成水，我請了兩個小夥

計來挑，您看——？」

李會計肥頭大耳，脖子又粗又短，移動木樁似的將頭晃了一下，表示同意。

我跟長斌倆比做什麼都積極，找扁擔找桶，一路小跑著到大河裏挑水。

五分錢一擔，一氣各自挑了十擔，儲滿兩口大瓦缸。這陣兒客人散去，餐廳裏空空蕩蕩，一群蒼蠅在亮瓦投射下來的幾柱陽光裏起舞穿花。蔡德楷解下圍裙，捲起袖子掃地，掃畢，獨自占個桌子，一碗飯一盤菜，撲那兒大吃。見我們卸了擔子，招手叫過去。該不是喊我們相嘴的吧？這麼猜著，他卻起身到後頭廚房裏，彷彿在跟什麼人求乞：「是我的兩個侄兒，剛挑完水，餓得造孽，好事做了好事在，觀音娘娘保佑你得八個兒子。」「得八個卵子，老蔡你違背計劃生育的政策咧。」說話間，蔡德楷已經捧著兩碗米拌麵的乾飯出來，笑得一掛口水停在嘴角旁邊。放下飯，反身又進裏頭添盤包心菜到桌上，壓低嗓音慈父般催我們攢勁吃。

餓狠了，看見飯恨不得往嘴裏倒。正吃得上勁，蔡德楷冷不防冒出一句：「怎麼樣？」

我們同時停住嘴，抬起頭用疑問的目光盯住他看。

「看書看不飽嗎？手板兒添飯——不是勺（說），我蔡德楷通街都吃得到飯。」

我說：「做恁麼多的事，光吃不行，還得給你付點兒工錢。」

他把頭狠狠地搖了兩下，歎道：「你們這些娃娃兒呀，說輕了聽不進去，說重了受不起。生產隊裏一天累到黑，肚子搞飽沒的？老輩子說的古話，賺錢不賺錢，賺個肚兒圓。這個年月，弄個頓頓飽就算萬福，還想什麼去？想金子是銅，想富貴是窮。還沒動身，一個錢字當頭，人家一看，小奸小詐，人奸無飯吃，狗奸無屎吃，做人要大方些。」

劈頭蓋臉的一通，把我跟長斌倆說得耳紅眼眨的。吃完飯，他引我們到財會室結賬。

李會計正三下五去二地在算盤上做賬，桌上放著一沓錢跟一沓糧票，我一時見錢眼開地跟李會計說：「我們不要錢，給一斤糧票就行。」

李會計調過臉，摘下眼鏡，把我望著——我知道話說得不大投機，頓時

如芒刺在背。剛才受蔡德楷的指教，臉上的紅燒還未退盡，這會兒又得預備承受李會計的批評——還好，嚴厲的臉上漸漸溫和下來，說：「糧棉油不比別的，國家的計畫。你說的不行，那樣做違法。」

蔡德楷立即擠上前賠不是：「李會計，小娃子說話不知陽道，您大量些，莫見怪。街上撿糞，弄點糧票在身上，餓了好買粑粑吃，想法是好的。」話音未了，轉過臉把我瞅著，說：「李會計憐濟我們，發善心叫挑兩擔水，你黑眼睛見不得白銀子，不懂政策，盡說些違法的話，二回要忌嘴！」

李會計戴上眼鏡又摘下來，說：「明天我還要人挑水，賬合到一起結吧，這會兒滿忙。」

「行行行。」蔡德楷躬下身子，代我們謝過李會計，然後張開雙臂，將兩隻手掌分別按在我跟長斌的腰上，推著一同走出旅社。

蔡德楷算得個人物，嘴能說，手能寫，不買村幹部的賬。他常說：「都是些草裏斑鳩，只敢在群眾面前擺架子，扳著家門前的櫟門檻狠，一下卡門子，屁，別個認得他姓甚。我蔡德楷就不同，敢狠出卡門子，狠下興山縣！」

人們說蔡德楷狂，話太說滿樺，我認為一點兒就不滿樺，他的確有這個狠氣。撿上多年的糞，不光是街上的招待所、旅店、飯館對他熟悉，縣政府機關裏的頭頭腦腦也大都知道有個老蔡。蔡德楷跟蔡德全有共同的優點：勤快。可他們又各具特點：一個給居民做，一個給單位做，兩個「老蔡」通街都叫得響。

許多幹部或家屬，到糧管所買米、煤球廠買煤、搬動家具……除非不入蔡德楷的眼兒，手頭的活兒往旁邊一丟，熱心快腸地將別人手中的口袋、簍子什麼的迅速地移到自己的肩上，一路小跑著送貨上門。吃五穀生百病，機關裏人生病，動不動醫院裏住起，蔡德楷端屎倒尿比誰都過細。破「四舊」那會兒，老縣長楊德山被紅衛兵拉到街上遊鬥，蔡德楷挑擔大糞路過，紅衛兵硬要舀瓢大糞往縣長的身上潑。蔡德楷說：「我不做短陽壽的事。」挑起大糞就跑。當晚回家他找蔡德炳求枝還陽草，第二天給縣長送去，熬湯喝好提傷。這麼一來二往，後來他們竟成了十分厚道的朋友。村裏都曉得蔡德楷的腳步寬，過紅白喜事、打幾斤燒酒、割點鮮肉蒸扣碗子（蒸蒸肉）、媳婦

坐月子須醪糟發奶、老年人想吃口糖⋯⋯凡憑計畫要卡票供應的生活物資，都求到他辦。有什麼法呢，他有這個能力，又守信用，年長日久，人們把他當成一位神通廣大、無事不能的神奇人物供奉起來。

出於憐憫，兩位「老蔡」開始從心理上拆除一些不必要的戒備，慢慢地容納了兩位「小蔡」。無論是顧嘴還是掙幾個小錢，出現機會就把我們帶起。

一天出完糞，蔡德楷跟我們打招呼：「今晚有事，不准上坡。」

「什麼事您說。」

「不要多問，到時候自然曉得。」

到了夜晚，不張忙出動，卻把我們喊到一起，一窩蠢豬似地擠在儲存的草堆上睡覺。那些躺在我們身邊的豬大人，坦然地扯著長鼾，有的吭吭嘰嘰的似乎發出甜美的夢囈。我睡不著，倒不因圈裏氣味熏得難受，主要怕著涼咳嗽。蔡德楷將我調到中間，拿出抱兒睡覺的姿式攬我入懷，使我勉強矇會兒。

十七、十八，月起更把。大約二更天氣，四夥計推著兩輛板車，在朦朦的月光下，咯噔咯噔地向耿家河進發。街道上冷冷清清，屋簷跟電線杆的黑影斜長斜長地跌落在灰白色的街道兩旁，陰森森的，讓人聯想到鬼的世界。一出東門，夜風徐來，曠野裏霜華滿地，小秋蟲從草叢裏發出單凋的嘶鳴，遠處的黑魆魆的幽深莫測的山凹裏能聽到夜鷹吹過來的口哨。心想，在此之前，蔡德楷事先一定掐了天相，不是碰不著這麼好的月伴兒。

經過地磅那兒，透過窗子只見裏頭亮著一盞昏昏的油燈。蔡德楷敲門進去，似乎熟門熟道，熟得連語言也成了多餘。不知丟了個什麼樣的物件兒，便鱔魚似的帶門出來。

大夥爬上煤壩，黑暗中，蔡德楷耙著煤，一撮箕一撮箕地裝進揹筐，我們剩下的三位眼活兒好些，順一段小路往板車裏背。影影綽綽的，背負沉重的炭塊，篩糠一樣往前探著，每移動一步，掉幾顆冷汗。裝滿板車，由於前期工作做得到位，炭不過磅，一路暢通無阻。窯罐廠那兒有截陡坡，裝糞的板車載重量大，長斌駕轅，一時煞車不住，黑暗裏只聽「蓬」的一聲，摔在邊溝裏。蔡德楷連連地咂著嘴，一起慌慌地上前細看。地上的人兒一動不

動，以為「去了」，個個駭得要死。待蔡德楷伸手去摸，地上的人兒竟慢慢地掙扎著撐起來了。都知道蔡長斌是個硬漢，問及怎樣，他只叫著「嘴疼」。

那一夜幾乎忙個通宵，炭賣給東門飯館，各人分錢五塊。雖然受些勞累同驚駭，長斌的嘴腫得翻起，心中卻是一致的滿意。

上山割割草，撿撿豬屎，刮刮大糞，混混飯吃，口說髒點兒，比困在隊裏到底活些。

眼見過上次打了回「糞仗」，不長時間，我們曾參加打了一回「嘴仗」，差點惹出大禍。

那天我跟長斌倆挑著一擔大糞順城牆上走，南門樓那兒有個涼亭，歇下糞擔在涼亭裏坐。亭下是通大河的城門，往裏一個丁字街，來來往往的行人，從高頭往下看，極具影視效果。

早晨一開始，長斌的情緒就非常低落，當然我也為他難過。近段時間瞞著我們另外的兩位同事，長斌賣了好幾捆柴。弟妹們在家裏把柴砍成捆，長斌抽空上街打聽好要柴的主顧，半夜裏揹著柴捆往下探，拿起電筒不敢打——一經發覺，傳到幹部耳朵裏就得背時，往往一捆柴上街，天才麻麻亮。白天撿糞，晚上我便陪著他扛杆抬秤，到老闆家裏秤柴結賬。那陣兒堵資本主義的路堵得滿兇，街道上成立了「城管隊」，凡上街賣柴、提籃小賣、出售藥材……看到就攆，不得入城一步。蔡長斌一回二回躲過，今天運氣不佳，一捆柴剛剛揹下陡城，卻讓城管隊逮個正著。

我勸他：「莫慪，石膏溝出來路不好走，夜裏揹捆柴探險，掉崖下摔死也只為幾個錢。」

他說：「差點學雜費，給他們湊齊算了，想不到沒等湊齊就落到他們手裏。城裏人為什麼要這麼對付我們農民？」接著把目光移到街上，歎道：「人是一樣的人，命可是萬樣的命。你看這些進機關的，坐商店的，穿得體面光堂，口糧不只吃得高，清一色的細糧。而我們這些盤土圪墶的，口糧低不說，還吃上多半的洋芋、紅苕，什麼城裏、鄉裏，香的、臭的，到底是什麼人分的這個彼此！」

我突然笑道：「古人分的工嘛，開始分畜牧，往後又分商人。」

「分工可沒分家，鬧得如同仇人，連街就不能上，從前何嘗有過。」

「從前是舊社會嘛。」

「老輩子還是吃飯穿衣的。」

「可受著階級的壓迫。」

「難道今天……？」

這時，街上有人發喊，循聲望去，一位戴著紅袖章的「城管員」正在搶奪一位老婆婆的筐子。

我問：「截柴的就是這個傢伙嗎？」

長斌說：「不是這個，是他們一夥的。你看那橫蠻相，我恨不得『魯提轄痛打鎮關西』。」

調個臉，看熱鬧的迅速圍成一圈，沒有半個人上前解交。老婆婆禁不住搡，手一鬆，摔倒在地。奔過去瞧，原來是宋婆婆。

她哭訴道：「這菜給親戚送情的，我沒賣；大白天武搶武奪，這樣的日程叫人怎麼過哇……」

奪筐子的傢伙長著一副地包天的嘴巴，鼻樑有點塌，說話齉聲齉氣：「這婆子不老實，東頭碰見饒了她，這會兒又讓我逮住，你賣！你賣！資本主義！資本主義！」齉鼻兒一邊說，一邊抬起牛蹄一樣的大腳，將一隻做工精巧的竹筐給踏癟。裏頭的一串紅辣椒、幾子韭菜和柚子大兩個秋南瓜拋了出來，七八個雞蛋在爭奪中已經碰破，蛋黃如團顏料潑在地上。宋婆婆的哭聲陡然加大一倍。拖起長腔號哭。

看到踏扁的竹筐，小時候撿糧食的遭遇頓時復活在我的眼前，容不得多想，上前揪住那傢伙的膀子一搡，說：「不能這樣對待一位老人，要講革命的人道主義！」

他鼓起一對佈滿紅絲的「牛眼睛」把我瞅著，沒聽明白似地朝我逼近一步，說：「什麼？人道？最高指示毛主席說，對待階級敵人不能心慈手軟。」

齉鼻兒想拿大屁股坐人，我也來個針鋒相對：「三大紀律八項注意裏頭有規定，損壞東西要賠。」

「賠？三大紀律第一條是什麼？一切行動聽指揮！黨中央不准搞提籃小賣，為什麼不聽？不由黨中央指揮？」

眼見這傢伙肚子裏還記了不少的條條框框，心裏邊說，「八萬八」的語錄我曾經背過，碰不到機會施展，今天老子就來同你比試一盤，於是接道：「毛主席說，我們所做的一切都是為人民服務。你們這麼粗暴的工作方法，把最高指示當耳邊風，有罪。」

他說：「最高指示毛主席說：『嚴重的問題在教育農民。』」

我說：「毛主席教導我們，儘管農民腳上有牛屎，可他們是世界上最乾淨的人。」

他說：「階級鬥爭一抓就靈。」

我說：「要改進工作方法，研究新的問題。」

他說：「正確的政治路線確定之後，幹部就是決定的因素。」

我說：「毛主席教導我們：『應該深刻地注意群眾生活的問題。從土地問題、勞動問題，到柴米油鹽問題……一切這些群眾生活上的問題，應該把它提到自己的議事日程上。』毛主席就關心群眾的柴米油鹽問題，你們堵資本主義，恨不得把農民整死。沒有農民種糧食你們吃什麼？沒有農民種棉花你們穿什麼？你們為什麼要這樣對待農民！」

發揮一下嘴上功夫，齇鼻兒一時把我愣住。圍觀的不做聲，一隻隻目光皆綻放著期待而又好奇的神采，看我們打嘴仗。宋婆婆頭上的簪也散了，蒼蒼的白髮亂披在臉上，瘋人似的哭訴。長斌扶她起來，將竹筐掰了掰，拾起地上的菜，說：「我數了，八個雞蛋，菜且不說，連筐子一起賠五塊錢。」

宋婆婆立即止住哭，拿眼睛望我，又望望齇鼻兒，想聽個落頭。

一陣騷動，擠進來兩個戴袖章的傢伙，看樣子來者不善。他們氣勢洶洶地把我們一推，衝齇鼻兒說：「跟這些人有什麼道理可講？阻撓我們執行公務，上公安局！」

宋婆婆趕緊拽住我的衣角說：「算了，你們快走，我也不要他們賠，算背時。」

他們威脅道：「不行，一起走一趟。」

原想讓宋婆婆走掉，好壞我們頂住，看情形不可能了，只好讓她隨著大

夥一同前去。

髒鼻兒神氣起來，把我們推在前頭，長斌提著竹筐跟小菜，宋婆婆拐著小腳直踉蹌，我趕緊一把攙上。身後是遊行一般的人群，彷彿有種看不見的力量在號召大家，使隊伍越走越大。狗見人奔跑，總不會無動於衷，一隻黑白毛皮的大花狗「汪汪」叫著，引路似的在我們前面一溜小跑。

去後是個什麼結果？有生以來還沒拜訪過公安局。童年的時候，聽到「公安局」三個字會嚇得雙腿打戰。我們有錯嗎？觸犯了哪條王法？他們做得太過分！唉，長斌背時，宋婆婆背時，照迷信說法，今天是個黑道日。不過也沒有什麼，最壞打算大不了坐牢——唯願如此，挎糞撮箕，「挑屎賣」，不如進沙洋農場改造！瞥眼宋婆婆，張惶不定的臉上照例被淚水洇著。平時那麼心疼我們，照護我們，給吃給喝，當她遭遇到強暴，難道能視而不見、逃避溜掉嗎？讀書讀到哪裏去了？我想到魯訊，直話是說得起的，人應該有點骨氣！一種道義的責任瞬間鼓起我前去的勇氣。我大聲喊著長斌說：「不要害怕，準備甩掉揩子打杵去坐牢！」

他聽到我的鼓動，挺直了腰杆。身後的嘈雜與亂哄哄的腳步彷彿成了烘托英雄的陪襯，頓覺領軍人物似的高大起來，越發添了自信。

來到公安局的入口，正欲轉拐進去，遠遠地看見「鴉雀腿」往這邊跳，後頭跟的有蔡德楷和蔡長富。隊伍剎住陣腳，蔡德楷盯住我問：「這是什麼把戲？」

我指著宋婆婆三言兩語背了經過，他把目光朝眾人一掃，發起我的火來：「跑在哪兒吵？騾子不見鈴響，我等著糞用，快些把大糞挑來。」

人們同時怔在那裏，想到問題還沒解決，如何能走？蔡德楷一時急了，說話唾沫亂噴，叫我扶住宋婆婆快走。髒鼻兒和他的同夥嚷道：「不准走不准走！搞資本主義的人一個就莫想溜掉。」

蔡德楷掛著一副糟糕透頂的模樣兒，恨不得幾口把我們吃掉，吼道：「挨的什麼？趕快走——！」

從他的表情上彷彿讓我看到了大難臨頭的後果，竟一時害怕起來，拉起宋婆婆便走。那幾個傢伙想上前抓人，被蔡德全、蔡長富一起奮力擋住。只聽見蔡德楷同他們爭吵：「什麼不得了不得結的？說兩句公道話，把他們的

命要了不成！農業生產等到糞用，沒得時間跟你們扯這些閒皮。」

「比屁淡！到公安局我跟著你們去，走！」蔡長富揮動著大手，推起兩個傢伙往公安局裏頭走。

我們到糧管所餐廳裏坐，隔會兒到門口瞄那邊的動向。人群漸漸地散去，三位本家一路往回走來。一進門，蔡德楷就使白眼睛瞅我，半晌才氣憤憤說：「公安局是好進去的嗎？往裏頭一關，有理的三扁擔，無理的扁擔三，一頓殺威棒打了再說。前天黃糧坪的一個老頭兒挎十雙草鞋賣，讓『城管』的沒收了，不服氣，找他們說理；話倒沒說得，挨了三棒棒，蔫蔫地哭起走的。你搬石頭砸天。他們都是一起的。官官相衛，誰個管老百姓的死活？你們充大，不量身份。」

說話間，蔡長富打廚房裏過來，拿三塊錢塞到宋婆婆手裏，說：「您的菜作算食堂裏買了，二回莫讓他們撞到，老天拔地的，划不來。」

我說：「菜是送情的，宋婆婆說。」

宋婆婆連忙解釋：「我糊他們的，」朝我擠眼兒，手裏端著錢，衝長富道：「要得這麼多？」

長富說：「拿起，雞蛋作為我賠您。」

宋婆婆說：「嗨，難為孫娃子心疼我這個婆婆。」接著抽一塊錢朝蔡德楷送過去：「我的白桂枝害娃娃兒，以往想酸的吃，俗話說：『酸兒辣女。』辣的不吃想吃甜的。請你給我弄斤把紅糖。」

蔡德楷說：「怎麼，白桂枝又在害（兒）？真是個兒包。」

蔡德全眨巴著眼睛，笑道：「您放心，他一定辦好，並且要親手送到白桂枝的手裏，這得看白桂枝拿什麼來謝他。」

蔡德楷直笑。

做的糞爛過一段時間，還得進行一次徹底的轉堆。我跟長斌倆拿起釘耙往身後耙，剩後的兩夥計把糧管所食堂裏燒過的穀殼子灰跟煤灰統統揹過來，摻雜到糞堆裏。生產隊給撿糞的記工分按筐數算，一揹筐糞為一個工日；筐數多少，以揹糞的班子送到田裏的數字為準。他們摻灰實際在「摻」工日，這個算術題大夥都會做，卻沒有半個人提出異議。

十天半月過去，生產隊捎過信來，催著拉糞。

那個時候，全縣仍然只有我們上小學曾經在公路上追趕過的那七輛「卡斯」，二噸半的載重量，非常金貴。當司機的更不消說，彷彿比天還要大一轉弦，縣長也趕不上他們有身份。倘要他開車拉糞，你可真的要下番功夫。

嚴大金信蔡德楷信入腦髓，長年派蔡德楷上街撿糞圖的個啥兒？就憑他有搬動大司機的那個板眼兒。蔡德楷並不推辭，眼見機會已到，正好顯個本事。他首先跟嚴大金通氣，將芝麻米、胡豆跟洋芋、紅苕各樣按五十斤、一百斤兩個碼子，派勞力送進城。田裏等到糞用，誤不得季節。隊裏平時死蛤蟆捏出尿來，為拉糞出點血，從未見嚴大金打過阻口。

蔡德楷收到生產隊送來的土產，打著支援農業的旗號，今天挎袋芝麻，明天提坨黃豆，葛藤纏樹似的將司機纏住。司機下河洗車，他幫忙澆水；司機搞修理，他幫忙遞工具；司機走路，他恨不得幫忙抬腿。假若司機家裏有個什麼雜活兒，他一定會跑破腳後跟的。這麼生纏死纏，纏得司機沒個辦法，到後只好開著汽車來拉糞。

汽車找定，嚴大金一聲令下，全隊壯勞力打仗似地跑進城裏上糞。人們往撮箕裏耙的耙，往車上拋的拋，司機的一根紙煙吃不完，一車糞已經裝滿。一個心願，時間打緊，求司機多跑一趟。蔡德楷這天十分特殊，十指不沾糞，專門給司機裝煙，陪司機說話，坐駕駛室裏，車去馬來，大得駭天。

糞拉到緊靠田塊的公路邊上，嚴大金不著急了，成天領著揹糞的隊伍，一筐一筐地散到地頭上去。撿糞的幾夥計同時也鬆了一口氣，懷著一顆無比喜悅的心情，坐到崖屋裏，消消停停地商量著如何分贓。隊裏送情的土產大約送了一半出去，剩餘的蔡德楷做主，調油的調油，換米的換米，兌糧票的兌糧票，賣錢的賣錢。這次我分得一斤香油、五斤大米、十斤糧票、五塊活錢。蔡德楷囑咐泥巴老爺似的，叫千萬不可漏風！老天爺，這是說得的嗎？鯨吞集體財產。弄得不好會走一趟沙洋（勞改場）。那個年月，給米就是給命，這樣的大恩大德，即使釘竹籤子我也不會吐露半句！

我非常想念祖母，幾個月沒有見著她了。祖母對我的優點，那怕只蟲子大，從不放過，並經常當著很多人的面把我的優點放大了說：「我的明子不錯，有孝心，吃什麼都想得起婆婆爺。」

聽到祖母的誇獎，內心裏非常慚愧——有什麼能力孝敬祖父祖母呢？

祖母長年咳嗽，嘴裏沒得味，想點兒蜜薑片，曾說過好多回。我捏住五塊錢，首先想到的就是要了卻祖母的這個心願。立即往商店裏將蜜薑片秤上兩斤，用紙包好，揣到懷裏，上縣養豬廠裏找么爹。

出東城，沿著小河的岸邊往上走。祖母說么爹在小河裏磨菜刀，掙包穀麵，這印象一直刻在腦殼裏。只要一看見小河，便注意地四瞧，看看么爹是否又在石頭上磨刀。

去得偏早，么爹剛剛挑完糞，正撿起膠管子放水洗圈。

我說：「街上的人講衛生，豬子也講衛生，名堂兒多。」

么爹說：「洗不乾淨，廠長看見要吵。」

么爹一時還顧及不到我，穿著公家配置的長統膠靴，圈裏圈外忙得腳板翻叉。豬圈裏弄熨帖了，接著來到廚房裏忙活：除煤灰，大腳盆裏洗蘿蔔，移動大水缸。一二百斤的紅苕藤子，他朝地上一蹲，伸開大手將苕藤攬緊，舉起鍘刀一樣的大切刀，「噗嚓噗嚓」，別人須個把小時的活兒，在他手中只消幾分鐘，苕藤便成了一堆又碎又勻的豬草。

起初我搞不明白，問他：「怎麼給你安排這麼多的活路？」

么爹說：「怎麼搞呢？」接下學啞巴做了個端碗、往嘴裏扒飯的姿勢，我頓時醒悟過來：原來么爹跟蔡德楷、蔡德全走的是一個路子。

炊事員是位中年婦女，曾見她在東門飯館做過水浸包子。么爹喊的萬師傅。萬師傅人滿好，不嫌棄我這位不速之客，她照例叫我們敞開肚子吃飽。

吃著飯我問：「婆婆近來好吧？」

「還不是老咳病，咳通夜，白天撐著給家裏弄兩頓飯。哪兒來的錢，秤這麼多薑片？」

我壓制住激動的心跳。本想把分贓所得一一道出，想了想不行，只好改口說是旅社挑水掙的。

么爹接著說：「你園子裏茄子、辣椒已經罷了，娥眉豆子倒結得篷連篷的。婆婆摘些，早晨帶下來，你的門鎖著，我放在么爺那兒。兩個老南瓜怕偷，婆婆代你摘回去，早晚搬進搬出地放在後門口曬。」

「只有婆婆耐得煩。這一向生活接得上嗎？」

「馬馬虎虎。」么爹停頓一下，似乎有話說不出口，忍會兒，才說，

「你二媽插空子舀我們的包穀麵，婆婆叫不做聲，么媽聽到會鬧架。」

家醜不可外揚，失了面，又道不得，吃暗虧。震驚中，我感情的天平傾斜到么爹的一邊，說：「婆婆喜歡姑息她，小時候哥哥的五斤飯票，廟裏屙屎出鬼？婆婆不准我們亂說。二媽手腳有點兒不乾淨，家賊難防，偷斷屋樑。么爹你警覺些，不要讓人家當作王聾子整。二爹怎樣？」

「跟著吃的沒得法，病也沒得錢看。那情形興許拖不到年那邊去。」

禁不住心裏一湧，饑寒起盜心，剛才對二媽行為的怨恨，瞬息間又轉化為理解與同情了。彷彿明天就見不到二爹似的，一激動，說：「等會兒把半斤票的麥子粑粑買兩個，婆婆一個，二爹一個。么爹，家裏油水怎樣？」我一時間像個救世主似的問這問那，荷包裏藏的一點點「贓款」，很有些現燒。

么爹立即把聲音變小，神神祕祕地靠近我說：

「這段時間豬子走症，餵的良種豬也死一頭。廠長叫我把牠拎坡裏挖個土坑埋著。我答應得滿爽快，其實埋個屁，悄悄跑屠宰室，往湯鍋裏一滾，剐得白淨了，一身奶膘，足有五六十斤，剁成四塊，往揹籠裏一塞……」

我趕忙截住話頭說：「聽人講，沒刣的豬娃子有風氣，吃不得。」

么爹雙眼朝我一瞥，道：「那才稀奇！弄個沙罐燉得㸌㸌的，油涮涮的湯，婆婆一頓喝點，偏生沒出鬼囉，這兩天咳就鬆活些。本來也有顧慮，但把趕仗的一看，打的獐子麂子哪隻刣的？生怕搶不到手。老輩子說，沾風氣的東西，經火功一煮，沒得事。」

回到家裏，把祖母給我帶的菜從么爺那邊取過來，抖開看，除了茄子辣椒，還露出個小紙包，裏頭包著紙煙盒那麼大的一塊兒熟豬肉。祖母知道我沒得油吃，大概是讓我光鍋的，殊不知我已得到一斤香油。田家垴暫時還沒有我的園地，吃菜除么婆婆接濟外，大都由祖母給我預備，然後叫么爹帶下山。我彷彿看到祖母推開柵欄的籬笆小門，躬著腰進菜園裏摘菜、代我管理菜園的情景，內心充滿感激，卻又非常難過。

每天我就好比在演一齣內容枯燥、情節雷同的老戲：上街——撿糞——上坡——趕緊弄飯，等晚飯下肚，天完全黑了。

這是我最不好熬的一段時間，田家垴人戶稀少，腳踏生地，眼見生人，寂寞難奈！么婆婆跟么爺按照「日落酉時，關門戌時」的古老習俗，早已閂

門睡了。我只好搬個小凳放稻場裏，在夜色的籠罩中獨自枯坐。

我漸漸理解父親上山的理由了，這麼孤獨的日程，誰都過不習慣。心想：假若田家埫扎根，又將是一番什麼樣子呢？母親興許不會死。她要健在，我們就不會東山上一個，西山上一個。據祖母講，母親當時是不願上蔡家埫的，捨不得她開墾的荒地，更捨不得她用血汗修建起來的兩間瓦屋。

──砌屋那陣兒，做無日夜，睡覺只能是朦朧一下。半夜裏起床推豆漿打「懶豆腐」，幫工們天麻麻亮趕來，這時父母的飯也熟了，懶豆腐也香了。各娘養的各娘疼，別人忙得要死，么爺卻一根長竿子煙袋拗進嘴裏，這裏站站，那裏望望，高粱子大的石頭失錯不撿一顆。有人曾喊著他說：「修這麼大的發跡，光看不行，把一撮泥土也是好的。」么爺卻端著架子應道：「有子不要父上前嘛。」

為此我曾向父親發生過疑問：「新屋修好了，剛剛弄個起色，為啥兒要回蔡家埫呢？」

父親說：「你們也不曉得當時的內情。那天我跟你媽正在稻場裏使連枷打豌豆，婆婆突然帶信下來：老屋塌了。說得我心裏一蹦。爺爺做一輩子手藝，起屋的事情沒搞過，你二爹、三爹都承不得力，張丞相望到李丞相，我不伸手無人伸手。心想，自己的父母丟在一邊，養活別人，何苦！再說，把你么爺那個架子一看，一個『走』字最好。」

回顧起來，么爺倒是個福人：一輩子平平安安，沒個坎坷。在我的印象中他從沒下地搞過勞動。夏天裏打著赤膊，一天到晚，抱著柿餅大個小磨推包穀。俗話說慢磨細麵，么爺那才叫名副其實哩：磨拐子在手中緩慢地移動，石磨鐘錶一樣不緊不慢地走著，走到第三圈，停住，從升子裏撮七八顆包穀餵進磨眼裏，磨拐子又開始緩慢地移動起來……磨槽裏剛剛有瓜皮厚一層麵粉，煙癮發了。取下掛在牆上的長竿子煙袋，往門檻上一坐，填煙末，點火；悠悠的藍煙兒，初一的一口，十五的一口，徐徐從他嘴裏冒了出來──無論什麼樣的日子，只要落到他的手裏，都會過得出奇地從容自在。

與么爺相比，么婆婆可是位大忙人，一年上頭不閒一時。么婆婆跟我祖母一樣，也是個大身材，不過么婆婆生得少些，無病無災。家中裏裏外外，如出坡生產、餵豬種園子、砍柴燒飯一律由她承擔。么婆婆過日子十分節

儉，什麼芝麻米、胡豆兒，今天兩顆，明天兩顆，像餵雀子的將大罐小罐填得實實在在。這倒給么爺添了一份活兒，經常一個人靜靜地蹲在地上，瞅著罐兒出神；心中大九九、小九九地算計起來。比方說，么婆婆吩咐么爺上街換幾斤香油，么爺就會從中賣掉一斤半斤的油去，得了錢便坐到茶館兒裏泡蓋碗茶喝，或者上館子抿二兩燒酒。事情倘若惹得么婆婆盤問起來，他就之乎者也地編一套謊話來蒙混過關。

我回到屋裏，點了燈，坐到小桌跟前。那時我已開始東扯西拉地學習寫作了，一共買二十本學生用的習題簿子，堅持天天寫日記。寫日記也經常叫人作難，把筆捏著呆半天，一個字也寫不出來。譬如四夥計半夜拖炭，請司機拉糞從中揩油，長斌跟宋婆婆搞「資本主義」，原本皆是極好的材料，理應好好記錄下來，但害怕白紙黑字落到人家手裏，手筆禁不住發抖。寫不出字，一時又不願上床睡覺，於是便取過小詞典，湊到燈跟前讀。

……

冬月間一「進九」，糧管所等不及似的，早早把幾頭大年豬給殺了。豬肉足有四指厚的膘，堆滿兩張大案板，饞飽了好多人。早半天出完糞，眼見著糧管所的幹部職工們喜笑顏開地割肉剁骨，蔡德楷卻把我們喊到一起，如同四隻猴子縮糞堆跟前商量工作。

「過兩天郵電局也開始殺豬，豬一殺完，後來的兩位先生，」蔡德楷笑著用下巴指著我跟長斌倆說，「嚴大金將請你們上坡。」

聽到這話我心裏一毛：這倒不同於修鐵路宣佈我下路時的心情，那會兒害怕下路回家餓肚子，如今有什麼可怕的呢？上坡是餓，進城是餓，反正是一個餓。發毛的根由是：晃晃幾月過去，我這個懸腳客仍然沒落到實處！

火燒眉毛顧眼前，不再勞駕么婆婆么爺，發步親自跑。一共跑了三趟喬家坡，最後終於將大隊書記給搬動了。那天田家垴的隊長、本族的蔡世彥爺皆一一被我請到了場，蔡長斌自不待說，應邀連夜從石膏溝趕到。這麼三人對六面，將我下田家垴的事情正式給提了出來。

作為族裏代表，蔡世彥爺知書達理，衝著么爺說：「老哥子你聽我說，蔡德成是『抱』的（過繼），不假，這孫娃娃你可說不脫，在田家垴生的。」

么爺倒顯得十分爽快，應道：「我的孫娃子何愁我不歡喜！俗話說：『抱子不抱孫』蔡德成雖說『醒抱』（毀約），這孫娃子可還是我的呢。」

　「對啦，都是蔡家樹上發的菌兒，沒說的。」蔡世彥爺調過臉，衝我指教道：「聽到嗎？既然跟了么婆婆么爺，就定下心來，好生搞。小娃子做事莫惜力氣，放有眼睛活兒些。坡裏勞動，么婆婆割把草，你就砍把柴，放工幫么婆婆把挖鋤帶起，上坎下坡招呼么婆婆走好。進了門，么婆婆忙園子，你就挑水掃地，么婆婆上灶弄飯，你就坐灶門口加火。捧柴火焰高，和和氣氣地過，今後說個媳婦，有個一男半女，這個家就由你撐起來。說的記住了嗎？做得到嗎？」

　我連連點頭，心想，只要能讓我到么爺家落戶，莫說這麼幾件，即使再拿十件、一百件，也得盡力做到。

　書記是沒有說的，事情的前後擺在那兒，繼承人進門應當，關鍵在兩個老人允口。官憑文書私憑印，議的當中，且動了紙筆，由蔡長斌起草。文書一式三份，當事人和大隊部各留一份底存，做今後的把憑。

　這一夜，我跟長斌倆躺在床上，激動得睡不著覺。暗中計畫，明天到喬家坡打准遷證，憑著准遷證上蔡家埡下戶口，從此，便打蔡德陸的魔掌下逃離出來了……

　第二天一早，么爺突然敲門。不知什麼事，我拉開門，么爺也不進屋，立在門口說：「明子，我跟你么婆婆思前想後的商量半夜，這事搞不攏，算了。」

　我頓覺當頭被人敲了一棒，不知是夢是真，耳朵裏嗡嗡直響，一陣天旋地轉，差點兒摔倒，趕緊撐住門框站著。

　「你這麼大了，進門就要說媳婦，有了媳婦又要忙娃娃，我跟你婆婆這輩子恐怕會扯得駝子直不起腰。眼下我們奈得何，就這麼地往前過……」

　待我回過神來細瞧，門口空了，么爺不知什麼時候已經離開。

　我爬上蔡家埡，找到祖母跟父親，說：「我不下田家埡了！」

　他們一時不知何故，待我將原話一講，父親煩道：「他們的心思我鑽進去看的，想弄親生的外孫娃子回來。這在從前族裏絕對不允許，如今不講這

些，只得由他們的興兒搞。算了，討不到米有口袋，做不到官有秀才，把房子賣掉，上坡！」

祖母沉默半天，說：「按你爺爺在世的想法是辦不到了。隨你們，雞子不抱（孵）兒，你擻斷牠的腿？萬一不行，只有回來。」

祖母的意思我明白，她是考慮到對不起死去的祖父──沒有滿到他的遺願。小時候，記得么爺每年過生，就同上李家坎給舅舅拜年那樣，祖父總是帶上我跟哥哥下田家堝給么爺做生。空手是不行的，讓我們兄弟倆一人背一個兒好柴下去。我們把柴捆丟在稻場裏，進門就給么爺磕頭。先到的客人一見我們的到來，大聲嚷道：「蔡世宗──孫娃子給你送柴來了！磕頭來了！有個趣兒哩。什麼打發？快些拿來。」么爺笑得鬍子連翹直翹，說：「嗨！我的孫娃子能幹，起來起來，叫婆婆給你們一個人找一個芝麻餅子。」……可見祖父用心良苦。我默默地向著祖父的在天之靈訴說：

「爺爺，這事您做到了仁至義盡，我也盡了最大的努力。什麼事皆在三回為定，么爺這麼一反一覆的，實在由不得我了，我要上山！」

一氣之下，照父親說的，房子作價賣給集體。揣著二百二十元的房款，跟長斌倆用揹子，將鍋盆碗鏟、鋪蓋板凳裝了，跟當年的父親一樣，合總又揹上了山。

# 評工分

我那豬圈做成的小屋，如同一位善良賢慧的媳婦，拋開它的時候，未曾怨我一聲；回到它的身邊，也不嫌棄我的無用，照例伸出雙手，攬我入懷。高爾基懷著一顆雄心，預備到喀山考大學，想不到接納他的第一所大學，竟然是傍著火燒場的一個廢墟下經常住著無家可歸的野狗的大地窖！我也彷彿如此，出外掙扎一番，找不到出路，依舊回到這所豬圈大學裏來，繼續修煉我生存的本領。

早晨，屋後高坎上傳來蔡德陸的充滿霸氣的咳嗽——那種鼻孔的孔動和口腔清理痰液時所共同營造出的怪音，叫人大氣不敢出。蔡德陸近來可成個人物：由於割資本主義尾巴有功，學大寨的步子邁得堅定，竟然取得面聖資格——跑到北京見了一趟毛主席。從北京打轉身，沒讓落屋，包車裏進，包車裏出，像正月裏接春客一樣被各公社、縣直機關拉去講話做報告。報紙上留名，廣播裏有聲，一時間紅得發紫。

在他的苦心經營下，蔡家埡被人們稱做「小大寨」，是全縣學習的樣板。地裏揹糞或挖田，常常能看見成路成行的參觀取經隊伍打蔡家埡、石膏溝過身。前頭走的是脫產幹部。脫產幹部跟一般幹部不相同：穿一件洋白布的襯衫，一頂寫有「為人民服務」字樣的漂白草帽，太陽大遮蔭，走熱了拿在手中當扇打。遇到山埡跟高坎處，停下走路，指著這兒、指著那兒呱嗒呱嗒地發一通議論。

對這種隊伍的到來，開始覺得新鮮，滿自豪。往後便漸漸明白，這並非好事：隊伍過的越多，大夥的日子就越是難過。譬如什麼早上工、晚放工啦，開會批林又批孔啦，雞子、羊子不准餵啦，不聽指揮扣口糧啦，花樣多得很，沒得一時的自在。

我從田家垴回來，正好趕上評工分。那會兒的工分叫「大寨工分」，有的叫做「政治工分」，不管大寨工分、政治工分，統統屬於創建「小大寨」

的重要內容之一。

說及評工分，我么爹可出了名，是全大隊樹的「典型」。身大力不虧，泥瓦匠、石匠的活兒都會，什麼劈石頭、砌田坎、耕田、作糞……凡一位地道農民所掌握的各種生產技能都具備。前兩年修「香溪大橋」急需石工，想調我么爹前去，可生產隊死個人就不放。胳膊拗不過大腿，要人要得緊，生產隊且又以苛刻條件要脅：除非抵兩個勞動力的上調指標。沒有辦法，上頭只好依從。然而，這樣一個牯牛一樣強壯的勞力，在「政治工分」面前卻始終不能抬頭——多年被定為三級。蔡德陸經常拿大會上講：「你力氣再大，背得起一匹山，政治思想不好，照樣不能評為一級。」

我么爹問他：「我政治思想哪裏不好？」

「說你不好就是不好。」

「政治思想不好，怎麼能揹一匹山呢？」

「揹著一匹山，心裏想的仍舊是資本主義。」

「你也不是諸葛亮，如何曉得我想的是資本主義？」

「憑你這個態度就只能定為三級。」

「要什麼樣的態度？踩死蛤蟆，叫一聲也不允許？」

「再狡辯就定你個四級！」

「……」

評工分按照自報、公議，然後由隊委會集中的順序一步一步地進行。自報中誰也不會傻裏傻氣地將自己報得過低，總想往高裏靠，往高裏靠得找出理由。理由人人皆拿得出一套，一說沒個完，攔言攔不住，一攔就吵，放任下去，時間便費了很多。

工分不出來，結算辦不成，會計打起鑼催。那會兒革命要抓，生產要促，停止生產評工分絕對不行，指憑打夜工。幾個夜工下來，人們的眼睛熬得雞屁眼兒似的，還只評個零頭。為加快工作進度，會場由室內轉為室外——搬到田間裏來。

過了八月中秋，一天兩頓糊粥。人們出坡沒有中飯吃，三三兩兩地在地頭上呆坐，隊長嚴大金大著嗓子喝道：「往攏坐往攏坐，評工分，接到昨天晚上的評。」

一聽到說評工分，我腦殼皮子就疼：昨晚鬧到半夜過，總共評三個人，記得最後一個是胡婆婆。

　　胡婆婆身個兒矮小，纏著一雙小腳，走路踩高蹺似地搖搖晃晃，走三天的路還不要人家一早工。熱天撞到雷陣雨，她走不動，由兒子福娃揹起她跑。昨晚輪到評胡婆婆的時候，她牽藤藤兒，結果果兒，說得囉哩囉嗦，半天巴不上題。嚴大金實在忍不住，說：「莫扯遠了，報個等級上來，讓大家好評。」

　　「等級忙什麼呢，我先得說出理由。」

　　「理由理由，不要把家務雜事扯到裏頭。」

　　福娃認為嚴大金攔了他母親的言，很有些不平，說：「別人能說，我媽也能說。」

　　「我沒有叫她不說。」

　　「一年苦上頭，該說的就是要說。」

　　「別人不苦，就是你苦。」

　　「你們要我報，好要報又不准我說，把人沒得法。我還沒說完……」

　　胡婆婆說得鐮刀就割不斷。這時燈壺裏油已熬乾，光線逐步轉暗，微弱的燈火跳了一下，消失了。沒有燈光便成了瞎說，會議在一片疲憊的哈欠聲中，摸黑解散。

　　今天既然接著評，胡婆婆也不等點將，搶先發言：「我依舊要說，莫看我一雙小腳，只要下了田，做活路可算得上個角色。集體的事當個兒的事做，有好大力使好大力，偷不好懶。到月尾沒得米麵下鍋，我就招篦子打懶豆腐吃，讓我的福娃吃飽，吃飽好出坡。福娃的力氣大些，好為集體做點兒負重的活路。肚子多半是我這個當媽的餓的。我忍得住餓，硬著出坡，掙點兒工分，年底少該兩個。我的思想不壞，政治上滿好，從來沒想到過要反對領袖毛主席。毛主席把我們從火坑裏救出，過上今天的幸福生活，不能忘恩負義。毛主席號召我們學大寨，堅決擁護，堅決照辦。搞早請示晚彙報，我一直不掉哨，哪怕腳小，升紅旗天天到場。我就是唱歌不行，《東方紅》跟大海……大海、舵手……福娃！怎麼說的？」

　　福娃害怕人們說他母親的思想落後，趕忙補充道：「〈大海航行靠舵手〉！會唱，我不是教你了嗎？忘記得這麼快？你會唱。」

胡婆婆經兒子提醒，接著說：「對……大海裏頭靠舵手，一共兩首歌。再說資本主義吧，從來沒搞過。我哪來的資本呢？沒得就乾脆不想。去年我的親家要給我一隻羊子，不敢要，我曉得那是資本主義，沾不得邊，叫親家莫害我，為這，把我的親家還得罪了咧。」

福娃似乎聽不下去，催道：「媽——少嗲幾句好不好？快些報上你的等級！」

「喔，等級？等級我早已想好，報二級。莫看我腳小，只要到了田裏，做活路可算個角色……」

「好！不要說了，讓大家評。」

會場頓時一片寂靜，沒有半個人發言。我看見有人伸舌頭，冒出幾聲「咕咕」的怪笑。照我看，胡婆婆快六十歲的人了，報上四級還差不多，一下上跳兩級，不得不令人啞然失笑。胡婆婆喜歡罵人，連夜蚊子都罵得死，大夥只好封住嘴巴不評。

騷鬍子不信邪，喊著胡婆婆的名字說：「好大坨泥巴塑好大個老爺兒，您自己不斟酌些，報個四級就勉強，敢報二級，真是捨得報。」

福娃是個一銃藥的性子，颼地往起一站，罵道：「放你媽的屁！」

這下吃生米的遇到個扛碓嘴的，騷鬍子圓瞪兩眼，無半點軟弱，立即給了一個回敬：「放你媽的屁。」

「老子操你祖宗八代！」

「老子操你生根發芽！」

兩個年輕人嘴都不饒，似乎要從力氣上決一高下，強牛牴架似的，捲起袖子往攏碰。人們紛紛起來解交，眼前迅速糾集成兩個挪動的人堆。上了年紀的婆婆兒、老頭兒，連滾帶爬往一邊閃。

嚴大金一時氣憤不過，打雷似地吼道：「鬧你媽的老屄！到底是評工分還是看你們打架？要打滾下卡門子打去，管你們牛打死馬、馬打死牛。不得了不得結，沒得官兒管了？天天學、天天學，學牛屁眼兒裏去的。張口講搣（罵），閉口講打，什麼性質？毛主席說階級鬥爭要年年講，月月講，天天講。照我看一會兒不講就要翻天。誰個再搣一句，我懲他十個工分。碼子在這兒，盡你們鬧，鬧好！」

聽到一個「懲」字，就同孫猴子聽到唐僧唸緊箍咒，雙方都蔫下勁來，乖乖地退了回去。嚴大金掃了大家一眼，說：「胡婆婆兒的暫且放到後頭，不耽擱時間，評下一個。」

接下來發言的是馮大嬸。

馮大嬸是個少有的能幹女人，性情潑辣，天大的困難都壓不垮她。生活帶給她的煩惱和憂慮，常常被隱藏在那雙不易察覺的平靜的目光後面。她有一個殘腿丈夫，四個孩子。奉行節儉，一條褲子大約有三百多個補巴。命運給她的不公似乎有些過分——害有一個子宮脫垂的毛病，壓根兒就擠不出錢來醫治，全憑身體同毅力硬撐。

她說：「我擁護毛主席，聽毛主席的話，跟共產黨走。毛主席說貪污和浪費是極大的犯罪，我從來沒貪過污，從來沒糟蹋糧食。一次我的小姑娘吃苕剝皮，挨了兩耳巴子，教育今後不准浪費，連皮吃。跟階級敵人的界線劃得清楚，有天鍋裏燒起水我出門借麵，借四五戶沒借到，空著兩手往回走。地主王么婆給我家送半碗包穀麵來，娃子們鬧著要吃，我說不行。雖說是半碗包穀麵，曉得她安的什麼心？最後還是讓王么婆端了回去。我跟了個跛胯子男人，總共一個半勞力，口糧月月差。架幾回式，學二隊的蔡德堂用秤稱著吃，望到娃子們餓得吼，心裏下不去，使氣連秤桿子撅了。要說，我男人原來可不是跛子，為大隊挖炭砸的，應該有照顧。人是好的喊師傅，殘疾了沒得半個人問。男人是家庭的靠山，靠山一去天就塌了……這樣的日程有誰過過！」

大嬸的男人歪在一塊大石頭後面，將那隻病腿挪了挪，朝女人罵道：

「嗲你媽的淡話，我們是吃救濟的人嗎？也沒得屄給大隊的幹部們搞。說些無志氣的話，我勸你閉嘴！」

「我要說！」大嬸瞅了一眼男人，接道：「誰個無志氣？無志氣的在一邊。看到娃子們餓得吼，那個無志氣的叫著喝『敵敵畏』咧。我勸他不要胡思亂想，無債不成兒女，無緣不成夫妻，這個命我們要認，但不能服輸。毛主席叫我們不要被眼前的困難嚇倒，要看到成績，看到光明。婦女半邊天，男女同工同酬。隊長派我揹糞我揹糞，派我挖田我挖田。餓得腸子打秋，集體的生產不饒一天。說個不怕醜的話，月經來了沒忌過，生的冷的，輕的重

的，怕你不做！子宮吊出來，塞不進去，走路夾起一坨，疼得要命。大家看吧，看我是不是騙人，褲襠裏紅遍遍的，我、我並沒跟隊長請過半天的假。男人腿子跛，女人天天流，不拘哪一天，總有一個前頭去的，前頭去的享福，後頭的一個遭殃……還有娃子……還有娃子……」

說著說著便哭起來了。馮大嬸哭的樣子非常醜陋，嘴巴皮翹著，跟孩子受到委屈在大人面前撒嬌一樣，淚水直往下掛。她似乎想扼住喉嚨不哭，可越扼越狠，泣搐泣搐地牽動著整個身子抖動。拉起的褲管掀在膝蓋那兒，污紅的血跡流下來，染紅了小腿。還有一條血跡特別長，蚯蚓似地一直延伸到螺螄骨上。跛腿男人把頭勾在石頭後面，看不見表情，只有肩上吐出的一絡棉花在風吹中晃動。

會場上沉默著，時間彷彿在寒氣中凍結，只有馮大嬸那泣噎喉堵的抽搐仍然在繼續。這聲音不但沒有打破沉默，反倒把沉默引得更深，讓人感覺渾身在受到一種無形的擠壓，使呼吸變得艱難。主持會議的隊長暫時也不作聲了，既不阻止哭泣，也不催促下一個；拿根小木棍子剜煙袋，剜一剜，含住煙嘴吹一吹，大約一時還捅不通活，堵氣似的，憋得額上青筋暴起，鬍子也橫撐起來。

坐在跛子跟前的聾子爹咳口濃痰，奮力往地上一吐，聲音大得令人吃驚。這傢伙本來不是駝背，可他的腰一輩子未見直起來過：出於習慣，走路拱起雙肩，頸項鴨脖一樣朝前探著，步子邁得又穩又小。頭上一頂垢甲多厚的舊棉帽，帽簷的裏襯折斷耷下來，正好遮住那滿是皺紋的額頭。腰裏箍根繩，賽若穿幾層。到了冬天，他就把那件年齡大過一位小夥子的破棉襖，用一根草繩緊緊地紮在身上。

這時候他說：「大家都曉得我是聾子，常言說黃昏膽子大，聾子不怕雷。橫直剩半條命了，隨便哪麼我都不怕。照我想，工分工分，做工給分，就同從前背揹腳一樣，百斤百里三塊錢，這是滿簡單的事情。現今的人吃飯找不到事做，把簡單的搞複雜，工分前頭多加兩個字──政治。強迫大家白裏評，夜裏評，爭的爭，吵的吵，哭的哭，汪的汪，叫大夥怎麼評？政治是個沒得深淺的東西，我們根本就弄不懂它，衝幹部倒合適。幹部報告做得好，思想進步，好評高分。起什麼作用呢？包穀、麥子可不是報告裏做得出

來的，還得用一雙爪爪去做！」

嚴大金提醒道：「聾子，不要往一邊扯，報出你的等級來。」

聾子爹大約沒有聽清，繼續說：「我的一個舅老表住在後山村，說政治工分根本不懂，他們那兒照例實行的是小包工，效果好得很。口糧明裏定得低，可一到月尾，悄悄通知大家，點起火把到保管室裏搞私分。不像我們這兒紅苔高頭巴的泥巴都算口糧，掙點兒鹽錢當資本主義……」

嚴大金聽不下去，吼起來了：「聾子，我叫你報上等級，不要散佈流毒，聽到了嗎？」

「這不是流毒，表弟明明白白跟我講的。說句倒楣的話，我們這兒的幹部都是討大乱耙唧的，什麼紅旗大隊、小大寨？整人的把戲，扒功。把大夥的肩膀當梯子，踩到往高頭爬，難道說錯了嗎？上回我吃半個月的淡菜，找集體支錢沒得，打早工上劉氏坪挖幾莵柴胡，讓劉功修撞見，說我搞資本主義。沒收了柴胡不說，還把我押到公社裏批鬥。當時的情形真不好想，假使跟前有把鍘刀，我會毫不猶豫地『咔嚓』一傢伙，把那雜種的腦殼砍掉，老子拚起來抵命！」

「沒得王法！」

「你試著看吧。」

「聾起個耳朵不講道理。」

「毛主席說多勞多得，我勞動的如何不能多得？」

「……」

爭論又由此開始了。

冬天沒有好天氣，陰沉沉的，北風越過嚴家山，緊一陣慢一陣地兜地颱來，使氣候變得枯冷枯冷。

上了年紀的老人，把改梯田從老墳中刨起來的枋子木頭和一個核桃木的樹蔸放在一起，燒了堆野火在那兒取暖。潮濕的樹蔸跟浸了油漆的枋子木頭，在燃燒中散發出一股難聞的臭氣；冒起的青煙被寒風掃得東倒西歪，將大夥熏得涕流滿面，兩隻眼睛彷彿剛剛停止一場痛哭似的，又紅又濕。

我坐在大夥中間，目睹著一張張麻木而又滿帶憂慮的面孔，彷彿看到了出生在十九世紀初葉，曾被巴爾札克描寫過的農民──福爾松。這些人在

寒來暑往、日曬雨淋煎熬中，皮膚變得像大象的皮膚一樣多紋而堅硬。由於受到布票跟經濟的限制，穿的衣服補丁摞補丁，多數人一條褲子過冬；有的沒來得及打上補巴的地方，能透過破洞看到膝蓋和大胯。他們的頭上只有巴掌大的一塊天空，大山的遮擋看不見外面的世界，不知道地球上還存在平原和大海，更不知道人類被分成許多國家。如同一隻隻溫順的山羊，長年圈定在這片狹小的天地裏，耕地、下種、施肥、收穫，把生命化作汗水流掉……這一切在人們看來，皆由老天爺派定，祖祖輩輩就這麼傳的，無可厚非。簡單純樸的頭腦激發不出半點的反抗情緒，久而久之，連說話的權利也會在不知不覺中給剝奪掉了。這情形似乎不可一味責怪大家，長期處於任人擺佈的地位，容易使人養成逆來順受的品性。就同一棵生長在石板底下的小樹，雖然活下來了，但樹身早已變成一個畸形。當然，作為人的生存的起碼交際語言，如「吃飯了嗎」、「快秤口糧吧」、「下雨了」是可以說的。倘若涉及到「政治」語言，必須候上頭來教，怎麼教就怎麼說，沒教的就不開口。眼前的這些沒有實際政治地位的「廣大群眾」，正在被一種看不見、摸不著的虛擬的「政治工分」弄得苦惱不堪，個個愁眉苦臉。

「人類一思想，上帝就會發笑。」這種評工分的場面，上帝看了會不會笑呢？我想同樣會笑，就同人們看見螞蟻打仗一樣愚蠢可笑。那麼我得正告上帝：不要發笑，您不食人間煙火，就不知道裏頭的酸甜苦辣。

從前的工分不是這個樣子，做一天活值多少分，記工員就往簿子上記多少分，到月尾一總，人各有數。如今學習大寨的新板眼，記工員只把工日記好，一天掙多少工分平時是沒有底的，要等到年終來評。一年十二個月，活路的輕重緩急各不相同，評工分卻是一錘子定音。評得好，占便宜一年，評得不好，吃虧一年。所以每到這陣兒，人們便高度緊張起來，耳朵張著，眼睛鼓得大大的，夜裏做夢也在為工分爭吵，一門心思地投入進去，生怕自己吃虧。

那會兒我們的口糧由人頭糧和工分糧兩大部分構成。上頭的政策是三七開（有些地方是四六開），拿出七份做人頭糧，剩下的三份作為工分糧。工分糧並不分解到人，要靠掙工分來奪。

在我們隊裏，一級勞動力出一天勤，掙十個工分，可奪工分糧三兩，二

級勞動力出勤一天，掙九個半工分，奪工分糧二兩五，以此類推。不過，無論工分糧、人頭糧並非能人人到口，這裏面往往還牽涉到一個獎懲問題。起先「犯法」，動不動給予掛牌子、挨批鬥的待遇，如今這方面的強度減弱，取而代之的是一種既簡便有效、且更加嚴厲殘酷的懲罰方式──扣口糧。如提籃小賣、有事不請假、一年中規定的農家肥和大糞任務完不成等等，都會在你的口糧裏頭做文章。有關口糧的加減乘除，是一道非常複雜而又捉摸不定的算術應用題，就像一幅隱藏在人們身後的、張著血盆大口的饕餮大圖案，對生命隨時隨地構成威脅。這麼一道關乎生死存亡的算術題目，大夥不得不削尖腦殼來計算。個個開動腦筋，把在一年中所遭受到的勞累、饑餓、病魔、委屈，像口袋裏倒核桃，一股腦兒地傾訴出來。求得大家的肯定，多評一個、半個的工分，增加一兩、二兩的口糧。

「騾馬比我們還強些，不吃飽，拒絕上路。人可不行，派到揹糞，哪怕肚子餓得一針扎得過，照例得揹。……政治上我沒犯過錯誤，一次在茅廁裏解手，看見報紙上有林彪的相，我把它撕掉揹了屁股，有毛主席的那半拿回來放進女人的樣包裏（夾鞋樣的荷包）。後來我媽剪鞋樣剪了，把我嚇得沒得法，不過，好歹沒傷到毛主席的相。」

「瓶裏有酒自己酌，肚裏有話自己說。管你們政治工分、大寨工分，我自報一級。我揹得起一捆，挑得起一擔，耕田耙地樣樣來。哪怕我吃的在肚裏，穿的在身，照樣跟著毛主席幹革命，沿著大寨路，扯直往前走。」

「幹部吃紅柿趕趴的捏，年年給我評個四級，我哪門不如人？改梯田放炮炸壞我一隻眼睛，做事差一著，但這怪不得我。我……我心裏滿苦，不願這麼過，請你們做好事，送我到沙洋勞改去，也好吃幾頓飽飯……」

「從前生十個、八個的娃子你們不懲，我生兩個你們還懲。響應上頭號召，剮掉三胎，身體也剮垮了。上的環不起作用，動不動小的又上身，醫生做什麼的？有不有責任？工分懲光了，沒得吃的，男人挖點兒葛根上頭收，挖點兒黃薑上頭收，牛拴在你們樁上，到底還要不要人活！大人餓死了算，我的娃子呢？我的、我的肝花我的兒呀，變人變我們份中遭孽……我的肝花我的兒喲……」

一時間，爭吵的、罵人的、哭訴的，熱熱鬧鬧，把落在近旁烏桕樹上的

兩隻白頸老鴉給驚飛了。

我是個老三級，口糧吃得低，餓肚子成了家常便飯。對此我當然不滿：就拿揹糞的活兒來說吧，一級勞動力一次揹五撮箕，我同樣揹五撮箕；揹麥把子一級勞動力揹三十六把，我揹六把加三十；挑大糞一級勞動力挑一擔，我不可能只挑半擔。一級跟三級工分糧的級差有足足的一兩，本可憑事實爭論一番，但眼下評的是「政治工分」。「政治」的尺度隨意性大，叫你有口難辯。我曾經思考過，我的政治到底在什麼地方出了問題？當然，鞋裏有沙腳曉得，我對當前的政治和有些搞法很反感。反感歸反感，我卻十分謹慎，並沒表露出來。心想，我刷了許多學大寨的標語，讀過許多學大寨的報紙，播了許多學大寨的稿子，政治工分應該是沒得問題，可惜就是評不上去。難道幹部有穿山鏡，看到了我骨子裏的東西？

老的少的、男的女的、口舌慢的、腦殼笨的，集中精力評工分。唯有糞爺是個例外，局外人那樣，一副平靜而自然的樣子，抱著雙腿斜坐在火堆旁邊。誰個發言，他便笑眯眯地把目光移到誰的臉上。糞爺是個閒不住的人，為使樹苑燃得更好，當了個義務管火員：伸出耙子一樣的大手，這裏耙耙草，那裏拾拾柴，一抱一抱地塞到樹苑跟前，鼓起腮幫「噗」地一吹，火苗便躥上來了。輪到評他的時候，他照例笑眯眯地跟大家說：「毛主席說群眾的眼睛是亮的，平時做活路大夥都看在眼裏，我相信群眾相信黨，請各位評，評多評少我沒得意見。」

糞爺老腔老闆的幾句發言，彷彿給平靜的潭面擲進一顆石子，把眾多的「愁眉苦臉」逗得粲然一笑。

糞爺的頭髮跟鬍子近兩年突然地白了，面容清瘦，精神倒好。他穿的衣服非常老式，上身是綴滿布扣的對襟褂子，下身是長腰大襠褲子，堆在身上的補巴恐怕無人數得清。長年揹個破口揹籠，這幾乎成了他的固定配套。本地有句歇後語：「糞爺的揹籠——光糞」。無論走到哪裏，糞便都逃不過他的眼睛。抽屜格子，裏頭有老鼠屎，捧了丟進糞堆裏；上山砍柴看見山羊屎，裝進揹籠揹著回家；自己是絕對不能吃家飯屙野屎的，萬一夾不住，屙到田坡裏，總得想辦法弄回家入廁。

莊稼一枝花，全靠肥當家。集體對糞抓得緊，每年按人頭下達任務。這

宗事糞爺在全大隊是標兵，不管人糞、畜糞，皆翻番完成。大糞每人每年要上交五擔，為此田家塃的蔡世彥爺曾發過牢騷：「如今的幹部管事過細，連屙屎，屙尿都管。」當時我認為這個牢騷沒得來由，無論幹部如何的無聊，怎麼也管不到屎尿上去。現在我懂了，開始犯愁了，這個牢騷該發。我想，我一年只那麼點口糧，再會吃會屙，也製作不出五擔的大糞。糞爺茅廁裏兩個茅缸，把了一個我用。夥伴們來我小屋裏玩，有了屎尿，便請各位往我茅缸裏送。有時我跟在後頭瞄，夥伴們不願蹲裏頭的小茅缸，把糞爺的茅缸占著，趕緊取根柴棍，照他們的屁股一陣亂戳，強迫為我作糞。難為夥伴們大幫小湊，任務照例完不成。想門路找老師開恩，把學校的大糞送我兩擔，這麼才勉強弄得個不懲。說心裏話，自我上街搞了半年的撿糞工作以後，竟也著了魔似地愛起糞來：像害職業病，看到豬屎、狗屎，如同看到一個紅苕、一個包穀那麼親切──想拾它起來回家。曾試著撿了幾次，由於缺乏恆心，沒能跟糞爺那樣堅持下來。

大糞跟豬糞一個價，一等三角，二等二角五，三等二角。糞爺每年上交集體一百多擔（筐），均按二等的價算，一年能弄上二三十塊錢的糞錢。大隊書記全年三百六十五個工日一個不少，工分照一級勞動力掛，結算下來，劃四、五十塊錢。糞爺把他的分值同糞錢相加，比書記的收入還高。僅憑這一宗，糞爺就有了驕傲的資格。難怪在評定工分時，他會顯得那麼灑脫、自信的咧。

十多個日日夜夜，「政治工分」這個浩大的評定工程終於塵埃落定。可是，就在塵埃落定的第二天，一個噩耗傳來：三鳳「抻掛麵」──繩子吊死在房樑上了。開始都為之一怔，不相信這件事情的發生，直到隊長派人前去裝裹，大夥才從事實中驚醒過來。

三鳳生得結實，銀盤臉，黑眼睛，無嘴無舌的，十分能幹。三鳳娘家在嚴家山，戴頂「子女」帽子，由大隊幹部出面說媒，將她嫁了個殘疾。那個為集體炸壞了眼睛的年輕人就是她的丈夫。評工分自報時的情形我記憶猶新：她正在為小女兒縫補一條還未過襠的舊花褲，報了個二級的等級以後，什麼話也沒有再說；雙手停在針線上，耳邊的散髮讓寒風掀得一蕩一蕩，乾裂的嘴唇翕動著，眼圈漸紅。看情形有話要說，彷彿又被一種理智所壓抑，

終於又未能出口。——待公佈結果，三鳳定為四級。我默默地替她算了一筆賬，從二級降到四級，見天就少了一兩的工分糧，以三百個出勤日計，全年下來，就有三十斤的工分糧打口糧中流走。三十斤糧食對一個貧困家庭來說，那可是個不小的數目！

人是不願死的，能在世上捱，不在土裏埋。三鳳鑽「牛角尖」，一時想不開，付出生命的代價，令人痛惜！

工分評出來後，會計熬了幾個通宵，結算很快辦下來了。公佈榜用四張大紅紙抄成，貼在倉庫大門兩邊的土牆上。大夥抬頭望去，個個張著喇叭口，閉不攏去。隊裏經濟收入本來就少，按照政策須同口糧的結構一樣——四六開。比方現金收入一百元，抽四十元出來用於生產隊的公積金和公益金開支，剩後的六十元拿來讓社員分紅。前幾年的結算，一個工日的分值二角八（皆以一級勞動力計算），前年跟去年劃二角三，今年搞得好，只劃一角九了，學大寨學成八十歲的老太太——一年不如一年了。

我夾在看紅榜的人群當中，呆呆地仰著臉，脖子痠痠的。這情景比我看「推薦」升學的大榜還要令人失望，但我卻依舊認真地給自己默賬：十個工分劃一角九，我九個工分劃多少呢？九對九，九九八十一，劃一角七分一。這一角七分一的價值如何？我不是經濟學家，無法從理論上闡述，只比照那會兒黑市上的包穀價格計算：一塊錢買一升包穀（合三市斤），這麼一推，我勞動一天，創造的價值還買不到一斤包穀。一天搞到日偏西，買不到一包大公雞（一角五一包的紙煙），這話應了！老天爺，我作為一個會說話的人，活在世上，終年勞作，日曬雨淋，忍饑受凍，受人管制，生活跟自由沒得保障……所追求、所奮鬥的目標是什麼呢？僅僅就是這斤把包穀？難道這就是「小大寨」？這就是「新農村」？世界上任何一個國家和地區，上帝賦予每個勞力的價格恐怕還沒低賤到如此水平吧？就連生活在鐵蹄下的美國黑人恐怕也不致如此！難怪如今把西元一九四九年以前統統歸結為舊社會的，舊社會裏找不出這類奇蹟；只有新社會想像奇特，創造性地把馬克思主義的勞動價值理論發展到了一個如此驚人的「高度」，堪稱一絕！

生產隊一年要辦兩次預算，夏糧進倉辦一次，九月份扒了包穀辦一次。年底辦結算。這個結算把每個人的口糧定量已經算到明年的六月一日了，

這便意味著一份長長的捱餓的日子在恭候著我了。當我把紛亂的思緒剪斷，回到眼前的實際上來的時候，我的心情非常沉重。這份沉重不光壓迫我的胸膛，還上下流動似的，忽而壓在我的頭上，忽而壓住我的雙腳，弄得我頭也抬不起，路也走不動。

# 殺年豬

　　無論何時何地，一聽到說殺年豬，平靜的心情總是被撩撥得怦然一動：首先捕捉到的第一個信息——快過年了，然後你會順著信息的牽引，對時間在不經人意的流駛中，發一聲「日子過得真快」的感歎。當然，在我看來，最能啟迪和激發我的想像力的，倒還是那香噴噴的、炕乎乎的、油漉漉的、新鮮好吃的大片片年豬肉！

　　下面我就給大家說段殺年豬的故事。

　　那天我扛著挖鋤去上工，剛走到嶺上，從嚴家灣傳來嚴大金的呼喊，說隊裏今天殺年豬，讓我回頭到小賣部拿一管毛筆和一瓶墨汁，等會兒好往肉吊上頭打碼子。

　　這當然是個好差，我即刻折身往回走，迎面看見殺豬佬跟我父親一道走出村口。殺豬佬用梃棍將刀籃扛在肩上，腰身微傾；梃棍的一端讓伸出的雙手壓住，另一端穿過刀籃的提環指在天上，如同獵人趕仗的一杆土銃。緊接著「土銃」後面跟來一幫頑童，亂哄哄地跑著、跳著，彷彿去參加一個盛大的狂歡節似的。他們的頭髮同亂草一樣支棱著，嘴角邊一撒一捺地爬著兩條黃鼻涕；有的模仿山羊撒歡的步子，一顛一顛地衝到殺豬佬的前頭，失去鈕扣的襤褸的衣衫隨風鼓蕩起來，確像一群蝙蝠在擦地亂飛。

　　手頭上有點把差事，去早去遲不會挨懲，待我上小賣部買上筆墨，挨挨擦擦地走攏，已經有一頭年豬倒在血泊裏了。

　　殺豬佬是個中年漢子，四方臉，鷹子鼻，兜腮一圈黑髭鬚，一副天生的惡相。殺豬佬撿起豬子的一隻後蹄，一手持刀，照腳丫子那兒割口子。這時候，後蹄猛然彈了一下，殺豬佬嘿嘿笑道：「咦，是我宰了你，不喜歡同我握手告別嗎？」

　　我父親趕快從另外一個角度解釋說：「不是的，牠是想同你划兩拳，喝一杯。」

「哦，牠這一拳出的『八個』（將腳丫子比喻為『八』），待會兒我就回牠個『一心要盡』（將梃棍比喻為『一』）。」

說聲未了，便取過四五尺長的梃棍，對準豬蹄上剛剛割開的口子直捅進去。看熱鬧的頑童圍得太緊，梃棍使不開，惹得殺豬佬直嚷：

「小鬼們——到底看到過沒的？我這刀呀棍的鐵器家業，碰到身上不是割口子就是破皮流血，禁不起的——閃開閃開！」

梃棍尾部是個環形把手，殺豬佬將它攔在腰裏，一個前弓步，後腿蹬直，雙手攥住後蹄，狠力向前抵去。「一心要盡（進）啦——」「捅你祖宗八代！」殺豬佬一邊罵著粗話，一邊用力梃豬，憋得臉上紅糖糖的。

當殺豬佬不是個簡單事，依我看首先得具備三條：一是心腸狠，二是有力氣，三要不怕髒。豬子挨了梃棍，接下來還得給牠吹氣。殺豬佬一隻手掰著割開的豬皮，看到口子裏白生生的肉骨，蹄殼上沾的有糞，沒有半點猶疑，合上嘴巴，大口小口地往裏頭吹氣。他的眼睛佈滿紅絲，腮幫上像含了兩個核桃，鼓得又圓又大。為了使吹進的氣走得均勻，我父親舉一根短棍，擂鼓一般朝著豬身上捶打。打到豬頭時，我父親便說：「八卦腦殼九個壞，服侍不好就作怪；今天給你一頓打，看你二回還怪不怪。」打到耳朵時，又說：「平時說話你當耳邊風，這會兒該打，記住，今後要聽話。」一些頑童見我父親跟死豬對話，嘻嘻發笑。「笑啥子？」我父親車過棍棒，照頑童的頭上取個要打的姿式，「讓你們受教育，不聽話的，一樣地挨打。」頑童們一時嚇個倒退。

殺豬佬吹氣，我父親棒打，死豬就在這吹、打、說笑的情形中，原來耷拉著的耳朵、蹄子，漸漸地直立起來，整個豬身氣球似的變得又大又肥。

殺豬佬三把兩下拉動細繩，將口子紮緊，喘著氣說：「這隻吹蹄好發奶，月母子吃了，奶子發得有水瓢大，養得活八個奶娃子。」

站在旁邊的騷鬍子接下句子：「月母子吃，月公子也吃，照樣發水瓢大一對奶子——嘿嘿，吊在胸前，一走一甩，那才有趣兒呢。」

殺豬佬說：「有趣兒有趣兒，提起『水瓢』你勁頭子就來，還不快些把豬子抬到湯鍋上撟去！」

稻場邊上挖個地窯子，嵌口大鐵鍋，火苗打鍋口邊直往上躥，將一鍋清水燒得五花大開。鍋上頭橫架短木梯，將豬子落上去，舀開水淋。淋個三到五瓢，捏到毛拽，毛掉，叫聲「來了」，撿起鐵鉋子「嘭嘭」地幾刨，豬毛捲席一般退去，露出雪白的皮肉。豬瘦了不好整，但吹了氣，也就特別地好撏，三把兩下，黑豬變成白豬。撏好的豬不忙開膛破肚，橫到兩條板凳上躺著，跟手宰第二頭。

隊裏豬圈蓋在倉庫後頭陽溝裏，陽溝坎子當了一面石牆，天上接的「拖簷」（椽子接著正房的後簷往下蓋），地面使欄杆隔出五六個豬圈。挨倉庫後牆留了一溜二尺多寬的長廊，餵豬、出糞皆打長廊裏過身。豬圈的這種蓋法，好處是省工省料，可弊端倒也十分的明顯：不通風，不採光，加之簷水不能暢通，養在圈裏，豬子一年四季坐水牢。這樣的豬圈養豬，像吃鐵的，不肯長。

出糞也是不好出的，一派到我出糞，老早就直打牙磕。抬一架長梯橫在欄杆上，揹筐放上去，圈裏人兒使釘耙將糞草從水裏撈起來，使勁往筐裏一拋，揹筐頓時變得如同一把空米湯的筲箕，糞水四處八流地直往下淌。待揹筐來到背上，那又臭又涼的糞水同時也淋到了身上；一時招呼不好，淌幾股到脖子裏去，驚得人直打寒噤。這當口兒，即使腳板再笨的人，也不消隊長催工，趕著急促而細碎的步子，急溜溜地朝廊外奔去。

俗話說：「老實得像豬。」其實豬並不老實：以往牠們直想打欄杆縫裏往外鑽，今天似乎聞到一股殺氣，縮在圈角裏，不管你怎麼敲打，就是不肯往欄杆邊湊近一點。看到的年豬請不出圈，殺豬佬心中一急，取了鐐環過來，高高舉著，挨近豬身，找準豬眼就是一挖。鉤子扎進眼窩一大截，年豬疼得尖起嗓子嚎叫。騷鬍子乘勢上前拿住尾巴，場子窄，旁人插不上手，望著他們前扯後推的亂哄哄地出了廊子。

趕中午，四頭年豬都宰出來了。倉庫兩扇七尺多高的大板門被卸掉，支在稻場中央，分邊的八大塊豬肉做一順擺在上面。倉庫屋內的土牆上釘著許多木椿子，心肺、豬肝、板油——下水皆一字兒吊著。地上還攤開一床曬席，四個豬頭和十六隻蹄子，以及大骨等按照各豬的名分放在一塊兒。屋裏外頭，肉骨分明，真有點兒過年過節的氣象。

頑童越聚越多，夾在大人當中亂竄。有幾位屁股就沒遮住，露在外面的部分凍得紅赤赤的，卻照例樂得起勁。他們不時地跑進屋裏，對著血淋淋的豬頭齜牙咧嘴，變換著各種怪相；忽而竄到稻場裏肉案跟前，睒睜著一雙渴望而又天真的大眼睛，做副十分貪婪兇狠模樣兒，張開糊著鼻涕的大口，假裝照肉一咬，即刻引起同伴們一片畫餅充饑的嬉笑。

不管集體、私人，殺年豬可是個大事，不光孩子們攏來熱鬧，就連閒在家中的老頭、老嫗，也不嫌路遠，拄著棍子翻嶺過來觀看。一走近稻場，他們的眼睛皆齊齊地放出光來，圍著肉案轉連轉地細瞧。當中少不了有人排出兩根三根的指頭，輕輕地懸在肥肉上比試，衡量一下有幾指厚的膘水。

除開人，村裏的幾十條狗子不知怎麼得到的消息，三三兩兩地抄小路、打麥地裏小跑著往嚴家彎結集。看到這個陣勢，嚴大金提醒大家多長一隻眼睛，防備狗子叼肉。話音未落，一白一黑的兩隻趕仗狗，為搶著舔食濺在地上的一點腔血，哇唬哇唬地咬起架來。開始都未曾注意，到後越咬越兇，趕仗狗身材一般都十分高大，站立起來有大半人高，咬架異常兇猛。從稻場裏咬到麥地裏，麥地裏咬到碗豆地裏，黑白二色扭成一團。眼看到了一道七八尺高的坎沿上，害怕牠們會從那兒掉到坎下，結果當真滾落下去了。兩個傢伙咬紅眼睛，沒有休戰的跡象，牙齒的碰撞跟喉嚨裏發出來的可怕的唬唬聲，隨著牠們扭動的軀體時強時弱，引得大夥皆直著脖子觀戰。

我的情感像一碗清水，不知傾注到哪一隻狗的身上。看人或牲口打架，雖然能取悅眼目，可帶給我心靈上的負擔總是很重：感覺打架的雙方似乎都是我的朋友，希望儘快住手，用和平的方式解決紛爭。一般情況下，我同情弱者，萬不得已會助上一臂之力。這時候，黑狗突然一下牢牢地咬住白狗的脖子，毫不鬆動，使白狗一時動彈不得。我搖擺不定的情感一下落到實處，拾起疙瘩，往黑狗身上投去。

興許是我對事情的過於認真，正投得起勁，背後有人叫我，回頭看時，大梅子站在稻場坎上直笑：「你就像個小娃子，跟狗子一般見識。快些過來，趕晚半天把肉分到戶，過夜是要折秤的。」

我說：「折秤還好些。」

「集體是虧的。」

「水漲船高，集體不會虧。」

「那虧的誰呢？」

「一個就不虧。」

「我說不贏你。」

「我說不贏隊長的女兒。」

「拿，趕緊吃，人家的早已下肚。」

我從大梅子手裏接過一個燒熟了的熱乎乎的紅苕，圓圓的，足有一斤重。

她接著說：「我特意給你選了一個雞蛋黃的紅苕，甜得暖心。」

我抬起頭，目光對準著她，頓使她臉上升起一層紅暈，靦腆地轉過頭去。紅苕的熱度通過手板電流般傳到我的心裏，我的心真地就暖和起來了，搏動的頻率明顯加快。我第一次壯起膽子衝著她說：「不看到你還好些。」

「閉著眼睛莫看。」

「一看心裏就亂。」

大梅子立即回過頭來，擺出一副當姐姐的姿態，制止我說：「閉嘴，不准你說這些不吉利的字眼兒。」

我趕忙解釋：「不是黑心爛肝的爛，是亂哄哄的亂。」

「什麼子亂哄哄？」

她看見我一口紅苕哽在喉嚨裏，半天答不上話，就不再逼我。恰巧這時她父親喊叫「緊血花」（用溫水將豬血煨一下，使其成塊狀），她便抿著嘴兒去了。

大梅子今天沒有下地，在家裏弄飯殺豬佬吃。我們跟著沾光，混不上飯吃，隊長發善心打開集體的苕窖，把儲藏的苕種摳了幾個出來。擤豬的地窖子燒出許多火石子，紅苕丟進去，大梅子耐著性子守那兒一撥一弄地烤。殺豬佬吃中飯，她就把香噴噴的、熱乎乎的紅苕一個一個地發到大夥手中。

肉案旁邊，大夥圍在一張打麥時靠在脫粒機旁邊的那張跛腿桌子跟前，直盯盯地瞅著會計算賬。蔡長春把算盤撥一下，桌子跟著晃一下，字也寫不成器。大夥看到急，蔡長春更急，到後終於得出個結果：平均每人按二斤肉計算，四頭豬夠不到事，還相差三四十斤肉。空氣一下像凝固似的，半天沒有人說話。沉默中都一起把目光從算盤高頭移到嚴大金的臉上，等候他發話。

蔡長春說：「管他三七二十一，大的小的還宰一頭。」

這個建議一出口，嚴大金往煙鍋裏填末子的兩隻大手陡然僵住，臉色變得嚴肅跟猶豫起來，好一會兒才說：「我們只賣四頭的任務。」

騷鬍子埋怨道：「卵子毛，斤把肉怎麼過年？那些當幹部的摸到心口兒問，他們一年到底吃了好多斤肉！依蔡長春說的搞，莫自己作踐自己。」

家庭養豬原本還是我們祖先的發明，可在我的記憶裏，村中養豬的並不見多。遇上三年的「高級」食堂一吃，連一根豬毛也看不到了。實踐證明，祖先發明的東西還是丟不得，就跟毛主席發表「大學還是要辦的」偉大指示一樣，養雞養羊是資本主義，養豬算社會主義，家庭養豬照例要搞。「搞」字好說，可怎麼搞呢？豬子吃草不會長肉，須配上一定數量的飼料。如今人們的口糧越吃越低，人吃了豬沒得，豬吃了人沒得，只好撒手不養。錯！莊稼人無肉亦可，公家上的人可是要吃的！於是上頭就下達任務：縣裏把上調的頭數分配到公社，公社分配到大隊，這麼一級一級地攤派下來。我們隊年年下有四頭的任務，指派張三，張三不養，指派李四，李四不養，到後只好壓到幾戶「四類份子」頭上。不管你割草餵也好，挑水餵也好，反正餵足一百二十斤，揹到縣養豬場上交，少一兩就不行。

眼下國家對牲豬實行的是「購留過半」政策，即殺一頭，從鼻孔到豬屁眼兒，丁直一線分成兩半，一半留給自己，另一半賣給國家。隊裏完成上交國家的四頭任務，當然也只能夠宰殺四頭，倘要突破那麼就得擔點風險。嚴大金作難也就作難在這兒。我們是「小大寨」，全縣的樣板，門門都得過硬。蔡德陸尖得像猴子，成天在想點子，創「業績」，某某隊、某某戶豁個針鼻眼兒他都一清二楚；一有響動，他就寫材料，抓典型，往上報，整得你不好過日程。

眼見嚴大金決心難下，我父親且說：「鬧來鬧去，大夥一年上頭看不見一顆油珠珠兒，吃不上一頓葷，個個都成了齋公。眼前我們搞的是社會主義，平時艱苦奮鬥可以，過年總得有頓把肉吃吧？這個要求即使拿到聯合國上理論，照我看也不為過分。」

蔡長春跟著打個補釘：「莫怕，多宰頭把，有人追查起來，明年多賣一頭就是；不查，去毬。」

這一下彷彿撥動了嚴大金繃緊的心弦，他「噗嗤」一笑，說：

「好，還宰一頭。」

圈裏一頭母豬護著八九個兒，吭吭嘰嘰地亂竄亂叫，其餘幾頭「接槽」豬都還不足百斤。殺豬佬瞅了半天搖頭道：「這不是殺豬，是殺命。」管他殺豬殺命，我們選精的，選肥的，從中拎了一頭出來宰了。

給豬放了血，正拿起梃棍梃。嚴大金站稻場坎上，雙手叉腰，放開他宏大的嗓門，朝地裏幹活的人們喊道：「石膏溝的——嚴家堖的——都聽到，每戶來個當家的，到倉庫裏分年豬肉——」

喊完話，他車身到屋裏，把擺在曬席上的豬頭拎了一個說：「年年都讓了別個，今年我得弄個豬腦殼。」騷鬍子給他過秤，會計記賬，我趕忙拿起筆墨在豬臉上寫道：「嚴大金，豬頭一個，九斤半。」緊接著我父親也拎著個豬頭過來，我又寫道：「蔡德成，豬頭一個，九斤。」

一些當家的聽到喊聲紛紛趕到。大夥來自田間，個個肩上都扛著各式各樣的生產工具，大略走急點兒，透過解開鈕扣的衣襟，能瞅見裏頭胸脯的起伏；衣服褲子糊上許多黃泥巴，有的因扯草拔芽，僵硬的手指染上一層植物的綠漿。頭髮都十分蓬亂，鬢角兩邊掛著幾道汗跡，許多年輕媳婦的顏面骨上凍裂出一道道白色的口子。這些麻木粗糙的臉龐，往排在案上的鮮肉跟前一站，個個都笑得眼睛眯起。

可以這麼說，幾頭年豬一直是在人們的企盼跟關懷中成長起來的。平時在嚴家灣做活路、開會，離不了抽個空子鑽到豬圈裏，看看豬的長勢。親暱地摸摸牠們的頭，捏捏牠的腰，預測著過年時的油水的厚薄。日思夜盼的對象兒，這陣兒正以誘人的姿態呈現在大家眼前。大夥該激動的激動，該歡喜的歡喜，該笑的也就笑了，哪怕只是暫時的一瞬。

「若是一家一戶有這麼多肉該多好哇，天天吃、當飯吃也吃不完。」

「死人的眼睛——今生不輪（能）的，下輩子再說吧。」

「不要這麼貪心，有那麼半頭就阿彌陀佛了。」

「我不說多的，只這個坐墩（豬尾部上的肉），會過上一個好年。」

人們用貪婪的眼睛、貪婪的口氣，參觀似的，從外頭看到屋裏，從屋裏看到外頭。讓欲望在想像中氾濫，在想像中滿足。

當大夥發現四個豬頭都早已給打上了碼子，一時便議論起來了，聲音由小到大，情緒由溫和轉為激烈。

　　「每年的豬腦殼，好事幾個人得，不公平！」

　　「有個好處，手都伸得快，什麼毫不利己，專門利人，都是馬列主義當電筒——光照人家。」

　　「幹部有權，過個好年；群眾無權，乾瞪眼睛。」

　　「寫紙條兒，憑手氣——拈！」

　　我們把最後宰的那頭豬撂了，抬到板凳上橫好，等待殺豬佬過來分邊、下豬頭。蔡長斌正在為尋不到豬頭而氣憤，眼見一個豬頭還好好地長在那裏，急急巴巴地從刀籃裏摸出一把砍骨刀，拎起豬頭就砍。到底不是幹的那個行當，下刀下錯地方，把脖子上的肉帶了多長一截到豬頭上來。騷鬍子見狀，跑過來氣沟沟吼道：「什麼事都有個先後，蔡長斌，這是我的，莫亂來。」

　　「上頭沒寫你的名字。」

　　「什麼名字不名字，放血之前我就下了定錢。」

　　「定錢下給誰的？」

　　「我的就是我的，少夾生。放下！」

　　「你唱到說。」

　　「嗨，你個反革命子女還想翻天，真是不得了了。」

　　說話間欲動手相奪。蔡長斌此時如同一頭發怒的獅子，提起豬頭猛地往騷鬍子身上一擂，砸得騷鬍子倒退一步，罵道：「你個么姑娘養的，黃鼠狼揹鞍子——不是騎（欺）人的東西。今天讓你曉得個高下三等，先接你吃老子一刀再說！」一刀刺了過去，騷鬍子閃得快，飛步往刀籃裏尋刀，不著，順手抓起梃棍迎了上來。刀棍相交，好比鐵匠鋪裏打鐵，叮噹作響，砍得火星子直冒。一時間稻場彷彿變成了從前的校場，解交的不敢近前，可又怕傷了人命，個個嚇得手腳無措。嚴大金喊叫「住手」，可一個都不聽，嗓子喊破也無濟於事。滾在地上的豬頭，倒是異常冷靜，齜牙露齒，似乎在說：「你們打，誰個打贏了我就跟誰。」二人一進一退，手裏在打，嘴裏在罵，越打越兇。雖然談不上章法，力氣有得是：一刀刺去，寒光閃閃；一棍

掃來，嗚嗚生風。騷鬍子沒有注意腳下，踩到豬頭一溜，一個仰翻叉倒地。蔡長斌趁勢一個箭步，預備照腿一刀，千鈞一髮之際，我父親抱了束包穀稈子，打地窖裏點燃，舉起大火，往二人中間一陣亂搗；頓時火煙熊熊，有如諸葛亮火燒藤甲兵。據說水牛牴架是這樣，實在拉不開，便採用火攻。我父親活學活用，借得此法，好歹才將他們分開。

嚴大金板起臉，把這個瞅兩眼，瞅累了換過來把那個瞅兩眼，恨不得將面前這兩個傢伙連骨頭渣子吞掉。說：「癩子打傘——無髮（法）無天！動不動持槍搗棍的，國民黨的天下？土匪、紅毛賊？兩個人都給我寫檢討，扣五斤的口糧，會計把賬記好。豬腦殼我不要，讓給你們。大夥抓緊時間分肉！」

大家擠擠攘攘往肉案跟前湊，人叢裏突然冒出一個聲音：「少數人討好不行，我們也要豬腦殼！」

我父親猛然將手中的砍骨刀往砧板上一剁，向大夥聲明：「豬腦殼我不要，隨你們哪個拿去。殺年豬殺得個喜氣，鬧得刀殺人惡的，說出來真是個笑話。」

「蔡德成——真的不要？莫開玩笑。」

「男子漢說話算數。」

「好的，那麼我就要了。」

「不行！集體的豬腦殼，麻紛子雨，都灑點兒。」

剛預備開秤分肉，幾爭幾吵又亂起來了。嚴大金火從頂門心裏冒，大聲說：「總共五個豬腦殼，張三要，李四沒得；李四要，王二麻子沒得。服大家的心，乾脆些，四十八戶人家，給我剁成四十八坨，一戶一坨！」

「沒得意見！」

「舉雙手同意！」

我父親朝大夥發問：「肝子呢？」

「四十八坨。」

「心肺呢？」

「四十八坨。」

「板油？」

「四十八坨。」

「還有腸子？」

「四十八坨。」

一唱一和，這情景如同我父親在台上唱戲，觀眾在台下喝彩。頓時把個劍拔弩張的緊張局面，調和得異常生動有趣，老的少的皆歡樂起來，就連剛才還是個怒目金剛的嚴大金，這時也忍不住發笑。

那時候的豬肉七角二一斤，豬頭的價格正好是肉價的一半。一是經濟上劃得過賬，二是到了秤斤論兩時，同樣對半折。比如家有五口人，每人按二斤計算，須分肉十斤；分個豬頭儘管九斤，卻只抵四斤半肉的指標，照例還有五斤半的豬肉可分。人們沒管豬頭肉的油氣不油氣，反正堆頭兒大些，過年多啃得一口。爭來爭去沒有別的，說穿了，想的都是這點便宜。

事到這般，只好改變原來的分配方案；臨時增加許多刀斧手，剁的剁豬頭，切的切心肺，割的割腸子，忙成一團。

最後一頭豬子還吊在鐐環上由殺豬佬擺佈，劃開肚子，悠小腸的時候，把一隻豬尿泡摘下來，把給了他的一個小外甥。這「外甥」是個別隊的孩子，一隊的頑童不高興，想奪。兒童盼望殺年豬，吃年豬肉是其一，此外還想從殺豬佬手裏接過一隻盛有半包尿的豬尿泡。得到尿泡，拿到柴灰中一拌，踏上腳反覆搓，然後削支竹管往進吹氣，尿泡便會同汽球一樣膨大起來。這時最好放兩顆黃豆進去，拿絨線將口子紮緊，既可當球拋，又可當键子踢，黃豆在裏頭滾動，「咕嚕嚕」的聲音十分好聽。頑童們把那個「外甥」逼到稻場角裏，起先好像用嘴討，討不過來就動手奪，接著就打起來了。大人們注意力皆放在豬肉上面，小孩子貓兒鬥爪都不在意，直到那邊呼爹叫娘地號咷起來，人們才跑過去看。頑童們自知惹了禍，躲得無影無蹤；那「外甥」額上挨了石頭，鮮血直流，疼得在地上亂滾。殺豬佬一時間騰不出手腳，只好煩嚴大金喊了個勞力，揹著孩子到合作醫療室上藥——然後給家裏大人送去。

送走孩子，嚴大金回頭做副無奈的樣子，歎道：「他媽的個屄，今天撞到鬼天氣，狗子打架，人也打架，豬子流血，人也流血。加上個「四十八坨」，我也是快六十的人了，還是第一次碰到。」

案上的肉分三個等級，前半頭跟後半頭算一等，中間的五花肉算二等，最後宰的那頭小豬算三等。分的時候肥瘦間搭，各個等級都得割一點兒。殺豬佬下刀的時候非常謹慎，寸把遠一割，割下的肉一條一條的像剮的蛇肉。人口少的就窄得更加可憐難看了。我打碼子只能使用小楷，稍大一點就寫不下。

開秤之前，嚴大金派啞巴砍來竹子，劃成篾，將各戶的肉以及「四十八坨」，串蘿蔔乾兒似地串到一起。屋裏一面山牆上，有往年釘的老椿子，串好一戶，由專人爬上梯子，高高地掛到山牆上去。

讀者看到這裏也許有些糊塗：殺年豬，喊當家的攏來，就是要分肉回去，如何又高高地懸到牆上？且聽我慢慢道來。為壯大集體經濟，「小大寨」的頭頭們早已召開大會宣講了政策：年豬肉一律不准賒賬，一手交錢，一手提貨。當然，即使現實有活錢，也不許提肉回家，擔怕你拿到肉後，想油水提前「過年」。到臘月三十桌上無肉，上頭知道會挨批評，所以他們就來了這麼個絕門子卡人。

前幾天二隊曾發生過這樣的事情：二隊的隊長已經易主，換上的是個好人。殺年豬，大夥三句好話說軟了他的心，一下把肉放了下去。剛分走幾戶，事情讓大隊幹部發覺，硬是逼著他到群眾家裏把肉往回收。二爹病倒在床，肉一到屋蔡長林便割一塊煮。煮了兩開，正預備提前「過年」，隊長突然闖進門來，一看肉已下鍋，慌張中一邊作揖一邊求道：「我的小祖宗，煮不得，肉要收回。」長林說：「我爹幾天沒起床了，想肉吃，就煮了這點兒。」隊長猶豫會兒，走到二爹床前，問候幾句，滾了一股淚水，說：「這點兒你們吃，別人問，你們就說沒煮。」囑咐一番，將剩下的肉都收了回去……

嚴大金接受這個教訓，割肉、過秤、打碼子、穿串兒、直到上牆，皆指定專人負責。肉根本不落戶主的手，只是讓你攏來看個秤，心中有數兒就行了。

沒輪到分肉的，圍著肉案看，分了肉的，便站到屋裏看；外面看是看熱鬧，屋裏看便是看具體了。他們仰起臉，望著離地面一二丈高的肉吊，模樣兒比看升紅旗還要嚴肅認真：嘴唇翕動著，彷彿在記住自己的幾號椿子，

抑或把肉吊的形象深深做個印記；也許在乞求神靈，保佑今後能順利取肉回家，孩子、大人過年有頓肉吃。倘若是個掌管鍋鏟子的主婦，會相著肉吊「量體裁衣」，打量著既如何做得出菜，又如何才夠得到事……凡此種種。這些人眼神雖說黯淡，但心裏頭仍然混合著失望跟希望的光芒。

有兩副豬肝切的時候不過細，割破苦膽，膽汁滲到肝片上，苦得掉牙。分得的豬肝儘管只有鍋鏟子大，但一些婦女如同是弄壞了她整個的肉吊，哭喪著臉，額頭皺著，眉梢斜著；假使有人跟著同情幾句，她們一定會讓忍著的淚水嘩嘩地流淌出來。

「四十八坨」抵了我二兩的豬肉指標，只分得豬肉一斤八兩。殺豬佬一時沒有審準，多割一兩，嚴大金憐濟我，沒有扣去。啞巴跟我一樣，單人獨馬，跟他倆一同站在牆根下看肉。叫花子殺年豬——各樣的有一點兒。這句歇後語用在我跟啞巴的肉串兒上，實在恰當不過！望到肉串兒，我也產生些具體想法，預備將肉塊和肝子、心肺統統一鍋煮，就油氣可摻入蘿蔔，料想一頓是沒得問題。上次結算的公佈榜上，我的名字放在進款戶的行列裏頭，總計進七塊多錢。又因平時在隊裏秤了南瓜和一點煙葉，七合八雜早已扣光。肉要活錢取的，錢從哪兒來？我一下陷入沉思。

啞巴望著他椿子上的肉吊，先是伸了一下舌頭，然後把嘴角往下一拉，攤開雙臂，告訴我：太少了，怎麼辦？還得過。我也仿照他的姿式做了個同病相憐的模樣兒，彼此安慰一番。

這裏頭最不滿意和存在牴觸情緒的，依我看還是那些頑童。他們一大早歡蹦帶跳地來到這裏，觀看大人殺豬，想求個尿泡，盼望分年豬肉回家。眼下年豬殺了，尿泡無份兒，瞅得眼睛滴血的年豬肉皆高高地上了山牆。在他們心目中，一切都來得太快，一切都去得太快。整整的一天，孩子們跑累了，肚子也跑空了，希望接二連三地破滅，目標沒有了，腦殼裏白茫茫的一片。唯一的能切切實實感覺到的，倒是他們的腸胃正在承受著像病痛一樣的饑餓的折磨。瘋自然瘋不起勁，狂自然狂不起勁，跟早晨來時完全是兩個樣子：遠遠地縮在一邊兒，把指頭伸進嘴裏，摳著牙齒，快快發呆。大人辦完事情，呼喚孩子一路回去，他們本已聽到，可就是不肯答應。待大人尋到，拽著膀子往回走的時候，他們十分不情願地仍舊頑固地調過臉來，朝著掛肉

的倉庫裏張望。有的乾脆拒絕跟大人回家，一拉肘子一拐。大人摸不清孩子們的心理，加上分肉分得心煩，又沒個發洩處，於是劈臉就是幾巴掌。他們就張開大口，像遭受天大委屈似地號哭起來，哭得十分動情，也十分傷心。

事情終歸不是太壞：大梅子端著一筲箕「緊」好的血花走過來，人多的戶二至三塊，人少的戶一至兩塊——挨戶分發。這是一個緩解矛盾的極好契機，大人們將領取血花的這個權利慷慨地下放給了孩子，讓他們前去辦理。孩子們捧著血花，住了哭，顧不得揩掉臉上的鼻涕和淚水，乖乖地走到大人的前面了。

夜幕降臨，熱鬧一天的嚴家灣漸漸歸於平靜，彷彿什麼事情也沒有發生。

# 石碓聲聲

「三九四九，凍死豬狗。」臘月的夜晚不生火坐不住人，家家戶戶弄個樹蔸在火籠裏燒著。有針線活兒的，油燈照例要點；只是烤火，油燈休息。從透著黯淡的光亮的小木窗裏，會聽到裏頭傳出許多相同的對話：

男孩：「爹，肉幾時拿得回來？」

父親：「過年拿得回來。」

女孩：「媽，我的襪子又破又小，箍人，不熱乎。」

母親：「今年總得給丫頭縫件襪子，去年她名下的八尺布票沒用，今年再不能盡它過期。」

男孩：「媽，我的鞋子破了。」

母親：「叫你爹扯尺鞋料布，我給你做。」

父親：「爹不會造錢，爹會造錢就好了，包管讓你們個個滿意。學校放假還有幾天？」

女孩：「後天拿成績單。」

父親：「放了假上山挖黃薑去，看見柴胡、麥冬、薄荷都挖回來。若撿到乾柴，我打夜工揹上街賣。大家動手，好吧？靠爹一個人不行。」

這是溫和點兒的家庭，倘要碰到個火性子大的，聽到的那便是另外的一種情形了：

孩子：「爹，肉幾時拿得回來？」

父親：「拿不回來了。」

孩子：「過年——？」

父親：「過劫（節）！」

孩子：「襪子破了。」

父親：「打赤膊。」

孩子：「腳後根長個凍瘡。」

父親：「少嗲些，給老子自在會兒！」

小娃子望過年，大人望種田。倉庫裏掛肉的那一面山牆，像吸盤一樣地把孩子們的心皆吸引過去了。他們單知道過年是要吃頓肉的，只想早日把肉盼回家，下鍋煮，好過年。

我現在也開始發愁：以往，總指靠哥哥把兩塊錢，馬馬虎虎過個年。今年酒醉佬靠蚊帳——靠不住了，學校一放寒假，哥哥便直奔枝江完婚去了。

我們有個叔伯姑父，農校畢業後分配到枝江工作，時間一長，姑父便將姑媽從興山遷往枝江安了家。由於我們兄弟倆沒有屋住，本地說媳婦不消啟得齒，哥哥只好託姑媽在枝江介紹對象。暑假裏父親隨哥哥前去「過門」（男女初次見面），雙方相中，父親回來講得唾沫直噴：「枝江是什麼場子？駭天，一眼望不到邊的平原，再遠的路程，走路不蹺胯子，直起腿子往前衝，閉起眼睛不得栽跟頭。出坡——唉，出什麼坡？那裏根本就沒得坡——出工辦事，青一色的腳踏車。全部種棉花，吃國家的商品糧，上頓下頓白花花的大米飯，想吃顆包穀也吃不到。人家大地方，山旯旮哪裏比得！」

二爹聽父親一吹，迫不及待地跟我哥哥商量：「快點把事情辦攏，今後找個場子，把我們全家都遷移下去。我奈不何勞動，給孩子們瞧瞧門，總比一把鎖緊些。」這門親事取得我們這個大家庭的一致地歡喜。我同意父親「向外發展」的觀點，對今後的子孫有好處。

「要得發，不離八。」婚禮定在臘月十八，再過幾天就是正期。我們皆因經濟所困而不能前去相慶。後家無一個人，單靠姑媽一力撐著，我把目光從前頭的第四匹山上眺望過去，默默地把心願傳送到遠方，遙祝哥嫂婚姻美滿，相親相愛，白頭到老……

搞集體，一年三百六十日有事做，莫想閒一天。冬播洗了犁，留下一塊劣等地。一冬三個月就在那兒改天換地——造大寨田。俗話說：「拴得住人，拴不住心！」臘時臘月，都在急過年盤纏，哪有心思放在大寨田裏！走不能走，只恨一天望不出頭。捱到晚上，隊長一聲「放工」，大夥狼群似地散開，各自奪路回家。

人們往家中一走，迅速進入到一種自覺、緊張、繁忙的狀態，壓抑了一天的生產積極性，一下子全部給煥發出來。

男人們撿起揹子打杵，藉著傍晚的薄暮朝山上猛爬，山上有孩子們砍的柴禾等候他們去揹。他們背上壓著一二百斤的柴捆，不打火把，吭哧吭哧地從那蜿蜒曲折的小路上摸黑下山。到家的柴捆就不用卸了，將它們安置在門前的稻場坎上，第二天天不亮，接著揹上街賣。

女人們提起筐子、剁刀，到園子裏砍一堆白菜，或者剁上一筐子菠菜跟芫荽。打夜工將菜剔乾淨，使棕葉紮成一子一子的。明天趕早揹進城去，悄悄上給單位食堂或者是飯館裏。無論貴賤，變一個錢是一個錢，比死困的要強。

糞爺照例在稻場坎下經營著糞堆，伸開他笆子一樣的手掌，滿地裏抓耙。收攏的草草渣渣一會兒就變成一股青煙在灰堆裏冒起來了。跟手提上糞桶，到茅廁裏舀來幾瓢大糞，一邊往灰堆上潑，一邊動手拌，然後將拌好的灰糞拍成一個圓堆。忙活停當，像完成一個滿意的作品似的，直直腰，拍打著手上的糞土，退後一步，笑眯眯地對著糞堆看。

我無菜弄、無糞弄，無法參與到繁忙的人群當中，乾急無奈，成了一隻熱鍋上的螞蟻。蔡長貴被推薦到武漢水利電力學院上了大學，寒假他從學校圖書室給我借了一本浩然的《春歌集》回來。如獲至寶，可就是讀不進去：字的背面浮著肉吊的影子，忽閃忽閃跳來跳去，叫人好不心煩！

這陣兒，不知颳的什麼風，把蔡德楷給吹進我小屋裏來了。他進門無頭句·二句，神神祕祕地壓低了嗓音跟我說：「揹石膏去。憐濟你造孽，錯不錯，好歹在一起工作一段時間。」說到「工作」二字，他忍不住一笑，接道：「莫做聲兒，也莫差別人，天黑出發，到蔡長斌那兒會合。」

這陣兒我倒覺得天暗得太慢，待夜幕稍微濃了一點兒，認不準人頭兒，便揹起揹子、打杵，三步兩步溜出了村。摸下石膏溝，他們早已到了，等蔡長斌換草鞋。換完草鞋，大夥欲出門，發現梨樹底下豎個黑樁。狐疑間，黑樁移動過來，藉著屋裏燈光細瞧，是聾子爹。蔡德楷狠狠瞅著他，就像狗到了不要牠去的地方所遭到的白眼一樣，然後回頭責問大家：「是誰叫的他？」

大夥都說沒。

蔡德楷湊近聾子爹的耳朵，聲音又不敢放大，埋怨道：「你來搞啥兒的？」

聾子爹慢騰騰說：「你們搞啥兒我搞啥兒。」

「回去！黑更半夜的摔死了誰個負責？」

「我自己來的，摔死了不要半個人負責。」

「大家聽見了嗎？走！」

一九五八年公社開發石膏廠，順卡門子那兒修了一條棧道直通石膏溝。棧道極其險惡，上頭是崖，下頭是崖，與對面的鷹屋崖相崎相逼，使陡峭的溝谷越發狹長幽深。從窯灣溝、山楂溝匯合的溪流，山高水急，洶湧的飛瀑落進深潭而引發出的低沉的轟響，有如萬石滾動，在崖壁間迴蕩。加之雄山蔽日，峽風慘慘，人入棧道，背心發麻，眉毛直豎。小時候砍「廂條」賣，自走過這條棧道以後，曾做過無數次噩夢，到至今還在因懼怕掉進深淵而夢裏「打張」（驚叫）。

工人早已將石膏開採出來，一百、二百、三百斤的石膏塊成山成嶺地堆著。揹石膏不消帶得揹筐，抬一塊跟自己的力氣相對應的石膏到背上放穩，就可走路。揹石膏掙錢，依各人的心思，恨不得連石膏廠揹起。但走夜路可得當心，滿載搞不得，揹三百斤的只能揹兩百斤，須抽出百把斤的力氣應付不測。譬如打個趔趄、下一步高坎、踩虛一腳等等，要制得住。

臨走前蔡德楷向大夥囑咐：「走棧道要小心，少更一步，多打一杵，盯到腳下，消緩點兒。我當開道，聾子爹跟著我走。」

大夥在黑暗中走成一串兒，負在人們身上的揹子，在巨大的石膏塊的重壓下，隨著移動的腳步，咿嚦咿嚦有節奏地呻吟著。視線裏，四周都是黑洞洞的，腳下的路也只能是一線模模糊糊的影子。黑夜中溪水的喧囂比白天大得多，就同地獄裏群鬼在熱鬧歡騰，聽上去格外恐怖。我們的雙腳彷彿踩在人跟鬼的分界線上，緊張得腦殼似乎隨時就會開炸。

長斌在我的前頭，好在他今天套的一雙灰白色的山襪，同兩隻兔子恍恍惚惚在我的視覺裏跳動。影子抬高，提醒我預備上坡，影子下沉，提醒我預備下坎。大家相距約略四五尺左右，既不能逼近，也不能拉下，眼睛打不得半點花雜。稍有不慎，石膏連人掉進深淵，那可不是五馬分屍、八馬分屍就不得止。

沒有一個健康的體魄，混在揹腳的隊伍當中簡直是活受罪。每當我行進到半杵路的時候，喉嚨便有如雞毛掃的發癢，製造出一種解鋸似的哮音；

肺部裏像塞了坨濕棉絮，憋悶得難受，恨不能打胸口那兒鑿個窟窿，好替代我的喉嚨出氣。氣力漸短，背上的石膏卻越來越重，骨骼在重壓下一分一分地萎縮；熱血往上奔突，腦殼膨脹，眼珠子幾乎快要打眼眶裏彈跳出去。父親曾告訴過我，假若背上負著滿載的重量，就只能按照上七下八平十一的步數來走（即上坡七步，下坡八步，平路十一步），各為一個極限。承受能力一旦達到這個極限，必須停下來歇杵，「哎！」的一聲大喊，吐出淤積在胸中的悶氣。否則會熱血迸心，當場完事。無論平路跟下坡，我們大約更上二三十米的樣子，就得將杵子支到揹子的腳肚上打一杵。這當兒，我連呼幾口大氣，一時間，骨頭、骨節彷彿回復原位，眼珠子也歸到眼窩裏了。

走完棧道便到了卡門子那兒，大夥不知是駭是累，個個頭髮尖尖上都是汗。這時有人開口說話了：「連打杵就不敢『哎』，只怕真的在做強盜？強盜可是吃不起這個苦的。」

蔡德楷接道：「這會兒可以大膽地『哎』了，沒得人聽得見了。」

大夥放鬆下來，歇杵緩氣，這當兒，坡上突然傳來一聲叫喊：「好哇，蔡德楷帶頭搞資本主義，今天讓我捉個活的。統統把石膏給我卸下來，懲半個月的口糧，一個就跑不脫！」

蔡德全膽子向來就小，禁不住嚇，頓時雙腿一軟，石膏掉到地上。惶恐中，那邊卻傳來嘟嚕嘟嚕的怪笑。過細一聽，原來是村中一幫賣柴的傢伙，一時間大家驚中轉喜。隊伍中有人以說唱的方式，把話從黑暗裏傳遞過去：「送郎送到黑松林，碰見個老巴子直在哼；叫聲老巴子你莫哼，你偷豬子我偷人，我們兩個都莫做聲。」

歌聲把坡上坡下的揹腳子，逗得一起在黑暗中發笑。

下陡城是進城的最後一道難關。

說陡城的確是陡，有人把城牆的石頭挖走，剩下一溜土坡，在夜色的籠罩下，我們緊張到了極點。先把杵子伸出去探路，掛穩當，肘子用力撐住，然後拿腳出去。憑感覺這一步沒有踩虛，再動第二隻腳，一步一步的艱難地移動著。此刻倒不光渾身出汗，手中的杵子也同樣浸滿汗水，滑嘰嘰地握不牢實。我真擔心自己一腳踩虛，傷了自己事小，砸了別人事大。

虧蔡德楷搞事過細，喊叫大家不能慌張，將白天預備在杜仲林子裏的乾

草柯摸摸索索地搬了過來，放到最難走的一段陡坡旁邊，劃火柴點燃。在紅紅的火光照耀下，我們的步子一下拉開了，一個接著一個地下坡進了城。

村裏興無滅資搞得那麼徹底，階級鬥爭的弦繃得緊緊的，弄得人人自衛，而在這茫茫的暗夜裏，我們卻享受到保留在人間的一點兒最低溫度，心情便特別地激動。看得出來，從通知大家揹石膏的那一刻起，每一個人的安全皆繫在他的心尖上了，事事處處無不表示出他對大家的細心關照。此時此刻，我想大夥都會跟我一樣，內心深處充滿了對蔡德楷的感激之情。

可是，到了我們揹第二趟的時候，意外的事情還是發生了。

照顧老傢伙，大夥首先服侍聾子爹，抬塊石膏到揹子上。聾子爹一時來了點兒勇氣，將肩膀抖了兩下，說：「蔡德楷，還給我加個上十斤，十斤也是六分錢呢。」

蔡德楷嗔道：「不行，重不加斤，夜裏背腳招架出拐（出事），你走！」

「我承得起，加點兒，加點兒。」

蔡德楷在夜裏中朝聾子爹瞅著，見聾子爹不肯甘休，只好摸塊石膏片兒給他磊了上去，順口嘲諷道：「加了這塊石膏要發財的，我看到！」

約莫半夜，大夥正行至棧道當中，猛然聽到咕噔一下，接著便傳來「轟——嗵——砰——」石膏飛速下落時與崖石相撞的滾動聲。大家頓時魂飛魄散，起先想到的是某某同伴的命已經盡了，待天亮以後，將提著布袋到溝中收屍……黑暗中，噴嘴的、歎氣的、驚叫的，一片慌亂。有人眼尖，忽然發現崖頭柯子跟前有團東西在那兒蠕動，大夥趕緊手牽手地將那團東西扯了上來，發覺是聾子爹。他發急症似地渾身抽搐著，哇——哇——大口大口的嘔吐，吐出的東西灑到地上，淅瀝有聲。有人劃燃火柴一看，老天爺，從聾子爹嘴裏噴出來的口口是血！鮮血接連不斷地落到地上，漫過石子，一團黑水似地順路流淌，流到缺口處，往外一偏，掛到崖石上了。大夥都駭得呆起，拿不出任何的搶救措施，扶住聾子爹，聽到他吐。

看樣子，聾子爹身上的一點血大約吐乾，才漸漸平息下來。蔡德楷命令我們抬著聾子爹往醫院裏送。聾子爹一時好比死亡前的掙扎，在大夥懷裏亂蹬亂彈。蔡德楷把嘴拄到聾子爹的耳朵邊大聲說：「送你到醫院！」聾子爹發著微弱的喘息，擺手，示意要大家調頭——往家裏抬。蔡德楷叫大夥莫聽

聾子爹的，不調頭，往醫院走。聾子爹橫了腸子，又是一陣亂蹬亂打。棧道上做這麼大幅度的掙扎十分危險，沒有辦法，蔡德楷委託蔡長斌把大夥的揹子、打杵帶回到他的家裏，其餘的只好抬著聾子爹朝回爬。

一路上，我們大氣不敢出，像一群幽靈，從坡下往坡上移動。聽到的只有高一腳、低一腳的著地聲和喘息聲。此時，大夥一個心眼兒，乞求菩薩保佑聾子爹平安無事。假若聾子爹萬一逃不出來，我們會跟著遭殃，一個、二個將成為「資本主義害死人」的反面教材而受到嚴懲，興許都活不出人來！於是便有些擔驚害怕了。

……

年緊歲逼，這段時間，人們都在月母子賣屁股——想苦法掙錢，嚴大金跑大隊裏也在為大夥爭取掙錢機會。

大隊開家炭廠在回龍寺，出一色的焦煤。將焦煤從回龍寺運到縣焦煤廠，有五六里山路，運費是五角錢一百。炭廠出煤量低，即使出點兒煤也得由全大隊四個小隊輪流地揹，一年大概輪得到兩三回，每人一次至多能分配到三百斤。我跟啞巴倆在這方面受到一些優待，能分配四百斤，這次我分了六百斤。

分配的指標一下達，當時心裏便湧動著一種說不出的歡喜，腦殼裏迅速啟動計算程式：六百斤炭，六五三塊，加上三百斤石膏，三六一塊八，完點稅，到手四塊五沒得問題。我想，既然有了這麼多錢，要把年豬肉從倉庫的牆上請到我的鍋裏，可以說是雞蛋放進碓窩裏——穩當當的了。

搶時間，揹炭一般都是趕早，無論夏天、冬天。

那天我剛剛沿著山樑往下走，打杵的吆喝聲早已震破了山谷的寂靜，人們背著沉重的炭筐老牛負重般地迎面爬上來了。為首的一個是蔡長春，我滿腹狐疑地問：「老哥子，放著近路不走，怎麼順老路往上走？」

蔡長春氣咻咻道：「脹些飯無屌事，下頭的路讓劉功修堵住，不准打那兒過。」

「為什麼？」

「走近路怕焦煤廠曉得了，會降力價，還說這是為大家之好。」

「好？好讓大家多走幾里路，好讓大家爬這架上坡，好讓大家多出幾身臭汗！」

「他躬起個腰站那兒，像個老猴子，撈也不敢撈，闖也不敢闖，一闖就是禍。」

後面的隊伍跟上來了，我望著這群敢怒不敢言的汗涔涔的同類，肚子亂得拱包，心裏惱得滴血，痛苦至極，忍不住吼道：

「老哥子，莫怪兄弟說你，真是個母狗子喊春（發情）──無狗乜粑用。假若他焦煤廠曉得我們走了近路，我們可以跟他談。萬一談不攏，再爬坡不遲，世界上再也沒有我們這等的愚蠢傢伙。願意走近路的就跟著我走！」

這時有人附和道：「你們這是自作踐，走近路去，看他劉功修把老子吃了剮了。」

一到炭廠，我就進棚子找把崖斧，將砌在路口上的石頭撬掉。劉功修臉上黃蠟蠟的，同開水燙了似地跳起來，指著我說：「出了問題你負責！」

「我負責！」

他不停地上綱上線地嘮叨，我並不跟他多說。這時我么爹來了，聽說劉功修堵路，鄙夷道：「何必積點兒德！堵資本主義的路是這麼堵的嗎？這條路是老子開的，大夥只管走，誰個再堵路，一揹筐炭劈他身上一倒，砸得他稀屎兩頭潽。」

要說，這條路的確是我么爹開的。

炭廠開在峽谷的底部，順著峽谷往出走，大約三四百米便是一條上回龍寺煤礦的公路。谷底水流曲折，怪石嶙峋，卻並無兇險。揹腳子最怕爬上坡，為解除這一困苦，么爹突然想到要冒一次險。平時揹二百斤的，那次他只揹一百多斤，便順著山谷往下闖。挖炭的五六個工人剛剛鑽出洞子，像一個個小鬼立在煤坎上喊著我么爹打賭：「蔡德坤，你今天能闖出個門路，大夥湊錢買塊紅雙喜的花匾給你掛起。」他們待著不動，想等著我么爹回過頭來認輸。其實不然，他早已闖出峽谷，一路往焦煤廠去了。正如魯迅先生說的「地上本沒有路，走的人多了，也便成了路。」

我么爹是個偉大的探險家，不知為大家節省了多少時間、多少力氣、多少汗水，這樣的好事，竟遭到劉功修的刁難，真是可憎而又可笑。實際情形是怎樣的呢？這條路一直走到炭廠垮，一直走到集體散，幹部們擔心焦煤廠

降低運費的事，卻始終沒有發生。

大家爭得走路權，都十分興奮，揹了一趟開始吃早飯。

炭廠裏一年四季有大火烤，結滿吊塵的窩棚熱鬧異常：有的在用鍋兒熱飯，有的守著銅罐煨飯，有的將粑粑高頭澆些水，立在火邊上烤，有的嫌麻煩或等不及的，不管冷的熱的往嘴裏餵……動嘴的跟動手的，一片忙碌。

揹炭的活路繁重而艱辛，況且是直接給家裏掙錢，自然就顯得特別偉大。平時不吃中飯的，揹炭可是少不得要吃。不光要吃，嘗活兒都滿好：夏天裏麥子麵粑粑，冬天裏包穀漿粑粑。口說這頓把兩頓粑粑，倒也來之不易，全家人口攢肚落一大向才省得下來。我食口少，沒人幫我節約，揹炭再苦，也吃不成粑粑。床底下我儲有十多個、個個都不下於兩斤重的紅苕。這傢伙從地裏挖起來，生吃木渣渣的，一入冬，變得又脆又甜。我摸了一個出來，一邊掂量，一邊尋思：趕早揹炭須帶兩頓的乾糧，手中的紅苕一頓吃不完，兩頓又不夠，根據我的吃糧水平，決定帶一個正好。

這時我取出紅苕，找到菜刀，一切兩半，預備早晨一半，中午一半。啃了兩口，碰到么爹進來。他手裏端著一碗飯，見到我手中的紅苕，說：「揹炭恁麼苦，吃生苕管得屁大一會兒。來，招呼把飯煮熱，兩個人吃，我去裝炭。」

鍋兒一下搶不到手，等了會兒才輪到我。熱飯時想增加些分量，便餵了半瓢冷水進去——煮湯飯。這陣兒發覺窩棚的一角放著個癟肚子油桶，高頭落滿炭灰，結上厚厚一層油甲，裏頭盛了半桶蠟油（烏桕樹籽榨的油）。挖炭的手裏提把油膩膩的亮壺，裏面裝的就是這個東西。工人們弄它烙粑粑吃我早有所聞，開大會曾點名批判過，說誰再吃蠟油就是破壞學大寨，懲三天的口糧。劉功修管油管得緊，工人一個班發一壺兒，發完便鎖著。今天他來廠裏堵路，有點兒疏忽，連桶蓋也忘記蓋上。我有好一向沒有看見過油珠珠兒了，想油吃想得心裏發慌。趁人不注意，以極快的速度，拿勺子剜了一坨，燜到飯中一起煮。

那東西真叫好吃，比香油煮的飯還要香，我同么爹交口稱讚。兩個碗裏分的一般多，么爹卻往我碗裏勻些，說：

「你吃飽，我壓個饞就行了。揹上這一趟，就去養豬廠裏撿糞，一會兒

又是中飯。中午你去不去？去我打碗飯等你。」

「不去，揹子裏有兩塊紅苕；今天想把六百斤揹完，了一件事。」

肚子裏進去食物，就同輪胎充了氣，人格外地硬紮。一趟揹下來，肚子裏似乎還有點貨，接著揹第三趟。不料，第三趟揹到半途的時候，渾身作起怪來：開始肚子暈暈乎乎的疼，裏頭轟隆轟隆翻江倒海似地折騰，想吐，可吐不出來；漸漸地由下到上，感覺胸悶，口乾，頭昏腦脹。我突然體味到，小時候燒油桐果吃的那種難受滋味兒重新回到了我的身上，折磨得我難以忍受。背上揹的好像不是炭，是一匹山，走出丈把遠就得歇一杵。揹子系似乎也不是篾編的，跟鋼絲差不多，吃進肩膀裏，針扎一樣疼痛。大顆顆汗從臉龐匯集到下巴上，趕點兒的往下滴。口渴得要命，奔到喬家坡，路邊有口水井，水涼得割嘴。我伏下身，把嘴拄進水裏，大口大口地喝。

這時候蔡世明走過來了，他是蔡世瑞的堂兄。蔡世明身材偏矮，經常穿件洗得發了白的藍咔嘰中山服，如今雖步入花甲之年，倒顯得有些矯健。他的左眉上方長著顆包穀子大的肉痣，從那略帶方形的臉龐上，以及那雙充滿溫和和仁義的目光裏，我們可以看到他內心的正直和忠厚善良的品行。聽祖母講，從前在縣衙裏辦公事，碰到蔡家埡的人，不管老的、少的，趕街的、撿糞的，他總得停下來，禮恭畢敬地叫一聲；倘是晚輩，便省去姓氏，單呼其名，特別親熱。一九五三年到沙洋勞改，一九七三年回來，二十多年，他對人照例還是那麼真誠實意。

蔡世明揹炭用的不是揹筐，是一隻裝豬草的小提籃。冒過籃沿的炭末，使手掌拍得光溜溜的，像個黑饅頭，看樣子總共不過五六十斤。可他照例用了副揹腳的架式，將指頭粗的一根土楠木的杵子斜斜地抱在胸前，一步一步，在山路上慢慢移動。

他首先跟我打招呼：「冬天裏少喝涼水。臉上怎麼沒有顏色，病了嗎？」

我咕咚吞下嘴裏的涼水，站起來應道：「明爺，沒病，可是……橫直想吐。」

「早晨吃的什麼？」

「湯飯。」

「摻的啥兒？」

「摻半瓢冷水，還有一勺子蠟油。」

「蠟油怎麼吃得？」

「炭廠的人吃蠟油不是滿好嗎？」

「唉，你不懂，人家吃蠟油是講究方法的：先把鍋燒紅，放進蠟油，熬會兒，滴兩點清水一潷，讓蠟油的煙子跑些去，再用來煮菜吃，但不能放多。你是怎麼吃的？」

「燜在飯中煮的。」

他「哦」了一聲，笑道：「難怪難怪！不過不要緊，出點汗就好了。走，我倆一路。」

跟老年人揹腳我倒顯得有些急躁，他說：「從前的揹腳子說：『早晨三杵慢慢悠，晚上三杵趕棧口』我們也不趕棧口，只管消停些。」

起先我祖父跟「花屋」裏關係相處不錯，他們一家人的大剪小裁全由我祖父上門去做。土改那會兒，將他們一家掃地出門，在崖屋裏安身。我祖母烙些包穀漿粑粑，假裝上山砍柴，悄悄給他們揹去。這事我祖母時不時講，所以我們見面，儘管輩分懸殊，卻感到十分親切。

這時我忍不住問：「明爺，家鄉這麼苦，您到底回來搞啥兒？」

他微微歎道：「說來話長，國家要開辦一個江漢油田，地盤占去了，農場撤銷，所有人員，哪兒來的哪兒去。上頭的命令，由不得自己，只好捲起鋪蓋捲兒回老家。」

「吃米吧，農場裏？」

「吃米。」

「吃得飽嗎？」

「吃飯不成問題。」

「明爺，我在街上撿糞碰到一位釋放的右派分子，大家都叫他王老師。我跟他進行了一番辯論：我說『你們勞改分子比我們當農民的還強些。』『怎麼會強些呢？至少你們是自由的。』『有什麼自由？我們從家裏走到地裏，從地裏回到家裏，在一兩個平方公里的土地上挖田、耕地、下種、揹糞、收割……周而復始，一天看不見人影兒，便懲你的口糧。大話不敢說，大氣不敢出，掙個吃鹽點燈的錢得偷偷摸摸，一年上頭像繩子捆的，你說我

自由，我的自由在哪兒呢？」王老師悶著不做聲，接著我又說：『單說口糧，你們吃了上頓不愁下頓，從地裏回來，拿起碗往食堂裏一走，熱飯、熱菜端起就吃。我們不行，放工以後，首先看罐兒裏有不有麵，再看園子裏有不有菜，有，糊一頓，沒得，該餓。另外，聽說場裏給你們發牙膏，發肥皂，發工作服，鋪蓋破了可以交舊領新。有個傷風感冒，到醫務室免費看病，簡直是國家幹部的待遇。』事實面前，王老師不做反駁，倒說：『勞改的名譽不好。』我說名譽是個什麼物件兒？你把飯我吃飽，供給生活雜用，不管你安個什麼樣的名譽，毫不在乎。王老師望著我苦笑，到後服輸了。」

　　我的敘述，彷彿勾起了明爺的往日舊事，他禁不住陡然一聲長歎，說：「什麼叫勞改？說給你聽，我回來才算真正的勞改！活了五六十歲，從來沒遇到過這麼艱難的日程，連幾塊錢的年貨就拿不回來，說出去真是醜相人。」

　　「醜什麼？一點兒就不醜。」

　　「……」

　　我好像把話說得有點兒齊頭，對方不好接口，於是二人皆陷入到沉默裏了。

　　正巧，從身後的峽谷裏，一首山歌駕著寒風在低空飄蕩；歌聲如泣如訴、淒涼悠遠，沖淡了我們的沉默。

　　　緊口揹子把肩磨
　　　翻山越嶺又爬坡
　　　汗水浸濕打杵窩
　　　眼淚打從肚裏落
　　　……

　　我肚子漸漸鬆了，只是口乾、頭暈。渴起來不敢過量地喝冷水，便到溝邊的一塊青石上坐著，一面看溪水流淌，一邊連皮帶肉地啃生苔。

　　嚴大金領著大梅子、小梅子、三梅子加入到揹炭的行列。她們也在吃中飯，好好兒的，三姐妹忽然逃避瘟疫似地一起往溝邊跑來。我調頭望去，原

來是拖炭的工人拖著幾百斤重的炭筐，腳蹬手抓，狗一樣從洞裏鑽出來了。人們把挖炭的行當比喻成「吃的陽間飯，做的陰間活」，情形的確如此。拖手們如同地獄裏爬出來的小鬼，糊得分不清鼻子、眼睛，只看見從嘴裏吐出來的一團白氣。他們什麼也沒穿，只是在小肚子下頭遮了片棕衣，一屈腿，一邁步，裏頭什麼子都看得見。

三姐妹用溪水洗手，再掬起來洗臉，然後各自從揹籠裏取出小花襖披到身上，捧個黃金金的包穀麵粑粑，跟我一樣坐溝邊吃著。

望著她們姣弱的身子，聯想到那無情的揹子系深深地勒進肩膀上的嫩肉的情形，心中湧起一股說不出的滋味。我想，這是陽光下的罪惡，嚴大金的殘忍，統統該受到譴責。

大梅子朝我走來，問：「臉上怎麼白煞煞的？」

我不想扯謊，可又不好意思開口，忍了會兒，坦白道：「煮早飯，把炭廠的蠟油吃一勺子，鬧得我腦殼到這陣兒還是悶的。」

「不省事，三歲奶娃兒，抓到什麼就往嘴裏餵。叫我說，要鬧就鬧好，看二回還亂吃不亂吃！」

面對大梅子善意的批評，我沒有力量跟勇氣反駁，心中卻如同吃了蜜的好受。不知因什麼使然，我突然討好似地跟她說：「你不揹了，我替你揹一回。」

大梅子也不回答，望著我笑。我叫她莫笑，我說的是真話。大梅子說：「我笑我正想給你帶點兒，還沒開口，倒讓你搶先說了。難為你一片好心，我們的數字不多，這一趟鬆活。」

我說我也是一樣。緊接著，大梅子要用粑粑換我的苔吃。我說：「半邊苔沒動，你吃，粑粑我不吃。」

「不吃粑粑，你的苔我也不得吃。」大梅子將粑粑一掰兩半，遞過來，壓住嗓子命令道：「拿起，盡人家看見好說！」

我故意裝呆：「人家說什麼？」

「你說呢？」

「謝謝，我不餓。」

「看你強。」大梅子紅著臉龐兒，百般嫵媚的目光朝我一瞥，拿起半張

《宜昌報》將粑粑包住。往我身上一塞，回到原來的位置坐好，換了副正常的嗓音跟我聊道：「今年過年沒有伴兒吧？」

突然的這麼一句，真的使我糊塗了一陣兒，半天才醒悟過來，原來她指的是哥哥去枝江的事情。我故意不跟著她的話走，卻說：「有伴兒。」

「哪個？」她問得極快。

「你就是我的伴兒。」

這本當是個非常嚴肅正經話題，平時不好啟齒，這陣兒她送到我的嘴裏，我也就使用極其隨和的玩笑方式給表達出來。她也不望我，卻背過臉去，只看得見她白皙的脖子和耳根。

「我們不配給你做伴兒。哥哥今年結婚，兄弟遲早也是枝江的女婿。」

「山旮兒的姑娘就配不上，平原的姑娘更瞧不起我們這些山莽子。」

「老輩子說的，姻緣相對，榔頭打不退，什麼事命裏都有安排。」

我一時把不住她說話的方向，答不上來，覺得十分難堪。小梅子非常懂事，把三梅子叫到她的身邊，吃粑粑、撿石子打水玩，彷彿要騰出空間交把我跟大梅子倆支配似的。可遇到無話可說的時候，又覺得小梅子多事，倒希望她們三姐妹坐一塊兒才好。

望著眼前擁擁擠擠、曲曲折折的溪水，我的思緒也隨著它們流淌到香溪、長江，一直流淌到遙遠的枝江。我把嫂子設想成一位能幹賢慧的女人，把枝江設想成富饒無比的天堂。我甚至胡亂想到，正如大梅子說的，做枝江的女婿，有一位漂亮的女子在等著我去求婚……

……

「臘月二十七，要錢用得急。」蔡長貴雖然上了大學，可家庭困難照例是一如既往。為弄點入學的生活費，想不到法子，蔡德陸批了三千斤石膏他揹。頭天晚上他來到小屋，請我和蔡長斌、蔡德金給他幫忙。有什麼說的？為朋友，義不容辭。清早我跑過去跟蔡隊長請假，走到嶺上，碰見嚴大金從嚴家彎上來。他站在嶺上，雙手叉腰，張開老蒼蒼的嗓門望著村裏叫喊：「今天上街換過年米──每人兩斤──包穀自帶。第二件事：吃晚飯了打夜工到倉庫裏取年豬肉──拿活錢！」

聽到通知，我想：揹石膏、換米反正都得上街，可兩頭兼顧，請假的事

就不消開得口了。

　　給蔡長貴揹石膏送到縣生產資料部，揹的石膏倉庫保管員不准我們亂倒，怕把水泥地砸壞，硬要我們用手抬著往地上放。蔡長貴的力氣依舊沒減分毫，一塊石膏三百多斤，從揹子上頭往下抬。我力氣單，一下制不住，將左手的食指給砸破了。當時有一塊淡黃色的肌肉打傷口那兒擠了出來，眨眼工夫，就被湧出的鮮血染紅。對這樣的創傷我們都很有經驗，一把死捏，跑到醫院上藥。

　　上完藥，醫生囑咐我不要打濕水，防止成凍瘡。我心裏說：「凍瘡倒不怕，只怕成破傷風。」因為前些時殺年豬，頑童們爭尿泡擊傷的那位「小外甥」，一時沒注意，染上破傷風，眼下還在醫院裏治療。兩條趕仗狗舔血咬架，不知是不是破傷風引起，「白花」已經死了，所以有些顧忌。

　　我把受傷的那隻手揣在懷裏，開始還是個木的，一會兒恢復知覺，揪心的疼痛。背石膏出了汗，浸濕的內衣貼著背心，冷颼颼叫人直打寒戰。這樣的症狀容易引起支氣管炎的復發，但一時又找不到乾衣服替換，心裏十分慌亂。路過東城飯館，看見伙房外面的灶洞裏有火星往下漏，我趕忙把襖子的下襬翻到頭頂上，蹲著退進灶洞裏，讓背心貪裏頭的熱氣。巷子裏來來往往的行人，有的用迷惑和猜疑的目光掃我兩眼，我趕忙把頭一低，望著地面。

　　石膏是不能揹了，揹子系往肩上一箍，指頭跳連跳地疼，我只好過西頭去換過年的米。

　　今年換米特別嚴格，多一兩就不行，我跟啞巴倆想特殊也搞不成。

　　拿著柚子大坨包穀趕到糧管所，一幅亂哄哄的場面直入眼簾：開票的大廳裏，平時就被那些持有商品糧本本兒的城裏人列著長隊，今天卻摻進了許多揹著揹子、打杵的農民兄弟。這些人力氣大，嗓門高，擠在最前面。一溜安著櫺格的售票窗口，大約有幾百隻螃蟹爪子一樣堅硬的大手，捏住一點錢、票，直挺挺地僵在那裏。售票員開完一張票據，那些僵手突然一陣亂晃，晃過之後又重新僵著。他們身上散發出難聞的汗氣，車身動步，不是揹子掛了人家的衣服，就是插在揹子裏的打杵磕了某某的腦殼。倘是農民，彼此諒解，遇到城裏人，嬌氣不過，像辣胡椒，嘴裏不乾不淨，於是就吵起架來。

看樣子今天有好幾個大隊進城換米，尋找半天，才在外頭的台階上找到我們的隊伍。他們都一層層地坐在台階上，男人們吃煙、吐痰，女人們永遠沒有閒的，抽空取出鞋底子納，不吃煙、不納鞋的就東張西望。

目睹這些可愛的鄉親，神情是那麼疲憊，臉上黑裏帶黃，頭髮如一叢茅草，穿在身上的補巴衣服和腳下沾滿黃泥的草鞋……這一切放在田間土道上皆十分配色，可一旦入城就顯得不是那麼順眼、那麼和諧了。它們在我靈魂的深處發生著強烈的撞擊，潮水一樣掀起不息的波瀾，極容易使人聯想起歷史教科書上均貧富的口號。

好多人開始焦急，這麼持久地等待，興許天黑還坐在街上。

蔡德陸爽腳爽手地走過來，指頭上夾根紙煙，說跟糧管所的主任交涉：各小隊把包穀收攏，會計記賬，出納收錢（每斤包穀找四分錢的差價），上交總數，然後按總數把米調出來，再一斤一斤地到戶。蔡長春一聽屁眼兒裏就是火，怨道：「搞半天，猴子不轉圈，多打一槌鑼。既然這樣，集體怎麼不早點兒拿人統一換回去呢？今天臘月二十七了，把這些人盤街上賣相！」

蔡德陸說：「怎麼搞嘞，公家上的事由不得我們。莫發火了，耐煩些，按我剛才說的搞。」

於是間，大隊長喊小隊長，小隊長喊會計，會計喊群眾，以小隊為單位聚攏。人們亂竄起來，急性子慌不擇路，打坐在身邊的人家頭上跨大步，絆翻了揹籠，袋子的包穀撒了一地。有的踩疼了人家的腳頸子，呻吟、喊叫、埋怨、吵嘴聲此起彼伏。

蔡家埡原先有部分水田，秋後割了穀，一戶分點兒稻草打草鞋、墊床鋪（稻草墊床既軟乎又暖和），秤幾斤米過年，滿好。然而要學大寨，水改旱，坐那兒吃飯，統統改成梯田。如今既沒看見有人坐那兒吃飯，也分不到一顆米過年，只好進城求爹爹告奶奶，找糧管所換個斤把兩斤，實在是找下賤受的！

過年米總算從街上換回來了，人們心裏停當些，吃過晚飯，接著去倉庫裏取肉。孩子、大人都覺得這是最後一道關口，只要過了這一關，米跟肉就同新郎跟新娘，可以擀面，可以結合——可以過年了！

那幾年，生產隊裏什麼事情我都得到場，緣由滿簡單：我是戶主。取肉

我去得最早，那些掛在牆上的肉吊，經過一個多月的寒凍風掃，乾得如同一根根狗舌條翹起。原先打在肉上的碼子，隨著皮收肉皺，字體變形。防止出錯，解鈴還得繫鈴人，這事只好靠我來一戶戶、一塊塊地核對辨別。

桌子又被請到倉庫當中，上頭擱盞馬燈，會計跟出納坐到跟前。倉庫沒得糧食，屋子太大，雖然當中有燈，倒越發顯得昏暗冷清。人們三三兩兩地冒著寒氣進來。這些平時在莊稼地裏，挑得起一擔，揹得起一捆，打杵子一拄吼三吼，地頭也得抖三抖的角色，今天面對懸著的那點兒肉吊，倒像借了人家三斗陳大麥還不起似的，個個低眉順眼，小心翼翼地溜到牆根下站著。半天無人說話，屋子裏死氣沉沉。嚴大金掏出煙袋照桌子一陣敲打，開腔道：

「捱什麼捱？大會上講了，沒得錢，肉是提不走的。」

大家一陣緊張，一口氣按在鼻子眼裏，都指望嚴大金說個「好話」，說個讓大夥鬆氣的話，到頭還是要活錢，心中頓覺一沉。靜了會兒，嚴大金並沒有辜負大家的希望，接著說：「揹炭的錢由集體統一結在這兒，我翻一下，付肉賬都差，大家慢慢灌，盡量把肉錢灌齊。」

先把肉錢灌齊，至於欠的口糧款呢？那麼就……來年再說吧——人們這樣理解著，按在鼻子眼兒裏那口氣慢慢呼了出來。屋子裏開始有了耳語，接著有人像負著腳鐐似的，緩緩地朝著跛腿桌子走過去。

他們把手中捏著的一點錢，小心謹慎地放到桌上。出納撿起來，蘸著口水，分分角角地清點。會計便對著結算簿子撥動算盤珠子。

交款人說：「大人一年四季困在坡裏，都是丫頭們挖黃薑、半夏慢慢攢的。過年想新衣服，想新鞋，我叫她們少嚷些。『欠』字是個框人頭兒，壓頭。我們穿破點兒不要緊，千萬莫欠集體的，欠了集體的就是欠的子孫賬，以後難得還。剛才出門，小丫頭還在攘著我要錢，說要買根頭繩兒，我說：『娃娃兒，這不是媽的心狠，是這個日程狠。』當老子、當娘的誰都想把自己的姑娘收拾得像個花雀尒，走出去臉上有光，你要有法呀！」

說話的眼淚在滾，清鼻涕也與時俱來，趕忙抓上一把，扔到地上。

隊裏有那麼幾戶，結算榜一公佈，欠個十塊、二十塊的，他們連覺也睡不好了：日夜急著，寧可全家餓死，也不能欠集體的一分，怕還「來生賬」。有些人卻恰恰相反，口糧款欠上個千兒八百，抱著個賬多不愁、虱多

石碓聲聲　355

不癢的態度，以愚公老人為榜樣，老子還不清有兒子，兒子還不清有孫子，子子孫孫是沒有窮盡的。有的順其自然，掙到錢就還，沒得錢拿什麼還呢？還有一等純屬苦瓜皮，有年豬肉就吃，沒得年豬肉照樣到年那邊去。凡此種種，各色人物一應俱全。

我辨認幾戶的肉吊，拎走了，接下來工作停滯，屋子裏冷清如初。昏暗中，大夥皆睜著狼一樣的眼睛把隊長瞅著。嚴大金也知道自己這陣兒的萬有引力，吧嗒著煙袋，忽而到大門口站站，忽而車身回來。這情形就同讀書時逼學雜費的那樣：老師說：「欠學雜費的同學留下來。」我們就留下來。老師又說：「你們定計畫，什麼時候交齊？」心想，我們掙不到錢，怎麼定計畫呢？但為了脫身，計畫要定：明天交齊。老師是不肯相信的，這樣的計畫見得多，照樣不肯放人，和眼前的嚴大金一樣，陰沉著臉，忽而走進，忽而走出……其實，嚴大金採取的是先緊後鬆的策略，逼得一個是一個，萬一逼不出來怎麼辦呢？石頭是榨不出來油的！

夜色轉濃，寒風掠過屋脊，哄哄作響，人們立即將身子往小裏緊了一下。屋裏延伸著可怕的寂靜，連冬蟲的腳步也聽得見，空氣彷彿溶解成一團沉重的鐵流，擠壓著人們的神經和肉體。這當兒，忽然聽到兩聲犢叫：「哞兒──哞兒。」稚嫩的犢音從寒夜裏傳來，有如廟堂裏的鐘聲、產房裏的啼哭，強烈地震撼著每一個人的心靈。

嚴大金終於開口了，衝我說：「把肉發給大家，讓他們拎起回去。」

人們如同罪犯得到大赦，感恩不盡地從我手中接過肉，魚兒似地一串溜出門去。嚴大金擔怕大隊裏知道不得了，朝著他們的背影，囑咐兒女似地補充道：「又敞起嘴亂說！」

倉庫的山牆空出來了，我望著那密密麻麻的椿子，心想：今年的年豬肉的戲總算圓滿閉幕，明年的戲好不好看，只有到時候演了才曉得。

臘月三十這天，蔡長斌、蔡德金、蔡長貴都接我跟他們過年。我說：「謝謝你們的好意，心情我領了。老輩子說叫花子也有個年，尋常吃頓把飯可以，過年還是不能亂跑。」三十的早晨我預備按計畫煮一鍋大雜燴過年，腦殼裏陡然冒出一個念頭，這念頭立刻制止住我的行動：翻年哥嫂就要上來，拿什麼招待他們呢？看來「叫花子有個年」這句話我還說不起，忙收起

刀斧，將手中的肉吊重新掛了回去。此時，聽到蔡德金站在屋後的高坎上喊我說話。我剛一冒頭，他雙手捧著一砣東西，拋彩球似地朝我拋來。這砣東西從空中劃出一道優雅的弧線，啪的一下落到我的手裏，定神一看，是個麥子粑粑。粑粑足有一斤重，表面裂開一道縫，像張開的一張大嘴衝著我笑。我一時非常激動，想說幾句感謝的話，抬頭望去，坎上的人已經走了。

　　照習俗，蔡家堝團年一般放在掌燈時分。父親喊我，我就過去跟他們過年。回來的時候，么爹喊我，我又跟么爹團了個年。團年的過程中，啃過的骨頭都不許丟，放在一隻瓦缽子裏，待團年完畢，就倒進碓窩裏舂，第二天好熬湯煮白菜。這似乎是隔壁糞爺近兩年的發明，人們食之有味兒，便很快在全村得到推廣。

　　冬乾濕年，老天爺做了一冬的雨雪終於有了結果，細細密密的雪花飄著、舞著；凜冽的北風照例從四處發出呼嘯。團完年，夜色更濃，人們手中的碓嘴已高高地舉起來了，「叮噔，叮噔」，首先依舊從糞爺那兒開始，接著村東響起來了，村西響起來了，村南、村北都有了回應。「叮噔，叮噔，叮噔」，上千個碓窩舂動的聲音，匯合起來形成一個巨大的聲浪，猶如滾動的悶雷，使整個大地在發生顫抖。這當兒，時間老人伸開它寬大的臂膀，把一切都攬在懷裏，往新的一年推進。

# 娃娃哭吧

那時候過年說吃說不上，都只想將勞苦一年的身子好好地歇息幾天，可惜，革命化的春節只准三天假。放在平常，三天是難得熬的，這陣兒卻偏偏像摸了油似地滑了過去。正月初四就要開工，卸掉的鞍子會重新架起，捆人的繩索會原樣套上，一年三百六的勞作又將堅定不移地從頭開始了，一時間叫人好不心灰意冷！

未曾料到，初四的早晨開門一看，門前的小場地上落著厚厚的一層積雪。糞爺經營的方方正正的糞堆，也被棉花似的白雪可模可樣地覆蓋著。北屋那面灰不溜秋的老山牆，在積雪的映襯下特別的明朗。山村田坡到處是白的，只有那存不住雪的一條條田坎和樹幹，照例顯現著往日的暗褐色的身影。

更有趣的是，在我的灶台上竟然供著一個雪堆！抬頭一望，屋頂有巴掌大個洞，雪花順著漏洞還在一個勁地往下掉。雪堆呈標準圓錐體，平穩周正，形如寶塔，潔白放光。心想，這是老天爺可憐我，曉得包湯圓缺糖，送貨上門，於是便順口謅道：

　　正愁開工不下雨
　　恰逢玉皇送白糖

工是上不成了，老天爺放假，打心裏感激不盡。

這時我想起糞爺，住的隔壁鄰舍，早不看見晚看見，新年大節，作為晚輩，理應給他拜個年。

上前敲門，門似乎插著，心想什麼時候了，還不起床？猜測間，炳貴過來開了門。我一步跨進屋裏：「拜年拜年，果子上前，沒得果子，一碗湯圓；沒得湯圓，一碗掛麵；沒得掛麵……」拜年的一串套話未及說完，一幅

奇異的圖景立即將我的嘴巴封住：火籠裏磨盤大個樹蔸燃得正旺，從椏木上吊下來的黑黢黢的鐵鉤上鉤著一隻雙耳吊鍋，裏頭上滿下流一鍋兒肉坨煮得活搖活動。屋裏瀰漫著一股羊肉的清香，口水頓時溢滿一嘴。

糞爺趕忙起身讓坐，笑道：

「盡趕我沒得的說，叫你這麼餞我這個爺爺的？來，啃幾坨羊肉還實在些。」

他一邊誇我有「口福」，一邊要炳貴「加雙筷子」。我接過炳貴從箸籠筐兒裏抽來的筷子，對於這突如其來的「口福」一時還不大適應，便雙手攥住筷子犯想：家有幾兩銀，隔壁屋裏有戥秤。多數人家，集體分的一點兒肉，正月初一都收拾得油乾水盡，不想到了初四，糞爺還有這麼多的肉吃！

糞爺催道：「講什麼客氣？攢勁吃。」

我說：「糞爺，您這麼些肉？」

「你猜。」

「您的羊子不是大隊沒收，上了劉氏坪的養羊場嗎？」

「我暗中留一隻。」

「沒見您放過嘛。」

「我餵在床底下。」

「我時常納悶，說餵羊子吧，圈裏找不到一根羊毛；沒餵羊子吧，又時不時看到您捎些羊子愛吃的山草回家。喔，這下我明白了，原來您金屋藏嬌。小心些，官府裏搜查出來，貓子吃糍粑——脫不了爪爪的。」

糞爺把頸項往長的一伸，撚了撚那撮銀白色的山羊鬍子，和悅的臉上透露出幾分得意，像帶著感情朗讀課文似地敘道：

「你也許從來就沒有碰見過那麼好的畜牲，幾熟化喲，比人還精靈。我一落屋，牠就同娃兒樣，腳跟腳地跟起，你到灶屋裏，它到灶屋裏，你上樓，牠上樓。夜裏我在床上睡覺，牠在床下咕嘟咕嘟地回嚼，不咩一聲。吃草料不亂屙，我把夜壺跟撮箕一拿，牠曉得一頭屙尿一頭屙屎，滿愛乾淨。」

「我不相信，猴子精靈，還需要人的調教。」

糞爺仰臉一個啞笑，接著往下敘：「當然要調教。開始駭我幾回好的：聽到我的腳步兒，牠就咩咩地叫，進門就是幾嘴巴，打過之後，趕忙餵牠

幾顆黃豆。到出坡，拿繩子箍牠的嘴，牠急得吭，可又怕有人聽見，乾脆把繩子解掉。食草跟水放床底下，照嘴三巴掌，腳一跺，說：『吃飽了睡，睡醒了吃，不准叫，聽到嗎？捉人家聽見，你我都脫不了爪爪。』牠聽心裏，後來我手一伸，就跟起我走，腳一跺，就鑽床底下匍到，要幾純善有幾純善。」

「什麼時候宰的？」

「臘月二十九的晚上——炳貴，去給我把門插好。」糞爺把語音降低個八度，接著說：「我先把蹄子兩隻一連地連好，然後請牠站起來，綁到柱頭上。動手前牠的一對黃亮亮的眼珠兒把我瞅著，叫人下不得心，拿塊袱子把臉給牠一遮。我說『畜牲，怪不得我呀，我不宰，大隊捉去也是一宰。』說聲不了，火鉗拗進嘴裏，一竿竹筒捅到喉嚨管兒，銅罐熬的開水，跟竹筒往下灌，到死沒喊一聲。牠前生該我的，今生來還賬，肚子裏還揣五六斤油咧。」

聽完糞爺的講述，一個充滿美麗的、悲壯的有關生命的故事，深深地印在我的心裏。望著糞爺蒼老的皺臉和翹動的鬍鬚，想到他平時勤扒苦做的情形，想到他對生活的從容、機智和大度，以及他性格的多元性，這一切皆給了我今後生存的許多啟示。

吃著肉，我們一邊講說這幾天蒐集來的有關過年的笑話。

說嚴永明家裏煮年豬肉，沒煮兩開，就急促促地要嘗，看跛沒的。隔會兒你嘗一口，隔會兒他嘗一口，幾嘗幾嘗，好來團年時，罐子裏只剩下幾根骨頭棒棒。一家三口你埋怨我、我埋怨你，埋怨不出所以然就吵，吵不出所以然就打。過了一個年，嚴永明的額頭上多出雞蛋大個茄子色的肉包。

說到聾子爹，上次吐了那麼多的血，都以為他活不長了，沒想到壞事倒變成好事。他原來有個胃病，半碗飯下去，肚子就疼，且接連接地打嗝。那口惡血一吐，胃也不疼了，嗝也不打了，腰也不比從前躬得那麼狠了，只是臉上的顏色差點兒，飯量卻大得驚人。過年一頓猛吃，脹齊喉嚨管兒，一時喊叫「要命」。老伴兒是個沉著冷靜、經驗豐富的女人，不慌不忙，叫聾子爹把嘴張開，取根筷子照舌根子那兒輕輕一戳。聾子爹便哇連哇地吐，想吐多少可吐多少。這麼才緩過命來，差點兒去跟他媽——吉婆子打伴兒。

另外我們又談及到一個普遍現象：人們的腸胃平時給粗食刮得紙薄，

沒接觸過油水，陡然讓米肉一灌，不大相投，於是就放通響地打標槍——拉稀。打屁十分小心，不敢亂放，害怕帶稀。好多人跑茅廁跑不贏，半途中「標槍」打在褲襠裏。正說得起笑，炳貴陡然像蜂子螫屁眼兒的，兩大步拉開門，摟起褲子就跑。腳步的震動波及到屋內，聽上去似乎比百米衝刺還要迅疾。

舌頭舔著油涮涮的嘴唇，從糞爺屋裏往出走，心想這個年拜得值得。出門一轉臉，看見祖母倚著板壁站在北屋門前的天井坎上，看情形已待過一個時辰。

祖母穿件厚厚的黑棉襖，越發顯得背駝，頭上包的半邊月的袱子，把臉龐遮得只有巴掌大了。她招手要我過去，輕聲說：「你聽，二媽屋裏是不是有人在哭？」我支起耳朵捕捉了一會兒，當真就有一種斷斷續續的泣咽，好像貓頭鷹的鳴叫從很遠很遠的地方悠悠地飄忽著。祖母淒淒然道：「么爹撿糞去得早，不知什麼時候回來。二爹添了病，你過去看看。」

二爹很早就單獨睡覺。他的鋪支得滿高，用的祖父支裁板的板凳，小孩子一般爬不上去。弟妹共計五個，皆縮在火籠邊呆著，彷彿在等待著某個更大災難的降臨。我一進去，他們便把可憐的求助的目光一起投到我的身上。我自知無力，幫不了他們，心裏像鬼抓的。二媽揾著眼角的淚，看到我個子高，搭手把二爹扶起來坐著。我心裏一驚，同時又十分內疚：尋常只顧窮忙，淡忘了二爹，數日不見，竟坐也坐不起來了。走近床邊，以為滿掏力，倒憋著一股勁兒，其實沒用到三分之一的力氣，輕輕一扳——二媽口叫「慢點兒」，話音未落，我已將二爹扶好。

二媽餵水二爹喝，高高的喉節貼住喉嚨管兒滑動，那模樣兒彷彿薄皮裏裹了顆尖尖的石子，生怕滑動時劃破喉嚨滾出來了。吞水的聲音滿大，同深潭墜石，咕咚直響。二爹瘦得完全脫形，身上跟臉上的骨骼結構，透過那層緊繃繃的黃皮能瞅得一清二楚；眼睛跟顴骨下頭瘦成四個大坑，挖耳子恐怕就挖不起一點兒肉了。二爹的話越來越少，先前說話一銃藥，眼前倒是缺了那股力氣，但滿肚子的苦水跟怨恨，從他那對大而無神的目光裏卻仍舊窺測得到。好半天，二爹從嘴裏擠出三個字：「不行了！」話一出口，眼眶裏便噙滿淚水；當他把面相朝著我看的時候，稍微一偏，淚水從眼角那兒很快地

滑到枕上。

我說：「不要緊的，有病要看，大家想辦法。」

二爹像根本沒有聽懂我說的話，問：「哥哥幾時回來？我給他說的事不知放在心上沒的。離開這個鬼窩子，奔到枝江，平原地方多好啊。」

「您說的事哥哥不會忘記，他們初八九的興許就要回來。」

「說的媳婦是什麼樣兒的，還想看一眼，假若再晚幾天，就看不見了。」

二爹說累了，歇會兒，接著又說了另外一番話：「腳、腳下這麼多，一個就不得力，往後能幫的就幫到些，對、對二爹。」

末了兒的話音因缺乏力氣，漸漸地淹沒在喉嚨裏了，跟著又滾出兩股淚水。

晚半天，么爹從城裏歸來。二媽到北屋裏跟祖母商量：圈裏有頭豬，想請么爹揹到養豬場裏賣掉，湊幾個錢，把二爹送到醫院裏去，並說：「放屋裏不是辦法，眼看一天比一天虛弱。他的本意我曉得，怕花冤枉錢。我不得聽他說，夫妻一場，我雖說沒什麼能力，該花的得花。花一千搭一萬不心疼，拉錢負債我承認還。真的有個什麼，我盡了力，日後不失悔。」

祖母說：「錢是人能之物，儘量地治。」

么爹插道：「賣豬事小，關鍵看夠不夠重。」

一會兒，二媽借桿抬秤，請三爹、么爹，我們一同到圈裏秤豬。

圈門打開，一隻殼郎豬站在空槽眼前，以為要餵牠食草，朝我們努嘴。豬子無肉，兩頭尖，脊背如刀，肋骨好比建屋釘的橡子，一根一根朝二面露著。望著眼前這個傢伙，心想，人們的肚子天天打亂仗——填不飽，二媽不僅將一家大小的生命延續著，還能把另外一條生命經營成個樣子，真是太難為她了。我佩服二媽的節儉與勤勞！

拎住那傢伙的耳朵，套上繩子一秤，一百零三斤。大家商量著灌鹽水，么爹說灌金水也不行，再會灌，也灌不下十七斤。這麼一說大夥都有些洩氣。

我一旁插嘴：「么爹，您在養豬廠搞這多年，人熟好說話，跟他們求情，興許賣得脫。」

么爹苦笑道：「認得的人多又怎樣？一個撿糞的，你要豬屎，我有權力多給你幾泡。」

我們在外頭秤豬，二爹聽到豬叫，在床上發脾氣：「誰個出的主意？請你們少忙些，豬子不能賣。我橫直是半條命，拖到幾時是幾時，那麼些大的小的，春上怎麼過？到時候換兩袋麥麩子也是好的。」

眼看二爹發那麼大的火，咳得堵氣，二媽攏去勸道：「你放心──夠不上斤兩，莫生冤枉氣，好嗎？另外，我想到大隊信用站去，跟幹部們說清楚，貸點兒款，一年的期，明年這時候還。」

「搞不得，利息你揹得起？」

「到底是利息重還是命重？」

「我這算什麼病？沒得看頭，人生在世，好歹只一個死，不會有第二個死。死有什麼可怕？活著也是受陽罪，不如死的享福。」

二媽眼睛發紅，彷彿面對一個不聽話的孩子，想煩又不忍心，耐著性子道：「張口閉口把個死掛嘴上，說得人的心裏同扯閃的。就因只有一個死，我們才打主意治病，能有兩個死又好嘍。你躺好，那些傷人的話二回莫說。」

「陽曆今天幾號？」

「元月二十六。」

「我怎麼還不斷掉這口氣呢？趕元月底到閻王那兒報到，二、三、四、五、到六月一號，我還有四個月的口糧，能秤七十幾斤包穀，過個夜（守喪）是夠的；假若熬到二月份，便有些微虛……唉，這口氣不好斷囉──」

二媽猛地把腳一踩，吵道：「叫你不要說你還要說！」便掩了面，嚶嚶地哭。

回到小屋，天已黑了，喉嚨裏一直像鯁了個什麼東西在那兒，硬硬地不好受。記得當時寫了篇日記，翻出來，摘抄如下：

　　──二爹的話刺傷了我的心。雪沒化完，回家的路上很滑，差點兒摔倒。縣廣播站的第二次播音已經結束，村裏靜了一大半。我坐在床上，沒有火烤，冷氣使勁地包裹著我。睡是睡不著了，摸火柴點上燈，屋裏沒有點兒生氣。

　　──二爹生於一九三四年，至今不滿四十歲，正是做事的年紀，然而他卻把生與死看得那麼隨便。他想儘早結束生命，得到解脫，可

後頭的怎麼辦呢？家中缺不得他，五個孩子都小，長林剛十六歲，二媽一人難渡千江水……生活為什麼不給我們一點兒快樂和出路呢？總像鉗子一樣挾在我們的身上，時時刻刻會感受到受制的痛苦……

「能在世上捱，不在土裏埋。」二爹那口氣堅持著，活下去！豬子賣不出，能不能貸點兒款呢？二爹的病怎麼辦呢？拖延著……

一九七四年正月初五　晚

「眼睛落了坑，要用米湯撐。」次日早晨，我切下兩片肉，摻包心菜炒。又煮了半碗米的光米飯，一步到位地用瓦缽子裝好，端過去請二爹吃。

二爹模樣驚訝，使感激的目光將我瞪會兒，然後張開那張可怕的大嘴，一口一口地吃。隨著咀嚼，臉上、額上的黃皮被牽扯得直動，脖子高頭的青筋如一根根琴弦緊緊繃著。先是二媽餵，歇會兒，二爹自己吃，緊緊慢慢，把一缽子飯菜消滅得乾乾淨淨。二爹誇我的手藝不錯，弄得爽口，送我一個「多謝」。我一時感到十分欣慰：人是鐵，飯是鋼，一頓不吃餓得慌，二爹有這麼好的胃口，何愁康復！

誰也沒有料到，第二天二爹就匆匆地走了。

清晨，哭聲把我驚醒，一種不祥的預兆籠罩著我的全身，擔心二爹逃不出來。待我過去，屋裏站滿了人，父親、三爹、么爹都在。我以為二爹斷氣，擠進一看，他還在斷斷續續跟我父親說話：「……讓長林學剃頭，接我的手。……軋麵機賣掉，買部縫紉機，把鳳子給我帶、帶會。天、天幹餓不死手、手藝人……」

父親慘然一笑，說：「兄弟，莫想多了，好好歇病，病鬆些再說，啊。依我看，這些叫花子藝沒得學頭，機器都抄走了，嫌沒把我們整好，是嗎？」

「大哥！」二爹把眼睛朝上一輪，憤怒的火焰一下就吃乾了眼眶裏的淚水，似乎使出全身力氣，拔高嗓音道：「我——我不相信，這個世道搞、搞得長久，人無三十年大運，鬼無四十年神通！」說完閉上眼睛。

父親把二爹的脈象攥在手裏，趕緊說：「兄弟，你說的我記住了，照你的辦，唵？聽到嗎？照你說的辦！」

大夥的心一起提到喉嚨管兒，斂著氣兒把二爹瞅住，像絆上一根遊絲，一動怕弄斷。孩子們從門外往進擠，立即被大人趕了出去。剛剛把孩子趕盡，祖母躬著個身子鑽進來了，到床邊望著二爹說：「老二，老二，放硬梨些，你不能去呀，後頭高的、矮的恁麼多，都望到你在。我造孽的兒啊——老天爺你不長眼睛，我的兒還年輕，不該這麼早就給我弄去……我求情，天大的罪，有我這個老婆子來打替……我的兒呀——」

說著說著忍不住長長吆吆地一場痛哭。她儘管七十多歲，嗓門卻照樣那麼宏大，開腔把我們嚇得一怔。弟妹們看見祖母哭，不知發生什麼事，跟著一哄。父親忙制止道：「不要緊——讓他睡會兒，老三，快點兒把媽弄北屋裏去。」祖母一住聲，弟妹的哭鬧同手撥的，跟著息了。

二爹的眼睛慢慢睜開，朝樓頂瞪著，呻吟起來。他的額上出現芝麻點兒汗粒，看見它漸漸增大著，有了黃豆大一顆，就滾落下去了。烏黑的嘴唇微微翕動，昔日的一排白牙變黃變黑，全部暴露在外；鼻眼兒朝上，不停地收縮、擴張，使面孔變幻著各種可怕的怪相。胸部急促地起伏，喉嚨裏炸泡兒似地直響。半睜半閉的雙目裏顯現出複雜而又無奈的微光，掙扎著叫道：「這……這是……你死我活的鬥爭！」

父親把二爹的枕頭往高處墊了墊，使手掌揩他額上的虛汗，順便將那長長的亂髮往腦後抹去。

么爹說：「我找把剪子來，給二哥把頭髮剪短。」

父親擺手。

二爹的臉黃得如一張火紙，瘦削的面容使我想到某些毒品包裝盒上畫的骷髏。他喉嚨裏咕滋咕滋地越炸越響，彷彿有幾百斤痰液在阻止著呼吸。二爹沒有力氣咳了，渾身的精力用於跟死神作戰。父親一副愛莫能助的樣子，聽到喉嚨裏炸得急人，叫二爹張開嘴，將食指伸進嘴裏勾痰。二爹扭動著，雙腿一蹬，掀開鋪蓋，一對鼓槌似的白生生的腿子現了出來。父親趕忙給他蓋好，說：「莫打鋪蓋，冷。」

我說用水幫二爹把痰打下去，二媽便倒杯開水，端過來遞給父親。父親眼圈紅紅的，哄孩兒一般跟二爹說：「喝口水，來，我餵。」

二爹喝兩勺兒開水，胸部起伏頻率明顯減緩，神智彷彿也清醒許

多，說：「抓階級鬥爭，我、我這才是……真、真正的鬥爭。」

父親附和著：「對、對，堅持鬥爭，去爭取勝利。」

「守著我做啥兒？」二爹睞著大家，「都坡裏去，招架懲口糧。」

看見二爹轉安的樣子，大家都換了一口氣，身子也開始活動。

隊長在催工了，喊叫領種子，栽洋芋。三媽在翻找挖鋤，喚三爹找揹子揹筐，堂屋裏叮啦咚的，一時間彷彿把我們從另一個世界裏喊醒。我心中一陣發涼，想，二爹病得這麼厲害，倒還惦記著幾個工分，薄情寡義！么么爹轉身欲走，我輕輕地說：「您進城那麼遠，二爹一時……」父親接過我的話道：「二爹不會怎樣的，出坡去。」我走近二爹床前，認認真真地把二爹看一眼，心裏說：「這該不是見到二爹的最後一面吧？」

隊長派我到卡門子下頭挖柑橘窩子，我極不情願地扛起挖鋤往下走。半路上，見蔡長林趕街回來，手裏拿著一段白紗和萬年紅的窄布，皆屬二爹後事所用之物。目睹到這些東西，又加重了我心中的煩亂：二爹彌留之際，孤零零的，作為一個侄兒，應該陪他坐會兒。說別人不講情意，自己做得怎麼樣呢？挖什麼窩子？工分、工分，八輩子沒掙過工分！我好像還有一肚子話要跟二爹倆敘。躊躇間，山上有人發喊，說二爹「走路」了。我的心頓時像被什麼東西拽得往下一沉，視線跟著模糊起來，轉過身，高一跨、低一跨地往回走。

天井屋裏冷冷清清，沒有住人似的，聽不到一點兒動靜；只見屋上的餘雪融了，有一二滴簷水順著結在瓦頭上的冰棍往下掉。那個人間的慘劇只怕沒有發生？走進南屋，二爹已直挺挺地橫在門板上了，祖母一個人呆呆地坐在跟前。我過去揭開蓋在二爹臉上的火紙，心中一驚：二爹竟然跟活著時的情形一樣，一對渾濁的大眼睛朝天瞪著。祖母趕快伸手過去抹，抹上了，一鬆手，眼皮卻又頑強地睜開。祖母說剛才給他抹上的，怎麼又睜開了呢？便哭道：「我造孽的兒呀，你怎麼做了短命鬼嘞？我曉得你捨不得你的媽，捨不得你的兒，不肯閉眼睛……我的兒呀……」

凡是死在父母前頭的，無論你歲數有多大，一律稱「短命鬼」。但這又是一句咒人的話，總覺得祖母哭得不雅，我說：「婆婆，您莫哭，二媽呢？」

祖母止住哭說：「二媽、長林找人家借枋子，鳳子、六四喊大爹去了。你趕忙找隊長，把二爹的口糧秤回來，等到吃。」

　　按祖母說的，我跑嶺上找到二隊隊長，隊長喊會計，會計讓我去找保管員。倉庫的大鐵鎖有兩把鑰匙，小鑰匙從側面插進去，大鑰匙兜底一捅，這麼大、小鑰匙一同工作才打得開。鑰匙分別拿人保管，找到管大鑰匙的不能上算，還須找到管小鑰匙的，最後才去找那個掌秤的。那年月集體定的有個秤糧制度：一人不開門，二人不動倉，三人不拿秤，四人才秤糧。待我把四位大人盤攏，太陽早已偏西。二爹每月口糧十七斤，四個月，計六十八斤。我記得二爹在世算的七十幾斤，有誤。

　　靈堂設在廳屋裏，一副白木棺材停在當中，左看右看，一塊白板橫直不順相。管事先生跟二媽商量，到小賣鋪賒兩瓶墨汁來，以墨代漆地染它一傢伙。墨汁賒來了，可沒得人接手。管事先生面帶難色，找到我說，囁嚅半天聽不明白，到後我終於弄懂意思：依規矩，不管上漆染墨，要趕在入殮之前進行，眼下二爹已搶先入內，這樣的「飽喪」師傅犯忌諱，不願搞。我心裏說：「當今社會，不犯忌諱就這麼個樣子，倘犯了忌諱也沒得什麼大不了的。」便接過墨汁，管它「飽喪」、「餓喪」，照棺木一夥亂塗。管事先生笑道：「跟你說的目的，就是煩你動個手。」

　　夜裏冷，想留得住人，靈堂裏須生兩堆炭火。二媽沒得炭，找我借。那幾年我的農民生活過得比較正規，不像有些單身漢，過今天不想明天，無個打算。為度春荒，在祖母的指導下，我將紅苕切成片曬乾，裝進小木箱裏，到春上磨麵做窩窩頭吃；或用細沙將苕片炒熟，中午混嘴兒。還穿了幾串蘿蔔乾兒和乾蘿蔔菜，吊在我小屋的牆上，一起作為春上的儲備物資。毛主席說：「備戰備荒為人民。」我想我這備戰備荒完全是為自己。老輩子說：「三十的火，十五的燈」既立了門戶，過年就得把年火燒得旺些，投個吉祥。便揹回三百斤麵炭，脫成磚塊，床下碼著，年年如此。今天陪二爹度過最後一個夜晚，幾口炭磚安不上借，悉數貢獻出來。

　　天漸轉暗，一盞滿堂紅的油燈懸在棺材頭起，地面上放隻土碗，倒上桐油，點一盞長明燈。桌上供著寫有「西逝故顯考蔡德堂公諱老大人之靈位」的靈牌。冷風使燈盞搖曳不定，晃得屋裏昏昏慘慘。

人們從地裏收了工，吃過晚飯，陸陸續續地趕到。廳屋、南屋、北屋、糞爺和我的小屋裏都坐滿了人。這個習慣蔡家埡照例好好保留著，都明白「家家有事，事事要人」的道理，傾家趕來陪亡人過夜。一些婦女用籃子捎來幾樣小菜，送到廚房裏，然後默默地走到哭聲哀哀的二媽跟前，勸她節哀。這當口兒，是管事先生尋找幫工的最好時機：挑水、洗菜、推磨、燒火……差人手，儘管安排就是。一旦請到，她們把圍裙往腰裏一繫，袖子一捲，像對待自己家中的事情，貼心貼意地做。男人們一走攏，找到管事的給活兒，經過一番吩咐，有的搬桌子，有的借板凳，有的找碗家業，預備大家宵夜。另一幫男人拿起挖鋤、撮箕，在管事先生的帶領下，提著馬燈到野外去挖墓坑。

祖母坐在靈堂的火邊，依舊抵不住冷。大夥勸她回北屋暖和些，她不肯，么爹只好找件大衣給她披上。祖母拄根拐棍，眼睛一眨一眨的，一直沒有乾過。她要守在兒子身邊坐一夜，她要哭她的造孽的兒，哭累了把臉偏到拐棍的把手上歇兒會，待緩過氣，接著又哭。

二媽坐在棺材的另一邊，這個讓生活折磨得九死一生的女人，眼下又承受著失去丈夫的巨大悲痛。自病人落床以來，她沒有睡過一個完整的好覺，總是在迷糊中驚醒，在驚醒中迷糊；皺著的眉頭沒有鬆開過，撮著的心沒有舒坦過。她的臉跟死人的一樣，看不見一點兒血色，頭髮一綹一綹散披在臉上；眼睛給淚水泡腫了，嗓子讓呼喊撕啞了，彷彿一盞快要熬乾的油燈，精疲力竭了，但她仍倚在棺幫上前俯後仰地哭著。婦女們有的抱她的腰，有的攥她的手，有的附和她耳朵邊說話，一直守護在她的身旁。她們盡力地說，盡力地勸，實在勸不住就索性不勸，盡她哭；到後淚水便順著她們自己的面頰上流淌下來了。

那年月死了人不准打喪鼓。破除這個古老習俗的殘酷性和徹底性，主要源於毛主席〈為人民服務〉中的一段最高指示：「村上的人死了，開個追悼會，用這樣的方法寄託我們的哀思，使整個人民團結起來。」指示裏面沒說打喪鼓，所以就不能打了。不光限制打喪鼓，連象棋也不准下，什麼楚河漢界是鬧分裂。撲克牌更少，商店沒有賣的，幾乎絕跡。這種情形下，人們只好以乾坐的方式，打發漫漫的長夜。

乾坐中人們免不了對死者生前的一些情形進行追憶，這陣兒死者的缺點暫且丟在一邊，專門把好處放大了說。

「蔡家埡死個好剃頭匠。」

「蔡家埡死個能幹人。」

「蔡德堂死得太年輕。」

「有飽飯吃興許還活得幾年。」

「人有什麼意思？不如南山一蔸草，草死根還在，人死不轉來。」

人們時不時被聲聲哀歎觸動情懷，陷入沉默，拔不出來。

管事先生在喊：「宵夜。」二爹的那點兒口糧顯然不夠，巧婦們便剁上許多菜葉子拌在裏面，蒸了兩甄子菜飯。很大一批當家人，他們出於對死者家屬的同情，克制自己，不宵夜。但管事先生要替代主人把客待好，三請四催，逐個請到。做客要會做，這些人為不使管事先生作難，只好上桌子端碗，扒上兩口便匆匆下席。

後半夜寒氣不得了，趁宵夜，我便整火，添進生炭，將火堆加大。我來到祖母身邊，祖母歪在拐棍把手上的臉一動不動，好像我還不知道二爹去世似的，喃喃地說：「二爹死了，你們小時候他都疼過。前年你爺爺去了，今年你二爹去，你婆婆也快了。」

祖母的話使我非常難受，吱不出聲來，趕忙把話題一轉：

「婆婆您宵夜去，好歹吃點兒。」

「我不餓，你去吃，吃了好幫忙做事。」

加好火，我去吃飯，然後跟著一幫男人到野外挖墓坑，替換頭一個班子的人回來宵夜。

二爹的墓坑同樣安排在我們老園子裏，跟我母親、祖父的墳相隔不遠，構成一個三角形。夜黑漆漆的，藉著馬燈微弱的光亮，祖父跟我母親的墳靜靜地躺在那裏；彷彿黑暗中的兩個身影，在窺視我們的工作，等待著新的成員的加入。回想起祖父逝世的那個冰天雪地，聯繫到二爹今天的這個漫漫寒夜，已深切地感覺到，我們這個所謂的資本主義大家庭，在他們的合力扼殺中，打翻在地，踏上一隻腳，早已是奄奄一息了！二爹的眼睛沒有閉上，不知祖父當時閉上沒有。他們當真能在陰間裏會面嗎？見了面說些什麼？我

想，祖父肯定會問到他的縫紉機，問到二爹的軋麵機和剃頭的工具，問到陽世間演出的鬧劇……

抬頭望著灰暗的天空，沒有一顆星宿出現。黑魆魆的群山巍然地聳立著，如同一位疲憊的老人在困苦中沉默。田野像被凍僵的甲蟲，蟄伏在寒夜裏一動不動。只有靈堂裏的哀哭卻始終在用聲音向黑暗發出抗爭。

哭聲突然增大，聽前來送開水的人說，是二爹的岳母得到口信剛剛趕到。這位岳母大人最喜歡二爹，心疼二爹：收幾斤新米、幾升核桃，一袋兒裝好，託人捎給二爹嘗新。如今嬌婿撒手前去，將女兒、外孫甩在後頭，真如攔腰一錘，打得人爬不起來！哭聲漸漸小下去了，剛才的合哭變成單獨泣訴；哀音彷彿來自時空的深淵，且受到夜色跟寒流的擠壓，顯得時斷時續，細若遊絲，但它卻像一把利劍，直刺人心！

我們那兒喜歡將墓坑鑿得很深，好接地裏的脈氣。我跳入坑中，已經平了我的頭，覺得不夠，撚大馬燈，繼續往下挖。墓坑裏很暖和，鋤頭下去，彷彿接近到地球的心臟，發出擊鼓一樣的聲響。心裏說：「大概是接著地脈了，二爹下輩子朝生，會朝到一個吃得著飽飯的地方去。」

上面的人喊叫：「上來吧，挖鋤、撮箕放裏面，留棺土下葬時再挖。」

這個規矩我知道：挖墓坑不能一氣挖好，得留點兒尾子，否則人們會說挖了坑等人死，不吉利。

大夥回到屋裏，東方已經發白，村舍顯露出冷冰冰的輪廓，門前的稻場跟進城的小路在天光中慢慢清晰起來。有人砍來一根苦竹，正在啵、啵地破開，劃成寸把寬的長篾片，預備給二爹做「玉帶」。

大門打開，寒氣直撲進去，燈火飄搖。管事先生提面銅鑼，往稻場前一站，「咣……」一陣由緩到急的敲打，一共打了三遍。

人們一時慌張起來，跑出來看天，個個臉上被黎明前的熹微映得白煞煞的。

「各位親戚朋友、三親六黨，生離死別逢寅時，合棺封殮在今朝，把棺蓋打開，請大家攏來跟亡者見最後一面！」

管事先生話音一落，人群擁動，哭聲大起。火籠裏打盹的，歪在人家鋪上扯鼾的，還有躺在母親懷裏睡著的奶娃兒，防止封殮時把魂魄一同封進棺

材裏，紛紛拿人將他們叫醒。年輕的母親生怕娃兒醒不過來，照屁股一陣亂掐，掐得娃娃兒嘰哩哇怪叫。傾刻間，喊聲、叫聲、哭聲、騷動聲，亂成一鍋糊。

二媽哭得死去活來，不停地呼喚著二爹的名字，二爹卻躺在裏頭絲紋不動。人們擔怕淚水滴進棺材裏，死者來生變成「淚人」，拿袱子照她臉上揩。眼看招架不住，管事先生命令把她弄開。二媽卻死死抓住棺幫不放，摘掉這隻手，那隻手又牢牢地抓住，一番搏鬥，好不容易才將她拖到一邊。

一群弟妹，高的、矮的像一窩狗兒似的在南屋大門口那兒縮了一夜。人們拉他們到火邊取暖，一拉一強，彷彿讓萬能膠水將他們粘成一體，拉過來，一鬆，又彈了回去。昏黃的油燈的映照下，他們一個個露出天使般的小臉；目睹著媽媽跟大夥悲痛欲絕的樣子，眼淚一直成雙成行地掛在他們稚嫩的臉上。弟妹們都清楚自己的爸爸已經死了，但爸爸死後，給他們的生活會帶來什麼後果，一時還感覺不到。只有眼前的哭泣刺傷了他們幼小的心靈，將他們籠罩在一個無法擺脫的恐怖與悲涼的氛圍裏。他們一夜都沒有闔眼，一夜都沒有挪動一步。腿站瘦了，蹲到地上，一排小臉矮了下去；腳蜷麻了，皆一同立起，一排小臉又升了上來。

那個名叫「六四」的小弟，是家裏吃飯最餓食的一個，二爹為此吵過他，打過他。可今天他們都不參加宵夜，他們肯定是餓，不過悲傷會沖淡他們饑餓的感覺。我猜想六四的心理是複雜的，這個平時非常苛刻、嚴格按照等級分飯的爸爸從來沒讓他吃飽過，心裏恨他。爸爸一死，不會有人再來使用那隻討厭的撮箕秤麵下鍋了，興許會吃得多些。但爸爸畢竟是爸爸，爸爸曾愛護過他，親近過他，無論抱在懷裏、駕在脖子上，或穿衣，或戴帽，仍然是一壁遮風擋雨的高牆。爸爸殘酷，爸爸嚴厲，可照例捨不得他。

忽然嘭地一聲鈍響，棺蓋闔上了。

「玉帶！」有人高喊著。瞬間，打人的頭頂上傳過來兩根青幽幽的寬篾片，大夥接過來兜棺材底子一穿，腳蹬手拽，將棺材按前後箍上兩條「玉帶」（防路上棺蓋滑動；下葬時須割斷，傳說七月十五還得出來過鬼節）。

這時候，弟妹們看見大夥對爸爸採取的行動十分殘忍，情感上承受不住，忍受了一夜的號啕，現在終於爆發了，他們一起擠進人縫裏，揪著「玉

帶」，亂蹦亂叫：「爸爸……！」

「我要我的爸爸！」

「你們不能捆我的爸爸！」

「爸爸你醒過來吧！」

「……」

這稚嫩的、毫無顧忌的哭喊，像衝擊波觸及到人類最原始、最軟弱的情感地帶，使所有在場的人們，個個眼睛發紅。活兒停下來了，不忍心將孩兒們拉開，手中的「玉帶」緩緩滑落，靜靜地傾聽著他們的宣洩、哭鬧、呼喊。

「娃娃兒，哭吧，狠狠地哭吧，爸爸就要走了，從今以後再也見不到了……」

不知從什麼地方，六四突然一下爬到了棺材蓋上，用小小的拳頭朝著棺蓋捶打，拚了命似地拉扯「玉帶」。他想把「玉帶」拉斷，揎開棺蓋，將爸爸營救出來。哭喊道：「爸爸，他們把你抬到坡裏去，埋在土裏，讓你一直回不來了。爸爸，你快醒醒呀，爸爸……」當人們揪他下去的時候，他亂彈亂打進行反抗，口中竟然「媽的尻」地亂罵。六四的小手被「玉帶」劃傷，鮮血同熱淚一起滴到棺蓋上，頃刻便被木頭吸進去了。管事先生眼看鬧得不得下台，就那麼抬吧，出「雙人」喪是萬萬搞不得的，便命令抬槓的預備著，再吩咐兩個壯大男子照護六四。一聲「預備起——」，在鑼聲跟吆喝聲中，棺材懸起來了，兩個壯男人飛快地將六四抓在手裏，朝空中托起。六四的哭喊聽不見，只看見他的四肢在空中亂划。

靈柩出大門，丁直朝前走，抬在人們肩上的烏黑的棺材，移動到稻場的高坎前，似乎被一架無形的起重機牢牢地抓在一起，慢慢地沉落下去了。我已是第三次目睹到這個相同的情形：母親是這麼沉落的，祖父是這麼沉落的，眼前的二爹同樣是這麼沉落的。

我接過六四，將他抱在懷裏，我們都哭成個淚人兒，跟在靈柩的後面，一起向墓坑走去……

# 春心難收

「鄧小平人才難得。」這句話是毛主席說的，屬於最高指示，所以鄧小平有了重新工作的機會。鄧小平在人們心目中，就是跟劉少奇齊名地搞「三自一包」的那個。他既出面工作，興許重操舊業，搞「三自一包」，心中皆藏著一分歡喜。然而，事情並沒有我們想像的那麼美好，上台不僅不搞「三自一包」，且召開個全國農業學大寨會議。大會上做報告，說什麼三年內全國建成一百個大寨式的縣，那麼我們的糧食就堆不下了、吃不完了。學大寨不光農業學，各行各業都要學。經他這麼一說，黨政部門掛「全黨學大寨」的紅旗，部隊營房掛「全軍學大寨」的紅旗，商業門面掛「商業學大寨」的紅旗，農業部門更不消說……傾刻間，紅鬧鬧的學大寨的紅旗在城鎮鄉村掛得到處都是。

上頭動嘴說，老百姓動手做，全國掀起農業學大寨的新高潮。我也隨著潮流，聚齊在紅旗下頭，昂首闊步，加入到以公社為單位的農田基本建設隊伍。

參加這個隊伍的目的十分明確，就是想吃那見天補助的口糧——半斤！在城裏撿糞，蔡德楷告誡的話我一直沒有忘記：「現在還求什麼？只要天天求到個肚兒圓就算萬福，別的都是扯淡。」除開補助的半斤糧食，公社一天補給一角的菜錢，有了這兩宗，一個人便能很好地生活下來。誠然，對我們這樣的單身漢來說，好處則更多：不推磨、弄飯，不種菜、砍柴，不急油鹽醬醋茶……就連上交隊裏五擔大糞的任務也自然而然地取消。「人是三節草，不知哪節好。」我敢斷定，這將成為我青年時代生活中最好的「一節」。後來實踐證明，事實也的確如此。

在塘垭水庫一道工作過的老戰友嚴小蓮也來到了會戰的隊伍。兩三年沒見，她長得比以前更加討人喜愛了：頭上照例辮著齊肩的短辮兒，辮梢上照例用綢子紮著兩隻蝴蝶結，一雙水靈靈的大眼睛，把那張生有幾顆雀斑的白臉龐襯得十分俊俏動人。

這之前我曾碰到過她一次。那年月文化生活貧乏是不用說的，一個季度大約能看到一場電影。電影機器由別隊送來，放一場，須將機器送到下一個放映點去。送電影機上嚴家山是我的差事，儘管腳頭有一百多斤，要爬十來里上坡，我卻非常願意去做——其目的是鼓勁半天送到，晚半天還能從山上撿一小捆乾柴回家。放映機、發電機、銀幕什麼的總共要三個人揹。那天我們爬上窯灣溝，正在潭裏捧水喝，望到一位身穿白襯衫、手打紅紙傘的年輕女子，從那綠樹掩映的山路上時隱時現地朝山下走來。情景使然，立即引起我對一首山歌的聯想：郎從高山打傘來／姐在屋裏繡花鞋／左手接過郎的傘／右手把郎抱在懷／口問情哥哪裏來。該不是嚴小蓮吧？我一邊默誦歌詞，一邊作如是的猜想。走近一瞧，果真是她。嚴小蓮左肘上挽個花竹籃，裏頭不知盛的什麼東西，上頭蓋著一方毛巾袱子；陽光透過紅紙傘，十分柔和地籠罩在她的臉上，細汗點點，猶如十月裏一隻沾滿露珠的石榴。我便衝她打趣道：「是來接我們的吧？」

　　她靦腆地掩口一笑說：「曉得你們要來，上街去辦煙和茶，晚上好招待你們。」

　　說話的時候，看見我們三個人，六隻眼睛直勾勾地朝她瞅著，不好多站一會兒，三步兩步從跳石上過了溝，嬌影同紅紙傘一起消失在一篷野葡萄的後面……

　　見了面，我依舊跟從前一樣找她要東西吃。她似嗔似笑地瞥我一眼，說：

　　「裁縫掉剪子——只有尺（吃）。」

　　「人長著嘴做啥兒，不就是要吃嗎？莫說起，上回揹電影機，你親口許給我們的煙和茶呢？」

　　「那天我當真買了一包紙煙，回來時你們已經走了，好事放電影的兩個人吃。」

　　見她把話說得正經，玩笑不好開了，就勢兒說：

　　「好吧，煙就不提了，茶可要留著，等我二回揹電影機，好上你的門喝。」

　　「我家裏你走不進去。」

　　「怎麼？」

「屋裏窄，文墨人身個子大。」

她的話當時嗆得我臉上一紅，心想自己只念了個小學，墨水沒喝到一瓶蓋兒，揹不住文墨人的稱呼，實在把我看高了些。不過事情往往又說不清白，這次連隊要物色一個搞宣傳的人選，我們大隊初中生、高中生一大排，一頂「政宣員」的帽子硬要框到我的頭上。後來我慢慢發覺，並非那些畢業生謙虛，他們的確提不起筆，一篇表揚稿半天拿不出來，急得汗流。看樣子，搬石頭、推板車對他們似乎更加合適。

大會戰總計三四百人。全公社的九個大隊依次被編成九個連隊，九個連隊就有九面「農業學大寨」的旗子。一棵十來丈高的油柿子樹上，兩隻高音喇叭屁股對屁股地綁在一起，樹跟前搭個簡易工棚，裏頭放上三用機跟擴大器，播音員就坐在裏頭播音。工地上，鐵錘叮噹震山岡，紅旗獵獵歌聲揚，好一派改天換地的熱鬧場面！

大梅子這次也爭取到基建專班裏來了。當初打聽到名單上有她，我一時說不清到底因什麼根由，竟足足讓我興奮了半天。我說：「隊裏勞動，東山上一個割草，西山上一個挖田，聽得到聲音見不著面，煩死人的。」

她微笑著，用那雙會說話的眼睛瞅著我說：「隔著幾天才親熱，天天見面有什麼好處？牙齒跟舌頭隔得近，好打架。」

「我們倆不會打架。」

正說著，我們的老司務長蔡德楷在一旁插嘴說：「現在好啦，不光生產在一起，吃飯在一起，睡覺也在一起。」

大梅子衝蔡德楷嗔道：「一句好話，只要到你嘴裏，味兒就變了。」

大家都咯咯地笑。

大梅子是共青團員，在我們連當鐵姑娘隊的隊長。隊裏幹活原本就踏實，如今年輕人攏了堆，又是一頂隊長的「帽子」戴起，生產中處處表現得格外不同：跟男子們一道抬石頭，推板車，搶起八磅錘打炮眼，發揮著「半邊天」的作用。政宣員面對這樣的積極分子不能視而不見，我將大梅子的事蹟進行了實事求是的報導，高音喇叭裏不斷地播放出大梅子的名字，大梅子的名字響徹在工地的上空。

提筆寫稿，禁不住聯想到修鐵路當政宣員的事來：那會兒全團只有一個

廣播室，我擔任排裏政宣員，地位低，寫的稿子播出率也低。這樣的情形大會戰不存在，只要你寫，廣播室差的是稿件。為把政治空氣鬧紅火，指揮部經常召集連長跟政宣員開會，大講宣傳工作的重要性。

「政治宣傳是我們黨的法寶，政治宣傳跟得上，就能促使人們思想得提高，思想提得高，什麼人間奇蹟都能創造出來。毛主席說精神可以變物質嘛，從中央到地方為什麼各級都設的有個宣傳部？就是這個道理。大家不要撐著板凳看地下，大會戰好幾百人，每個人多搬一塊石頭，多端一撮箕泥土，莫說只八個政宣員，即便八十個政宣員，他們的活兒也『趕』得出來。空氣濃濃的，生產火火的，人氣旺旺的，大家就這麼幹。」

開始我極不適應，像我們這種下力下成習慣，多直會兒腰就害怕遭到隊長喝叱的粗人來說，人家都在為學大寨出力流汗，你卻泥菩薩似地供地頭上寫稿，很是過意不去。我認為，寫稿只要給時間就行，勞動必須參加，當農民沾不得惰性；勞動只要不在強迫下進行，成為一種自覺行為，那倒又是一件十分愉快的事。

我成天拿起一卷稿子穿行在工地與廣播室之間，有時我會把三四篇稿子一次交到播音員的手上。播音員是位年輕漂亮的女子，眉宇間洋溢著青春的靈氣。她的普通話說得不是太好，但對人卻非常熱情、活潑，跟任何人都打得上夥兒。播音員累了，請我替她播兩篇，我便愉快地坐在麥克風前，用彆腳的普通話朗讀稿子。看花容易繡花難，嫌人家普通話不標準，輪到自己，則更加糟糕。有幾個字我明明知道它的讀音，但從嘴裏發出來的卻是方言，逗得播音員跑到棚子外頭捂住嘴笑。

廣播室裏出來，老遠就有人衝著我喊：「文人，剛才我搬個大石頭，本來已經搬不動了，半途裏想把它摔掉。但聽到你在廣播裏的表揚，我牙巴骨一咬，接著又想起毛主席的教導：『中國人死都不怕，還怕困難嗎？』我就這麼堅持著，直到把石頭搬到坎子上，取得了最後的勝利。」

抬頭看去，說話的是我們的一位小夥伴。他姓向，身材單薄，性情單純，讀個初小，卻喜歡美術，大家就送他個諢名叫向畫畫。

我知道向畫畫這陣兒在嗆我，正經起來是不行的，只好順著他的話一路溜去，說：「同志們，都看見了吧？事實證明，宣傳工作對我們每個人來說

是何等重要啊：它不光能鼓幹勁，而且還幫助大家增力氣。下次寫篇稿子，我打保票能使向畫畫再長幾百斤的力氣出來。」

聽了我的話，一時好多人向我申請：「我一直恨我的力氣太小，這回可找到依靠，給我寫篇稿子吧，讓我也添點兒力氣。」

「給我寫一篇，不要多的，五百斤的力氣足夠。」

「好哇，」我說，「好好幹，爭取把大家的力氣都寫得同李鐵梅一般大，人人挑擔八百斤！」

田野裏頓時迴蕩著一片歡樂的傻笑。

說歸說，笑歸笑，宣傳的功能既不能誇大，也不可低估。在特定的環境、時間裏，它的確能激發一種熱情，促使人們在生產中創造出最大價值。倘若某某人受到表揚，付出的得到肯定，心情一定是愉快的，為保持這個名譽，潛意識裏便形成一種自覺——比先前要做得更好。

嚴小蓮就是個例子，我知道她活路做得扎實，有人卻故意激將她：「嚴小蓮，鼓勁做，剛才喇叭裏還唸到你的名字。」

「憑良心，我的汗沒乾過。」

「這才對得起那篇稿子。」

「我不稀罕人家表揚。」

他們的對話使我產生興趣，便走過去，揪住他們剛才對話的一點影子說：

「我有個怪脾氣，別人不稀罕的事情我偏偏想做，看你把我怎樣？」

她忍俊不禁，嘟嚕一笑。

我接過向畫畫手中的板車，代他運土，要嚴小蓮搭力。嚴小蓮抿著嘴兒，假裝沒聽見，我說：「耳朵打蚊子去了？」她順從地彎下腰，雙手抓住板車的擋板往前推。別看嚴小蓮是個女流之輩，一身的力氣。她站在我的左前方一點，彎下的腰肢隨著運動非常柔和地扭著；身上散發出一股淡淡的女人特有的香氣，混合著田野裏的泥土的芬芳，使我彷彿走進萬花叢中，感覺心兒在一種春情的萌動中發生著強烈的跳動。「看你把車子推到哪裏去的！」聽到嚴小蓮的埋怨，抬頭一看，車子越過土路，再推就得翻下坎去。推泥土比我們在大街上推糞費勁多了，坑坑窪窪的泥巴路，左一晃，右一蕩，幾下就弄得精疲力竭。聽到背後有人在嘲笑我們：「文人推車美人幫，

一推推到土坡上。看啦，快不行啦。」我差點洩氣，但車子像裝上助推器似的，平穩地繼續向前行進。通過車把我感覺到嚴小蓮在攢著勁兒推車，她不願讓車子陷在半路上讓人見笑。

我喘著氣說：「你好大的力氣。」

「我沒得力氣。」

「怎麼老跟我唱反調？」

「怎樣為反調，我不懂。」

「反調就是我這樣唱，你偏那樣唱。」

嚴小蓮不跟我較嘴勁兒，頭一低，推著空車往回跑去，粉紅的蝴蝶結在肩上跳動。

蔡德金同大梅子站在屋大個石頭上打炮眼，身影襯在藍瑩瑩的天上，微風掀動衣角，像電影裏頭的英雄人物，顯得非常高大。大梅子不愧當個隊長，一雙充滿力度的手腕子，放下是扁的，握錘成方的，站個丁字步，掄錘掄得大翻身。一副八磅錘到她手裏彷彿是木頭做的，細腰輕款，鐵錘舉到半空，衣衫貼腰升幾寸上去，身段的曲線盡現眼前；一對黑油油的齊腰的長辮子，伴著鐵錘的揮舞，左擺右蕩，呈現出一種迷人的協調美。

自小就喜歡打眼放炮，首先它是一項有技術含量的工作，不掌握技術，沒有膽量，不消上得陣；另外它能引發出一連串的勞動號子，伴和著錘、釺擊打的鋼音，把生產場面點綴得十分活躍。我走過去，想打兩錘，蔡德金非但不讓，還以他連長的口氣批評我說：「鹽罐子有你，醬罐子有你，勸你本分點兒，好好地寫稿，把宣傳工作給我搞上去。」

我說：「先做革命人，再寫革命文，我要深入生活。」

蔡德金打個哈哈，將連長的威嚴轉換成夥伴的隨和，笑道：「扯淡，石頭、疙瘩沒搬成勞傷，還深入生活，少跟我講斯文。」

「依你的，我抱著膀子看，行嗎？」

大梅子插道：「看也是觀察生活嘛，你不看，怎麼寫？」

蔡德金朝我一努嘴：「怎麼樣？我們的隊長也懂得觀察生活，不大離了，飛機上掛水壺：高水瓶（平）咧。」

大梅子掄起錘子趕我：「政宣員走開些，少在這兒打花雜，影響我們的

工作。」

　　蔡德金善解人意，錘子朝我面前一丟，說：「我曉得你的心思，想跟大梅子倆做對家，好吧，成全你，免得記恨我。」

　　我樂滋滋地撿起錘子，同大梅子懷對懷站個丁字步，「哎呀呵」地掄起錘來。

　　那會兒飯勉強吃得飽，不急家務三事，身體也還算掙氣，支氣管炎很少見發；成天跟年輕的男女混在一起，快樂得如同一隻小鳥。然而就在這段時間裏，我彷彿讓精怪迷著，性情變得十分孩子氣，由此導致我第一次跟大梅子發生衝突。衝突的原因現在看來，的確幼稚好笑，但處在那個年齡有什麼法呢？事情的經過至今仍記得清清楚楚。

　　工地上有片沼澤地，一道田坎正好打那兒通過。大梅子將一幫「鐵姑娘」召集起來，自告奮勇接手那段挖基腳的任務。泥和泥湯，撮箕、釘耙使不上勁，她們就捲起袖子，伸出嫩生生的雙手將泥巴捧上地面。看場面感人，我便寫篇稿子進行報導，姑娘們在一片讚揚聲中，幹勁越發增大。當基腳挖至二尺多深時，裏頭開始積水。春寒料峭，大梅子一時像發了神經病，竟高捲褲管，跳到水中撈泥巴。她的一對象牙似的小腿肚露在外面，我敢打賭，任何人看到，都會沿著腿子往上想。陡然覺得，浸泡在渾濁的泥水裏的腿子不是大梅子的，倒像屬於我的，無端地抱怨起來。大梅子的行為讓我陷入到一種負罪感的泥淖，稿子寫不下去了：倘再表揚兩下，興許會脫光衣服去下海摸螺螄！肚子裏開始生悶氣，不跟大梅子打招呼，如果同我打招呼，乾脆不理，倘要問根由，就狠狠地說她幾句。然而大梅子根本就沒注意到我反常的情緒，照例有說有笑地在水中撈她的泥巴。我最討厭這樣的情形：對某某不滿，眼前又不便開腔說話，只想取表情發洩一下，以引起對方的注意。鬧個半天，你眼睛瞅疼了（假若使用眼瞅的話），那一個卻絲毫沒有發覺，白費精力，叫人討得沒趣兒。怨氣逐步轉為火氣，有一天終於忍不住，便叫住她說：「你那是出風頭！」

　　大梅子看見我劈頭蓋腦的這麼一句，像面對一個小淘氣似地笑著問我：「我出什麼風頭啦？看你那個氣相，只差咬人。」

　　「那麼些男同志就沒下水，你一個姑娘家，稱能。」

「眼看著垮坎快要垮下來，不搶著幹行嗎？男同志有男同志的事，女同志能夠做的就儘量地做。」

「那麼涼的水，裏頭扎，不怕害病。」

「都像你，眼睛皮子，秀氣，吃不起一點兒虧。」

「你能幹，繼續下水扎，我這是看戲流眼淚，替古人擔憂。」

「大男人主義思想，什麼男同志、女同志，毛主席說男女都一樣，男同志能辦到的事，女同志照樣辦到。」

十分反感有人用這種口氣跟我說話，聽到這種幹部似的腔調，我的人格彷彿受到侮辱。平時大梅子教訓我，全是一副大姐姐的口氣，當然喜歡。今天搬這一套，很不耐煩，調頭就走。走出好遠，聽大梅子還在背後說我：「腸子沒得筷子粗，硬是聽不進別人一點兒意見。」這便越發使我氣惱。

事情湊巧，沒過兩天就走我話上來了——大梅子病了。

我說「病得好」，嘴裏儘管這樣，可心裏照例滿疼。晚上，我得到機會，隨蔡德金一道過女寢室看她。

從前紀律滿嚴，夜晚不准亂竄，特別是男女之間，根本就不敢接觸。毛主席「八項注意」中有一款：不調戲婦女。男女拉個手，被人盯著，不是調戲婦女，就是作風問題。

女寢室分樓上樓下，全都支的統鋪。一走進去，給我印象最深的是看見個人圈：姑娘們有的披著小花襖，有的衣服的扣子已經解開，能看見裏頭的紅胸兜，有的頭髮散著………總的說，比平時在坡裏見到的要妖豔些。她們盤腿坐在鋪上，緊密團結在以煤油燈為核心的黃光線周圍，忙而不亂地納著鞋底。光線十分有限，要下針，姑娘們須得把眼睛湊到燈跟前去，下准針腳，抽針時便揚起頭來，像做伸展運動那樣張開雙臂，呼——呼拉動著繩子；趁這個空檔兒，另一個姑娘趕忙往燈跟前湊，這麼雞啄米似的，輪流下針，抽針，把個屋裏弄得忽明忽暗，呼呼有聲。

聽說我們去了，大梅子被窩裏沒有動彈，只是將那雙好看的雙眼皮兒眨動兩下，又昏昏地閉上。

蔡長娥手裏收了針線，湊過來跟我們說：「我們到指揮部弄藥，吃了幾顆，剛才睡，橫直退不下燒。」

我們在地鋪跟前待會兒，不好安置手腳，蔡德金叫長娥到廚房裏提瓶開水，大梅子夜裏要喝，就給她倒，吩咐完畢我們就退出來了。

大梅子這次的確病得不輕，成天眯眼兒不睜，嘴唇乾裂。怕燒成肺炎，連長便派長娥將大梅子送回家裏治療。走的時候，大梅子頭上捆個袱子，朝一邊吊著，一下彷彿老了十歲，看到怪可憐的。我恨不得模仿她的腔調好好嘲弄一番：「土壚坎快要垮下來，不搶著幹行嗎？」

那時我已沿著文學的小路艱難地攀爬了。有關創作情況，我雖敘得較少，可一直沒有間斷過。在隊裏，哪怕肚子餓得前心貼後心，遇到雨天不能出工，就坐上小床，伏在修鐵路帶回的那件大家業——木箱子上頭煮字療饑——搞寫作。

對於寫作我看得十分神聖，動筆之前，預先須得把眼皮子上的事情處理清白：譬如近幾天鍋裏至少要不缺煮的，有下飯的菜，換下的衣服要洗，還有打草鞋啦、補衣服啦、剁劈柴啦等等，做它個十之八九，這才消消停停坐下來練習寫作。至今我仍舊保持著這個習慣：凡上級交給的任務、單位上的雜事、為某某朋友效點力……辦理起來我的節奏會快得驚人，三把兩下，從不拖泥帶水。這麼贏得的時間，握在手中的筆，使用起來便稍稍從容些；無論讀書、寫作，精力才相對集中。

有時我寫著寫著，會忽然把筆擱住，咀嚼著愛因斯坦小時候的故事：——學校裏佈置了一份手工勞動的作業，到第二天，老師讓大夥把作業拿出來看。愛因斯坦手裏高高地舉起一隻蠟板凳。板凳歪歪扭扭，四條腿子長短不齊，站不穩當，引起同學們的陣陣哄笑。然而愛因斯坦卻挺認真地告訴大家：「這是我做的第三隻。」我特別喜歡這個故事，那位自己動手、獨立思考，對任何事物都一絲不苟的小主人公，性格是那麼鮮明，形象是那麼可愛，長久地打動著我。稿紙攤在面前，瞅住它出神，我想我同樣在做一隻「蠟板凳」。我知道我的板凳比愛因斯坦做的還要粗糙、醜陋，但我卻堅持不懈地認真去做。現在我翻開起初的稿子，身旁儘管沒有別人，我的臉仍禁不住發紅：句式不通，錯字甚多，標點斷得不夠準確，更談不上謀篇佈局、開掘主題。倒也深信，稿子上的每一段話、一個句子，無不滲透著自己的心

血和汗水，當時一定會認為全都是自己努力創作出來的最美的文章。我告訴自己，不能小視從前的拙作，嘲笑以往的淺薄，可想，沒有不通的句式、錯誤的標點，也就沒有眼前的文字；沒有愛因斯坦的小板凳，也就沒有他今後的世界級的大板凳。哲人說：「人不光生活在現實裏，更應該生活在希望與理想中。我贊同這個說法。在那淒風苦雨的日子裏，沒有寫作給我靈魂的支撐，肯定生活得更糟：苦悶、徬徨、自暴自棄，甚至會憂鬱地死去。感謝寫作，是它增長我的知識，充實了我的生活，開闊了我的視野，使我擁有了一個終生奮鬥的目標。

我們的孩子王——蔡德茂，自從赴大寨參觀回來，說要用原子彈把南坡轟平，待這個宏大的、激動人心的人造平原的計畫做出來以後，他便光榮地參軍去了。如今又光榮地復員回家，那天他突然闖進豬圈裏來看我。他的那身令人羨慕、帶有濃重的政治色彩的透身黃的軍服，把我的小屋一下映得光亮起來。交談中，以他一個叔叔的身份，問及到我的身體、口糧、門戶以及其他方面的許多情況。叔叔走四外回來，見到的世面廣，我便取出一沓練習簿，全是我近幾年創作的二十來個短篇小說的文稿，向他求教。他有些驚訝，停住說話，過細地翻看幾頁，顯得十分高興，跟我說：「俗話說：『窮不丟豬，富不丟書。』你且反其道而行之，飯就吃不飽，丟掉豬，拿起書，真是不錯。」

「我預備寫三十個短篇，湊成一個集子。」

「行，最後一篇的題目我給你定了，叫〈腳印〉，把你生活的經歷，創作過程反映出來，便是一篇感人的文章。跟縣文化館有聯繫沒有？」

「像小學生畫的桃符，染匠作揖——拿不出手。」

「不，要打交道，把這沓稿子抱起，就說我要寫作，我要為農業學大寨出力，請你們指教。他們有輔導業餘作者的義務。偉大領袖毛主席說：堅持數年必有好處。堅持，堅持就是勝利。說不定有朝一日，豬圈裏冒出個才子，姓蔡的也還有個名望。」

這次談話給我很大鼓舞，覺得目標沒有選錯，往後只是怎麼鍥而不捨地去接近目標了。要說寫作，實在勉強得很，什麼資本也沒得，唯有一顆恆心，倒使我產生自信。可以餓肚子，穿破衣，忍欺辱，但寫作的信念不可

動，這是我立志寫作就許下的諾言。這次參加基建專班，不愁吃，不愁住，同生產隊裏相比，條件好上百倍。我時不時給自己敲警鐘，眼下正是鍛鍊寫作的好時機，要珍惜，要努力！在搞好連隊宣傳工作的前題下，我合理安排時間，勤奮練筆。有時蔡德金看到我搞得很累，乾脆不讓我到工地上去，命令我：「你就給我坐屋裏寫！」

在家裏寫有個木箱當桌子，連隊裏可什麼也沒得，只有一口糧櫃支在司務長的床邊。我便同司務長協商好，攤張報紙墊在黑黢黢的櫃板上，放紙筆寫字。坐下來的時候，髁膝包兒撐著攏不得身，只好雙腿順到一邊，扭起個腰寫。寫上一會兒，腰腿發痠，站起來活動幾步。蔡德楷倘要稱面下鍋，嚷著：「讓我一下。」我趕忙把報紙一端，盡他忙過之後，再回到櫃板上來。

我們借住當地百姓的一間老屋，有扇小木窗，木窗不只是小，且安得過高——離地四五尺。

坐在陰暗潮濕、散發著黴味的小屋裏寫作，通過木窗能聽到外頭銀杏樹上的鳥叫。工地上的高音喇叭在氣流的干擾下，沙奶奶「路也走不動，山也不能爬……」的唱段從田野裏忽強忽弱地傳播過來。俗話說：「話說多遍無人聽，戲唱多遍無人看。」這些腔調七八年來儘管使耳朵聽起膩子，可只要廣播裏一唱，心裏卻照例會跟著它哼上兩句。倘若正在廣播我送過去的稿件，便「豎」起耳朵聽上一會兒，滿足一下稍縱即逝的虛榮。有時也會衝著稿紙心猿意馬地亂想：假若自己擁有一間寬敞的房屋，屋裏安裝著明亮的玻璃大窗，窗下支張三屜桌——坐桌前寫字……想著想著，炊事員手中的鍋鏟子「哐噹」一響，美好的想像如同枝頭上的鳥雀，驚散了。

基建上按月有兩天休假，假期一到，我照著德茂叔叔的指引，跑進城裏，跟文化館打交道。

記得第一次去，機會不錯，正好會到館長。那會兒館裏似乎沒有辦公室，館長將我帶到他的家裏，房屋狹小，我們就坐在一張兩屜桌跟前交談起來。館長四十左右年紀，臉龐的輪廓分明，面皮乾淨，言語不多，看樣子是個有思想的人。他一手按在我的那沓練習簿上，問：

「家庭什麼成分？」

「貧農。」

「住在哪裏？」

「蔡家坮。」

「多大年紀？」

「二十三歲。」

「文化程度？」

「小學畢業。」

「家庭人口？」

「一個人。」

「……」

問過一陣之後，館長沉思會兒，接著說：「你照你的計畫寫吧，這部分稿子放這兒，我們先找人看看，然後再跟你談，好吧？業餘創作，不簡單，小夥子好好幹，今後多聯繫。」

我獨自站在街邊上鬆氣，用心血換來的那沓稿子，好像放到了它應該放到的地方；希望它跟糯米飯裏的糵子那樣，慢慢發酵，好帶動我命運的甜蜜。

第二次去的時候，館長便把我引薦給一位姓周的老師。周老師名周凝華，身材魁梧，口方鼻直，面龐英俊，一雙睿智的目光炯炯有神；滿頭黑髮梳向一邊，一看就是個令人崇敬、值得信賴的知識分子形象。同樣是坐在周老師的家裏，看見案頭上正擺著我的稿子，有幾處用紅筆圈過。我寫字長腳短腿，順著練習簿的橫行一個擠一個，紅筆無法下腳，只好用線條牽到眉頭上做批改。周老師的鋼筆字端莊華麗，力能扛鼎，成了我終生模仿的對象。跟周老師說話我比較輕鬆，他沒得架子，當我在回答他的提問的時候，他雙目注視我的面部，認真地聽著。最後他說：「最好到館裏來，跟我們一起吃住，一道下鄉深入生活。接觸一段時間，共同修改稿子，進步一定很快。不過這是我的個初步想法，待跟領導彙報以後，看情形再說。」

周老師一番話說得心裏欠欠的，我按捺住激動的心跳，腳跟腳地跟在周老師的身後。周老師把我帶到一間較大的房子——圖書閱覽室裏，找到一位女同志——談崇禎老師，請談老師給我辦個借書證，往後好憑證借書。

談老師和藹可親，蓄著「柯湘式」的短髮，做事十分幹練。讀者一次只

能借一本書，我卻一次能借幾本。閱覽室裏牆上辦個「讀者專欄」，專門收集讀者的筆記同感想。談老師當我的讀書輔導員，教我如何讀書，如何寫讀後感，循循善誘，增強我讀書、寫作的綜合能力。記得我要走的時候，談老師還送了我一本軟面的筆記本子和二本公文紙。紙和本子對我來說，就同口糧一樣重要。一見到它們，總會激情湧動，精神煥發。自己彷彿變成一支蠟燭，被智慧點燃，然後一滴一滴地跟紙張融為一體，透視出我生命的全部意義。

開年哥嫂從枝江上來，那天剛剛把二爹送上山，正在砌墳頭的時候，他們走到。二爹託付給哥哥的事情並沒有忘記，只是哥哥有話跟二爹說不成了。二媽將二爹臨死前還在惦念「枝江」的情形一背，不由悲痛重起，引得好一場大哭。

作為兄弟，不接哥嫂吃一頓說不過去，拿出我的過年肉，傾其全部家底，一頓飯似乎還湊不圓合。最後找祖母湊點兒鹽菜、豆豉，勉勉強強弄三四個菜，供在巴掌大個小桌兒上。小桌兒置放小屋的正中，規規矩矩把哥嫂接過來吃飯。

記得當時嫂子往門前一站，那對黑眼珠子在驚愕中半天沒有轉動。眼前的小得可憐的席面，以及周邊的小床、小灶擁擠在一起的場景，興許是她有生以來第一次見到，誤為自己走進一個遙遠的童話世界。她從哥哥口中得知他有個兄弟，兄弟很窮，可萬萬沒有料到，現實中的兄弟窮得有這麼厲害。嫂子是個仔細人，謀事在心，想讓這位兄弟早日奔出苦海，一回枝江便四處為我打聽對象。前不久給哥哥寫來書信，報告好消息——說找到一個，要哥哥暑假回家，帶我一併赴枝江相親。

感謝嫂子操心，這的確算個好消息。得到哥哥的通知，一番驚喜，驚喜過後我倒又無端地慌張起來。婚姻可是一輩子的事情，關係重大，平時很想，真的到來，又覺得太快。我像拿到一篇作文的題目，一步邁出去，怎麼過河，怎麼上坡，前前後後地「構思」著。可每當我正經地掂量著這件事情的時候，鬼使神差，腦殼裏總有個人兒悠住我漫漫的思緒，鬧得我越想越亂。由於事情的嚴肅性，導致我一大向的不自在。一天我鼓足勇氣，直接找

到那位亂我心曲的人兒，請她給想想辦法。

「大梅子，有件事我橫直拿不定主意，想聽聽你的意見。」

大梅子坐在油桐樹下，往一隻襪底子上頭繡花草。她先是粲然一笑，接著瞟我一眼道：「少挖苦人，什麼事？說。」

我不想轉彎抹角，便巷子裏趕豬──直來直去地問：「我嫂子在枝江給我說門親事，去還是不去？」

大梅子打個等，臉色一下轉紅，說：「二十幾的人了，自己還拿不出個主張，什麼男子漢。」

「我算不上男子漢，所以才來問你。」

「你是怎麼想的？」

我喉嚨裏「嗝」了一下，說：「枝江是平原，分值比我們這兒高，口糧全都光大米。可是──俗話說：『井裏蛤蟆井裏好。』我……我有些不想去。」

「虧你還在讀書寫字，平時能說會道，原來芝麻大點兒心。」

對大梅子淡而不鹹的態度我十分反感，有意將語氣添了點兒力度，直截了當地說：

「有一個人使我走不前去。」

大梅子故意一笑：「什麼樣的人物，能拽得住你？」

心情不能被人理解，是件非常懊惱的事情，架幾次式想發脾氣，可又不是場合。我知道我不會那樣魯莽，因為一顆心讓一個愛字軟化著，也只好將急躁趕走，耐著性子表白道：「莫逼我好吧？有個人反正滿能幹，長得又好，我自根兒就喜歡她。可不知為什麼，這人兒卻跟一個排長戀了愛。那段時間我好像生活在雲裏霧裏，腦殼有斗大，昏疼昏疼，差點兒要了我的命。你還不知道吧？後來，興許是命運的安排，他們沒有談攏，我暗地裏在快樂中度過了好久。心想，這是老天爺給的個機會，不能錯過，要抓住它。可是、可是我缺乏自信，我沒有房屋，沒有家產，體子又差。我……說媳婦就得對媳婦負責，給媳婦擋風雨，不准別人隨意欺負她。有一口菜，先得讓媳婦吃；有一尺布，先得給媳婦穿。看眼前，這些男人們應該具備的條件和能力我一時都不能達到。儘管這樣，我並沒放棄愛的權利。我在努力，我要創

造條件，去追求我心目中的目標。我想：條件不成熟，寧可打單身，也不能讓人家跟著我吃苦受罪。但是，當我的想法跟現實狀況還沒有達到統一之前，婚姻問題已提前把我帶到了十字路口。這種情形下，思來想去，一時還找不到比這更好的方式來表達我的愛心，只好當面直說出來。大梅子，這是我的心裏話，你快些回答，我等得有好多年了。」

大梅子停下手中的針線，把頭耷拉著，不做回答，也不望我。當我再一次催促她的時候，她抬起頭，用那雙噙滿淚花的眼睛深情地望著我說：「你去。」

她的回答我明明聽得清清楚楚，卻不願相信自己的耳朵，倒又固執地問：「你說什麼？」

「你去。」

我的意志還從來沒有像今天這麼脆弱過，如同高粱稈兒架的窩棚，狂風一起，垮了。眼前這個我鍾情多年的女子，第一次向她求愛，賞給我的竟然是「你去」兩個冷冰冰的字眼兒，只差沒惹得我發瘋！我懷疑我是否中了愛情的鉛箭，想拽著她到丘比特那兒去講理，想朝天號啕，恨不得搣人，恨不得打架，恨不得……但我依舊壓住一肚子火氣問她：「你為什麼要這樣說？」

「我只能這樣說。」

面對大梅子這個態度，正欲發火，她卻搶先吼了我一句：「聽我說一句好吧！」

我大約使用了八百斤的力氣，半天才將一口火氣壓住，臉往旁邊一調：「你說！」

「兩耳不聞天下事，一心唯讀聖賢書——寫你的稿子。外面風言風語，三歲的娃娃都曉得，單是把你蒙著。」

「什麼風言風語？」

「你看，我說是吧，書呆子。那個傢伙潑起自己的臉不要，到處揚名打鼓地說我，把我說得黃菜葉兒不值。不要臉的，討不到好死的，報仇不如看仇，看他今後怎麼個死法！說是非的人陰間裏不得饒他，閻王要割他的舌頭。千不該萬不該，當初不該答應跟他談戀愛。那會兒被鬼迷了，吃黃昏藥

的，錯踩一步，步步踩錯。我⋯⋯白布掉進染缸裏，一百張嘴也說不⋯⋯」

「他說你的什麼？」

「你莫打破沙罐問到底好不好！」

「我要問，他到底說你什麼？」

大梅子怒視著我的雙眼，看得出她內心裏湧動著一種難以言表的痛苦，接著便發洩似的衝我嚷道：「他、他說：『大梅子我已經睡了！』」這時大梅子身子往旁邊一側，將頭伏在肘彎兒裏，嗚嗚地哭起來了。

她哭得十分傷心，整個身子在泣咽中抖動。我的心似乎被某種利器扎了一下，一陣疼痛。眼前的一切，讓我想起前不久發生在我小屋裏的一件事情：我正在木箱子上謄寫稿子，那位排長先生跟一隻虼蚤似地一下跳到屋裏，從身後扳住我的肩膀，將那兩瓣臭烘烘的厚嘴唇湊近我的耳邊嗲道：「聽說你在跟大梅子倆談戀愛，有這回事吧？」我倒挺認真地答道：「沒有。」他且嬉皮笑臉接著說：「是呀，我說我睡過的女人文人怎麼會要呢？」當著面這麼侮辱大梅子我一時接受不了，就起了火：「你不要挑洞播禍好不好！」他說：「我這是為你之好——不戴綠帽子。」「滾開！」那傢伙看見我氣相不對，撈了個大無趣兒，就勢兒溜了。

「天底下還有這等厚臉皮的傢伙。」我心裏罵著，望了望大梅子，勸道：「莫哭，不值得傷心，他的話是報復你的，沒有人聽。要我說，睡了又怎樣？沒睡又怎樣？一個人不能因⋯⋯」

大梅子抬起頭，紅紅的眼睛將我睃著：「什麼事都跟你說的那麼簡單就好了，可惜達不到。人活名，樹活影，一個女同志只要沾上這些話，一輩子⋯⋯」話沒說完，只顧一個勁哭。

「當初為什麼要同他分手？不分手，他也許就不會這麼說你。」

我話一出口，大梅子立即停止泣咽，說：「人是一張紙，戳穿不值錢。我的眼睛瞎完了：還是個黨員，民兵排長。一次我上他家去，正跟一個媳婦子滾在一床。你說，還沒結婚，就同人家鬼混，這樣的東西，我能嫁給他嗎？」

「他那麼說你，你想不到說他？」

「說了髒口德。」

大梅子的初戀——跟強排長倆談，跟強排長倆分，這當中一直像一團迷霧籠罩在我的心頭。如今一語道破，迷霧一縷縷散去，真相漸漸清晰起來了。拿到依據，果斷分手，合乎情理，我理解大梅子。按說，事情的發展對我倒是有利，然而，當我今天坦露真情，卻遭拒絕，反倒又不大理解了。大梅子如何打算，想的什麼，揣摩不出，於是我的一顆滾燙的心靈在納悶、困惑、焦躁的複雜情形中，突然變得空前地軟弱起來。一時感覺到處境的窘迫，窘迫得不知跟大梅子說什麼好了，彷彿身子在漸漸縮小，手腳發僵，動彈不得。到後，我可憐巴巴地說：「大梅子，你不喜歡我。」

　　「瞎說！」大梅子用她的那雙柔情蜜意的、發紅的眼睛嗔了我一下。

　　「喜歡我，為什麼支持我走？」

　　「我的名聲已被他弄壞，今後怎麼抬得起頭？會死在嚼是非的嘴裏。」

　　「我不信這一套。」

　　「你現在嘴硬，三天的新鮮，三天過後，金銀花當糞草，男人都是一樣的。俗話說：『麻雀都往亮處飛。』兄弟倆一母同胞，哥哥下去了，再把你弄到身邊，往後有個照應。莫井裏蛤蟆說井裏好，眼光放遠點兒，男兒有志在四方。」

　　說話時，大梅子抬起頭，望著遠處的群山，目光裏蘊涵著一種淡淡的期待和玄想；跟著一聲嬌歎，長長的睫毛撲閃兩下，回過頭來輕輕地說：「世上能幹的姑娘多得很，忘掉我這個笨人。你走，走一步好些。今後我也會走的，即使你不走我也會走……」

　　大梅子回了我的乾信，使我如同害過一場大病，全身心的崩潰。眼睛彷彿被斑蝥煙子嗆的，看任何東西皆麻麻糊糊；腦殼也像給泡桐木的棒槌敲了一下，感覺一陣陣悶疼。記得捱到傍晚，太陽正沉進西山的雲層，大梅子站起來先一步離開。我待在原地沒動，總想她會回過頭來看我一眼，然而她卻沒有回頭，真的沒有回頭，叫人好不懊惱！我眼前陡然變黑，跟傍晚的太陽那樣，烏雲遮住了光輝，一個五彩繽紛的世界在我的心目中墜落了……

　　惶惶地熬過一段時間，失戀的痛苦仍緊緊地裹得我爬不出來。彷彿一首民歌唱的：「……白天走路歪歪倒，晚上一坐病歪歪，相思病兒難得害。」難道我染上了這種古怪病嗎？民間裏說，這樣的病是醫不好的，我渾身一陣

戰慄。它折磨得我夠苦，得不到解脫，便將一份怨恨強加到大梅子的頭上。但總覺又找不到她的錯處，怨恨失去理由，倒是讓人又下不得心恨她。我並不就此甘心，還想同她交涉，試圖拿一顆真誠的愛心去征服她。為此我日思夜想，預備了許多話要跟她說。看看暑假漸近，心裏一急，找到她說：

「哥哥讓我找領導請假，過幾天就走，可是——我很作難……」

「聽我的話好嗎？眼光放遠點兒，你去。」

她說得很深情，促使我不再七想八想，決心走一趟再說。

去枝江有水、旱兩條路，從香溪走水路便宜八角錢，況且在船上還能吃到一頓不要糧票的中飯。說起這頓中飯，我馬上想到修鐵路那會兒。大家都初次坐船，對於輪船上的一切，皆充滿興趣。大夥倚在欄杆邊，偏著頭，不眨眼地望著巨大高傲的船頭沖破濁流奮進的情景。這時廣播響了，裏頭傳出一位女性甜美聲音：「各位旅客請注意，進餐時間已到，請到二樓服務部窗口購票進餐。」聞得這聲，人們的注意力瞬間改變對象，找錢的找錢，翻碗筷的翻碗筷，紛紛動盪起來。我們往二樓跑去，二樓走廊早已人滿為患，服務部窗前擠成一個人堆。船領導看情形不對，迅速增添幾位男士到統艙裏賣票。大家嫌三角錢一份的飯菜吃不飽，都想多買兩個餐券，一邊又擔怕空了甑，故拿出素日揹糞挖田的力氣，奮勇前擠。老天爺，那售票員昨夜可能沒做好夢，被人們擠油渣兒一樣，擠緊在艙壁上，像耶穌上十字架，上下左右不得；看他臉上失色，幸而保衛已到，始慶沒有鬧出「長江事件」來——可扭折了腰……回憶這些往事，至今仍使人驚悸不已。

百聞不如一見，原先聽父親誇枝江場子好，只是在虛幻中加以想像，不具體，如今一瞧，的確是好。宜昌那兒還看得見矮矮的山頭，屬丘陵地帶，一到枝江，才真正到達平原。山裏住了幾十年，鼻子、眼睛跟前都是山，鎖住了視線。平原上一站，高山、峽谷陡然間從視覺中消失，頓感天空擴大好多。古話說：「江漢熟，天下足。」這話看來不假。百里洲光種棉花，眼下正是日盛氣足的月份，大半人深的棉禾齊刷刷的，從眼前一直綿延到遙遠的天際。禾叢裏墜滿了白、紫兩色、含苞待放的棉桃，微風吹拂，綠浪翻滾，呈現出一個棉花的海洋。田野裏，有井字形的人工河橫貫而過，碧水藍天，垂柳夾岸；傍著人工河的人行道、車道，有如木匠的墨線彈了一般，端直流

線，這樣的景致電影裏頭倒是見過。

看著這些肥油油的莊稼跟土地，自然而然地聯想到家鄉的情景：東一片、西一片掛在山腳下的坡田，有的像塊裹腳布，有的像片樹葉，最大的田坪超不過兩畝；耕起田來石子跟泥土拌和在一起，擦著犁鏵，發出咕碌咕碌的響聲；掩藏在薄土下的暗石，震得犁頭一跳一跳……我禁不住歎道：「老天爺給山區的土地是那麼吝嗇，給平原的土地卻這麼大方，不公平吶。」我像個幻想家，把這裏的土地幻想成一塊大布，請老天爺裁一隻角，給我帶回家去，鋪展在我們村前，四季耕種，該多好哇。我想到二爹，可惜沒有奔來，倘是活著，看一眼也是好的。

百里洲這個奶蜜成流之地，不知何故，還存在著不少的草房。不過女方家裏全是瓦屋，不光三間正屋是瓦房，連曲尺形的兩間灶屋同樣蓋的是瓦。這裏有點新農村的跡象：房屋一溜擺在大道的邊上，各自門前有個小院壩，院壩邊用籬笆隔著一畦菜園；下兩步台階，越過大道便是一口池塘，典型的江南人家。

女方家人口不重，夫妻倆，一個姑娘，頭上有個婆婆。婆婆跟我的祖母一樣，七十多歲，瘦弱的身子由於背駝使她顯得更加矮小。可她仍轉珠子似地屋裏屋外地忙碌，倘得到空閒，手裏拿把縫有補丁的蒲扇，坐大門邊的小廊子跟前，慢慢悠悠地搧涼。記得我第一次到那兒，婆婆打十個荷包鴨蛋，兌的糖，我呼呼啦啦一會兒便收拾下肚。婆婆看見我吃得那麼順口，說：「小夥子就是要吃得。」我極少聽到這樣的誇獎，默道：「吃得哪點兒好呢？分的口糧幾頓就消光了，不窮的也會吃窮。」

姑娘的父親是個篾匠，鎮上綜合廠裏幹活，早去晚歸。篾匠中等身材，穿件對襟汗褂兒，性情十分溫和。他讓我到綜合廠把頭髮理一下，照吩咐我隨了他去。理髮時，篾匠停下手中的活兒，過來跟剃頭匠交涉，理髮的錢由他出。說完也不即離去，笑盈盈立在旁邊，我從鏡子裏看得真真切切。

家中厲害點兒的，可能要數姑娘的母親——那位主婦。主婦的身材似乎比篾匠高點兒，一副嗓子嘹亮不過，屋裏有她，格外熱鬧。裏外的事情一律由她出面，她經常指派篾匠做這做那，篾匠聲叫聲應，難得的勤快。

一次主婦突然叫我：「都不得空，去塘裏挑擔水來。」

使我的嘴兒，說明沒有另外地看待，心中覺得踏實。到塘裏幾步平路，不在我眼中，撇下扁擔，憑雙手的臂力提著一擔水回家。一時竟獲得她的誇獎：「嗨，有把子力氣，我們這擔桶大，恐怕有百把斤囉。」

我說不重，她又問：「怎麼咳得這麼厲害呀？」

我頓時像當頭挨了一拳似的，頭腦裏嗡嗡直響：我最怕人家問及到我的身體，一說到病相呀、咳嗽呀，就同把我壓在心底的祕密當眾抖給大家。說起來也是活該倒楣——利用休假，跟蔡長斌往石灰窯上揹炭，掙的十五塊錢都把了我。想不到一路擠車、擠船，被人摳了包。本來就慪，加上哥哥一吵，心頭像承載著一塊巨石的擠壓。過江那天，鑽進艙裏，在那沉悶而又無聊地候客的過程中，不知怎麼就打起盹來。且弄不清船是如何開的頭，直到駛入江心，暴雨掀起帆布簾子，打濕上半身，這才把我從混沌中驚醒。一時鼻塞聲重，跟著便咳嗽起來。衝著主婦的問話，我向來不喜歡扯謊，照直答道：

「體子本來就弱，那天過江遭到雨淋，感冒了。」

「怎麼不早說呢？」她怪罪起來，「等會兒到衛生院買幾顆圓子（西藥），喝下去就好的。」

我心裏反駁道：「幾顆圓子起什麼作用？我這是老毛病，幾百顆也湊不了效，不如熬得好。」我很想她說個別的，可一時又找不到恰當的話題來引開，一憋，越發咳嗽。待我剛剛緩過氣來，她接著又問：「走路怎麼老是把頭耷著，腰桿子直起來嘛。」

「誰個不想把腰挺直？是該死的病魔把我的背給害駝的。」話到口邊，我沒有勇氣直說。害臊得只想驟然生出一對翅膀，衝上藍天，奮力地往回飛，飛向興山，飛到祖母的身邊。

不過湊巧，那天哥嫂正好在場，哥哥連忙把話接過去說：

「難怪，山區裏揹腳打杵壓成的這個樣子；再說，山路不好走，時不時要瞅到腳下。今後來到平原，鍛鍊一段時間，自然而然腰會直起來的。」

這陣兒，我溜出門，獨自來到通往豬欄的巷子口上站著。找媳婦首先要有個好身體，一般都會這麼認為，而我的身體恰恰不行。我常常把它形容成一個關口，好多年就擔怕過這個關口。疾病纏身，這是一生中感到最為壓頭

的事情，它殘忍地折磨著我的肉體同靈魂，讓人變得膽小，不願跟人交流，長年封鎖在一個自卑的天地裏。冥冥中，我預感到這門親事不妙，人家會看不上我，睜起眼睛嫁給一個有病的人，那才傻呢。哥哥雖然在替我包瞞，但我還是想把實情告訴人家，行就行，不行拉倒，免得今後生枝節。我對不起哥嫂，對不起姑媽，麻煩一世界的人。當時真的很難過，眼睛酸酸的，淚水花花的。

一天下雨地裏散工，閒得找不到事做，想起蒸饅頭吃。主婦問我：

「你會做飯吧？」

「我會。」

「那好，今天你就蒸頓饅頭我們吃。」

聽到吩咐，暗裏叫苦：打疙瘩湯、和包穀麵飯我不會跟別人說好話，做饅頭確實不行。說起饅頭，在家裏想就不敢這麼想：隊上秤一點麥麵，只能可斤可兩地打疙瘩湯喝。要說，我根本沒學過，這陣兒要我做，只好硬著頭皮來試。但我也清楚，這玩藝兒並不比上山砍柴、下河揹糞更苦，於是便裝出在行的樣子，洗手、和麵團到案板上揉。一邊揉，我一邊回想食堂裏蔡德楷揉麵的姿式，模仿著用手掌使力。主婦睜著一副考官似的眼睛站旁邊觀看。麵團揉個什麼程度叫好，我不知道，反正卯起勁兒揉。那天可能因我揉得賣力，時間也不算短，蒸出的饅頭又白又泡，樂得全家人合不攏嘴。主婦重三遍四誇道：「會做飯的小夥子劉巷鎮不多。」

我暗裏頂嘴：「我根本不會，是你逼的，吃饅頭我倒算得上一個。」

大家高興，話就多起來，主婦說：「我們這兒的生產滿苦咧，熱天裏挑麥子，冬天裏拔棉柴、挖塘泥，一年上頭沒得閒的。」

我說：「我們那兒爬坡、上嶺，樣樣靠揹，那才叫苦嘞。這裏一展平陽，只是挑，挑怕什麼？說不上苦。」

「你會耕田嗎？」

我底氣十足地回答：「我會。」

「會不會趕牛車？」

「不會。」但我不想認輸，接道：「趕牛車簡單，直梭梭的大路，打瞌睡，牛車也不會翻進溝裏。」

「什麼是直梭梭的路？」

「就是滿直滿直的路。」

我把方言說得十分土氣，惹得他們咧嘴大笑。

清晨，還在做夢，有人把我叫醒，睜眼看時，主婦便依了姑娘的口氣跟我說：「爹在江邊上撈柴，你快些幫忙挑去。」

長江就在屋後頭，上了堤，穿過一片柳林就到。

舉目四望，沿江兩岸全都是人，斑斑駁駁螞蟻似地貼著水邊蠕動。拿耙子的、揮竹竿的、使鐵鉤的，一個勁地往岸上撈柴禾。有的游入深水中，胳肘裏掖棵大樹，一隻手往岸邊泅水。原來昨天夜裏，長陽縣突下暴雨，引起山洪，沖走了幾個大隊。樹木皆連根拔起，房木檁子、衣櫃板凳、磨拐子、打杵子、家禽家畜，還有人的屍體，混雜著漂了一江。人們望著這渾濁浩蕩的長江，目睹這天災人禍的慘景，誰也來不及哀悼，來不及祈禱，來不及思想，只一門心思地打撈雜物。行駛江中的小機動船、駁船等各類帆船的船弦上，皆高高地架起一碼一碼去了皮的白花花的浪柴。

人們大都撈了些短棒，對於那漂在江中的密壓壓的大柴，瞪著眼睛望到它流走。我幾次想著下水，拖兩棵大樹上岸，讓人家瞧得起我。只因江水扎人，身體仍遭受著咳嗽的折磨，甘願當個「敗將」罷了。後來聽哥哥說及這件事，他在傅家渡顯了個本事，到江中拖了許多大柴上岸，請牛車運輸數日，供家裏燒了幾年。

篾匠家裏是不缺大籃子的，我用大籃子挑了兩擔柴棒回家，挑第三擔的時候，姑娘趕到半路上接我。

姑娘名叫小鳳，身段同長相跟大梅子一樣美貌，大約出於水土，只是皮色稍微黑點兒。小鳳初中畢業，性子溫和，平時看人，目光靈動，純樸中又多出幾分伶俐。嗓子隨她母親所轉，說話口齒明朗，一看就是個老實可靠的能幹姑娘。

小鳳的力氣特別大，柴擔我本挑得吃力，到了她的肩上，不單是走得比我快，挑擔的姿式也非常優美。太陽升出地平線，金黃色的光線透過柳林的間隙，斜斜地鋪到地上；平展、潮濕的灘塗，冒出絲絲水氣。小鳳的擔子在這柔和而又清新的晨光中穿行，忽而暴露在陽光下，忽而掩入到蔭涼裏，明

暗效果在她那運動著的、穿有乳白色襯衫的身上，表現得異常鮮活。

記得前天他們都出工忙活兒，我跟婆婆在家，覺得悶倦，便跑到姑媽家玩。晚了，小鳳便騎著自行車過來接我。

太陽像個巨大的燈籠，紅紅的邊沿開始接近地面，天空點綴著幾片彩霞。炎熱漸漸退去，徐徐的晚風從棉禾上掠過，把愜意的涼爽送過來。田間大道筆直，一眼望不到盡頭，沒有牛車，沒有行人，似乎只有我跟小鳳。來百里洲已經有了十天半月，可還沒單獨同小鳳待過，感到拘束。那會兒我正在學車，看到自行車就想著要騎。小鳳把車推著，誰也不准騎，堅持過走。她說話的口吻聽起來有命令的味兒，但表情還是那麼的靦腆。我說我要騎。她說沒有學會，她不放心。

「我騎得穩。」

小鳳側過身子，黑漆漆的大眼睛注視著我：「這麼長的腿，走會兒不行嗎？」

我一時答不上話，她馬上讓步：「實在要騎，我帶你。」

「不要你帶，我會騎。」

我把自行車從小鳳手裏拿過來，騎上去就跑，小鳳在後面喊叫：

「慢點兒——摔著了歸你疼。」

回到家裏，小鳳並沒怪我，倒讓她母親把我數落幾句：「兩個人怎麼不走一路呢？沒得一點兒轉變！」

百里洲有個習俗，添新換季，喜歡把裁縫接到家裏。一位年輕師傅，腳有點跛，用自行車馱著縫紉機進門，裁呀縫的忙活了三四天。不拘多少，家裏人都有了新衣服，同時還給我縫了一套。悅意未盡，突然有一天，小鳳從房裏拿出一雙嶄新的布鞋讓我換腳。我一時有些懵，不知他們用什麼方法採到我的鞋樣，這麼快就把它趕製出來了。鞋子比我們山裏做得秀氣些，滿觀樣：黑燈芯絨的幫子，厚薄均勻，扎的芝麻底，隔的白果腰，麻線鎖邊兒。恰如民歌唱的那樣：「長來不過七寸多，又好穿來又好脫。」

我穿著新鞋，似乎不是雙腳著地，而是踩在一個人的心上。這顆心是這麼的單純和溫柔，它像陽光對待種子，把隱藏在狹小天地裏一顆自卑的心靈漸漸地暖和過來了。第一次嘗到被人關懷的幸福，我為此而激動不已，從心

底裏對今後的日子，漸漸萌生出一幅幅零散的、朦朦朧朧的憧憬。有人說，一個農民，只有土地和女人才拴得住。在這廣袤無垠的平原上，土地肥美，莊稼豐收，還有那美麗的姑娘，倘能把前程安置在這兒，對我來說，恐怕是天賜之福吧。

他們全家都愛乾淨，夏天的衣服一天一換。開始很不習慣，在小鳳的逼迫下，我老實照辦。換下的衣服一早便收過去洗，洗好的衣服待到傍晚，疊得方方正正地送來。當我在享受著這優越的待遇的同時，一種男子漢的未來的責任同義務常常壓得我喘不過氣。責任和義務，看起來空洞，實則具體。照我膚淺理解：應該是媳婦的靠山，生活的希望，家庭的頂樑柱。這是一個不容迴避的問題，你有這個能力嗎？

一次我走進小鳳的房屋裏，坐在床沿上，小鳳跟腳進來。她並不坐著，像襲人看護寶玉似的，絞著雙手，站在旁邊，睫毛一眨一眨，口中含笑地把我瞅住。那會兒我感冒差不多痊癒，中氣日漸恢復，膽量也大了些，四目相對，我說：「小鳳，我倆的事情過細考慮過嗎？跟著我你會吃一輩子苦的。」

小鳳微笑著問我：「你怎麼曉得會吃一輩子苦呢？」

「條件擺在這兒，家裏除了我一個淨人，什麼都沒得，況且我的體子又弱。」

「會改變的唦，怎麼這麼一個腦筋？」

「總想著我配不過你，帶連你日後……」

「你說的些什麼話？我聽不懂，說個別的吧。」

我知道小鳳是一片好心，望著她楚楚動人的身段，很想拉她跟我坐到一起，不，甚至想到擁抱！我記起柯察金跟冬妮婭分別時的情景：他們相互擁抱著，誰也不願首先離開，各自聞到了對方散發出來的頭髮的香氣……。這是我起初接觸到這本書，在一種神祕感的驅使下閱讀次數最多的章節。當放肆的念頭剛剛一冒頭，我立即將它克制住了，魯莽的行為往往容易壞事。心想，我們的初戀就像剛剛萌發的春芽，十分清純嬌嫩，須盡心呵護才行，容不得半點的瑕疵。

# 鬧劇連台

　　回到基建專班，往高音喇叭跟前一走，我這才強烈意識到頭頂上的政治空氣的流向早已變了方位：「走資派還在走」、「要光明正大，不要搞陰謀詭計」、「右傾翻案，不得人心」這些最新指示在喇叭裏早晨給它三遍說，晚上給它九遍呱，一場反擊右傾翻案風的群眾運動在全國各地又熱熱鬧鬧地興起來了。

　　記得年初清明節，天安門廣場上出事，被威武的首都民兵迅速制服。傳說烈士紀念碑前一隻花圈的落款沒寫名字，倒用繩子拴了個小瓶在那兒；又說一個蓄著小平頭的傢伙，在鬧事中喊叫的聲音最大。什麼「小瓶」、「小平頭」，猜情理都是影射的鄧小平，起先只悄悄議論，如今倒大白天下了。我從內心裏暗暗衛護他說：「毛主席說你人才難得，就好好幹嘛，當個副總理，一不愁口糧，二不愁衣服，翻個什麼案呢？弄得位子還沒坐熱，又攆下台來，自討苦吃。」提筆寫稿一時拗不過來──昨天寫鄧小平號召普及大寨縣，今天寫鄧小平颳右傾翻案風，忽而捧上天，忽而摔下地，彷彿自己在做一件十分髒德的事情，性情上很有點兒過意不去。

　　蔡德金卻批評我說：「麻雀子頭上過，認公母，多事！管它髒德不髒德，毛主席說的話難道你敢不聽？趕快給我編一台文藝節目，反擊右傾翻案風。」

　　任務壓下來了，按照當時最為流行的「三突出」原則（突出正面人物、英雄人物、主要英雄人物），點起油燈，在司務長的鼾聲中奮筆疾書。我一邊寫，一邊讓那些剛下學的學生娃謄正，並用複寫紙一併複好。十來天的時間裏，什麼三句半啦、對口詞啦、漁鼓道情啦，還有一部小歌劇，七合八雜的反正寫了不少，看樣子足夠演三個小時。

　　節目創作出來，沒得演員不行，緊接著挑演員。有些年輕人脾氣古怪，寧可在烈日下搬土疙瘩，就是不願當演員，怕上台出醜。針對這種思想，

指揮部通知開大會，學習報紙，要求大家提高認識。演戲就是宣傳毛澤東思想，走革命路線；反對演戲，就是反對宣傳毛澤東思想，颳右傾翻案風。老天爺，這麼大的帽子誰個頂得起！各連隊討論的時候，許多老同志遭到恐嚇，連忙表態：「堅決擁護毛主席革命路線，只要年輕人把戲演好，把鄧小平批臭，坡裏活路不必擔心，有我們老傢伙頂著。」幾個調皮鬼眼見事情不祥，不再忸忸怩怩，表示克服小資產階級思想，紛紛寫決心書，一張一張使糨子粘到牆上。男演員蔡德金帶頭，女演員大梅子帶頭，毛澤東思想文藝宣傳隊很快宣告成立。

那會兒學「小靳莊」，不光各連隊成立毛澤東思想文藝宣傳隊，大隊成立的有，生產隊也成立的有，一時風靡全縣。這種大轟大嗡現象與中國的政治制度相關聯，絕非偶然。我查閱到一份歷史資料：一九五五年全縣業餘劇團六十二個；一九五八年發展現四百五十八個，看情形眼下一千個還不得止。

上工的喇叭響了，年輕力壯的聚集在門前稻場上排節目——抓革命；一幫上了年紀的老傢伙扛著鋼釺大錘去工地——促生產。如今什麼重要，什麼不重要，什麼該做，什麼不該做，是非界線全給弄亂了。大家都糊裏糊塗，反正革命要抓，生產要搞，存在的就是合理的，人們也就沒有什麼話說。

說到排節目也真夠費勁，並不比推板車、打石頭輕鬆。一溜俊俏的姑娘，個個皆具有勤勞、本分、單純、善良的品行，倘若要她們洗衣做飯、種菜澆園、挑花繡朵，興許件件做得令人如意，一旦說及表演，那可真叫人不敢恭維。她們彷彿生來就不是吃這碗飯的料子：表演雄鷹飛翔的姿式，你猜怎麼著？雙臂像綁了扁擔，伸得又僵又直，似乎每一根指頭裏都攢足了勁，想扳動一下非得下蠻力不可。「放鬆，柔和點兒。」頭一次記住，待第二次伸出手來，照例一副笨相。教個「十字步」，也不是那麼簡單，你帶頭扭上十遍，她們仍絞著胯子扭。平時姑娘們說話，如喜鵲登枝，嗓子明明朗朗；眼下說起台詞，嘴裏同含了蘿蔔，格噔格噔地唸不成句。

我儼然一個大導演，坐前頭成天在那兒「臉抬起來」、「面帶微笑」、「動作放開」不停地吼叫。被我吼叫最多的要數大梅子，她是鐵姑娘隊的隊長，嚴格些不要緊。

熱天裏不能多穿衣服，十七、十八無醜女，她們的身段，正面側面，曲線都十分耐看。大梅子發育得最成熟，青春的氣息在她身上光芒四射，抬腳動步，那對渾圓的乳房引起的晃動，隔著襯衫也能夠看到。我跟她們面對面地站著，距離就那麼幾尺遠，大略是我的目光太熱烈一點，使大梅子有些招架不住。於是她便想法子，時不時跑進廚房裏找水喝，出來的時候，瞥見她臉上仍然存留著沒有退盡的紅暈。有時表演得正好，不期四目相遇，似乎都會感覺到對方的心思不在戲中，腳下的步子自然也就亂了。

大家會以為我滿懂文藝，錯了，連個「半吊子」不如。想把這台節目立上舞台，我跑到青華學校，把音樂老師以及指揮部裏廣播員都請到連隊裏來，讓他們給小歌劇譜曲，教大家練唱。

食堂裏沒得好菜，拿連皮洋芋招待老師過意不去，我便帶了幾個人下水田裏抓鱔魚。水田裏鱔魚多，先用腳探，感覺到腳下有動靜，便伸手下去，用三根指頭將鱔魚抓撈上來，總共抓的有半撮箕。回來大家忙著和鹽水，把鱔魚倒進去，讓牠們吃了鹽水自己吐泥巴。然後洗淨，掐幾顆蔥，煮了兩大盆湯。蔡德金往小賣部打斤苕乾酒，酌到碗裏請老師們喝。廣播員被他們灌了幾口魚湯跟燒酒，臉上彷彿抹了胭脂，長睫毛一眨一眨，十分嬌豔。

住房門前不遠有個珠包，跟青華觀的龍頭相對應，這實在是天造地設的佳境。珠包是個自生的土堆，圓圓的，頂上一個坪，直徑約三四丈。夜幕來臨，我帶著演員們爬上珠包，對節目進行反覆演練。

月亮早早地掛上山頭，朦朧的田野裏點綴著幾星燈光，彷彿拋撒在夜幕上的幾顆珍珠。樹上的知了停止鳴叫，沸騰一天的工地這陣兒也躺在寧靜裏。幾隻蟋蟀在跟前的草叢裏打著口哨。珠包上涼風拂面，男的女的，手牽著手，連成一個圓圈，「毛主席的光輝，阿拉呀希若若」，邊唱邊跳。大家排練十分認真、大膽，不忸怩作態，大略是融融的月色幫了大忙，擋住了異性的目光。別的連隊同樣在趕排節目，歌聲、笛聲、胡琴聲交織在一起，纏綿縹緲，把山村的夜晚烘托得分不清人間天上。我左邊握的女人的手，右邊握的女人的手，女人的溫柔和體內散發出來的幽香，通過接觸和嗅覺，那快樂的滋味兒蜜糖一樣流進我的心田。

那天吃過中飯，大家正在簷坎上休息，鄉郵員老李從大茶埡爬上山來。

連裏訂的有份《宜昌報》，他遞過報紙，接著從大郵包裏取出一紮信件，往近視眼跟前湊著，然後從中抽出一封給我。

我的信件公開化，不拘什麼人，都可以隨便看。剛從枝江回來的那幾天，姑娘們把小鳳給我做的布鞋從我腳上脫下來，鑑賞一件寶貝似的掰到掰到看。

這是我收到的小鳳的第一封來信，本當收到兩封，但第一封是小鳳父親請人帶的筆。大意是他們對這門親事表示同意，今後通信讓我改口──稱爸媽。回信中我當即改口，向爸媽問好。順便給小鳳寫了幾句，問她為什麼不提筆寫信給我；以後家裏信不要請人代筆，自己動手。這回的信我一看是小鳳的筆跡，感覺格外不同，讀得特別認真。信中談道：我們分別不多天，小鳳把姑媽跟嫂子接到她們家中做客。小鳳從嫂子口中得知我的一些情況：說我的小屋又髒又窄，鍋灶小得可憐，吃不飽飯，生產抓得緊，要幾辛苦有幾辛苦。小鳳為此非常難過，悄悄地掉眼淚。信中小鳳勸慰道：身體是革命的本錢，自己要顧惜，人生的路還長。還告訴我，只要請得動假，隨時到枝江玩，全家表示歡迎。

信沒看完，大梅子跑過來，用指頭戳著我的額頭，笑道：「平原上的姑娘心好慈喲，為你掉眼淚呢。」

蔡德楷繫著個長圍裙，靠食堂的門框站著，向信中的內容反駁道：「回信說，請姑娘不必掛念，現在不是以前的小鍋小灶，是大鍋大灶，連寫字的桌子下麵都裝滿了糧食。」

跟著蔡德金也教我如何如何地回信：「就說生產不怎麼忙了，天天在演戲、唱歌，反擊右傾翻案風。」

大家紛紛插嘴，代我向蔡德金求情：「連長同志，你准個假，讓他到枝江去，親熱話只有攏面細細地說，信上是寫不清白的。」

夜間，我抽空給小鳳寫回信。動筆前，打開小鳳的信重新溫習一遍，紙上的那一行一行娟秀略帶稚氣的字體，如同小鳳可愛的笑臉，時不時浮現在眼前。記起同小鳳在一起的日子，真的有些想念她了。她的一顆純樸的心，通過樸實無華的語言傳遞過來，深深地打動了我。在此之前，還沒有哪一位少女向我這麼坦露心懷，表示出對我的關愛。我的心飛回到小鳳的身邊，想到江邊拾柴，小鳳從我肩上接過擔子，行進在柳林中的矯健身影。想到小鳳

到姑媽家接我回去，夕陽西下，晚霞染紅了半個天空，路上沒有別人，真是個說悄悄話的天賜良機。然而，我倒十分地不懂事，竟跨上自行車，撇下小鳳，一溜煙前頭跑了。當時我並沒感覺到有什麼不是，但經過時間的沖刷，這些美好的細節卻似嫩綠的春草，從記憶裏冒出頭，勾起我無限的歉意。

寫完信，我的心從小鳳身邊回到興山，回到我坐著的小屋子裏。情形有點像做夢，雖然醒過來了，夢境同現實總還得混淆一會兒。我望著眼前昏黃的燈花發呆，思維如同一隻小兔，捉摸不定地跳來跳去。忽而一陣充實，今後的日程像一幅畫在腦海裏鋪展；忽而一陣空虛，深感前程黯淡，捕捉不到影像，世事皆空。轉而又平生許多疑問：自己身居何處？成天在搞什麼名堂？今後會弄出個什麼結果？猛然意識到，思考生活跟生活本身同樣重要，同樣使人苦惱。

指揮部會演如期舉行，如同從前村裏唱「牛王戲」，開鑼就是七天。地點設在青華中小學操場上。人們如同過年過節，早早收了工，吃過晚飯，各連隊扛著紅旗整隊入場。兩盞煤氣燈充足了氣，燈泡雪白耀眼，往台上一掛，台下黑壓壓的觀眾望到光明，吆喝聲、口哨聲響成一片。一個連隊演一個晚上，七大隊和八大隊合演一場，我們的節目在最後一天壓陣。

會演結束，指揮長在總結大會上講話：

「五大隊的戲演得最好，有矛盾、有衝突，反映了階級鬥爭的長期性和複雜性，說明右傾翻案不得人心。讓我們緊密團結在以毛主席為首的黨中央周圍，打倒鄧小平！」

「打倒鄧小平！」

下面跟著呼口號。

「誓死保衛黨中央！」

「誓死保衛黨中央！」

「誓死保衛毛主席！」

「……」

為慶祝這次會演的成功，指揮部從鄰隊調來一頭派購豬（即上交國家的牲豬）殺了，各連隊分肉十斤，打牙祭。

大家沉浸在演戲、看戲的喜悅裏，食堂、寢室、路上，到處能聽到演員

們的歌聲笑語。一些老傢伙打工地上回來，看到案板上躺塊鮮肉，鬍子拉碴的臉上也綻放出饞嘴的微笑。

「麻雀子望亮處，小野子望鬧處。」年輕的指揮長參加我們食堂裏會餐。他精神抖擻，談話激情四射，鼓勵大家戒驕戒躁，用毛澤東思想占領農村文化陣地。這時蔡家垇中小學有位老師趕過來，跟指揮長彙報說，經校領導研究決定，歡迎我們回到家鄉——蔡家垇，跟學校文藝宣傳隊聯合搞一台晚會，把反擊右傾翻案風的運動推向一個新高潮。指揮長聽說後沒有半點猶疑，長臂一揮道：「好，代表公社基建專班，搞文化交流，是革命的新生事物，沒得別的話說，兩個字——支持！」

我們整裝出發，跟蔡家垇中小學合作演了一場，效果滿好，只是一下子走不脫了：各生產隊的文藝宣傳隊強烈要求我們跟他們一道同台獻藝。礙於情面，辭又不好辭，只好又連演幾場。正欲打道回府，一個更大的榮譽降臨了——縣裏召開四級擴幹會議，聽說我們這支業餘文藝宣傳隊搞得不錯，便通知大夥進城，演戲給全縣的幹部看。

我難免有些緊張：幾個節目就同我身上的飯票一樣，幾斤幾兩十分清楚，鄉村土場上蹦蹦跳跳還馬馬虎虎，如何登得上正經台面！

城裏招待所、旅社都被開會的幹部住滿，我們在一個名叫「三八」旅社的小店裏落腳。伙食不必操心，跟著會議上的大甑子，盡吃盡添。

白天大禮堂裏走場。縣文化館的文藝輔導幹部，一個、二個地唱著歌兒，哼著譜字，挺胸亮格地走過來，頓時把我們的演員降得土裏土氣。他們帶來了服裝和畫妝用的胭脂、眉筆等等；好像還有文工團的樂隊。走場中，老師們對節目進行調整，將演員們的某些動作進行糾正，反覆排練；有的捧著演員的臉蛋上妝。

我悄悄溜出後門，插空子朝文化館跑去。兩三個月沒有見到周老師了，確實有些想念。湊巧，走到文化館大院門外，看到周老師從文工團食堂裏出來，一手裏端著飯盒，一手裏提隻開水瓶子往過走。我叫了聲「周老師」，他朝我定定神，劈頭便問：「文藝創作班你為什麼沒去？」

「原早聽您說過，可我一直沒接到通知。」

「沒接到通知？擬定全縣業餘作者的名單，我特別提到你，這是怎麼搞

的？」

「確實沒有。辦班的地點在哪？」

「柳樹墕，共大（興山縣共產主義勞動大學）學校裏，時間半個月。多好的機會啊，我把你的稿子帶了去，準備同你一起在創作班上修改，同時也好跟縣裏領導見見面，可就是看不到你的影子。」

周老師見我一副委屈模樣，口氣溫和些，緊接著歎道：「創作班沒能參加，對你是個很大的損失，遺憾啊！吃飯沒有？」

我趕緊告訴他進城為大會演出的事，他問有些什麼節目，我說有小歌劇、表演唱，還有三句半。周老師點了幾下頭，答應晚上去禮堂看看，並引我到屋裏坐。

通知書的事一直窩在我心中納悶，弄不清上面用什麼方式發的，是經公社再轉大隊，還是通過郵局？倘從郵局，近視眼老李一定不會誤我的事。那麼它到底落入誰的手中，竟壓著不轉呢？我想到了鐵門檻——蔡德陸，除他別人沒得這麼缺德！一提到他，我心裏就同火藥桶裏掉進了火星，「轟」地亂了。

從周老師屋裏出來，我碰見了謝源遠老師。謝老師那會兒從興山一中調到文化館，主持全縣的文物普查和發掘工作；縣裏開大會，偶爾看見他捧個照相機，台上台下地給大夥照相。到謝老師屋裏，我見到了易老師。像逢見了久別的親人，心情在零亂跟激動中交織，平時所承受的委屈同艱辛，這陣兒卻一股腦兒地往喉嚨上湧，使我連話就說不成句。但我立即意識到這不是場合，再大的苦難皆得忍住，切莫無端地給老師添亂。時間不容我多待，有話改日再說，趕忙調整了一下心理，轉而向謝老師索要稿紙。

謝老師把我帶到一間小屋裏，站到一隻矮凳上，伸手到一排高高的書架上，將一百頁一本的稿紙一手就拿了五本。「公文紙要不要？」謝老師問。我說要。跟手又拿下兩本公文紙，出門時叮囑我說：「先用廢紙寫，往稿紙上謄，要節約。」我抱著一沓沉甸甸的稿紙，對謝老師的感激和崇敬之情一下上升百倍。

演出開始了，我在台後催場，沒有勇氣看我們的表演，只把側幕掰出個縫兒朝台下看。值得稱道的是觀眾不錯，精力似乎都集中在台上，演員們說的方言有時引起台下的哄笑。特別是批判鄧小平的那個三句半，土裏土氣的

台詞和笨重而拙樸的表演，堪稱得上個土特產品，把個觀眾笑得前仰後合。四個老頭兒和四個婆婆兒的表演唱也不錯。小歌劇雖說主題鮮明，演員的唱腔跟樂隊合不上一塊兒，樂隊只好依著演員走，還有人忘記台詞。待到全場落幕，我身上的襯衫全給汗濕。

大會給演員們安排一頓夜餐，餐廳裏，無意間我碰到了蔡德陸。原來他受縣領導的器重，安排在後勤組，管理大會上的伙食。我很客氣地叫了他一聲「么爹」，說：「縣文化館舉辦一個創作班，上面說給我發了通知，但我卻沒收到。」

「怎麼？還想追個原因？」

聽口氣來者不善，我想探虛實，照例忍著，繼續問：「通知送在大隊部吧？您見到了嗎？我想我應該收……」

「不管出門開會，或者學習，人員都得由基層推薦，上頭點名，哪兒來的搞法？不符合組織程序。」

蔡德陸抽著煙，鼻子裏孔動有聲，長著粉刺的面皮僵硬地掛著，在燈光下顯得十分陰毒。不知怎麼的，我彷彿失去理智，壓在胸中的憤怒關不住了，脫口道：「什麼程序不程序，都是你一手遮天。」

「你想翻天？二房的會提筆，包攬詞訟，有狠氣到法院告我。」

「你會不告自倒。」

「以為寫得出個名堂兒，做夢！早點收起，點一百盞燈也是瞎寫，趕不上我嘴裏一句話，呃，事情就這麼簡單。」

「我寫什麼了？犯著你了？我爺爺死了，我二爹死了，你把爪子伸向我的父親。我父親不是早就跟你說明了嗎：要想人不活，除非剁掉手和腳。只要我的雙手在，就是要寫，要寫，一直寫……」

我們的指揮長也在城裏開大會，蔡德金把他拉來同大夥一起宵夜。他們一進餐廳，看見我跟蔡德陸正在吵嘴，過來趕緊將我們推開。

事後我才知道，蔡德陸按他個人意志，的確推薦了一位人選到創作班上學習，這人名叫蔡德偉。

蔡德偉身材適中，長著顆聰明腦袋；高挑眉，雙眼皮兒，眼瞳黃褐色。蔡德偉小我一歲，喝的墨水卻多我一倍。他性格內向、溫和，辦事穩重，

條理清晰，年輕人中，算得個尖子貨。他忽閃著那對智慧型的雙眼，真誠地跟我敘道：「嚴格說，小說這東西對我而言，還是個門外漢。高中課本中讀過一二篇，只是曉得個皮毛。要說創作，我的天，還差十萬八千里。待要交卷，我依葫蘆畫瓢，寫了個『麥黃柳綠』的短篇。稿子拿上去請周老師修改，周老師看著題目點頭，說這個篇名取得有點味道。創作班上，周老師談到你的創作，我說我們是一個隊的，周老師馬上問我知道不知道你為什麼沒去。我說你在公社基建班子上，興許沒接到通知，周老師這才停止追問。」

從創作班上回來，蔡德偉小說沒寫，倒是創作了幾個文藝節目，同蔡長斌倆把文藝宣傳隊給成立起來了。生產隊糧食年產量指標定的十三萬斤，有人攻擊文藝宣傳隊，說蹦蹦跳跳跳不出十三萬。他們就以文藝為武器，創作節目對這種言論進行反擊。節目跟我們一起會演，效果相當不錯。

我說蔡德陸壓了我的通知書，氣不過，跟他吵了一架。蔡德偉將驚訝的目光朝起一揚，接著又低下去了，沉默著，似乎在為我今後的前途擔心。我說：

「小人，值不得我來恭敬，你搞不清楚，我跟他的怨結得很深。」

「小不忍則亂大謀。」

「你不同，出身清白，又紅又專，前途一派光明。」

他嘟嚕一笑：「虧你封贈得好。」

那天天剛擦黑，我正坐在麵櫃跟前納悶，忽然竄進個人來找我。這人名叫何元春，大隊裏任的個副手，人們都稱他何書記。我們大隊裏幾位人物的座次是這麼排的：蔡德陸、劉功修、何元春、馮建民。何書記根正苗紅，我們剛進一中那會兒，他曾以紅衛兵的身份，上京受到過毛主席的檢閱。一個支部裏頭有兩位面過聖的人物，全國恐怕不多（我三爹雖然面過聖，可惜不是幹部），這麼一瞧，蔡家塆榮獲「小大寨」的美譽也就不足為奇了。

何書記高矮胖瘦適中，身子結實靈活，由於眉骨突出，雙目凝視便有幾分深思模樣。他精力旺盛，決事果斷，是位十足的本本主義者。那會兒流行大寨一句名言：「堵不死資本主義的路，就邁不開社會主義的步。」何書記信入腦筋。群眾要砌豬圈，按照「名言」推理：砌豬圈——養豬——個人發家——與集體主義相矛盾——必須堵死。人家動工，他奔過去阻攔，於是身上就挨了八磅錘了。今天他來得神神祕祕，閂了門，連司務長也不准走近，

然後從荷包裏掏出一疊紙，抻開給我看：

「我劃了幾句，橫直覺得不順，請文墨人修改。」

我打毛溜了一遍，似乎是一封檢舉的信件，什麼作風不扎實啦、官僚主義啦、虛報產量啦、私吞救濟物資等等。看的過程中聽何書記一旁打補釘說：「容忍醜惡，就是對人民犯罪。作為一名共產黨員，原則上讓不得步，為了黨的利益，我必須忠實地向上級反映情況，這是黨章賦予我的神聖權利。」

望著何書記認真堅決模樣兒，我漸漸明白，寫的原本都是我們大隊的事情，通篇雖說沒有點名，看得出來，矛盾指的自然是那位頭面人物。信件的文字基本通順，內容略有混淆。我按照集合數學方法，豬做豬、羊做羊地進行歸類；注重事實的陳述，將那些充滿激情的「戴帽子」的句子刪去，理出幾條，謄正後給何書記看。

何書記看畢，向我投來信任的目光，誇道：「到底大不同，過廚師的湯就好喝些。」

「過點兒細，免得揹誣告的名。」

何書記把胸一拍，振振有詞：「毛主席教導我們：沒有調查就沒有發言權。共產黨員最講認真二字。」

何書記連夜離去，我衝著吞去他背影的黑漆漆的夜幕，忍不住發出一聲獰笑，默道：「本本主義者倒也算個有心之人，蔡德陸那麼壓迫整治我，胡作非為，橫行鄉里，我竟沒有想到這一層來。他就同生長在我腦殼裏的毒瘤，早有摘除之意，只恨拿他沒法。現在有人遞來磚頭，怨恨忍受，不如合力一擊，打中便好，打不中也給他個震懾。」

# 鉛箭金箭

　　接連的幾場演出，大家回到連隊，像出趟遠門，很添了些朝氣。我們的指揮長也像年輕幾歲，信心倍增。大會上講話：預備將各連隊的優秀演員組織起來，集中優勢兵力打殲滅戰，成立一個「大寨藝術團」。鼓勵我們要敢想敢幹，把文藝和當前形勢結合起來，創作出跟樣板戲一樣的大作品，到全縣巡迴演出，將反擊右傾翻案風的運動進行到底。大夥被這鼓舞人心的奮鬥目標，弄得思緒飛揚，心花怒放。在我的腦海裏，也禁不住切換出今後的無章次的場景：宣傳隊扛著鮮豔的紅旗，行進在青山綠水之間，走村串戶為群眾演出。不光全縣演，爭取赴宜昌、武漢演，成為興山縣的第二個文工團，脫離農業生產，靠演戲吃飯……正當我滿懷信心沉浸在這些虛幻的空景裏時，突然收到小鳳的來信。這封信可謂非同一般，如同一把沾滿劇毒的利劍，在我生命的綠樹上攔腰刺了一劍，使得我眼冒金星，暈頭轉向。

　　已經是小鳳的第五封來信。看到小鳳落在信封上秀氣的筆跡，我懷著甜蜜而又焦急的心情，打開信箋，貪婪地讀著。大約讀到第三行，裏頭突然蹦出「對不起」的字樣，把我弄得一楞：什麼意思？該不是搞錯了吧？談情說愛的信件，不應當有這樣的字眼兒。可是，事實已無法改變，讀著讀著，我的充滿熱情的愛心，如同一顆燒紅的石子，在空氣中漸漸地冷卻、下沉，最後變得灰不溜秋，一直沉入到零下二十度的冰層。

　　信裏說百里洲是產棉區，吃商品糧，地方不大，外頭的人都想進，逐步使人口增多。為不再給國家增添負擔，上頭對外來人口管得很緊。這麼看，婚姻好說，倒是擔心今後不好落戶，長憂不如短憂，這門親事也就算了。信的通篇是爹說媽說，窺不出小鳳的心跡。我想像得出：大人坐在桌子兩旁，把小鳳夾在中間，說一句要小鳳寫一句，寫畢唸一遍大家聽，認為妥貼，放了心。他們嘴裏雖然「婚姻好說」，實際上卻伸出魯莽的大手，武斷地將我跟小鳳隔開。小鳳，是這樣的吧？你一定受到他們的脅迫，含淚寫完了這

封絕情的信。依我說你應當反抗，反抗才是我們的出路，然而，我知道你單純，把一切容忍在溫柔裏。去郵局的路上，你的心肯定自相矛盾，當信件丟進郵箱的刹那間，盤旋在眼眶裏的淚水，終於忍不住淌出來⋯⋯。我極力為小鳳開脫，不願把事情歸罪到小鳳身上，哪怕一丁點兒也不允許。小鳳是愛我的，我們的心靈相通——可是，無論怎麼開脫，滿紙的字句畢竟是小鳳的親筆啊！

心在絕望中掙扎，它像一隻羔羊，從高崖上墜落下來，摔得遍體鱗傷，發出痛苦的呻吟。我為人生多艱而感歎，我為命途多舛而傷心——正是上學的年齡，卻剝奪了我讀書的權利；惹不起，躲得起，揹起鍋灶往田家塝逃竄，人在難中好救人，可遇到個么爺偏偏不收；當我拿起筆來，夢想中闖出一條生路，有人卻玩起了偷樑換柱的把戲；最後只好三十六計走為上，奔枝江謀生，然而又遭到小鳳割恩斷愛的拒絕⋯⋯苦難的舊事像潮水一樣向我翻滾，把我脆弱的心靈踩躪得快要碎了。「蔡家塝沒得你們的出馬路」，這話是祖母說的，祖母樸素而又實際的目光把問題看得十分準確。蔡德陸幽靈一樣的身影，在我大腦裏無限膨大起來，壓迫著神經。前些時跟他鬥嘴，參與檢舉信的揭發，知道自己早晚要離開這虎狼之地，才鼓起勇氣，斗膽較量一番。可如今退路已斷，走不脫了，如同揎起的巨石，一個翻身揎不過去，若半當中折了回來，肉骨將砸個粉碎。我深知這個厲害，禁不住打個寒戰。

猜情理，這件事姑媽跟哥嫂一定蒙在鼓裏，得一一寫信告知他們。我拿起筆，如同提筆忘字情形，倒不知如何開口。大家為我操心勞碌，不光費銀子費錢，還賠了許多功夫。起心想把事情推攏，皆大歡喜，眼下弄成這個結果，親戚族間有點失意。照此一想，信就寫不下去了。

我告給哥哥，哥哥倒十分淡然，他說：「說媳婦不比種南瓜、茄子，種一塊收一塊，得失難免。只要男兒在，何愁找不到媳婦？不值一慍。退些時寫封信去，託姑媽、嫂子再揣摩一個就是。」

「算了。」

「怎麼？」

「有句俗話忘了？『有兒莫給人家做女婿，上門要受娘兒母子氣。』依我的身體和性子，都不合適。」

「我像沒體味到吧？」

「你有工作，假若困在屋裏種田，你試。」

「莫考慮多了，還有我嘛。」

「什麼出門、上門，都是討人家的罪受。不就是房子嗎？人生一世難道就被間把土房子嚇住？」

哥哥橫我一眼，道：「起屋是好玩的事嗎？幾個爹沒得你能幹，起屋沒的？」

「父親下田家垴起，後來上蔡家埡又起，共計五間。」

「那是什麼年代？轉人民公社以前，恰好插了個空子。現在飯就吃不飽，想起屋？當然，你的雄心可嘉。」

苦笑一下，仍堅持著我的意見。哥哥不同我爭論，同樣苦笑道：「好吧，人各有志，互不勉強，可得考慮清楚，男子漢不興吃後悔藥。」

我彷彿又一次來到十字路口了，孤獨地站在那裏，望著渺茫的四方，步履是那麼的沉重。祖母曾多次教育我們：「有山靠山，無山自擔。自己是個什麼身段兒要曉得，哪門事能做，哪門事不能做，預先得考慮清楚，一旦做了，就必須承擔。」我這兒倒有個實例：小時候看見桐子樹上做個馬蜂窩，醃菜罎子大，懸在空中，十分好奇。便撿起石塊攻打，卻遭到馬蜂的反擊，把腦殼螫了幾個大包。疼痛難擋，哭喊著找祖母告狀；得到的答覆三個字：「自討的！」這三個字非同小可，不單是止住了當時的號哭，連今後遇到蜂窩將做何處理的方法也一併教給我了。

可以說，我是靠忍受長大的，用耐心養育起來的。屢次三番遭到老天爺賜給我的重拳——打擊之後，躺倒在地，什麼氣惱啦、傷心啦、難過啦、悲傷啦，一陣折騰，如同一隻中了弓弩的羔羊，舔乾身上的血污，慢慢地站立起來。此時此刻，我多麼渴望出現個傾訴的對象呵，把淤積在心中的委屈同苦楚統統地吐露給他，以此換得一分同情或問候；話不在多，只要軟和，幾句就行。可是，就連這一點點願望也難以實現。母親的形象在我的印象中模糊不清，唯有祖母的教導迴響耳邊，給我上路的力量。

聳入雲端的鳳凰山頂，村中的巨人般的大柏樹，成片的栗灰色的瓦屋，以及居住在瓦屋裏頭的眾位鄉親，這一切皆令我感到無比的熟悉和親切。

我彷彿同他們融為一體，難割難分。美麗的香溪河畔有個著名的洄水沱，從前王昭君進宮從那兒過，河水洄漩，船兒走不前去。人們說這是龍宮水神代為鄉親挽留昭君，不肯放行；有人說這是王昭君回頭顧盼，不忍離開家鄉。從今以後，興山人出遠門，無論漂洋過海，還是走南闖北，皆如洄水沱的漩水，眷念故土，思念回鄉。我被這美妙的傳說而打動，更加激起我對家鄉的熱愛。當然，頭腦裏少不了幾位猙獰面目浮現，不過又能怎麼樣呢？我一時像吃了鐵，無論哥哥怎麼勸，我口氣照例堅硬：枝江頓頓吃肉不稀罕，這輩子就在蔡家埡扎根！

　　那會兒背時背接到了，小鳳退信，跟著一病。這回害的不是支氣管炎，像思想病。橫直沒得瞌睡，且打不起陽氣，飯量一減，人就趴架。基建上鬧雜，休息不好，只好請假回小屋裏待著。可問題出現了，屋裏清靜倒是清靜，就是沒得飯吃。哥哥知道情況，跟蔡家埡學校聯繫，讓我搭幾天夥，今後由他給學校結賬。

　　韓婆婆過世了。對於這個突如其來的消息我簡直不敢相信。我的心一下縮得小小的，像石頭一樣在胸腔裏下沉、下沉，壓得我渾身不能動彈。從村中借來一副白木棺材，我向蔡德金建議，買兩瓶墨汁變個色。他說：「染得再好，也是土裏爛，人死歸土，埋。」沒有砌墳，按當時風氣，將韓婆婆安埋在路旁的一道田坎裏。韓婆婆的相貌在我大腦裏浮現著，他們家大口闊，口糧一月接不到一月，倒還想辦法省一口給我。最令我刻骨銘心的，他們過年總愛蒸一籠饅頭，這一籠饅頭當家人最清白：乃全家人平時生克死克給克下來的。饅頭一熟，蔡德金就向他母親央求道：「媽，明子一個人，喊來跟我們過年。」她母親卻說：「不行，不是多嫌他，我們接，他爹不說，他婆婆會說的——當真就沒得一個親人疼他！」蔡德金就勢兒接道：「把粑粑送一個給他。」「這我不反對，趕大的拿一個。」

　　我曾買過一雙免收布票的白布山襪，韓婆婆擔怕我冬天凍腳，為我整雙襪墊，細針細線地縫到山襪底上。襪幫同樣用麻繩密密地納緊，前後忙的有個把多月。一天我父親打那兒路過，看見韓婆婆正給我縫襪子，走上前說：「韓大嬸，難為您心疼我的明子，若今後有個能幹，慢慢報您的恩，我沒得法。」韓婆婆卻說：「看你說的，多大個恩。沒得媽的娃子眼見心疼，假若

他的媽在，輪得到我這個婆婆子獻醜？只怕想縫還縫不到咧。」

　　屋裏門敞著，不見有人，灶台上爬滿蒼蠅，嗡嗡飛舞；幾縷陽光從窗櫺那兒一斜，正好落到韓婆婆做針線常坐的小木椅上。我覺得韓婆婆剛離開坐位，不是上菜園就是進房屋裏找東西。可是，屋裏靜靜的，並沒有任何響動。待了會兒，正欲拿腳出門，隔壁的嚴大媽卻將我叫住，說：「韓婆婆她個兒到好處兒去了。」

　　我半天說不出話，問道：「是餓狠的吧？」

　　「餓也占一部分，病也占一部分，為主的還是病，橫直找不到錢看。」嚴大媽把我讓進屋裏，接著說：「襪子沒給你補起，她還是想給你補起，補著補著就倒了床。臨走她把我喊到床面前說：『明子這點兒事我拿不攏了，不是我這個婆婆躲懶，十分地奈不何了，我託你給他圓個針。』」嚴大媽在敘說中，眼圈漸漸地發紅。

　　我捧起襪子，望著補了一半的補巴，望著連在補巴上的針和線，想像著韓婆婆依在大門邊，吃力地給我縫補襪子的情形……我越想越難過，越想越傷心，這麼好的人為什麼要走，為什麼走得這麼早！

　　事不湊巧，恰恰在那段最苦惱難熬的日子裏，蔡長斌家裏發生了一宗重大不幸：吳媽白裏放牛，那頭上鼻牽兒的麻公牛，下田偷吃了百把棵包穀苗子。按制度，一棵青苗要賠半斤糧食，如此一算，差不多要扣掉她三個月的口糧。吳媽駭喪膽，一時想不過，竟採用一種極其簡單方法，草草結束了生命。

　　出事的當晚，蔡長斌不在家，提著馬燈上嚴家灣，跟宣傳隊打夜工排節目。我祖母得知消息，流著淚道：「吳丫頭還是在我這間老屋裏成的親，兩口子能幹，可惜命都短。」當我趕下石膏溝，跟長斌倆在吳媽靈前碰面的時候，突然降臨的巨大悲痛打擊下，我們什麼話也說不出來。當時我悲憤交加，怨長斌不安慰老人，共渡難關，卻跑到文化室排戲，真恨不得上前揍他兩下。

　　想掙半斤糧食的生活補貼，長娥跟我們一起在基建上勞動。吳媽去了，屋裏沒得個準兒，我同長斌經常對著冷鍋冷灶一坐就是半天，都不說話。回到小屋，同樣對著我的小鍋小灶枯坐，沒得話說。

生命是美麗的、可貴的，這話倒是不錯。照我看，生命的貴賤與其相處的社會相關聯：社會文明，生命珍貴；社會貧窮，生命低賤。我們生存的這個年代裏，糧食屬第一位的，生命第二，沒有糧食就沒得生命，所以生命在糧食面前便顯得脆弱而不值錢。

一天，我從學校要回幾張報紙，打點糨子，正在牆上褙臭蟲，大梅子忽然來到。她手袂兒裏包了個什麼東西，拿出來往箱子上放好，車過身問我：「好些了嗎？」屋裏唯有一條矮板凳，橫對灶門，不雅觀，便請她到鋪板上落座。大梅子拿來的是個裝得下斤把酒水的茶色大藥瓶，上面貼有補腦汁的標籤。我說：「你拿這麼貴重的東西做啥兒？」

「做啥兒？喝唄；再貴重沒得命貴重。」

「命不貴重，像吳媽，幾十斤糧食，駁沒了命。」

「這能怪誰？只能怪蔡長斌不過細，事情出了，給媽寬寬心，開導開導，衝過那個時候就好了。住那個溝峽裏，想個說話的人就沒得，孤零零，想憋窯，說去就去了。好些了嗎？看臉上的顏色還是不行。」

我抬起頭，恰好跟她那雙水靈靈的、轉盼多情的目光相遇，一時眼眶發澀，喉嚨像被什麼扼住，有話說不出來。她看見我的表情，感染似的，睫毛連著撲閃兩下，淚水滾了出來。這時候我們誰也不願說話，需要將各自的情緒進行一些調整，沉默便成了一種最好的方式。滾過大梅子潔白面頰的兩顆晶瑩的淚珠，彷彿滴到我心靈最軟的一處，感激中差點號啕起來。

大梅子使手袂兒揩乾淚水，睫毛照例一陣撲閃，說：「曉得你這一向不好想，短時間行，長了不好。平時見你會說會寫，什麼事劃不開呢？天也沒塌。找對象，東方不亮西方亮，不成功的是緣分沒到；緣分一到，自然而然。男子漢的心放寬些，大事小事通得過，才受老。」

我忍了好半天才使自己沒有哭出聲來，目光視地，說：「不只是媳婦，難過的因素滿多。」

「什麼『陰素陽素』，說給我聽。」

「沒讀到書吧，住豬圈吧，還拤我的脖子。」

「八十歲了還在說讀書，不怕醜。家寬不要屋寬，如今都住得仄逼。」

「家寬不要屋寬，這個小屋，要說媳婦，你跟不跟我？」

大梅子被嗆住了，紅著臉，拿眼睛用力將我瞅著，隔會兒笑道：「說正經話，又和稀泥。」

「跟你說話，我從來不和稀泥。」

「滾到枝江去。」

「枝江我不去，真的，頓頓吃肉我也不去。」

「恁麼好的條件，為什麼？跟到你真是零頭就慪不完。告訴你，前不久，公社差個炊事員，黃主任想到我爹搞一輩子（隊長），同意我去，可大隊裏就是不批，說我沒得文化。什麼文化不文化，加減法我算得到，橫直要派他們的心腹人去。賴這兒做啥兒，一些事還沒看穿？說卡脖子，依我說還沒卡好！」

「怎麼要勸我走呢？我不走，你不走，讓他把我們橫看一眼，直看一眼。」

「求自己的前程，賭這些閒氣，劃哪頭？」

「你？」

我一時沒了話說，盯住大梅子看：白淨放光的前額上，披散著一綹秀髮，髮梢呈八字撇向雙眉，目光襯在陰影裏，明淨透澈，如一潭清水。興許我的眼神太專注，大梅子略略兒顯出慌亂，面色微紅。但她很快鎮定下來，說：「這會兒不說這些，先喝藥，喝了看鬆不鬆。連長叫你安心休息，稿子跟詞典鎖在司務長的票箱裏；《春歌集》嚴小蓮在看。」

大梅子趕到說些雜事，然後起身離去。小屋重歸寧靜，我散開報紙接著糊臭蟲。糊畢，直拖拖躺床上，望著那瓶補腦汁亂想：「大梅子心細，我這算什麼病？三塊多錢一瓶，糟蹋錢；倘拿來秤鹽要秤二十多斤，能管兩年。花這麼大的價錢，該不是回心轉意吧？枝江的小插曲興許是愛神故意使起我唱的，捉弄一下子，到後重新回到大梅子的懷抱——真是這樣，那才叫緣分！」

黃昏來臨，從瓦縫裏漏進來的幾根金黃色的光柱，平平的，正好跟西山的落日停留在一個水平線上。少頃，太陽下山，光柱短去，屋裏轉暗。

糞爺收工了，兩三隻山羊打我門前經過，發出一陣急促的、鼓點似的蹄音。「格啞——」圈門打開，小豬哼叫，歡迎羊朋友歸來。「格啞——」圈

門關閉，糞爺轉到茅廁裏，折出來發聲歎息，啪嗒啪嗒的腳步聲漸弱漸遠。對門祖母在咳嗽，吐痰，呻吟。她備著個痰罐兒，夜晚放在枕邊，咳的痰就吐在裏面。痰裏帶血，有如毒瘡裏流的五花膿一般，又粘又稠，半天倒不出來。祖母的咳病是生二爹得的——月子裏正逢鄰里的老母親去世，做三十天的大齋，幫忙灶門口架火，倦了，靠牆打瞌睡，涼了背心。對祖母來說，彷彿這不是病，就同喉嚨裏發音，是與生俱來的生理現象，一律承受。四十多年過去，祖母咳了四十多年，祖母老了，病也老了，人也咳乾了。外面起了風，颳過屋脊，轟然作響。不知誰家的一件衣服、小兜兜被風颳走，先是聽見大人在焦急地四處尋找，找的過程中可能一時還弄不出個結果，隔會兒便能聽到看家的孩子因失職而招來的責怪跟打罵了。藉著風聲我還會聯想到村東那棵柿樹上的紅葉，被風吹離樹枝，一片一片飄進包穀地裏，落到包穀的葉子上，發出嗞嗞的響聲……躺在床上捕捉到的這些生活雜音，如同一首樂曲，調子平淡無奇，意境卻深邃曠遠。凡人世事，虛虛實實，縹縹緲緲，織成一張彌天大網，纏得人好生惆悵，好生煩惱！

人不識得貨，錢識得貨，補腦汁是好東西，一瓶喝完，失眠症明顯減輕。假若跟到再吃一瓶，興許病好。這麼犯想的當口兒，大梅子情同七姐下凡，再次降臨到我的小屋。她不單帶瓶補腦汁，且多出一包茶葉。茶葉倒是我的喜物，可讓她這麼費情費錢的，實在過意不去，於是不顧情面，當面埋怨說：「空手來看我，就領當不起，二回再這麼，我就不要你進門。」

「你說這話，我馬上就走。」

「走我不留。」

大梅子並不即走，倒望著我笑。跟著我口氣軟了一半，說：「做我的媳婦，拿什麼來，我都歡喜。」

「當媳婦才拿東西？同志間就沒得一點兒感情？」

一下抵得我哽起，可一時又捨不起面子，硬著頭皮道：「失格失不怕，不過，求愛中算不得失格。我仍然要問：你到底喜不喜歡我？」

「說癡話。我反過來問，你說呢？」

「喜歡，我們就談。」

「談什麼？」

「談戀愛。」

「除戀愛就沒有別的可談嗎？」

「我認為男女之間沒有友情，只有愛情，發展的最高形式就是結婚。」

「這是你的偏見。世上好多乾親家、乾姐妹的，你走我這兒，我走你那兒，親親熱熱，夫妻都趕不上。」

「說一千搭一萬，你瞧不起我。」

「嘴長在你身上，隨你怎麼說。你先喝藥好不好？今後我們再……」

「每回說正經話，你總是推辭、迴避，迴避、推辭。一個男人被女人瞧不起，不如屙泡尿沁死。」

「越說越不叫話，再亂說我真的走的。」

「你走！」

大梅子怔住了，眼圈漸紅，背過身去。我這才發覺出口的話不對，可一時又尋不到得體的話轉彎，僵持片刻，大梅子當真走了。

怎麼搞的？該不是燒糊塗了吧？如此姣美的女子走進小屋，別說說話，即使坐會兒，也屬人生一大享受。我卻把她氣走，這、這！我順手拿起補腦汁，吞下一大口，好讓發燒的大腦冷卻下來，認真檢點自己。就像維特愛戀綠蒂，一見到大梅子的身影，強烈的愛心從心底湧動，促使我非得表達不可；由於心情迫切，什麼不顧，直奔目標。我彷彿受到隱藏在我身後的某種欲望的操縱，腦殼發熱，想入非非，說話有些不妥。漸漸地，欲望演化成貪婪，本該屬於人之常情，我卻給它蒙上一層狹隘的黑紗。大梅子跟我是平等的，最苦悶的時候是她走近我的身邊，我有什麼資格那樣逼她？作為一個男人，對她怎樣？她身心好不好，思想愉不愉快，我有過隻言片語的問候和關心嗎？沒有啊，你看，我是多麼的麻木，多麼的自私，多麼的……我慚愧、後悔了！

那天也是特別的有趣兒，早半天把大梅子氣走，晚半天電影隊進村。電影機一來，頑童們奔相走告，寂靜的山村頓時有了活氣。聽見小弟蔡辛在一種突起的興奮中跑進跑出，把消息廣泛傳播。

「蔡辛，什麼電影？」

蔡辛兩臂一庹，正好撐住我小屋的門框，笑眯了眼睛應道：「《智取威

虎山》、《奇襲》，兩部，打仗。」

那會兒的戲或者電影，不管看多少遍，還是有人看。我倒不想趕熱鬧，猶豫間，大梅子過來找我借板凳。心中暗喜，板凳肯定借她，得陪她去，即使站一通夜我也毫無怨言。

我們如同梁山好漢不打不親似的，我說：「我性子莽撞，莫見怪，今後保證不再那麼對你。」

大梅子瞋視而有情地衝著我說：「見怪，早就把人怪死了。」

「原諒我了？」

「你沒做需要我原諒的事，你滿好，真的。」

首次聽到大梅子的稱讚，聲音又是那麼地柔和，實在令我感動。在沒有任何不良動機的驅使下，我極其自然地捧住了她的雙手。這雙手平時既能打錘又能繡花，勤勞而靈巧，當我握住它的時候，給我的感覺竟然是那麼的嬌小、溫柔。大梅子坐的鋪板，我就靠近她的雙膝蹲著。她的輕微的鼻息和身上的香氣撲到我的臉上，貼得這麼近，可誰也沒有覺得彆扭和不合適。我說：「你對我這麼好，不是一天兩天，我永遠忘記不了。可是，人情欠多了，今後怎麼還？心裏不安。若是我能做你的……，那就好說，我將盡到一個……的職責……」貪婪的私念開始膨脹，我囁囁嚅嚅地不知說了些什麼。心中的原意是：想大梅子做媳婦，倘能如願，將好好表述一下立志當個好丈夫的決心，但又怕引起她的不快，只好將「男人」二字壓住，不讓出口。這麼一來，我思想發生混亂，受到壓抑的強烈願望憋在心裏非常難受，最後仍忍不住問道：「到底有什麼打算？我恨不得鑽到你心裏看看。」

大梅子默默地低頭把我望著，柔情繚繞，情像一位忍辱負重的母親看到自己的孩子淘氣，既疼愛不過，又莫可奈何的那麼一副神態。從這副神態裏我得到一種撒嬌的權利，乖巧起來，將臉歪進她的懷裏。

大梅子並沒立即推開我，說：「走，看電影去吧。」

我說：「還沒架式，聽，幹部正在講話。」

男子的頭，女子的腰，只准說，不准撈。大梅子豐滿胸脯的熱度，火爐似的，隔著衣服烤得我面頰發燙。我心神搖蕩，受到生理渴念的慫恿，情感的閘門調控不住了。當動手解她衣扣的時候，手背挨了她輕輕的一掌，意

思很明白，不准。我似乎有所醒悟，摟起她襯衫的下襬，從下頭展開進攻。那會兒沒見過什麼乳罩，連說也沒聽到說過。大梅子用的一塊水紅色的洋布袂子，把一對乳房緊繃繃地勒著，不忍心看。隔著袂子我肯定不喜歡，可四周連指頭就伸不進去，心裏一毛，露出些猴氣。大梅子把手伸到背後，不知怎麼一弄，袂子掉了。霎時間，一對碩大的、細皮白肉的乳房，有如綠野裏的牡丹，突然盛開在我的面前，眼睛豁然一亮，驚得睫毛半天眨不下來。乳房呈半球形，比平時隔著衣服看見的要大得多，挨得很緊，如同一幅並列關係的邏輯圖案，有一種對稱的美。粉紅的乳暈跟乳頭如同點綴在花朵中的花蕊，在橘黃色的油燈下，珠圓玉潤，呈現出生命的豔麗。

　　螺螄有肉在肚裏。女人美在外面，豔在裏面，的確如此。撫摸著女人身上最細嫩光滑的部分，幸福的快感通過指頭上的每一根神經迅速傳遍到我的全身，使心跳的頻率比平時猛增三倍。我的靈魂和軀體皆沐浴在女人的清香裏，熱血亂湧，讓我產生氣喘。心動、手動滿足不了我精神的需要，於是做副癡癡相向她乞求：「我要吃。」大梅子沒有做聲，兩手兜攬一下我的身子。得到默許，接著口也動了。含著乳頭，我貪婪地嘬著，手裏還忘不了對另一個乳房的撫摸。也不知道自己從什麼地方學來的這套鬼動作，似乎還是從孩子吃奶那兒得到的啟示。大家會認為我是個老色鬼，其實不然，對於女人的身體，我的確才初次弄到。這陣兒，我感到大梅子渾身一緊：「你！輕點兒。」聲音細得不能再細，像是從天外飄來的最好聽的音樂。只見她朱唇微啟，面如桃花，眼睛半睜半閉，專心一意地接受著我傾注到她身上的愛撫。忽覺她雙手用了力，摟緊我，將滾熱的胸脯緊貼到我的臉上。一陣窒息，我推開她的手，對著乳房大幅度地揉摸。她雙手掉了，玉身一軟，由我的興鬧。無言的順從是女人的美德，大梅子具備這種美德，我得到了這種美德的包容。此時此刻，我做人像做到了頂點，分分秒秒皆讓我充滿歡樂和愉快。明知道世界上最無情的是時間，可我仍忍不住要向時間求情：慢些走，要麼定個格——停住；倘要代價，即使生命，也在所不惜！「郎害相思要吃藥，姐說吃藥是瞎說，酒醉還要酒來解，相思還要姐來醫，藥罐子揣在姐懷裏。」這首五句子歌謠唱得真絕，不瞞假說，姐兒懷裏的「藥罐子」不光能治相思病，連我害的疑難雜症也完全治好：多日來的心慌氣短的感覺和四肢

無力的症狀，神奇般從身上消失。我神飛意動，百脈賁張，生命正處在一種良性的運行之中，像一匹脫韁的野馬，沿著廣袤的原野狂奔。陡然間，我全身顫動，一下變得跟個運動員似的，失去目標，墜入茫然的深淵——全部泄了！以前讀到過的愛情故事，有男女做愛時哭哭泣泣的描寫，很不理解：按說屬最愉快、最美妙的事情，如何哭得起勁？現在體會到，哭不光跟傷心相聯繫，快樂跟哭同樣相關。我得到一位女子的許可，願把身子最珍貴的部分那麼肯定、信任地開放給我，突然到來的幸福使我不哭不行，於是便撲到大梅子溫暖的懷抱裏，嗚嗚地哭了。我邊哭邊說：「剛出坡生產，那時年小，一見到你，就蠻喜歡。有時鬼迷心竅，把你的身影放進腦殼裏，跟排戲那樣，現在的或將來的生活情形，進行莫名其妙的演練：我們一同出坡勞動，一同洗衣，一同吃飯。我的邋遢時不時招來指責，開始你繃著臉，拿雙眼瞅我，瞅的時候目光裏透露出一種妻愛；當然這種情形不會持久，接著你噗哧一笑，一切都融化到無聲的微笑裏……。我曉得這不過是胡思亂想，但它照樣對我有益，給我滿足和回味。今天我求你打開窗戶說亮話，我不是不懂道理，只要對你今後有好處，不會像賴皮蟲子，巴身上咬的。」

說話間，感覺有一種滾燙的東西掉到我的臉上，抬頭看時，大梅子眼眶裏溢滿了亮晶晶的淚水。她剛剛低頭，淚珠從那白皙的面頰上連滾直滾，輕聲說：「你應該曉得我的心思，以前說過，我喜歡你，可是，我一腳踩錯……」

「踩錯了要什麼緊？東方不亮西方亮這是你勸我的話。」

「那傢伙潑起臉不要，還在到處說我的壞話。」

「管他做什麼？我根本不信，你莫顧慮。」

大梅子一時回答不上來，衝油燈發呆，忽而把臉轉到暗處，發聲嬌歎，然後說：「你我處在一個隊裏，還有那個傢伙，隔這麼近，往後怎麼過日程？人掉進是非窩子，一輩子痛苦，就同一件白衣服，糊了墨，隨你怎麼洗，總會留點印子，不如走遠點兒。你喜歡我，我喜歡你，就跟乾姐妹樣，一輩子相親相愛，比做夫妻的還好些。我說的沒錯，理解我……」

最後的幾個字大梅子把它處理得相當柔和，差點沒讓我聽清楚。她開始收裹起來了，我的雙手無力地從乳房上滑落下來，眼睜睜望著那塊魔鬼般的

紅布，徐徐地降落，關閉了乳房，關閉了天地，眼前一片漆黑……

　　那會兒我正處在二十四至二十五歲之間，年紀並不算大，想媳婦卻想得特別厲害。說句實話，原來沒打算找媳婦，主要受房屋限制，又因自己活得不太像人，常常是念頭一起，即被我消滅在萌芽狀態。倒是年初那陣兒，哥嫂給我介紹對象，這下就同投顆火星到我的愛情小區，一燃就不曾止熄，灼得我渾身毛焦火辣。然而事情竟又那麼地不順：首先遭到小鳳的拋棄，繼後接連在大梅子跟前碰鼻；一次次沉重的打擊，本該讓人灰心，卻不知為什麼，不但沒有退卻，步子反倒邁得更加堅定。當然，我不是讓愛情的火焰燒得失去理智，自己倒也認真地考慮過：處在那個食不飽肚、衣不蔽體的歲月裏，「先立業，後成家」的古訓被視為反動，受到批判。我既立志寫作，非朝夕之事，須將它放在一個較長的時期裏進行規劃，設計出一個切實可行的人生結構方案，堅持不懈，慢慢圖之。但我深深知道，農民的生存是沉重的，通向目標的道路佈滿坎坷。對此我並不懼怕，只是想，一人難渡千江水，需要幫手：一個掌舵，一個搖櫓，風雨同舟，共達彼岸。基於這個想法，不要戀愛，不要英雄美人，媳婦總該要有一個。所以，當我的最後一次請求被大梅子無情地拒絕之後，我改變主意了：不在一棵樹上吊死，說不到大梅子，調頭來說嚴小蓮！

　　穿著藍布圍裙的蔡德楷在灶門口鉤火，忽然直起身，使一副嗔怪的目光把我瞅著，說：「姓嚴的鍋裏飯就那麼好吃？好馬不吃二道草，我給你說一個。」

　　「誰呀？」

　　「眼睛屁斑蟲屁的，天天弄飯你吃的那個！」

　　「嗯……」

　　「打嗯蹭？說媳婦就是要說這樣的，漂亮吃不得。」

　　他指的是炊事員桃花。桃花三月間的生，她父母便給取了這麼個小名，人們習慣稱做桃花兒，叫起來特別秀氣、親切。不過這姑娘放婆子放得有四五年了，誰也沒有想到去打她的主意。聽蔡德楷這麼一提，以為在開玩笑，說：「人家是有主兒的，撈不得。」

「什麼撈不得？也沒拿手續，即使把結婚證拿了，要端『鍋兒』照樣地端，這也不是天上不生、地上不長的。」

正笑著，桃花挑水回來，話也了止。

桃花體子好，比大梅子稍微矮點兒，一張油脂型皮膚的臉上散著幾顆雀斑；雀斑並不使姑娘難看，倒添了幾分純樸與本分。姑娘性格耿直，不嘻嘻哈哈，說話做事，一派端正。桃花的最大優點是勤快，從早到晚不見清閒一時：圍裙一繫，甌桶瓢勺在她手中「叮叮哐哐」地熱鬧起來。丟下菜刀拿起筲箕，丟下筲箕撿起掃帚，即使同人說話，手中也忘不了拿幾棵蔥剝；飯菜弄熟，開飯時間未到，扎鞋底的活兒又來到手上。

蔡德楷經常誇道：「當過幾回司務長，滿意的炊事員碰到這麼一個，針尖子就挑不出一點兒毛病。」

桃花許的去處叫高嵐河，兩岸的高山，陡得猴子就扒不住，抬頭望到裹腳寬一線天。幾掛山田，乾滾稀流，是個鬼不生蛋的場子。姑娘許這麼個地方，都認為是明珠暗投，紛紛打破，勸她退親。

凡拿不定主意的事，我喜歡向人領教。晚上找到蔡德金，我說我想說嚴小蓮，然後再把桃花拿出來做比較，請他發表看法。蔡德金態度十分明朗：

「桃花兒的勞力強些。自己像個螺螄殼殼兒，說個媳婦揹不起一捆、挑不起一擔，這輩子有你受的。行，抓緊，莫放。」

大梅子對這門親事也覺得合適，建議就請蔡德楷光明正大地提。綜合幾家之言，目標確定，這頭便向蔡德楷鬆了口。

開始桃花反應冷淡，不找我說話，彷彿沒有那回事似的。我暗裏別勁兒，你不找我，我也不會找你。轉而細想，興許是媒人還沒把話轉到。可有一天聽連長派人到食堂裏打替，我才發現桃花不在，有點兒慌；不過，第三天桃花好好地回來了，找到我說：「上高嵐河退東西。四套衣服，我已穿一套，穿的那套折成錢，跟剩下的三套送到媒人那兒，把親退了。」

「父母意見呢？」

「我媽咒我。」

「那你……？」

「盡她咒，高嵐河反正我是不去。」

此後的一段時間裏，我早晨起床，站稻場坎上刷牙，她便鑽進屋裏疊我的鋪蓋；洗鋪蓋、洗衣服都成了她的事。那年月，心疼男人的最好方式，就是不斷地弄東西他吃。食堂裏打牙祭，桃花把她的一份心疼給我，我把我的一份帶回家孝敬祖母。她知道我喜歡吃饅頭，便隔三差五地嚷著要司務長蒸饅頭；蒸了饅頭，利用職務之便多買幾個，然後一天烤一個我吃。

桃花把我們倆的事看得十分清潔、肯定，切實地用行動培育感情，好像已經在過我們的小日子似的。一次她突然問我：「怎麼還不著急？」

「著急什麼？」

「起屋啊。」

我心裏一怔，表面卻淡然道：「堂堂男子漢被間把土屋難住？」

「你把起屋看得簡單，批地基、平屋場、木料、磚瓦，八字沒得一撇，口氣倒大。我們的年齡都到了，結婚總得有個場子桫頭。」

「豬圈裏照樣桫頭嘛，薛仁貴還住破窯洞咧。」我故意逗她。

「除非你個兒跟豬睡，我是不幹。」

「將後我是跟豬睡。」

桃花大約聽出話外音，帶瞅帶笑嗔道：「人家說正經話你在和稀泥。」


面對桃花的催促，彷彿把我從半天雲裏拽落地面，醒悟過來：既要成家立業，房屋是少不得的。起屋就同一場戰役，兩間土屋不為漢子難，這是我從戰略上對它的藐視，倘要打贏，戰術上可馬虎不得。老輩子說：「起屋造船，晝夜不眠。」「起得一回屋，退掉三層皮。」一切表明，起屋的難處非同一般。眼下難也好，怕也好，已別無選擇，前面是坎是崖，我得跳。

起屋的大話不光在桃花跟前說，原先當著哥哥的面也曾經吹過。我把自己看好大好粗，自以為是回鄉青年，推薦讀書、國家招工你大隊霸我不放，既當農民，房子總該要讓我起吧？於是便寫了份理由充足的報告，遞上去請蔡德陸批示木料。

蔡德陸接過報告，看了看還給我，鼻孔裏連孔直孔，說：「五十棵，好大的口氣。大隊裏沒得木料賣。」

「鳳凰山上的松樹那麼多？」

「那麼多都是給你長的？」

「別人起屋能批，我起屋就不能批？」

「上頭管得緊，我沒得權力，你找公社。」

「……」

# 黑色九月

　　那天中午，秤四兩飯正往嘴裏扒，有人帶口信，說祖母病重。我頓覺兩眼發黑，丟下碗筷，打起飛腳往回趕。到屋，父親似乎也剛從坡裏趕回，還沒說上三句話，么爹打外頭進來，腳步邁得又大又重，兩眼發紅。我問他什麼事，么爹見我父親在場，調臉跟他訴道：「大哥，你看那個蔡德陸無聊不無聊，下台了還在害人：前幾天他找到我，說鐵業社缺柴發爐子，要我砍捆柴給他送去。心想一隻野雞顧三條嶺，照顧我掙點兒油鹽錢，好感激。沒想到這傢伙一口兩舌，調頭往隊長一說，扣我一個月的口糧——二十斤。找隊長，隊長叫我找書記，我這會兒就走。明子，把蔡辛給我拉起，我揹你婆婆，統統送書記屋裏。娃子大人從早晨餓到這會兒，他們要我的命，搞煩了老子要他們的命。」

　　蔡辛沒見過這種陣勢，嚇得抱著么爹的腿哭。父親勸道：「兄弟，不慌，先去找書記，看書記的態度，解決不好再送。」

　　柴房裏傳來祖母微弱的呼喚，我走進去告訴祖母，說么爹出門有事，剛走。祖母落床好幾天，連坐起來的力氣也沒有了，聽她咕噥道：「我聽到了，活不成了……你爹呢？」

　　屋裏很暗，點上燈，祖母一張蠟黃而又削瘦的面龐漸漸地清晰起來。父親上前拿住祖母一爪綠筋的手叫道：「媽，硬紮些，都望到您跟我們過年，翻春熱乎就要見好的。」

　　「你媽這回逃不出來……」

　　「不會的！大姨媽活六十五，二姨媽活六十八，您今年進七十一，姐妹當中您壽歲最高，七十三好活。」

　　父親對祖母孝道些，曾聽他說過：「爹死，哭不起勁；媽百年歸世了，我得好生哭一場。」這陣兒跟祖母說話，語氣哀傷，眼睛裏有淚光閃動。

　　祖母陷下去的眼窩裏一直讓淚水浸泡著，她歎著氣，斷斷續續說：「老

大，我們母子一場，幫媽扯娃娃兒『灘』，吃的苦有賣的……上頭的屋，田家埫的屋，都是你經手起的，分的有些不平衡……吃苦、吃虧都是你，媽心裏有數兒……」

「您沒虧欠兒女，生這麼多，不容易。我們腳下有人了才曉得，光懷就難得懷，莫說一個一個餵大。身上掉下這麼多骨脈，只湊合您落一身的病，一斤糖就秤不起。」

「不怪你們。」

「難為您把青子、明子給我扯大，鬆我的擔子，也沒得到濟，實在對不住您。」

說到這兒，祖母把目光往我身上一移，問：「聽說明子說個媳婦兒，羅家的姑娘？」

我遲疑一下，回祖母道：「才請人提。」

「好，青子落了根，就是明子還懸著；也快了……起間把屋，媳婦兒說進門……可惜婆婆看不到。」

父親說：「看得到，您莫朝死高頭想，一定看得到。」

祖母歇會兒，又問：「機器不知今後還拿不拿得回來？拿得回來，就交給明子，他爺在世說過這個話。么爹他個兒有剃頭的手藝。好喔，你是老大，後頭招呼他們，慢慢過……」

「媽——」父親淚水滾出來了。

么爹從外面回來，手裏拎袋兒包穀麵，進門就催：「快些燒火，打點兒糊粥婆婆喝。婆婆想喝大米稀飯，弄不到米；想吃點甜的，通街秤不到一兩糖，買幾顆糖精，滿甜。」

我趕緊鑽進灶門口生火，么爹一邊打糊粥，一邊告訴我說：「我進門第一句：『何書記，全家都快餓死。』何書記說曉得，從他自家裏勻出十斤包穀麵，叫我回家先度命，他隨後就過來解決……」

房裏突然傳來父親的叫喚：「兄弟——快點！」

么爹捧著一碗糊粥，嘗了口說甜，忙著進屋餵祖母。但從父親呼喚祖母的哭腔裏使我們明白，祖母已經離開我們——走路了！

剛才祖母同我們說許多話，調個臉來就見不著人，不相信有這麼快。

在父親跟么爹的哭喊面前，我仍然覺得這只是一個夢幻。但理智告訴我，祖母確鑿地離開了我們，心裏頓時像被沸水煮著，悲痛欲絕！突然的打擊，使人在一種張慌、忙亂的情形裏料理祖母的後事。待我們將祖母裝殮完畢，在黑漆漆的、沒有任何祭祀活動的漫漫長夜裏，守候在靈柩跟前寂寞難熬的時候，巨大的悲痛便壓過來了。

我讀到了高爾基當他知道外祖母去世的消息時的描述：「我沒有哭，只記得當時有一股砭骨的冷風向我襲來。那天黑夜，我坐在院子裏的劈柴堆上，心裏感到萬分憋悶。很想跟誰講一講我的外祖母是多麼的善良和聰明，她是所有人的媽媽。」後來他讀了契訶夫的《苦惱》，又想起了那個時候的心情：久久地抱著這個痛苦的願望——把外祖母的故事向人講一講，可是沒有人聽，於是這個願望就永遠埋在心底，慢慢消沉了。我這時的心情與此極其相似，我恨不得朝著所有的人們呼喊：「她是一位偉大的祖母，是世界上最好的、最慈愛的祖母，是我最親最親的親人！我要訴說祖母撫養我們的困難和艱辛……」我被無形的悲傷壓得喘不過氣，心中不僅憋悶，且有一種隱隱的陣痛，這種陣痛用語言無法表達。我一手抓住心口上的皮肉，想減輕這種痛苦，然而痛苦又像酸水一樣冒上喉嚨，折磨得更加難受。

小時候，看見祖母的腿子發腫，聽醫生說腿子三腫三消就會死去。我眼淚汪汪地望著祖母，心想祖母不會死，永遠活著。祖母死了怎麼辦呢？就沒有人弄飯我們吃了。祖母死了我就跟著一路走……眼下祖母真正的走了，然而我卻……望著黑暗暗的棺木，我產生出人死復生的願望。

祖母小媳婦（童養媳）出身，六歲便來到蔡家。剛來時，老太太交給她一個籃子——拾豬草。拾的豬草實不實在，將籃子放到九步的台階上往下滾，撒出豬草來可是不行，不只挨打，要返工。祖母說：「含著眼睛水兒回到田坡裏，把掐來的豬草一把一把塞緊、填實，自己首先拿到坎上滾，直到撒不出，才敢喊他們來看。」


十四歲的祖母跟祖父圓了房，十七歲得我父親，總共生十三胎，命長的活下來了，命短的皆由病魔跟災荒奪去生命。扯娃娃「灘」，祖父長年在外頭做手藝，家中全靠祖母打短工糊口。父親八九歲，沒得鋤把高，祖母請

人打把小薅鋤，跟著祖母去幫工。預先，祖母求情：「只當吃白食的，跟著混。」東家點頭才行。幫工的飯不能吃，端起碗想到屋裏，向東家說明，飯菜端回家，摻些瓜瓜菜菜，全家糊一頓。

抗戰時期，三丁抽一，五丁抽二，父親去當兵，家中困難更大。村裏駐紮三十二軍野戰醫院，祖母為病號打豆腐，得不到工錢，落豆渣吃。祖母跟啞巴姑姑用石磨推豆漿，肘拐都快推脫節，五六年的豆渣也吃傷了。後來一提起豆渣，啞巴姑姑眉頭皺成一把，連連地搖頭。

一九五〇年土地改革，家中第一次有了自己的土地。然而，互助組、初級社、人民公社，一浪趕一浪地打來。就在這撥雜頻繁的歲月裏，我母親突然病逝，給家庭籠罩一層沉重的陰影。父親離家而去，把扶養我跟哥倆的擔子推到祖母的肩上。祖母說：「年輕我不怕，可我們老了。」當祖母推不脫，又不忍心推，勉為其難的時候，一把辛酸的淚水只好灑向我母親的墳頭。

祖母衰老了，身子骨瘦乾了，每天仍堅持給家裏做飯。么媽一手農活不錯，單是茶飯不行，她也不願上灶，那麼鍋鏟子就在祖母手上生了根了。到後祖母腿子站不穩，奈不何上灶弄，就坐在火籠邊使嘴兒：一會兒叫蔡辛拿根柴，一會兒叫舀點兒水，慢慢從吊鍋裏把飯摸熟。有時糊塗了，半夜爬起來忙飯，待提醒她時間尚早，她又回到床上睡覺。爹媽疼的斷腸兒，祖母最心疼么爹，望到么爹從街上撿糞回來，端著碗吃飯，自己愛吃不吃，便摸到鋪上歇息去了。

前不久，不知是什麼力量，支持著祖母走下田家堖，跟么婆婆歇一夜。第二天回家，大半天才爬上大溝。這時已是斜陽西下，餘暉殘照，祖母坐在路邊，用拐棍支撐著蜷曲的身子，望著山下的田家堖，長長吆吆地大哭。祖母的哭聲有很強的穿透力，老腔悲聲，田家堖聽到了，蔡家塆聽到了，都說她是在向妯娌哭別！向田家堖告別！當我聽旁人講述到這動情的一幕時，我的心彷彿碎了。


沒有祖母，就沒有我們兩兄弟；沒有祖母，我們就不能成人。是祖母把母愛給予了我們，讓我們在仁慈、憐愛的呵護下慢慢成長。祖母的死，是我人生中受到的最沉重的打擊，我不知道，世界上還有什麼比我失去祖母還更

加悲痛。任何事物，有付出就有回報，然而祖母卻白養我們一場。處當今社會，自身難保，反添祖母憂心，孝敬祖母便成了一句空話。慢慢地，空話凝結成遺憾，像一塊沉重的巨石，深深地埋進了我的心底。

……

西元一九七六年九月九日，是中共歷史上重要的一天──毛澤東逝世了。

當時我揣著一份大型歌舞劇的創作提綱找指揮長彙報，消息傳來，工作即刻中斷。回到住地，有人在哭──老陳因眼睛「上雲」，連長派他幫廚──刮洋芋，聽到廣播，便情不自禁地哭起來了：「毛主席死了，我們這些貧下中農怎麼過日程囉，嗚嗚──」

一位年輕人朝他埋怨：「老陳，說『死了』是不尊重的，請你改個口好吧？」

「怎麼說呢？」

「你聽廣播！」

「我是從廣播裏頭聽到的。」

「廣播裏說的『逝世』！」

對了兩句，老陳把頭一吊，繼續他的哭訴。

是的，老陳哭得沒錯，毛主席是人民的大救星，把大家從火坑裏解放出來，才過上今天的幸福生活。倘若沒了他，人們會重新回到火坑裏去，吃二遍苦──多麼可怕的災難！無論開會或聽廣播，毛主席的名字耳熟能詳，這麼偉大、紅火的人物，沒聽到說害病的話，怎麼會突然……誰也不敢輕信這噩耗的真實。

那會兒真有點兒「山雨欲來風滿樓」的感覺，烏雲在頭上翻滾，見不著太陽的面；秋風蕭瑟，落葉飄飛，晦暗的大地，給人以日暮無歸的慌愁。有線廣播跟高音喇叭，從早至晚，哀樂陣陣，播音員播報消息，不分男女，使用的是世界上最沉痛的語調。中國幾千年的鬥爭史，就是宮庭裏的鬥爭史。這話好像是毛主席自己說的吧？先王一死，後頭的爭奪王位，動手動腳，惹得群雄並起，天下大亂。該不會打老人家話上來吧？我一邊亂想，一邊祈禱：「菩薩保佑，千萬莫亂，亂起來害不到別個，老百姓遭殃。」

黨員幹部們一夜間模樣變大，眼睛望人目光怪異，彷彿要從每個人身

上瞅出反動的影子，板起一副面孔。基幹民兵迅速組織起來，白天工地上栽椿、插柏樹枝子、剪白紙字、拉黑布橫幅，佈置毛主席的靈位子；夜晚，他們被指派到地、富、反、壞、右分子的房前屋後，放哨站崗，防止亂說亂動。

弔唁開始了，我們和當地社員共的一個「靈位」子。那是一個沒有陽光的陰沉的下午，一無鑼鼓喧囂，二無紅旗飄揚，各連隊、生產隊舉著花圈靜靜地匯集攏來。我協助廣播員放哀樂，看到當地支部書記老李硬著脖子，用一雙極其嚴厲的目光掃視人群，不時地往本子上記。

我問：「李書記，有人遲到嗎？」

李書記說：「有些人在哭，有些人樣子就不做一個；不哭，說明對毛主席沒得無產階級感情，記下來，日後好扣他們的口糧。」

聽到說「扣口糧」，我駭得倒抽一口涼氣，半天醒不過來。

社員們似乎斷得到事，一上田坎，望到李書記的影子，趕緊把臉一變，掛個哭相。幾位婦女，喊一聲「天吶——」猛然往地上一滾，哭爹哭媽一般號啕起來：「偉大領袖毛主席啊——您是我們的救命恩人啦——您不能去（死）呀，您這一去——損失怎麼補哇……天吶！偉大領袖……」

李書記的本子沒有合上，打滾的人多起來了，哭聲、喊聲、哀樂聲響成一片。人們的衣服跟臉上沾滿塵土，扭動的身軀帶起塵土的飛揚。有人滾脫了鈕扣，露出白靈靈的肚皮，婦女的褲子開岔處，一不小心，最容易讓人瞅見裏頭的胯子，這陣兒皆展覽式地給暴露出來。還有蹬掉鞋子、滾落頭巾的，全然無所察，只顧哭喊、抽搐、打滾。透過煙塵，彷彿這不是在搞弔唁，倒像無數個靈魂在地獄裏接受著殘忍的熬煎。

接著，我們又參加縣裏的弔唁活動。城裏文明些，靈堂設在大禮堂。我們曾登台唱戲的舞台上，黑布綾子、黑布幛，柏樹、棕樹擺兩邊，綠光幽幽，昏昏慘慘，疑惑包公在斷「仁宗認母」。平時看戲的排椅不知請往何處，淨白的花圈靠牆擺了一周，中間空蕩蕩。邊遠公社就免了，城關公社皆以大隊為單位，進靈堂弔唁。台上一排幹部，身著襯衫，袖戴黑紗。候大家站好，一位上前，彷彿訓練過，用一種緩慢、低沉的調子，對著麥克風說：「……偉大領袖毛主席於一九七六年九月九日，在北京不幸逝世。給我黨、

我軍和全國人民帶來不可估量的損失！我們懷著極其悲痛的心情，向他老人家致哀，一鞠躬……」後頭兩句拖的哭腔，跟著哀樂一放，全場人都哭。一個大隊結束，另一個大隊入場……

沒得幾日，廣播裏突然昂揚起來，說北京粉碎了「四人幫」，華國鋒同志登了龍廷了。

一九七六年是個多事之秋的年代：天安門事件、反擊右傾翻案風、毛澤東逝世、抓「四人幫」……正如前面說的那樣：「基建專班」是我青年時代生活中最好的「一節」，就在這悲、喜、亂、鬧的情形裏，結束了這段生活，我又回到小屋。

# 鄉里鄉親

　　俗話說：「光棍怕的到家。」我一回到小屋就折福，彷彿從熱鬧的花花世界裏猛然墜落到一個沒有任何色彩、孤零零的小山洞裏。不砍柴就沒得柴燒，不挑水就沒得水喝，不種菜就沒得菜吃，最厲害的還是少了那半斤糧食的補助。

　　山村還是那個老山村，名稱且因上頭變成了「城關公社」而跟著變成了「鳳凰村」。另外，蔡德陸在蔡家埡苦心經營了十多年的政治舞台開始鬆動：他本人被派到公社一家集體企業——鐵業社裏管事，村裏便由何書記出面掌權。人們傳說有誰告了蔡德陸的狀，既是這般，我想肯定是那封「信件」發揮作用。沒過多久，果然有人說到「信件」，指名道姓是我提的筆，還添油加醋說用毛筆謄了三大篇。父親捏著一把汗來問我的真偽，我說：「敢作敢為，怕啥兒？吃我欺他沒得恁麼大的嘴。這些年怕著怕著，倒整得我們家破人亡。尿泡打人，打不疼人氣疼人，好歹氣他一傢伙，讓他曉得這些人不是憨頭啞巴。」

　　父親表面上不責備我，內心的疑懼似乎並沒有消除，呆了一陣，突然自語似地笑道：「說得也是，算得出了一口氣。」

　　一天，有人傳信給我，說晾在嚴家山的木料有人在偷。說得我心裏一炸，暗中罵道：「強盜偏生死不絕，偷我的木料，下得心！」不過，也算給我一個知會：趁早往回盤。

　　盤木料好說，生活從哪裏出？這是橫在面前的第一個大難題。剛發的半個月口糧，吃去好幾頓，剩下不足十斤。我蹲到裝麵的罐子跟前，一陣發呆。

　　么爹知道了我的難處，走過來說：「婆婆的口糧算到明年六月一號，總共秤一百多斤，安埋婆婆沒吃完，可以勻點兒。」

　　我說：「么爹，叔侄倆把話說清白，一時半時我還不起。」

「還不起一口把你吃了？先辦事，再捱兩天，盡強盜給你偷光。」

「借二十斤，加上自己這點兒，差不多。」

「木料盤回來，今後的日程呢？」

么爹的意思叫多借點兒，我說：「拉賬要忍，到時候萬一沒得法再說。」

糧食有了譜兒，小菜呢？外頭蕩了幾年，園子早已荒蕪。沒得法，便提著籃子，到村裏找菜。我一點情面不講，往人家屋裏一走，照直說：「大媽，臉厚不捱餓，明兒天我請十多個幫工盤材料，沒得菜，找您弄點兒。」

大媽：「什麼臉厚臉薄的，這樣的日程都過過，不是醜事。明兒新屋蓋起了，說個媳婦兒成了家就好的。俗話說：『吃得苦中苦，操得人上人。』到時候我們老得爬不動，還得靠臂侄兒們憐濟咧。」

走到另一家，我照例說：「嬸子，明兒天我要搬叔子的兵——上嚴家山扛木料。」

嬸子：「只要用得上。」

「還有一件事不好開得口。」

「趕有的說。」

「請幫工沒得下飯的菜，找您想個辦法。」

「以為你開滿大個口，說半天，恁麼點兒事，稍等會兒，我園子裏掐去。叔叔嬸子沒得什麼能耐，差勞力、缺小菜，只管開口說。人直巴些好，什麼事悶肚裏，誰個曉得？婆婆雖說疼你們，婆婆個兒死了，單人匹馬，看到心裏怪疼的。」

不大工夫，粗菜細菜弄了兩籃子回家，么爹見了說：「能在外頭磨，不在屋裏坐。」

我說：「人情是把鋸，你有來我有去。我這光找人家要，日後怎麼還得起情？」

「有情不在一日之感，人家的好處要記住。」

伙食辦攏，四更造飯，五更起程。出乎意外的是，第二天下了一場大雪。我起床天還沒亮，藉著屋裏昏暗的燈光，門前的小場子存有二三寸厚的雪。仰臉朝著漆黑的天空，密密的雪花往臉上直落，寒氣浸肌。好要做點兒

正經事，撞上這樣的鬼天氣，真叫人心煩。高粱漿粑粑烙了，青菜下鍋了，僅憑這一宗無路可退了。我暗暗叫苦：「老天爺，上回把樹木從老林裏弄出來，你下淋脖子大雨，這次盤木料你鋪天蓋地下大雪，真會生方法整人。有什麼跟我過不去呢？難道你不知道我的處境艱難嗎？不知道幾個高粱漿粑粑怎麼弄來的嗎？」叫苦的同時，當初抬木料的那個難忘的艱辛場景又重新來到我的眼前：

　　──買木料的事在蔡德陸面前碰了一鼻子灰，心裏一時亂得沒個頭緒。天不生絕人之路，黑暗中突然冒出一點亮光：有位叔伯姑父家住嚴家山。我的情況，一傳十，十傳百傳到他的耳朵裏，便答應幫我打聽。我一時歡喜得不行，顧不得山高路遠，揣著出賣田家埫房屋的兩百塊錢直奔嚴家山。姑父找幹部說情，幾個反覆，好歹將事情辦妥。那天，生產隊派人把樹放倒，當我點完樹，付了錢，天已黑定。我住在姑父的家裏，躺至四更天，突然下雨，雨點打在瓦片上，啪嗒啪嗒響，如同千萬顆石子砸在我的心上──當大夥聽說我買到木料，叫花子憐濟討米的，兄弟姐妹一般，這個半斤，那個一斤，給我捐餐票，總共湊了三十斤。人家捐一兩餐票，就算捐了一兩的生命。眼前下起雨來，木料抬不成，辜負大夥一片好意不說，我再到哪裏去弄糧食、請幫工啊！眼眶裏不知什麼時候裝滿了淚水，溢出來，流過耳門，涼絲絲的。正焦愁萬分，稻場裏有人打「吆喝」，原來是么爹帶著幫工在黑漆漆的夜裏冒雨上山來了。記得大夥剛剛搬了兩趟，雨下得更大了。大家的衣服淋濕，頭髮一綹一綹貼著臉，變成一隻隻落湯雞。可誰也沒有在意，心中只有一個念頭：將所有的木頭搬出山去。蔡長斌性情樂觀，索性朝天吼道：「老天爺，這點兒雨不過癮，乾脆大些下，給點兒解腳水，好把滑。」幾位小青年大約讀過《海燕之歌》，淋起大雨朗頌：「……這是勇敢的海燕，在怒吼的大海上，在閃電中間，高傲地飛翔……讓暴風雨來得更猛烈些吧！」朗頌似乎觸及天怒，雨當真猛烈些了，打得眼睛睜不開，濕透的衣服浸著皮膚，直打寒戰。我漸漸不支，喊叫撤兵，但誰也不服從我的命令。有個聲音從雨簾裏傳過來：「停不得，一停濕布會把人吃病。鼓勁抬呀，鼓勁扛呀，流大汗呀，出路在前頭！」大夥的肩膀紅腫了，有的磨去皮，卻照例說笑著、吶喊著，吼著高亢的勞動號子，將沉重的木頭擱到肩上……

——是的，幾乎跟上次一樣，正埋怨老天爺搗亂，蔡長斌已經從石膏溝冒雪上來。我問他怎麼辦，他說：「搬木頭下大雨就沒把我們打退，下雪怕什麼？雪不濕衣。還是那句話：天上下刀，去！」

　　嚴家山存雪尺把厚，大都第一次遭遇那樣的天氣：壓在肩上的圓木，須用手扳住，手指頭在冰冷的木頭上凍木、僵直，骨節裏彷彿斫斷似的疼痛。凝結在頭髮尖上的汗水，北風一掃，像掛在額前的一溜玉墜兒，碰撞有聲。木頭扛至長嶺，打榸口裏榸下窯彎溝，掉進深潭裏，撈起來一筒凌；放到揹子上揹，稍不平衡，哧溜滑到地上。如此惡劣天氣裏勞動我的確還沒經歷過，是真正地與天地相鬥。我知道大家愛護我、可憐我，若說捐餐票、送小菜能透視出生命的本質，那麼搬運木頭可是直見性命。不管採用的是哪種方式，心願是共同的——促使我成戶人家！此時，感覺有股熱乎乎的東西在胸中流淌、湧動，渾身凝聚著能征服一切的力量……

　　「正月離開家，臘月往回爬；老少團個圓，說兩句親熱話。」一到臘月的尾上，無論公家上幹事的、當兵的、讀書的、當民工的都趕回家過年。這些既熟悉又陌生的新面孔出現在村中、井旁，增添了新年大節的喜慶色彩，給人們一個他鄉故鄉、人親水甜的感覺。

　　蔡長富也回來了，晚上我找他去玩。他們家處在中間稻場跟前，男女老少閒著喜愛到那兒坐。如我所料，屋裏早已圍個人圈，在一罈煤火的烘烤下取暖說笑。

　　蔡長富看見我進門，用他宏大的嗓門親切打招呼：「嗨，文太師稀客——請坐。」

　　我說：「兄弟，莫這麼挖苦我，文太師窮困潦倒，只差討飯。」

　　「呃，話不能恁麼說，新社會不准討飯。怎麼打不起陽氣？」

　　我囁嚅著不知怎麼應答，他母親廖大媽戴副老花眼鏡，就著油燈納鞋底，接過話頭代我回道：「婆婆才死幾天，失去個疼他的親人，心裏難過。」

　　長富趕忙軟下口氣，轉個話題問我：「聽說你預備起屋？」

　　「這樣子還起得起屋？」

「什麼樣子不樣子，事在人為。」

「打算倒是有，還得靠兄弟扶助。」

「計畫說出來，兄弟只要搭得上手。」

「有什麼計畫？真是走一步看一步。」

廖大媽聽的過程中向我提醒道：「老輩子說的：『起屋三石米，拆屋一頓飯。』娃娃兒，搭起台子要歌兒唱，可不是玩兒的。」接著又告訴我：「現實起屋不外兩種搞法：一是打牆，二是脫磚。打牆的鋪派大：挖土的、背土的、打夯的、拍牆的……見天沒有四五十人搞不攏。人手多，開銷大，到哪兒弄那麼多吃的？講把握，依我看還是脫土磚。」

幾件木料盤回家，以為大功告半，這麼一說，只不過正月的茅草——才冒頭兒。脫磚切實可行，符合本人實際。可轉念一想，白天出坡生產，指靠早晚工，幾千的土磚該脫到何年何月？吃不飽飯，體子又差，房子未起，人先倒架，那才划不……正意三意四，蔡長富隔著火堆，抬起胳膊，使夾著紙煙的兩根指頭點著我說：「打牆的搞法，那是給嘴做生，投嘴快活。誰個都願做有把握的事情——脫磚，就這麼定。首先我幫助你三十斤大米，開年後就到我那兒去揹。」

無論是好消息、壞消息，來得突然，總會讓人對耳朵的職責產生一種懷疑。當事實證明懷疑的對象確實沒有怠忽職守時，你一定會大為震驚：「天吶，我過年憑計畫換得二斤，你一次就幫我三十斤？這不是別的，是大米！」我一邊暗中驚喜，一邊誠心向長富謝道：「兄弟，這可是玉皇大帝送祝米——天大人情啦，叫我如何領受得起！」

「果子話少說，說搞就搞，莫猶豫。我們今天在這兒說的話，明年的這個時候在新屋裏搞慶賀，怎麼樣？」

這一軍「將」得真夠厲害，害怕食言，腦殼裏打個等。緊接著圍在火籠烤火的眾人一起張威助勢地鼓勵我說：

「猶豫什麼？答應他。兩間屋，計算五千磚，我們幫你的忙。」

這時，我如同一名戰士受到戰前的動員，信心百倍，勇氣橫生。有這樣的鄉鄰助陣，何愁事情不成！我滿口應承道：「行，明年的這個時候，請兄弟到我新屋裏喝慶功酒。」

「不光喝慶功酒，說個媳婦，一杯慶功酒，一杯喜酒，喝個雙杯。」

「對，喝個雙杯！」

大年三十，別人過年，我到土場裏挖土。

我曾經在心裏描述過房子的藍圖，那還只是個平面的輪廓，眼下這個輪廓漸漸地有了立體感。它像一位充滿魅力的少女，向她的愛慕者傳遞著迷人的微笑。我感覺這種微笑正在轉化為一種動力，跟電流一樣直接來到我握著鋤把的手上。笨重的鋤頭在我手裏從來沒有如此靈便過，一鋤下去，彷彿掏灰似的，翻得又快又多。

蔡長斌一早從石膏溝上來，土場裏找到我。起先不做聲，只靜靜地笑，到後一開口，嚇我一跳：「搞集體有這麼大的幹勁該多好哇，共產主義早實現。」

我笑道：「誰願意討這個苦吃？不搞不行啊。」

說笑一會兒，長斌正經告訴我：「特為接你跟我們過年的，走。」

「難為費心，不去，我要挖土。」

「好些羊子趕不上山？今兒跟我走，明兒幫你挖。」

僵持間，剛從大學放假回家的蔡長貴跑過來，右手指插進頭髮裏搔著，勸解道：「一年苦上頭，過年應該歇一天吧？走，你們倆都到我那兒去。」說著動手來拉。

往常我百事聽人勸，今天卻格外固執，拒絕他們的邀請。二位眼見說不服、拉不走我，設不出法子，倒找來挖鋤，跟我一道挖土。

挖起的泥土，先將疙瘩打碎，然後挑水發。夜晚，我找福爺商量，把他為集體飼養的兩頭耕牛悄悄拉出圈門，弄雜草將牛鈴一塞，讓蔡長林、蔡長勳牽著下泥塘裏踩泥。八隻牛蹄在泥巴裏踩著，吧嘰吧嘰的響聲，夜間裏十分清脆。我跟么爹手持釘耙，給泥巴返堆。開春的寒氣大，赤腳下水，開始都喊叫「割腳」。幹上一會兒，身上作熱，褲子穿不住，脫在一邊。

有天桃花過來找我，小屋裏走不進去，我們就在土場裏會面。她似乎受到委屈，一臉憂鬱，人雖站在我的跟前，眼睛卻漫無目標地望著遠方，不開口。我耐不住這種寂寞，問有什麼事，催她快說。延遲會兒，牙齒縫裏擠出一句話來：「我們的事弄不攏了。」

我心裏格噔一沉，趕緊追問：「為啥子？」

「我媽不同意。」

「為啥子？」

「沒得屋。」

「這不正忙著起嗎？」

「起屋該身賬，一輩子難還清。」

「……」

「又說近的是冤家，遠的是親家，反正跟她說不清白。」

「你是怎麼想的？」

「我同意，她不依，天天別勁兒，咒我撽我。看來難得成功，算了。」

桃花是個好人，心裏難過，我理解她。的確我也喜愛桃花，愛她賢慧，愛她勤勞，愛她本色，愛、愛、愛，再愛起些，不能成為我的人。沒有房子，體子又差，被人小視，很是自卑。回想到基建上桃花對我那麼真誠、體貼、實在，猛然提出分手，心亂得差點兒掉下淚來。我自知欠桃花的太多，指望今後成了家，好好地待她，看情形這個願望即將落空。一時想不出個補救措施，臨時起意說：「我們相好一場，還不起情，給十塊錢，自己到街上扯幾尺布，好生縫件衣裳。」

「算了。」

「答應我。」

桃花悶起，我急了，幾乎是命令的口氣跟她說：「婚姻問題不勉強，這件衣服可得要縫，聽到嗎？一定要縫！」

一邊說我一邊想，倘若桃花推辭，就親自上街扯布，衣服縫好了，往她屋裏一丟，轉身就跑……看到我態度堅決，桃花勉強答應。接著我又說：「明天這個時候，我送錢過來，你到廟垭上接。本應該陪著你去，要就天氣，削磚、上碼，實在走不開。」最後還囑咐一句話：「找對象到一條河邊找，千萬莫上高山。高山退的約，你自己應當明白。」

夜晚，我高一胯、低一胯摸黑找到隊裏出納蔡德偉，說明緣由，求他湊合。人熟好說話，蔡德偉沒打阻口兒，冒起膽子悄悄借十塊錢給我。

次日我還沒送錢過去，桃花倒一早翻垭過來，找到我說：「昨夜聽見雞

子叫三遍，還是睡不著。想來想去，下狠心，還是同意你。管她撅也好，咒也好，滿派不給我陪嫁。」

這個不平凡的夜晚，是決定我跟桃花命運的一夜。我心裏說：「嫁給我沒錯，不會委屈你。」架在心上的一塊石頭落地，我趕緊應道：「陪嫁駁不到人，今後掙得到。養了這麼大一個人給我，還要什麼呢？心滿意足。桃花兒，見你退信我好冷心，屋也不想起了，豬圈裏滾一輩子了事。」

「少說些無志氣的話。往後忙起來，說一聲，我過來幫著做。」

既然同意，衣服就不必現縫，趕緊將十塊錢還去。這事過好多年，桃花撩我的嘴說我無轉變，借到手的錢還給人家，戀愛一場，件把衣服就捨不得縫。

桃花固執地僵持下，對方——桃花的母親終於讓步。按規矩，應該納八字、送庚帖，這在當時皆一律禁止。相親的風俗照例保留，就是男到女家，女到男家，跟雙方的父母見個面，以便改口——當叫爹的叫爹，當叫媽的叫媽。經過這麼個環節，往後遇到節氣，雙方好自由行走。

我有什麼門過呢？一個豬圈。可岳母堅持要過，逼得我父親只好出頭露面。兒子說媳婦兒，做父親的巴不得露面，然而繼母那裏還有個關口。還好，汪淑珍畢竟是個要面子的人，即使給女方打發點兒東西，花費又不歸她出，順水人情可以做。加上父親幕後工作做得扎實，我終於從他口裏得到通知，說繼母同意桃花到她家過門。

桐子開花忙試種的季節，岳母帶著桃花過門來了。岳母身材高高的，但十分削瘦，掛在略駝的肩背上的兩隻細胳膊異常靈巧，一雙不知疲倦的小腳，走路邁得飛快。她的眼睛特別犀利，彷彿蘊藏著某種能看破一切的力量。

那天我到父親那兒，跟岳母、桃花打個照面，便匆匆出坡揹糞去了。中午休息，想陪她們坐會兒，走到門外，聽到屋裏碗筷在響，趕緊止步。心想：正是春上兩不接扣，難為他們招待我尊貴的客人，也算做到仁至義盡。我這麼直通通地進去，闖人家的席不好，人要自覺，悄悄退回來。回小屋枯坐一會兒，打量飯已吃過，再過去看時，她們已經走了。

我一邊脫磚，一邊插空子平地基。突然接到何書記的通知：

「實現共產主義是共產黨人的最高理想，對於有條件的大隊、公社，成熟

一個，過渡一個。這是近來黨中央的英明決策。建設社會主義新農村，高起點規劃，統一佈局，統一設計。建成的房屋，既要一百年內不土氣，又要一百年後不落後。從現在起，不准私人建房，你的房子由集體拿過來，統一修建。」

新官上任三把火，何書記精幹靈活的身影，在大隊部裏躥進躥出。他額頭微蹙，兩隻黑色的眼睛虛著，裏頭的光芒是那麼沉著堅定，彷彿裝滿了改變整個地球的計畫。被他剛才一番充滿激情的談話，弄得我懵懵懂懂，思緒飄飄。可我生就是個極端務實的笨蛋，浪漫不起來，不消一會兒，飄忽的思想很快回到我現實的打算上來。我說：「集體統一建房，我的木料、我脫的土磚⋯⋯」

「撐到板凳看地下。還得找你說個么二三呢：出版毛主席五卷、修建毛主席紀念堂，恁麼大的喜事，群眾都到公社開大會，你在屋裏踩泥巴。」

「我得趁天道。」

「毛主席五卷大還是脫磚大？不要光打小算盤，什麼事還得依靠集體。」

平屋場集體經手搞，沒讓我急著，脫磚倒盡我嘗夠了苦頭。幾千土磚下地，一口口立起來，削去不規整的部分，翻曬，上碼。遇到行風走雨，我如同枕戈待旦的士兵，聽到瓦片上雨點子一響，咕嚕爬起來，往磚碼奔去。有次我剛剛趕到，夜色中看見一個高大的身影正在將狂風掀翻的草苦子給重新蓋好，認出是我父親。他只戴個斗篷，下半身全部濕透，我心裏一熱，說：「您回去換衣服，我來。」

他像沒有聽見，囑咐我說：「多搬幾塊石片壓著，再大的風也吹不走它。」

一會兒，他找來鋤頭，在磚碼旁開出一道小溝，將雨水撇到坎下。

照老輩子的經驗，不管平的屋場還是脫出來的磚，都要過個六月才能用。正值大暑天氣，地裏包穀二道草已經掛鋤，我去找隊長商量起屋的事。嚴大金見我還像個做事的樣子，默了半天然後跟我說：「建新農村，哪裏不知哪裏，想法好，條件不夠。依我說，房子還是你自己起，我給你解決一百斤糧食，好嗎？」

起先說集體起，我指靠著，盼望新屋落成，鑽進去只住，省事。不想這

陣兒隊長突然反口，擔子重新回到肩上，鬆緩下來的心情自然又緊迫起來。待靜下來細想，集體不插手好，自己起屋硬氣些，免得今後扯皮。況且木料、磚、屋場幾宗大事已經完工，又有一百斤糧食撐腰，舂鐵就那麼幾天，不必害怕。

大半年的艱辛勞作，總算把木匠、瓦匠、掌墨師傅們請攏場。我請的三十個幫工，一下卻到了四十多個。大夥揹著揹子、打杵，提著瓦刀、鋸子，三三兩兩地從四面八方往過趕。人人為我修房子而感到高興，臉上流露出親切善良的微笑，愉快地交流著、感歎著：

「住了五六年的豬圈，怪可憐的，看到他吃苦，看到他長大，造孽的日程快出頭了。」

「我早就說過，明子起屋請不請，反正我是要來的。」

「手腳笨，揹輕拿重奈不何，端茶遞水總得要人。」

「混不到乾飯吃就混碗稀飯吃，湊人數。」

「……」

說話的人非常自謙，其實他們都是些勤勞能幹、有藝在身的長輩，幹起活兒來心靈手巧，不知疲倦。

送小菜的情形就更加熱鬧動人了：蔡家堖有個祖傳的習俗，一家有事百家事，無論紅事、白事，只消預備甌中的米麵，桌上的小菜且不必著急。人們得到消息，相互轉告，當家的主婦便準備送菜。她們趕自家有的，如胡豆醬、黃豆醬、鮓辣椒、豆豉、南風鹽菜、醃蘿蔔、酸泡菜等各樣小菜，倘是生長在地裏的季節性蔬菜就更多——滿滿地收拾一竹籃。村裏像過節似地，老有老伴兒，小有小伴兒，姑娘跟姑娘一路，媳婦跟媳婦一路，婆婆兒跟婆婆兒一路，走累了把籃子換個手，或者在樹蔭下歇會兒，成路成行地匯集攏來。

大梅子也來了，不只是送小菜，還主動到土場擔起篩土的任務。當我問及她如何提著兩大籃子小菜時，她說：「高頭灣裏李婆婆喊到我說：『我的腳疼，奈不何走，請你給明子多摘點兒。』我就到菜園裏替她摘了這些。」

屋場裏一派繁忙景象：揹磚的、和泥的、砌牆的、刨檁子的、鋸椽子的……個個手活兒靈巧。請他們吃袋煙，喝口茶，從牆上趕就趕不下來。一

口磚砌得不合格，搬掉重新砌；一兜泥沒和勻，丟下來重新和。貼心貼意、認真負責的勁頭兒，彷彿在給自己起屋。

我的日記中是這樣寫的：

興大工的這天，蔡家埡一二百人家，幾乎家家戶戶都送了菜。除送小菜，有的還把當口糧的洋芋也送過來了。么媽打個豆腐，桃花打個豆腐，榨乾後使大篩捎來。二姑父老遠奔過來幫忙，還帶了茶葉和紙煙。

最感人的一幕還是五叔，一位鐵打的漢子，不知怎麼病了。到了傍晚，他頭上捆著個黑袱子，胳膊裏夾著金黃色的老南瓜，一手裏端碗胡豆醬，三步一停地朝這邊走來。我迎上前接過南瓜和醬碗，他竟然一下摔倒在地，喘了半天說：「好趕仗，狗子拉痢。本想來幫你做兩天，陡然起病，對不住人。」

「莫這麼說，今後的事情還多得很，要麻煩您的。」

扶他凳上坐著，一鬆手，又歪到地上。我扳住他寬大的肩膀默道：「病成這個樣子，胳肘還能征服住這麼大一個老南瓜；滿滿蕩蕩的一碗醬湯，須平平地端著，不濺一點兒，試想，沒有堅強的毅力和博大的憐憫心，是捱不到我這兒來的！」

站在新屋跟前，似有千言萬語要向人傾訴：從那狹窄、潮濕的豬圈裏，一下搬進寬敞明亮的大瓦屋，面對這個人生的飛躍，激動的心情，我想任何語言都不能準確而貼切地形容出。我捫心自問：這是眼前的現實嗎？房子歸誰所有？我有資格做它的主人？就在反覆追問的同時，漫漫往事也漸漸復甦：基建專班上捐餐票、眾親友幫我平地基、脫土磚、冰天雪地裏抬木頭等種種艱難動人情形，全都像電影一樣，一幕接一幕地重現在我的腦際。

蔡家埡的眾鄉親，你們憐憫我、牽掛我，為使我能夠扎根、成為一戶人家，用結實的肩膀和勤勞的雙手幫我蓋起新屋，給了我遮風擋雨的地方。你們純樸、善良的品行影響著我的做人。你們個個是我的恩人，個個是我的良師益友，我當永遠銘記在心！

一天蔡長斌跟我說：「從大梅子門前過，請我帶個口信，叫你去。我問什麼事她也不說。」

　　我匆匆地趕去，走到看見大梅子在做針線。一隻做工精細、織有紅色花邊的圓簸箕裏，放著許多鞋幫跟鞋底的紙樣子，一個用油皮紙做的八開的大樣包，裏頭壓滿了五顏六色的花線和花布。目睹到這些悅人眼目的女人們專用的物件兒，被生命裏一種原始的東西所打動，想像著女人做人的華美，想到女人的一生，一時浮心淨盡，柔情似水，感慨萬端。

　　「找我有事嗎？」我站著問。

　　大梅子笑著剜我一眼：「坐不下來是吧？怕虼蚤就不坐。」

　　眼前這個能幹漂亮的女子，將要被一個很遠很遠的男人娶去做媳婦，想起這事，心裏不是滋味兒。毛主席說：「天要下雨，娘要嫁人，怎麼辦呢？我說：「出嫁還沒吧？趕這麼些針線，今年不走，過年再走。」

　　「你會勸，我可大你一歲咧，自己忙著結婚，還留我過年。」

　　「我先走沒走成，你後走的卻走成了。」

　　「興許是老天爺故意這麼安排的。」

　　「去了大地方，莫忘掉這些人。」

　　「肯定忘掉。」大梅子咧嘴一笑，立即又正經道：「先前曾說過，雖然不成夫妻，得跟姐妹一樣親密。」

　　「說得好聽。」

　　「比著自己的心說的，只要不把這些人忘掉就是好事。」

　　「你要走，蔡長斌要走，你們都走。」

　　「蔡長斌到哪兒？」

　　「他舅舅要把他弄到沙洋農場裏安家。」

　　這時，大梅子雙手壓住膝蓋上的針線，仰起臉，一對無限溫情的、閃爍著明亮光澤的大眼睛注視著我，說：「告訴你，原來曾想到過我們倆成親，沒有屋住把你接過來，可想前想後不行。成不了親就成不了親，怎麼辦？做雙鞋你穿總行吧？可是，樣子拿起試幾頭，橫直下不了剪，唉，世上的事情哪這麼難吶！」

「你就是悶心裏不說。」

「實現不了的事情，說出來起什麼作用？」

「平時姐弟一樣關懷我，可一想到你當真要走，心裏就跟撒把鹽似的難受。」

我眼睛發潮。

大梅子流著淚勸我：「莫難過，桃花兒人滿好，性子平和，是個能幹媳婦。你待她好些，朝前過。」說著，起身到房裏提出一袋兒包穀，遞過來：「莫嫌少，管得幾天是幾天。」

剛才忍住的淚水嘩地滾出來，我把她那充滿幽香的、熱乎乎的溫柔的身子緊緊地攬在懷裏。她小鳥依人似地把臉側著靠在我的胸膛上，我能看到她披滿秀髮的頭頂。靜了會兒，她抬起頭，那雙忽閃著微妙誘惑，但卻又充滿絕對純樸的明眸子朝我一陣凝視，當時真差點兒叫我魂酥骨軟，神飛天外。我被一種淪肌浹髓的男女之愛緊緊地包裹著，半天不能動彈。對來自這份深厚的、幸福的體驗我無法用語言傳遞，可一輩子也忘記不了！我照她的臉親了好幾口。本來還想親個嘴兒，但沒有去做，倒是她的白淨細嫩的脖頸誘得我控制不住，俯下身，深深地親了一口。這一口似乎把我對她的所有的愛，統統傳遞到她的身上。大梅子依舊是那麼無言地、順從地接受了我對她的親暱。這個「親暱」和那袋兒包穀，共同扭成一個情結，永遠珍藏在我的心底，沉寂了。

# 過火焰山

　　農曆九月二十二，是岳父的生日，就著這天，我跟桃花把婚結了。

　　那會兒砍不到肉，難為哥哥老早就託公社裏黃主任，開後門弄了個七斤半的豬腦殼。豬腦殼小且不說，打頭是個「八卦」腦殼，一層茸毛陷在「八卦」紋裏剮也剮不乾淨；下巴跟臉上的肉挖得苦，擱在地上放不穩。別看它像個醜八怪，我結婚要吃的油葷全靠它來提供。繼母當廚師，我再三跟她說：「無論如何，把上親那一桌的菜配齊，餘下的配不齊不要緊。」

　　接媳婦，把大家庭的幾位長輩請到家中玩一天，是下人應盡的孝心。然而眾多的弟妹也如潮地湧來，把我駭得直慌。老輩子說：「人多好做活，人少好吃饃。」平時對他們使嘴動粗，幫我做事時歡喜；今天感覺異樣，好像他們是吃饃來了，很不順眼。可他們並沒喊叫「吃饃」，單知道哥哥要接媳婦，來看新嫂子，玩會兒，有什麼錯呢？我怎麼就產生了那麼古怪的小器想法？真是缺德！

　　弟妹們在門前歡蹦帶跳地玩著，一見到我，像犯了什麼過錯似的，立即停止玩耍，靜靜地瞅著我的臉色。從那一雙雙單純、畏懼的眼神裏，我明白他們的意思：害怕我吵他們相嘴。我心裏一酸，溫和地跟他們說：「好好玩兒，等會兒在這兒吃飯，找桃花兒姐姐要朝陽花兒吃，還有瓦栗子、柿皮子。」

　　送親的是桃花的兩位嫂嫂，按上親的待遇應該留她們過夜。然而兩位嫂嫂吃頓中飯卻執意要走，留也留不住。便與二位嫂嫂各打發個毛巾，桃花同她們依依惜別。

　　回頭我陪著桃花，從箱子裏拿出十雙布鞋，使紅漆木盤端著，向眾人討打發。難得桃花費心情，扎鞋底，納鞋幫，忙上大半年，給我們這個大家庭在世的長輩及哥哥、長斌各人做了一雙燈芯絨面兒的布鞋。取鞋時，有往盤子丟布的，有丟錢的。

……

　　起房子、結婚，事情一宗趕一宗。我像孫猴子取經，一路降妖斬魔，總算熬過來了。難為桃花把我從灶門口解放出來，我的一套複雜的廚房計算法正式跟桃花辦了移交。以前寫字只是在箱子、櫃板、飯桌上寫，還從來沒有恭恭敬敬在書桌上寫過。如今房屋寬敞，窗戶明亮，往散發著油漆清香的朱紅色的書桌跟前一坐，感到十分滿足、愜意。

　　幾個月實在太忙，除記日記，很少寫稿。我提醒自己，趕快收心，將精力迅速轉移到創作上來。湊足三十個短篇小說稿子，修修改改把它們謄正到稿紙上，堆那兒一大沓。一時像完成個偉大作品似的，心情激動。激動極容易讓人產生幻想，想像著它變成鉛字，裝訂成一本書。當時的文藝界漸漸活躍起來，《人民文學》、《大眾電影》等許多刊物相繼復刊。不知中的哪門邪，我突然腦殼發熱，異想天開地想到寫電影劇本。彷彿影視界獨差我的劇本，我的劇本一亮相，文藝園地萬木春。抱著這個念頭，找桃花要三塊錢，將《電影創作》訂了一份。

　　新婚的生活應當是甜蜜溫馨的，但那個年月用不上這些美麗浪漫的詞語，一切皆帶著革命化的色彩：頭天結婚，次日回門（陪桃花回娘家），第三天出坡。緊張、忙碌、單調的生活，似乎還沒有給我們一個喘氣的機會，緊跟著接連發生兩件事情。兩件事情的發生，如同一面照妖鏡，把那些極左傢伙的嘴臉照得連寒毛都看得清清白白。

　　首先發生的事情是恢復高考制度。

　　當這個消息傳來的時候，聽上去十分生疏。我心存疑惑：太陽只怕是從西邊出了？十來年的推薦選拔制度，早已在人們頭腦中形成個固定模式──出身正、思想紅、關係好，是讀書上學的三個必備條件。眼下這個「新生事物」突然被活活地摒棄掉，讀書過考，豈不是復辟舊制？讓教育重新回到所謂十七年「資產階級統治學校」的老套子裏去？唉，我這也算杞人憂天，想這麼多做什麼呢？只覺得這個消息很好，如同一支耀眼的火種，重新點燃我熄滅多年的讀書夢想。我蠢蠢欲動，迫不及待地跑到大隊招生小組──學校裏報名。進門之前我倒猶疑起來：想到「看《三國》、《封神》」和「嚴重脫離勞動人民本色」的兩頂大帽子，彷彿它仍舊高高地供在我的頭上，老遠

就看得見。我無端地將腦殼貨郎鼓似地搖了兩下，使手摸摸，默道：「沒有的事，給我戴帽的那位同志已經離任，再也不會出現那麼無聊的人了。」

走進辦公室，裏頭很多人，我剛剛張口報名，劉功修像隻尖嘴藥老鼠，不知從什麼地方鑽出來阻道：「明子不能報，結婚的人還想考大學，我當幾十年幹部沒聽到說過。再說初中、高中都沒讀。」

當時的招生政策我並不十分清楚，單知道招工、當兵、考學都得未婚，弄得半句話答不上來。如同被劉功修劈臉潑了一瓢大糞，只覺眼前鍋框的一黑，悶悶地溜回家中。

見事不妙，把桃花當披肩的包單袱子拿來，將一沓稿子包著，同從前秀才趕考似地掛到肘子上，越過大隊、公社兩級，直接找縣裏人說理。

縣政府大院裏頭從前撿糞鑽得熟，知道機關幹部都在一幢兩層的木樓裏辦公。那天趕巧見到曾經給我們講過通訊報導課的王科長，現在已經升任一位副縣長了。他端坐在一隻藤椅裏，同一尊大佛，蒼白細長的指頭在扶手上敲著，這是我零距離接觸到的最大的官。說明來意，小心翼翼坐在一邊，等他發話。我以小人之心度君子之腹，胡亂猜想：「作為一位分管文教的副縣長，看到這樣一位年輕農民，勞動之餘寫作出這麼些稿子，花費一定心血，其志可嘉。」倘能如此，我一定受寵若驚。然而他目光鎮定，態度冷淡，不僅沒得到半句的鼓勵，倒受了些不香不臭的話：「稿子跟考大學有什麼關係呢？這麼厚一沓，像個大部頭，我們不提倡搞這些東西。考大學找文教局，啊，找文教局。不過我想，假若你沒有前科，應該是可以報名，文件上對婚否沒有明文的限定。」

「我就在您這報名，好吧？」

王縣長笑起來了，並無鄙薄意思，只是笑我的單純。我自己也覺得無知，十分後悔。王縣長到後又說：「報名的程序由下而上，說到底，你還得找基層。」

一說到基層，我就條件反射般地想到大隊，想到大隊就聯想到鬼門關。何書記赴外地參觀學習，十天半月不能歸來，家裏劉功修坐陣，我乾脆不抱希望。

那一向我有點兒邪神道鬼，遇到下雨不能出坡，便拎起一沓稿子，行魂

似地在街上亂竄。大學不能報考，稿子無處刊用，就同當年的徐庶，「山谷有賢兮，欲投明主；明主求賢兮，卻不知吾。」心情十分黯淡。

無地方好走，竄到文化館，想找周老師坐會兒。去時門開著，眼看要會到人，一陣歡喜。待走近細瞧，屋裏桌移櫃橫，有位青年正在理整家具，取繩子攀綁。

我問：「周老師在家嗎？」

青年人說：「周老師已經調武漢工作去了，有事請說我轉告。」

我心裏一涼，退出來，站屋簷下發呆。往上拐角處那間小屋是謝老師的家，我不敢往那兒去：上次謝老師把兩本稿紙我，館裏人說三道四，說寫一份縣勞模材料只用掉六張稿紙咧，謝老師慷公家之慨。正這麼慚愧著，謝老師突然出門朝這邊走來，我只好迎上前去，喊了一聲「謝老師」說：「我想到出版社去。」

「有事嗎？」

「把這些稿子送去請他們指教指教。」

「今天星期五，星期天碰不到人怎麼辦呢？武漢有親戚嗎？」

「沒得。」

「吃飯住宿怎麼辦？首先寫點短稿子，往報刊上投一投，見效快些。到出版社意義不大，不妨寄一點他們看看也行。」

心想把大隊不讓我報名的冤屈來一番傾訴，可轉念細想，如同謝老師剛才說我的那樣，意義不大，只好忍住。

天氣漸晚，灰沉沉的天空底下，愁雲慘霧，籠罩著四周的山影。綿綿秋雨密密地下著，灑到臉上冰涼冰涼。幾匹發黃的梧桐葉子，帶著雨珠飄落下來，落得那麼寂寞，那麼單調，聽不出落地的聲音。人們從狹窄潮濕的街道上匆匆走過，面孔全都陌生，我彷彿進入鬧市，又晃若置身無人之區；我感覺熱鬧，卻又叫人孤單。

三十年後，我到宜昌給謝老師送書，談及往事，謝老師告訴我說：「我告訴他們——稿紙把了，說也說不回來，怎麼辦呢？只有扣我的工資。」

停了會兒謝老師接著又說：「那天你走後，我還在跟易老師說：『沒問明子吃中飯沒有，忘記買個饅頭給他。』」

回憶到當時的情境，雖然我們都一起笑了，可我的淚水也差點兒掉下來了。

第二件事情是賬主子上門。

同往常那樣，我像隻慌狗照例在街上亂竄，肚子竄餓了便想起了半山腰中那個被雨霧包裹著的小家。家中有我的女人，有我的桃花；一想到桃花，我焦躁、忙亂的心情陡然一軟，恨不得哭！

那天我進門就喊：「桃花兒，快些弄飯我吃。」

「街上吃高級餐還喊叫餓？我等你倒等餓了。」

聽聲氣不對，抬起頭看，不覺一驚：一位門神似的大漢坐在屋中，嘴裏拗根短煙袋，青煙直冒。這人面皮焦黑，鬍子拉碴，藏著幾分狡點神氣的小眼睛靈活地轉動著。此人是嚴家山的出納員，諢名兒叫「夜蚊子」。

我趕忙打招呼：「您稀客。」

「今兒天下雨，的確稱得上稀客。」

「您是……拿錢的吧？」

他哈哈一笑：「算你說準了。」

七月間起屋木料不夠，難為嚴家山湊合，賣我十五根檩子，四塊五一根，拿木料時付十塊的定金，剩下的欠著。

「怎麼搞哇？」他態度陡然嚴峻起來，「隊裏馬上辦決算，這幾天專門在外頭收賬，快些數了我好走。」

「對不起。」我陪著笑臉應道，「這一向正在害錢病，請您寬限幾天好嗎？」

「有錢錢打發，無錢話打發。我這個人好說話，你自己說，寬限幾天？」

「陰曆年底，不消您跑路，一定送來。」

「不行不行！」

「俗話說，不怕要賬的英雄，單怕該賬的真窮。我遠說近為好吧？」

「最遲陽曆十二月二十號，辦決算以前。」

悶心一算，僅個把月時間，我有口難開，一陣猶豫。

「怎麼樣？」夜蚊子焦躁起來，「你既是這麼個態度，春不拉牛，夏不脫衣，物歸原主，上屋把瓦一摟，下我的檩子。」

「話莫說生分，我既起得起屋，就買得起檁子。逼牯牛下兒不行。」

「集體的事，我並不願做得那麼絕情。說的日期怎樣？」

「行，十二月二十號。」

「人說人話！」

「人說人話！」

望著夜蚊子走去的背影，想起從前祖母說家史，曾經講過賬主子上門催債的情形，覺得歷史在開玩笑──那麼遙遠的往事，突然跨時空地來到我的面前，叫人好生驚愕。

那段時間我腦殼裏裝的有幾百件事：債務纏身，口糧不夠吃，農具要添置；還有什麼考學啦、電影啦、出版社啦……它們混雜交織，忽大忽小，忽明忽暗，一頭栽進亂事堆裏，爬不出來。

桃花見我天天跑得騾子不見鈴響，不知在搞什麼名堂，倒提醒我說：

「隊裏母豬下兒，我準備捉個小豬『拖』著。」

「圈呢？石頭倒是攢的有，差幾根木料搭棚。」

「洗碗的殘水潑了可惜，農戶人家不餵豬，說不過。」

「在堂屋旮旯兒裏攔個小圈，餵到再說。先趕眼皮子上的事做，木料錢人家上門催，得打主意還。這，砍柴賣不准，大隊炭廠倒閉，上街找零工做，隊裏捆得死死的。桃花兒，我那件藍滌卡的褂子，結婚時只穿一水，本當值二十塊錢，有人要，十五塊錢把它賣掉。」

桃花瞅我一眼，嗔道：「隨便什麼到手就是財，現前沒得衣服穿，想賣，說些無結果兒的話。」

不怪桃花搶白，仔細想想，話說得的確無志氣。唉，有志氣又怎麼辦呢？看看期限逼近，並沒打到一分錢的主意，坐立不安。那陣子既嫌時間過得太快，又嫌日子難熬，矛盾得很。成天彷彿被一個無形的大怪壓迫著，沉陷在賬──錢──賬這個迷陣裏徘徊。如同螞蟻爬笆箕，夜裏走出千條路，白天依還在舊路上行。「有錢男子漢，無錢漢子難。」我吃透了這格言的要義。

一籌莫展，乾急無限。父親看到眼裏也是心疼。那天他匆匆上門，按捺不住激動，急切切說：「山不轉路轉，石頭不轉磨轉。人託人，保託保，找縣生資公司說好一萬斤石膏，完稅後能弄五十多塊錢的力資。趕快揹！」

夜色降臨了，我同幾個弟兄以及蔡德金等八大元帥摸下石膏溝揹石膏。

初三、初四娥眉月，大夥背上壓著石膏，像一個個黑魃魃的影子，在又窄又險的棧道上沉重地移動著。六四最小，那年才十三歲，同一匹小驢兒，馱著幾十斤石膏隨大家一道吃苦，我非常感動，又非常擔心。

那年月無論下什麼苦力，沒有大隊的證明是取不到錢的。揹到生資公司的石膏，山本跟力資全部由大隊出面結清，然後找大隊結賬。那天到大隊部拿錢，一進花屋的大門，心裏跳得叮啦嚒的，默道：「該不會出現『椏杈』吧？」結果被我猜中，一盆冷水兜頭潑來——劉功修放的有話：「石膏是用來解決全大隊群眾零用錢的，不能讓某個人獨揹，明子的力資不准結！」

我如同遭到雷劈，腦殼裏一片空白，呆呆地站著。說實話，此時倘要我說理，的確不知道什麼是理了；忍受吧，心中委實憋悶得難過，彷彿面對一座威嚴的峰山，啞口無言。心想，只怕蔡德陸臨走給他們辦的有整我的移交？考學明子不行，揹石膏明子不行，明子到底還活不活？說眼中釘、肉中刺，似乎還不夠資格，那麼我妨礙他們什麼了呢？真是罵好的我沒得，罵醜的我不會，內心難受如同刀絞。

老實講，自從小時候看到劉功修在食堂的木樓上做醜以後，就知道他不是個好人。長著一副難看的面孔：凹額腦，翹下巴，扁平的獅子鼻，一雙鼠目尖利而討厭；臉上長年掛著一張灰色的死皮，當他和女人開起那些愚蠢的、令人臉紅的玩笑時，被旱煙熏黑的一嘴齙牙齒便顯露出來。由於面牙掉了幾顆，說起話來兩片豬肝色的嘴唇吃東西似的一抿一抿，看了叫人難受。他長年穿件北京卡的中山服褂子，因為背駝，褂子的前襟吊齊髁膝包兒，後襟翹到天上。人們說他的駝背是筆記本子給墜成的，這話一點兒不假：褂子的兩隻大荷包約略從轉人民公社那會兒起，就一直由磚頭厚的筆記本子給統治著：一個本子記的田畝產量，一個本子記的人的名字，倘若彙報產量或整起人來，全是一套一套的。一年四季從未見他找個正經事做，運動來了，「擁護擁護」，運動一去，「打倒打倒」，作膿作血，人鬼難分。一次走路不小心，膀子摔脫榫（一隻胳膊經常脫臼），他模仿關公刮骨療毒氣概，醫生給他鬥膀子的同時，一邊向支部的幾位成員傳達公社會議精神。馮建民在群眾大會上講述這一動人情形時，充滿階級情感，眼裏噙著淚水。劉功修不

拿薅鋤挖鋤，不沾揹子、打杵，就憑他的一套騙人的假相和那張癩嘴兒，在人前台上混過大半輩子，這就是他的狠氣。我暗裏思量，假若這些人要懺悔，跪在地上不說重句子，恐怕十年也懺悔不清！

何書記從外地參觀學習回來，我抱著一線希望去找他求情。這位原則性極強的書記，從錢的去向方面考慮，儘管還的是私人的債務，總的目的是壯大集體經濟；再說全靠早晚工所得，沒占用集體生產時間，夠不上嚴重資本主義，心腸一軟，放我過關。但明確告訴我：「錢不落你的手，讓嚴家山的出納來結，這樣行嗎？」

我說行，接著又把報名的事情拿出來請示，何書記十分果斷：「報。我就還想報呢，擔怕考不取，難得淘力。」

報名雖然被批准，但我扳起指頭一算，離考試時間不過二十來天。改變命運的機會一次就不能放過，高爾基跑到喀山考大學，送到家門口的大學不考說不過去。想定之後，我跑到蔡德偉那兒，把他初中、高中的課本借了些來。一時倒像個手不釋卷的書生，揹糞、挖田帶上書，遇到休息，便掏出來死記硬背。

……

一年一度的決算辦下來了，聽會計公佈結果，我當年欠款二十八元三角。經濟上，搞一年到頭羊尾巴苦不住羊屁股已成家常便飯，不怎麼在意。待公佈吃糧水平時，倒把我駭得打個激靈：按月每人吃十六斤。這麼一來，從元月一日至六月一日，我跟桃花便有整整五個月的「火焰山」要過。裏頭有兩個原因：我起屋時說建新農村，集體伸手起，後來集體退出，不願攬這個包。那麼集體給我平整屋場時用的七十八個人工須由我承擔，即從我全年工日總數中減去七十八個。另外桃花剛嫁過來不久，沒掙幾個工分，兩下裏一累，口糧就低下來了。

桃花嫁給我，第一個年就沒過成器，日記中寫道：

> 過年的前兩天，分了一點兒石膏，揹到縣水泥廠，準備拿過年物資。不巧的是，大隊赴水泥廠沒結到賬，過年的一斤酒、一斤糖、一斤煤油、半頭肥皂、五包火柴就拿不回來了。找何書記想把物資賒我

們，何書記不答應。過年分了四斤米（已吃一碗）、四斤肉、四斤黃豆。這麼一看，不需要什麼物資不物資了，可以過年。窮有窮過，富有富過，別人能到正月初一，我們照樣能到正月初一。

　　過年落筆

一九七八年二月六日

　　翻年就是春上，春上就是饑荒，考驗我跟桃花的時刻到來了。

　　今天無鹽吃，桃花挖點蕺兒根（魚腥草），紮成子，趕早到街上換回七角錢，解了無鹽之圍。一月十六斤糧食，不好過，明天就要斷頓了。薑崇新叫我去，說他母親有一張飼料卡（賣一頭牲豬國家給的獎勵），二十四斤，可買回家度荒。

一九七八年三月十一日

　　知廉恥，是普通老百姓傳承下來的千年美德。喊叫家裏斷頓認為是件不光彩的事情，幹部會批評你不會當家，寧喊三聲有，不叫一聲無。但饑餓使我的臉皮變厚，經常跑到會計那兒問：「老哥子，到底幾時秤糧食？好多天沒見過包穀是什麼樣兒了。」

　　蔡長春便和和氣氣地給我解釋：「都是一樣的——當著隊長說去，隊長叫我幾時開秤我就幾時開秤。」

　　隊長換人，嚴大金六十開外，喊叫奈不何；手中的權力如同毛主席那樣，給這個不放心，給那個不放心，最後只好給他叔伯侄兒嚴永明掛起。人們把隊長叫的「長工頭兒」，都不願搞，嚴永明倒像得到個寶貝似的歡喜；走路腦殼仰天上，膀子一步一甩，笑得合不攏嘴。有人碰到嚴永明問：「你在當隊長？請你把二十四節背給我們聽聽。」嚴永明摸摸腦殼，忸怩道：「橫直要我搞唄，嘻嘻。」

　　我清早跑到他家，直言拜上說：「隊長，已經斷頓，請你給想個辦法。」

　　嚴永明把手伸進頭髮裏頭亂撓，咧著嘴，一副不好啟齒的樣子嘟噥道：「這……不光你，好、好幾戶找到我，這、這個辦法實在不好想。」

「不把你作難，准我幾天假上山挖野物，你看……」

「那……我、我不敢開這個口，前頭的烏龜爬開路，後頭的烏龜跟到爬，如何了止？」

嚴永明只大我一歲，卻有了三個孩子。他的女人不錯，細眉細眼兒的滿標緻。她跟我岳母同一個輩分，都是龔家壪的姑娘，桃花叫的么姨。么姨滿認親，聽到我們在外頭說話，忙從房屋裏走出來親熱道：「明子，站著做啥兒？有話坐到說。唉喲——這一向在坡裏、在屋裏，碰到人沒說個別的，就是一個吃。我們五口人，平均劃十五斤，三個娃子到底秀氣些，就不夠吃，莫說你跟桃花兒硬頂硬的兩個大人，一點兒口糧大略填得到個牙齒縫。桃花兒幾胖的姑娘，看到看到瘦了，心裏怪疼的。打頭不是一天兩天、一年兩年，年年是個它，安置怎麼搞哦。我跟你姨爹已經吃了三天的懶豆腐，早晨還是隔壁的楊伯娘把的一碗麵飯，分給三個娃子混一頓。大的喊叫沒吃飽，小的喊叫還要吃，喊得我這個當媽的心裏像油煎的。」

嚴永明站在一邊，聽媳婦幫忙訴說，便甩出隊長的牌子說起大勢話來：「群眾餓肚子光找我，我找誰個去？高頭也不曉得下面過的什麼日程，癱子趕仗——坐那兒喊；抓綱治國呀，大幹快上呀，跨綱要……」

他媳婦突然煩道：「治你媽的什麼國呀家呀，學校有事找家長，社員有事隊長。誰個叫你當這個爛隊長？不當就不當，要當就管事，趕快給明子想辦法。」

她這麼個「鋪天罩」把我弄得一楞，嚴永明尷尬至極，我忙說：「您莫吵！我走。」

她制止道：「不走，等會兒，看他有不有轉變。」

嚴永明嘻皮笑臉：「什麼轉變？也不是孫猴子有七十二變。」

她把他瞅了片刻，說：「前天聽工作組的王同志說，他手裏有幾百斤麥麩子，看能不能給大家批點兒？」

「哦，說起來想起來。」

「鵝，鴨子囉。」她一邊學他笨舌，一邊眯起兩隻娥眉眼發笑。

工作組的王同志是縣糧管所的幹部。找到他，嚴永明指著我介紹家庭情況，跟著代我求情：「憐濟造孽，您做好事，給他批點兒。」

王同志像瞅叫化子似地瞅我兩眼，從上衣荷包裏取出鋼筆，在紙煙盒子上畫兩下遞給我。一看，上面寫的「麥麩子伍拾斤」，落款寫的他的名字。我說：

　　「王同志，就憑這張紙片兒秤得到麩子？」

　　「只要你不改。」

　　我苦笑一下，心想：這人權力大，性格也爽。

　　麩子五分錢一斤，急幾身汗才打到錢的主意。那天從糧管所裏秤回家，桃花打開口袋，抓把在手裏一撚，說：「我的姑兒，一把吹得過河，怎麼吃？」

　　見桃花一副不領情的模樣兒，我沒好氣說：「怎麼吃？往嘴裏餵到吃！憑條子才弄到手，少說些不知好歹的話。」

　　桃花不再做聲，燒起小火，將麩子放鍋裏炕枯，上小磨推。篩子上的豬吃，篩子下的人吃。

　　一天，桃花很不自然，吞吞吐吐告訴我，說她已經有了。我說什麼有了？她嗔我一眼，靦腆地微笑著，我一下全明白了。驚喜過後我說：「麩子飯不准吃，你吃包穀麵。」

　　「怎麼弄？」

　　「弄兩樣的。」

　　「這樣的飯我弄不來。」

　　「不是為你，搞清白，為娃娃兒。」

　　「稀奇，我媽吃糠吃菜，生我們姐妹那麼多，個個不缺胳膊短腿。」

　　漸漸發覺桃花脾氣有些強，我吃麩子她吃麩子，包穀飯我不吃她不吃。沒辦法，只好折中──兩合一做飯。我說你多吃點兒，肚子裏還有一個哩，一鍋鏟兒添到她的碗裏。她說男人活路苦些，起身往我碗裏撥飯。我煩道：「一再說不是為你，主要是肚子裏那個。」

　　「少說兩句，你吃。」

　　「還怕我不曉得吃！」我把飯往回趕，她一邊躲一邊說：「我不餓。」

　　「吃鐵的？」

　　「昨天掐豬草掐到媽那邊，我說：『媽，這一向聞到油煙子好香，橫直

覺得好聞。」媽就弄點兒豬油，炒一瓦缽子油炒飯，過秤起碼有兩斤，不曉得我是怎麼把它吃完的。老輩子說吃油炒飯管三天，你說餓是不餓？」

清明要晴，穀雨要淋。人們起早睡晚，將春包穀全都套進麥行裏。眼見農活消緩，儘管大天晴，隊裏照例放假。桃花的小弟一早便跑過來，傳父母的話，接我們過去過清明。

桃花他們共計八姐妹，大哥、二哥皆成家單過；三哥、四哥分別入贅立了門戶；岳父岳母身邊還有一個妹妹和兩個弟弟。

岳父讀一肚子書，前後相加，十八年長學。民國三十三年讀簡師，岳母給他送飯，背上已經有了大哥。張口閉口「人之本性，擇善而行」、「取本分之財，戒無名之酒」、「教不嚴，師之惰」等等；「孟宗哭竹」、「割股療親」的故事倒也不少；倘要說到《西遊記》、《雙鳳奇緣》的正本，他樂哈哈講得一天到黑。

別人封他個綽號叫「萬年寬」，吃閒飯，做閒活，家務三事，脫手不管。我跟桃花談戀愛，他從來不說七說八，用「婚姻有一定的」一句話管總。每次去，他拿出長煙袋，找兩匹上好的煙葉，遞給我吃。我喜歡問些抗日時期，野戰醫院、工兵營駐紮在這兒的經過；蔡家祠堂建在他們屋後的山腳跟前，也喜歡問到從前交清明會的情形。他像遇到知己似地，見緊要處我還記上幾筆，越發講得帶勁。

岳母拐副小腳，屋裏外頭、灶上灶下，忙得像顆轉珠子。擤鼻涕似乎就嫌占了時間，急忙中擤掉鼻涕一甩，順手往門框或樹身上一蹭，只顧趕步。路過我們面前，飛快地朝岳父瞅一眼，怨道：「一輩子脹些飯只會嗲淡話！」

雖然岳母嘴碎，對我們倒是巴心巴肝地疼。這時我聽見她甜甜地小聲叫道：「桃花兒——過來，過來我說個話。」

隨後跟過去，看見岳母抽雙筷子遞給桃花，用下巴朝房屋裏指。順眼望去，一隻黑黢黢的老衣櫃高頭，放著一碗臘肉摻洋芋煮的坨坨，熱氣扭扭地升得有尺把高。岳母揪嘴擠眼道：「快些吃，弟弟看見要爭嘴。」娘倆見我發現了她們的祕密，岳母孩子似的將頸項一縮，頑皮地笑了。桃花夾起一坨肉餵我，我說：「不吃，請允許我相會兒嘴行嗎？」桃花偷偷發笑，岳母

卻說：

「接你們過清明，沒啥兒吃得，只說來玩會兒。把從前，還給老輩子上個墳，如今什麼子都不興。造孽，青黃不接的，日程最苦。苦不怕，只要兩個人和氣。不順心的忍著點兒，懷娃娃兒吃不得胎氣飯，動了胎氣今後對娃娃兒不好。後媽對你們還好吧？」

我說：「還好。」

「錯不錯跟你爹，只有今生沒得來生，看到舌頭打個滾兒，喊一聲不費力氣，莫拿到河水不行船。」

岳母往灶裏添柴，朝房屋裏頭那個囑咐道：「我說的桃花兒好生聽著，不管什麼子，指頭不伸人家嘴裏咬。桃花兒，那隻筍殼雞的冠子紅透了，昨天聽到牠在唱歌兒，只在這兩天要生蛋的。你捉回去餵，幫我記著，怕走時忘記。」

岳母家吃早飯，大哥、二哥安排中飯和晚飯，三家都要吃到。

大哥身子單薄，一隻眼睛小時候出疹子上了雲，醫療不及時把視力壞了。他是新中國的簡師畢業，只可惜正趕上六〇年吃食堂，那一屆國家不分配，統統下放回鄉，也是命。性格踏岳母的代，火辣辣，急爆爆，諢名兒叫「鑽雞子」。今天上兔兒坡裏扳點竹筍，明天下大溝扯幾蔸柴胡，後天到田家塝割把馬草，起早貪黑，練成個趕街的能手。兩口子配得確，大嫂子是我小時候開眼界，看著她坐花花轎來的。她面如滿月，臉頰上天生兩塊胭脂紅，塊頭比大哥壯實；會事，把家，有口德。一手坡活路駭天，風就抓得到一把。

他們心滿細，吃飯講規矩。有岳父岳母在，上席歸他們坐；沒岳父岳母，上席就給我和桃花留著。

我說：「大哥，莫這麼抬愛我們，隨便坐。」

大哥把臉一做：「少說些，平時都忙，過年過節就莫客氣。」

「三天兩頭的不是客。」

「不是客是啥兒？格外鬧我就不耐煩。」

碗一端，他的活兒來了──不停地往你碗裏奉菜。大嫂子彷彿也是隨岳母轉的，菜飯弄熟，不興上桌子吃，專門添飯打菜。她默默地站在你的身

後，眼見碗裏還有一口，冷不防將碗一奪，添上飯來。像計算好的，添第一碗平平的，到第二碗、第三碗，堆得高高的，恨不得加插棍。

我告饒：「嫂子，我吃不完。」

大嫂子趕緊連退幾步，笑道：「滿滿尖尖，富貴千年，快些吃。」

二哥家吃飯隨便些，飯菜拿上桌子，吃飽喝足。首先他發個聲明：「弄出來是吃的，莫客氣，客氣就歸你吃虧，請！」話畢便帶頭大吃起來。二哥中等偏上身個兒，油黑皮臉龐，黃眼睛，直鼻樑，說話做事非常爽快。家有萬貫家財，趕不得薄藝在身。二哥會木匠、瓦匠，加上二嫂子身高體壯，勤扒苦做，鬧得有碗飯吃。俗話說，像哪家，落哪家，二嫂子同樣是個直性子，我們一去，不光接你吃，走的時候，包穀、麥子總得打發一點兒。看見二嫂子端出一升包穀，喊叫桃花牽口袋，我趕忙制止道：「又吃又帶，哪恁麼多？不要！」

二哥抹下臉，黃眼珠子朝我一鼓，道：「這是外處兒？不要就是嫌少。」

我原本心裏脆弱，禁不起二哥擠對，只好下首服從。

二哥接著問：「起屋還該好大點兒賬？」

「兩百搭點兒，光大隊的瓦錢就占一百多。」

「大隊小隊的賬莫管那麼多，吃我無肉，剮我無皮，人家該得起我也該得起。要還，盡私人的先還。」

「當然。借萬家姑爺的三百大瓦，催得急，找馮家姑爺借三百還去。前不久馮家姑爺整漏子要瓦，沒得法，我又跟學校領導說好話，挪三百大瓦還馮家姑爺。三百瓦片子，我像演戲的，扯這兒的鋪蓋蓋那兒的腳，忙得一炮熱鬧，賬還是沒動。」

「沒得屋住，既急屋又急錢。現在好了，只急一頭兒，況且大頭子朝下，算不得該賬。人活著不該賬的少，集體的賬，慢慢糊（拖），糊死人不抵命。」說到這兒，二哥突然嘟嚕一笑，接著說：「你跟何書記那封信得力，硬是把蔡德陸搠下了台，他還不是恨你。」

「他要恨我也沒得法，歡喜恨的多恨些。」

「何書記對你可以，起屋沒阻攔，這就算不錯。」

年前寄給《湖北文藝》編輯部的一沓稿子，翻年後如同雪花一般，一篇一篇地給退回來了。每篇稿子皆附有編輯同志的修改意見，內容多半是「主題開掘不深，敘述冗長，人物性格不夠鮮明」，另外還特別提醒我「注意當前宣傳口徑」等等。

　　考大學的消息也陸續傳來，聽說全縣大約考取的有兩三個，並得到通知皆先後入了學。我的大學夢就在這些消息的逐步證實中徹底破滅。記得打考場一出來，心中便十分清楚了，自己報考大學，只不過是叫花子打官司──熱鬧衙門的。就此我寫了一篇收心日記，分析失敗原因時這樣寫道：「複習時間太短，數學交了白卷，八百多考生中自己的文化程度最低……死了這條心吧。二十五歲以前解決了房子跟婚姻問題，今後的日子還長，堅持業餘創作，老老實實地創作……」

　　桃花給我個非常好的寫作環境：上灶、種菜園、豬呀雞的全由她一手擔當起來。我除出坡掙工分，幾乎不做事，餘下時間盡我支配到讀書寫字上去。心愛的是寶，我這個病殼殼兒男人，別人不敢要，她卻寶貝似地攬在懷裏。她的眼中，彷彿生來就是個寫字的，儘管並不知道我寫的什麼，起什麼作用，可就是支持。我的寫作歷程在她這種盲目的、切實的支持中，獲得了艱難的行進。

　　家離水井不遠，一段平路，只是門前有幾步高坎。我不放心，跟桃花說，懷了娃兒，使猛力掙不得，吃水我挑。撞著疏忽，只顧寫字，桃花不驚動我，撿起扁擔，半擔半擔地挑。有時家務忙熨貼，她靜靜站到桌子旁邊，像個陪讀似的看著我寫字。遇上半天寫不出一個字，癡在那裏，桃花就問我在做啥兒，我說在公雞下蛋，她默笑著離開。家裏飲食十分簡單，菜麵飯、菜糊粥、菜疙瘩──飯菜合一。桃花弄熟，喊幾遍我不動，一碗端來往書桌上一供：「吃了寫不得幾多！」

　　「天乾不望疙瘩雲，餓死不往娘家行。」這一點桃花做不到，月尾過「火焰山」的那幾天，天天往娘家行。當寫字寫得饑餓難當的時候，我就想飯，要求桃花出現的願望就越迫切，好幾回把別人的腳步當成桃花的腳步。實在抵不住，跑到碗櫃裏亂翻，埋怨桃花出門時間太長。期待中門口又有了

腳步，這回——沒錯，桃花回來了。打開包袱，油炒飯的香氣往鼻孔裏直鑽，沖散我淤了半天的怨氣。我兇殘的吃相讓桃花發笑。心想，自己像只坐頭鷹，靠桃花出門打食來餵，非常感激，但內心又十分有愧。

　　我說：「桃花，這日程怎麼過？跟了我一輩子受窮。」

　　桃花說：「怎麼過？還不是要過，起屋三年苦。」

　　從桃花身上我吸取到力量，逐漸地頑強起來：餓肚子不止我一人，不必大驚小怪，得挺住，人就是在對逆境的不斷反抗中成長起來的。開始把苦難沉到心底，增強對饑餓的韌性。

　　對我來說，那會兒不光缺糧、缺錢，煤油也缺。按計畫一月半斤，別人點不完，我卻不夠。除夜晚寫作，平時極少點燈，打瞎摸。事情忙，晚飯變成夜飯，我們在黑暗裏一邊吃一邊調笑：「慢點兒，莫餵鼻孔眼兒裏去了。」桃花做針線，發揚基建上大會戰時的光榮傳統，當中放盞罩子燈，一個寫字，一個穿針引線。預先約定，就燈可以，但不許講話。達成協定，小倆口聚在微弱的燈光下，展開各自的工作。

　　　象牙床上放燈檯
　　　郎讀詩書姐做鞋
　　　郎愛姐的好針線
　　　姐愛郎的好人才
　　　文武雙全人人愛

　　寄退稿件過程中，我跟鄉郵員老李結成忘年交。他的鄉郵路線一般從大茶埡上山，打蔡家埡下山。每次到來都是晚半天，倘有我的信件，離不了進屋坐會兒。

　　他看到我打開信件，問：「信中說的什麼？」

　　「對稿子提的意見。」

　　「就按照編輯說的改，改正後再寄，一次不行二次。你的情況我熟悉，沒讀到書，磨個人兒不容易。」

　　「說個亮私不怕醜的話，寄稿的郵費就出不起。」

「不要緊，萬一想不到法，我先給你墊。『四人幫』垮台後，鄧小平重新上台，形勢在慢慢轉好。右派摘帽，從前下放到農村的居民陸陸續續回城，聽說農村的四類分子的帽子也將取消。說這的目的，就是叫你莫洩氣。毛主席說世上無難事，只要肯登攀。」

　　每當老李跟我談一次，如同春風吹一次，腦中蕩起漣漪。

　　老李評為省勞模，市局有位領導為鍛鍊自己的兒子，交給老李帶著跑鄉。小夥子叫毛岸平，純樸端正，眉宇間漾溢著年輕人特有的朝氣。給一個紅苕他吃，就付一角錢給我，否則不吃。看見我把哥哥從學校帶回來的黑不溜秋的油印卷子翻過來寫字，他搖搖頭歎氣，告訴我說：「這能寫字嗎？莫淘神費力，我爸爸有一櫃兒稿紙，下次回宜昌，帶些給你。」

　　他說話算數，過一向，真的給我送來十本稿紙和幾個大信封。望著這個剛剛結識，不久即將分手的宜昌青年，無限感激道：「從宜昌到興山幾百里路，帶上這麼多稿紙，還揹著它爬坡。對我的支持和幫助，我永遠記得。小夥子，謝謝你，謝謝你！」

　　我和桃花像生活在一個不沉的湖裏，得到眾多人的抬幫，一步一步翻越火焰山。

# 除夕夜

農曆的七月初十，桃花生產了。一個幼小的生命降臨到一個貧困的家庭。我向父親報喜時，問生的個啥兒，我說是個放牛娃子。父親當即給娃兒取個名字——文兒，一聽倒正合我意，便一錘定音。

得了外孫的姥姥，心寬意滿，兩下裏忙得躥天倒地。過年集體分的一隻吹蹄（割口子吹氣的那隻蹄）沒捨得吃，拿過來給桃花發奶。蹄子不大，桃花生孩子後格外吃得，一頓就把它啃光了。

桃花說：「男人望來客，女人望落月，我這落了月，照樣沒得個好的吃。你秤十五斤包穀，拿准生證換米的時候，換十三斤大米，取兩斤糧票，把醪糟秤點兒回來。生頭一個，奶不發圓不行，這不是好吃。」

我說：「這跟好吃掛不上鉤，馬上去辦。泡點兒黃豆打懶豆腐。小時候放羊子下兒，我婆婆打懶豆腐餵大羊子，羊奶發得有水瓢大，奶水吃不完。」

桃花笑道：「人畜一般，懶豆腐是發物。」

清晨，岳母提著一缽子懶豆腐過來，順便商量送祝米的事情。

桃花說：「熱肉好吃，冷賬難還，算了。」

我也一旁補充道：「起屋、結婚刮涮人家幾道，生娃娃兒又鬧，臉沒得地方擱。」

岳母瞅著我跟桃花倆說：「人活世上是恁麼幾鬧的，輪到你們格外！不鬧逗大夥談論，還說桃花兒後家窮得連人就來不起幾個。不邀別個，就是么姑兒跟幾個嫂子，安置一頓中飯。常言說：「賺錢的祝米貼錢的生。」是個小器話，可也是個實話。」

按說定的日期，岳母領著桌把客人來了；這邊文兒的幾個爺爺婆婆丟下工夫攏來捧場。裏頭有送米的、送花布的、送雞蛋跟紅糖的。文兒么姨送的兔兒帽和虎頭靴：帽沿跟兔耳朵上皆鑲有白色的絨邊，飄帶上吊的有銅錢墜子。虎頭靴使牡丹花布挽的面兒，滿頭滿腦的，拙樸，好看。

客人把還沒睜眼兒的娃兒，從這個手裏傳到那個手裏，端到大門口細瞧。岳母趕緊走過去說：「莫叫吹著，驚了風不好。」大夥像端詳一件活寶貝，使手指扮娃兒的眼皮兒，岳母制止道：「大人手上有風氣，娃兒臉皮嫩，撈不得，防備今後成風眼兒。」

　　「唉喲——也不是篾紮紙糊的，生怕看折了，摸壞了，見千見萬沒見過這樣的姥姥，好小氣！」

　　我父親提著瓶「鳴鳳」喜酒，跟客人見面，相互抱拳道喜。岳母說：「親家，關到門作揖：自己恭喜自己，恭喜你得孫娃子。」

　　父親說：「親家，彼此一樣，恭喜你得外孫我得孫。開親如合族，一家不說兩家話。我時常說我的明子造孽，婆婆爺過輩了沒得人疼他，現在我放心，有娃兒姥姥疼。」

　　岳母說：「親家說得我站的地方就沒得，如今拿啥兒疼？吃的在肚裏，穿的在身上，拿嘴巴疼。」

　　哥哥的第二個放牛娃子墜地，暑假裏回家看子，待趕到興山老家，又恰逢侄兒出生，可謂雙喜臨門。他帶回半口袋大米，這是當前急需，也是最為貴重的禮品。哥哥每次回家休假，臨走前嫂子問他帶點兒什麼，哥哥總會毫不含糊地吐出一個字——米！仔細想來，我的幾宗大事——危急時刻，總有哥哥出面救駕。

　　前面我曾說過，桃花嫁給我，頭一個年沒過成器，認為是自己人生中最黑暗的一年。回過頭看，這個結論下得有點兒過早。當我們添了孩子以後，情形更加惡劣，有如雪上加霜，年過得越發糟糕——一家三口竟然在醫院裏過起年來。

　　孩子剛生下來那陣兒，食量小，奶水勉強供應得上，待滿了百日，便不夠吃了。桃花自己動手，將大米下鍋炒熟，舂成粉，和稀粥，給娃兒做營養補充。

　　老輩子說：懷裏揣個娃兒，如同手裏端的一碗油，須時時謹慎。我跟桃花皆初為父母，毛手毛腳，毫無育兒經驗。害怕娃兒著涼，染上咳喘的毛病，恨不得用一坨棉花包起。娃兒可是無所顧忌，餓了就哭，哭起來腳彈手抓，掙出胎汗。出汗不洗不行，時洗時換，一下沒招呼住，侵了風，倒真的

咳喘起來了。

村裏流傳幾句口號：「小病不出大門（隊）外，大病不過公社界，要命再往醫院裏抬。」我們沒有錢出「大門外」，抱著娃兒到醫療室裏看赤腳醫生。造孽，若說腿腳碰破皮，擦點紅汞碘酒，赤腳醫生還撿得起，要論評脈治病，開藥處方，恐怕他們自己也感覺臉上發燒。

藥弄三四種，擂缽裏擂碎，分小包兒包好。回到家裏，藥粉裏和上水，使調羹灌。別看娃兒胎皮未乾，並不老實，曉得苦，堅決不吞。我跟桃花四隻大手皆忙碌起來：一個將娃兒的鼻孔捏住，一個趁著娃兒張口換氣，轟地往裏一灌，嗆得娃兒哇哇亂哭。

哭聲驚動我的父親，趕過來關心，見我們蠻手蠻腳像對待一隻小畜牲似的，一雙怨恨的眼睛瞅著我們，說：「怎麼招呼的嗎？沒得病的也整得出病。」

桃花分辯道：「捉斤捉兩的招呼。」

父親說：「娃娃兒皮嫩，莫讓尿吃。」

桃花說：「尿窩都是我睡的。」

父親說：「焐乾就濕身受苦，抓屎抓尿莫心嫌，都是老輩子說的。」

我一旁歎道：「病若有形，一把抓過來，放到我的身上，寧可替他害。」

「光你這麼想？普天下的父母哪個不是這個心情？」父親看了看紙包裏的藥說，「這點治得好病？不如說個土方法：把指頭粗的黃荊條跟水竹子砍些來，燒裏頭的汁水喝。海棠花兒治大病，趕緊去。」

照父親說的，把砍來的黃荊條跟竹子，剁成尺把長的短棒；短棒兩頭皆成斜面，各剁七節。爐子裏生上火，將節子斜放上去，燎熱後，汁水滴到碗裏，直接喝。

臘月二十七，要錢用得急，節骨眼兒上，娃兒陡然添病。

夜裏，我跟桃花都不能解衣，輪換地抱著娃兒在屋內走動。望著娃兒蠟黃的小臉和那抽搐的模樣兒，心裏像石頭壓著。

這一夜叫人感覺無比漫長，寒氣難當，兒啼心碎，只盼天明。

桃花說：「娃娃兒這麼鬧，只怕不讓我們過年了？」

我說：「過屁的年，把娃娃衣服尿片子收好，進醫院。」

「錢呢？」

「打主意借。」

「向誰個借？」

「借不到就貸。」

桃花收拾個布捲兒，然後舉著燈到灶屋裏，這兒框、那兒蓋地忙一陣。天剛濛濛亮，我跑到岳父家，請岳母做擔保，信用站——馮建民那兒貸八塊錢的款。回頭將娃兒裹緊，冒著嚴寒，往醫院裏趕。

住院部幾乎沒什麼病人，大約都回家過年，冷冷清清。來到一間有四張床位的病室，全空著，由我們擺五擺六。護士抱來白淨淨的鋪蓋、床單，往床上鋪好，叫我隨著她去拿一隻煤油爐子。心想，春節期間，醫院對病人有些優待？我倒正為爐子發愁呢：大人好對付，給娃兒熬糊粥要用。安頓就緒，把娃兒放到床上。小傢伙似乎對新的環境感到滿意，露出可愛的乖相：黑眼珠兒轉動自如，翹起個嘴巴皮子啊啊說話。我就勢兒同他嗲道：「快活個屁，啊，還是你本事大，把我們請到醫院裏過年。」

桃花嗔道：「爺兒父子扯得七八天，沒餓得好。」

門診部的牆上有面鬧鐘，格當格當的正好十二點。接班的醫生來了，下班的醫生匆匆離開。今天過去半天，清水沒落牙，聽桃花說餓，肚子裏頭立即刀剮似地難過起來。二十多個年頭，進城的次數反正記不清，有件事體會最深：那就是每回上街，早半天好過，一到午後，饑腸轆轆，人就像掉了魂魄。受糧票限制，鋪子裏有糕拿不到，館子裏有飯吃不到，糧管所的米麵秤不到……彷彿有隻無形的巨手指點著山上的蔡家埡說：「你的鍋灶在哪兒，就只能在哪兒吃飯，不准亂來！」

今天是個辭舊迎新的日子，若大個縣城，千家萬戶忙團年，酒肉的香氣濃濃烈烈地飄了一街，熏得人快要醉了。農村人不進城，街道似乎比平時寬些。簷前壁下，有許多街坊鄰居打招呼說話。勤快的姑娘們穿著濕淋淋的膠鞋，肩上挑著一擔水，有的提著一籃子洗淨的衣物，結伴從河裏回來，有說有笑。一夥子年輕人，剛剛到後溝洗澡塘裏洗完澡，頭髮蓬鬆著，雙手抄在褲兜裏，街上閒逛。

我預備回家取飯，踏上小河的木橋，回過頭，望見桃花抱著娃兒坐在

醫院門口台階上：襟襟帶子吊在腿邊，頭髮散了一臉，褲腿子兩塊灰白色的補巴非常顯眼。我的頭猛然往下一吊，淚眼視地，心裏說：「桃花我對不起你，我沒有承擔起一個男子漢的義務，讓你吃苦受累。我慚愧，我心疼——有什麼法呢？男人難人吶，為什麼有這樣難！」

看看天色漸晚，跟父親吃團年飯等不及，醫院裏還有人餓著。我剎了兩碗飯下肚，再盛上一瓦缽，提起就往山下跑。以往上街，無論多和少，總會碰見人的。今天往返幾趟，卻不見半個人影兒。路邊的山石又瘦又硬，脫掉葉的油桐樹，光禿禿的枝子在寒風中晃動。佈滿冬雲的天空，低矮而沉重，山靜風息，暮色也合上來了。娃兒的病本想捱到年後再說，看來躲不過——老天爺又在考驗我。以前聽祖母講我父親躲兵的故事，說那天夜晚，團完年，父親摸黑回來了。祖母趕忙弄飯父親吃。父親吃飽肚子，沒說三句親熱話，聽到狗子咬，以為捉兵的進村，冒著紛紛大雪出了門。雪地裏，父親深一腳、淺一腳地艱難跋涉，路過人家，聽見屋裏話聲朗朗，聯想到自己大年三十還在東躲西藏，有家不能歸，便傷心地哭了……此時此刻，父親走過的路彷彿就在眼前，我正接著往前走。山遠路長，孤身隻影，想到我可憐的桃花跟孩兒，心中好亂！

孩子焙在被窩裏，看樣子比早晨來時鬆了些。桃花吃著飯說：「剛才躺了一陣狠的。醫生說怕燒成肺炎，退不下燒，還要打吊針。」

「打吊針，有這麼嚴重嗎？」我一陣緊張。

正說著，當班的醫生走進來了。一看是廖醫生，她是院裏有名的助產師，我忙起身叫道：「廖醫生您好，我這娃娃兒還是您撿的生哩，當時幾天沒生下來，最後還是難為您撿起來的。」

廖醫生笑道：「是嗎？」似乎要證實一下似的，走過去從被窩裏把孩子抱起來，把臉往孩子額頭上貼兩下，說：「燒已退下來了。」

「不打吊針了嗎？」桃花問。

廖醫生說：「暫時不打，小針還要接著打。啊，又尿了，趕快換尿布。」

「廖醫生，支氣管炎會遺傳嗎？」我問。

「支氣管炎不遺傳，你有支氣管炎嗎？」

「我有。」

「支氣管炎最怕受涼，值班室裏有火，去把尿布烤熱乎，再換。」廖醫生囑咐完，轉身往對門病室裏去。

我說：「不遺傳就好，根治孩子的病才有希望。我曾經說過，即使賣屋，也得把病看斷根，不能把我承受過的病苦原樣複製到孩子身上。」

桃花給孩子換過尿布回來，跟我說：「豆腐也沒打，黃豆泡多天會壞，我們倒跑這兒住起。」

「不要緊，」我說，「明天娃兒的小姨來送飯，叫她把黃豆端過去，麻煩姥姥打一下，榨點兒乾豆腐。」

「過年物資沒拿回來，錢往醫院裏送。」

「少嗦兩句好不好？娃娃的病狠，急到看病；病稍鬆點兒，又急到屋裏。不打豆腐，不拿物資，看過不過年！」

桃花被我「嗦」了兩句，把孩子往懷裏緊了緊，一頭吊那兒。桃花不做聲，我倒又後悔，從內心感到對不起她。沉默中，我回想到一些情形：那會兒人幼稚，聽到長斌說肚子疼了三天三夜，我大為震驚──多麼痛苦啊！又一次聽位小嬸子講，正要吃團年飯，孩子突然起病，揹起就往醫院跑。心想，真是不幸，這樣的不幸倘若落到我的頭上，那該……連想就不敢多想。後來呢？怕痛苦，我肚子疼了六天六夜；怕落得不幸，今天恰恰就輪到我了！別人沒有承受的，我照例承受；別人承受過的，我加倍承受。生活的艱辛，倘若畏懼，找到你來；挺起胸膛對付，照直挺過。

新年的鐘聲響了，我們一起來到醫院門口，看城裏人放鞭炮。鞭炮過後，便漸漸歸於沉寂。這時候，不知從誰家的收音機裏傳來一首二胡獨奏曲，曲子我熟，名字叫〈鐵蹄下的台灣人民〉，在基建上，福建人民廣播電台經常播放它。它那充滿激情的旋律，時而高亢，時而低沉，如同香溪河的漩流，把人的思想「漩」入到一個時空的深淵裏。此時，我的心不由得又飛回到蔡家埡了，想像著人們啃下的骨頭，歸到碓窩裏，也許又是龔爺帶頭，第一聲從他那兒開始，然後匯成一片……

我說：「桃花兒，你躺會兒去，把娃娃兒交給我，值班室裏有火。到時候，照醫生那樣──換班。」

就這樣，我們輪流地照護孩子，度過了一個不平凡的除夕之夜。

按標題，敘述應該就此打住，只接下又生出一點枝節，請讀者容許我在囉嗦兩句。

　　正月初四出院。臨起坡桃花建議：「我們直接到姥姥那兒，走攏有現成飯吃。」

　　我理直氣壯說：「稀奇，正月初四，回蔡家埡弄不到飯吃，不得了了。」

　　約十點鐘光景到屋。本不想到父親那兒去，從巷子口上坎被父親發覺，招手叫我們過去：「來，看看我的孫娃子怎麼樣啊？」語氣裏蘊涵著一種權力和歡喜。情形之下，我們只好解開襟襟，將娃兒從背上卸下來，展開給父親看。

　　桃花跟我都十分自覺，沒直接進屋，門前石礅子上落座。堂屋裏有客，聽聲氣，好幾位是來自繼母後家——街上的客人，毛娃陪他們聊得哈哈連天。我們所處的位置恰好跟偏廈的灶屋相對，從小門裏望進去，繼母正在炒鮓辣椒摻肉；油滴滴的、發光透亮的四指膘的臘肉片片，添到碗裏滑到鍋裏，恨不得撲過去「逮」它兩片。父親逗了會兒孫兒，進屋裏擺杯安箸，預備開早飯。我悶著慶幸，今兒天的口福好，闖席。起先我的注意力只放在肉片上面，待目光上移，望繼母臉色時，禁不住心裏一沉：她本當瞅著我們坐在門外，卻假裝什麼也沒有看見，臉上的皮肉又僵又硬，刮得下碗把霜來，樣子只差開撞。那天除父親關心我們兩句外，其他人連門都沒出。針對這種局面，我立即替對方著想起來：「正好開席迎賓，跑來三個不速之客，就同三個叫花子，趕也不是，留也不是，好不知趣兒！」一會兒父親出來了，臉上發生變化，跟我們說：「回去，新年大節的，門鎖著。把門打開，弄飯吃。」

　　料到在父親那兒不容易搞到飯吃，離開的時候，並不慌張。心裏默道：「此處不留客，自有留客處，到么爹那兒去。」誰知往天井屋裏一走，門上掛的「猴兒」，一家子全都上撿蛋埡拜年去了。饑餓沒有得到預想的安慰，作起怪來，肚子裏胡亂折騰。我楞在那兒，腳下彷彿釘了釘子，半天趕不動步。這情形我還是初次碰到，祖父祖母在世，北屋從未鎖過，今天望見木門上吊著把陌生的大鎖，寒風吹動著板壁上的吊塵，一股淒涼之情頓襲全身，叫人好生懊惱，好生傷悲！

回到家，屋裏寂然冷清，鼠跡遍地。牆腳被老鼠刨出幾個大洞，土麵子一堆一堆的，掃了兩撮箕出去。待我轉進房裏，卻見桃花同娃兒一頭歪在床上，一搐一搐地泣咽。駭得我心裏一怔，問：「桃花兒——你怎麼……」

桃花嚥下兩口氣，說：「他婆婆說起來不錯，做些事蝨子就爬不過：正月大初四，一頓飯把她吃窮了？叫花子打門前過，還把瓢水喝，太厲害！」

「今兒天才曉得？」

「他爺爺也是，喊我們去，又攆我們走，像調故事玩兒的。」

「不能怪他，站他的位置上想：打早晚工上街挑殘水，餵的大膘肉，看見別人吃得嘴上流油，自己的兒子兒媳吃不到，心裏還不是疼？疼也沒得用，繼母不開口，他不敢叫吃，新年大節的，鬧起來不好看。你沒看見爹第二次出來的那個神態？眼睛角角兒裏紅糖糖的，說話的聲氣都變了，當時我聽到就發酸。」

「全是你鬧的，叫打姥姥那兒去，幾得好。吹大話：『回蔡家堊弄不到飯吃，稀奇，不得了了』。現在是不得了了，還不得結咧。」

我連忙賠笑道：「這是我判斷失誤，承認。原來想的爹那兒吃不到飯，么爹那兒肯定有把握，沒想到么爹……」

「不說了，餓到這個時候，弄點啥兒吃？」

「你歇會兒，我來煮掛麵，把肚子安撫下。晚上你上灶，弄頓飯，接他們上來團年。」

「今兒幾了還團年？」

「桃花兒，去年他們接我們團年，我們接他們團年，今年就把規矩壞了？你想，我跟著他們團年，又帶了一缽子飯走，不接他們行嗎？繼母當著不說，背後說得死夜蚊子。大量些，哎，吃肉連到皮，對爹。」

我上井裏挑水，桃花燒火弄飯，新的一年裏，生活開始了。

# 外出奔生

　　從前餓肚子，單人匹馬可以「打游擊」，如今不行，一餓就是三張嘴，想跑跑不脫。經濟上，老賬沒還，新賬又添。記起祖父說過一副對子：「拉賬還賬賬還賬，掂金磨金金磨金」，橫額「潑起扯皮」。對子彷彿比著我的情形做的，當然「扯皮」不會，倒是償還能力欠缺。不幾天碰著馮建民，一躍一躍來到面前，瘋子似地把頭猛然一抬，說：「呃，嚴家山的賬主子上門搜瓦撬椽子，急到還，大隊的瓦錢就不著急了？天上蓋得好好兒的，颱風下雨倒安逸。」

　　「心裏急腫了不急，急的時候我喊你？我的情況你清楚，過年娃娃兒住院，找你貸的款。如今打跟頭就撿不到一分錢，寬貸我些時。」

　　「我曉得寬貸，可是……，你看你，房子糊得光滑溜滑的，打頭門上還糊個尖尖兒，供大路邊上，都看眼裏。」

　　知道他說的是我家大門框子——防止碰壞，仿照城裏的做法，把大門兩邊糊了一截五寸寬、四尺多高的水泥摻砂，頂端抿個斜角——他把斜角稱的「尖尖兒」。

　　「聽懂我的話沒？」他虛著一副三角眼兒扭頭把我瞅著，「我的意思，既然該一屁股的賬，眼面兒上的故事就少搞些。屋是打夥兒幫你起的，要想到集體，一門心思鑽小家庭裏，行不通！」

　　「正因打夥兒起的，怕損壞，糊層水泥顧舊些。你放心，集體的賬都得打錢窟眼兒裏過，不少下一分。」

　　「賒賬是好意，要賬成惡意。」

　　「該賬認賬，不是混賬。」

　　他見我不大進油鹽，嘟嚕笑道：「這是我說的實心話，別人不會說。」說畢，雙手一背，耷拉著腦殼，野雞似地蹿過去了。

　　回家同桃花說到這一段，桃花叫我「不要理他」。觀察桃花神色不大對

頭，追問道：「怎麼不理他？」

「前天你到會計那裏說口糧，他忽然鑽屋裏。以為有什麼正經事，裝個大狗子相，說今後有什麼困難只管找他，貸款好說。幾說幾說手就往我身上伸。我叫他出去，他說他想到明子有病。我說：『有病你們就該欺負？出去，不是我喊人。』鬼頭露腳的，無聊！」

聽桃花背完，我連打兩個冷噤，悶道：「雜種，瘦得像個刀螂，竟揣著一肚兒花花腸子，操他祖宗八代！」

日程艱難歸艱難，可時下政策似乎有了些鬆動：「階級鬥爭為綱」、「綱舉目張」的口號漸弱漸淡，「農林牧副漁，全面發展」的老調子被重新唱響起來。集體允許搞副業；允許存在自留地；不耽誤生產的前題下，砍捆柴賣，提點小菜趕街都不算違法了。

一天正悶得發慌，桃花的大哥跑過來找我，問百羊寨修公路去不去。我說心裏急腫了，哪有不去之理？春上的日子難得熬，一天掙半斤糧食的補助，僅憑這一點，就能催促我義無反顧地勇往直前。

蔡長勳他們幾位打前站，走攏便有一堆大火迎接我們。高山柴火的富有令人羨慕：一壟火的劈柴約幾百斤，有的筒子把給我們可以做檁子，在這裏卻當柴禾燒掉，覺得十分可惜。火頭上掛口吊鍋，熱水盡用。那天出門走濕（實）運，下大雨，個個淋得湯雞一般。大夥就火就水，烤的烤衣服，洗的洗澡。我洗完澡，上樓把鋪蓋捲散開，四五十里的長路，走得人困馬乏，倒頭就睡。

公路往縱深開發，所過之處，皆是人跡罕見、密密匝匝的樹林。破土前，先派刀斧手將線段上的樹木統統砍掉，然後如同開荒似地挖蔸、刨土——修路。起初，刨起的泥土往坡下趕，顯得容易，隨著路面增寬，難度越來越大。假若集體裏改大寨田，用釘耙將泥土耙進撮箕裏，一擔一擔地挑走，倒是可行，然而修公路這麼做嫌笨。促使工作效率提高，我們使用了一種「秒板」。秒板是件什麼工具？簡言之，跟體育比賽代表隊出場時，前頭那位美貌女子舉著的標示牌一樣，不過我們使用時得顛倒過來。秒板兩頭拴上繩子，一個掌秒板，兩個拉繩子，三人通力合作，一秒一秒把泥土趕到路邊。大夥給秒板取個好聽的名字——拉土機。

大家心裏明白，到這兒來不是上「大會戰」，不是打水庫混工分，是搞副業掙錢。活路辛苦程度跟在家中揹炭、揹石膏差不多。揹炭、揹石膏吃苦只在一天兩天，修路天天如此。誰願意搞副業？都是給逼出來的：家中安錢的窟窿太多，出門總想有個落頭。那麼，上交的副業款子和「落頭」就像兩位看不見的貪婪粗暴的打手，舉起鞭子朝我們抽打一樣，迫使我們幹起活兒來忘命。從早晨開工，幹到吃中飯，攔中不休息。高山氣候溫差大，早晚烤火，大夥彷彿過早地迎來夏天，幹活打赤膊。汗水露珠似的結滿脊背，頃刻化為細流，在油黑的皮膚上滾動。拉耖板最苦，馬力小了，「拉土機」開不動；對方力氣大，須奮力趕上，使耖板保持平衡，否則，耖板打斜，就拉不出活兒。

起初幾天，個個手心裏打泡，膀子發腫。累得跟床鋪最親——天一撒黑，倒床就睡，否則第二天爬不起來。膀子、腿子凡長有肌肉的地方，裏頭彷彿別了根棍，一碰就疼。起床、吃飯、上工地，昏頭大腦，邁的是酒醉佬的步伐。待做個一時半刻，各個關節逐步適應，力氣才使得出來。

臨近中午或傍晚，有如翻越鬼門關：力好像使盡，汗好像流乾，氣還剩下一口，肚皮被饑餓刮得紙厚，心肝在胸腔裏擺蕩有聲。我們的工頭——大哥照例地督促、催工：「煙袋含嘴裏，少打站，這個土包削平，今兒天才有賬算。」

「下雨當流汗，颶風當電扇，革命不怕死，拚起命來幹。」

大夥把修鐵路那一套拿來亂喊。這時蔡長勳突然把耖把一扔，使氣坐下來：「脊樑筋累斷了，還在催，催死去。」

大哥說：「催，我還不是好心。」

「沒安好心，累死只為幾個屍錢。」

「享福在家裏享，怕苦就莫來。」

「我要來，這不是你的。」

看來越對越生分，我說：「都閉嘴！長勳提罐涼水來，給大夥降降溫。」正吩咐，解交的適時趕到——中飯來了。對嘴的不勸自停，人人眼裏放射著母狼一樣的兇光，唰地朝飯盆圍去。一陣碗筷亂響，乾飯如同化雪一般少了下去。這當口兒，雜音皆無，耳朵裏只聽得見喉嚨滾飯的聲音，和的

包穀麵飯儘管一坨砸得死個人，不是吹牛，在無任何下菜的情形下，我一氣能來它三大碗。

這麼大飯量，僅靠帶的那點兒糧食當然不夠，大哥時不時跑指揮部支錢，到黑市上買一塊錢一升的包穀維持。第一段工程結束，一算賬，劃二塊二一天。把見天一塊五的副業款子一除，搞個烏龜頂簸箕——圓（原）駄（脫）圓（原）。荷包裏沒落一分，失望的情緒人人都有。不過照老輩子「賺錢了往前想，背時了往轉想」的古訓，倒又覺得划得來：出門只帶補助糧食，口糧留在家中，可供桃花跟孩子倆度過春荒；我在外頭雖說吃黑市包穀，能將春荒度過；副業款子灌齊，工分照記，還有什麼不夠滿足的呢？

新的工段劃出來了，離住處太遠，大夥只好搬家。這家房東窮些，屋頂上蓋的草，草上面覆著黑幽幽的杉樹皮，雖說沒得看相，屋裏卻並無一處的漏子。我們照例住在樓上，火籠裏煙子出不去，漫在屋裏，熏得大家眼睛發腫。有人說照這麼熏下去，不久都會變成一吊吊香噴噴的臘肉。

房主是年輕夫婦，男人高挑個兒，臉色蠟黃；衣服破舊，裂了縫的褲腳吊在乾腿子上，一走一揇。媳婦生孩子「出窩兒」剛從娘家回來，穿的小紅襖，臉蛋紅撲撲的，性格活潑。他們對我們的到來表示歡迎，鍋灶、手邊頭兒的家業盡我們優先使用，連房租也不收。

高山的夜晚異常沉靜，沉靜得任何細小的聲音都辨得出來：山腳下的溪流白天聽不見，夜裏卻渾聲如雨；林子裏偶爾傳來幾聲從容的鶯啼；老闆餵的紅公雞，一夜少不下三遍，一叫耳朵一炸。撇開這些雜音，還有一種來自小倆口床上的那種可怕的響動：半夜三更，床枋子格啞格啞輕重緩急地呻吟著，促使你自然而然想到女人。開始睡不著，經過一段時間的熬煎，什麼煙子、雜音統統被疲勞征服，習慣成自然。

今年「入梅」入得早，梅雨也來得早，連著十來天陰雨，下成個老連霪。對農夫來說，下雨就是老天爺放假，感激不盡。可對我們這些副業工卻十分不利，個個憂愁纏身。集體的副業款子可不是論天計算，不管天晴下雨，一月四十五塊。雨天誤工，款子交不起來，得賠。眼看著潮濕的桌腿漸漸地生出白黴，大夥的腳上也急得長了毛。

大哥朝天空望著，眼皮連眨直眨，怨道：「這個死老爺，生怕好事人，

下不傷。害得我們交不上副業款子，堆身上怎麼了止！」

五叔是個活潑人，這陣兒一本正經把大哥瞅著，以教訓的口吻道：「有本事到天上找老天爺扯皮，要他賠我們的款子。把你急的，該不會把尿屙到褲襠裏吧？急狠了就去搞兩下，沒得人拉。」

大哥拿起挖鋤當真上了工地，一袋煙工夫又踅了回來，滾個泥巴蛋。他一邊刮腳上的泥巴，一邊道笑：「不行，泥漿子多深，沾下粘下使不動傢伙，倒滑我個跟頭。」

五叔張大嘴笑，指著大哥跟大家說：「什麼叫賤相？你們看，他這樣兒的就叫賤相。常言道：「天限不為限。」什麼事老天爺都有安排，叫你歇你就歇，叫你幹你就幹。打一跟頭舒服哩，趕快篩茶，等到在。」

樓上有人玩撲克，打升級贏煙，吵鬧有聲。幾根紙煙忽而移到這個面前，忽而移到那個面前，輸來贏去就那麼幾根。屋後坡上長著許多山茶，冒雨採些嫩葉，我包製作，煮的茶大夥喝。大哥不打牌，專門燒茶遞水。誰個贏了牌，將紙煙從樓縫裏丟一根下來，大哥拾到煙，供應茶水也就格外盡職。

閒著無事，把老闆娘的娃娃兒接過來抱，大夥笑我：「是不是有想頭？」

我說：「什麼想頭，懷裏揣個娃兒就想起我的娃兒。」

「那就是你的娃兒。」

「是吧？我不大清楚，這得問娃兒的媽。」

老闆娘紅著臉，一竹竿打一片：「都是嚼的無根頭兒。」

五叔緊跟著問：「什麼是無根的頭兒？」他故意把「無根」兩個字咬得很重。

老闆娘覺得這話問的有點兒那個，不知想到另外一件什麼樣的好事，憋得臉上紅得像雞冠，裝個教訓大夥的口氣說：「沒讓活路苦著，盡想些瞎巴渣滓。」

五叔先是站著，這陣兒擠到火籠邊，使手掌抹把嘴角上的口水，不緊不慢道：「說起瞎巴渣子，我跟大夥講個故事。從前一幫揹腳子，其中有個揹腳子的諢名兒叫『熟得快』。不管走到哪兒，他跟人家的關係熟得快，另

外打前站弄起飯來也熟得快，熟得快的諢名兒就是恁麼來的。一次歇棧房，看到老闆娘滿標緻，大夥就跟他打賭說：『熟得快，輸你今兒把老闆娘子搞到，贏了，山貨大夥給你捎起；輸了，該你結夥賬。』熟得快把胸面前一拍，三十兩銀子——一錠（定）。晚上搭夥，熟得快問撲箕呢？老闆娘聽不懂，熟得快說撲箕就是筲箕。過會兒他又問仰箕呢？老闆娘還是聽不懂，熟得快說仰箕就是簸箕。坐灶門口架火他又問緊緊夾，老闆娘擺腦殼，熟得快說緊緊夾就是火鉗。睡到半夜，熟得快屙泡屎在升子裏頭。天麻麻亮，熟得快喊著老闆娘叫多謝，說搭夥錢放在升子裏頭，說完就跑。候老闆娘起床到升子裏拿錢，摸一手屎，趕緊攆到熟得快摑：『你個短命鬼，少年亡。昨兒天晚了，你要撲箕（起）我給你撲箕（起），你要仰箕（起）我給你仰箕（起），你要緊緊夾我給你緊緊夾。忘恩負義的東西，睡夜裏還給老娘屙一升（身）屎，快些轉來給老娘洗升（身）子！』捎腳子聽到老闆娘摑得醜死了，佩服熟得快本事大，甩在後頭的山貨大夥只好分攤著替他捎起。」

聽完故事，大家咕咕直笑，樓上打牌的發喊：「老闆娘子——上樓來給我撲起！」

老闆娘並不告饒，朝樓上的應道：「我怕你們給老娘屙一身屎。」

樓上的一時對不上話，年輕媳婦覺得賺錢，有些得意。我插一句嘴：「不要緊，屙了屎，熱水現成的，大夥幫你洗身子。」

樓上樓下一起笑開了。

出坡生產，老闆落屋的時間不多，進門一副疲勞模樣兒，像死半頭沒埋的，話也懶得說，下雨就是睡覺。他常常會被一種遙遠的、低沉的牛角聲左右，如軍號同士兵，牛角一響，無論白天黑夜，聞聲而動。走時帶著蓑衣、農具，還拎著粑粑或者乾飯。我弄不清根由，向老闆娘發問：「你們這兒為什麼時常吹牛角？」

「喊工。孤山野凹，東山上一戶，西山上一戶，隊長喊不應，只好抱起牛角吹。」

「晚上也喊工嗎？」

「開會。見千見萬沒見我們這兒，一些工作組、幹部吃些飯無屌事，把群眾喊攏，什麼學習大寨啦、解放台灣啦、備戰備荒啦，反正有牙巴骨嚼。

夜裏燒一堆油亮子（松明），拿張報紙像搭蘿蔔的慢慢讀，讀累了就講話。先大隊長講，接著小隊長講、工作組講，後頭還有民兵連長講、會計講，幾講幾講講到雞子開叫。散會後大家莫指望回家：十幾里路回去，不等上床，又得趕十幾里路上工，討路債。乾脆打著火把，由隊長引著，到第二天上工的田塊邊，找個崖屋歪會兒。這會兒那些喜歡嫖女人的倒有事做，黑洞洞的，草爬子裏盡搞。」

惺惺惜惺惺，對這裏人的遭遇我深表理解和同情。那些愚弄群眾跟劉功修一類人物，鼠蠅一般，到處不缺，內心充滿憤慨與鄙棄。然而故事的結尾又是那麼的神奇美妙，使人浮想聯翩。我說：「有的民族興這個習俗，專門在坡裏做愛，據說那麼做能使土地豐收。」

五叔趕緊找補道：「難怪這裏莊稼長得好的，原來搞了那個事。」

老闆娘嘴快：「是的，你們回去，把媳婦盤坡裏睡，好讓莊稼猛長。」

來一場，這裏的古蹟不看不行。趁著雨天，邀上伴兒，到碓窩子灣去看李來亨舂米的場子。走攏一望，確實讓人驚訝：一面坡的青石板上，鑿的有上百個碓窩。傳說李自成的孫娃子——李來亨在此屯兵十幾年，防守甚嚴，清兵攻不破。便以百隻山羊，角繫燈籠，趁夜色驅趕羊群攻寨。人、羊混雜，不辨真偽，破了李部營寨，故稱「百羊寨」。從這裏沿襲成俗的牛角聲中，我們彷彿聽到士兵在吶喊，聞到了戰場上瀰漫的硝煙。遙想當年，李自成出米脂，進北京，坐龍廷，不知怎麼一弄，反敗為寇。一場聲勢浩大、轟轟烈烈的農民戰爭就這樣完結了，完結的地點正是這梅雨緊裏的、展現在我們眼前的這片山樑。踏著這塊神奇的土地，我一下彷彿沉入到歷史的底部，觸摸到民族血脈的跳動，從內心發出一種深深的感歎：天下這東西，誰的刀子快，誰就坐龍廷。正跟某某文學家說的那樣：有些人，戰爭對他們一定有好處。從而暴露出政權更替的獨特性、週期性和可笑性。

那天蔡長勳砍一截樹根，斧頭脫把，飛到我的腳上，把螺螄骨那兒砍寸把長個口子。我死死按住，路邊掐下七種植物的梢子，塞嘴裏嚼成一團綠泥，照傷口一糊，止血止疼。

傷口掙不得，我齜著牙，從工地上蹀到屋裏坐著。這時進來個稀客，把我雙眼弄得一亮，不知一股什麼大風，把蔡長斌突然颳到我的面前。他為半

斤補助糧食，在灘坪水庫混了幾個月，極少見面，一時親熱得什麼似的。
我問：「如何到這裏來了？」

「聽我慢慢敘來。」長斌順手拖把椅子往對面一坐，說：「首先給你報個小喜。」

「什麼小喜？」

「民辦老師空個職位，通知你回去補缺。」

「活見鬼，民辦老師下賤。」

長斌正眼把我瞅著，嚴肅起來：「哪門不下賤？隊裏出坡不下賤？在這兒修路不下賤？少嫌口刁味兒，橫直是混工分，比起揹呀挑的，到底輕省些。前天我從灘坪回家秤口糧，聽到嚴永明說這件事，正愁沒人把信。當時我想，水庫上日程好混，就是困，不如出來搞副業。主意打定，修路、送通知兩便，就這麼急忙急促地趕過來了。」

「這裏不好掙錢，摳得很。」

「不怕摳，單怕沒得門路。有門路我就找得到支點，利用支點，我就能撬動整個地球。」

我睜大眼睛把長斌望著：「這好像是哪位科學家說的話。他叫什麼名字？一時想不起來。」

長斌一笑：「阿基米德。是我從一位朋友那裏學的。」

「朋友是誰？」

「伍蔚全，老三屆的畢業生。他的數學不錯，任何科學發明離不開數學。我想從頭學起，二人商定，每天拿三個小時研究它，雷打不動。」

「進展如何？」

「初中的馬馬虎虎，一到高中，越鑽越深。你的情況我跟他談到，他非常佩服你這種精神，想尋個機會見面。創作情況如何？劇本怎麼樣了？」

「出門的前幾天，第二部電影劇本的初稿拿出來了，男女相愛的題材，名字叫《頭破血流》。」

話一出口，長斌忍俊不禁：「頭破血流？我看你倒碰得頭破血流。」說完我們都一陣大笑。

我說：「《血夜的黎明》先寄《電影創作》編輯部，經查詢，劇本轉

文化部劇本委員會，現在就專等他們的意見。說實話，日夜惦記著劇本的命運，它花去我太多的心血。可是又隱隱地感到希望的渺茫，彷彿意識到寫劇本是個錯誤，應該抓住小說不放。唉，說來說去，水平低了搞什麼都吃力。」

「水平低不是今兒低、明兒低，當年正因為讀書少，才選擇寫作這條路，是吧？不要急，看劇本有什麼消息，再做打算。依我看，劇本跟小說並非攏不得面，大東西要寫，小東西要作，瘸子摳坐癱瘡一兩頭抓。往後搞教學，寫作的時間肯定多些，利用一切時機，積跬步才能達千里。」

就這樣，我告別百羊寨，走上民辦教學的崗位。

# 民辦教師

　　蔡家埡學校的規模隨著時間的推移，逐步走向萎縮：原來的初中撤掉，辦成一所完小，待我去時，還剩五個年級，約七十來個學生。原來的幾位老教師皆先後調到其他學校任教去了。眼下是一位公辦帶三個民辦：公辦老師姓彭，女性，當然的學校負責人；民辦老師中一位姓向，女性，一位姓嚴，包括本人在內二男二女，性別和諧。

　　我教二、三兩個年級複式班，共計二十八個學生，統統坐一間教室裏上課。基建專班時，曾在青華中小學代過課，往後又回蔡家埡小學代課，教的都是單班。複式教學沒搞過，心中沒底，有點兒怕。彭老師像看出我的心虛，鼓勵道：「你的能力我們曉得，教學經驗豐富，莫謙虛。上這個年級的課，給那個年級佈置作業；上那個年級的課，給這個年級佈置作業。複式教學的難點在課堂紀律，課堂紀律抓好了，教學工作就有了頭緒。」

　　一年級向老師包辦，二、三我包班，四、五年級嚴老師代數學，彭老師代語文。別人不管語數只兩本教材，我卻獨攬四本。晚上開會商量工作，談到集體辦公我堅決反對：吃過晚飯正好安安靜靜坐會兒，辦公鈴突然響了。一人面前一盞孤燈，正襟危坐。無論備課、批改作業，免不了來點語言交流，一說話注意力分散，影響工作效率。不講話吧，渾身像套的繩索，憋悶。興許是性格使然，平生最怕這種團體式的管制，我說：「任何工作，只要當成自己的事情來做，這便是敬業的最高境界。我既包了班，就要對學生負責。集體辦公、單獨辦公，只不過是一種形式，而我們注重的則是教學效果。」

　　對我的發言，似乎一致地贊同，包括彭老師在內。我知道集體辦公是上頭的要求，彭老師提出來討論也是應付。雖然意見是我提的，大家一同意，她也就閃了身子。

　　打牆不壞頭一板，首先樹正氣，抓課堂紀律。一上任，好多家長紛紛上

門找到我說：「娃子不聽話，撐到打，你是大的，打得起。」有的家長還專門削根樹條子，一手拉著學生，大有恨鐵不成鋼的氣勢，人兒跟樹條子一同交把我，當面吩咐道：「調皮就給我打，條子打斷了我再送根新的來。」

家長把娃子送到學校，多認幾個字，嚴格些好。這麼交代一聲有好處，即使弄出點過當的行為，家長不至於護短。學生大都蔡姓子孫，與我相論，上下平輩都有，教育起來不分親疏。我像從前祠堂裏教族學，打人的事不常有，耳朵可要擰。一次我正在學生腦殼上敲拐脖兒，被窗前過路的彭老師看見，事後到辦公室交換意見，她說：「說服教育為主，體罰學生搞不得。」

「家長給我交的有口。」

「嚇唬嚇唬可以，當真今天打板子，明天捶屁股，就不像一所學校。」

「開始來個下馬威，往後好收拾些。」

彭老師停頓會兒，笑著說：「再給你提個意見。」

「你說。」

「坐著上課，這也是不允許的，望今後克服。」

「不要過多地計較形式，當堂批改作業不坐不行。我以為正好利用這個因材施教的機會，對學生進行不同程度的輔導，提高教學質量快，有推廣價值。」

意見相悖，彭老師十分有涵養，不僅沒有同我爭論，反倒一陣大笑，說：「我說不服你，可記著一宗，上頭來檢查工作，要配合。」

「當然，到那天預先給我說一聲，保證不坐。」

剛接手任教，學生寫的字同雞爪子扒的，不堪入目。琢磨好久，使一笨法：每天放學，人人默寫十個生字。數量不多，要求甚嚴，務必工整，否則返工百遍不為多。

學生興趣盎然，先背誦，後默寫。說內心話，我從來還沒有見到過學生這應用功。多麼可愛的孩子啊，沒有一個人講話，心思全都傾注在作業本上：一隻隻小手把筆握得緊緊的，橫豎撇捺，一絲不苟，一筆不滿意，擦掉重寫，那較勁的神態和用功的程度，看了叫人既可愛又心疼。忽然意識到，自己跟學生的心靈相通，彷彿達到高度默契，在一種和諧狀態中，朝著共同的目標運行。心想，略施小計，將學生引入到這麼個學習境界，十分自得。

一天上課，一張包著青布帕子的老太婆的瘦臉龐從教室門口探了進來。起先並沒發現，在學生驚疑目光的引導下，回頭一顧，原來是岳母。岳母心裏擱不住事，從她匆忙的腳步和焦躁的表現上判斷，肯定急事在身，便問：「找我——？」岳母眼睛朝左右刷了兩下，放低聲音道：「婦聯主任是你二哥的乾媽，素來沒紅過臉。昨兒天上門做工作，要我跟你們說，叫桃花兒引產。」

桃花第二個上身，我早已知道，經岳母一提，心中仍禁不住有些震驚。我心裏很煩，不煩別的，單煩計生站的那些傢伙，技術不過關，才導致避孕失敗。忍不住說：「您莫怕，請婦聯主任帶著我們到公社走一趟，把責任劃分清楚。我不是沒採取措施，怪誰呢？娃子懷上幾個月，活活地引產，賠我的損失！」

我的一番氣話岳母看不起，嗔道：「見你說的，如今有你說的話嗎？一個娃兒幾難害嘞，生活苦，全都大人的經血。我還不是想的，就勢兩個收懷，幾好的事，可是行不通。聽我勸，如今的政策不饒人，是這麼鬧的，胳膊拗不過大腿。不管罰款扣口糧，一宗就抵不住，不如順到他們算了。」

桃花對工分抓得緊，揹著文兒出坡，天晴、下雨不饒一天。傍晚收工，她揹上背一個，肚裏懷一個，邁著疲乏的步子回來，到門前的台階前，沒有直接往上走，打個等，拿手撐著髁膝一步一步往上登。

我把文兒從桃花背上接到懷裏，桃花眼見岳母過來，發出一聲愉快的喘息。當她們娘倆在灶屋裏弄飯，大約說到了「正題」，再也沒有聽見桃花出聲。她心頭彷彿壓著一塊巨石，樣子十分沉重，書桌跟前站會兒，箱子跟前站會兒。到後把箱子打開，摸摸這，捏捏那，手腳莫何處置。面對生存與毀滅，做出選擇，桃花好難好難吶！

岳母說：「打不到錢的主意，還是我跑一步，找馮建民貸點兒款。」

「不貸！」

岳母見我態度堅決，以為有門路，笑著問：「想得到法？」

「想不到法也不貸。給婦聯主任說：集體借錢就去，不借只當沒說的，不是為難她。今兒在貸，明兒在貸，利滾利，揹不起！」

嚴永明這次不錯，不光借支十塊錢，還派上蔡長娥陪桃花一同上衛生

院。文兒么姨那次也去了，回來時聽她跟岳母倆說：「疼兩天好的，醫生一拿下來，我怕姐姐看到心疼，趕快拿草紙包著，到坡上挖個土坑，埋了。是個姑娘，大鼻子大眼的，跟文兒一個相……」

聽到這兒，我心裏彷彿被錐子攥了一下。

文兒一顆大腦袋，脖子細細的，一副營養不良的可憐相掛起。原先說沒奶水，畢竟還吃得幾口，桃花自小的上了身，奶水一回，養活文兒全靠五穀雜糧。桃花引產後沒什麼滋補身體，歇息幾天倒是正說。防止文兒在屋裏扯皮纏筋，我便揹著他到學校上課。

下課鈴一響，學生們爭先恐後照護文兒：拉他學步，架他的脖兒。幾個調皮的學生，奴才似的，四肢著地馱著文兒在操場上學奔馬狂歡。他們彷彿故意打我面前經過，不時地瞟我兩眼，從那討好的目光裏分明能譯出以下意思：「看，我跟文兒玩得多好，往後調皮，您莫懲罰我。」

任教時間不長，倒也悟出點兒門道：當老師首先要有一顆愛心，沒有愛心就不能成其為一位合格的老師。不過我又嘗到了當老師的辛苦，經常說，倘若要把老師的職責真正盡到，一天二十四小時就不要想到休息。四本備課本往案頭上一擺，二十八個學生的身影迅速在腦殼裏活動起來：字詞句，加減乘除，從哪裏下筆，從哪裏開講；由哪位同學領讀，哪位學生黑板演算；是全班聽寫，還是分組默寫……一支細筆，在昏暗的油燈下，像導演創作分鏡頭劇本，點點滴滴地鋪派開來。遇到班會課，我就跟學生們交心，把童年失學的痛苦向他們傾訴。

人類的情感不能因年齡的大小而區分厚薄。當學生得到我充滿愛心的啟發之後，都特別懂事，每天按時上學，將教室打掃乾淨，講台上碼著一沓一沓的本子。作業字跡工整，我的「紅叉」很少使用。眼看著一顆顆幼小的心靈在健康成長，我像得到莫大的回報，體驗到老師辛苦的同時，使我也享受到了教師的幸福與光榮。

新舊兩年的民辦教師生活，有些值得回味，有些卻不堪回首。它們結成一串痛苦傷心的念珠，在劃傷的記憶裏不斷地滾動。

今生今世，最討厭開會，開會在我認為就是一種折磨。一張報紙，誰都會讀，卻偏偏召集大家攏來，張著耳朵，恭聽某一位兜售嗓子。一個文件，

三言兩語解釋得清清楚楚，卻偏偏組織大家，規規矩矩學習一天。當農民怕會多，當教師會更多。暑、寒兩假，公社集中學習；星期天，學輔區通知集中。老師彷彿天生一個牛鼻子，被教書、開會兩根枯燥的繩索牽引著，在領導部署的魔陣裏疲於奔命。

學輔區設在大茶埡，以前的公社撤走，卻仍然駐著一個「管理區」。原大門上用紅漆畫的毛主席閃金光的笑相明朗倒是明朗，就是顏色不如從前那麼鮮亮了；閃金光下面是「人民公社好」一溜毛主席的手體，日漸斑駁，在日曬夜露中開始剝落。每當我趕往學輔區學習，望到這昔日的舊景，渾身緊張，背心發麻，心中亂跳。我們大家庭的命運與這個地方息息相關，祖父他們帶著自己的機器集中在這裏湊過熱鬧，賣過力；後來又輪番「請」到這兒批鬥、辦班、認罪；就連三爹遠走開封，到頭也未曾逃脫由這裏伸出的魔掌。公社留給我可怕的記憶，不想見到它，這也許是我討厭「集中學習」的一個重要原因。

我自小養成個習慣，不管做什麼事總想做好，這不是吹牛。比如出糞，我會把糞堆收拾得方方正正；挖田，把石子撿得乾乾淨淨；砍柴，把柴捆整理得整整齊齊。教學更不例外，由於發揮自身潛能，期中、期末考畢，學輔區公佈成績，所教班級一直排在前三名。那會兒看彭老師，彭老師笑得一臉燦爛。

一學期下來，不知是上級栽培我或者是其他原因，將我派到灘坪中學，進行為期半年的民師培訓。

我找到桃花商量：「中年半截的人了，還搞什麼培訓？你說，是去還是不去？」

莫看桃花是個文盲，大的原則拿得住，果斷說：「上級的安排，怎麼能不去？」

「打頭還要寄宿，這麼一來，生活兩下裏扯，很不就事。」

「有不有糧食補助？」

「這也不是搞副業、打水庫，想得倒美。」

「硬糧食你帶，我們在屋裏苦點兒不要緊。」

「文兒拖不得。」

「我曉得，你只管去，橫直是掙工分，再說又怕闖出個路徑來，這是說

不準的。」

灘坪中學是城關公社的重點中學，由孟家嶺遷來。哥哥曾在這兒任教幾年，當我到來時，他又調至大茶垭中學，彷彿有意將我們隔開似的。

共計八人，組成一個民師班；七個女生，全都年輕漂亮，學歷比我高，學習個個用功。我一個男生，不僅成了家，且歲數最大。本人像混進白鶴隊伍裏的烏鴉，自慚形穢，可又不甘落後。時刻向自己發出警告：以勤補笨，慢慢追趕，用較好成績回報領導對我的栽培和集體給我的工分。

坐在教室裏，窗外不遠處有幾位披著蓑衣的農民，在綿綿的春雨中趕著水牛耙水田。山腳下幾百個民工在修水庫，推車、打硪的勞動號子隨山風蕩漾過來。

灘坪風景秀麗，連綿的群山，覆蓋著茂密的松林，落槽處全是一片片墨綠的杉樹；陽坡上灌木叢生，盛開的映山紅像一團團燃燒的火焰，使自然充滿激情和詩意。雲彩停留在山頭上，山谷裏迴蕩著野禽的鳴叫。這裏本屬高山，卻水系發達，南北的兩條溪流在山根前匯合，碧綠的清流往南流淌。記得我們在塘垭水庫補天坑那年，灘坪水庫已經上馬，由於場合太大，至今仍看不出個眉目。

食堂搭夥，每月要交三百斤的柴火費。有錢交錢，無錢交柴。沒有錢交，待學校放假，我便借上砍刀，揹上揹子、打杵，到老林裏砍柴。灘坪亂世亂界的柴，心裏說：「這樣的去處，莫說三百斤，即使三千斤，也費不了我多大力氣。」一天下來，砍柴五捆，堆在食堂門口一大碼。炊事員笑笑的，伸出大拇指，誇我「是個砍柴的好把式」。

學校兩周放一次假，一放就是兩天。我一天砍柴一天閒，趁這個空，去拜識蔡長斌介紹的朋友——伍蔚全。伍蔚全中等身個兒，衣著樸實，處事穩重。飽滿的前額下面，生著一副端直的鼻樑，雙目睿智深沉，從那對人平靜、專注的神情裏，使你感到對方是一位值得信賴可靠的人。他在食堂裏管伙食，找幾頓乾飯吃自然不成問題。

他說：「聽長斌講過，你不錯。」

我說：「吃飯不錯。」

「不，寫那麼多的稿子，質量好壞先且不論，亂糟糟的環境裏能堅持

這麼多年，這就叫不簡單。可惜，我們這發人沒讀到書，全被文化大革命害了，包括長斌在內。你得堅持下去，莫動搖，播種的過程是辛苦的，但它孕育著希望，秋天才是收穫的季節。」

「到這兒有段時間了吧？」我問。

「兩整年。出門久了無意思，好歹顧住一個人，下半年我想回家，別的做不到主，把自留地好好規劃一下，種植一片橘園，挖個小魚塘，多栽幾窩生薑、大蒜。棋盤只那麼大，正像劉姥姥說的，守好大碗兒，吃多大飯。算作沒得辦法的辦法。」

回顧一段時期的培訓生活，它把我的一點兒小學文化知識來了一個完美的補充：字詞句的閱讀、書寫能力更加扎實；美術，曉得什麼是平行、成角透視；音樂，兒歌簡譜勉強識得；還有對兒童心理學的初步認知……總的說，培訓沒有白搞，收穫頗多。

新學年開始了，那會兒剛開課不久，所有的民辦老師皆得到個深得人心的通知：今年將有一批「民轉公」的指標，望大家在不誤教學的前題下，複習功課，迎接統考。突如其來的喜訊，使人心情特別激動，激動的同時難免又有些慌張——這可是個改變命運的時機！

回到家裏，懷著尋常少有的好心情，跟桃花倆說：「近段時間耐煩些，文兒你帶著，家務三四儘量少攀扯我，我要複習功課。經常怨自己命苦，出現個機會就得認真對待。考得取好不得，考不取，說明自己不行，反正憑心努了力，今後才不失悔。」

桃花溫柔地瞅我一眼，嗔道：「幾時攀扯你的？娃子長在我背上，鍋鏟子長在我手上，不是十分的沒得法，根本不驚擾你。」

我的話的確有點多餘，平時讀書寫字，桃花什麼時候攀纏我呢？從她身上，我彷彿獲取到增長力量的機制，信心百倍。說實話，我當時真的充滿自信：剛剛培訓回來，所學知識似乎還是熱乎乎的，特別清晰扎實。竟萌生出張揚的欲望，極希望得到個測試的機會，檢驗一下自己的實力。若論考核，教學的成果有目共睹，還有什麼呢？這麼估量起來，心旌搖蕩，彷彿看到自己的名字已經搬上公辦教師的名冊，六塊錢的工資一下變成三十六塊，捧在手裏一大沓。錢到手裏可不能亂花，首先還賬，先把私人的廓清，然後再

輪到大隊跟小隊。我還想紮幾把椅子，買合鋪板，來客好坐、好睡。桃花跟到我造孽，幾年沒搭一根紗，好生縫套衣服她穿……夠了，我的豐富的想像力，倘不及時加以管束，一味地「添置」下去，新的地主又將產生。

無論教學或複習功課，我一下進入狀態，用功程度幾乎達到生病的地步。正當我天真爛漫地將前程安置到一個美麗憧憬中的時候，蔡德陸突然從鐵業社裏回來，重新登上了大隊書記的寶座。唉呀！「胡漢三」回來可不是玩兒的，該不會對我……下毒手吧……說不準。惶恐中，我希望考試的日子快來，轉正的快轉，跳「農門」的快跳，稍笨一步，興許又打不過佛爺的手板心！心存僥倖，焦急地等待著，期盼奇蹟出現。

一天，「奇蹟」出現了，彭老師喚我到辦公室裏說話：

「大隊讓我通知您，回隊生產。」

彭老師再沒說旁的話，沉默中顯得非常無奈。我眼前一片恍惚，自己彷彿成了《變形記》裏的格里高爾──一隻小甲蟲，在牆壁上奮力攀爬，前面剛好現出一道細縫，正欲鑽出牆外，陡然伸來個毛茸茸的魔掌，迅速將牆縫彌住了……若干年後，彭老師跟桃花倆說：

「那個蔡德陸好霸道，一上任就跑到學校裏，抹起個臉說：『把明子給我拿下來！』學校裏捨不得明子老師，捨不得也沒得法，他有權有勢。」

# 打亂仗

　　人過三十無少年，我現在已快三十歲的人了。從十四歲失學，就跟牛羊、糞草、土疙瘩打交道，各樣的苦頭吃過，各樣的饑餓受過，各樣的侮辱欺凌打擊壓迫都經歷過。當這些苦難滲透到我血液中的時候，生命的質地便有了一定的硬度。儘管這次打擊是多麼的殘暴、狠毒，但我依舊能夠挺住。待事情影響到桃花那一面時，她卻沉不住，難過地哭了。

　　桃花哭得十分傷心，好像忍了八輩子的淚水，一次非要流個乾淨，勸著勸著，只顧哭個不停。文兒一副懂事的樣子，乖乖地伏在桃花腿上，抬頭望著他媽的淚臉，童稚的目光裝滿了疑問和驚恐。桃花將他抱起來，生怕別人來搶奪似的，緊緊摟在懷裏。她說：「我引產兩個，為的啥兒？還不是指望你學校裏有個出頭的日期。那些油炸的心，生怕好事人，硬要把你弄腳下踩到。造孽的兒是我心腸狠，把你們丟到野坡裏受罪……」

　　她用生命孕育出的兩坨肉，活活地丟棄，悲傷的程度旁人無法體貼得到。第二次做人工流產，不過就是兩月前的事情，那會兒我正在灘坪培訓。日記中記載如下：

　　　　本月二十一日，收到桃花一信，主要說的引產問題。便請了假，下午五點半，急從灘坪往下奔，二三十裏路，跑到家裏已更把天氣。在家呆了兩天，思想無一時不在鬥爭。大隊的口氣很硬：拒絕引產，懲三百塊錢，三百斤口糧，三千個工分；民辦老師拿下來。權衡來權衡去，倒是桃花最後決定：「為這個扯得你教不成書划不來，反正生不起，請隔壁的巧雲陪我，到隊裏借點兒錢，引產算了。不過這回交待清白，再不把環上好，以後罰款就罰他們。」

　　　　吃早飯，我端著碗，去看文兒蹬了鋪蓋沒有，卻發現桃花靠在床頭上泣咽，一口飯咽不下去了。我明白她的心情，為我，為全家，為

肚子裏那個，幾重的關係，幾重的矛盾沉重地糾纏她一人身上。她沒有逃避，竟以一個女人柔弱的肩膀承擔起來。

——那是一種災難性的折磨，比大生要痛苦得多——桃花呻吟著，掙扎著，從床的這頭爬到那頭，又從床的那頭爬到這頭。後來，呻吟變成了叫喊，手不停地亂抓，大顆子汗打額上往下滾，鐵製的床幫留下她抓出的指痕……

乘車到了灘坪，引產的情形一直裹著我，一刻也沒有停止對我的襲擊。上課，記憶完全不清，晚飯也沒有吃，只想找個安靜點的場子，單獨坐會兒……


讀完日記，往事的酸辛籠罩著我的心，悲憤填滿胸膛，叫人半天活動不得。現實就是這麼殘酷：棄嬰的傷痛還沒癒合，男人的民辦老師資格已經取消，人財兩空，桃花想不過，想不過只好哭。我說：「莫哭，人家聽見不好，說我們沒得志氣。」

桃花一副擔憂的目光瞅著我說：「在他們手下，今後怎麼活得出來？」

「犯法的不做，鬧人的不吃，把我們怎麼樣呢？這傢伙的本意不壞，就是叫我本分點兒，好好當個農民，不要今兒想南京買馬，明兒想北京做官。記得前些年，他提議讓我當小隊會計，可嚴大金又不大放心。我們遂他個願，好吧？妻兒老小在一起，平平安安，這也是做人的一種福氣。」

冷靜一段時間，將桌上堆放的複習備考資料，扔到灶門口，讓桃花引火。像司機開車，方向盤來了個九十度的大轉彎，將思想扭轉到文學創作上來。

創作幾乎成了我生命的一個部分，每天都在對它進行總結和思考，只不過對那枯燥乏味、寂寞冷清的寫作過程無暇描述罷了。搬出十多部日記，裏頭有生活的紀錄，有寫作的艱辛，有退稿的苦惱，更有對稿件的憧憬和希望。細細檢討起來，鬼使神差，讓電影迷了心竅；虛榮心也好，好高騖遠也好，急功近利也好，無知無畏也好，凡此種種，共同形成一股無法抗拒的力量，把我推向了艱難的、陌生的電影創作之路。三年多來，兩個劇本就在我跟文化部劇本委員之間，拉鋸似地循環往復。編輯總計給我提出四次意見，退回一次，按意見修改一次。有回編輯竟用了六張稿紙的篇幅，陳述劇本的

不足和修改方案。到後，編輯告訴我，劇本已轉到北京電影製片廠。收到這封信件，以為即將採用，歡喜得差點兒像范進中了痰氣。當我沉浸在美妙的、漫無邊際的臆想中的時候，劇本倒像一隻晦氣的烏鴉，從北影廠飛了回來，便箋中寫道：

明子同志：

看來你還沒有駕馭電影語言的能力，望加強學習。

編導室外稿組

我經受了成百上千的退稿，也許這是最嚴厲的一次。想像得越是美妙，打擊就越是慘重。當時幸好有「民轉公」的消息沖了喜，使我迅速回過頭來，去接受備考的挑戰。不幸的是，頭頂上飛來更沉重的一錘……這是一段沒有陽光的日子，我經常將它說成是我跟桃花的人生旅途中，度過的最為嚴峻、最不平凡的苦難年月。

那位編輯我倒應該感謝，話雖逆耳，卻把我從「觸電」險境中喚醒過來，一沓一沓紙質低劣、親手用針線連綴而成的「電影劇本」，七稿八稿的十來本，使繩子一捆，束之高閣。望著它彷彿面對一壁南牆，捂住鼻子，深刻反思：我忘記了由小到大、從易到難的寫作過程，還沒學爬，就想學跑，這山望到那山高。小說寫不出，卻創作電影，嚴重的名利思想使自己滑入失敗的深淵。文學創作必須老老實實，一步一個腳印地往前走。我以馬拉松的形式，三年跑完一個圓圈，教訓可謂慘痛！

調整心態，把打擊的重錘當作進軍的鼓點，挺起胸膛，從短文練筆，慢慢往前進。

人要服恨，我時常會在不知不覺中，將讀書和寫作超負荷運行到深夜。微弱的燈光和我的咳嗽，像個聯絡員似地翻過窗戶把信息準確無誤地送達到父親的耳邊。父親忍不住，摸黑來敲我的窗紙：「什麼時候了？早點睡！明兒天還要出坡。」

近來父親對我很是關照，從學校回到生產隊，怕我想不通，只要瞄到我在家，就叼起長煙袋上門坐會兒。一次他看見我拿著圖畫本教文兒識圖，趁

機正告我：「不寫行嗎？」

「怎麼？」

「身體鬧垮了不行，一搞半夜，像八十歲的老頭，咳得不住聲。什麼事呢？寫那麼些堆起，吃也吃不得，賣又無人要，只損些精神。叫我說，把文兒招呼好，安心培養下一代，日後看他們的戲。」

我理解父親，看見我如同孫猴子，九九八十一難，心裏有些疼。疼怎麼辦呢？螞蟻爬大山，停下來就永遠停下來了，倘若鍥而不捨，到達山頂興許有望。寫作是很早立下的志向，可不能因父親心疼半途而廢；但我又不能當著面說些空話，更不宜反駁，只好說：「您回憶，書不讓我讀，出門不放，老師不讓我當，還能做啥兒？寫作是自己的事，不妨礙別人，也許只有寫作，才能闖出一條道路。您說的我今後注意些，儘量少打晚工。」

難怪父親擔憂，我的體子確實不行，未老先衰。出坡揹糞，預備著兩個枕頭袱子：送一趟糞下田，背心汗濕，胎個袱子到背心上去。胎袱子還須請旁人幫忙，蔡長斌經常笑我：「像個月母子，捉斤捉兩的招呼。」

我苦笑著應道：「不是自誇，比月母子還嬌嫩幾分。」

這回我一連咳嗽四十多天，想捱過去，倒是越捱越狠。

桃花說：「到醫院照個光，招架把心肺咳壞了。」

我說：「就那麼照？照下五角錢。」

「我摘個冬瓜，攢的有八個雞蛋，賣了湊。」

逼發急只好答應。記得剛上街，聽到有個熟悉聲音叫我，抬頭一望，好友伍蔚全。

他拉住我的手，半天沒有說話。從那專注而又親切的目光裏使我得到一種心靈的體貼，當我注意到這種親熱的神態的時候，他像從我身上發覺什麼不大對勁兒的地方：平和厚道的臉上忽然間寫滿憂慮和吃驚。

他說：「我的天，怎麼……瘦得這麼厲害？」

面對朋友的關心，我嘴唇翕動，支支吾吾。「瘦得這麼厲害」六個字，倘要如實地做出回答，倒讓我作了大難：因為它的成因過於複雜，並非一兩句話說得清楚。但我還是用了個極其方便的說法回答道：「我有病。」

「什麼病？」

「齁病。」

「趕快請醫生看。」

「老毛病，看不好，過拖。」

「教學怎麼樣？聽說這回有一批轉正，有希望嗎？」

「我已回隊了。」

「唉？什麼原因？」

喉嚨一鯁，發不出聲。朋友大約看見我淚水在眼眶裏旋動，停止追問。默然中，他不聲不響從身上摸出兩塊錢，極其敏捷地塞到我的手中。沒料到這一著，兩人在街上打架一樣，至死不要。他用力把我握錢的那隻手死死地攥住，將我推到街道邊，把嘴拄著我的耳朵，輕聲說：

「恩格斯幫助馬克思的故事你聽說了嗎？」

我知道，馬克思和恩格斯是世界上最為真摯、高尚的兩位朋友，人類友誼的光輝典範。朋友把我抬舉到這樣一個嚇人的高度，一時間無話可說了。

一天，鄉郵員老李到來，身後跟著另外一位年輕人。年輕人身材結實，一張黑皮臉龐，說話聲音宏亮。老李告訴我：「這是我的同事小呂，預備接我的班，帶著熟悉幾天路線。」

「您要退休嗎？」我問。

「還沒還沒。這條線我跑了十六年，三十四歲開始，跑到今年五十歲。領導照顧我，下個月跟榛子嶺的班車，照例跑郵差，只是不走路，車去車來。」

「感謝您這多年對我的幫助和鼓勵，為我揹稿件肩膀都揹痠了，您走，真是捨不得。」

「應該的應該的。還是那句老話：堅持，堅持就是勝利。」

我將他們讓到屋裏，說話間，老李叫年輕人從郵包裏取出封信件給我。

信是張代友同志寫的。張代友是縣戲劇創作室創作員，信裏告訴我，交給他的短篇小說稿子轉領導看過，基礎不錯，但有幾處還得修改。具體意見，請下山面談。

獲取退稿已形成我一個獨特的文化現象，積攢起來的、來自全國報刊編輯部的退稿單足有幾寸厚。它如同一隻無形的棒棰，把我的心敲疼了，敲木

了，也敲硬了。不過此信給我的感覺有些別樣，把我的心敲得連跳直跳。

那陣兒文化局和教育局似乎才剛剛分家，接見我的是文化局一位姓吳的同志。這人身材高大，濃眉慧眼，鼻樑端正，操外地口音。適時吳同志與人合著的長篇小說《李來亨》已出版發行。我抱著十分崇敬心情，聆聽教誨。稿子的標題叫《選夫》，吳同志讓我把人物性格的成因與家庭、社會聯繫起來，使作品反映的生活厚實些，主題也將更加深刻。文化局當時正在籌辦一份文藝刊物——《香溪河》創刊號，需要小說方面的稿件。叫稿子修改後儘快送來。與吳同志初次相識，卻給我個坦率、善良印象，心中十分感激。

稿子改定，想請周世安老師給我看看。前幾年我訂的《湖北文藝》，上頭有篇《小弟》的小說，據說就是周老師用心血澆灌出來的。文革初期，周老師打成黑幫以後，好多年聽不到他的音信，以為被他們打翻在地，踏上一隻腳，永世見不到面。誰料他還活著，居然堂堂正正地回到興山一中。

這天運氣不佳，沒會到周老師。到文化局一瞧，吳同志、張代友照例不在，只有業務股裏有人，伍股長當班。伍股長五十來歲，頭髮開始謝頂；跟人說話，那對似乎受酒精過度浸泡、疲憊發紅的眼睛連連地眨動，蒜頭鼻子孔動有聲；倘若一笑，身子隨之扭動，表情豐富。他見我十分著急，說：「稿子放這兒，由我轉交，好吧？」

我說：「行，謝謝您。」

伍股長戴上眼鏡：「通信地址。」他講話不是本地口音，一時沒有聽清，我嗯了一聲。「家庭住址！」這下聽明了，趕忙說出來。伍股長拿起筆往我稿子的扉頁上記，到後抬起頭，支支吾吾道：「呃……年輕人——搞創作，我們嗯……支持，首先創作的目的要、要明確。呃……」

伍股長說的話我沒有在意，交上稿子，便急匆匆離去。

　……

大家都認為老天爺同樣十分無聊，對蒼生沒有絲毫的憐憫，倒湊合著人們把貧困枯燥的、不死不活的日子給成堆成串地複製出來。大體講，日程沒有起先那麼花哨了：上面很少有最新指示下達，那麼集會、遊行、紅旗飄飄的慶祝場面自然減少。村裏一年半載難開次大會，大隊幹部寂寞，「三用機」跟高音喇叭上頭落了一層灰。社員愛社如家的思想大不如前，出工不出

力，混工分現象普遍。大夥編著歌兒唱道：

上工慢慢捱

你來我不來

男的別把刀

女的揣隻鞋（底）

搞得三下半

樹下歇起來

女的紮鞋底

男的去砍柴

剩下幾個小娃子

一打半天牌

這便是當時出坡生產的真實情形。生產隊——這個誕生才二十多年的集體組織，如同一位雜耍藝人，平時玩了許多花樣，熱鬧幾年，眼下不行了，黔驢技窮，一時老得好快。背地裏都在說，接班人嚴永明沒得用，趕不上老隊長「逼鼠」。不逼鼠，新鮮事兒便接二連三地冒出來了。

掌權不久的嚴永明想個新板眼兒，模仿一朝天子一朝臣的搞法，將蔡長春的會計拿掉，換個姓賈的上來。賈會計一副大臉巴子，額頭扁平，下頦翹出，像個猩猩，人們喊他賈猩猩。賈猩猩見不得女人，一見女人，本來不大的眼睛越發收縮——眯成一條縫；下面的厚嘴唇卻恰恰相反——開裂到腮幫子兩邊。

開倉秤糧必須有四個人到場：會計、保管員、掌秤的和監秤員。白桂枝當的監秤員。起先賈會計不在白桂枝意下，打主意打不到，如今賈會計手中掌的有算盤，不怕白桂枝眼睛珠子大，幾纏幾纏便上了鉤。年輕人糊塗官打糊塗百姓，稀裏糊塗過，旁觀者宋婆婆倒慌了神。兒媳婦起先攔保管員——騷鬍子，宋婆婆放了一手，其目的是「放」的兩顆糧食。桐葉包火石，包上這多年，總算沒有穿包。眼下情況複雜起來，糧食沒有添進，人員卻有了增加，早晚會出事。野老公進房，家破人亡。宋婆婆一對昏黃的老眼珠滴

溜溜亂轉，幾根可憐的眉毛連眨直眨。她叫白桂枝莫貪多，把賈會計甩掉，白桂枝試了幾次甩不掉。賈會計如同熬的稀糖，除非不沾，巴身上燙。無奈之下，宋婆婆跟白桂枝合計，預備下套子捉，嚇他一回。誰料，捉倒沒捉得，兩個野老公爭風吃醋打上了門。那天宋婆婆正氣憤憤將賈會計從床上往外撞，恰好被騷鬍子撞個正著。騷鬍子如何受得這口氣，嘴邊上的肥肉別人啃，搞不成！先是拍桌子打板凳罵人，罵得三個不耐煩，拳腳上身。宋婆婆跟白桂枝上前解交解不開。賈會計也是個毛性子，摸到榔頭就是榔頭，拖到磨拐子就是磨拐子，無輕無重往騷鬍子身上遞。叮叮哐哐，唏哩嘩啦，彷彿當年武松醉打蔣門神，打得個桌翻凳倒，櫃橫床歪。賈會計力氣單，反抗越狠，挨得越重。好漢不吃眼前虧，曉得抵抗下去無好處，只好帶著鼻青眼腫的劇痛奪門而去。

賈會計也是個不非凡的傢伙，沒鬧輸過人，一口氣嚥不下，便將騷鬍子拿起集體的糧食睡女人的前前後後，倒核桃、瓦栗一般，咕咕嘟嘟全給抖了出來。

事情出在月尾，家家喊叫口糧告罄，催著秤糧，可他就是生拗死拗地不秤。坡裏天天有人哭，天天有人罵娘，天天有人餓翻。眼下正是一百個人瘦，才餵得一個人胖的時代，大夥聽說騷鬍子用那麼醜的方式拋撒糧食，個個氣得咬牙切齒，恨不得吃他的肉不要鹽！

群眾開始發洩了：「老子們的血汗糧，盡他們拿起換屍搞，想起來不是滋味兒。」

「多吃多占，要他們往出吐，吐乾淨。要不然，老子們明兒天都停起，劈屍一泡屎──大家搞不成。」

「吃這樣的相應（便宜）好無聊、好缺德。」

「潑起兩塊臉不要，早就看出他們有問題。」

「不上道！要這樣的人當保管員真是瞎眼睛。」

「找嚴永明秤糧食，再不秤，老子手癢，砸倉庫的門！」

人們自覺地團結起來，公開拒絕下地生產，紛紛拿著口袋往倉庫跑去。嚴永明自打娘肚子裏出來就沒遇見過這種勢頭，嚇得趕忙找大隊幹部。大隊幹部推滑船，讓他找管理區，管理區彙報到公社。於是，那些穿著安有四個

荷包體面制服的脫產幹部便一個二個地奔蔡家埡來了。

城隍好見，小鬼難纏，他們一到，瞅勢頭不好，決定立即開倉發糧。起先的那干人馬停職反省，會計仍然由蔡長春擔任，嚴永明替代保管員，請老隊長嚴大金出面監秤。嘈雜中，大家推舉我掌秤。這麼大的權力陡然落到頭上，慌得我上氣不接下氣，一口回絕。

嚴大金用信任的目光盯著我，嗔道：「二三十歲的人了，還不擔事！」

「我怕出錯，人家的命根子。」

「群眾相信你。磅秤你熟悉，別人認不準。」

當嚴永明找來鑰匙，打開那兩斤多重的大鐵鎖，沉重的板門發出呻吟向人們敞開的時候，一個怪異的場面頓時將大家驚得怔住──後牆根下赫然篩子大個圓洞，像個蟒蛇的大嘴，吃人似的張著。洞口流著一灘泥巴，似乎是強盜為提高工作效率，澆水鑿洞留下的痕跡──倉庫被盜了。

一位公社幹部厲聲高叫：「不准亂動，保護現場，請大家出去！」

人們靜著、僵持著，不願往出走。這陣兒偏生聾子爹耳朵尖，喊道：「卵蛋，什麼不准動？老子們快要當餓死鬼還不准動？要命就是這一條，把老子的口糧給我！」說聲不了，從口袋裏掏出一把葫蘆瓢，眼露凶光，撲到板倉跟前動手舀包穀。

亂過一陣，幹部當即改變聖旨，開秤發糧，救命要緊。

夜晚無事就不點燈，這是多年養成的習慣。那天我正在黑暗裏悶坐，蔡德偉探進門來。他說：「本來想捂著，捂不住，要辦移交。」

「捂什麼？」嚇我一怔。

「忘記了？前幾年到嚴家山買材料，磨的八十塊錢……」

「不是還了嗎？」

「還五十，另外三十打的條子。」

「哦──對……，難為你這多年捂得緊，捂得我本人也忘記罄裏去了。」

「怎麼樣？能不能了一下？」

「過啥兒了，不得了。你曉得，這些年恨不得使錢熬水喝。」

「照恁麼說──這樣，辦移交我儘量給你往往來賬裏沖，沖得過無事，沖不過找出納換張欠條，你記心裏。」

蔡德偉即將當民辦老師，這事我知道。嚴老師考取民轉公，須到師範學校進修一年，便由蔡德偉補充進來。蔡德偉水平高，性子平和，適合教書。嚴傳柱升，蔡德偉上，我把祝賀同時送給他們二位。這時，蔡德偉把凳子往我跟前挪挪，小聲告訴我：「倉庫被盜的事，懷疑幾個困難戶，其中就有你一名，注意！」

聽了這話，淡然一笑，肚子無冷病，不怕啃西瓜，隨他們猜去。默了會兒，覺得不大對頭，稍稍平靜下來的心境，旋即亂了。身上好像有很多蟲子亂爬，很難受，難受得想哭。漆黑的夜裏，我的四周彷彿有幾百隻眼睛向我放射綠光，外添幾隻大嘴伸出鮮紅的舌頭，一伸一縮地舔著獠牙。我想逃，想得到一根木棍同一個幫手，打開個缺口衝殺出去。可是不行，到處牽的有絆馬索，只要我一動，索子會將我一頭拉進陷阱。還從來沒有想過，想過自己被別人懷疑是賊，而今卻這麼實在地成全了我，好可怕呵！悲痛一點一點堆滿了我滴血的心，最好是忍著，切莫洩給桃花知道。任何事情，個人能承的就一個人承住，不要無補地將另一顆心拉進痛苦裏來。於是我沉默，我孤獨，我感到了掉單的悲哀。

很多話，能夠對親人說，卻不能對朋友說；有些話能夠對朋友說，但不能跟親人說。我眼前就迫切需要朋友，想同他們坦然釋放胸中的淤氣，讓我把快將窒息的心跳舒緩過來。然而，他們皆棄我而去，逃之夭夭。

起屋，大梅子來幫我吃了幾天大苦。我結婚以後，她曾來過一次，僅僅那麼一次，然後她就嫁人了。

大梅子那天來下雨。我同桃花正在切蘿蔔穿串兒，掛在牆上做蘿蔔乾兒。大梅子一到，我們停下手中的一切，搬凳子陪大梅子坐。大梅子探頭到房屋裏看，出後門看我們陽溝的一方小水井。她靜靜地，看得很仔細，還揭開我的鍋蓋，就同民政的幹部下農村訪貧問苦。到後她坐下來，臉上洋溢著得體的、十分和諧的微笑，說：「行，只要有了紮頭的場子，兩個人做，會慢慢轉好。」

桃花趕緊把話接到嘴裏：「撐個空架子，該一身的賬，說起這，日夜睡不著。」

大梅子說：「拉錢負債是有的，一點賬莫怕，兩口子有個商量，和氣生

財，還起來快。」

我指著桃花道：「她是蠻著急，急得睡覺橫站起，雙眼閉得緊緊的。」

兩個女人頓時被我逗得靦腆地笑了，面龐皆湧起好看的紅暈。

坐會兒，趁說到熱鬧處，桃花不聲不響打後門出去。以為她到水井裏舀水漂蘿蔔，隔會兒，依還從後門裏進來。這時，大梅子颼地起身，幾步搶到灶屋裏。緊的緊張，不知發生什麼大不了的事情，待探頭一望，兩個女人的四隻肘子打架一樣絞在一起。

大梅子說：「你莫弄。」

桃花說：「你鬆手。」

我問她們為什麼，桃花說：「你莫管。」

大梅子說：「你這樣，我走的，坐就不坐。」

大梅子力氣大，終於從桃花手裏繳個什麼東西過來，細看，是一子掛麵。桃花不服氣說：「太固執。」然後把臉轉向我：「屋裏沒得好的，我想借子掛麵，她生死地把我捉住。」

「唉呀，」我說，「糊粥麵飯隨便弄，大梅子不會見外。」

「包穀麵沒得的！」桃花陡然把聲氣一矮，我這才知道問題嚴重，一時惶然無措。

桃花把臉一低，自語道：「接就接不來的客，連糊粥麵飯都端不出一碗，臉往哪兒擱。」

大梅子坐回凳上，又立即走過來，攀住桃花的肩：「桃花兒，莫這樣。」

桃花抬起臉：「你對明子好，對我也好，我們記得，只是眼前沒得法。你、你個兒走一步好些，我們鬧得不叫一戶人家……」

說著淚水便淌出來了。兩個女人緊緊地摟在一起……

大梅子出嫁不多時，蔡長斌在百羊寨修路落兩個錢，回家買點兒木料，趕做幾件家業，一溜煙往沙洋奔去。我的親人——哥哥的工作調動終於有了指望，今年暑假，我同長林、長勳三兄弟將哥哥送回枝江。回轉的路上，身子彷彿讓斧子劈去半邊，走路走不穩，老是往一邊歪。一望到蒼涼的窮山，望到天空中停留的烏雲，就聯想到村中幾尊厭惡的面孔，還有那可怕的饑餓，恨不得學屈原跳江！

一個二個全都離我而去，遠遠地躲著，盡我孤苦伶仃。而今被人視為盜賊，你們還不曾知道。我想申辯，想訴苦，想發洩，可就是看不到你們熟悉的身影！

　　不過，當我沉靜下來，細思默想，就打你們在我的跟前，滔滔地敘述一陣，又能起多大作用呢？說不定你我都成了同類。既然如此，我倒又原諒佩服你們了：走得好，走得對，哪怕我窩在山旮旯裏孤寂、遭殃，我仍然要堅持向你們祝福。

　　早晨天沒亮，喝碗瓜葉湯，吃個到心不到肚，上孟家嶺揹洋芋種。走時跟桃花說：「今兒天不出坡，跟隊長請個假，文兒沒得人招呼。」

　　桃花嘴上答應得好，待我前腳一走，她照例揹著文兒出工。我揹著一百四十斤洋芋種，從往返三十多里山路的孟家嶺趕回來，腳腰快要斷了，疼得落不得地。饑餓幾次差點兒將我扳倒。路上遠遠地想，回家管它瓜葉湯、苔糊粥，喝個八大碗倒頭就睡。實則不然，在我還沒拿腳進門之前，桃花已提前躺在床上了。

　　文兒坐在大門口，臉上被蠓蟲兒叮得紅疙瘩一個挨一個，掛著副驚恐未定的哭相；一雙可憐的、求助的眼睛望著我，彷彿我一回來，一臉的紅疙瘩立即會拿掉，趕緊站起來把我的褲腿子揪住。

　　聽到我放揹子打杵的響動，么姨趕忙從灶屋裏走了過來，其時正弄兩個紅棗子，熬糊粥桃花喝。她用疼人的目光瞧我，小聲叮囑道：「莫心焦八奈，不興吵她，聽到嗎？」

　　我一步叉進房裏，桃花犯了錯誤似的，從床上坐起。

　　「怎麼搞的？」

　　桃花有氣無力應道：「我也不曉得怎麼鬧的，腦殼一暈，倒地上就不省人事。難為么姨和嫂子把我們母子倆揹起回來。」

　　「叫你不要出坡，你偏要……」

　　正待怨她，么姨進來短我的言：「主要是體子虛，引產兩個娃子，口說小生，其實跟大生的一樣。月子裏也沒蓄到，虧血虧氣，身子根本就沒復原。瘦得臉上一張黑皮搭起，苦得跟牛樣，不滾往哪兒飛？不要緊，歇兩天就好的，我回去跟你姨爹說一聲就是。」

岳母匆匆從家裏趕過來，一雙眼睛彷彿哭過，紅絲絲的，跟正準備回家的么姨碰個滿面。二人站大門口，咕嚕咕嚕不知說的什麼，從表情上斷定似乎在敘述到一種驚駭。么姨走了，岳母在臉上揉了一把，進房中跟桃花說話。

　　這夜我們幾乎沒睡。文兒急性支氣管炎發作，喉嚨裏哮音老遠都聽得到，咳嗽起來渾身猛烈抽搐。小兒不裝病，看到孩兒讓病魔折騰的可憐樣兒，心裏疼化了。我知道哮喘病的厲害，躬著腰會減輕些痛苦。便將文兒放到肩上，不停地抖動，屋裏轉圈。文兒非常懂事，面對病痛，不哭不鬧，乖乖地把小腦袋靠在我的頸項邊，配合著我的走動，共同跟病魔展開搏鬥。

　　桃花見我轉了半夜，呻吟著爬起來，想接過文兒換我歇會兒。我推開她，拒絕了她這個要求。桃花似乎意識到一些什麼，沒吭聲，快快地回床上躺著。她這一舉動使我很不滿意，倘若堅持會兒，強烈要求換人，也許我會把文兒給她，但她這麼賭氣似的躺回床上，心裏便有點發毛。幸好文兒慢慢入睡，我也漸漸不支，和衣往床上歪去。

　　次日男勞力到街上上糞。人能等車一天，車不等人一時。跑到街上，汽車沒來，大家將糞筐、撮箕都裝得滿滿的，坐糞邊上等。

　　這時我看見吳同志從西街過來，迎過去叫了一聲。吳同志眉頭一挑，緊跟著問：「我叫你修改的稿子呢？忘記了嗎？」

　　「交給業務股的伍股長了，他說轉給您的，怎麼，沒有轉到？」

　　「唉呀，你！我等你等了半個月，稿子都進了排字車間。你、你趕快把稿子拿來。」

　　我顧不得糞手糞腳，直奔文化局，看見伍股長，開口找他要稿子。

　　伍股長眨著他的紅眼睛，楞了半晌道：「什麼……什麼稿子？」

　　「上次請您轉給吳同志的那篇稿子。」

　　他哦了一聲，彷彿回憶到曾經發生過這麼一件事情，說：「我找找看。」兩隻細腿明顯加快活動節奏，辦公室裏翻翻，忽而又上了樓，到頭仍然給了我一個失望的答覆：「改日再過細找找，好吧？既然收到，總不會丟的。」

　　我當時確實有些氣惱，可又不能發作，轉身就走。伍股長追上來，拍著我的肩膀，噴著酒氣的嘴角翕動著，笑嘻嘻支吾道：

　　「年輕人搞創作，首先創作的目的要明確，呃……」

等伍股長閉了口，我認真思量起來，這話似乎聽到過好幾遍了：那次吳同志跟我談稿子意見，他站在旁邊，雙手捧著個茶杯，無頭無引插進這麼一句話來。前些時我來送稿，他同樣是這麼說的。由此我忽然記起大隊幹部說我「創作動機不純」的鬼話，兩種說法不同，意思倒是相近。世界上存在著沒有目的的事情嗎？任何事情，做起來都有目的，大事有大目的，小事有小目的。陶行知的〈努力〉教導我：

先把腳步兒站穩
再把目標選定
……
努力，努力
創造個好命運
自己的力量要盡

告訴你們，我的目的明確得很，二十歲以前已經選定。蘿蔔半腰深，何須屎來淋！

腳腰的疼痛照例折磨著我，加上昨天熬夜，昏昏沉沉熬過一天。晚上，爬回家剛坐著，蔡德偉會我說話：「對不起，沒有沖過。最好想法把它處清，招架大隊尋因由搞你的事。」

送走蔡德偉，我自語道：「兔子逼發急也咬人，我等著，看你們對老子怎麼下手。」

桃花在我後頭進的門，看樣子奈不何揹著文兒走路，將他牽在手裏。文兒似乎也在堅持，咳嗽使他的腳步兒很亂，蚊蟲在他的臉上又添了些紅疙瘩。母子倆黃皮蔫蔫，一步三歪，倒像一家子！我氣得說不出話，用憤怒的目光迎接他們進門。

桃花挨不到屋似的，進門兩手一鬆，鋤頭跟文兒一起從她手裏掉了。呻吟不斷，灰也來不及洗，和身往床上一倒。我跟過去，當時的樣子一定很可怕，眼睛都瞅疼了，半晌才衝床上惡狠狠道：「什麼把戲？」

桃花不知道我瞪了她一個時辰，倒拖著病腔吩咐我：「煮的紅苕、蘿蔔

撿在筲箕裏，弄點兒瓜葉湯，跟文兒倆吃。」

「住嘴！歸你起來弄。誰個讓你坡裏去的？坡裏離不得你，是嗎？么姨明明給你請了假，你且裝硬氣漢。昨夜還沒把我們害苦，今兒天又害，害得一家人倒床你才甘心。自討的，病死沒得人遺念。文兒，喊你媽起來，起來弄飯我們吃！」

文兒坐在小椅上，腦殼無力地靠著橫木，眼睛半睜半閉，對眼前的生活彷彿厭倦慣了，平平靜靜，不吱一聲。一個巴掌拍不響，咆哮一陣，桃花跟文兒都不睬我，只好回頭對付饑餓，燒火煮湯。

我把蒸熱的紅苕遞給文兒，文兒不往嘴裏餵，倒走進房裏遞給他媽。「你吃，媽這會兒不想吃。」聽到桃花說話，我嚷道：「文兒，不要管她，我們個兒吃。」文兒大約猶豫一陣子才走了出來。

挨灶台支張小木桌，爺兒父子縮在那兒吃。看情形文兒的病跟昨夜持平，急促的哮喘聲呼嚕呼嚕直響，雖病成這樣，可他的飯量不減。昏黃的燈光照到他青色的小臉上，嘴裏的紅苕將腮幫撐起兩個大包，不停地蠕動，吃得十分用心。

我說：「文兒，你一月定量九斤，開始我們還能從你身上賺點兒，現在不賺只貼。」

文兒不吭聲。

我又說：「你大爹九歲『舌戰群儒』，跟他們爭定量；還有你二爺跟你六四叔為吃飯『父子革命』的動人場面……」

文兒照例只顧在平息他的饑餓，我立即意識到自己是在對牛彈琴，趕忙把話斷掉。

肚子一飽，心腸跟著軟了。我到房裏點上燈，轉身回灶屋用啞語告訴文兒，叫他把紅苕跟菜湯，端給他媽吃。文兒似乎樂意效勞，一宗一宗往房屋裏端。我站在窗外暗處，聽到裏頭在說話，在動嘴兒吃，懸著的心也隨之放了下來。

早晨的空氣潮濕，蠓蟲一團一團，飛得很低。煩悶異常，眼睛睜不起，渾身像淋了醋。太陽從廟垣那兒升起來，陽光是淡紅色的，無力地照到大柏樹的尖頂，然後照到嶺上。嚴永明站在嶺上，迎著淡紅色的陽光朝村裏喊工。

「今天不准出坡。」這是我清早起床的第一句話，說得輕，落得重。

桃花慢慢開了口：「橫直叫我不出坡，不出坡怎麼搞呢？」

「天要塌。」

「歇駕倒是好，就是肚兒裏不大好過，分點糧食像化雪的……」

「勸你說個別的好吧？我的意思是說，累死累活為幾個工分划不來。」

「困得死死的，沒得個別的可做。一些人頭天滾坡裏，第二天照樣往坡裏晃，晃的啥兒？晃的二兩工分糧。管它的，二兩糧食那怕少些，總是在添。」

「假若病巴床上，你說算哪個的？」

「生死有一定，人要害病盡它害。」

「不盤到坡裏吹，文兒不得病。」

「他要病，不吹也得病；他不病，吹也吹不病。」

總認為我的話桃花沒有聽懂，辜負我的一片好意，十分窩火。桃花跋起挖鋤出門，我一把給她奪了下來。奪下來，她跋上，我再奪，卻被她攥得很緊，使我真正領略到她的倔強。頓時煩了，往出一推，說：「盡她去，文兒，過來，我招呼你，我們倆寫字。」

桃花看見我要在屋裏耽擱，心中不平衡，氣道：「寫猴子，看你寫得出糧食來。」

這話像點了我的穴道，刺得我打個戰慄，說：「猴子也要寫，寫不出糧食也得寫！」

「一冬三個月像個螺螄殼殼兒，三天兩頭扎屋裏，春上吃蝨子就沒得人捉。」

我有病，我自己害，可別人說不得，一說像挖了我的祖墳。桃花的口氣倒正合那些幹部的腔調，自尊心受到極大傷害，一時火冒八丈，嚷道：「螺螄殼殼兒當初在搞啥兒？」

「當初瞎眼睛！」

「再說一遍！」

「瞎眼睛！」

幾乎就在「瞎眼睛」的同時，一拐脖兒敲到她頭上。

桃花揪住我拎：「你打你打，今兒天讓你把我打死……」

下不得心打桃花，警告一下便是，可桃花不鬆手，揮動胳膊朝我亂打，根本打不疼。煩了又是一拐脖兒。桃花不抍，也許挨那麼一下，越抍，拐脖越多。到後不抍了，捧著腦殼歪地上號啕：「那會兒瞎眼睛，怎麼跟這個兇暴的呀——，我的命苦，我活不出來的嘍——」

文兒護他的媽，守在桃花身邊哭喊。桃花將文兒往懷裏一攬，哭得更加起勁，更加傷心，一時屋裏翻天。

哭聲驚動大家，門前站的有人，村道上有人伸長頸項在打聽，有的圍著桃花勸，有的瞅著我看。么爹走到我的跟前：「早晨好好的，怎麼鬧起來了？走一步，到我那兒坐去。」

臉皮撕破，不怕丟人現眼，我轟地衝出門，嚷道：「找蔡德陸打手續——離婚，這樣的媳婦子不要了！」

衝下稻場坎，迎面碰到父親提著煙袋上來。父親睜大眼睛問我：「剛才說的啥兒？沒聽到，再說一遍。」

「離婚！」

「放你媽的屁，自己也不屙泡稀屎照照，多大個用處，還離婚，離你媽的黃昏，轉來！」

福爺迎面將我攔住，福爺的拐棍在地上兩拄，平平和和跟我說：「明子，兩口子打架現說起，一無冤二無仇，怎麼動不動就扯到離婚？這話說得不好。老輩子的古話：能拆十座廟，不拆一道婚。這不是泥巴果果兒，說要就要，想甩就甩。聽我這個爺爺的話，轉去。」見我呆那兒，緊接著勸道：「兩口帶個娃娃兒，過得好好的，怎麼想起來說這個話？桃花兒能幹又會事，一天到晚忙得不住腳手，你享她的福。兩口子別勁別得塌，兩兄弟別勁別得發。莫別，回去。」

正躊躇著，幾位嬸嬸跟嫂子跑過來，拿指頭搗著我的鼻子說：「明娃子，為什麼打我們的桃花兒？那會兒住豬圈裏，造孽死了，誰個要你？桃花兒幫你脫磚，幫你起屋，給你生個兒子，把家撐起，哪點兒對不起你？人在福中不知福。跟你說，這次是初犯，二回再這麼打桃花兒，我們都來幫忙，捧到你打！」

她們劈臉將我數落一頓過後，撇過身去關心桃花。

父親拿著揹子跟打杵，往我面前一丟，跟當年他跟繼母打架、祖母攔他揹炭一個情形，說：「不大離了，奈得何打人了。卡門子底下揹糞去，走！」

屋裏亂哄哄的，個個說我的不是，不如走一步好，便揹起揹筐朝山下走。到路口，么爹攔在那兒，往我揹籠裏丟了個黑黢黢的麥麩子粑粑。

……

近一向坡裏天天有人餓翻，糞爺餓翻了，聾子爹餓翻了，騷鬍子餓翻了……。對付這種症候，人們在處置中積攢到一分經驗：不必驚動醫生，不須張揚，就近到農戶家裏借個鍋灶，不管糊粥、菜湯，快快地煮點兒端來；端的那個人掛著副飽經滄桑、莊重木然、而又不失幾分仁慈的面孔，往地上那個嘴裏一灌，昏迷中的人兒便省了人事，且能坐起來說話。前不久隊裏改田放炮，包穀大顆石子飛到劉老五的太陽窩那兒，如同一隻家雞，流的有二兩鮮血，往地上一倒，再也沒有爬起來了。

無論天晴下雨，這些長年在黃泥巴裏頭打滾的人們，自己都十分清楚：出坡，忍饑挨餓；不出坡，將餓得更狠。沒得二路，成天拖著個虛弱疲憊身子，在這兩難境地中苦苦掙扎。意志力還處在柔弱階段的小男碎女，實在抵不住饑餓的折磨，只好暗暗流淚。那些潑辣的媳婦和老婆子，她們不光忍受饑餓，還有斷鹽斷油的苦惱，還得經受生老病苦這個人生大題目的摧殘和考驗；各種矛盾纏裹交織，一旦忍不住，就會毫無顧忌往田當中一坐，嚎喪一般吼吼大哭。哭聲飛得很遠，撞到對面南坡山上，撞到鷹屋崖上，反彈回來，迴旋田野上空，久久不肯散去。當哭聲來到人們的心上，彷彿是一首獻給生產隊的輓歌；由於詞、曲、唱同是一個人，聲音、氣息處理恰當，聽起來也就格外地使人動容。

那天孟家嶺揹洋芋種，跟蔡長春走一路，祝賀他說：「哥子，恭喜你官復原職。」

「什麼官？雞冠。」

「幾百條人命都在你手裏攥著，還不算官？真正有權的大官。」

「日程不好過嘍——」蔡長春歎道，「兩顆糧食明吃暗拿地去些，又捉強盜一偷，還有個屁，準備過火焰山。」

「定量保得住吧？」

「肯定要減。」

「哥子，再減連瓜葉湯就喝不上了。」

「兄弟，叫我也沒得法啊。」

「我看這不叫過日程，叫打亂仗。」

「打亂仗打亂仗，打到何年何月才收場！」

我們都一起苦笑起來。

有時我無近到遠地亂想，想到我們古人的口糧問題。據文獻記載，漢朝那會兒，每年人平口糧四百斤，到唐朝漲到七百斤。照此計算，我一家三口，三七二千一，老天爺，這麼多糧食倘若秤給我，屋裏還沒得家業裝它！傳說封建社會的人身個子大，動不動就是身高八尺，飯量也大。如今新社會的人聰明矮小，大約秀氣些，所以口糧便越吃越低。

有人講個「出埃及」的故事，說耶和華從天上降個大餅子下來，摩西他們五千個人一頓沒吃完。也許故事裏有個大餅子的緣故，一下就被記住。夜裏我便做了這樣一個美夢：忽然聽到村中有人煽動性地大叫：「快些搶餅子呀，快些搶餅子呀！」抬頭望去，果真有個餅子落在嶺上。餅子出奇地大。不分二隊一隊，不分男女老少，一起哄搶。有的用挖鋤挖，有的拿刀砍，有的使手掰。我猛力往下拽，餅子滿筋道，拽下一大塊，上面還連著幾小塊。桃花過來幫忙，抬不起，拖到地上，文兒也笑著攏來抬。抬到家門前，我朝大家喊：「不要搶，五千個人吃不完，多得很咧。」嘴裏這麼叫著，我卻又回過頭，跟著人們朝大餅子奔去──老遠看到有人在餅子跟前打架……

# 萬命回春

一九六一年食堂下放，救了大家的命，人們就把這個春天刻在心坎上。二十年後——一九八一年，天上彷彿裂開一道口子，一個不錯的春天再次降臨了。

燦爛的陽光噴薄而出，藍盈盈的天空儘管被四面的高山搪了不少去，給人的感覺仍然是無比的明朗和空曠。燕子又適時飛回來了，牠們的身影和飛行的姿態是那麼矯健和優美，在村子上空不停地發出動聽的呢喃。蒼老的山腳下，萬物勃發，新抽的嫩葉一天比一天茂盛，跟山頂上暗褐色的殘冬的老相形成鮮明的對比；不過老相要不多久，春天會同樣給它們披上好看的綠裝。

田坡裏的莊稼翠色滿目，若過細瞧去，顏色又各有不同：胡豆是淡藍的，豌豆是翠綠的，麥苗是純青的。豌豆和胡豆的小花很有些相像，都是紫白相間，在日照下開得熱熱鬧鬧。麥苗更好看：由於包穀同小麥間作，行距較寬，一行青油油的麥苗，一行剛剛播下包穀的紫褐色的白田，依山就勢，田坡彎彎，麥行彎彎，如同春姑娘舞動著的飄逸的裙帶。

我常說，要說畫家，農民才是真正的畫家，他們生來就被限定在一條沒有止境的藝術道路上跋涉：一年上頭，虔誠地站在凸凹不平的畫布跟前，用粗糙的雙手，揮動如椽巨筆，畫天地日月，畫山石田土，畫人間滄桑；顏色裏滲透著麥黃稻熟，筆鋒上凝聚著風雨雷電，創作出一幅幅靈動豪邁、驚天動地的偉大作品。所以，當我目睹到那些從畫室裏拿出來的畫作時，無論構圖還是色彩，都無法打動我一顆孤傲的心靈：因為我見過的畫，比紙張上畫的畫，要壯美、厚重、好看多了。

我嗦了半天，讀者也許煩了：「不錯的春天」不錯在哪呢？難道往年的春天就不吐翠開花？是呀，大自然塑造的春天個個嬌美，的確沒有什麼不同。然而，這個春天人們記得非常清楚，就在她溫柔的南風裏，不只是帶來

了如畫的春景，同時還帶來了一個人們嚮往已久、卻又難以置信的消息：劃地分田！

起初誰也不敢相信，在傳說這條消息的時候，首先要瞧瞧跟前有不有旁人，然後才敢發出小聲的議論。老天爺，平常哆淡話不打緊，這可不是玩的：集體的反義詞是什麼？單幹！毛主席鬧了幾十年的革命，鬧的就是這個。劉少奇當年想搞「三自一包」，結果怎樣？莫說這些平頭百姓，禍從嘴出，招架坐牢掉腦殼！人們擔驚受怕，倒是又驚又喜，如同脖子上架的有刀，一張嘴在激動心情的鼓動下，怎麼也抑制不住，不說會憋得害病。於是一傳十，十傳百，聲音便漸漸地大了。

我們這個大家庭照例是幹部的眼中釘，稍有波動，他們都感覺得到。尤其在這種時刻，我推算得出，早已有若干雙不懷好意的眼睛——觀察階級鬥爭新動向而攔在我們身上。說老實話，劃地分田的消息傳到耳朵裏，我心情激動的程度興許比別人強烈十倍。儘管如此，也不能溢於言表，得秤桿子掛路——步步留星（心）。

但是，一顆沸騰的心沒有地方宣洩也是不行的，隊裏一放工，我就往么爹那兒跑。我們這個大家庭眼下立的有五六個煙戶，平時窮事忙，走動少。說到散腳步兒，哪怕父親健在，么爹那兒卻是我們的首選。傍晚或者下雨進不得田，只要身子一閒，便往么爹那兒跑。別處兒坐心是懸的，么爹那兒不相同，雖說空坐一會兒，心情倒異常地舒暢踏實。說起來有趣兒，我們家那會兒養隻小花貓，也許受人的影響，喜歡去么爹那兒，一去就幫忙捉老鼠。

我說：「么爹，這一向像中邪的，瞌睡不知跑到哪兒去了。」

么爹問：「怎麼鬧的？」

「急，急著早點兒把田劃給我們。」

「不知消息到底屬不屬實？」

我極力維護著消息的真實性：

「無風不起浪，外面傳這麼兇，總是有個影兒的。說來好笑，嚴永明今兒天一炷香沒燒好，派工派不靈了。大家癱起個肚兒，躺蔭涼裏只顧議論分田，打雷扯閃喊不動。他氣得嘴裏起白泡子，假馬肏騾子拿出個本本兒記名字。」

么爹聽我說著，不插嘴，只是啞啞地笑，候我說完，他點頭道：

「我們隊跟你講的是一個故事：大夥恨不得明兒天就分，隊長把鬧得兇的都記本子上，一看就是大隊幹部的指使。有的死豬不怕開水燙，把隊長喊得應應的說：記個屁，老子、癱子掉井裏──橫直是一坐，隨你們整。」

「您莫多嘴，防備他們拿政治工分壓人。」

「嘴上不說，心裏還不是如同扇子在搧。」

「土地包給各家各戶，生產自己安排，出坡、放工自由，無任何人管制，那該多好哇。什麼資本主義、政治工分、懲口糧、打擊報復……都搞不成了。如今坡裏牛馬一樣做著，看不到一張好臉色，還挨吵受餓，這樣的鬼日程應該有個結束。」

「劉少奇搞『三自一包』，不但不准，把人家整死。這會兒一頭撞上南牆，回頭才想起人家說的是好話。你爺爺上的當小嗎？你婆婆在世經常講，土改那會兒，手藝不做了，把你爹和二爹都從街上扯回來分田。買耕牛置犁耙繩索，想多大個尺頭兒，以為管萬古千秋。結果呢？淘神費力，倒是替公家忙一場；後來連自己的機器也沒保住。」

「么爹您講的這一套，還不如花屋牆上用土紅水寫的標語清白：什麼耕者有其田啦、打土豪分田地啦、土地回老家合理又合法啦、愛社如家等等，如同掛的一部當代土地史，一目了然。」

「才幾年時間？先分後合，合攏又分，如同烙粑粑，翻過去一烙，翻過來一烙，把人無奈何。如今的事沒得反正，一幕戲唱不下去，從頭又來。叫我說，興許是上頭玩的個計謀，土地劃下來，盡你們弄，弄得個像模像樣，屁眼兒瘋一發，朝攏一合，又一個幹上坡。」

我發兩聲乾笑：「可不會這麼無信吧？」

「我先說後見。」

「唉呀，么爹，您莫潑冷水。管它烙粑粑、煎餅子，即使把土地包我種一年、兩年，也盡我過幾天人的生活！眼下就像一隻連腿的雞子，想奔脫繩索，想跑、想跳。我從來還沒這麼急過，起屋缺吃急，該賬急，都沒得這麼狠。以往沒說分田也是過的，而今聽到風就是雨，好著急。當前過一天，抵以往過一年！么爹，說老實話，我已經提前在享受分田的快樂：只想早日包

了田，三把兩下安上種，到外頭找零工做，掙錢還賬。桃花兒在家裏拖個豬兒，餵兩隻雞，務勞莊稼跟園子。最大的好處我還沒說：排除種種顧慮，自由安排時間讀書、寫作，再也不怕他們說長道短，懲我的口糧。」

「這可不由我們想的，事情要來，不急也來；事情不來，急也瞎急。」

早晨，太陽慢騰騰從廟垯那兒升起，傍晚，打鷹屋崖那兒落下。村後的鳳凰山老氣橫秋，巋然不動，春姑娘為它打扮的新裝眼前又變成老相。山腳下的縣城灰沉沉的，上空籠罩著一層不散的紫藍色的煙靄。香溪河南岸橫亙著的四條蒼龍般的山脈，朦朧中靜靜地躺著。說個不敬的話，我常常把它們比喻為四條鎖鏈：鎖住我們的手腳，遮擋我們的視線，禁錮我們的思想。從記事兒起，就一直恨它：山那邊是個什麼世界？山石田土是個什麼模樣兒？就因它的封鎖而使我茫然無知。

呢喃的春燕如今長成一隻穩健的秋燕，天氣涼了，牠們要離開這裏向南遷徙。望著牠們漸漸遠去的身影，恨不得托它們帶個口信，問問山那邊分田的事到底怎麼在搞。我倒又擔心牠們記性不好給忘記，講好還是自己變成一隻燕子，同牠們一道飛去。

「春風疑不到天涯，二月山城未見花。」急呀，盼呀，就像《西線無戰事》中的博伊默爾，成天看到的是飛機、坦克、炸彈、流血、死人、掩埋屍體。我們接觸的是泥土、糞堆、鋤頭、饑餓、勞累、疾苦。博伊默爾厭倦戰爭，渴望和平；我們厭倦貧困，渴望自主！

不過，從山外不斷吹來的南風裏，逐步證實了事情的可靠性，使消息由朦朧狀態而變得有了鼻子和眼睛。說安徽小崗村有個名叫嚴俊昌的農民，早在一九七八年那會兒，就組織起村民通過按指印兒，帶頭搞起了聯產承包。

好傢伙，一九七八──一九八一年，多麼漫長、難以忍耐的四年吶！記得文革那會兒，北京喊句口號，當天廣播裏就能聽到；北京搞打砸搶，不消三五天，全國都搞打砸搶，傳播速度快得驚人。然而，這麼一個關係億萬農民切身利益的大事，一路卻走得那麼小心，那麼遲緩。也就是說，嚴俊昌吃了四年飽飯之後，我們才勉強得到個消息，真是好事不出門，惡事傳千里！

我們的好公僕，鑽研馬列十分用功，成天抱著本本、文件看得目不轉睛。宗旨喊的為人民服務，實際做的並非如此。打江山那陣兒，需要人民，

就走群眾路線，江山一坐穩，忙著做官，群眾路線日漸淡化。他們和群眾並不在一個層面相處，可又不深入基層，研究現實，科學決策，如何將人們一步一步引導到健康的、良性的發展道路上來，而是注重管人，生怕「翻船」。當人們在水深火熱中，強烈的求生欲望促使他們自發地、創造性地探索出一條生路的時候，那些坐在太師椅上的官老爺並不感到羞恥，倒心有餘悸地掰著馬列著作，看符不符合哪條哪款，揣摩會不會影響穩定，搞不搞得，敢不敢鬆口。

人們針對當時情形，編個順口溜罵道：

上頭在放
下頭在望
中間一根抵門槓
抵他媽的娘

大夥等得不耐煩了，忍奈心達到極限，蔡家埡提前走向混亂。文革搞打砸搶、批人鬥人，是些小集團相互傾軋的亂。眼前的亂是一種群龍無首的、若干個個體自發行動而引起的狂亂。

首先遭殃的是樹木。

人們像一群瘋子，睖睜著一雙緊張、銳利的眼睛，手提刀斧，兇殘地撲向盯準的目標，那氣勢即使用九頭牛恐怕也拉拽不住。小時候撿菌子的那一片封山林子，半天時間，像剃頭一般砍了個抹零精光。田坡裏，改大寨田留下僅有的幾棵烏桕、核桃樹，沒等反應過來，早已有人將它們身首分離，抬著枝椏回家轉了。人們呼喊著，高叫著，樹木在斧斫中發出痛苦的呻吟。家中兒童、老人，只要拿得動一根柴的，傾巢出動，扛的扛，揹的揹，拖的拖，抬的抬，穿梭忙碌……

彷彿打仗，樹木光了，第一仗結束。緊接著，人們把目光轉向倉庫和養豬廠，打第二仗。

抬槽磨，揹風斗，扛犁耙，搶糧櫃，提銅刀，抱曬席，拿柳簸……凡是集體的東西，拿得動的就拿，拿不動的就揹，揹不動的就抬，好比戰後收拾

勝利品。蔡長勳跑慢一步，什麼也沒撈著，一氣之下，將倉庫的兩扇大板門卸下來，運回家中。除此而外，隊裏請汽車拉到卡門子那兒的糞堆，也被一些腿快的跑去劃了記號，據為己有。

一雙手只能捧一個麻雀兒，我除砍八棵杉樹，桃花搶兩把連枷，別的都撲了空。

傍晚，聾子爹不知從什麼地方回來，聽說隊裏的東西一搶而光，跑到嶺上打滾放賴，找到嚴永明罵：「……老子那會兒入社，耕牛、犁耙一套響，還有兩口木櫃和一口大瓦缸。我的東西我認得，還給我。——隊裏搞了幾十年，豁鼻子針就沒拿到一口，叫我怎麼好想啊——啊……」

沒人出坡幹活兒了，田野裏出現少有的寧靜。那棟失去門扇的大倉庫，如同一位掉了門牙的老人，被淒涼地冷落在那兒。大夥雖說不出工，卻比以往更忙：預備種子呀，割草積肥呀，張羅農具呀，一心一意迎接分田劃地的到來。隊裏搭了幾十年的鬧台，眨個眼睛，變成一個空架子。一些老黨員面對當時情景，感歎道：「革命革了幾十年，一夜回到解放前。」他們是動了真感情的，說這話時眼角裏含的有淚。


那天我又收到張代友同志一封來信，告訴我：宜昌地區今年將舉行首屆農村文藝調演，各縣不能缺席。鑑此，縣文化局擬定開辦一個文藝創作學習班，調演的節目從學習班上產生。叫我不誤時機，抓緊時間創作，屆時約我參加。

這有什麼問題？時下心情舒暢，思想活躍異常，況且題材不缺少，自己正投身在火熱的生活漩渦當中。心想，假如照從前在隊裏，鐵桶一個，不管辦什麼班，通知漏了恐怕也輪不到我的頭上。

學習班辦在高山榛子嶺上，開始由縣文化館郭老師主持，日程安排得非常緊湊：上午聽課，下午讀劇本，討論劇本。郭老師是位音樂工作者，身材勻稱秀氣，文文靜靜。尋常臉上總愛掛著淡淡的微笑；通過這種微笑，似乎讓人目睹到內心的平和和美好。街上撿糞我認識他，他不認識我，但見面卻十分親密。他拍著我的瘦肩膀，笑盈盈道：「明子，怎麼樣啊？」

「滿好。」

「老師講的全是文學類，許多業餘作者一時還消化不了，但對你滿合

適。文學這個東西，實踐固然重要，理論上也應該瞭解一些。」

《長江文藝》編輯部的劉岱老師講〈文學與生活的關係〉；詩人劉不朽講〈文學手法與技巧〉；作家鄒國培講〈寫作與讀書〉。這是我第一次系統地接受文學理論知識，我的封閉的、愚笨的心靈彷彿被老師開啟一扇智慧的視窗，頓時變得開通、聰明起來。

沒過多久，文化局馮駿祥局長趕上來了，帶來電影隊，那位姓伍的股長也夾在其中。單是不見吳同志，一問才知道已調到縣廣播局任局長去了。馮局長是部隊轉業幹部，上身穿件雪白的襯衫，下身依舊穿的黃褲子。他面容慈善而嚴肅，不苟言笑，卻平易近人；說話辦事平實而果斷，走路也非常快，處處顯示出一位軍人的良好素養。

前後二十多天的學習生活，收穫是不用說的。記得從家裏走，順便帶篇小說稿子，抽空謄正，跟劇本一同交了上去。可沒料到，兩件小東西雙雙評得創作二等獎，獎金十四元。那會兒劉不朽老師在地區群藝館任館長，主辦一份文藝刊物《屈風》。小說稿子被他拿去，將予以發表，這事在學員中引起個小小的震動：它不僅是我個人的成績，同時也算得學習班上結的個小果實。馮局長歡喜，我也歡喜。

當晚，馮局長把我喚過去談話，詳細詢問了我的家庭及創作方面的情況，到後安排我在總結會上發言。

我忐忑半天，說什麼？怎麼說？面對著領導、老師，還有那麼多專業的、業餘的作者，感慨萬千，不知從何起頭。

馮局長坐在前排，望著我，目光裏滿含著親切的期待，鼓勵道：「莫拘束，怎麼做的怎麼說。」

一時開竅，渾身陡然上來勇氣，從我十八九歲立下寫作志向的時候講起，講自己在饑餓掙扎中，在狹窄發臭的豬圈裏，如何戰勝孤獨，克服困難；如何讓意志服從我的目標，螞蟻爬大山似的，堅持不懈地在創作道路上攀爬的種種艱難情形。記得說到末了兒，竟不知天高地厚地表了個態：力爭三十五歲以前，創作出比較成功的作品，向在坐的各位彙報。

這時劉不朽老師問我：「今年多大？」

「三十歲。」

劉老師猶疑會兒，大約不好當著大家的面兒潑我的冷水，只好就勢兒勉勵我說：「要努力！」接著又以嚴父般的口吻勸道：「千萬不要『觸電』搞電影劇本，它會分散你的精力，吃虧不討好！」

這次有幸會到我的一位本家——蔡心兄弟。族譜上記載：進山公公蔡文先有三個兒子，大兒子蔡榮住余仕坡，稱大房，蔡華、蔡斌住蔡家埡，稱二房和三房（么房）。蔡心是大房的子孫。不起眼兒的是，他才二十出頭，竟在榛子公社財政所裏當上所長。

學習班結束那天，馮局長把我跟蔡心叫到跟前：「二位小蔡，一個寫詩，一個寫小說，都有才，好好幹。」

臨走又特別囑咐我：「城關公社成立文化站，回家好好複習功課，準備報考文化站。」

按照人們的意願，土地終於劃下來了。蔡家埡從騷動混亂狀態裏擺脫出來，迅速轉入緊張有序的備耕冬播的繁忙當中。白天夜晚，村子裏到處在說話，到處在談論土地、肥料、種子、耕牛。當了幾十年的農民，沒操心過這些事，如今呼啦一下來到頭上，免不了打點兒亂仗。但大夥心裏明白，萬事開頭難，只要眼前冬播安上種，喘過這口氣，明年的春耕就不怕了。所以儘管著急受忙，人們的精神面貌仍然可以用揚眉吐氣的詞語來形容。他們走路的步子放快，腰背比從前挺直許多，說話的腔調也在變。比如「我預備這塊地裏種胡豆，明年搶一季早荏」、「大灣裏朝陽，我把那兒點上油菜」、「嚴家埡風大，我想來季豌豆」等等，句句用的是當家做主的口氣。

從嶺上發出來的、隊長專門用於催工的大嗓門兒悄悄退出歷史舞台。眼下個個成了隊長，人人都有積極性，全村上下找不到一個閒人。天剛濛濛亮，頑童們牽著按戶分下來的耕牛在田埂上吃草；一些老人摸到地裏撿石頭，扯雜草，燃起野火燒燔田邊地角的草柯；婦女選種子，曬糞；年輕的男子揎腳打杵，送肥下田……大膽地在土地上行使自己的權利。

土地按人頭劃分，人平一畝，我劃地三畝。那會兒桃花挺個大肚子，臨時臨月，就是不生，差點兒把人急死。暗中向觀音娘娘祈禱，保佑娃娃快些墜地，即使提前一天也行。心誠則靈，眼看土地快要劃盡分光，我女兒出生

了。其時好田已經劃完，散方案從頭來不可能，只好將桐樹包的一畝薄地補給我們。鬆下口氣，管它薄地、肥地，娃兒總算有了立命之基。我父親歡喜得了不得，說：「行，那裏是我們的祖田，老輩子保佑，交到我們手裏，好生種，保守住。」

我站在熟悉而又古老的土地上，順著田坎從這頭走到那頭，從那頭走到這頭，彷彿在丈量歷史與現實的距離。此時的心情，倘叫我說，說不出來，倘叫我寫，寫不成器，只覺得自己從來沒有承受過這麼多的甜蜜和幸福。只想碰見個人——什麼人都行，說上一陣話，把歡樂掰點兒出來，讓對方跟我一道享受。講來大家也許覺得過分，激蕩的心情弄得我差點兒失去理智，像瘋子一樣到田野裏狂奔，亂呼亂嚎。癡氣到底按捺不住，猛然朝地上一倒，打起滾兒來。

陶醉的身子彷彿滾在一個巨人的胸膛上，滾在一位女人溫馨的懷抱裏。切實感到大地那宏大的脈搏，正好與我的心跳發生著強烈的共振，彷彿整個地球在呼吸、在動、跟我的心靈相通！

天空藍得那麼深沉，那麼悠遠，那麼可愛；如棉的白雲一團一團的，平穩、悠閒地朝著鳳凰山的背後飄去。鳳凰山在陽光的照耀下，在藍天的襯托中，更加雄偉挺拔；雄鷹在半山腰自由盤旋，還不時傳來喜鵲的清音、小鳥的歌唱……

我捧起一捧潮濕的泥土，仔細端詳著，吸食它散發出來的沁人心脾的芬芳，恨不得當飯把它吃進肚裏。土地，久違的土地，相思太久，等你太苦。如此執著地迷戀知道為什麼吧？幾十年的交道，我深刻體驗到你的價值，你的貴重，你的偉大！儘管讓人吃了許多年苦頭，你終於還是來了，終於讓我們看到了一片絢爛的曙光。我默默地注視著地裏的石子、野草、落葉、還有蹦躂的螞蚱，低飛的瓢蟲，禁不住幾聲狂叫：「從今以後，你們都歸我管。聽到了吧？親愛的，我們都是一起的！」

中午桃花不見我回家，便打點兒疙瘩湯使文兒送來。文兒遠遠地叫我，可憐的身影被一碗飯累得腳步踉蹌，我趕緊奔過去接。孩子這麼過早地融入生活，一時心中軟軟的，疼愛之餘，倒又覺得欣慰。田裏吃中飯畢竟是稀少的事情，把大地當桌，石頭當凳，自有一番野趣。捧著飯碗，疙瘩湯熱乎

乎冒氣，上面浮幾節蔥葉，香氣盈然。使我一下意識到，我還有四口人的小家，有女人，有孩子。彷彿看到了桃花做飯的情形，看到了一個女人對丈夫的溫暖和愛心，只覺得世上人好物好，件件皆真。

我撫摸著文兒的腦袋瓜說：「謝謝你送飯。看爸爸挖田，這兒，那兒，都是我們家的。中間種麥子，邊上種南瓜、種甘蔗。到明年陽雀開叫的時候，叫媽發麥子粑粑，盡你吃。南瓜長的有車輪子那麼大，收的甘蔗都歸你，好嗎？」

文兒聽信了我的話，眼睛裏轉動著快樂的光彩。

肥料是莊稼的口糧，不可馬虎。趕早上山砍捆柯子回家，學習糞爺做糞：把平時掃的地灰、渣滓，放到柯子上燒，然後使篩子一過。家裏攢的兩個桐枯餅，弄碓裏舂碎，跟火糞和一起，拌上大糞攏堆。這麼製作出來的三合一的肥料，種小麥滿行。

寒露的豆，霜降的麥。鳳凰山上的櫨木葉子在霜浸露染中，從山上朝下紅，一直紅到山根前，種田的季節到了。

那天我自己耕田，父親撒種。一聲吆喝，耕牛邁動穩重的四蹄，犁鏵翻開栗褐色的土地，泥土的芬芳迅速瀰滿一田。父親高興，微笑使他臉上的皺紋始終沒有散褶。他提著籃子，抓起混合著糞麵兒的麥種，一揚一揚，種子均勻地落在犁溝裏。順口誇道：「這點兒糞做得好，比用錢買的複合肥還拿力些，抓手裏衝眼睛。種大苗粗，糞好爛穀。明年的麥子芽發芽，茬發茬，收它個幾千斤，吃不完，用不盡。」

聽到父親的封贈，眼前彷彿浮現出麥浪翻滾、喜獲豐收的繁忙景象，心裏甜滋滋的。

早晨下田，父親就一直在叨叨不絕地憶苦思甜：從祖父十一歲賣田，如何安埋老太太；祖母扯娃娃「灘」，如何耕種桐樹包那點兒薄地度日；土改分田，又如何入社等等，說的盡是關於土地的傷心往事。他飽含深情歎道：

「我以為生產隊搞得一輩子，做夢就沒想到，農民也有轉運的日期。看，你們四畝，我們六畝，加上你么爹的、三爹的、二媽的——駭天，二三十畝！假若你婆婆爺爺在世，不曉得有幾歡喜。」

「還有二爹。」我說。

「是啊，有飯吃，二爹不會死。」

「昨兒做夢，為口糧跟隊長吵架。」

「造孽，往後就好的。」

四畝地，剛好兩個牛工，完事。在隊裏至少一個半月，有時拖到兩個月才洗犁，而今全隊只十來天，冬播結束！

短篇小說在《屈風》冬季號上發表了，收到刊物，我的手在拆開信封的時候有些哆嗦。小說的題目是劉不朽老師重新給取的，且配幅插圖，使得這點小東西在讀者面前更具備了一點兒文學意味。蔡心兄弟的十多首詩歌，跟我的小說一道，放在「新人第一篇」欄目裏推出。捧著雜誌，把臉緊緊地貼上去，像親嘴一樣聞著紙墨的幽香。接下來孤芳自賞一氣讀上三遍，到後依然不肯鬆手。

自從立下寫作志向，距今十來年了。十年，以人生旅程計，這是一個不短的距離。自己處在學識和物質的極端貧乏的困厄中，克服常人難以想像的種種困難，實現了自己多年的夢想。當這幸福時刻到來的時候，我竟又感覺到是那麼突然，不敢承認眼前的事實：一個個、一行行彷彿具有著生命的鉛字，是本人筆下的產物？每個句子，每個標點，全是我個人思維的結晶？經過仔細回味，確認無誤，心情又重新回到激動中。

添人進口，分田得地，跟著發表小說，看情形確實在往好運上走。原本就很穩固的寫作信念，眼下更趨穩固。自信是生命的力量，這種力量在我身上越發顯得充沛。

首先想到了許多關愛過我的親朋好友，想到哥哥，想到長斌，想到大梅子……得一一寫封信去，讓他們都來分享我的快樂。與此同時，也毫無例外地想到了那些說我寫作是「瞎子點燈」的預言家們，事實給了他們一個回擊。真想拿著小說去會會他們，當然，我知道這純粹是個淺薄、愚蠢的做法，不可為之，但禁不住要那麼去想。

當天晚上，我把消息第一個告訴了桃花：「我的小說發表了，登在這本書裏頭。」

桃花知道我上次在學習班上弄了十四塊錢，認為寫作同樣有搞頭，笑著

問：「還把不把錢？」

「沒說個別的，光在說錢。」埋怨過後我想，站在她的位置上，不說錢說什麼呢？說小說的功能？說文學的偉大？便趕緊找補道：「從前有稿費，文革打滅了，現在有不有說不到。」

沒過多長時間，收到八塊錢稿費。除此，劉不朽老師郵來一套《諾貝爾文學獎金獲獎作家作品選》。圖書裝幀精美，寶藍色封面，光滑照人，莊重大方的黑體字上頭燙著一層金粉，十分典雅。恰巧，哥哥買部《文學描寫辭典‧小說部分》，正好也是兩本，一起來到我的手上。文革使文化沙漠化，在當時能得到這些書，很不容易。把書捧在手上，彷彿擁抱了世界上的文學巨匠，彷彿擁有了一份價值連城的資產，成了天下幸福第一人！

桃花見我興奮，說：「有錢買種，無錢買苗。你得書，八塊錢給我，正好買得到兩百斤洋芋種。」

「這倒是正用，有什麼話說？給。」

……

　　種完田，過農閒
　　女人收拾回娘家
　　男人揹腳去掙錢
　　一家一小要過年

這是老輩子流傳下來的歌謠。隊裏悶倦時，我們常常聽老輩子講上四川揹鹽，揹石膏過保康，揹香菌、木耳下宜昌的故事。

現今，修的有四通八達的公路，揹長腳的情形幾乎看不見了。種完田，我們也不用去揹腳，不用集中到亂石灘子上戰天鬥地——改大寨田了，天天躥到街上，找工做，掙錢。

先前在隊裏挨整受壓、政治工分的受害者，像我么爹、蔡德楷、蔡德全……這批角色，一出卡門子就有人相信。他們在街上熟人熟事，找工、帶工，一時由幹部的眼中釘變成了大夥信賴的包工頭。

我跟著么爹在陡城後頭給招待所裏砌院牆。共計二十多號人，天一粉亮

就往山下奔，走攏撿起傢伙就搞事。個個帶有中飯，家中一點兒硬糧食——包穀麵幾乎都省給下力的人吃。清一色的銅罐，裝半罐水煮青菜，浮面添幾坨麵飯。快近中午，野坡裏燒堆火，將銅罐放進火裏煨著。

中午儘管一口菜飯，么爹想酒喝，派我上街打。路過大橋頭，碰著學習班上的一位姓陳的同學。他首先同我打招呼：「蔡作家，你好。」

我說：「什麼作家寫家，喊得我站的去處兒就沒得。喂，馮局長要我們複習功課，什麼時候考，有消息嗎？」

他聰明的眼神裏彷彿隱藏著一種祕密，盯著我的臉笑。

「複習得怎麼樣？」我又問。

他照例眨動著雙眼，噗嗤一笑說：「我已經到文化站報到好些時了。」

這時我也笑了。說實在話，我沒有絲毫的嫉妒之心，並由衷地向他祝賀。那陣兒，分田劃地以後，心情十分開朗：以前的什麼想讀書啊，農轉非啊，拿月級工資啊等那浪漫的、五彩繽紛的美夢，做還是在做，可遠遠沒有年輕時的強烈了；處心積慮想褪掉身上那層農民苦皮的願望也沒有先前那麼急切了。心中十分清白，自己已經是兩個孩子的父親，對人生的追求、未來的憧憬，在歲月的磨礪中逐步變得實而具體。只是認為，從今往後，種田自己做主，把莊稼服侍好，有口飽飯吃就行了。其二，文學創作且不在急上，須將它安排處置到我一生的日程當中，如此時間一放長，生存的腳步便顯得格外從容、堅定。我想，只有保持如此心境，持之以恆，創作成功作品才略微有望。所以，對同學的上進表示祝賀，實屬發自內心，並非虛情假意。

一個冬春，難為么爹帶我做工，掙了三百多塊錢。除隊裏幾十塊錢的口糧款外，起屋、結婚、生子、引產……欠的大隊的、私人的，統統還了個一清二白。家中孩子大人一兩年沒穿過新衣服，這回都換了季。三十歲的我，第一次穿上用毛線織的衣服。原先打村裏走，碰到賬主子，就同媳婦兒在公公面前打個屁，別人不說自己不過意。這下好了，無賬一身輕，走路頭抬起，看人正面看，駝背也漸漸地伸直。

關於吃的，人們熬過冬季，迎來漫長的春季。生產從隊裏一下承包到戶，生產形式的新舊交替遇到生活上的青黃不接，這個春上便格外厲害。

人們從僅有的一點兒口糧中篩選出種子，餘下不多，生活苦上加苦。大人三天兩頭地頭轉悠，望麥苗拔節，望麥苗抽穗，望麥穗轉黃。

　　曉得春上不好過，去年耕麥子時，讓父親順田邊撒兩犁胡豆，眼下這兩犁胡豆且救了大駕。我告訴桃花：「屋裏除兩顆兒包穀種子，凡是能吃的都翻出來吃。胡豆米還沒熟先吃胡豆葉，胡豆葉捨不得就看坡裏洋芋，只要有扣子大，摳了吃。不怕剜肉補瘡。揹腳子怕的翻山杵，這是最後一架坡，翻過它，我們的心寒就出頭！」

　　期盼中，小麥登場了，人們終於把生命的線頭從春天牽到了夏天。我家四畝地麥子，風乾揚淨，收穫一千二百斤。按照往年生產隊吃糧水平靠，我一家四口，滿打滿算一年多在八百斤，眼前只一季就撈了個過剩有餘。

　　說到這兒，各位讀者，請原諒我跨大步，將秋收的果實合起來在此一併進行敘述，好讓大家與我共同分享豐收的喜慶。

　　各位能猜猜多少嗎？大秋一季包穀，加上黃豆、綠豆等腳糧食，與麥季相比，正好翻了一番——二千四百斤。國家給我下達的訂購任務僅七十四斤，夠不上一個零頭。原先我羨慕唐朝、漢朝的吃糧水平，眼前一比，不如當朝。

　　記得麥收那會兒，沒等打下的麥子曬乾，桃花便揹了一百斤到鋼磨上推。回到家裏，豬吃麩子人吃麵，全家人第一次品嘗豐收的果實——烙麵圓子（煎餅）吃。那天家裏特別和諧：桃花上灶弄飯，文兒拎著籃子到菜園裏摘茄子、辣椒，我懷揣著女兒在圈門口看豬子吃食。飯熟了，桃花一邊烙，我們一邊吃。麵圓子的直徑約一尺，差不多要劃四兩麵。我把麵圓子攤開，炒的連皮洋芋片跟茄子各樣挑些到高頭，捲成個筒子狀，雙手捧著吃。不是吹牛，要說味道，比如今的什麼漢堡包好吃十倍。文兒一氣吃掉兩筒，喊叫還要吃。

　　我說：「文兒，不能吃了，三四歲的娃子，吃掉斤把麵，肚子裝不下。」

　　「裝得下。」

　　「你！」我陡然想到吉婆子的下場，可又說不出口，只好制止他再吃。

　　受到壓制，文兒很不服氣，跟我剜嘴：「你說的，麥子粑粑盡我吃。」

心想：「狗崽子記性倒好咧，回憶起來，我確實許諾過他。」

桃花說：「想吃就盡他吃。」

「好，吃了不准坐，跟起我轉幾圈，怕擱食。」

那陣子，躺在床上，安置在床當頭的板倉裏的糧食的香氣出來熏我；坐在堂中，懸在樑上大坨大坨的包穀照耀著我；稻場裏包穀在陽光的照曬下，燦爛的光輝映紅了半邊土牆，同時也輻射到我的臉上，弄得我滿面紅光。

餓了幾十年的肚子，突然置身在囤滿倉流的糧食堆中，幸福的滋味就同一位哲人說的那樣：「人生體驗最深刻的地方是無法用言詞來傳遞的，只有讓自己去緩緩品味。」可是，由此而產生的內心的歡喜又難於使人安寧，生活暫時失去目標，感到茫然、空虛。空虛得肚子裏什麼也沒有，空蕩蕩的只剩下激烈的心跳。這種心跳好比心慌，彷彿把沸騰的脈衝帶到耳門，帶到眼角，帶到頂門心，擔心一時不注意，會把心臟跳出來落到地上。空虛過後便是充實，充實的情感用語言形容不出。我想像著一種情形，這情形十分有趣兒：那就是與自己命運相近，在長時間的饑餓中熬煎過來的患難兄弟，見了面，雙手緊握，四目相對，說一句「想不到今生還有這個日程」或者是「我們總算活過來了」——只有通過這種勝過千言萬語的表達方式，才有可能把複雜而又豐富的內容給表達出來。

手中有糧，心中不慌。起先喝疙瘩湯喝傷胃，灌得眼翻白。而今吃了麵圓子，烙火燒粑粑吃，火燒粑粑吃厭了，蒸笑哈粑粑吃。我學著把腰伸直起來，家裏來了客，第一次使用禮貌語言，底氣十足地問道：「您吃飯沒的？沒吃弄飯吃！」以前可不敢，客吃一頓，就減少我的一頓，不幹這種蠢事。

村子家家戶戶在翻曬糧食。收回家的包穀、粟穀、黃豆、綠豆、高粱、芝麻……經過剝殼去糠以後，分別攤開在壩子裏、曬席上、團簸中，五顏六色的，一塊兒一塊兒的；陽光靜靜地落在上面，明晃晃、豔滴滴。五穀的芬芳同空氣相混合，時淡時濃，充盈到村子的旮旯兒角落。有人用連枷拍打遲收的黃豆跟綠豆角子，一下一下有節奏的「嘭嘭」聲摻雜著驅趕雞群的嗨嗤嗨嗤吆喝聲，把整個村子渲染得無比祥和而生動。人打村中走，恍若進入到一幅《曬秋糧》的美術長廊。敢說這是我所見到的人世間最美麗的圖畫，最

斑斕的色彩；聞到的最清醇的香氣；聽到的最和諧感人的聲音。

「秋分天氣白雲多，到處歡歌好晚禾。」我跟大夥一樣，到田裏收收割割，把土地打掃乾淨，預備冬播。割下的包穀稈兒使草腰子捆成個兒，盤到地頭上，一垛一垛碼落實，做耕牛過冬的草料。今年的南瓜不得了，得力於祖母教我的種法。眼前柿餅瓜、枕頭瓜、葫蘆瓜，悄像一個個胖娃娃，田邊地角滾得到處都是。

隔條小溪是聾子爹的土地，他正在挖苕，我便走過去跟他倆閒扯：「喂！這麼大一片紅苕，幾時才挖得完？」

聾子爹抬起頭，張大口望著我，似乎是用嘴捕捉聲音。他臉上長滿土斑，眼角上的魚尾紋又細又密，背完全駝了，精神卻異常矍鑠。我把話大聲重複一遍，他啞啞一笑，說：「吃不完？現在誰個還吃它？給豬大人弄的！」

跟聾子說話既費力氣，且又喜歡對對子。我懶得糾正，順著他的話往前溜：「餵幾頭豬？」

「就是餵少囉，一頭，吃不贏，來年餵三頭。」他挖出瓦鉢子大一個紅苕，抹去上面的泥巴，捧到眼前，鑑賞古玩似地笑眯眯說：「這麼標緻的紅苕，以往人吃就不夠，哪有豬吃的？你看那個活寶器，生的不吃，煮熟了哂兩口，慪死人。」

「不是親眼所見，說出來別人不得相信。」

聾子爹沾滿黃泥的雙手往髁膝包兒上一拍，睜大眼睛道：「說人隨福賤隨福貴我信，沒想到豬子也是這麼個東西！說給你聽，打分田起，我橫直以為在做夢，拿到膀子招，曉得疼，才放心。你看，膀子這兒破的有皮，沒扯白吧？我過細默會兒，從一九五〇年土改，到今年整整的三十二年。三十二年，人有幾個三十二年？如今政策好，可惜我們爬不動了，划不來！明子，看我說的像不像，不搞什麼互助組，轉什麼人民公社，打土改就一順水兒地搞到現在，曉得幾好呦。轉個圈子，依還回到原處兒，什麼人主張做出這種苕（蠢）事？」

「收的糧食吃不完，紅苕請豬大人幫忙銷，還說划不來。說個天公地道的話，你媽老人家倒是划不來。」

「莫提這，提起來心裏點得燃火。三十幾年搞些啥兒？鬧些花架子，鬧來鬧去肚子裏是個空的。搞些事我數得出來。」聾子爹扳起指頭一宗一宗地給我數：「從打堰開始，蔡家堰、羅家堰、老鴰坪的堰。接到吃食堂，大辦鋼鐵，放衛星——畝產包穀一萬二千斤。光水庫就修了好幾座。還搞破四舊……過細回憶，什麼結果兒？抬到公社報喜的毛鐵，公社又拿人往縣裏抬，到後都堆在河壩裏爛，沒起到眼屎大點兒作用。打的堰跟水庫，白天裝太陽，夜裏裝月亮。你說說，這就是三十幾年搞的好事！那些嘴誇誇幹部，一年上頭不勞動，靠一張嘴巴皮子掙工分，混飯吃，幾十年沒辦一宗好事。睡到半夜好生想一想，好意思潑起兩塊臉見人，把我，腦殼掉進褲襠裏。」

我說：「責任有，但也不能完全地怪罪他們。上面叫東他們不敢西，上面叫西他們不敢東，當跑腿子、傳話筒。」

「聽我說個新鮮事：見過劉功修賣柴嗎？火石子落腳背，一捆柴壓到身上照樣揹。從前我們賣柴是資本主義，懲口糧，我恨不得鄙薄他幾句：『您怎麼在搞這個買賣？這是資本主義，要打滅，共產黨員帶這個頭，恐怕不大合適吧？』」

「不怕他們嘴會說，軮鬥架起一樣耕，蔡德陸也在學著揹糞。」

「不揹行嗎？不揹就沒得飯吃。這些傢伙要鬧兒要不成了，吃相應（便宜）吃不成了，整人沒得人給他撐腰了。我給你說實話，牆洞是我打的，糧食是我偷的，怎麼樣？強盜三年不犯自己說，老子怕個屁！」

我心中一驚，補充道：「他們懷疑過我。」「你怕？這也不是醜事，比保管員拿起糧食換尿搞光堂得多。當然，今兒天能站田裏講這些狠話，還得難為人家，難為那個嚴、嚴、嚴什麼？」

「嚴俊昌！」

「嚴順昌？」

「嚴俊昌，嚴宏昌！」

「對對對，反正我記得他們一共是十六個人，按手印兒，搞承包。這些人了不起，了不起，真是了不起！」

我一旁附和著：「他們不帶這個頭，恐怕我們照例在餓肚子，受磨煎。」

「帶這個頭要擔待，我想他們肯定是把靈牌子寫好了才逐個地按手印。

我們首先感謝嚴俊昌，然後再感謝鄧小平。這個事是鄧小平拍的板，鄧小平不拍板同樣搞不成。鄧小平、嚴俊昌，他們是我心中的活菩薩。」

細想也是，他們的確是農民心中的活菩薩。不用槍，不用炮，不流血，就憑十六個手印兒，竟將半死不活的中國農業一下給激活起來，改變了幾億農民的悲苦命運。我很想寫篇文章歌頌他們的豐功偉績，苦於筆力膚淺，不敢動手。是他們驅除附在我身上多年的餓魔，是他們引導我走出貧困，是他們給了我生活的自由，是他們使我獲得新生。我常常獨思默想：而今憶苦思甜活動漸少，倘若請到我去，按我的經歷和口才，一定比那些貧協的老主席講得要好。我會說：「打記事兒起，就開始餓肚子，一直餓到一九八二年。自那兒以後，饑餓就同手撅的，與我斷了交。一九八三年春，正式跟春荒告別，跟那個『過年只有兩升米，壓歲沒得一分錢』的日程告別。」

夜裏做夢，夢見大梅子，她還是那麼美貌。我們坐在堂屋裏，不知怎麼蔡長斌也在場。熟不拘禮，劈頭就問：「吃飯沒的？沒吃弄飯吃。」一聽到說吃飯，他們起身就走。我慌神，趕緊上前拉人，說：「一頓飯、兩頓飯吃不窮我，不是從前，莫瞧不起人。」拉住大梅子，長斌要走，拉住長斌，大梅子要走，末了兒一個就沒留住，眼睜睜看著他們跑了⋯⋯。一覺醒來，心境波蕩不平，如煙的往事，自然引發我對朋友的思念。

現在都怎麼樣了？過得好嗎？長斌不錯，書信往來中得知，靠著他的聰明能幹和山裏人特有的吃苦精神，從農場一步跳到工廠，離開泥土跟金屬產品打交道。大梅子不知怎樣，一晃多年不見，實在有些想她。十四歲下地幹活，第一次會面，就認定這是山中少有的好女子。白皙的面龐，會說話的眼睛，溫柔的體態——一起被我心靈的相機拍攝下來，儲入記憶的深處，永遠抹不掉。

——生產隊裏對我好，鐵路上對我好，在基建專班對我更好。衣服髒了幫我洗，害起病來買藥我喝，饑餓時給我餐票和包穀，這種樸實、純真的情感的建立，不是一天兩天，而是十年八年！處在單純、多夢的少年時代，夏天，我們一同在包穀地裏薅草，左邊有蔡長斌，右邊有我，大梅子在中間，三人並排，薅得格外來勁兒。包穀秧子深過頭頂，暗綠色的扁平悠長的葉片停留在肩頭和手上，大梅子身上散發出來的女體的清香，時不時送到鼻孔裏

來。隊長喊歇涼，大夥一起鑽進核桃樹下的蔭涼裏，一邊說話，一邊看大梅子繡花。柔和的山風帶著清涼和花草的香氣迎面吹來；遙遠的竹林裏傳來斑鳩單凋而又溫厚的歌喉；太陽透過樹葉，把熱乎乎的光斑篩到大家身上，我們都感到無比地愜意和涼爽。

　　交往中，從她給我的每一個嫵媚溫柔的微笑和飽含深情的秋波裏，看得出來，她是真心地愛我。我當然十分地愛她，可就是不肯做我的媳婦，硬起心腸離我而去。我想她在做出這個決定的時候，一定是痛苦的、悲傷的，甚至淚流滿面。而今，儘管我們都已為人父人母，天各一方，但在苦難年代裏結下的深情厚誼，隨著時間的推移，卻顯得更加穩固和珍貴。每當我追憶到這一幕幕優美感人的情景時，內心總是被一種豐富而又繁雜的情感糾葛著，心情變得特別脆弱，喉嚨發硬，使人說不出話。有時間回來吧，回來看看，看我收的糧食，共敘往事，接你們吃飯！

　　想念活著的，更懷念死去的。祖父祖母在世，有個順口的，碗一端，就想起他們。眼下捧著熱騰騰的粑粑，端著滿碗的乾飯，照例把他們想到，那麼只不過是想想而已了。由此，我的思念延伸到更多的親友的命運：如二爹、吳媽、韓婆婆、吉婆子、望生一家⋯⋯這些人幾乎都是讓饑餓奪走生命，且能清晰地記憶起他們在彌留之際貪求食物的一面面可怕的餓相。你們的脖子長一點兒該多好哇，更到今天，就不會那麼過早地、慘澹地離開人間！

　　我的第二篇小說相繼發表，捧著雜誌，一邊愉快地閱讀，一邊像豐收的農民計算著自己的果實。這算我文學小樹上結下的第二顆櫻桃，果果兒小得可憐，畢竟懸在枝上了。我暗暗告誡自己，不要浮躁，才邯鄲學步，離那繁花滿樹的境界還有十萬八千里！

　　愉悅的心情未及平靜，那位吃飯速度快得驚人的堂弟六四應徵入伍。消息傳來，我們一大家人集中在么爹家慶賀。這是繼三爹之後大家庭出現的第二代「武舉人」，部隊駐在河南臨汝，兵種屬汽車運輸兵。六四兄弟此去不僅逛大地方，將學會駕駛汽車，大家全都樂得心花怒放。心想，二爹黃泉有知，會拿過胡琴，少不得來曲〈喜洋洋〉。

　　衣服已經換了，一身黃褂子，把人抬得魁梧英俊。文兒偎在他的面前，

就同我小時偎在三爹懷裏的情形一樣，顯得十分親近、有光。

你一言我一語，囑咐六四到部隊好好幹，為家裏爭個臉面。正說得熱鬧，蔡德陸在屋後陽溝坎上叫喊：「蔡德坤，蔡德坤——到大隊部把機器盤回去。」

聞到蔡德陸的聲氣，想到他年把來的所作所為，悶在心裏打失笑。背上壓著沉重的糞筐，卻依舊忘不了宣傳他的政治遠見：「莫歡喜早了，上頭還要收的。文化大革命那麼亂，毛主席一聲令下，收拾得車死馬服。搞社會主義哪有往轉搞的？我們先說後見，收不住你們，我就不信！」

這位先生螳臂擋車，不自量力。放過上述冷風，形勢的發展卻並不像他預測的那樣，收歸攏來，政策反倒更加開放寬鬆：去年實行的聯產承包責任制，今年徹底來了個大包乾。他意識到情況不妙，眼看失去的天堂恐怕一時難得恢復，這才極不情願地通知各個藝人，將沒收的生產工具放還人家。

藝人中有木匠、篾匠、石匠、瓦匠、漆匠……他們拿著自己失去多年的工具，回想以往挨批鬥、受屈辱的種種情形，情感一時控制不住，站在中間稻場裏罵街：「沒收老子的家業，橫直想把人往死處兒整，老子的命長，還活著！」

「看見人家鬧得有碗飯吃，就是資本主義，眼睛紅，想法整，整得個個窮。這種人良心壞，討不到好結果！」

「半夜聽到床枋子響——整人的！」

「狠人還有狠人磨，以為你們狠得一輩子，到頭還是個床底下供夜壺——屌用。」

「家業收那兒爛，斷我的手藝，缺你祖輩子的德。」

「都是一杆整人乩耙下的種，老子還有兩把鋸子沒找到，賠，不賠老子操你們的祖奶奶！」

稻場裏一時圍過來好多人，像看縣文工團的人打戲，交頭接耳，議論紛紛。蔡德陸、劉功修、馮建民等幾大元帥曉得今天沒得好果子吃，做賊一般，遠遠地躲起來了。

么爹將縫紉機放在地上，拿著機頭左一扳右一扳，不見活動。我過去跟他說：「下蠻力扳不得，抬回家淋點兒菜油，潤會兒再說。」

么爹直起身，把機器瞅著，看氣象不大對頭，說：「鏽坨坨，盤回去有什麼用呢？」說時遲，那時快，他猛地將機器舉過頭頂，狠命朝石礅上一摔，縫紉機頓時破成幾塊，接著氣憤憤罵道：「狗雜種——你們抬的時候機器是好的，爛成個鏽坨坨還我，賠老子的機器！橫直仇視我們一家人，批呀、鬥呀、整呀，死的死，亡的亡，你們心裏涼快哩。老子揹得起一匹山，叫你們定成個老三級，壓我的工分，懲我的口糧，老子沒被你們打垮，蔡德坤依然是條好漢！十幾年吶——這口氣忍了十幾年吶。老子今兒天撅你們這些王八蛋，看你們又來懲我的口糧，看你們又來把老子的乩耙咬到拖上坡！」

么爹的陣勢把其他藝人的聲音壓下去了，一起呆著，望著他捶胸頓足，一套亂罵。忽然間，么爹彎腰從地上撿起那個爛機頭，小心翼翼抱到懷裏，跟著一聲撕心裂膽的長嚎：「爹——爹——臨死還在唸叨您的機器，想下個遺囑……今兒天我替您拿回來，在我手裏，您親眼看一看。這是您的機器，我得親手交給您，把它埋葬在您的身邊，永遠跟著您……爹——」

么爹眼睛越鬧越紅，陡然一個急轉身，朝大隊部衝去：「賠老子的機器，不賠，一機器砸死你們，老子支住抵命！」

知道么爹多喝幾口喜慶酒，怕出事，一同上前拉住他，往回拽。么爹嚎了一路：「爹——我造孽的爹——您死得慘吶……」

那天我跟著么爹到大溝裏撿石頭，本家兄弟蔡心突然從城裏上來。他首先到我家，沒看見我的人，跟桃花說幾句話，村裏轉了一圈，然後才找到我說：「幾次就想回老家看看，總是來不成，這次總算尋到個機會。老家不錯，的確不錯，發展到這麼多人，比我想像的要熱鬧得多，美麗得多。」

蔡心把老家讚美一番，後面才把話頭轉入到正題上來：

「學習班分手以後，大家都十分想念。馮局長唸過你好幾次。他說城關公社文化站有了人，按你的性格、特長，放到縣戲劇創作室比較合適，這麼就專門叫我上山來找你，明兒天就去，莫挨，夜長夢多。」

進城的路打我們家老園子經過，我扛著鋪蓋捲兒，同我初次進興山一中時的情形一樣，又看到母親的墳了。記得那次怕學校裏沒人跟我搭鋪睡覺，

惹得祖母把我吵了幾句。晃晃近二十年過去，祖父過輩了，祖母過輩了，二爹過輩了，他們的墳在一塊兒，墳石上皆滋生出淺淺的青苔。由於看不到他們親切的身影，聽不見祖母對我的指教，我的心情和腳步一下覺得好沉好沉！

走下卡門子，我回頭細瞧：一個龐大的崖包，中間裂道縫隙，上山的小路正好打石縫中穿過。興大刀會那陣兒，祖宗們為守護家園，將石頭上鑿出槽子，用方木嵌上兩扇大板門，阻擊土匪進村。往後這裏便成了有名的「卡門子」。

「不要扳到櫟門檻狠，要狠就狠出卡門子」，這是蔡家埡老輩子經常激將後人進步的話。今天，承蒙馮局長錯愛，終於邁出了卡門子這艱難的一步。可是，待我稍一反省，心中便禁不住叮啦嗵地跳蕩起來：我有什麼能耐走進興山縣戲劇創作室呢？一點兒底子，啞巴吃湯圓兒——本人心中有數。讀六年書，小學一畢業就步入人間，遇到的社會又不太平，跟到好人學好人，跟到端公扛假神。好的沒學到，大略兒只學些罵人的話：什麼賣國賊呀、反動派呀、反革命呀、壞分子呀、臭老九呀、黑幫、叛徒、內奸、公賊等等等等。回想到這兒，幾乎喪失掉我全部的底氣，沉重的心情又添上一分不安。

我便懷著這麼一種複雜的心情，走進一個嚮往而又陌生的世界，去丈量我後半輩子的行程……

釀文學116　PG0830

# 阨年
## ——蔡長明文革自傳小說

| | |
|---|---|
| 作　　者 | 蔡長明 |
| 責任編輯 | 林千惠 |
| 圖文排版 | 王思敏 |
| 封面設計 | 陳佩蓉 |

| | |
|---|---|
| 出版策劃 | 釀出版 |
| 製作發行 | 秀威資訊科技股份有限公司 |
| | 114 台北市內湖區瑞光路76巷65號1樓 |
| | 電話：+886-2-2796-3638　傳真：+886-2-2796-1377 |
| | 服務信箱：service@showwe.com.tw |
| | http://www.showwe.com.tw |
| 郵政劃撥 | 19563868　戶名：秀威資訊科技股份有限公司 |
| 展售門市 | 國家書店【松江門市】 |
| | 104 台北市中山區松江路209號1樓 |
| | 電話：+886-2-2518-0207　傳真：+886-2-2518-0778 |
| 網路訂購 | 秀威網路書店：http://www.bodbooks.com.tw |
| | 國家網路書店：http://www.govbooks.com.tw |
| 法律顧問 | 毛國樑　律師 |
| 總 經 銷 | 聯合發行股份有限公司 |
| | 231新北市新店區寶橋路235巷6弄6號4F |
| | 電話：+886-2-2917-8022　傳真：+886-2-2915-6275 |

| | |
|---|---|
| 出版日期 | 2012年10月　BOD一版 |
| 定　　價 | 680元 |

國家圖書館出版品預行編目

陋年 ： 蔡長明文革自傳小說 / 蔡長明著. -- 一版. -- 臺北
市：釀出版, 2012.10
　　面；　公分.
　BOD版
　ISBN　978-986-5976-69-9（平裝）


857.7　　　　　　　　　　　　　　　　　101018148

# 讀 者 回 函 卡

感謝您購買本書，為提升服務品質，請填妥以下資料，將讀者回函卡直接寄
回或傳真本公司，收到您的寶貴意見後，我們會收藏記錄及檢討，謝謝！
如您需要了解本公司最新出版書目、購書優惠或企劃活動，歡迎您上網查詢
或下載相關資料：http:// www.showwe.com.tw

您購買的書名：_____

出生日期：_____年_____月_____日

學歷：□高中 (含) 以下　　□大專　　□研究所 (含) 以上

職業：□製造業　□金融業　□資訊業　□軍警　□傳播業　□自由業
　　　□服務業　□公務員　□教職　　□學生　□家管　　□其它_____

購書地點：□網路書店　□實體書店　□書展　□郵購　□贈閱　□其他

您從何得知本書的消息？

　□網路書店　□實體書店　□網路搜尋　□電子報　□書訊　□雜誌

　□傳播媒體　□親友推薦　□網站推薦　□部落格　□其他_____

您對本書的評價：(請填代號　1.非常滿意　2.滿意　3.尚可　4.再改進)

　封面設計____　版面編排____　內容____　文／譯筆____　價格____

讀完書後您覺得：

　□很有收穫　□有收穫　□收穫不多　□沒收穫

對我們的建議：_____

_____

_____

_____

11466
台北市內湖區瑞光路 76 巷 65 號 1 樓

**秀威資訊科技股份有限公司** 　　　收

BOD 數位出版事業部

.........................................................................

（請沿線對折寄回，謝謝！）

姓　　名：＿＿＿＿＿＿＿＿＿　　年齡：＿＿＿＿＿　　性別：□女　□男

郵遞區號：□□□□□

地　　址：＿＿＿＿＿＿＿＿＿＿＿＿＿＿＿＿＿＿＿＿＿＿＿＿

聯絡電話：(日) ＿＿＿＿＿＿＿＿＿＿　(夜) ＿＿＿＿＿＿＿＿＿＿

E-mail：＿＿＿＿＿＿＿＿＿＿＿＿＿＿＿＿＿＿＿＿＿＿